Schanghai

Shi Yu –
die Unbezwingbare

Davide Morosinotto wurde 1980 in Norditalien geboren. Bereits mit siebzehn Jahren schrieb er seine erste Kurzgeschichte, die auf der Auswahlliste des italienischen Literaturpreises »Premio Campiello« stand. Seitdem hat er über 30 Kinder- und Jugendbücher veröffentlicht, für die er zahlreiche Preise erhalten hat. Davide Morosinotto lebt als Autor, Journalist und Übersetzer in Bologna. Sein Kinderbuch »Die Mississippi-Bande« wurde für den Deutschen Jugendliteraturpreis, »Shi Yu – Die Unbezwingbare« für den renommierten italienischen Literaturpreis »Premio Strega« nominiert.

Mehr über unsere Bücher, Autor*innen und Illustrator*innen auf:
www.thienemann.de

DAVIDE
MOROSINOTTO

SHI YU

DIE UNBEZWINGBARE

Aus dem Italienischen
von Cornelia Panzacchi

THIENEMANN

Erklärungen zu den chinesischen Begriffen finden sich im Glossar am Ende des Buchs.

SECHS JAHRE

六歲

1

Das Mädchen, aus dem eines Tages Die Größte werden sollte, stolperte über einen herumstehenden Hocker.

Das Tablett glitt ihr aus den Händen und die Schalen flogen in hohem Bogen durch den Raum. Ein Regen aus Haifischflossensuppe ergoss sich auf die Gäste, die schreiend versuchten, dem kochend heißen Suppenschwall auszuweichen.

Drei Schalen fielen zu Boden und zersprangen in tausend Scherben.

Der vierten blieb dieses Schicksal erspart, denn einem Jungen gelang es, sie aufzufangen: In perfektem Gleichgewicht auf einem Bein stehend schaffte er es, die Schale auf dem Spann seines Fußes landen zu lassen.

Und so geschah es, dass Shi Yu zum ersten Mal auf Li Wei aufmerksam wurde.

Yu kniete zwischen den Sitzbänken auf dem suppennassen Fußboden der Gastwirtschaft und ließ die Schelte der Gäste über sich ergehen, die das erst sechsjährige Mädchen grob beschimpften. Dennoch weinte sie nicht. Schweigend schaute sie zu dem Jungen auf, der immer noch auf einem Bein stand und auf dem anderen die Schale balancierte.

Wei erwiderte Shi Yus Blick. Er griff nach der Schale, stellte sie auf einem Tisch ab und lief davon.

In genau demselben Augenblick kam Bai Bai dazu, der Gastwirt.

»Du elende Laus!«, schrie er. »Was hast du nun schon wieder angestellt?«

Ein Gast pflanzte sich vor ihm auf. »Meine Jacke ist ruiniert.«

»Entschuldigen Sie, ehrenwerter Herr, das ist ganz allein die Schuld dieser Versagerin. Es wird mir eine Ehre sein, Ihnen ein Getränk anzubieten …«

»Ich will kein Getränk, ich will eine neue Jacke.«

»Ja, sicher, wir werden eine Lösung finden …« Ohne sein Gespräch mit dem Gast zu unterbrechen, ging Bai Bai zu Yu, die immer noch am Boden kniete. Er packte sie an ihrem Kittel. »*Was machst du hier immer noch, du nutzloses Ding?* Entschuldigen Sie bitte vielmals, mein Herr, das Balg ist ein hoffnungsloser Fall … *Nun hol schon Eimer und Lappen!* Ihre Eltern haben sie ausgesetzt, weil sie so dumm ist. Aus reiner Barmherzigkeit habe ich sie aufgenommen … *Du elende Laus!*«

Bai Bai versetzte Yu einen Fußtritt und das Mädchen sprang auf, um einen Eimer zu holen und die verschüttete Suppe aufzuwischen.

Es war schon ziemlich spät am Abend und wie immer um diese Zeit bot der nur aus gestampftem Lehm bestehende Fußboden der Gastwirtschaft einen unappetitlichen Anblick, denn er war ziemlich aufgeweicht und mit Spuckspuren und Nahrungsresten übersät.

Keiner der Gäste achtete weiter auf das Kind, das den Boden aufwischte. Einer ließ sogar einen abgenagten Hühnerknochen auf Yus Kopf fallen.

Als Bai Bai die letzte Laterne löschte und die Gastwirtschaft abschloss, arbeitete Yu immer noch. Der Wirt stellte sich vor sie hin. Er hielt ein Seil in der Hand, in das er in regelmäßigen Abständen pfirsichkerngroße Knoten geknüpft hatte.

»Du bist ein unnützes Ding«, sagte er zu ihr. »Wenn du nicht schleunigst lernst, weniger ungeschickt zu sein, treibst du mich noch in den Ruin.«

Yu hatte gewusst, dass es dazu kommen würde. Sie wusste es seit dem Augenblick, als sie über den Hocker gestolpert war und das Gleichgewicht verloren hatte. Deshalb erwiderte sie nichts darauf.

»Mal sehen, ob dir das hier hilft, nächstes Mal besser aufzupassen.«

Der erste Schlag mit dem Seil traf Yu zwischen Schulter und

Hals. Es war eine empfindliche Stelle und sie hatte keine Zeit gehabt, sie zu schützen. Der heftige Schmerz löschte einen Augenblick lang alles andere aus, ihr Körper schien nur noch aus Feuer und Blut zu bestehen.

Sie schrie auf, obwohl sie sich vorgenommen hatte, es nicht zu tun. Gleich darauf kauerte sie sich auf dem Boden zusammen und versuchte, die Füße, die Hände und das Gesicht einzuziehen, all die Teile ihres Körpers, an denen die Hiebe am stärksten wehtaten.

Die Bestrafung dauerte lange, und die ganze Zeit über dachte Yu nur an Wei. Sie war sich sicher, ihn noch nie zuvor gesehen zu haben, aber vielleicht war er ihr nur nicht aufgefallen. Bei der Arbeit war sie stets sehr konzentriert, denn es gab so viel, worauf sie achten musste: Es galt, das Tablett mit den vielen Bechern, Schalen und Tellerchen ganz gerade zu halten und gleichzeitig betrunkenen Gästen und dem Wirt möglichst aus dem Weg zu gehen. Also war es durchaus möglich, dass Wei schon öfters in die Gastwirtschaft gekommen war und sie ihn übersehen hatte. Doch dieses Mal hatte sie ihn bemerkt. Und sie wollte ihn unbedingt wiedersehen.

In der Nacht, als die alte Jia Yus Wunden mit Salbe bestrich, fragte das Mädchen: »Hast du den Jungen gesehen, der heute Abend da war?«

»Was? Wann?«

»Da war doch ein Junge. Als ich hingefallen bin und der Wirt böse geworden ist. Der Junge hat eine Schale aufgefangen, sodass sie nicht zerbrochen ist.«

»Ach der«, sagte die alte Jia. »Das ist Li Pengs Enkel.«

»Und wer ist Li Peng?«

»Ein Säufer. Er hat nie auch nur einen einzigen *Wen* dabei, deshalb schnorrt er die anderen Gäste an. Sobald Bai Bai ihn sieht, jagt er ihn fort.«

Yu meinte, sich an ihn erinnern zu können: ein zierlicher Greis mit faltigem Gesicht und einem Zopf, der derartig schmutzig war, dass er steif wie ein Stock am Rücken des Alten herunterhing.

Sie nahm sich vor, von nun an Ausschau nach ihm zu halten.

Ungefähr eine Woche später betraten Großvater und Enkel die Gastwirtschaft. Der Alte war bereits betrunken und stützte sich auf den Jungen, als sei der seine Krücke.

»Ist hier jemand, der einem armen Alten ein Gläschen anbietet?«

»Verschwinde!«, fuhr ein Mann ihn an.

Der Greis löste sich von seinem Enkel, setzte sich auf eine Bank und beugte sich dem Mann entgegen, um ihn abermals anzuschnorren.

In diesem Moment kam Yu dazu, die ein Tablett voller Becher mit lauwarmem Reiswein und Dim-Sun-Schälchen trug. Sie stellte die Becher und Schälchen vor die Gäste und ergriff im Weggehen den Arm des immer noch vor dem Tisch stehenden Jungen.

»Komm mal mit«, flüsterte sie.

Sie zog ihn mit sich, quer durch den sich allmählich füllenden Gastraum und hinaus auf die finstere, übel riechende Gasse.

Im Schein der am Gaststätteneingang hängenden Laterne betrachtete Yu ihn eingehend: ein magerer Junge und kaum größer als sie selbst. Wie alle Jungen und Männer war er nach Mandschu-Vorschrift frisiert: Die Stirn war kahl rasiert, die übrigen Haare waren zu einem Zopf geflochten. Yus plötzliche Aktion hatte ihn erschreckt.

»Wer bist du?«, fragte Yu.

»Ich heiße Li Wei«, antwortete er.

»Ich habe dich nicht nach deinem Namen gefragt, ich habe dich gefragt, wer du bist.«

»Ein … Junge? Li Pengs Enkel?«

Ungeduldig schüttelte Yu den Kopf. Dieser Trottel schien nichts zu kapieren. »Neulich abends bin ich gestolpert und habe dabei drei Schalen zerbrochen. Du hast die vierte aufgefangen.«

»Stimmt.« Er nickte. »Wolltest du dich dafür bedanken?«

Wieder schüttelte sie den Kopf. Dann schaute sie ihm direkt in die Augen.

»Wie hast du das gemacht?«, fragte sie.

»Was?«

»Die Schale zu erwischen, bevor sie auf den Boden fiel. Noch dazu mit dem Fuß. Wie hast du das hinbekommen?«

»Ich … ich weiß es nicht«, stammelte der Junge. »Ich habe es einfach gemacht, ohne nachzudenken.«

»Sag mir sofort die Wahrheit oder ich tue dir weh!«

Wei grinste. »Du bist doch ein Mädchen.«

Die Finger wie Krallen gekrümmt, sprang Yu ihn an und zerkratzte ihm das Gesicht.

»He!«, protestierte Wei.

Yu hob den Arm, um ihm eine Ohrfeige zu verpassen, doch ihre Hand traf nur auf Luft, denn plötzlich stand Wei nicht mehr vor ihr, sondern hinter ihr und hatte sie an den Schultern gepackt.

»Beruhige dich mal …«

»Du hast es schon wieder gemacht!«, kreischte Yu. »Ich will wissen, wie das geht! Wie kannst du dich so schnell bewegen? Wer bist du?«

»Schon gut, schon gut«, erwiderte Wei. »Das ist keine Zauberei … Mein Großvater war ein Meister der Kampfkunst.«

Yu erstarrte. »Dieser alte Trunkenbold?«

»Jetzt ist er einer, aber früher hat er oben im Norden die Leibwache des Kaisers ausgebildet.«

»Das glaube ich dir nicht.«

»Es ist aber so … Also … Er bringt mir eben ein bisschen was bei. Wenn er einigermaßen nüchtern ist.«

Über Weis Gesicht legte sich ein seltsamer Schatten, ein Schatten, den Yu sehr gut kannte. Sie sah ihn jeden Morgen, wenn sich ihr Gesicht beim Waschen im Wassereimer spiegelte.

»Glaubst du, dein Großvater könnte es mir auch beibringen?«, fragte sie.

»Ich weiß nicht …«, murmelte Wei und strich mit der Hand über die Kratzer, die Yu ihm zugefügt hatte. »Mein Großvater ist nicht mehr ganz in Form. Das sieht man ja.«

»Aber du könntest ihn fragen.«

»Ja, könnte ich.« Wei wirkte verblüfft. »Aber warum sollte ich das überhaupt tun?«

Jetzt grinste Yu. »Weil wir auf diese Weise Freunde werden.«

Und seltsamerweise fanden beide, dass dies ein sehr guter Grund war.

2

Wenn Bai Bai Yu dabei erwischt hätte, wie sie Reiswein verschenkte, hätte er sie windelweich geprügelt. Deshalb war klar, dass Bai Bai es nicht sehen durfte.

Yu stellte so viele Schälchen auf das Tablett, wie darauf passten. Schälchen mit auserlesenen Leckerbissen wie Wachteleier, geröstete Schnecken und gedünstete Lotoswurzeln, dazu noch sechs Becher mit lauwarmem Reiswein.

Normalerweise hätte sie niemals so viel auf ein Tablett gepackt, denn je voller es war, desto größer die Gefahr, dass etwas schiefging. Doch die Bestellung war für einen Tisch mit sechs Personen, Freunde, die ein Wiedersehen feiern wollten. Und weil das Tablett so voll war, fiel es nicht auf, dass noch ein siebter Becher darauf stand.

Yu nahm das schwere Tablett, holte tief Luft und durchquerte beinahe im Laufschritt den Gastraum, als könne Geschwindigkeit verhindern, dass die Flüssigkeit aus den Bechern schwappte.

Es war schon spät. Der Gastraum war voller Leute, die sich laut unterhielten, der Fußboden war mittlerweile feucht und rutschig. Die an der Decke aufgehängten Laternen erzeugten lediglich runde, schwankende Lichtflecken.

Ich werde stolpern, dachte Yu. Ich falle hin und Bai Bai peitscht mich aus.

Ihre Hände begannen zu zittern. Durch reine Willenskraft zwang Yu sie, damit aufzuhören.

Nein, sagte sie sich. Es darf einfach nicht passieren.

Sie schleuderte das Tablett förmlich auf den Tisch.

»Ent… entschuldigen Sie bitte, ehrenwerte Herren«, stammelte sie. »Ich serviere gleich alles.«

Sie verteilte Schälchen und Becher und bediente als Erstes den Mann, der auf dem Ehrenplatz saß, der Platz, der dem Eingang zugewandt war. Den zweiten Becher stellte sie vor den Mann zu seiner Linken, den dritten vor den zu seiner Rechten, danach bediente sie den nächsten auf der linken Seite, wirbelte herum und reichte einen Becher Weis Großvater am Nebentisch. Dann drehte sie sich wieder um und stellte die restlichen Becher und Schalen auf den Tisch der sechs Freunde.

Das alles tat sie sehr schnell und ohne zu zögern, in der Hoffnung, dass ihr die Geschwindigkeit auch dieses Mal helfen würde. Als sie fertig war, hielt sie die Luft an.

Jetzt konnte vieles schiefgehen. Einer der sechs Freunde könnte sich beschweren, dass sie den vernachlässigt wirkenden Trunkenbold vor ihm bedient hatte. Oder Bai Bai konnte mit einem Stock in der Hand aus der Küche geeilt kommen.

Doch die Freunde unterhielten sich unbeschwert und hatten überhaupt nichts gemerkt.

Yu klemmte sich das Tablett unter den Arm und lief zurück in die Küche.

Nun hieß es abwarten.

Als die erste Laterne erlosch, teilte Bai Bai den Gästen mit, dass es Zeit wurde zu schließen. Einige Tische leerten sich.

Als auch die zweite Laterne ausgegangen war, wiederholte der Wirt seine Warnung.

Als die dritte Laterne erlosch, griff der Wirt zu einem Bambusstab und verjagte damit die letzten Trinker, jene, die schon derartig betrunken waren, dass sie sich kaum noch auf den Beinen halten konnten.

Unter ihnen war auch der alte Peng. Der Wirt schlug ihn mit dem Bambusstab hart auf den Rücken.

»Verschwinde, Faulpelz, das Lokal ist geschlossen!«

Der Greis protestierte und Wei stellte sich zwischen die beiden Männer. »Schlagen Sie meinen Großvater nicht, Herr. Er ist sehr alt.«

»Vor allem ist er sehr besoffen. Bring ihn hier weg!«

»Warte«, sagte Yu. »Ich helfe dir.«

Sie stellte sich auf die eine Seite des Greises und versuchte, ihn hochzuziehen. Wei ging auf die andere Seite und tat dasselbe. Der Alte stand auf, hielt aber die Augen geschlossen, als schliefe er.

Bai Bais Gastwirtschaft befand sich in einer kleinen Gasse am Hafen. Auf der einen Seite lag die Stadtmauer, auf der anderen Seite waren die Kais. Es war eine schwüle, stille Nacht. Aus der Ferne hörte man den Perlfluss rauschen.

»Wo wohnt ihr denn, dein Großvater und du?«

»In der Nähe der Dreizehn Häuser.«

Es war das Viertel der fremden Teufel. Yu hatte sie einige Male zu Gesicht bekommen und fand sie hässlich. Sie waren groß und stark behaart und strömten einen ekelhaften Gestank aus. Die alte Jia behauptete, sie würden sich niemals waschen, sondern nur ab und zu die Kleidung wechseln.

»Soll ich dich begleiten?«

»Nein, danke, ich schaff das schon allein.«

»Aber es ist doch weit!«

Die Dreizehn Häuser waren mindestens drei *Li* von der Gastwirtschaft entfernt. Wer zügig voranschritt, konnte die Strecke in gut einer Viertelstunde zurücklegen. Doch für einen Jungen, der einen bewusstlosen Alten mitschleppen musste, war sie entschieden zu lang.

»Das geht schon«, meinte Wei.

In diesem Augenblick hob der Großvater den Kopf, öffnete ein Auge und richtete es auf Yu.

»Mädchen … danke.«

Yu nahm an, dass er sich für den Wein bedankte. Sie hatte genau darauf gewartet, doch wäre es ihr lieber gewesen, wenn der Alte in diesem Moment nüchterner gewesen wäre. Aber vielleicht war dies die einzige Gelegenheit, die sich ihr bot.

»Gern geschehen«, entgegnete sie. »Aber es war nicht umsonst.«

»Ich habe … habe nicht …«

»Ich will kein Geld dafür. Ich will, dass du mir die Kampfkunst beibringst. Wie du sie Wei beigebracht hast.«

Ihre Worte schienen den Alten ein wenig wacher zu machen. Er richtete sich auf.

»Du bist ein Mädchen«, stellte er fest.

»Ich habe dir Reiswein gegeben, dafür schuldest du mir etwas. Du musst mich lehren.«

»Und falls ich das täte, würdest du … wieder Wein …?«

Yu überlegte. »Vielleicht ab und zu«, antwortete sie. »Wenn ich es schaffe, dass Bai Bai nichts merkt.«

»Dann ist es abgemacht«, nuschelte der Greis. »Komm … morgen.«

»Zu den Dreizehn Häusern?«

Der Alte schwankte und Wei musste sich gegen ihn stemmen, damit er nicht hinfiel.

»Nein«, sagte der Großvater. »Zum Teich.«

»Einer der Teiche am Nordosttor«, beeilte sich Wei zu erklären. »Dort gehen wir immer zum Üben hin. Um die Stunde des Affen herum.«

Weil die Gastwirtschaft im Südosten lag, würde Yu durch das nächstgelegene Tor in die Stadt gehen und diese ganz durchqueren müssen. Das entsprach einer Strecke von acht oder neun *Li*. Wenn sie sofort nach der Mittagsschicht loslief, würde sie gerade eben rechtzeitig für die Abendschicht zurückkommen.

Es war riskant. Bai Bai könnte ihre Abwesenheit bemerken. Und sie grausam dafür bestrafen.

»In Ordnung«, erwiderte sie. »Ich werde kommen.«

»Einverstanden«, sagte der alte Peng.

Wieder stützte er sich auf Weis Schulter und lief schwankend mit seinem Enkel nach Hause.

3

In der Küche, die ihr als Schlafstätte diente, überlegte Yu die ganze Nacht lang, wie sie ihr Versprechen halten und am kommenden Nachmittag zu den Teichen am Nordosttor gelangen konnte.

Sie war noch zu jung, um sich der Gefahren bewusst zu sein, die in einer Stadt wie Kanton auf sie lauerten. Aber sie war sich voll darüber im Klaren, was passieren würde, wenn Bai Bai merkte, dass sie weggelaufen war.

Die Gastwirtschaft war vom frühen Morgen bis in den späten Abend hinein geöffnet und Yu hatte praktisch die ganze Zeit über Dienst. Sie musste die Gäste bedienen, in der Küche helfen und in den ruhigeren Phasen putzen.

Bai Bai dagegen kam und ging, wie es ihm beliebte, doch blieb er niemals sehr lange weg. Früher oder später würde er nach dem Rechten sehen, und wenn er sie dann nirgends fand …

Am folgenden Morgen hatte Yu ihr Problem immer noch nicht gelöst.

Nach dem Aufwachen stand sie sogleich auf, wusch sich, zog sich an, entzündete das Feuer in der Küche und ging in den Gastraum, um den Boden zu wischen. Die alte Jia half ihr, Tische und Bänke aufzustellen, und gemeinsam öffneten sie die zweiflügelige Eingangstür. Anschließend kehrte Jia in die Küche zurück und Yu putzte weiter, bis Gäste kamen.

Die Erste an diesem Tag war Tanzende Lotosblüte. Sie war eine hervorragende Tänzerin, die in der ganzen Stadt berühmt war, und die schönste Frau, die Yu jemals gesehen hatte.

Ihren Namen verdankte die junge Tänzerin ihren Lotosfüßen: Als sie noch ganz klein gewesen war, waren ihre Füße durch straffe Bandagen am Wachsen gehindert worden. Deshalb waren sie wesentlich kleiner als Yus Füße, obwohl Yu erst sechs Jahre alt war.

Aufgrund ihrer winzigen Füße war der Gang von Tanzende Lotosblüte schaukelnd, wie der eines Schiffs bei hohem Wellengang, doch die Männer fanden genau das unwiderstehlich. Immer wenn Tanzende Lotosblüte die Gastwirtschaft betrat, wandten sich alle Blicke ihr zu und es wurde geradezu unheimlich still, selbst dann, wenn der Raum voll besetzt war.

»Kleines«, sagte Tanzende Lotosblüte, »heute Nacht bin ich nicht ins Bett gekommen und ich bin sehr hungrig. Bring mir alles, was du finden kannst.«

»Ich werde Sie höchstpersönlich bedienen, ehrenwerte Dame«, rief Bai Bai, der soeben den Raum betreten hatte.

Yu wusste, dass Tanzende Lotosblüte dem Wirt ausgesprochen gut gefiel und dass die Frau des Wirts immer bemüht war, ihren Mann vom Gastraum fernzuhalten, wenn sich die Tänzerin dort aufhielt. Das brachte das Mädchen auf eine Idee. Wenn Tanzende Lotosblüte nur lange genug sitzen blieb, würde Bai Bai Yus Anwesenheit überhaupt nicht bemerken. Und sie könnte zu Wei und dem alten Peng laufen und ihre erste Übungsstunde erhalten.

Inzwischen hatte der Wirt die junge Frau bedient und sich wieder in die Küche zurückgezogen. Tanzende Lotosblüte aß langsam, den Blick ins Leere gerichtet.

Auf einmal drehte sie sich zu Yu um.

»Warum stehst du da und starrst mich an?«, fragte sie.

Das war so plötzlich gekommen, dass die überrumpelte Yu genau das sagte, was sie gerade gedacht hatte: »Sie gefallen dem Wirt sehr gut, Ältere Schwester.«

»Ja«, bestätigte die Tänzerin. »Das kann durchaus sein. Aber was geht dich das an?«

»Nach dem Mittagessen muss ich heimlich in die Stadt. Solange Sie hier sind, wird Bai Bai gar nicht merken, dass ich weggelaufen bin.«

Die Tänzerin musste lachen. Yu biss sich auf die Lippen und fragte sich, ob sie zu vorlaut gewesen war. Tanzende Lotosblüte war freundlich zu ihr, aber schließlich war sie eine Erwachsene.

Und Erwachsenen durfte man nicht trauen, das hatte Yu in ihrem kurzen Leben schon gelernt.

Tanzende Lotosblüte bedeutete dem Mädchen, sich neben sie auf die Bank zu setzen, und Yu gehorchte. Wenn ein Gast es ihr befahl, würde sich Bai Bai nicht darüber aufregen.

»Du bist sehr geradeheraus«, sagte die Tänzerin, »und deshalb werde ich es ebenfalls sein. Warum musst du in die Stadt?«

»Ich darf es Ihnen nicht sagen«, antwortete Yu leise.

»In deinem Alter hast du schon Geheimnisse? Wie alt bist du überhaupt?«

»Sechs Jahre.«

»Und in welchen Teil der Stadt musst du gehen?«

»In die Nähe des Nordosttors.«

»Das ist sehr weit von hier. Hast du denn keine Angst?«

Yu dachte nach. »Nein. Aber ich habe Angst vor Bai Bai. Er darf es nicht merken.«

»Deshalb brauchst du ein Ablenkungsmanöver. Damit der Wirt nicht mitbekommt, dass du weggegangen bist.«

Das Mädchen nickte.

Tanzende Lotosblüte trank ihre Teetasse leer. Kichernd schüttelte sie den Kopf.

»So jung …«, murmelte sie. »So jung, und trotzdem …« Mit einer Handbewegung befahl sie Yu, ihr frischen Tee nachzuschenken. »Ich könnte es tun«, sagte sie. »Ich könnte dir helfen. Schon seit Langem will Bai Bai, dass ich für ihn tanze, und heute könnte ich ihm diesen Wunsch endlich erfüllen.«

»Würden Sie das wirklich tun?«, fragte Yu. »Ich habe aber kein Geld, um Sie zu bezahlen.«

Tanzende Lotosblüte musste lachen. »Das weiß ich doch, mach dir deshalb keine Sorgen. Bai Bai wird mich für meine Arbeit bezahlen. Dennoch verlange ich auch von dir etwas. Ein Versprechen und ein Geheimnis.«

»Was meinen Sie damit?«, fragte Yu.

»Eines Tages, irgendwann in der Zukunft, könnte ich vielleicht deine Hilfe brauchen. Nein, mach nicht so ein Gesicht. Jetzt bist du nur ein kleines Mädchen, doch du wirst groß werden. Wenn ich dich dann um einen Gefallen bitte, wirst du ihn mir nicht verweigern, was auch immer es sein mag. Versprich mir das.«

Yu kam dieser Vorschlag äußerst seltsam vor. Wie in aller Welt würde sie einer so ungewöhnlichen Frau wie Tanzende Lotosblüte jemals helfen können? Dennoch kam ihr das Angebot vernünftig vor. Auch jetzt schon hätte sie alles in ihrer Macht stehende getan, um der Tänzerin zu helfen.

»Ich verspreche es«, sagte sie feierlich. »Und das Geheimnis?«

»Du musst mir verraten, was du heute Nachmittag bei den Teichen am Nordosttor so Wichtiges vorhast.«

»Versprechen Sie, dass Sie mich nicht auslachen werden?«, fragte Yu.

»Ich werde nicht lachen«, erwiderte Tanzende Lotosblüte.

Yu betrachtete sie von Kopf bis Fuß.

»Ich werde die Kampfkunst erlernen«, sagte sie, »und unglaublich stark werden.« Und weil Tanzende Lotosblüte sie stumm anstarrte, fügte sie hinzu: »Ich bin es leid, schwach zu sein.«

Die Tänzerin nickte. »Ja, mein Kind, das verstehe ich gut. Auch ich bin es leid. Meinen Segen dazu hast du.«

4

Bai Bais Gastwirtschaft war eine düstere Spelunke, in der sehr fragwürdige Leute verkehrten: jene Art von Männern, die stets ein Messer dabeihatten und eine Schlägerei als angenehme Freizeitbeschäftigung ansahen. Dennoch war sie verhältnismäßig sauber, der Reiswein kostete wenig und die alte Jia war eine ausgezeichnete Köchin. Deshalb war das Lokal stets gut besucht.

Den ganzen Vormittag über war Yu derart beschäftigt, dass sie keine Zeit mehr hatte, über das Angebot von Tanzende Lotosblüte nachzudenken. Nachdem die Tänzerin fertig gefrühstückt hatte, war sie gegangen und jetzt wusste Yu nicht, ob sie rechtzeitig zurückkehren würde, um ihr zu helfen, oder nicht.

Auch Bai Bai schien an diesem Tag nervöser als sonst zu sein.

Um die Mittagszeit betrat eine Gruppe von Matrosen den Raum. Sie waren soeben aus Macau gekommen und bestellten einen ganzen Berg von Schälchen und viele Krüge Reiswein. Als Yu sie bediente, bekam sie mit, dass die Seeleute den ganzen Tag freihatten, und befürchtete schon, dass sie bis zum späten Abend in der Gastwirtschaft bleiben würden. Doch um die Stunde des Schafs beschloss einer der Männer loszuziehen, um schöne Mädchen kennenzulernen. Die anderen nahmen den Vorschlag mit Begeisterung an und alle brachen gemeinsam auf.

Die Gastwirtschaft leerte sich.

Das Mädchen war noch dabei, den vermüllten Fußboden zu säubern, als Tanzende Lotosblüte zurückkehrte.

Sie hatte sich umgezogen und trug nun einen silberfarbenen, eng anliegenden und kurzärmeligen *Cheongsam*, der ihr blasses Gesicht erstrahlen ließ. Yu fand sie wunderschön.

»Wird es nicht langsam Zeit aufzubrechen, Kleines?«

»Ja, das sollte ich.«

»Na, dann los«, sagte Tanzende Lotosblüte leise. »Mach dir wegen Bai Bai keine Sorgen, ich werde mich um ihn kümmern, bis du wieder da bist.«

Yu ließ sich das nicht zweimal sagen. Sie band mit ihrem Gürtel ihren langen Kittel hoch, damit er sie nicht beim Laufen behinderte, und verließ schleunigst das Lokal.

Aus Angst, von jemandem erkannt zu werden, rannte sie so schnell sie konnte die Gasse entlang. Nachdem sie nach links abgebogen war, lief sie ein bisschen langsamer, um länger durchhalten zu können.

Sie hatte es wirklich getan.

Sie war weggelaufen.

Einen kurzen Moment lang fragte sie sich, wie es wohl wäre, niemals mehr zur Gastwirtschaft zurückzukehren und für immer frei zu sein. Dieser Gedanke brachte ihre Wangen zum Glühen. Und auch wenn sie wusste, dass dies gar nicht möglich war, weil sie noch zu jung war, um sich allein durchzuschlagen, musste sie lächeln.

Und doch vergaß sie nicht, dass sie sich beeilen musste. Ihre nackten Füße flogen geradezu über den harten Lehm der Straße. Außer ihr waren auch viele Fischer unterwegs, die den Tagesfang in zwei schweren, an einer Stange hängenden Körben trugen, sowie lachende Matrosen, Soldaten und reiche Kaufleute, die sich von Dienern in Sänften herumtragen ließen.

Es war sehr schwül und Yus Kittel klebte wie eine nasse Alge an ihrer Haut. Aber vielleicht schwitzte sie auch deshalb so stark, weil sie so aufgeregt war. Sie war draußen, in den Straßen, und das ganz allein.

Endlich erreichte sie die Mauern der Neuen Stadt. Sie waren aus grauen Ziegelsteinen erbaut und kamen ihr unwirklich hoch vor.

Die Straße führte durch ein großes, offen stehendes Tor: das Öltor. Es wurde von zwei Soldaten bewacht, die weder an Yu noch an den anderen Passanten interessiert zu sein schienen. Yu wusste, dass sie hauptsächlich wegen der fremden Teufel dort standen, die aufgrund eines Verbots des Kaisers die Stadt nicht betreten durften. Den Ausländern war auch noch einiges andere untersagt, wie etwa die chinesische Sprache zu erlernen. Doch Yu interessierte all das kaum.

Innerhalb der Mauern sah die Stadt ähnlich wie außerhalb der Mauern aus, nur dass die Häuser hier dichter standen, höher waren und beeindruckender wirkten. Im ersten Moment erschrak Yu, weil ihr jetzt erst bewusst wurde, dass sie sich in dieser Gegend nicht auskannte und deshalb nicht orientieren konnte.

»Stimmt etwas nicht, Kleines?«, fragte eine Frau, die Honigküchlein verkaufte.

Yu fragte, ob sie ihr sagen könne, wie sie am besten zu den Teichen beim Nordosttor käme.

»Gehe in dieser Richtung immer geradeaus und du kommst zu einem Kanal«, erklärte die Frau. »Auf der anderen Seite befinden sich die Mauern der Alten Stadt. Du gehst rechts, immer am Kanal entlang, bis zu einer Brücke. Gleich dahinter siehst du einen Turm mit einem Tor. Das ist das Zentraltor. Du solltest dich davon fernhalten, denn dahinter liegt das Viertel der Mandschu, und das sind alles wichtige Leute, die mit einem zerlumpten Kind nichts zu tun haben wollen.«

Yu schaute an sich hinunter, sie fand nicht, dass sie zerlumpt aussah. Sie war sehr reinlich, das sagte ihr die alte Jia stets. Und auch vernünftig. Jedenfalls meistens, außer an diesem Nachmittag.

»Was kann ich denn dann tun?«, fragte sie.

»Anstatt durch das Zentraltor zu gehen, läufst du weiter am Kanal entlang. Nach einer Weile kommen eine weitere Brücke und ein weiterer Turm mit einem Tor, aber auch um die machst du einen großen Bogen. Erst die dritte Brücke mit dem dritten Turm ist für dich richtig. Du gehst über die Brücke und durch das Tor. Und dann …«

»Und dann?«

»Dann suchst du dir wieder eine nette Frau wie mich und fragst sie nach dem Weg.«

Yu bedankte sich. Gern hätte sie der Frau auch etwas von ihren köstlich duftenden Süßigkeiten abgekauft, doch sie besaß überhaupt kein eigenes Geld. Also lief sie los.

Im Kanal wimmelte es nur so von farbenfrohen Booten, die von dünnen Männern mit langen Stangen fortbewegt wurden. Auf der anderen Seite erhoben sich Mauern, die noch wesentlich höher als die beim Öltor waren. Sie reichten von einem Horizont zum anderen und waren zweifarbig: die untere Hälfte war rot bemalt, die obere grau.

Yu näherte sich dem ersten Turm. Er war sehr hoch und breit und wurde von vielen Soldaten bewacht. Die Soldaten trugen glänzende Rüstungen und hatten lange Hellebarden, an denen bunte Quasten hingen.

Wie die Frau es ihr geraten hatte, lief Yu an dem Turm vorbei und ebenso am zweiten. Sie war nun schon lange unterwegs und allmählich wurden ihre Beine müde und ihr Herz klopfte heftig in ihrer Brust.

Am liebsten hätte sie sich ein wenig ausgeruht, doch sie wusste nicht, wie lange Tanzende Lotosblüte den Wirt ablenken konnte. Außerdem war die Stadt wesentlich größer, als sie sich vorgestellt hatte.

Sie konnte nur hoffen, dass es zu den Teichen nicht mehr weit war …

Endlich erreichte sie die Brücke, die zum dritten Turm führte, und rannte hinüber. Plötzlich ergriff eine Hand ihren Knöchel und sie fiel der Länge nach auf die feuchten Brückenplanken.

»Wen haben wir denn da?«, rief eine schrille Jungenstimme. »Ein kleines Mädchen, das es sehr eilig hat.«

5

Yu begriff nicht, was soeben geschehen war.

Sie erhob sich. Tränen strömten ihr über das schmerzende Gesicht.

Sie umringten sie. Es waren fünf Jungen. Der Kleinste musste ungefähr so alt wie Yu sein, der Größte war vielleicht zwölf. Zwei waren elegant gekleidet und trugen Schuhe, Hosen und lange Hemden. Zwei standen mit bloßem Oberkörper da und einer war völlig nackt, von seinem nassen Körper triefte das Wasser auf die Brücke.

»Warum starrst du Guo Huiliang an? Hast du noch nie einen nackten Jungen gesehen?«

»Sag ihr doch nicht meinen Namen, du Dummkopf!«

Er mochte neun Jahre alt sein, benahm sich aber, als sei er der Anführer: ein magerer Junge mit brauner Haut und einem Zopf, der ihm fast bis zur Taille reichte. Er starrte sie so verächtlich an, als sei sie nur ein Stein oder eine Kröte.

»Wa… wa… was wollt ihr von mir?«, stotterte Yu.

»Wir wollen uns nur ein wenig amüsieren«, erwiderte Huiliang.

»Lasst mich in Ruhe. Ich muss weiter, ich habe es eilig.«

»Habt ihr das gehört? Das Schwesterchen hier hat es eilig.«

»Es will mit uns keine Zeit verlieren«, spottete ein anderer. »Bestimmt muss es jemand Wichtigeren treffen. Aber wer kann wichtiger sein als der Erbe des Hauses Guo?«

Huiliang hechtete zu dem Jungen, der das gesagt hatte, und ohrfeigte ihn so heftig, dass dessen Kopf zur Seite schnellte.

»Ich habe schon mal gesagt, du sollst nicht über meine Angelegenheiten reden.« Dann schaute Huiliang wieder Yu an. »Warum springst du nicht mal kurz mit uns in den Fluss, bevor du weitergehst?«

»I… ich …«, stammelte Yu.

»Los, Jungs, schnappt sie euch!«

Angsterfüllt schaute Yu sich um. Der Fluss war voller Boote, die Straßen waren voller Menschen. Sie könnte um Hilfe rufen, aber würde dann jemand herbeieilen? Die Jungen trugen Kleidung aus Seide, die Hemden waren mit Goldkordeln verziert. Huiliang musste der Sohn eines Mandarins oder eines reichen Kaufmanns sein. Während sie nur Bai Bais Dienstmagd war.

Die fünf Jungen scharten sich enger um Yu. Jetzt konnte sie nur noch kämpfen oder sich ergeben, und ihr war klar, welche die bessere Lösung war.

Sie sprang den kleinsten Jungen an, den wohl am leichtesten zu besiegenden Gegner.

»Oh, schaut nur! Das Schwesterchen hat scharfe Krallen!«

Mit aller Kraft zog Yu ihre Fingernägel über das Gesicht des Jungen und hinterließ blutige Spuren. Der Kleine schrie vor Schmerz. Yu nahm Anlauf, um ihn beiseitezustoßen und wegzurennen, doch die anderen packten sie von hinten. Yu drehte sich um und wollte sich mit einem Ellbogenstoß wehren. Da griff eine Hand nach ihrem Arm und riss ihn nach hinten. Yu schrie auf und trat um sich.

Sie bekamen erst ihr eines Bein zu fassen, dann das andere.

»Los, Jungs!«, rief Huiliang. »Tragen wir sie zum Fluss. Wir bringen ihr das Schwimmen bei.«

Yu versuchte sich zu wehren, aber fünf Gegner waren einfach zu viele. Sie wurde hochgehoben und unter die Brücke geschleppt, an den Rand des Kanals.

»Wir ziehen ihr lieber den Kittel aus«, schlug einer der Jungen vor.

»Klar, sie will sicher ihre Kleider nicht nass machen«, kicherte ein anderer.

Yu wehrte sich schreiend, doch ihre Angreifer lösten ihren Gürtel. Weiter wollte Yu es nicht kommen lassen, koste es, was es wolle.

Sie verrenkte den Kopf und biss mit aller Kraft in eine Hand, bis sie Blut schmeckte.

Brüllend ließ der Junge sie los und boxte sie in den Rücken. Yu beachtete den Schmerz nicht, sie wand sich wie eine Schlange und trat um sich. Ihr Fuß traf auf etwas Weiches, möglicherweise auf einen Bauch, und gleich darauf ertasteten ihre Zehen den Boden. Sie spürte, wie eine Hand ihren Hals umklammerte, drehte sich um und biss abermals zu. Ein Knirschen wie von Knochen, ein weiterer Schrei. Jetzt stand Yu mit beiden Füßen auf dem Boden. Ihr Blick erfasste Huiliangs grinsendes Gesicht und dahinter das glitzernde Wasser des Kanals.

Ein Ausweg, dachte Yu. Vielleicht der einzige.

Sie sprintete los, so als wolle sie sich in einem letzten verzweifelten Versuch auf Huiliang stürzen, schlug aber in letzter Sekunde einen Haken und sprang in das Wasser, das so warm und trüb wie Brühe war.

»Achtung!«, riefen die Jungen. »Sie entwischt uns!«

Yus langer Kittel saugte sich mit Wasser voll und breitete sich wie eine dicke schwere Flosse rings um sie aus. Yu bekam Panik. Sie konnte nicht gut schwimmen, nur ein bisschen im Wasser paddeln. Das hatte ihr die alte Jia beigebracht, als sie an heißen Nachmittagen kurz zum Hafen gegangen waren, um sich ein wenig abzukühlen. Doch das hier war etwas anderes.

Yu arbeitete sich zur Oberfläche hoch und füllte ihre Lunge mit Luft. Wassertretend drehte sie sich um und sah, dass Huiliang ihr hinterhergesprungen war.

Um den Abstand zu vergrößern, schwamm Yu auf die Mitte des Kanals zu, doch Huiliang war wesentlich schneller als sie. Er holte sie ein und bekam ihren Fuß zu fassen. Yu holte mit dem anderen Fuß aus und trat ihrem Angreifer gegen die Nase. Er gab ein gurgelndes Röcheln von sich und ließ sie los.

Yu schwamm davon, so schnell sie konnte.

»He, wo willst du denn hin?«, rief ihr ein Mann in einem Boot zu. »Pass doch auf!«

Ganz knapp glitt Yu am Rumpf des Boots vorbei. Nur noch ein paar Schwimmzüge und sie hatte das andere Ufer erreicht.

Sie war triefend nass, ihre Lunge brannte und alles tat ihr weh.

Mit einem Blick zum anderen Ufer hinüber stellte sie fest, dass auch Huiliang aus dem Wasser gestiegen war und sich beide Hände vors Gesicht hielt. Seine Freunde hatten sich rings um ihn herum versammelt.

»Dafür wirst du bezahlen!«, schrie ihr der Junge hinterher. »Du hast dir dein eigenes Grab geschaufelt, du hast dir nämlich die Familie Guo zum Todfeind gemacht. Hast du verstanden? Feinde für immer!«

Yu hielt sich nicht damit auf, ihm zu antworten. Immerhin befand sie sich jetzt auf der richtigen Seite des Kanals, auf der Seite des dritten Tors, das sie passieren musste, um ins Herz der Stadt zu gelangen. Zitternd und ihren weiten Kittel mit beiden Händen zusammenhaltend lief sie auf das Tor zu.

6

Auch vor diesem Tor standen Soldaten in Rüstungen. Als das nasse, weinende Mädchen an ihnen vorbeiging, schauten sie ihm zwar verwundert nach, unternahmen aber nichts, um es aufzuhalten.

Wahrscheinlich wäre ihnen das ohnehin nicht gelungen. Yu lief immer weiter und spürte nichts außer ihrer Angst und unter ihren nackten Füßen die Straße, die in diesem Viertel nicht aus Lehm bestand, sondern gepflastert war.

Irgendwann blieb sie stehen und zog die Nase hoch. Sie befand sich in einer breiten Straße, die von hohen Häusern mit weißen Wänden und schwarzen Holzdächern gesäumt wurde. Hier waren nur wenige Leute unterwegs und es duftete schwach nach Blumen, so als ob in dieser Gegend stets eine würdevolle Ruhe zu herrschen habe. Tatsächlich lebten in diesem Viertel, der Alten Stadt, ausschließlich die reichsten Kaufleute, der Mandschu-Adel und hohe kaiserliche Beamte.

Du hast dir die Familie Guo zum Todfeind gemacht.

Lebhafte Erinnerungen an das, was ihr soeben zugestoßen war, drängten sich ihr auf: die an ihr zerrenden Hände, die höhnischen Bemerkungen, das Wolfslächeln.

Aber du bist ihnen entkommen, sagte sie sich.

Yu beschleunigte ihre Schritte und gelangte in eine Straße, die drei- oder viermal breiter als die vorhergehende war. Sie sah sich nach jemandem um, den sie nach dem Weg fragen konnte, und entdeckte einen taoistischen Mönch, der am Straßenrand um Almosen bat. Ein Bettler, dachte sie, würde ihr nicht allzu viele Fragen stellen.

Der Mönch war noch sehr jung und Yu sah, dass sich dort, wo sein linkes Auge hätte sein sollen, eine hässliche dunkle Narbe befand.

»Entschuldige bitte«, sprach Yu ihn an. »Kannst du mir sagen, wo ich hier bin und wie ich zu den Teichen am Nordosttor komme?«

Der junge Mann wandte ihr sein verbliebenes Auge zu. »Du befindest dich in der Straße des Wohlwollens und der Liebe«, antwortete er. »Das ist die Hauptstraße von Kanton und sie durchquert das gesamte Zentrum. Wenn du dich also verirrst, brauchst du nur dorthin zurückzukehren und schon kannst du dich wieder orientieren.«

Der Mönch sprach Kantonesisch mit dem starken Akzent der Leute des Nordens. Yu hatte Mühe, ihn zu verstehen.

»Zu den Teichen ist es von hier aus nicht mehr weit. Wenn du läufst, bist du bald dort. Nimm die erste Straße links, danach geht es immer geradeaus.«

»Danke«, erwiderte Yu. »Ich würde dir gern eine Münze geben, aber leider habe ich kein Geld.«

»Das macht doch nichts. Lauf!«

Yu rannte weiter und hatte bald ein Stadtviertel erreicht, in dem nur wenige, sehr prunkvolle Häuser standen. Überall sah sie Gärten mit kleinen Pagoden, mit Bächen, über die Holzbrücken führten, und kleinen Teichen, auf denen Seerosen blühten. Das alles wirkte so friedlich, dass sich auch Yu allmählich beruhigte und sie nicht mehr ständig an ihre Angreifer und die Rückkehr zu Bai Bai denken musste.

Schließlich entdeckte sie Wei und dessen Großvater. Der alte Peng war im Schatten eines Baums eingeschlafen, Wei dagegen balancierte mitten im Teich auf einem Bein.

Yu riss die Augen auf: War Wei etwa fähig, auf dem Wasser zu laufen? Dann erst fiel ihr auf, dass er mit der Fußspitze auf einem aus dem Wasser ragenden Stein stand. Plötzlich sprang der Junge unglaublich hoch in die Luft, beinahe als wolle er den Himmel erreichen, und landete auf einem anderen Stein.

Yu ging zum alten Peng und berührte ihn am Arm.

»He«, sagte sie.

Weil er nicht reagierte, schüttelte sie ihn heftiger.

»He, alter Mann!«

Peng öffnete ein Auge. »Ja? Ach, du bist das«, nuschelte er verschlafen. »Du kommst spät.«

Yu merkte, wie ihr Tränen in die Augen schossen, doch sie verbot sich, zu weinen.

»Aber ich bin hier«, stellte sie fest. »Also musst du dein Versprechen halten. Du musst mir die Kampfkunst beibringen.«

»Ach, das soll ich dir versprochen haben?« Peng tat erstaunt. »Nein, daran kann ich mich nicht erinnern. Überhaupt nicht.«

»Doch, das hast du. Du hast meinen Wein getrunken. Und jetzt musst du mich unterrichten.«

»Ach so. Na ja, kann sein, ich weiß es nicht mehr.«

Er war derartig müde oder betrunken, dass er kaum die Augen aufhalten konnte. Yu war enttäuscht: Sie hatte solche Mühen auf sich genommen, nur um einen vertrottelten Greis zu treffen.

»Du hast es versprochen!«

»Ja, ja, schon gut, wie du meinst. Komm morgen wieder.«

»Was?«

»Du hast gehört, was ich gesagt habe. Komm morgen wieder her, und ich werde dich unterrichten.«

Yu dachte an all das, was sie auf sich genommen hatte, um zu der Verabredung zu erscheinen. Dasselbe am folgenden Tag zu wiederholen war undenkbar. Es fing schon damit an, dass es ihr nicht möglich sein würde, eine Ablenkung für Bai Bai zu organisieren.

»Das schaffe ich nicht …«, murmelte sie.

»Dann war es das, und ich kann dich nicht ausbilden.«

»Das ist nicht gerecht! Du bist … Du bist kein … Du bist ein Betrüger!«

Am liebsten hätte Yu ihn geohrfeigt. Sie schlug ihn nur deshalb nicht, weil sie wusste, dass sich der Alte nicht wehren konnte.

Also ballte sie die Hände zu Fäusten, drehte sich um und lief weg, auf die Bäume zu.

Plötzlich hörte sie, wie jemand »Warte!« rief.

Yu beschleunigte ihr Tempo. Doch auch die Schritte hinter ihr wurden schneller. Dann packte eine Hand sie am Handgelenk und zwang sie dadurch, stehen zu bleiben. Yu holte mit dem anderen Arm Schwung, um zuzuschlagen, doch ein fester Griff hielt ihren Arm auf halber Strecke auf. Gleich darauf wurde sie auch am anderen Handgelenken festgehalten. Fest und gleichzeitig sanft.

Es war Wei.

»Wo willst du hin?«

»Dein Großvater …«, begann sie. »Er hat mich angelogen. Er hatte mir versprochen, mich auszubilden, und jetzt will er es nicht mehr tun.«

Wei grinste. »Ich glaube, da irrst du dich.«

»Was?«

»Auf dem Weg hierher hat er von dir gesprochen. Er war sich sicher, dass du deine erste Lektion gut hinbekommen würdest.«

»Wie meinst du das?«

»Dass genau das die Übung war. Bis hierher zu gelangen, quer durch die ganze Stadt. Und um das überhaupt zu schaffen: diesen schleimigen Wirt auszutricksen.«

Yu zog die Nase hoch. Mit dieser Antwort hatte sie nicht gerechnet. »Aber das hier … das war keine Kampfkunstübung«, widersprach sie.

»Doch, das war es. Mein Großvater sagt immer, dass ein Krieger schnell, stark und schlau sein muss. Und dass du jetzt hier bist, bedeutet, dass du all diese Eigenschaften besitzt. Du hast deine erste Prüfung bestanden.«

Wei lächelte, und Yu lächelte zurück.

»Aber warum hat er mir das nicht gesagt?«

»Falls du es noch nicht gemerkt hast: Mein Großvater ist seltsam. Man versteht nie, warum er alles so macht, wie er es macht. Oder was er denkt.«

Yu war sich immer noch nicht sicher, ob Peng wirklich ein Meister der Kampfkunst war, doch zumindest wusste sie jetzt, dass Wei sie nicht angelogen hatte. Und das, was er vorhin mitten im Teich vorgeführt hatte, war …

»Fantastisch«, murmelte sie. »Meinst du, ich könnte das, was du kannst, eines Tages auch lernen?«

»Aber ja, und zwar ganz schnell. Du bist kleiner als ich, du bist leicht und beweglich. Ich wette, dass es dir nicht schwerfallen wird.«

»Und dann werde ich mich so bewegen können wie du?«

Wieder schenkte Wei ihr ein Lächeln. »Vielleicht. Ich glaube, du wirst das sogar sehr gut hinbekommen.«

Yu nickte. »Ja, das glaube ich auch.«

Sie schaute zur Sonne und merkte, dass es später war, als sie gedacht hatte. Bald würden die ersten Gäste zum Abendessen kommen und wenn sie bis dahin nicht im Lokal war, würde Bai Bai sie furchtbar bestrafen.

»Ich muss jetzt gehen«, sagte sie.

»Warte!« Wei löste die Schnur, die er als Gürtel benutzte, und reichte sie Yu. »Ich glaube, du hast deinen Gürtel verloren«, sagte er. »Ohne kannst du deinen Kittel nicht hochbinden und er wird dich beim Laufen behindern.«

»Und du?«

»Ich finde schon eine andere Schnur, mach dir keine Sorgen. Also, sehen wir uns morgen?«

»Ich werde es schaffen«, versprach Yu.

»Und ich werde auf dich warten.«

Ohne sich zu verabschieden, lief Yu los. Das Herz klopfte ihr bis zum Hals. Nicht nur deshalb, weil sie stolz darauf war, die erste Prüfung bestanden zu haben, auch wegen des Gürtels, den Wei ihr geschenkt hatte, und wegen seines Lächelns.

All das könnte man in einem einzigen Wort zusammenfassen, einem schlichten Wort für etwas, das sie in ihrem Leben bisher kaum erlebt hatte.

Es hieß: Glück.

NEUN JAHRE

九
歳

7

»Hallo! Ist keiner zu Hause?«

Yu schob die Tür auf.

»Wei? Peng?«

Stille.

Das Mädchen beschloss, dennoch einzutreten. Sie rümpfte die Nase.

In dem Zimmer, dem einzigen Raum des Hauses, herrschte eine chaotische Unordnung. Tisch und Stühle waren umgeworfen, Schalen und Essstäbchen lagen überall verstreut. Die Türen des Schranks standen weit offen und der Inhalt – Kleidung, Weinkrüge, Sandalen und vieles mehr – war herausgequollen. Das Bett war nicht gemacht, die Matratze hing über den Rand des Bettgestells und bis auf den Boden hinunter. Überall lagen Scherben.

»Was ist denn hier passiert?«

Yu merkte, wie Panik Besitz von ihr ergriff. Ihr Hals fühlte sich unangenehm eng an. Eigentlich war es hier immer unordentlich und nicht sehr sauber und in den vergangenen drei Jahren hatte Yu sich immer wieder darüber beklagt.

Aber Unordnung hin oder her: So schlimm wie heute hatte es bei Enkel und Großvater noch nie ausgesehen. Gefüllte Essschälchen waren umgeschüttet worden, sodass überall gekochter Reis und Krabben herumlagen. Der Fischgestank in dem von der Sonne aufgeheizten Raum war unerträglich.

Besorgt fragte sich Yu, was geschehen sein mochte. Waren Einbrecher hier gewesen? Oder …

»Aaah!«

Mit einem entsetzlichen Schrei kam aus dem Schrank ein Dämon gesprungen. Er flog quer durch das Zimmer und landete geschmeidig wie ein Frosch in der Hocke. Von Kopf bis Fuß war er in Schwarz gekleidet. Sein Gesicht war scharlachrot, er hatte lange Hörner und goldene Zähne.

Erschrocken wich Yu vor ihm zurück und eine Scherbe, auf die sie dabei trat, bohrte sich in ihre nackte Fußsohle. Vor Schmerz schrie Yu laut auf. Der Dämon nutzte diesen Augenblick für einen Angriff, sprang Yu an und schlug und trat unablässig auf sie ein. Yu reagierte instinktiv, parierte seine Schläge mit ihren Armen und fing Schlag um Schlag ab.

Der Dämon war schnell, doch Yu war noch schneller und ging nun zum Angriff über. Mit ihrer linken Hand packte sie sein Gesicht, krallte ihre Fingernägel unter seinem Kinn fest und entriss ihm die Maske.

Darunter kam das enttäuschte Gesicht ihres Freundes Wei zum Vorschein, der sofort zu kämpfen aufhörte.

»Hast du mich denn erkannt?«, fragte er.

»Überrascht dich das?«, entgegnete Yu. »Aber als du aus dem Schrank gesprungen bist, hast du mich erschreckt, damit hatte ich nicht gerechnet. Und hier, schau mal: Ich habe mir wehgetan.«

Sie hob den Fuß an, in dem die Glasscherbe steckte. Wei zog sie heraus, die Wunde blutete ein bisschen.

»Das tut mir leid, Yu.«

»Es sollte dir nicht leidtun«, sagte sein Großvater.

Er kam auf sie zu und Yu wurde klar, dass er die ganze Zeit über im Zimmer gewesen war und unbeweglich hinter dem Bett gestanden hatte.

»Wenn Yu sich wehgetan hat, ist sie selbst schuld. Sie hat sich erschreckt und den Fuß aufgesetzt, ohne hinzuschauen.«

»Aber das ist doch normal!«, protestierte Yu. »Hier herrschte ein totales Chaos und plötzlich flog ein Dämon auf mich zu.«

»Gerade in unerwarteten Situationen muss man Ruhe bewahren, denn genau dann kann ein Feind zu einer großen Gefahr werden.«

Yu stöhnte, aber sie wusste, dass man mit Peng nicht diskutieren konnte.

»Habt ihr hier alles kaputt gemacht, nur um mir einen Streich zu spielen?«

»Nein, nicht ganz«, widersprach Wei. »Wir haben trainiert und Großvater hat es wohl etwas übertrieben … Hilfst du mir, alles wieder in Ordnung zu bringen?«

»Das fällt mir nicht im Traum ein! Ich muss schon den ganzen Tag in der Gastwirtschaft aufräumen. Das werde ich jetzt nicht auch noch hier tun!«

Der alte Mann kicherte. »Enkel, sie hat recht. Räum du allein auf. Yu wird mit mir in den Hof kommen, Herr Shu möchte sich mit ihr unterhalten.«

Herr Shu war eine Puppe: ein abgeschliffener Baumstamm, in den vier Stangen eingesetzt waren, die seine Arme und Beine darstellen sollten.

Peng hatte die Puppe mitten in dem kleinen Hof aufgestellt, in dem auch das alte Ruderboot lag, das er gelegentlich benutzte.

»Heute hast du einen Fehler gemacht, als du deinen Fuß aufgesetzt hast«, tadelte er Yu. »Und weil es ein sehr schwerer Fehler war, werden wir jetzt Bewegungsübungen machen. Laufe rechts an Herrn Shu vorbei, dann links, dann überkreuzt du deine Beine, drehst dich um, rechts und links vorbei, dann raus. Achte auf deine Atmung und darauf, wohin du trittst.«

Yu hasste Herrn Shu beinahe ebenso sehr, wie sie den Wirt Bai Bai hasste. Gegen die Puppe zu kämpfen war langweilig. Zwar sagte Peng immer, sie solle sich vorstellen, dass sie die Angriffe eines Gegners aus Fleisch und Blut parierte, doch Herr Shu stand einfach nur da und rührte sich nicht. Echte Menschen dagegen bewegten sich wesentlich mehr.

Dennoch führte Yu die Übung aus, bemüht, in den richtigen Rhythmus zu finden. Eigentlich war kämpfen nicht viel anders als tanzen, nur dass der Tanzpartner nicht versuchte, einen umzubringen.

»Konzentrier dich«, tadelte Peng. »Du bewegst dich zu langsam. Du musst schnell sein und präzise!«

Yu bemühte sich, ihre Gedanken unter Kontrolle zu bringen und sich auf sich selbst und das, was sie gerade tat, zu konzentrieren.

Du heißt Shi Yu, du bist neun Jahre alt und die Dienstmagd von Bai Bai.

Du bist in Pengs Hof.

Du verprügelst eine Holzpuppe.

»He, kommt schnell!«

Wei war in den Hof gestürzt. Er hatte das Dämonenkostüm abgelegt und wieder Hemd und Hose angezogen, das Hemd aber noch nicht zugeknöpft.

»Was ist los?«, fragte Yu. »Ist das noch ein Streich?«

Wei schüttelte den Kopf. »Draußen auf der Straße … Da passiert gerade etwas.«

Es schien sich um etwas Ernstes oder zumindest um etwas Interessantes zu handeln. Yu verpasste Herrn Shu einen letzten Boxschlag, warf Peng ein verlegenes Lächeln zu und lief Wei hinterher.

8

Die Dreizehn Häuser standen aneinandergereiht am Ufer des Perlflusses. Die Häuserzeile erstreckte sich von der Straße des Leuchtenden Steins (in der sich Pengs Haus befand) bis zur Mündung eines Baches, dessen Namen Yu nicht kannte. Obwohl sie »Häuser« hießen, handelte es sich vielmehr um mehrstöckige, von herrlichen Gärten umgebene exotische Villen mit zahlreichen Nebengebäuden. Jede Villa war die Niederlassung einer Handelsgesellschaft, die mit dem Reich des Himmels von Kanton aus Geschäfte machen wollte. Vor jeder stand ein hoher Mast, an dem eine bunte Fahne wehte. Auch diese Fahnen waren exotisch, aber wesentlich hässlicher als die der acht Mandschu-Clane, auf denen Drachen und bunte Blumen prangten.

Abgesehen von all dieser Pracht konnte Yu nichts Ungewöhnliches entdecken.

»Du schaust in die falsche Richtung«, stellte Wei fest und zeigte nach links, zu der Straße hin, die die Straße des Leuchtenden Steins kreuzte.

Dort hatte sich eine Menschenmenge gebildet und in der Ferne erklangen Rufe und das tiefe Dröhnen eines Gongs.

Ein Trupp Soldaten marschierte langsam auf die Menschenmenge zu. Die eine Hälfte von ihnen waren kaiserliche Palastwachen, die andere waren Soldaten der Fremden, mit glänzenden schwarzen Lederstiefeln und vergoldeten Knöpfen an den Jacken.

Dahinter kamen Sänftenträger mit der Sänfte des *Hoppo*, dem für den Handel mit den Ausländern zuständigen Beamten. Er war zweifellos der reichste und mächtigste Mann der Stadt, ein Mandschu mit gelblichem Teint und überlangen, von juwelenbesetzten Hüllen geschützten Fingernägeln.

Hinter der Sänfte ging eine Gruppe ausländischer Kaufleute.

Ebenso wie die fremden Soldaten trugen auch sie kniehohe Stiefel und schwere Jacken, deren Rockschöße wie gegabelte Schwänze auf ihren Hintern auf und ab hüpften. Yu dachte, dass sie in den dicken Jacken bei der Hitze umkommen mussten. Weitere Soldaten folgten.

»Aber was …?«, murmelte Yu.

»Ich glaube«, sagte Wei, »dass es um die da geht.« Er wies auf eine Gruppe von Gefangenen, die von einem weiteren Trupp Soldaten vorwärtsgeschoben wurden. Sie schleppten sich langsam dahin und trugen alle die *Canga:* eine schwere Holzplatte aus zwei Brettern mit einem Loch in der Mitte für den Kopf.

Die Gesichter der Gefangenen waren vor Schmerz und Anstrengung verzerrt. Außerdem hatte man ihnen Straftätowierungen aufgezwungen, an denen man ablesen konnte, welche Verbrechen sie begangen hatten.

Leider konnte Yu die Schriftzeichen nicht lesen.

»Wer sind diese Männer?«, fragte sie.

Eine Frau, die hinter ihr stand, antwortete: »Das sind Piraten. Ein englisches Schiff wollte die Insel Whampoa anfahren«, erklärte die Frau. »Es hatte den Laderaum voller Silberbarren und die Piraten haben es angegriffen. Doch sie hatten Pech, denn die Garnison auf Whampoa hat es gemerkt und den Engländern Verstärkung geschickt. Sämtliche Piraten wurden gefangen genommen.«

»Und was passiert jetzt?«

»Sie werden sie töten.«

Yu und Wei folgten dem Zug, der die ersten zwei Anwesen passierte und auf dem Platz vor dem dritten großen Gebäude anhielt. Vor dem eindrucksvollen Eingangstor des Anwesens flatterte eine hellblaue Fahne mit einem weiß-roten Kreuz.

Der *Hoppo* und die ausländischen Kaufleute verteilten sich über den Platz, die Soldaten nahmen rings um sie herum Aufstellung, wie um sie zu schützen, und die Gefangenen wurden vor dem *Hoppo* zusammengetrieben.

Die Träger stellten die Sänfte ab. Der Beamte winkte einen kaiserlichen Boten herbei, der eine große Papierrolle trug. Er entrollte sie und las laut das vor, was die Frau gerade erzählt hatte, nämlich dass die Gefangenen Piraten waren, die vor der Insel Whampoa ein Schiff angegriffen hatten.

Als er geendet hatte, wiederholte der Bote den Bericht auf Englisch. Yu verstand diese Sprache ein bisschen, denn sie hatte einiges mit *Pidgin* gemeinsam, einer aus Englisch, Portugiesisch und Chinesisch zusammengesetzten Verkehrssprache.

Während sie zuhörte, betrachtete sie fasziniert die Gefangenen. Yu hatte noch nie einen Piraten aus der Nähe gesehen. Einer von ihnen hatte es ihr besonders angetan, ein Mann mit hohen Wangenknochen und der eleganten Haltung eines Adeligen. Er hielt sich ein wenig abseits von den anderen, zusammen mit einem Gefangenen mit ungewöhnlich breiten und kräftigen Schultern und einer nackten, über und über von Tätowierungen bedeckten Brust.

Beide Männer wirkten sehr gelassen, so als würde sie das, was auf dem Platz geschah, nicht betreffen. Yu bewunderte sie für ihre Kaltblütigkeit.

Inzwischen war der Bote mit seinem Vortrag fertig. Er drehte sich zum *Hoppo* um, der ihm etwas ins Ohr flüsterte, und verkündete sodann: »Die Beamten haben die Zeugenaussagen zur Kenntnis genommen und ihr Urteil gesprochen. Auf Befehl seiner Hoheit, des Sohns des Himmels und Kaisers von China, kamen diese Piraten vor Gericht und wurden für schuldig befunden. Sie werden nun durch Enthauptung bestraft.«

Nachdem der Bote diese Mitteilung auf Englisch wiederholt hatte, protestierten die ausländischen Kaufleute laut.

»Was geschieht da?«, fragte ein Schaulustiger, der neben Yu stand.

»Anscheinend«, antwortete ein anderer Mann, »gibt es Streit darüber, wer die Piraten exekutieren darf. Der *Hoppo* will sie nach chinesischem Brauch köpfen lassen, die fremden Teufel möchten die Bestrafung selbst übernehmen und die Piraten ihren Sitten gemäß aufhängen.«

Yu verstand nicht, welchen Unterschied das machte, denn die Unglücklichen würden so oder so sterben müssen.

Die Stimmung heizte sich auf. Die ausländischen Kaufleute umringten den *Hoppo* und redeten auf ihn ein, ohne zu bedenken, dass dies – wie sogar Yu wusste – äußerst unangebracht und unhöflich war. Die chinesischen Soldaten traten vor, um den hohen Beamten zu beschützen, und die englischen Soldaten rückten näher an ihre Landsleute heran. Alle wirkten äußerst angespannt.

»Vielleicht sollten wir lieber von hier verschwinden«, schlug Wei vor.

»Pst!«, zischte Yu. Sie hatte in der Menge irgendetwas gesehen, ein Aufblitzen. »Jetzt passiert gleich etwas.«

Es passierte tatsächlich etwas.

Und zwar sehr schnell.

Einer der kaiserlichen Soldaten, der am Rand des Platzes gestanden hatte, schrie laut auf. Im nächsten Augenblick schwankte er und fiel zu Boden. Aus seinem Rücken ragte ein Schwert, das in eine Spalte zwischen den Platten der Rüstung gerammt worden war. Er war auf der Stelle tot.

Durch die so entstandene Lücke zwängte sich eine Gruppe von Männern, alle mit Schwertern, Äxten und Gewehren bewaffnet. Sie schossen auf die Soldaten, und Chaos brach aus.

Der breitschultrige, tätowierte Gefangene gab einen markerschütternden Schrei von sich, packte mit beiden Händen die Enden seiner *Canga*, presste sie gegen seine Schultern und zerbrach die Holzplatte, als sei sie aus Pappe.

Einer der Angreifer eilte zu dem vornehm wirkenden Piraten, befreite ihn und reichte ihm ein Schwert.

»Piraten!«, rief der Befreite, der offenbar ein Anführer war. »Zum Angriff!«

Als der *Hoppo* begriff, dass es gefährlich wurde, flüchtete er sich in seine Sänfte und befahl seinen Trägern, ihn schnell fortzubringen. Die chinesischen und ausländischen Soldaten machten sich gefechtsklar. Schwerter klirrten, Pulverrauch erfüllte die Luft.

Yu konnte das Geschehen nicht mehr verfolgen, denn die flüchtenden Schaulustigen drängten sie immer weiter ab.

Wei packte sie an ihrem Kittel. »Wir müssen hier *wirklich* weg.«

Yus Ohren waren von den Schüssen so betäubt, dass sie seine Stimme kaum hörte.

»Aber die Piraten …«

»Die können sich selbst helfen, mach dir um die mal keine Sorgen. Wir sollten lieber aufpassen, dass wir nicht umgebracht werden.«

Gemeinsam rannten sie zu Peng zurück, der vor seinem Haus auf sie gewartet hatte.

»Konnten die Piraten entkommen?«, fragte er mit ruhiger Stimme.

»Ich weiß es nicht«, musste Wei zugeben.

»Habt ihr die Piraten gesehen? Wie sahen sie aus?«

»Einer wirkte wie ein Adeliger«, erwiderte Yu. »Und der neben ihm war am ganzen Körper tätowiert. Ein wahnsinnig starker Kerl: Er hat seine *Canga* mit bloßen Händen zerschlagen.«

Peng nickte. »Dann waren das bestimmt Flussritter und Tätowierter Büffel.«

»Kennst du sie denn?«

Der Alte zuckte mit den Schultern. »Lasst uns lieber reingehen. Herr Shu möchte sich noch ein bisschen mit euch unterhalten. Und dann muss Yu zur Gastwirtschaft zurück.«

Seufzend folgte Yu Wei und Peng ins Haus. Von dem Platz drangen immer noch Schüsse und andere Kampfgeräusche herüber. Yu hätte gern gewusst, wer wohl aus diesem Gefecht als Sieger hervorging … und wünschte sich insgeheim, es würden die Piraten sein.

Diese Männer hatten sie sehr beeindruckt.

Wie stolz sie gewesen waren, obwohl sie die *Canga* tragen mussten.

Stark.

Und frei.

9

Seit Yu die Kampfkunst erlernte, hatte sie schon viele schwierige Übungen gemeistert. Die allerschwierigste aber bestand darin, die Gastwirtschaft zu verlassen, ohne dass Bai Bai es merkte.

Einmal hatte sie mit Peng darüber gesprochen: »Wenn der Wirt mich erwischt, schlägt er mich.«

»Dann lass dich nicht erwischen«, hatte der Greis geantwortet.

An diesem Nachmittag beschloss Yu, ihre Lieblingsstrategie anzuwenden, die darin bestand, Jia um Hilfe zu bitten. Der alten Köchin fiel es mittlerweile immer schwerer, ihre Arbeit zu verrichten: Sie konnte die großen Töpfe kaum noch heben, beim Geschirrspülen schmerzten ihr die Hände und sie sah so schlecht, dass sie viele Zutaten nur noch an ihrem Geruch erkannte. Ständig lebte sie in der Angst, Bai Bai könnte es merken und sie davonjagen.

»Wo soll ich denn dann hingehen?«, hatte sie Yu einmal anvertraut. »Ich habe weder Kinder noch andere Verwandte und ich habe immer nur hier gelebt. Ich würde lieber sterben als fortzugehen.«

Seit diesem Tag unterstützte Yu die Köchin, wo sie nur konnte. Und sie tat es gern, denn sie arbeitete lieber in der Küche, als an den Tischen zu bedienen. Als Gegenleistung half die alte Jia Yu, ihre nachmittäglichen Abwesenheiten zu verheimlichen.

Nachdem die letzten Mittagsgäste gegangen waren und Yu den Boden fertig aufgewischt hatte, fragte sie die Köchin, ob sie für ein paar Stunden verschwinden könne.

»Willst du wieder zu dem Jungen?«, fragte die alte Jia. »Bist du nicht zu jung, um einen Verlobten zu haben?«

»Er ist nicht mein Verlobter, Großmütterchen«, entgegnete Yu lächelnd. »Aber er ist der einzige Freund, den ich habe …«

»Ja, dann geh nur, in deinem Alter braucht man Freunde. Lauf schon, aber komm nicht zu spät zurück.«

Yu versprach es und rannte los.

Als sie das Haus in der Straße des Leuchtenden Steins erreichte, bot sich ihr ein seltsames Schauspiel. Pengs Ruderboot stand quer in der Straße und der Alte saß mit verschränkten Armen darin. Das Boot versperrte den Weg und die Passanten schimpften. Wei war es ganz offensichtlich peinlich, Peng dagegen schien es vollkommen gleichgültig zu sein.

Als er Yu erblickte, tadelte er sie: »Du bist spät dran.«

»Was machst du da im Boot, Peng?«, fragte Yu, ohne auf den Vorwurf einzugehen. »Wartest du auf die Flut?«

»Sehr witzig.« Der Alte griff nach der Flasche, die an seinem Gürtel hing, zog den Korken heraus, nahm einen langen Schluck und verschloss die Flasche wieder. »Tragt mich zum Fluss!«, befahl er.

»Soll das ein Scherz sein?«

»Ganz im Gegenteil. Es ist eure heutige Übung.«

Ein Blick verriet Yu, dass Wei und Peng schon darüber gesprochen hatten und dass Peng es ernst meinte.

Wei und Yu hoben das Boot mit dem darin sitzenden Greis an. Beides zusammen war so schwer, dass sie es nur mit Mühe tragen konnten. Gemeinsam schleppten sie das Boot zum Fluss am anderen Ende der Straße. Alle Leute, denen sie begegneten, zeigten lachend auf Peng. Am liebsten hätte Yu den Alten und sein Boot fallen gelassen, doch sie biss die Zähne zusammen.

Es war ein sehr heißer Tag, und als sie am Wasser anlangten, waren Yu und Wei schweißgebadet. Sie ließen das Boot zu Wasser und kletterten hinein, während der im Bug sitzende Peng vor sich hin kicherte und immer mal wieder aus seiner Flasche trank. Yu nahm an, dass sie irgendetwas Alkoholisches enthielt und dass der Alte bereits betrunken war.

»Wo fahren wir hin?«, wollte Wei wissen.

»Zur Insel Shamian«, antwortete sein Großvater und zeigte auf eine Sandbank, die auf der gegenüberliegenden Seite der Dreizehn Häuser lag.

Wei ergriff das einzige Paddel und setzte das Boot in Bewegung.

Währenddessen trank der Alte weiter und Yu nutzte die Überfahrt, um sich ein wenig auszuruhen. Sie ließ einen Arm über den Bootsrand hängen und spürte, wie das in der Sonne leuchtende Wasser zwischen ihren Fingerspitzen hindurchfloss.

Noch nie zuvor war sie Boot gefahren und es gefiel ihr außerordentlich gut. Die Stille, das elegante Dahingleiten, die Wellen, die sie sanft hin und her schaukelten wie ein Baby in der Wiege.

»Das reicht«, sagte Peng auf einmal. »Hier ist das Wasser tief genug.«

Er stöpselte seine Flasche zu und sprang mit dieser unglaublichen Geschicklichkeit, die Yu inzwischen gut kannte, vorn auf den Bug, sodass er mit einem Fuß auf dem linken Bootsrand und mit dem anderen auf dem rechten landete.

»Wir beginnen mit der heutigen Übung«, verkündete er. »Yu, Wei, ihr müsst erreichen, dass ich das Gleichgewicht verliere und ins Wasser falle.«

»Wie?«

»Ganz egal. So, wie ihr wollt. Hauptsache, ich plumpse ins Wasser.«

Wei und Yu schauten einander entgeistert an. Yu hatte schon öfters gegen Peng gekämpft und wusste daher, dass der alte Trunkenbold schneller als eine Schlange sein konnte. Doch so, wie er gerade auf dem Bug des Boots balancierte, kam er ihr sehr verletzlich vor.

»Am besten greifen wir mit möglichst viel Abstand an«, flüsterte Wei.

»Richtig«, bestätigte Yu. »Nimm das Paddel.«

Sie verständigten sich wortlos: Yu legte sich bäuchlings auf den Boden des Boots, während Wei das lange Paddel ergriff und es im Bogen durch die Luft schwenkte, um damit den Großvater ins Wasser zu stoßen.

Peng ließ sich nicht aus der Ruhe bringen. Er faltete die Hände um das Paddelblatt und blockierte dadurch den Stoß.

Ein paar Sekunden lang blieben beide, Großvater und Enkel,

wie eingefroren stehen. Dann zerrte Wei an dem Ruder, um es Peng zu entreißen. Er versuchte, das Paddelende zwischen seinen Händen zu drehen. Doch alles, was er unternahm, blieb wirkungslos und konnte gegen den eisernen Griff des Alten nichts ausrichten.

Yu beschloss, dass es für sie Zeit wurde, einzugreifen. Mit einem Sprung schnellte sie nach vorn, in der Hoffnung, dass Peng nicht damit rechnen würde. Doch Peng hob einfach nur das rechte Bein und verpasste ihr einen Tritt in den Bauch, sodass ihr die Luft wegblieb.

Durch die plötzliche Bewegung geriet das Boot ins Schwanken und kippte auf die linke Seite, während die rechte sich senkrecht aufstellte. Sowohl Yu als auch Wei fielen in den Fluss. Peng dagegen setzte den Fuß, mit dem er nach Yu getreten hatte, auf dem rechten Bootsrand ab und brachte damit das Boot wieder ins Gleichgewicht.

Yu wirbelte in dem trüben Flusswasser herum und versuchte sich zu orientieren. Mit einem kräftigen Beinschlag kehrte sie an die Oberfläche zurück. Als sie wieder zum Vorschein kam, klebten ihr die Haare im Gesicht und ihr Mund war voller Flusswasser.

»Verdammt, Peng, war das wirklich nötig?«, schimpfte sie.

»Ich denke ja«, erwiderte der alte Mann. »Du und mein Enkel, ihr habt beide versagt.«

Yu und Wei kletterten ins Boot zurück und versuchten abermals, den Greis anzugreifen. Sie probierten verschiedene Strategien aus. Gemeinsam. Einzeln. Sie setzten das Paddel wie eine Lanze ein. Sie schaukelten heftig das Boot, um Peng aus dem Gleichgewicht zu bringen. Doch jedes Mal waren es nur sie beide, die ins Wasser fielen.

»Das reicht jetzt«, beschloss Peng nach einer Weile. »Kommt ins Boot zurück und trocknet euch ab. Wir machen nun eine andere Übung: Ihr steigt hier rauf und versucht, nicht herunterzufallen.«

Die beiden gehorchten. Jeder von ihnen brauchte ziemlich lange, um überhaupt dieselbe Position wie Peng einzunehmen. Als Yu mit gespreizten Beinen über dem Bug stand, mit einem Fuß auf dem linken und einem Fuß auf dem rechten Bootsrand, wurde ihr klar, wie schwierig es war, auch nur die Balance zu halten.

»Wollt ihr wissen, warum ich da oben stehen kann, und ihr nicht? Weil ihr euer *Chi* nicht unter Kontrolle habt. Das *Chi* ist eure Lebensenergie, das Feuer, das den ganzen Körper funktionieren lässt. Wenn ihr euch konzentriert, könnt ihr es spüren, knapp unter dem Nabel. Es fühlt sich wie eine kleine brennende Sonne an.«

Yu schloss die Augen, doch sie spürte überhaupt nichts außer einem gewissen Hungergefühl.

»Mädchen, du arbeitest in einer Gastwirtschaft. Was tust du, wenn das Feuer auszugehen droht?«

»Ich blase drauf«, antwortete Yu.

»Genau, und das tut man auch mit dem *Chi*. Alles hängt von der Atmung ab. Wenn ihr auf die richtige Weise atmet, könnt ihr euer *Chi* auf eure Faust konzentrieren oder es in die Füße hinuntersinken lassen. Dann wird es unmöglich, euch von der Stelle zu bewegen oder zu Fall zu bringen.«

»Ich bin klein und leicht«, widersprach Yu. »Jeder Mann kann mich zu Boden werfen.«

»Wenn du dein *Chi* kontrollierst, bist du ebenso fest im Boden verankert wie ein Baum mit starken Wurzeln. Es geht überhaupt nicht um Gewicht oder um Muskeln. Ich bin ein dürrer alter Mann und dennoch kann ich ein dickes Holzbrett mit einem einzigen Finger entzweischlagen. Und das verdanke ich keinesfalls meiner Körperkraft. Habt ihr das begriffen?«

Yu und Wei nickten.

»Dann bleibt in dieser Position und versucht, euer *Chi* zu spüren.«

Wei und Yu wechselten ein ermutigendes Lächeln. Den Rest des Nachmittags verbrachten sie damit, über dem Bug zu balancieren.

Ihre Schatten im Wasser sahen wie die Schuppen eines Drachen aus.

10

Yu kaufte auf dem Markt ein. Sie besorgte rote Bohnen und Ingwer, Schweinerippchen, Froschschenkel und einen Bund Schnittlauch, den die alte Jia gerne zu vielen Gerichten tat.

Um die Stunde des Hasen kehrte das Mädchen in die Gastwirtschaft zurück. Die Stube war leer, mit Ausnahme eines Tischs am anderen Ende des Raums.

Dort unterhielt sich Tanzende Lotosblüte angeregt mit einem ungefähr fünfzigjährigen Mann in einem eleganten blauen *Changshan* und mit einem grauen Schnurrbart, dessen Spitzen ihm bis unter das Kinn reichten.

»Yu!«, rief die Tänzerin, als sie das Mädchen erblickte.

»Tanzende Lotosblüte!«, antwortete Yu. »Du bist schon lange nicht mehr hier gewesen … Ich sehe, dass eure Tassen leer sind. Kann ich euch noch etwas zu trinken bringen?«

»Gern, und ein paar Schälchen, falls du für das Mittagessen schon etwas vorbereitet hast.«

»Ich bringe die Einkäufe in die Küche und bin gleich zurück«, versprach Yu.

Sie durchquerte den Gastraum, um zur Küche zu gelangen, doch als sie an dem besetzten Tisch vorbeikam, streckte der Mann unter dem Tisch den Fuß heraus, um ihr ein Bein zu stellen.

Yu erahnte seine Absicht. Obwohl das Gewicht der Einkaufstaschen sie etwas behinderte, sprang sie hoch in die Luft und landete mit einem Fuß auf einer Sitzbank.

Ich danke dir für die Übungen auf dem Boot, Peng, dachte sie.

Tanzende Lotosblüte erschrak. »Was ist geschehen?«

»Nichts«, antwortete Yu. »Ich habe etwas auf dem Fußboden gesehen … Vielleicht eine Maus … Vor Schreck bin ich hochgesprungen.« Sie lachte und hoffte, dass ihr Lachen tatsächlich wie das eines sorglosen, etwas dummen Küchenmädchens klang. Sie hüpfte vom Tisch herunter.

»Zum Glück habe ich nichts umgeworfen …«

Tanzende Lotosblüte nickte. Der Mann mit dem Schnurrbart dagegen stieß mit dem Finger so schwungvoll gegen seine leere Teetasse, dass sie mit der Geschwindigkeit eines Projektils über die Tischplatte flog.

Instinktiv hob Yu ein Bein und bekam die Tasse mit den Zehen zu fassen, ein bisschen so wie Wei es an jenem Abend getan hatte, an dem sie sich kennengelernt hatten.

»Oh, Verzeihung«, sagte der Mann. »Ich bin wirklich ungeschickt, es tut mir leid. Zum Glück hat dieses junge Mädchen gute Reaktionen.«

»Das war reines Glück«, entgegnete Yu.

»Tatsächlich?«, fragte der Mann mit halb geschlossenen Augen.

Yu errötete, verbeugte sich und lief in die Küche.

»Du hast lange gebraucht«, begrüßte die Köchin sie. »Was gab es auf dem Markt denn Gutes zu kaufen?«

Yu antwortete irgendetwas, während sie über den Mann mit dem Schnurrbart nachdachte. Er hatte ihr absichtlich ein Bein gestellt und ihr die Tasse entgegengeschleudert.

Wer war er, und warum hatte er das getan?

»Draußen sitzen Gäste, die Tee und Schälchen bestellt haben«, sagte Yu.

»Wer sind sie? Ist wieder diese Tänzerin dabei, Tanzende Lotosblüte? Sie gefällt mir nicht, sie ist keine anständige Frau.«

»Sie ist meine Freundin«, entgegnete Yu.

»Du solltest nicht mit solchen Leuten zusammen sein, Mädchen. Andererseits …«

Jia stellte ein Tablett zusammen und Yu trug es hinüber.

Als sie den Gastraum betrat, sah sie, dass Tanzende Lotosblüte gegangen war und der Mann mit dem Schnurrbart nun allein am Tisch saß.

»Warum ist sie weg?«

»Tanzende Lotosblüte ist eingefallen, dass sie mit jemandem verabredet ist. Ich soll dich von ihr grüßen.«

Yu blinzelte verwirrt. Es gefiel ihr nicht, dass ihre Freundin gegangen war, und der Mann gefiel ihr auch nicht. Aber was konnte sie schon tun? Sie war nur eine Dienstmagd. Sie stellte die Schalen mit den leckeren Häppchen vor dem Mann auf den Tisch.

Plötzlich packte der Unbekannte sie am Handgelenk. Die Bewegung war so schnell gewesen, dass Yu sie nicht rechtzeitig bemerkt hatte.

»Sie tun mir weh«, protestierte sie, bemüht, sich ihre Angst nicht anmerken zu lassen.

»Warum befreist du dich dann nicht aus meinem Griff?«, fragte der Mann.

Yu fiel eine Technik ein, die Peng ihr beigebracht und die sie unzählige Male an Herrn Shu geübt hatte. Sie drehte ihr Handgelenk und hieb mit der Handkante wie mit einem Messer auf den Arm des Mannes ein. Er ließ sie tatsächlich los, doch Yu hatte den Verdacht, dass er sie durchaus weiter hätte festhalten können, wenn er gewollt hätte.

»Das habe ich mir schon gedacht«, meinte er.

»Was?«

»Du kennst meinen Freund Li Peng. Mehr als das: Er ist dein *Shifu*.«

Dein Lehrer.

Yu musste zugeben, dass Peng für sie genau das war, auch wenn sie ihn nie als solchen angesehen hatte. *Shifu* war eine respektvolle Anrede, während Peng nur ein alter Trunkenbold war, der ihr für ein paar Becher Reiswein die Kampfkunst beibrachte.

»Ich kenne diesen Peng nicht«, log Yu.

»Ich habe deinen Kampfstil wiedererkannt«, erwiderte der Mann. »Es ist der *Wushu der Luft und des Wassers*. Ich glaube nicht, dass es in Kanton außer Meister Li noch jemanden gibt, der ihn dir beigebracht haben könnte.«

Yu sagte nichts darauf. War dieser Mann wirklich ein Freund

von Peng? Sie fand sein Äußeres unangenehm, ebenso wie seine Art zu reden. Alles an ihm kam ihr *gefährlich* vor.

»Ich suche schon sehr lange nach ihm und mir scheint, dass mir das Glück endlich hold ist. Ich habe mich vorhin mit Tanzende Lotosblüte unterhalten und sie verriet mir, dass eine sehr junge Freundin von ihr die Kampfkunst erlernt. Ich bat sie, mich dem Mädchen vorzustellen, und wen treffe ich? Ausgerechnet die Schülerin von Li!« Der Mann grinste. »Wo lebt er denn jetzt? Ich bin sicher, dass du mich schnell zu ihm führen kannst.«

Wieder antwortete Yu nicht. Da streckte ihr der Mann den Zeigefinger entgegen. Sie sah, dass innen auf die Fingerspitze ein winziger Nachtfalter eintätowiert war.

»Ich habe lange auf diesen Moment gewartet, Mädchen. Es wäre mir lieb, wenn ich nicht noch länger darauf warten müsste.«

Yu drehte sich um und wollte weglaufen. Doch nach nur drei Schritten knallte sie gegen die Brust des Mannes.

Wie hatte er es nur vermocht, in so kurzer Zeit aufzustehen, sie zu überholen und sich vor ihr aufzupflanzen? Seine Schnelligkeit war ungeheuerlich. Geradezu unnatürlich.

»Hör mal«, sagte er zu ihr. »Du brauchst keine Angst zu haben.«

Yu hechtete zur Seite in der Hoffnung, den Mann dadurch zu überrumpeln, aber wieder versperrte er ihr den Weg.

»Ich bin *wirklich* ein Freund deines Lehrers. Wir haben gemeinsam gekämpft. Ich habe seiner Tochter Mei das Lesen beigebracht.«

Falls Mei die Mutter von Wei war, dann musste sie eine ganze Weile tot sein. Aber vielleicht wusste der Mann das gar nicht, wenn er Peng schon lange nicht mehr gesehen hatte.

»Wir machen Folgendes«, schlug der Mann vor. »Du gehst zu ihm und sagst ihm, dass Nachtfalter in der Gastwirtschaft auf ihn wartet. Dann kann er selbst entscheiden, ob er kommen und mich sehen will, oder nicht.«

»Sie sind sehr schnell«, stellte Yu fest. »Ganz offensichtlich sind Sie ein Meister der Kampfkunst. Sie könnten mir heimlich folgen und auf diese Weise würde ich Peng verraten, ohne es zu wollen.«

Der Mann lächelte. »Du hast recht«, sagte er. »Aber denk doch mal darüber nach: Wer von uns beiden würde einen Zweikampf gewinnen? Du oder ich?«

Yu war ein neunjähriges Mädchen, er war ein Meister. Yu hatte keinerlei Zweifel am Ausgang eines solchen Kampfes.

»Das bedeutet, dass ich dir jetzt Schlimmes zufügen und dich zwingen könnte, mir alles zu verraten, was ich wissen will. Tatsächlich aber habe ich nicht die Absicht, das zu tun. Ich gebe dir mein Ehrenwort, dass ich hier auf Meister Peng warten werde. Nun geh und sage ihm Bescheid.«

Der Mann hatte sie überzeugt, also lief Yu los. Dieses Mal hielt Nachtfalter sie nicht auf.

Als Yu bei dem Haus in der Straße des Leuchtenden Sterns anlangte, lief sie sofort hinein, ohne sich vorher mit Klopfen aufzuhalten.

Wei machte gerade Tee, während Peng noch im Bett lag und schlief. Doch sofort nach Yus Eintreten hob er den Kopf.

»Yu? Was machst du hier, um diese Zeit?«, fragte er.

»Peng, kennst du zufällig einen Mann, der sich Nachtfalter nennt?«

Der alte Mann sprang aus dem Bett. In all den Jahren hatte Yu die Erfahrung gemacht, dass er schnell sein konnte, aber eine derartig schnelle Reaktion hatte sie bei ihm noch nie erlebt.

»Wo ist er?«, fragte Peng.

»In Bai Bais Gastwirtschaft. Er wartet dort auf dich.«

»Wei, Yu, ihr bleibt hier. Und ihr rührt euch nicht von der Stelle, was auch geschehen mag. Ihr bleibt im Haus, bis ich wieder zurück bin. Habt ihr mich verstanden?«

Die beiden nickten.

»Ich bin bald wieder da«, versprach der alte Mann.

Er lief hinaus, und Yu und Wei starrten ihm noch eine Weile hinterher, wie von einer bösen Vorahnung erfüllt.

11

Yu und Wei zwangen sich, ruhig zu bleiben und auf Pengs Rückkehr zu warten. Sie gingen in den Hof hinaus, übten eine Weile mit Herrn Shu und inszenierten einen kleinen Zweikampf. Als sie beide keine Lust mehr dazu hatten, gingen sie ins Haus und Wei zeigte Yu ein großes Buch mit Seideneinband, in dem sich Dutzende von Zeichnungen befanden. Auf allen waren Männer zu sehen, die Kampfübungen durchführten, und einige dieser Lektionen waren aufsehenerregend: Die gezeichneten Männchen liefen senkrechte Wände hinauf oder flogen wie Vögel durch die Luft. Unter jedem Bild stand etwas geschrieben, vermutlich eine Anweisung, wie die betreffende Lektion auszuführen war.

»Kannst du denn lesen?«, fragte Yu ihren Freund.

»Ein bisschen«, antwortete er. »Großvater bringt es mir bei, aber es ist schwierig.«

Angesichts der komplizierten Schriftzeichen konnte Yu sich das gut vorstellen.

Je länger Peng wegblieb, desto mehr Sorgen machte sich Yu. Sie hatte die Gastwirtschaft verlassen, ohne Bescheid zu geben, nicht einmal zur alten Jia hatte sie etwas gesagt, und nun war es bald Mittag. Demnächst musste das Mittagessen serviert werden und Bai Bai würde ihre Abwesenheit bemerken.

»Ich muss jetzt wirklich gehen«, sagte sie zu Wei.

»Großvater hat uns befohlen, hier zu bleiben, bis er wieder da ist.«

»Aber Bai Bai …«

»Großvater ist doch zur Gastwirtschaft gegangen, oder? Er hat sicher schon mit dem Wirt gesprochen und sich eine Ausrede für dich einfallen lassen. Er kann das gut, mach dir mal keine Sorgen.«

Yu hoffte, dass ihr Freund recht hatte, aber wirklich glauben konnte sie es nicht. Der Wirt und Peng hatten sich noch nie vertragen, Bai Bai beschimpfte den alten Mann als Säufer und nutzte jede ihm sich bietende Gelegenheit, ihn aus dem Lokal zu werfen. Yu konnte sich nicht vorstellen, dass der Alte in der Lage war, den Wirt zu besänftigen.

Es wurde später und später. Die beiden trainierten abermals. Schließlich wurden sie müde, legten sich auf das große Bett und schliefen ein.

Als sie aufwachten, war es draußen dunkel geworden. Weil sie beide Hunger hatten, machte Wei Feuer und suchte im Vorratsschrank nach etwas Essbarem. Er fand nur Reis, aber das war immerhin besser als gar nichts.

Nach dem Essen sagte Yu: »Jetzt muss ich aber wirklich gehen.«

»Großvater …«

»Es tut mir leid, Wei, aber wir warten schon den ganzen Tag. Ich bekomme sicherlich Schwierigkeiten, und wenn ich nicht sofort zurückkehre, wird es nur noch schlimmer. Wir sehen uns morgen wieder.«

Sie schenkte ihm ein Lächeln und rannte los, bevor der Freund sie aufhalten konnte.

Yu erwartete, in der Gastwirtschaft Licht brennen zu sehen und aus der Ferne das Stimmengewirr der Gäste zu hören. Doch alles war dunkel und es herrschte Stille.

»Was ist passiert?«, rief sie, bevor sie eintrat. Schockiert blieb sie auf der Schwelle stehen.

Die Hälfte der Tische war umgeworfen worden und lag am Boden, manche waren sogar entzweigeschlagen. Es sah aus, als hätte ein Wirbelsturm durch die Gaststube gefegt.

»Was …«

»Na, wer kommt denn da?«, sagte Bai Bai.

Der Wirt saß hinten im Gastraum auf dem Boden. Yu hatte ihn im Dunkeln gar nicht gesehen.

»Inzwischen macht die kleine Yu also, was sie will, ja?«, murmelte Bai Bai und stand auf. »Sie kommt und geht, bleibt ganze

Tage weg … Ja, Mädchen, glaube ja nicht, dass ich das nicht gemerkt habe. Ich beobachte dich schon seit einer ganzen Weile. Aber jetzt hast du den Bogen überspannt.«

Yu sah, dass er sein Seil mit den vielen dicken Knoten in der Hand hielt. Die Peitsche, mit der er sie immer schlug.

Yu wich vor ihm zurück. »Was ist hier passiert?«

»Wenn du rechtzeitig zur Arbeit gekommen wärst, wüsstest du es«, erwiderte Bai Bai.

Wütend schlug er mit der Peitsche nach Yus Gesicht. Sie bog den Oberkörper zurück und wandte das Gesicht ab, sodass das Seil sie um Haaresbreite verfehlte.

»Dann wüsstest du nämlich, dass sie hergekommen sind und eine Schlägerei vom Zaun gebrochen haben. Dann wüsstest du, dass sie das halbe Lokal verwüstet haben.«

»Wer?«, wagte Yu zu fragen. »Li Peng und Nachtfalter?«

Anstatt ihr zu antworten, schlug der Wirt ein zweites Mal mit dem Seil nach ihr, doch Yu wich mit einem Schritt nach rechts erneut dem Schlag aus.

»Soll das heißen, dass du sie kennst? Bist du in diese Geschichte verwickelt?«

»N… nein«, stotterte Yu. »Ich bin nicht …«

»Bist du etwa dafür verantwortlich, dass diese alten Verrückten …«, ein Hieb mit dem Seil, »… mir …«, ein zweiter Hieb, »alles …«, ein dritter Hieb, »… kaputt gemacht haben?«

Yu konnte allen drei Hieben ausweichen. Und während sie das tat, meinte sie, ihr *Chi* zu spüren, diese Lebenskraft, von der Peng gesprochen hatte. Ihr war, als strahlte ihr *Chi* direkt unter ihrem Nabel.

Erst jetzt merkte Bai Bai, dass irgendetwas nicht stimmte, dass seine Hiebe, so heftig sie auch waren, immer ihr Ziel verfehlten.

»Was ist hier los?«, knurrte er. »Warum kannst du dich noch auf den Beinen halten?«

Verwirrt ließ er das Seil fallen und lief ihr entgegen, um sie zu fangen. Yu wich seitlich aus und stand nun hinter ihm.

»Bleib stehen, du elende Laus. Lass dich einfangen oder es wird dir noch viel schlimmer ergehen.«

Er drehte sich um und Yu tat es ebenfalls, sodass sie wieder hinter ihm stand. Nun holte sie mit einem Bein aus und verpasste Bai Bai einen Tritt in den Hintern. Er verlor das Gleichgewicht und fiel zu Boden.

Sofort stand er wieder auf. Sein gerötetes Gesicht wirkte in dem dunklen Raum beinahe schwarz. Er sah wie eine Gestalt aus einem Albtraum aus.

»Jetzt kenne ich kein Erbarmen mehr. Ich fürchte, ich muss dich töten.«

Yu spürte, wie ihr Herz immer schneller schlug und wie der kleine Stern in ihrem Bauch immer größer und heißer wurde.

»Ich glaube nicht, dass du das tun wirst«, erwiderte sie ganz ruhig.

Brüllend stürzte Bai Bai sich auf sie, doch er war langsam, viel zu langsam.

Ein Bild schoss Yu durch den Kopf: sie selbst vor der unbeweglichen Holzpuppe Herr Shu. Und sie tat das, was sie Tausende von Malen vor dieser Puppe gemacht hatte. Sie hob eine Hand, um Bai Bais ungeschickten Fausthieb abzuwehren, bewegte sich seitwärts, blockierte mit der anderen Hand das Handgelenk des Wirts und trat ihm gleichzeitig mit einem Fuß in die Kniekehle.

Der gesamte Bewegungsablauf dauerte nicht länger als ein Wimpernschlag. Bai Bai schrie auf wie ein verwundetes Tier, sein Bein knickte reflexartig ein und er fiel hin.

Er hob den Kopf. »Sie waren es, stimmt's?«, knurrte er. »Dieser alte Säufer und sein Freund mit dem Schnurrbart. Sie haben mein Wirtshaus zerstört und dir haben sie beigebracht zu kämpfen. Aber du wirst dafür bezahlen, das schwöre ich dir …«

Der Wirt kam auf die Knie und hob den Saum seines Hemds an. In seinem Gürtel steckte ein Messer. Er zog es heraus.

Das Aufblitzen der Klinge löste in Yu eine unbändige, grenzenlose Wut aus. Sie trat mit dem Fuß gegen die Hand des Wirts, sodass das Messer in hohem Bogen durch die Luft flog, sprang in die Luft und landete auf Bai Bais Fingern. Dieser kreischte und vor Schmerz füllten sich seine Augen mit Tränen. Yus Augen dagegen blieben trocken.

»Ich schulde dir überhaupt nichts«, fauchte das Mädchen. »Wenn irgendwelche Leute dein Lokal verwüstet haben, dann ist das nicht meine Schuld. Außerdem ist dies nicht die erste Prügelei, die hier stattgefunden hat, und es wird auch nicht die letzte bleiben.«

Bai Bai versuchte aufzustehen, aber dieses Mal ohne sie anzugreifen. Yu erkannte, dass sich sein Gesichtsausdruck verändert hatte. Er hatte Angst. Zum ersten Mal erlebte sie, dass der Wirt Angst vor ihr hatte.

»Verschwinde«, sagte er leise. »Ich will dich hier nie wieder sehen. Du bist entlassen.«

Yu schüttelte den Kopf. »Ich glaube nicht«, entgegnete sie. »Ich bin eine gute Bedienung und dank der alten Jia bin ich gerade dabei, eine gute Köchin zu werden. Außerdem gibt es keinen anderen Ort, wohin ich gehen könnte. Deshalb werde ich weiterhin hier arbeiten. Doch von morgen an wird sich einiges ändern. Jeden Nachmittag nehme ich mir zwei Stunden frei. Und alle zehn Tage verlange ich einen freien halben Tag.«

»Aber nie im Leben … Was bildest du dir ein? Du bist nur ein nutzloses, dummes Ding.«

Yu nickte. »Vielleicht«, sagte sie. »Trotzdem wird sich hier einiges ändern. Und ich schwöre dir, dass du mich nie wieder schlagen wirst.«

12

Es war spät in der Nacht und in der Küche brannte kein Licht. Auf ihrem Lager schnarchte die alte Jia wie ein erkälteter Wasserbüffel. Yu hatte sich an dieses Geräusch schon so sehr gewöhnt, dass sie es fast nicht mehr wahrnahm. Deshalb musste sie etwas anderes geweckt haben.

Sie hielt die Luft an und lauschte angestrengt.

Schritte.

Bai Bai?, überlegte sie. Vielleicht wollte der Wirt sich an ihr rächen, indem er sie im Schlaf umbrachte.

Yus Bett stand neben dem quadratischen gemauerten Ofen. Weiter oben an den Ofenwänden gab es zwischen den Ziegelsteinen Lücken, durch die man die Töpfe schob. Darüber befand sich die Statue des Küchengotts, dahinter gab es Haken für Töpfe, Pfannen und … für das große Fleischbeil.

Yu überlegte noch, ob sie sich das Fleischbeil schnappen oder aber ganz ihren Kampfkünsten vertrauen sollte, als eine Stimme leise ihren Namen sagte.

Es war nicht Bai Bai, sondern ihr Freund Wei.

Wie ein Schatten kam seine Silhouette näher und kletterte geschickt über die alte Jia hinweg.

»Was machst du hier?«, flüsterte Yu. »In der Stunde des Rindes …«

»Es ist die Stunde des Tigers.«

»Umso schlimmer!«

»Mein Großvater ist immer noch nicht nach Hause gekommen.« Weis Augen glitzerten wie kleine Monde, als ob Tränen in ihnen schwammen.

»Ich wusste nicht, wohin ich sonst gehen soll«, murmelte der Junge. »Ich mache mir solche Sorgen. Heute Morgen sollte Großvater hierherkommen und deshalb dachte ich … na ja, ich dachte … Weißt du etwas darüber?«

»Nicht viel«, gab Yu zu. Sie nickte zur alten Jia hinüber und erklärte leise: »Sie hat mir gesagt, dass Peng um die Frühstückszeit hier eingetroffen ist und sich zu Nachtfalter gesetzt hat. Die beiden haben sich eine Weile unterhalten, mit der Zeit wurden sie lauter, dann haben sich andere Gäste eingemischt und es kam zu einer ordentlichen Schlägerei. Dabei ist das halbe Lokal zu Bruch gegangen. Mehr weiß ich auch nicht.«

Das alles war am Morgen geschehen und seither waren viele Stunden vergangen.

»Was, glaubst du, ist danach passiert?«, wollte Wei wissen.

»Keine Ahnung, aber seltsam ist es auf jeden Fall.«

Und besorgniserregend, dachte Yu.

Sie traf eine Entscheidung.

»Komm!«, sagte sie.

»Wohin?«

»Wir gehen ihn suchen.«

Wei war durch ein kleines Fenster in die Küche geklettert. Sie verließen das Haus auf dieselbe Weise, um hinaus auf die Gasse zu gelangen.

»Entschuldige, dass ich dich geweckt habe«, meinte Wei. »Ich wollte nicht …«

Yu grinste. »Ist doch nicht schlimm. Wir sind Freunde, oder? Und Peng ist mein *Shifu*. Also los! Als Erstes will ich mit Tanzende Lotosblüte sprechen.«

Schließlich war es die Tänzerin, die ihr den Fremden vorgestellt hatte. Vielleicht konnte sie ihnen helfen.

Yu war noch nie im Haus ihrer Freundin gewesen, doch sie wusste, wo es lag, und dass es bis dahin nicht weit war. Schnell liefen die beiden durch ein Labyrinth enger Gassen.

Als sie das Haus erreichten, sahen sie, dass davor eine rote Laterne hing. Der Klang einer *Pipa*-Laute drang bis auf die Gasse hinaus. Also war die junge Frau gerade dabei, für ihre Kunden zu tanzen.

Yu klopfte laut an. Die Musik brach ab und Sekunden später öffnete die Tänzerin einen Spaltbreit ihre Haustür.

»Yu!«, hauchte sie überrascht. »Was willst du hier, um diese Uhrzeit?«

»Mein Lehrer, der Großvater meines Freundes Wei, ist verschwunden«, antwortete das Mädchen. »Zuletzt gesehen wurde er, als er gegen den Mann kämpfte, den du heute Morgen in die Gastwirtschaft mitgebracht hast. Er nennt sich Nachtfalter. Weißt du vielleicht, was passiert ist?«

Tanzende Lotosblüte betrachtete die beiden seufzend. »Wartet mal kurz.«

Sie verschwand im Inneren des Hauses. Gleich darauf war sie wieder da und knüpfte den Gürtel eines langen Kleids zu.

»Leider kann ich euch auch nicht viel sagen. Ich kenne diesen Nachtfalter nicht … Ich habe ihn gestern zum ersten Mal gesehen. Er hat mir erzählt, dass er aus der Gegend hier stammt, aber schon lange nicht mehr da war und dringend Informationen braucht. Ich habe ihn zur Gastwirtschaft gebracht und er hat sich sehr gefreut, dich kennenlernen zu dürfen, Yu. Er war sich sicher, du könntest ihm weiterhelfen. Als du in die Küche gegangen bist, hat er mir gesagt, dass er unter vier Augen mit dir sprechen will, und hat mich mit einem kleinen Silberbarren für meine Mühen entschädigt. Ich war sehr müde und bin nach Hause gegangen. Das ist alles.« Tanzende Lotosblüte biss sich auf die Lippen. »Es tut mir leid, ich hätte mich davon überzeugen müssen, dass alles in Ordnung ist. Aber er wirkte so anständig! Ich hätte nicht gedacht, dass etwas passieren würde!«

Yu und Wei tauschten besorgte Blicke. Sie bedankten sich bei der Tänzerin und kehrten auf die Gasse zurück.

Wo mochte Peng nur sein?

»Vielleicht ist er in die Alte Stadt gegangen«, überlegte Yu laut. »Dann wurde es Nacht, die Wächter haben die Tore geschlossen und er konnte nicht mehr raus.«

Wei schüttelte den Kopf. »Das ist zwar schon ein paarmal passiert … Also, dass er in der Alten Stadt eingesperrt war. Aber irgendwie ist er da immer rausgekommen. Er hat die Palastwache ausgebildet, erinnerst du dich? In diesen Dingen ist er sehr erfahren«, erklärte Wei mit zitternder Stimme.

Peng war alles, was er an Familie besaß. Und obwohl Yu noch nie eine Familie gehabt hatte, konnte sie sich ungefähr vorstellen, was es bedeutete, sie zu verlieren.

Sie ergriff Weis Hand. »Wir finden ihn schon, du wirst sehen. Lass uns zu den Dreizehn Häusern gehen oder zum Hafen. Vielleicht hat ihn jemand gesehen. Wahrscheinlich ist er in ein Lokal gegangen, hat dort zu viel getrunken und schläft jetzt in irgendeiner Gasse seinen Rausch aus.«

Sie bemühte sich, ein Grinsen zustande zu bringen, doch in Wahrheit glaubte sie nicht daran, und auch Wei konnte es sich nicht wirklich vorstellen.

Yu war, als presse etwas sehr Schweres ihre Brust zusammen.

Hand in Hand liefen die beiden in Richtung Perlfluss.

Inzwischen war es kurz vor Morgengrauen und sogar das lebhafte Kanton war still geworden. Die Straßen waren leer, die wenigen Leute, die jetzt noch unterwegs waren, sahen aus, als sollte man um sie besser einen großen Bogen machen.

Nirgends am Hafen brannte ein Licht, im Fluss spiegelte sich silbrig die schmale Mondsichel. An den Kais waren Dutzende von Dschunken vertäut und schaukelten im Wasser. Ihre Masten ragten nackt, ohne Segel, in den Himmel.

Außer ihnen befand sich niemand am Hafen.

»Lass uns hier mal nachschauen«, schlug Yu vor.

Als sie ein Kai nach dem anderen entlangliefen, sahen sie Lichter, die schwankend auf sie zukamen: von Menschen getragene Laternen.

Instinktiv versteckten sie sich hinter einem Stapel Holzkisten und beobachteten die sich nähernde Gruppe.

»Soldaten«, raunte Yu.

Es waren Soldaten der Palastwache, ausstaffiert mit Rüstungen,

Schwertern und Lanzen, angeführt von einem Mandarin in einem schwarzen Gewand. Hinter dem Mandarin liefen zwei Soldaten mit einer Tragbahre.

Als der Trupp auf Höhe des Kistenstapels angelangt war, sprang Wei aus dem Versteck und rannte auf die Männer zu.

»Was tust du da?«, rief Yu, doch Wei reagierte nicht.

»Großvater Peng!«, schrie Wei.

Abrupt blieben die Soldaten stehen und zogen ihre Schwerter, doch Wei lief unerschrocken auf sie zu. Die Soldaten packten den Jungen an den Armen und er versuchte, sich loszureißen.

»Lasst ihn in Ruhe!«, rief Yu.

Sie rannte zu Wei, um ihn zu beruhigen.

Der Mandarin drehte sich um und dabei fiel das Licht seiner Laterne auf die Bahre. Yu erkannte das Gesicht des Mannes, der dort lag. Sie sank auf die Knie und spürte, wie ihr Tränen in die Augen schossen.

Es war ihr Lehrer, Li Peng.

Und er war tot.

ZWÖLF JAHRE

十二歲

13

Der *Yamen* befand sich in der Alten Stadt. In seiner Nähe stand die Blumenpagode. Auf jedem ihrer siebzehn Stockwerke war ein Rundgang, über den ein elegant geschwungenes Holzdach hinausragte.

An dem *Yamen* dagegen war nichts Besonderes. Allerdings sah man von der Straße aus nur seine Außenmauer. Diese war weiß mit schwarzen Rändern und vollkommen fensterlos, so wie die Mauern aller anderen *Yamen*, die die Straße säumten.

Yu betrachtete die Mauer sehr genau, dann schaute sie sich um, ob sie beobachtet wurde. Sie nahm Anlauf und rannte in gerader Linie auf die Mauer zu. Knapp davor sprang sie in die Luft, stützte einen Fuß etwa auf halber Mauerhöhe ab und gewann dadurch genügend Schwung, um auf dem mit Ziegeln gedeckten Dach der Mauer zu landen. Grinsend rollte sie sich auf den Ziegeln wie eine Katze zusammen.

Sie wurde gut.

Sie wurde *richtig* gut.

Von hier oben sah der *Yamen* ganz anders aus: ein riesiger quadratischer Palast, in dessen großem Innenhof sich ein herrlicher Garten befand.

Yu wusste, dass im Nordflügel des Palasts die Residenz des Hausherrn, eines hohen Beamten, lag. Im Südflügel befanden sich die Arrestzellen, der Audienzsaal, die Schreibstuben und Ähnliches mehr. Im Ostflügel waren die Gemächer der Ehefrau und der Kinder untergebracht. Also konnte das, was Yu suchte, nur im Ostflügel sein.

Yu nahm die Pagode als Orientierungspunkt und lief über das Mauerdach in Richtung Osten. Ihre Schritte waren so leicht, dass die Ziegel nicht klirrten. Vom Mauerdach sprang sie auf eine Rosskastanie hinüber und versuchte, auf einem Ast ihr Gleichgewicht zurückzuerlangen. Dann kniete sie sich hin, um nach unten zu schauen.

Auf dem Rasen vor dem Eingang zum Ostflügel saß auf einem Kissen ein magerer Junge in einem eleganten *Changshan*. Die Jacke war aus schwarzer Seide, der lange Rock mit großen goldenen Blumen bestickt. Er hatte sich den Zopf über die Schulter geworfen und las in einem Buch.

Der Junge war Wei.

Grinsend ergriff Yu den Ast mit beiden Händen und schaukelte wie ein Affe hin und her, bevor sie sich fallen ließ. Sie hatte die Entfernung gut berechnet, denn sie landete genau vor Wei, der erschrocken aufschrie.

»Yu!«

»Ha ha«, lachte sie. »Du musst besser aufpassen. Es ist viel zu leicht geworden, dich zu überraschen.«

»Ich hatte dich noch nicht erwartet … Waren wir nicht später verabredet?«

Yu war enttäuscht. Sie hatte gehofft, dass ihr Freund sich freuen würde, sie zu sehen. Stattdessen schien er verärgert zu sein.

»Also, wenn du mich hier nicht haben willst, kann ich auch wieder gehen.«

»Nein, nein, ganz im Gegenteil … Komm mit, ich zeige dir mein Zimmer.«

Er führte sie ins Innere des *Yamen*, durch ein wahres Labyrinth aus Wandschirmen und von der Decke hängenden Stoffbahnen. In den langen Gängen standen neben jeder Tür vergoldete Tierstatuen, die schauerliche Grimassen schnitten, und große Vasen aus feinstem Porzellan mit aufgemalten weißen und blauen Blumen.

Yu kam es vor, als besäße sie gar nicht genügend Augen, um all diese Kostbarkeiten gleichzeitig bestaunen zu können. Noch nie war sie in einem derart prachtvollen Palast gewesen.

»Das hier ist mein Zimmer«, verkündete Wei.

Der Raum war ungefähr so groß wie Bai Bais Gaststube und

sein Fenster ging auf den Garten hinaus. Das Zimmer wurde von einem riesigen Bett beherrscht. Außerdem gab es noch ein kleines Sofa, zwei lackierte Schränke, die, soweit Yu sehen konnte, ausschließlich Bücher enthielten, und einen großen runden Tisch voller Pinsel, Tintenfässchen und Papierrollen.

»Wahnsinn!«, sagte Yu laut. »Warum hast du mir dein Zimmer nicht schon früher gezeigt … Wirklich nicht schlecht. Du hast Glück gehabt, du bist jetzt stinkreich.«

»Nein, ich bin überhaupt nicht stinkreich.«

»Und auch *stinklangweilig*, wenn du mich fragst.«

Yu nahm eine der Papierrollen in die Hand. Sie war mit komplizierten Schriftzeichen vollgeschrieben, die sie nicht lesen konnte: Weis Schreibübungen.

»Bist du das Lernen denn nie leid?«

»Herr Zhang sagt, dass ich sehr fleißig sein muss. Die Prüfungen sind schon in zwei Jahren.«

»Prüfungen!« Yu war nie aufgefallen, dass sich ihr Freund für solche Dinge interessierte. »Hast du beschlossen, kaiserlicher Beamter zu werden?«

»Ja, schon, falls ich die Prüfungen bestehe … Und das wird nicht leicht sein.« Wei seufzte. Er wirkte sehr besorgt. »Es gibt Jungen, die bei diesen Prüfungen zehnmal durchgefallen sind.«

Yu schnaufte. »Was spielt das schon für eine Rolle? Auch wenn du durchfällst, wirst du weiterhin in diesem Palast wohnen. Du hast wirklich keinen Grund, dich zu beklagen.«

Wei knallte sein Buch auf die Tischplatte. »Du verstehst gar nichts. Wenn Herr Zhang will, dass ich diese Prüfungen bestehe, dann muss ich sie bestehen. Ich *schulde* ihm das.«

Herr Zhang war jener Mandarin, dem sie vor drei Jahren am Hafen begegnet waren. Er hatte den Soldatentrupp angeführt, der den toten Peng geborgen hatte. Wächter hatten ihn leblos auf einem der Kais gefunden. Bei dem Leichnam hatte die blaue Jacke eines *Changshan* gelegen. Es war die Jacke des Mannes gewesen, der sich Nachtfalter nannte.

Pengs Mörder.

Als Herr Zhang festgestellt hatte, dass Wei der Enkel des Toten war, hatte er den Jungen in seinen *Yamen* bringen lassen, und nachdem er sich vergewissert hatte, dass Wei keine anderen Verwandten besaß, hatte er ihn adoptiert.

»Er behandelt mich, als wäre ich sein eigener Sohn«, erklärte Wei. »Er versucht, mir ein besseres Leben zu bieten.«

Klar, dachte Yu, ein besseres Leben, möglichst weit fort von mir.

»Der gütige Herr Zhang!«, sagte sie. »Irre ich mich oder ist er der Grund dafür, dass du mich bisher noch nie hierher eingeladen hast? Und auch dafür, dass wir beide heimlich trainieren müssen?«

Wei wirkte verletzt. »Herr Zhang … er will nur das Beste für mich. Er hat gesagt, dass er mir Unterricht geben kann, wenn ich mich für die Kampfkunst interessiere. Ich habe gesehen, dass er ein sehr fähiger Kämpfer ist, er besitzt ein wirklich starkes *Chi* …«

»Ach ja. Du wirst den Kampfstil der Familie Zhang lernen. Und was ist mit all dem, was Peng dir beigebracht hat? Du vergisst das einfach alles, und fertig?«

Es war unfair, das zu sagen. Yu wusste das und sagte es trotzdem. Im Grunde hatte sie vor allem Angst, dass ihr Freund *sie* vergessen könnte.

Wei warf ihr einen eisigen Blick zu. Er ging zu seinem Bett und zog unter der Matratze eine lackierte Holzschatulle hervor. Darin lag ein Buch mit Seideneinband, das Yu zum ersten Mal an genau dem Tag zu sehen bekommen hatte, an dem Peng gestorben war.

»In den vergangenen drei Jahren haben wir beide weiter trainiert. Das stimmt doch, oder?«, sagte Wei. »Wir haben die Anleitungen in dem Buch befolgt und sind viel besser geworden. Wenn uns mein Großvater sehen könnte, wäre er bestimmt sehr stolz auf uns.«

»Sicher«, bestätigte Yu. »Dieses Buch ist das Einzige, was dir von deinem Großvater geblieben ist, aber du musst es unter der Matratze verstecken. Darauf wäre der Alte ganz bestimmt furchtbar stolz.«

Yu stand auf. Sie war mit den besten Absichten gekommen. Sie hatte ihren Freund wiedersehen und ihn überraschen wollen. Jetzt aber merkte sie, dass das keine gute Idee gewesen war.

»Entschuldige bitte, ich hätte nicht herkommen dürfen.«

»Aber nein, nicht doch, warum …«

»Wei, ich erkenne dich nicht mehr wieder. Du hast mich, so schnell es ging, aus dem Garten hierhergeführt. Und zwar nicht aus Höflichkeit, stimmt's? Du hattest Angst, dass mich jemand sehen könnte. Und auch jetzt sprichst du ganz leise, damit man dich nicht hört.«

»Es ist doch nur, weil …«

»Du schämst dich wegen Peng und auch wegen mir. Weil ich nicht lesen kann und keine Seidenkleider besitze. Ich dachte, du wärst immer noch derselbe wie früher, aber du hast dich verändert. Du bist eine einzige Enttäuschung.«

Als er das Wort »Enttäuschung« hörte, zuckte Wei zusammen. Er wurde leichenblass, sah Yu direkt in die Augen und sagte: »Geh!«

»Nichts lieber als das.«

Yu stürzte aus dem Zimmer und rannte blindlings durch die Gänge, bis sie zu einer Tür kam, die in den Garten hinausführte. Geschickt kletterte sie auf einen neben der Mauer stehenden Baum, sprang auf das Mauerdach hinüber und von dort aus hinunter in die Straße.

Sie sollte ihren Freund Wei erst viele Jahre später wiedersehen und in schlaflosen Nächten bitter bereuen, was sie zu ihm gesagt hatte, wo es so vieles andere zu besprechen gegeben hätte.

Aber so laufen die Dinge eben manchmal.

Niemand kann die Zukunft vorhersehen.

Und das Schicksal lässt sich nicht gerne lenken.

14

Seit jenem Abend, als es Bai Bai nicht mehr gelungen war, Yu auszupeitschen, herrschte zwischen ihnen so etwas wie ein Waffenstillstand. Sie taten, als sähen sie einander nicht, und sie sprachen nur dann miteinander, wenn es sich nicht umgehen ließ.

Yu wusste, dass der Wirt sie am liebsten umgebracht hätte, wenn er nur gekonnt hätte. Doch sie machte ihre Arbeit gut, die Gäste mochten sie, und Jia, die alte Köchin, war nicht jünger geworden. Ohne Yus Hilfe war sie nicht mehr in der Lage, für die Gäste zu kochen.

»Eines Tages finde ich eine andere Köchin«, knurrte Bai Bai, »und dann werde ich euch beide …«

Yu ließ ihn reden. Sollte er vor sich hin schimpfen, wenn ihm das Spaß machte.

Eines Nachts, um die vierte Wache herum, als es Zeit zum Schließen war, kam der Wirt in die Küche gerannt und verkündete: »Gerade ist eine ganze Schiffsbesatzung eingetroffen. Zwanzig Matrosen, die alle essen wollen.«

»So spät?«, brummelte die alte Jia. »Wurden die Laternen nicht schon längst gelöscht?«

»Die Laternen sind mir egal. Es sind zwanzig Mann und sie haben Silberbarren und Münzketten dabei. Sie scheinen so reich wie Fürsten zu sein …«

»Ja, klar, Fürsten«, höhnte die Köchin. »Bestenfalls sind das Piraten.«

»Auch das ist mir egal. Sie bezahlen und ich bringe ihnen etwas zu essen. Macht schnell vier oder fünf Krüge Reiswein warm.«

Yu war todmüde. Sie hatte seit dem frühen Morgen in der Gastwirtschaft gearbeitet und den ganzen Nachmittag trainiert (und zwar allein, denn seit jenem hässlichen Wortwechsel mit Wei hatte sie den Jungen nicht mehr wiedergesehen). Anschließend hatte sie das Abendessen größtenteils selbst gekocht und serviert. Zusammen mit Jia hatte sie gerade mit dem Aufräumen und Putzen begonnen und nun sollten sie die Kochfeuer wieder entzünden. Zum Glück war noch etwas von der Haifischflossensuppe, der Spezialität des Hauses, übrig. Es gab auch noch Schweinezunge in Hoisin-Soße und gedämpfte Krebse.

»Was soll das sein?«, protestierte Bai Bai, als er das Tablett abholte. »Ich habe doch gesagt, dass sie Hunger haben. Zwanzig ausgewachsene Matrosen! Dieses bisschen Zeug reicht nicht mal für einen hohlen Zahn!«

Also setzte Yu Reis auf und briet frittierte Schweinefleischbällchen mit Ingwer. In den leeren Topf der Hoisin-Soße goss sie Wasser und garte darin die Eiernudeln.

»Sie haben Durst, sie haben Durst!«, schrie Bai Bai.

Yu wärmte den Reiswein an, filterte ihn und goss ihn in die Krüge. Weil der Wirt nicht alles allein tragen konnte, folgte Yu ihm mit einem zweiten Tablett.

Aus dem Gastraum klangen Rufe und Gelächter herüber. Die Schiffsbesatzung hatte drei Tische in Beschlag genommen und schien sehr gut gelaunt zu sein.

Yu hatte in ihrem kurzen Leben schon viele seltsame Menschen gesehen, aber eine derartige Ansammlung von beunruhigenden Gestalten hatte sie noch nie erlebt. Die Männer wirkten derartig verwildert, dass man sich fragte, wer wohl auf die Idee gekommen war, sie auf eine Stadt loszulassen. Das waren keine harmlosen Matrosen, dachte Yu, das mussten Piraten sein.

Einer, ein wahrer Riese, trug als einziges Kleidungsstück – wenn man es denn so nennen wollte – eine lange Eisenkette. Es handelte sich um eine Ankerkette, die er sich um den Körper gewickelt hatte, sodass es aussah, als hielte ihn eine eiserne Riesenschlange umklammert. Einen anderen dagegen fand Yu wunderschön. Er hatte sich den Kopf kahl rasiert und Kopf und Gesicht vollständig blau angemalt, vielleicht um die Tätowierungen zu verbergen, die in China alle Sträflinge erhielten. Auch gab es einen kleinwüchsigen Mann, der sich zwei Hämmer über den Rücken gehängt hatte, die genauso lang waren, wie er groß war.

Keiner der Seeleute trug die vorgeschriebene Mandschu-Haartracht. Stattdessen besaßen sie fantasievolle Frisuren, Unmengen von Tätowierungen und goldene Ohrringe. Und genau wie Bai Bai gesagt hatte, trugen viele von ihnen Ketten aus aufgefädelten Münzen um den Hals. Mit anderen Worten: Sie waren steinreich.

»Oh, was für ein schönes Mädchen!«, rief einer der Männer, als er Yu aus der Küche kommen sah. »Wo hattest du die denn versteckt, Wirt?«

»Wenn sie dir gefällt, kannst du sie meinetwegen gleich mitnehmen«, entgegnete der Wirt.

Der Kerl lachte laut auf. Es war ein Schrank von einem Mann mit spitz zugefeilten Zähnen und tiefen roten Narben, die sich wie die Schnurrhaare einer Katze quer über seine Wangen zogen. Er griff nach Yu, doch die glitt in einer flüssigen Bewegung zur Seite und der Mann bekam nur Luft zu fassen.

»Was war das denn?«, polterte er.

»Bist du etwa blind geworden, Scharlachroter Tiger?«, kicherte der Mann mit den beiden Hämmern. »Das ist doch nur ein kleines Mädchen, lass es in Ruhe. Los, Wirt, gieß uns endlich Wein ein, bevor wir verdursten.«

Bai Bai und Yu beeilten sich, den Reiswein auf die Becher zu verteilen, doch als der letzte Becher vollgeschenkt war, war der erste bereits leer getrunken.

Yu wollte gerade in die Küche gehen, um mehr Wein zu holen, als im Eingang eine Stimme rief: »Keiner rührt sich! Im Namen des Kaisers!«

Ein Beamter in einem schwarzen *Changshan* trat ein. Er schien keine Waffen zu tragen, doch als er eine Hand hob, folgten ihm dreißig bis an die Zähne bewaffnete Soldaten.

Einer der Seeleute schrie: »Brüder, sie greifen uns an!«

Auf diese Warnung hin zogen alle ihre Waffen: Dolche, Schwerter, Dreizacke und nagelbewehrte Stöcke. Mit heiseren Kriegsschreien warfen sich die Männer den Soldaten entgegen. Bai Bai flüchtete sich kreischend unter einen Tisch. Yu wirbelte herum und sah ein Wurfmesser an ihrem Gesicht vorbeifliegen.

Yu wusste, dass sie sich besser in Sicherheit bringen und in die Küche laufen sollte, doch es war, als wolle ihr Körper dem Befehl ihres Kopfs nicht gehorchen. Fasziniert blieb sie stehen und sah zu, wie der Riese von seinem rechten Arm einen Teil der Kette abrollte, diesen kreisend über seinem Kopf schwang und mit dem Kettenende einen Soldaten mitten im Gesicht traf. Die Wucht des Schlags schleuderte den Soldaten so fest gegen die Wand, dass das Holz splitterte.

Scharlachroter Tiger zog unter seinem Hemd zwei *Lu jiao dao* hervor, halbmondförmige Klingen, die er wie überlange Krallen einsetzte. Er sprang einen Soldaten an, durchschnitt ihm die Kehle, wirbelte herum und tötete auf dieselbe Weise zwei weitere Soldaten – drei tote Gegner in einer einzigen Bewegung.

Yu war sprachlos: Diese Art zu kämpfen hatte mit den Übungen, die Peng gelehrt hatte, nichts gemein. Sie war brutal und entsetzlich grausam.

»Vorsicht, Kleine!«, rief der Mann mit den beiden Hämmern.

Zwei ineinander verkeilte Kämpfende bewegten sich auf Yu zu, die sich mit einem halben Purzelbaum in Sicherheit brachte.

Währenddessen kämpfte der kleinwüchsige Mann gegen zwei Gegner gleichzeitig. Ein dritter versuchte, ihm von hinten ein Schwert in den Rücken zu rammen, doch am anderen Ende des Raums bemerkte der blaue Pirat es und spuckte eine lange Stahlnadel aus. Das Projektil flog quer durch die Gaststube und drang in die Hand des Soldaten ein, der augenblicklich sein Schwert fallen ließ. Der Kleinwüchsige wirbelte herum und tötete seinen Angreifer.

»Los!«, rief der Beamte. »Ergreift sie!«

Auf diesen Befehl hin drangen weitere Soldaten in die Gastwirtschaft ein, um ihre gefallenen Kameraden zu ersetzen. Inzwischen schienen die Soldaten den gesamten verfügbaren Raum zu beherrschen und das Blatt wendete sich: Jeder einzelne Pirat sah sich fünf bis sechs Gegnern gegenüber.

»Rückzug, Brüder!«, rief eine Stimme.

Eine gute Idee, dachte Yu, doch um zur Tür zu kommen, mussten sie es mit mindestens fünfzig bewaffneten Soldaten aufnehmen.

»Durchgefallener, mach uns den Weg frei!«

Ein großer Mann im Gewand eines Mandarins begann, mit seiner Axt auf eine Wand der Gastwirtschaft einzuschlagen.

»Was macht ihr da?«, kreischte Bai Bai unter seinem Tisch. »Ihr zerstört ja mein Lokal!«

Niemand beachtete ihn.

Mit zwei, drei Schlägen öffnete der Mandarin in der Wand ein Loch, durch das man die Straße sah.

»Fertig!«, rief er mit tiefer Stimme. »Lasst uns verschwinden!«

»Hier entlang!«

»Schnell!«

Die Piraten traten den Rückzug an und kämpften nur noch dort, wo es darum ging, sich die Soldaten vom Leib zu halten. Die Soldaten stürzten hinterher und plötzlich fand sich Yu mitten im Kampfgeschehen wieder. Jetzt wurde es für sie wirklich Zeit, die Flucht anzutreten. Sie wollte in die Küche flitzen, doch plötzlich stand Scharlachroter Tiger vor ihr und versperrte ihr den Weg.

»Wo willst du denn hin?«, grunzte er.

Mit einem teuflischen Grinsen beugte sich der Pirat dem Mädchen entgegen. Yu versuchte, ihm auszuweichen, doch ein Soldat versetzte ihr einen heftigen Ellbogenstoß in den Rücken und stoppte sie dadurch mitten in der Bewegung.

Yu erinnerte sich an etwas, das Peng ihr einmal vor langer Zeit gesagt hatte: »Es ist deine Schuld. Du hast den Fuß aufgesetzt, ohne hinzuschauen.«

Die Wiederholung dieses Fehlers kam sie teuer zu stehen.

Scharlachroter Tiger nutzte ihr kurzes Zögern, um mit eisernem Griff ihren Arm zu packen. Yu schrie auf und schlug mit der Handkante heftig gegen den Kehlkopf des Mannes, doch erstaunlicherweise lockerte dieser nicht seinen Griff, sondern hustete nur kurz. Immer noch grinsend senkte er den Kopf, um ihn mit Wucht gegen Yus Stirn zu knallen.

Yu verlor das Bewusstsein und ihr Körper erschlaffte.

»Tiger, was tust du da?«, fragte der kleinwüchsige Mann. »Wir müssen hier weg.«

»Ich komme schon«, erwiderte Yus Angreifer. »Und dieses Püppchen hier nehme ich mit.«

Scharlachroter Tiger legte sich Yu über die Schulter wie einen zusammengerollten Teppich. Mit vier Sätzen war er bei dem Loch in der Wand und rasch hatte er draußen auf der Straße seine Kumpane eingeholt.

»Los, hinterher!«, befahl der Beamte den Soldaten, doch die Piraten liefen wesentlich schneller als die durch ihre schweren Rüstungen behinderten Soldaten und waren im Handumdrehen verschwunden.

In die dunklen Straßen von Kanton kehrte wieder Ruhe ein.

15

Das Erste, was Yu wahrnahm, war der Geruch.

»Kannst du mir mal erklären, was das sollte?«

Es stank nach ungewaschener Kleidung.

»Ich … ich weiß es nicht. Ich hab nicht lang drüber nachgedacht.«

Und nach verdorbenem Fisch.

»Und genau das ist dein Problem, Tiger. Du denkst nicht nach.«

Sie schlug ein Auge auf und sah Holz.

»Sie wollte flüchten und deshalb habe ich sie festgehalten.«

Yu drehte den Kopf nach rechts. Noch mehr Holz.

»Mit anderen Worten: Du hast sie entführt.«

War sie in einen Sarg eingeschlossen?

»Ich habe sie nicht wirklich *entführt*.«

Doch unter ihr lag etwas Weiches.

»Du hast sie auf die *Rote Todesbotin* gebracht. Also hast du sie entführt.«

Stroh, und darüber Stoff. Eine Matratze.

»Und was machen wir jetzt mit ihr?«

Das weiß ich nicht.

»Soll ich sie umbringen?«

Sag Nein!

Yu drehte den Kopf nach links. Das war die Richtung, aus der das Licht kam. Sie hatten Yu in eine Art Regal gelegt. Auf der gegenüberliegenden Seite des Regals befand sich eine enge Kammer, in der zwei Männer über sie sprachen.

Der eine war zweifellos dieser Schurke Scharlachroter Tiger. Der andere hatte einen weißen Zopf, der so lang war, dass er den Boden berührte. Die Muskeln seines nackten Oberkörpers waren so dick, dass es aussah, als würden sie gleich die Haut sprengen.

Yu versuchte sich zu bewegen und sofort durchzuckte ein stechender Schmerz ihren Kopf. Warum tat er ihr so weh? Ach so, ja, der Kopfstoß des Piraten. Es musste ein sehr heftiger Stoß gewesen sein, denn jetzt kam es Yu vor, als würde der ganze Raum schwanken.

Sie stöhnte leise und der Mann mit dem weißen Zopf wandte sich zu ihr um. Auf die Kehle hatte er sich eine dunkle Scheibe tätowieren lassen, mit hellen sternförmigen Flecken.

»Sie ist aufgewacht.«

»Hallo«, sagte Scharlachroter Tiger.

Hallo?, dachte Yu. Abermals versuchte sie, sich zu bewegen, und es gelang ihr, sich auf die Seite zu wälzen. Doch das war ein Fehler, denn dadurch fiel sie aus dem Regal, in dem sie gelegen hatte, und landete auf dem Boden. Nun merkte sie, dass nicht allein das Kopfweh daran schuld war, dass der Raum schwankte. Nein, er schwankte *wirklich*. Sie stand auf.

»N… nein«, stammelte sie. »I… ich er… erlaube euch nicht, mich umzubringen.«

Der Mann mit dem weißen Zopf musste lachen. »Donnerwetter, Tiger, deine neue Freundin hat ganz schön Nerven.«

»Ich … Ich bin nicht seine Freundin.«

»Du hast recht, Himmlischer Steuermann«, gab Scharlachroter Tiger zu. »Ich hätte sie vielleicht doch nicht entführen sollen.«

»Ist ein bisschen spät, das zu bereuen, findest du nicht auch?«

Tiger zuckte mit den Schultern. Nun sah er nicht mehr wie eine blutrünstige Bestie aus. Er hielt den Kopf gesenkt und schien sich zu schämen.

»Bringt mich … nach Hause zurück«, flehte Yu die beiden Männer an.

Der Mann, der offenbar Himmlischer Steuermann hieß, lächelte. »Mädchen, so einfach ist das nicht. Die *Rote Todesbotin* hat schon vor einer ganzen Weile abgelegt.«

»Die *Rote Todesbotin?*«

»Das ist der Name dieses Schiffs. Mir gefällt er nicht besonders, etwas Eleganteres wäre mir lieber gewesen. Doch Piratenschiffe müssen Angst machen, und deshalb tragen sie alle Namen wie *Schwarzer Dämon, Blutiger Wal* und so weiter. So gesehen, ist *Rote Todesbotin* gar nicht mal so schlecht. Auch weil der Rumpf, wie du noch sehen wirst, rot ist. Dich nach Hause zurückzubringen wird, fürchte ich, nicht möglich sein. Allerhöchstens könnten wir dich auf einer Insel aussetzen und dich dort deinem Schicksal überlassen. Oder wir bringen dich um.«

»Das werde ich nicht zulassen.«

»Das hast du schon mal gesagt«, stellte Himmlischer Steuermann fest. »Und ich bewundere deinen Kampfgeist, aber ich fürchte, dass du das nicht zu entscheiden hast.«

Während der Mann sprach, versuchte Yu, ihre Lage einzuschätzen. Sie befand sich in einem Raum mit niedriger Decke (Himmlischer Steuermann musste sich ein wenig bücken, um darin stehen zu können), dessen Wände, Boden und Decke aus Holz bestanden.

Die Seiten waren jeweils nur einen *Bu* lang und an der einen Wand waren drei Schlafkojen angebracht. Aus einer der drei war sie herausgefallen.

Es gab keine Fenster. Die einzige Lichtquelle war eine Papierlaterne, die an der gegenüberliegenden Wand aufgehängt war. In dieser Wand befand sich eine von einem Stoffvorhang verdeckte Öffnung, die einzige Tür.

Doch um zu dieser Tür zu gelangen, hätte Yu an den beiden Piraten vorbeilaufen müssen. Und während Scharlachroter Tiger nicht bewaffnet zu sein schien, steckte im Gürtel des anderen eine scharfe halbmondartige Klinge.

»Bitte …«, sagte Yu. »Ich bin doch nur ein Kind.«

Noch während sie es sagte, hechtete sie los. Sie versuchte, leicht wie eine Feder durch die Luft zu gleiten, und streckte eine Hand nach dem Griff der Halbmondklinge aus. Sie hatte die Waffe schon halb aus dem Gürtel des Steuermanns gezogen, als ein heftiges Schaukeln des Schiffs sie aus dem Konzept brachte. Himmlischer Steuermann, der bis zu diesem Augenblick von Yus

Manöver nichts mitbekommen hatte, reagierte und schlug mit der Handkante nach Yu. Sie parierte den Schlag und holte mit einem Bein zu einem Tritt aus, doch der Steuermann blockierte ihr Bein mit der einen Hand, während er mit der anderen ihren Hals streifte.

Ein Energieblitz durchzuckte Yus Körper und augenblicklich erschlafften ihre Muskeln. Wie eine Stoffpuppe fiel sie in sich zusammen.

»Was hast du getan?«, fragte sie mit schwacher Stimme, während sie versuchte, wieder aufzustehen.

»Ich habe ganz leicht einen deiner Vitalpunkte berührt«, erwiderte der Steuermann. »Die Wirkung hält nur einen Atemzug lang an, aber wenn du noch mal versuchst, meine Klinge herauszuziehen, kann ich für eine bleibende Wirkung sorgen. Merk dir das.«

Zu Scharlachroter Tiger sagte er: »Anscheinend ist die Kleine ausgebildet worden. Sie kann kämpfen.«

»Na, dann war es doch gut, dass ich sie entführt habe.«

»Da bin ich mir nicht so sicher, aber wir sollten besser Drache fragen, was er mit ihr vorhat.«

Himmlischer Steuermann schaute Yu an. »Gehst du freiwillig mit uns mit oder müssen wir dich tragen?«

»Ich komme mit euch mit.«

»Dann folge uns.«

Die beiden Piraten schoben den Vorhang zur Seite und führten Yu durch einen Raum, der genauso wie der andere aussah. In den Kojen an der einen Wand hockten drei Männer und rauchten abwechselnd eine lange Jadepfeife. Im folgenden Raum spielte ein dünnes Mädchen mit einem Kleinkind. Im nächsten schlief ein alter Mann auf dem Fußboden.

Yu hatte sich nie zuvor gefragt, wie es wohl in einem Piratenschiff aussehen mochte, aber sie hätte sich niemals vorgestellt, dass es darin so dunkel und so überfüllt sein würde.

»Hier entlang.«

Sie folgte ihnen durch einen Gang, eine kurze Treppe hoch und gelangte endlich ins Freie. Yu spürte Sonnenwärme auf der Haut. Der erste Atemzug saubere Luft machte sie beinahe schwindelig.

»Oh!«, rief sie aus.

Sie befand sich auf dem Achterdeck einer Dschunke, die mit hoher Geschwindigkeit den Perlfluss hinabfuhr. Sümpfe, Schilfgürtel und Reisfelder zogen an ihnen vorbei. Yu sah Hügel in der Ferne und Reiher, die über den Himmel flogen.

Die Dschunke war zwanzig bis dreißig *Bu* lang und fing den Wind mit drei riesigen Segeln aus Stoff und Bambus ein, die fast den gesamten Horizont verdeckten. Segel und Takelage knatterten und klapperten im Wind, dazwischen erklangen die Rufe der Besatzung. Die Planken des Schiffsbodens knarzten.

Und überall waren Piraten.

Es wimmelte geradezu von ihnen: Männer, die an Tauen zogen, und Frauen, die Kanonen polierten, Krieger, die Kampfkunstübungen ausführten, kleine Kinder, die auf einem der unteren Decks spielten und hysterische Hühner herumscheuchten.

Der Lärm und die Gerüche waren so überwältigend, dass es Yu erneut schwindelig wurde und sie sich an Scharlachroter Tiger lehnte, um nicht umzufallen.

»Ach, ist sie aufgewacht?«, fragte jemand, der hinter ihr stand.

»Ja, Goldener Drache«, antwortete Himmlischer Steuermann. »Wir bringen sie zu dir, damit du entscheidest, was mit ihr geschehen soll.« Der Steuermann zögerte kurz, bevor er hinzufügte: »Es gibt eine interessante Neuigkeit. Anscheinend kann das Mädchen kämpfen.«

16

Hätte Yu eine Liste aller außergewöhnlichen Menschen anfertigen sollen, denen sie bisher in ihrem Leben begegnet war, wäre Goldener Drache sicherlich der Platz ganz oben auf dieser Liste zugestanden.

Er war groß und kräftig, ohne stämmig zu wirken, und hatte einen schwarzen Schnurrbart und einen langen Kinnbart, der ihm bis zur Brust hinabreichte. Seine langen Haare waren oben auf dem Kopf zu einem Schopf zusammengebunden.

Drei Dinge fielen Yu auf den ersten Blick an ihm auf: Das Erste war der riesige Drache, eine Tätowierung, die sich über den gesamten Körper des halb nackten Mannes erstreckte. Sie begann unten an den Füßen, schlängelte sich um die nackten Beine, setzte sich über Brust, Rücken und Arme fort und ging am Hals in ein riesiges aufgesperrtes Maul über, sodass es aussah, als hätte der Drache bereits den ganzen Körper des Piraten verschlungen und als schaue nur noch dessen Kopf aus dem Schlund des Ungeheuers heraus.

Die zweite Auffälligkeit waren die mit Gold überzogenen Zähne, die in seinem Mund funkelten wie Glut in einem Ofen. Das Dritte waren die Augen. Sie waren groß und schwarz, und unter ihrem Blick kam sich Yu sehr klein und schutzlos vor.

»Wie heißt du?«, fragte er.

Yu begriff nicht gleich, dass er mit ihr sprach.

»Shi Yu«, antwortete sie dann zögernd.

»Und wer bist du?«

»Eine … Ich … Die Dienstmagd des Wirts Bai Bai.«

Einige Piraten, die zugehört hatten, brachen in Gelächter aus. Goldener Drache aber lachte nicht. Er betrachtete das Mädchen schweigend.

»Wenn du eine Wirtshausmagd bist, warum stehst du jetzt hier auf meinem Schiff?«

Yu drehte sich zu Scharlachroter Tiger um, der daraufhin verlegen hüstelte.

»Deine Piraten sind in die Gastwirtschaft gekommen«, erklärte Yu. »Sie haben dort gegen Soldaten gekämpft. Und dann haben sie mich entführt.«

»Himmlischer Steuermann behauptet, du könntest kämpfen. Stimmt das?«

»Ja, ein bisschen schon«, antwortete Yu.

»Warum hast du dich dann entführen lassen?«

Das war eine sehr schwierige Frage, eine, die auch Peng hätte stellen können, als er noch ihr *Shifu* war.

Tatsächlich hatte sich Yu in der Gaststube gegen die Angriffe von Scharlachroter Tiger gewehrt, doch dann war sie im Kampf von einem Soldaten behindert worden und der Pirat hatte ihr einen Kopfstoß versetzt. Sie hatte sich also nicht wirklich entführen *lassen*. Als die Prügelei begonnen hatte, hätte sie sich zur alten Jia in die Küche flüchten können. Oder unter einen Tisch kriechen, wie Bai Bai, der Wirt, es getan hatte. Stattdessen war sie einfach in der Gaststube stehen geblieben und hatte zugesehen.

»Und? Warum antwortest du mir nicht?«

Als sie mit der Handkante nach Scharlachroter Tiger geschlagen hatte, hatte sie den Schlag nicht kräftig genug ausgeführt. Yu hatte ihr *Chi* nicht in den Arm hinein konzentriert. Aber warum, wo sie doch geglaubt hatte, in Lebensgefahr zu schweben? Warum hatte sie sich nicht mit aller ihr zur Verfügung stehenden Kraft gewehrt?

»Ich glaube, ich mag Piraten«, sagte sie leise, und im selben Moment wurde ihr klar, dass das die Wahrheit war.

Seit jenem Tag vor drei Jahren, als sie gesehen hatte, wie Flussritter und Tätowierter Büffel die um ihren Hals geschlossenen Holztafeln zerbrachen, hatte Yu oft an die Piraten gedacht. Sie waren ihr so frei vorgekommen – wie Menschen, die selbst über ihr Leben und ihr Schicksal entschieden.

Yu hatte zu Himmlischer Steuermann gesagt, sie wolle wieder nach Hause. Aber welches Zuhause sollte das sein? Bai Bais Lokal? Niemand wartete dort auf sie, mit Ausnahme vielleicht der alten Jia. Und dann war da noch Wei, doch der hatte sich verändert und war nicht mehr der Junge, mit dem sie aufgewachsen war. Pengs Tod hatte zwischen ihnen Abgründe aufgerissen, die sie nicht mehr überbrücken konnten, und nachdem Herr Zhang Wei adoptiert hatte, war alles nur noch komplizierter geworden.

»Du magst Piraten?«, wiederholte Goldener Drache laut. »Tiger, hast du das gehört? Sie mag dich.«

Der Mann mit dem Narbengesicht wurde verlegen.

Goldener Drache nickte. »So, jetzt hören wir mal mit dem Quatsch auf und werden ernst, Mädchen. Sag mir, was ich mit dir machen soll. Mädchen, die von Piraten entführt werden, heiraten gewöhnlich einen der Piraten, sofern sie schon alt genug sind. Oder sie sterben.«

»Ich will weder das eine noch das andere«, erwiderte Yu.

»Das habe ich mir schon gedacht. Folglich haben wir, wie du siehst, ein Problem.«

Himmlischer Steuermann trat vor. »Drache, wie schon gesagt kann die Kleine kämpfen. Stell sie auf die Probe.«

»Ja, stell mich auf die Probe«, echote Yu, die begriffen hatte, dass dies ihre einzige Chance war.

»So sei es«, beschloss Goldener Drache.

Er formte mit den Händen einen Trichter vor dem Mund und rief: »Mannschaft!«

Auf den Decks wurde es still, alle drehten sich zum Achterdeck um. In der Menge entdeckte Yu bekannte Gesichter: den blau angemalten Jungen, den mit einer Kette umwickelten Riesen, den Piraten im Mandaringewand.

»Hier möchte jemand auf die Probe gestellt werden«, verkündete Goldener Drache. »Wenn einer von euch Lust hat, denjenigen zu töten, dann möge er vortreten. Der Sieger erhält von mir als Belohnung zehn Silber-*Tael*.«

»Wer ist denn das Opfer?«, rief ein Pirat, der auf einen Mast geklettert war.

»Dieses Mädchen hier.«

Alle lachten.

»Verrückte Äffin«, sagte Goldener Drache. »Willst du dich darum kümmern?«

Eine junge Frau mit zerzaustem Haar und zwei auf den Rücken gebundenen Schwertern spuckte auf den Boden.

»Du beleidigst mich. Dieses Baby ist keine ebenbürtige Gegnerin.«

»Wenn als Preis zehn Silber-*Tael* winken, übernehme ich das«, erklang eine tiefe Stimme.

Ein dicker Mann trat vor. Nein, »dick« war noch untertrieben: Er war kolossal und so breit, dass drei Männer mit ausgestreckten Armen ihn nicht hätten umfangen können. In der Hand hielt er eine lange, mit bunten Quasten geschmückte Metalllanze, deren beide Enden in tödliche Spitzen ausliefen. Als er sie ablegte, vibrierte das ganze Deck. Yu schloss daraus, dass die Waffe sehr schwer war und infolgedessen sehr gefährlich.

»Bist du sicher, Wandelnder Berg?«

»Ich liebe das Trinken und das Glücksspiel. Wenn ich auf einfache Weise zu Geld kommen kann, habe ich nichts dagegen.« Der Koloss warf Yu einen amüsierten Blick zu und fügte hinzu: »Sei mir nicht böse, Kleines. Es macht mir keinen Spaß, dich zu töten.« Er warf ihr einen ziemlich fröhlichen Blick zu.

»Perfekt«, befand Goldener Drache. »Leute, macht das Hauptdeck frei. Geht da weg, damit sie Platz zum Kämpfen haben.«

Lachend und schreiend schubsten die Piraten Yu eine kurze Treppe hinunter und auf das Hauptdeck der Dschunke. Es war das niedrigste und wurde durch die Relings, durch das Besandeck und das Achterdeck begrenzt. Mitten in dieser Arena ragte der das größte Segel tragende Großmast empor.

Yu versuchte, sich die Position jedes einzelnen Fasses und jeder Taurolle einzuprägen, denn sie wusste, dass sie für sie lebenswichtig werden könnten. Heute würde sie zum ersten Mal richtig kämpfen, nicht nur zu Übungszwecken gegen Wei. Und es könnte auch das letzte Mal werden. Sie musste sehr, sehr gut sein.

Wandelnder Berg schien sich seiner Sache sehr sicher zu sein. Er wog zehnmal mehr als seine Gegnerin und schwenkte seine enorme Lanze, als wäre sie so leicht wie ein Essstäbchen.

»Erledige sie ja nicht zu schnell«, rief jemand. »Gönne uns ein bisschen Spaß.«

»Ich werde es versuchen«, erwiderte der Koloss. »Aber wenn sie sofort stirbt, ist das nicht meine Schuld.«

Gelächter, Rufe und Pfiffe waren die Antwort.

Die Einzigen an Bord, die das nicht lustig zu finden schienen, waren Himmlischer Steuermann und Scharlachroter Tiger. Und natürlich Yu.

»Macht euch bereit«, rief Goldener Drache. »Jede Technik ist erlaubt, es gelten keinerlei Regeln. Der Kampf kann beginnen!«

Es wurde ganz still.

Und der Kampf begann.

17

Ohne einander aus den Augen zu lassen, umkreisten sie den Großmast, wie zwei Kinder, die Fangen spielen. Doch es war ein tödliches Spiel.

Yu überlegte, was Peng ihr in solch einer Situation wohl geraten hätte. »Weiche seinen Schlägen aus«, hätte er wahrscheinlich gesagt.

Ein kluger Rat.

Wandelnder Berg ging zum Angriff über, mit einer Bewegung, die den Namen *Blitz, der über die Reisfelder hinwegrast* trug: Er ließ die Lanze über seinem Kopf rotieren, um ihr Schwung zu verleihen, und schleuderte sie dann so, dass sie in der Luft einen Bogen beschrieb und auf Yu zuraste. Nie hätte Yu sich vorstellen können, dass sich ein derart dicker Mann *so schnell* bewegen konnte. Sie warf sich auf den Boden und die Spitze der Lanze durchbohrte die Luft an der Stelle, wo kurz zuvor ihr Kopf gewesen war.

Beim nächsten Wurf schleuderte Wandelnder Berg die Lanze senkrecht von oben nach unten. Yu sprang zur Seite und die Lanzenspitze schlug in das Deck ein und spaltete mit derartiger Wucht eine Planke, dass die Holzsplitter nur so flogen.

»He! He!«, rief Goldener Drache. »Zerstör mir nicht mein Schiff!«

Wandelnder Berg zog seine Lanze aus dem Holz und ließ sie abermals über seinem Kopf kreisen, bevor er mit einer Sequenz unglaublich schneller Bewegungen angriff. Yu sprang in die Luft, duckte sich, beugte sich seitwärts und konnte jedes Mal erfolgreich ausweichen.

»Du bist wie eine verdammte Mücke«, knurrte der Pirat.

Das erinnerte sie an Bai Bai, der sie immer »elende Laus« schimpfte. Oh, wie sie das hasste!

Sie sprang rückwärts, aus der Reichweite der Lanze, und wollte kurz verschnaufen, doch ihr Gegner gönnte ihr keine Pause. Er packte die Lanze in der Mitte und setzte sie wie einen Kampfstock ein. Wegen der Spitzen an beiden Enden war seine Lanze doppelt gefährlich. Yu tat ihr Bestes, um auszuweichen, doch als Wandelnder Berg das Tempo immer mehr erhöhte, bekam sie allmählich Panik. Sie sprang in die Luft und die knapp über dem Boden geschwungene Waffe verfehlte ihr Ziel. Yu wich zurück und knallte mit dem Rücken gegen den Großmast.

»Sie sitzt in der Falle!«, schrie das aufgeregte Publikum.

Wandelnder Berg rannte auf sie zu, um ihr den Gnadenstoß zu versetzen. Yu wirbelte herum, sprang in die Luft, setzte einen Fuß auf dem Mast auf, rannte zwei Schritte in der Senkrechten hoch, schlug einen Salto und landete knapp hinter ihrem Angreifer. Mit aller Kraft kickte sie ihn in die Nierengegend, doch der Koloss war durch seine dicke Fettschicht gut geschützt und Yus Fuß versank in all dem Speck, ohne auf Widerstand zu stoßen.

Sie verlor das Gleichgewicht und fiel hin. Wandelnder Berg drehte sich um und versetzte ihr einen Tritt in den Magen. Yu war, als hätte eine Kanonenkugel sie getroffen. Sie flog rückwärts quer über das Deck und schlug sich bei der Landung den Kopf an.

Noch so ein Schlag und ich bin tot, dachte sie.

Benommen stand sie auf und Wandelnder Berg ging sogleich erneut zum Angriff über. Er stürzte sich auf Yu, sprang in die Luft, faltete die Beine unter den Körper und schlug mit der Lanze zu, als sei sie ein Hammer. Der Aufprall der Waffe und des schweren Mannes erschütterte die ganze Dschunke, die zu schlingern begann. Yu ließ sich fallen und rollte zur Seite, und durch die Bewegung des Schiffs rollte sie noch ein ganzes Stück weiter weg, was ihr ermöglichte, wieder aufzustehen. Sie bekam schlecht Luft und keuchte laut.

Mit wenigen Schritten war Wandelnder Berg bei Yu, stach mit seiner Lanze wieder und wieder nach ihr. Weil er sie auf diese Weise nicht erwischte, trat er zwei Schritte zurück und griff mit einer Bewegung an, die man *Langer Stahlarm* nannte: Er packte die Lanze an einem Ende und stieß mit aller Kraft zu, wobei die Lanze zu einer Verlängerung seines Arms wurde.

Yu wich zurück, sodass sie der Lanzenspitze knapp entkam. Plötzlich erkannte sie, dass ihr Gegner, der die Knie gebeugt hatte und seine ganze Kraft einsetzen musste, um ihr die schwere Lanze entgegenzustrecken, in diesem Augenblick verletzlich war.

Ihre Chance war gekommen. Sie sprang, landete auf dem vorgestreckten Lanzenstiel und lief über ihn auf den Mann zu …

… und sprang ihn an.

In Pengs Buch stand an mehreren Stellen: *Ziele im Zweifelsfall stets auf die sieben Öffnungen des Gesichts. Den Mund, die Nasenlöcher, die Ohren. Die Augen.*

Die Augen.

Yu sah den überraschten Ausdruck im Gesicht des Piraten, der nicht mit diesem Manöver gerechnet hatte und es nicht mehr abwehren konnte. Schreiend rammte sie ihm ihre Fingerspitzen in die Augen. Eine Hand pro Auge.

Wandelnder Berg wurde zu Einstürzender Berg. Grunzend ließ er die Lanze los, fiel auf die Knie und presste sich die Hände vors Gesicht.

Yu sprang zurück, um Abstand zu gewinnen und tief Luft zu holen.

Auf dem Deck breitete sich Schweigen aus, das von der Stimme von Goldener Drache durchbrochen wurde: »Das reicht. Der Zweikampf ist beendet.«

»Die Rotzgöre hat nur einen einzigen Treffer gelandet«, protestierte Wandelnder Berg. »Ich bin nicht besiegt.«

»Das behauptet auch niemand, aber der Kampf ist trotzdem zu Ende.«

Der Anführer der Piraten ging auf das Hauptdeck hinunter und breitete die Arme aus, sodass es aussah, als würde der Drache auf seiner Haut auffliegen. Er zeigte auf einen Punkt in der Ferne.

»Schiff in Sicht«, sagte er. »Wenn du immer noch Lust hast zu kämpfen, Wandelnder Berg, kannst du dich gleich weiter austoben. Mannschaft, habt ihr mich gehört? Alle auf Gefechtsposition, es geht los.«

»Und was ist mit mir?«, fragte Yu.

Der Piratenkapitän warf ihr einen sengenden Blick zu. »Du hast überlebt. Doch wenn der Kampf weitergegangen wäre, hätte dich Wandelnder Berg zermalmt. Man gewinnt einen Kampf nicht, indem man immer nur ausweicht.«

»Aber ich hätte ihn müde machen können und dann …«

Goldener Drache hob die Hand und versetzte ihr eine Ohrfeige, die so heftig war, dass Yu abermals über das Deck flog und gegen den Großmast krachte.

»Wandelnder Berg ist ein Held«, sagte er. »Er hätte noch stundenlang weiterkämpfen können. Du wärst lange vor ihm müde geworden. Also danke deinem guten Stern und dem Schiff dort, das den Kampf beendet hat.«

Yu nickte erschrocken.

»Vorerst lassen wir dich am Leben, aber wenn das Gefecht beginnt, will ich nicht, dass du uns hier an Deck im Weg herumstehst. Geh hinunter in die Küche und suche Überfluss. Du hast in einer Gastwirtschaft gearbeitet, hast du gesagt? Du kannst ihm in der Küche helfen. Später überlegen wir, was wir mit dir machen.«

Die Piraten, die bei dem Kampf zugeschaut hatten, liefen mittlerweile geschäftig auf dem Deck herum, um alles für den bevorstehenden Angriff vorzubereiten.

»Was stehst du noch hier herum? Du behinderst die anderen«, hörte Yu einen Mann hinter ihr sagen.

Sie drehte sich um. Der, der gesprochen hatte, war der kleinwüchsige Mann mit den zwei Hämmern auf dem Rücken, der in Bai Bais Lokal dabei gewesen war. Jetzt, wo er vor ihr stand, sah sie, dass er etwas kleiner als sie war, mit kräftigen Beinen und Armen, die im Verhältnis zu seinem Rumpf zu kurz waren.

»Ja«, sagte er, als habe er ihre Gedanken erraten. »Ich weiß, dass ich etwas zu kurz geraten bin. Deshalb nennt man mich auch Kleiner Zorn.«

»Goldener Drache … Er hat mir eine Ohrfeige verpasst.«

»Du konntest doch nicht ohne einen Kratzer aus diesem Kampf hervorgehen, oder? Und der Kommandant musste die Ehre von Wandelnder Berg retten. Du hast ihn blamiert, deshalb solltest du dich von ihm fernhalten. Er könnte sich rächen, sobald sich ihm eine Gelegenheit bietet.« Kleiner Zorn sah Yu streng an. Dann seufzte er. »Kommst du mit? Ich bringe dich zu Überfluss.«

Yu folgte ihm auf das Achterdeck und durch eine Tür. Die Räume unter Deck waren alle so eng und niedrig, dass Yu sich fragte, wie sich so große Männer wie Wandelnder Berg oder der Riese mit der Eisenkette dort überhaupt bewegen konnten. Vermutlich gingen sie nie hinunter und blieben immer oben auf den Decks.

Dort herrschte große Geschäftigkeit: Die Piraten wetzten ihre Klingen. Frauen, die kleine Kinder hatten, eilten in die Räume unter Deck, um ihren Nachwuchs in Sicherheit zu bringen.

Kleiner Zorn blieb mit Yu vor einer Tür stehen und klopfte zweimal, bevor er sie öffnete und den Kopf in den Raum steckte. »Überfluss, gleich gibt es eine Schlacht.«

»Ja, weiß ich schon«, erwiderte eine Stimme aus dem Inneren des Raums. »Ich bringe gerade die Kombüse in Ordnung, beim letzten Mal ist mir ein ganzes Fass Reiswein umgekippt.«

»Dieses Mal werden wir alles tun, um das zu verhindern«, meinte Kleiner Zorn kichernd. »Ich habe aber auch eine gute Nachricht für dich: Goldener Drache hat eine Küchenhilfe für dich gefunden.«

18

Yu hatte noch nie einen derart mageren Menschen gesehen. Er sah wie ein mit Papier überzogenes Skelett aus. Seine Haut war grau. Er hatte gelbe Zähne und eingesunkene Augen.

Er schaute sie mit demselben Blick an, mit dem Bai Bai auf dem Markt Schweinehälften betrachtete.

»Soll das die Küchenhilfe sein?«

»Sie war Dienstmagd in einer Gastwirtschaft in Kanton«, erklärte Kleiner Zorn. »Wir sind in das Lokal gegangen, um zu feiern, aber Scharlachroter Tiger war ein bisschen daneben …«

»Der ist immer ein bisschen daneben …«

»Er hat nicht gemerkt, dass sie noch ein Kind ist, und hat sie entführt.«

Angewidert verzog der Koch das Gesicht. »Und warum habt ihr sie nicht umgebracht?«

»Wandelnder Berg hat es ja versucht, aber sie hat ihn daran gehindert. Durch sie hat er vor der kompletten Mannschaft das Gesicht verloren. Es könnte sein, dass er demnächst versucht …«

»Wandelnder Berg ist ein dämlicher Fettkloß. Wenn diese kleine Kröte ihm zu einem Gesichtsverlust verholfen hat, darf sie meinetwegen hierbleiben.«

Kleiner Zorn nickte. »Ich hatte gehofft, dass du das sagst. Dann lasse ich euch mal allein, damit ihr euch in Ruhe kennenlernen könnt, und gehe rauf, um zu kämpfen.«

»In Ordnung, aber achtet bitte darauf, Erschütterungen zu vermeiden. Wenn mir hier wieder sämtliche Gewürze runterfallen, müsst ihr sie nachher aufheben.«

Der kleinwüchsige Mann nickte erneut und eilte zurück an Deck.

Nun wandte sich Überfluss Yu zu, die den beiden schweigend zugehört hatte.

»Also«, sagte der Koch. »Wie heißt du denn, du kleine Kröte?«

»Shi Yu.«

»Gut, aber von nun an werde ich dich *Kleine Kröte* nennen. Was weißt du über das Kochen auf einer Piratendschunke?«

Yu dachte nach. »Ich kann schon ziemlich gut kochen. Ich weiß, wie man *Reis-Congee* macht und Haifischflossensuppe, ich kann *Hoisin-Soße* zubereiten, *Dim Sun*, gebratenen Tofu …«

Überfluss verpasste ihr eine Kopfnuss. »Ich habe dich gefragt, was du über das Kochen *auf einer Piratendschunke* weißt.«

Yu musste zugeben, dass sie keine Ahnung von dieser Art von Küche hatte. Insgeheim stellte sie fest, dass es hier überhaupt nicht wie im Reich der alten Jia aussah: ein enger fensterloser Verschlag voller Fässer, Schachteln und Schatullen, die dort offenbar ohne jegliches System hineingezwängt worden waren. Yu sah weder einen Herd noch einen Ofen und auch kein Becken, in dem Gemüse gewaschen werden konnte, geschweige denn Messer oder Essstäbchen.

»Ich bin hier der Schiffskoch«, sagte Überfluss. »Was, meinst du wohl, bedeutet das?«

»Dass du … dass du für alle kochst?«

Noch eine Kopfnuss.

»Falsch. Was ist denn das für eine Vorstellung? Für alle kochen … Unsinn! Es heißt, dass die fremden Teufel es so machen, aber das hier ist eine chinesische Dschunke und wir sind zivilisierte Menschen! Jeder Pirat kocht für sich selbst. Wenn er Hunger bekommt, zündet er sich oben an Deck ein Feuer an oder er isst sein Zeug roh und schaut, wo er bleibt. Die meisten Piraten haben Familie. Die Familien leben auch alle hier an Bord, Mama, Papa und die Kinderchen. Wer am meisten Zeit hat und weder verletzt noch tot ist, kocht für ein paar andere mit. Folglich …«

»Folglich?«

»Folglich macht jeder, was er will, und ich kümmere mich nur um Goldener Drache und die anderen Helden, wenn sie mich darum bitten. Meine eigentliche Arbeit aber besteht darin, die

Lebensmittelvorräte zu kontrollieren. Jeder muss genug zu essen haben, und wenn hier auf dem Schiff gehungert wird, dann bin ich schuld. Ich muss jedem etwas geben, weder zu wenig noch zu viel. Verstanden?«

Yu nickte. »Verstanden.«

»Folglich müssen wir jetzt was tun?«

Yu hatte keine Ahnung und bekam deshalb eine weitere Kopfnuss.

»Du bist keine Hilfe, Kleine Kröte, du bist wie eine *Canga* am Hals. Komm mal mit.«

Der Koch griff sich eine Laterne und führte Yu aus dem furchtbaren Verschlag hinaus, mitten hinein in das Labyrinth aus winzigen Räumen, kleinen Treppen und Gängen im Herzen der Dschunke. Gerade war hier unglaublich viel los, Piraten rannten in alle Richtungen oder bildeten Ketten, um Kanonenkugeln weiterzureichen.

Überfluss redete die ganze Zeit auf Yu ein.

»Dies hier ist eine Lorcha. Weißt du, was das ist?«

Yu wusste es nicht. Und erhielt wieder eine Kopfnuss.

»Du bist eine einzige Katastrophe, Kleine Kröte. Eine Lorcha ist ein Dschunkentyp, und zwar der schnellste auf dem Perlfluss. Der Rumpf wurde von fremden Teufeln gebaut, von Portugiesen aus Macau, glaube ich, und eines kannst du mir glauben: Diese Bastarde wissen, wie man Schiffe baut. Von Segeln dagegen verstehen sie nichts, sie hängen einfach riesige Bettlaken auf, die beim ersten Unwetter reißen. Für die Manöver müssen die Matrosen wie Affen auf die Masten klettern, das ist doch absurd … Aber eine Lorcha hat chinesische Segel, Segel aus Stoff und Bambusrohren. Das Ausrichten der Segel findet vom Deck aus statt, ohne akrobatische Kunststücke, und sie lassen einen nie im Stich. Alles in allem ist dieses Schiff das Beste aus zwei Welten, verstehst du?«

Yu verstand, und weil sie sich eine weitere Kopfnuss ersparen wollte, nickte sie rasch.

Sie stiegen immer weiter hinunter. Irgendwann kamen sie an zwei ungefähr fünfjährigen Kindern vorbei, die mit Holzschwertern gegeneinander kämpften. Blitzschnell nahm Yu den beiden im Vorbeigehen ihre Waffen weg und gab sie ihnen dann umgekehrt wieder, sodass jeder das Schwert des anderen bekam. Die Kinder lachten vergnügt.

»Pfff«, machte Überfluss. »Das sind Jianguo und Jianzhuo, die höllischen Zwillinge. Wenn du nett zu ihnen bist, wirst du sie nie wieder los. Du hättest diese Schwerter entzweischlagen sollen. Aber was wollte ich gerade sagen? Ach so, ja. Wie du siehst, sucht sich hier unten jeder ein Plätzchen, ein paar Familien schlafen sogar unten im Laderaum, doch da ist die Luft ekelhaft, da hat man es oben auf Deck besser. Dieses Schiff besitzt vier Decks: das Achterdeck, das Besandeck, das Hauptdeck, das auch das niedrigste ist, und das Vorderdeck. Achterdeck und Vorderdeck sind den Helden vorbehalten: Goldener Drache, Scharlachroter Tiger, Himmlischer Steuermann, Kleiner Zorn …«

»Ist er auch ein Held?«

»Einer der größten. Außerdem gehören noch dazu: Blauer Tiger, die drei Krallen-Cousins, Verrückte Äffin, Muräne, Steinriese …«

»Was ist mit Wandelnder Berg?«, unterbrach ihn Yu und fing sich wieder eine Kopfnuss.

»Der glaubt, ein Held zu sein, taugt aber weniger als ein einziger Finger von Drache oder Riese. Merken aber musst du dir: Die Helden schlafen auf dem Vorder- und dem Achterdeck. Die Matrosen und Kanoniere, Leute wie Durchgefallener, der ein Meister im Umgang mit der Axt ist, oder ich, die dürfen auf dem Besandeck schlafen. Kleine Kröten wie du dagegen dürfen nur auf das Hauptdeck. Hast du das verstanden?«

»Ja«, antwortete Yu schnell, die schon wieder die Hälfte dessen vergessen hatte, was der Koch ihr erzählt hatte.

Überfluss öffnete eine Falltür und kletterte in den tiefsten Teil des Schiffs hinunter: ein Lagerraum mit niedriger Decke, der mit Truhen und Fässern vollgestopft war.

Er hängte die Laterne an einen Nagel in der Wand und begann, die Behälter zu zählen und neu zu ordnen.

»Hier unten lagert der Proviant, der Reiswein und alles andere. Wir müssen die Fässer und Kisten gut vertäuen, damit sie nicht durcheinanderpurzeln, wenn wir mal ordentlich tanzen …«

»Tanzen?«, fragte Yu, die bei diesem Wort an Tanzende Lotosblüte denken musste.

»Wenn wir mal unter Beschuss geraten oder kämpfen müssen.«

Yu beschloss, dass sie am besten tüchtig mithalf, um sich nicht eine weitere Kopfnuss einzufangen, und hielt die Fässer, damit der Koch sie festbinden konnte.

»Aber passiert das nicht die ganze Zeit? Ich meine, dass wir kämpfen müssen?«, fragte sie, weil sie davon ausging, dass das Piratenleben nur aus Mord und Totschlag bestand.

Überfluss musste lachen. »Oh nein!«, widersprach er. »Das passiert so gut wie nie. Es geht immer um das Gesicht, Kleine Kröte. Darum, es nicht zu verlieren. Darum, zu bestimmen, wie die anderen über einen denken. Das Ansehen steht im Mittelpunkt unseres Berufs. Die *Rote Todesbotin* ist berüchtigt. Alle kennen Goldener Drache und seine Helden. Deshalb ergeben sich die Besatzungen sofort, wenn sie unser Schiff erkennen. Weil es so für sie besser ist, verstehst du? Wenn sie die Wahl haben, ausgeraubt oder getötet zu werden, entscheiden sie sich für das Ausgeraubtwerden. Deshalb geht Goldener Drache einfach nur an Bord des feindlichen Schiffs, nimmt alles mit und verlässt es wieder, ohne dass jemandem auch nur ein Haar gekrümmt wird. So ist es einfach zivilisierter.«

Während er sprach, hatten Yu und er die Ladung gesichert und dabei viel freien Platz gewonnen.

Jene Piratin, die Verrückte Äffin genannt wurde, schaute durch die offene Falltür zu ihnen hinunter.

»Überfluss!«, rief sie. »Oben ist die Schlacht zu Ende. Komm hoch, es gibt einiges zu tragen.«

Der Koch sah Yus entgeisterten Gesichtsausdruck und lachte. »Siehst du, Kleine Kröte? Du hast deinen ersten Überfall überlebt. Jetzt komm, du hast Verrückte Äffin gehört, dieser Teil der Arbeit bleibt uns überlassen.«

Yu beeilte sich, den beiden Piraten hinauf auf die Decks zu folgen. Unterwegs traf sie wieder die Zwillinge, die ihr ein bezauberndes Zahnlückenlächeln schenkten.

»Wer bist du?«, wollten sie wissen.

»Das ist Kleine Kröte, meine Küchenhilfe«, erwiderte Überfluss unfreundlich. »Lasst sie bloß in Ruhe.«

Der Koch machte Anstalten, Ohrfeigen an die beiden zu verteilen, doch die Zwillinge wichen seiner Hand geschickt aus und liefen davon.

»Die verdammten Bengel«, schimpfte Überfluss. »Früher oder später erwische ich sie und dann stecke ich sie in einen großen Topf. Also, Kleine Kröte, was ist? Bewegst du dich?«

»Ja, ich komme«, antwortete Yu und lief die Treppen hinauf.

In diesem Moment wurde ihr bewusst, was geschehen war. Im Laufe eines Tages und einer Nacht hatte Bai Bais Dienstmagd Shi Yu aufgehört zu existieren.

An ihre Stelle war Kleine Kröte getreten.

Eine Küchenhilfe.

Und ein Piratenlehrling.

VIERZEHN JAHRE

十四歳

19

Humen. Oder Bocca Tigris, wie es die fremden Teufel nannten. Die Enge mit den unzähligen Seitenarmen und Inseln, die der Perlfluss nach seiner viertausend *Li* langen Reise passierte, bevor er sich ins Südchinesische Meer ergoss.

Es war die Stunde des Hasen. Der leichte Nieselregen fühlte sich wie kondensierte Feuchtigkeit an. Yu stand an der Reling des Vorderdecks und die Gischt spritzte ihr ins Gesicht und durchnässte ihr kurzes Haar.

Sie hatte es sich vergangene Woche selbst geschnitten, mit einem der Messer aus der Schiffskombüse. Warum sie das getan hatte, wusste sie selbst nicht so genau. Oder besser gesagt, sie wusste es, hätte es jedoch niemandem gegenüber zugegeben.

Es war nachts gewesen, zu später Stunde, während der vierten Wache. Den ganzen Tag über hatte Yu hart gearbeitet: Überfluss hatte sich in den Kopf gesetzt, den Laderaum sauber zu machen und jedes einzelne Fass zu kontrollieren, denn von diesem Raum ganz unten im Schiff ging ein ekelhafter Gestank aus. Ein Gestank, der schlimmer war als der Geruch von Trockenfisch, fermentiertem Soja und sauer eingelegtem Gemüse und allem anderen, das hier gelagert wurde.

Als die Sonne unterging, war Yu völlig erschöpft und hatte vielleicht aus genau diesem Grund nicht einschlafen können. Deshalb war sie auf den Hauptmast geklettert, um sich in der Kampfkunst zu üben. Zwar tat sie das manchmal auch tagsüber, wenn Kleiner Zorn oder Scharlachroter Tiger Zeit und Lust hatten, ihr etwas beizubringen. In der Nacht aber konnte sie ganz für sich sein und ungestört Pengs Kampfstil trainieren, den *Wushu der Luft und des Wassers*, die letzte Verbindung zu ihrem alten Leben.

In jener Nacht hatte sich Yu auf ihre Flugübungen konzentriert: Senkrecht lief sie die Masten hinauf und sprang von einer Rah zur nächsten. Das war schwierig, denn die Rahen einer Dschunke waren nicht dafür gedacht, darauf herumzulaufen. Es waren nur Bambusstangen, die sich unter ihrem Gewicht bogen.

Plötzlich hatte Yu jemanden unten lachen hören.

»Sie ist wirklich eine kleine Kröte, in jeder Hinsicht«, sagte eine Stimme.

Yu, auf allen vieren auf einer Rah balancierend, hatte mitten in der Bewegung innegehalten und sich dann langsam ausgestreckt, um hinunterzuspähen. Sie hatte Blauer Tiger gesehen, der zu ihr hinaufschaute.

Yu war verblüfft, denn Blauer Tiger war der jüngste der Helden und (etwas, das Yu niemals vor anderen zugegeben hätte) auch der bestaussehende. Die blauen Tätowierungen, die seinen gesamten Kopf bedeckten, betonten seine roten Lippen, die großen lebhaften Augen und das kantige Kinn.

Blauer Tiger war ihr von Anfang an *anders* vorgekommen. Er war ein geheimnisvoller Einzelgänger, der sich nie so zur Schau stellte, wie es die anderen Helden taten. Doch Yu hatte ihn kämpfen sehen, mit seinen tödlichen Stahlnadeln, die unweigerlich ins Ziel trafen, gleichgültig, aus welcher Entfernung er sie schleuderte. Als sie einander das erste Mal begegnet waren, in Bai Bais Gastwirtschaft, hatte er mit einem seiner Projektile Kleiner Zorn das Leben gerettet. Seitdem hatte Yu wohl an die hundert Male ähnliche Situationen miterlebt.

Immer wenn Yu ihn lächeln sah, war ihr, als würde sich ihr Magen verknoten und als bekäme sie plötzlich Fieber. Sie träumte davon, dass er sie eines Tages bemerken, sie anlächeln würde, sie in seine Arme nehmen würde …

Aber nein.

Für Blauer Tiger war sie nur eine Kröte.

Deshalb hatte sich Yu in jener Nacht im Meer gespiegelt. Inzwischen war sie eine Frau, sie hatte ihren ersten Mond gehabt und unter ihrer Bluse zeichneten sich die kleinen Rundungen der Brüste ab. Doch sie war immer noch mager und eckig und hatte diese grauenhaften Füße, die viel zu groß waren, um einem Mann zu gefallen.

»Du bist hässlich«, hatte sie ihrem Spiegelbild zugeflüstert. Dann war sie in die Kammer gegangen, in der Überfluss die Messer verwahrte, und hatte sich die Haare abgeschnitten.

Zumindest war das praktischer.

Auf einmal stand der Koch neben ihr. Im Laufe der letzten zwei Jahre war Überfluss zu ihrem Meister, ihrem Herrn, ihrem Vorgesetzten, ihrem Vater, ihrem Kerkermeister geworden. Er redete zu viel und schien ständig wütend zu sein, doch Yu hatte gelernt, dass man sich bei ihm nicht vom Schein täuschen lassen durfte. Überfluss konnte sich in die Menschen hineindenken, ein Talent, das auf einer Piratendschunke nicht besonders stark verbreitet war.

»Was ist los?«, wollte er wissen.

»Findest du mich hässlich?«, hätte Yu ihn am liebsten gefragt. Stattdessen aber sagte sie: »Warum sind wir hier? Auf dem Meer, meine ich? Hätten wir nicht auf dem Fluss bleiben können? Das ist doch normalerweise unser Revier. Wir kennen alle Nebenarme, es gibt dort Inseln, auf denen wir uns verstecken können …«

»Das Meer ist uns genauso vertraut. Auch hier gibt es für uns Piraten Inseln. Zum Beispiel eine, die Hongkong genannt wird. Es ist nur ein großer Steinhaufen, auf dem Fischer wohnen, aber es gibt dort eine fantastische natürliche Bucht, in der unsere Dschunke vor Unwettern geschützt ist. Außerdem fahren von Hongkong aus alle Schiffe nach Macau oder kommen von dort. Wir können also die Schiffe der fremden Teufel entern, sobald sie den Hafen von Macau verlassen haben.«

»Auf dem Fluss ist uns die Beute nie ausgegangen«, stellte Yu fest.

Überfluss seufzte. »Wenn Goldener Drache beschlossen hat, das

Jagdrevier zu wechseln, dann hat er dafür sicher seine Gründe. Die manchmal leicht zu erraten sind: Ich wette, dass er sich in letzter Zeit ein bisschen gelangweilt hat. Es ist nicht immer leicht, ein Held zu sein. Und du bist viel zu neugierig.«

Während sie sich unterhielten, war starker Wind aufgekommen. Himmlischer Steuermann drehte am Steuerrad, damit die *Rote Todesbotin* die Wellen günstiger schnitt. Dank dieser plötzlichen Kursänderung nahm Yu die kleine Dschunke wahr, die auf sie zukam. Sie hatte nur etwa ein Drittel der Länge ihrer Lorcha und besaß zwei Segel. Sie schien nicht mit Kanonen ausgerüstet zu sein und hatte das kaiserliche Banner gehisst.

»Da kommt die Beute schon«, sagte Yu grinsend und zeigte auf das Schiff.

Überfluss schüttelte den Kopf. »Diese Dschunke wird uns ausbeuten, nicht umgekehrt.«

»Wie meinst du das?«

»Der Mandarin, der den Humen verwaltet, kassiert eine Steuer von allen Schiffen, die hier durchfahren. Und weil wir Piraten sind, müssen wir ihm außer der Steuer auch noch eine ordentliche Bestechungssumme zahlen.«

Yu traute ihren Ohren nicht. »Will Goldener Drache ihm wirklich etwas zahlen? Ich dachte, wir töten die kaiserlichen Beamten und Soldaten.«

»Wer begriffen hat, wann es angebracht ist zu kämpfen und wann nicht, wird siegreich sein«, zitierte Überfluss. »Das ist ein Lehrsatz des Philosophen Sun Tzu.«

Immer wieder wunderte sich Yu darüber, was der Bordkoch alles wusste.

Überfluss streckte seinen knochigen Arm aus und zeigte auf die Küste. »Acht Festungen bewachen den Humen. Sie sind mit Kanonen ausgerüstet und haben Hunderte von Soldaten. Die passen genau darauf auf, dass hier keiner durchfährt, ohne zu zahlen. Eigentlich verlangt das Protokoll, dass wir an Land gehen, um dem Mandarin unsere Ehrerbietung zu erweisen. Dass er uns eine

Dschunke entgegenschickt, ist ein Zeichen seines Respekts gegenüber Goldener Drache.«

»Aber …«, begann Yu. »Warum sollte uns der Kaiser durchlassen? Will der uns nicht einsperren?«

»Der Kaiser ist sehr weit weg. Und der Mandarin will einfach nur viel Geld haben, um sich Diener, Frauen und einen luxuriösen Palast leisten zu können. Er macht das, was ihm in den Kram passt. Uns heute zu verhaften, würde ihm keinen einzigen Goldbarren einbringen. Im Gegenteil: Seine Schiffe könnten zu Schaden kommen. Uns ganz legal auszurauben, ist wesentlich weniger riskant.« Überfluss grinste. »Die Welt ist kompliziert, Kleine Kröte.«

Yu nickte. Plötzlich musste sie an Wei denken. Seit sie ihn das letzte Mal gesehen hatte, war viel Zeit vergangen. Inzwischen müsste er alt genug sein, um die Prüfungen abzulegen, die ihm so wichtig gewesen waren. Und wenn er sie bestand, würde er Beamter werden. Ein Mandarin.

Wusste ihr Freund, dass das bedeutete, ebenfalls zu einem Piraten zu werden, wenn auch zu einer anderen Art von Pirat als Goldener Drache und seine Leute? Sie fragte sich, ob sich Wei überhaupt noch an sie erinnerte, ob er vielleicht sogar hoffte, sie wiederzusehen.

Ach was, dachte sie. Er wird mich für tot halten, so tot wie sein Großvater. Und er wird glücklich und zufrieden in seinem protzigen Palast leben.

Mittlerweile hatte die kaiserliche Dschunke den Abstand zwischen sich und der *Roten Todesbotin* verringert und der schwere Seegang hatte sich noch verstärkt.

»Unter diesen Bedingungen neben uns zu liegen, wird unmöglich sein«, meinte Überfluss. »Sie werden es nicht schaffen, zu uns an Bord zu kommen, und wir können auch nicht zu ihnen hinüber. Das bedeutet, dass sie bald abdrehen und wir ihnen zur Küste folgen müssen.«

»Das ist doch nicht schlimm«, fand Yu. »Wir haben Zeit.«

»Es geht nicht um Zeit. Falls es uns nicht gelingt, den Austausch auf dem Meer vorzunehmen, verliert Goldener Drache das Gesicht. Die Sache gefällt mir gar nicht.«

Er wollte noch etwas hinzufügen, doch ein schriller dreimaliger Pfiff unterbrach ihn. Das war das übliche Signal für die Besatzung der *Roten Todesbotin*, sich bereitzuhalten, weil gleich etwas geschehen würde.

Im nächsten Augenblick schwangen sich die Zwillingsbrüder Jianguo und Jianzhuo an Tauen auf das Vorderdeck und landeten neben Yu.

»Wir haben alles gehört und müssen euch sagen, dass ihr euch irrt«, rief der eine. »Goldener Drache wird nicht das Gesicht verlieren.«

»Ach ja?«, erwiderte Überfluss spöttisch. »Und woher wollt ihr das wissen?«

»Das hat uns Himmlischer Steuermann gesagt. Er ist sicher, dass es uns gelingen wird, die Steuer hier auf dem Meer zu zahlen.«

»Und wie glaubt er, längsseits an die Dschunke segeln zu können, bei diesen Wellen?«

»Himmlischer Steuermann sagt, dass wir nicht längsseits zu gehen brauchen«, trumpfte Jianguo auf. »Er sagt, Kleine Kröte wird das Geld überbringen.«

Sein Zwillingsbruder nickte. »Er sagt, Kleine Kröte wird von einem Schiff zum anderen springen.«

»Wa… was?«, stammelte Yu.

Jianzhuo wiederholte: »Er sagt, Kleine Kröte wird von einem Schiff zum anderen springen. Er sagt, sie wird durch den Regen fliegen. Und alle werden es sehen. Und sprachlos sein.«

Yu hörte ihm mit offenem Mund zu.

Und dieses Mal war sie es, die sprachlos war.

20

Goldener Drache maß Yu mit Blicken von Kopf bis Fuß. Weil er vom Regen nass war, wirkte der auf seine Haut tätowierte Drache, als sei er gerade eben aus den Wellen aufgetaucht.

»Ich weiß nicht«, sagte er nachdenklich. »Diese Wellen sind wirklich hoch … Wenn wir die Dschunke des Mandarins rammen, geht sie unter, und das käme einer Kriegserklärung gleich. Folglich müssten wir mindestens einen halben *Li* Abstand halten …«

»Näher komme ich auch nicht an das Schiff ran«, sagte Himmlischer Steuermann.

»Auf jeden Fall kann kein Mensch so weit springen, es sei denn, er trägt ein Flügelpaar auf dem Rücken. Hinzu kommen noch der Wind, der Regen, die Bewegungen der beiden Schiffe. Vielleicht könnte ich Verrückte Äffin bitten, mit einem ihrer Pfeile das Ende eines Seils hinüberzuschießen …«

»Auf die kaiserliche Dschunke Pfeile abschießen? *Das* wäre tatsächlich eine Kriegserklärung!«, rief der Steuermann aus. »Vertrau mir. Das Mädchen wird es schaffen.«

»Und wenn nicht? Mach dir das doch bitte mal klar: Goldener Drache schickt einen seiner Piraten hinüber, um die Steuer zu zahlen, der springt daneben und landet im Wasser. Stell dir das mal vor! Sie lachen mich aus und ich verliere das Gesicht.«

»Stell dir lieber die folgende Szene vor: Goldener Drache schickt einen seiner Piraten, der vollführt einen unglaublichen Sprung und landet mit einer Verbeugung vor dem Beamten. Wenn sogar das Küchenmädchen aus deiner Mannschaft eine derartige Tat vollbringen kann, wie gut müssen dann erst die anderen sein? Dein Ansehen wächst ins Unermessliche.«

Goldener Drache kratzte sich am Kopf.

Himmlischer Steuermann grinste. »Der Kampfstil des Mädchens wird *Wushu der Luft und des Wassers* genannt. Er gründet auf Schnelligkeit und wer ihn trainiert, lernt, mit so viel Leichtigkeit zu springen, dass es aussieht, als hinge er an einem Faden. Du erinnerst dich doch, wie Kleine Kröte Wandelnder Berg gedemütigt hat, an dem Tag, als sie an Bord kam? Seither hat sie ständig weitertrainiert. Sie ist sehr gut.«

Goldener Drache wandte sich Yu zu. Diese dachte, dass noch niemand *sie* gefragt hatte, ob sie glaube, es schaffen zu können. So, als ob ihre Meinung nichts zählte. Denn natürlich wäre es schlicht Wahnsinn, einen solchen Sprung zu wagen. Vielleicht hätte Peng eine derartige Leistung vollbringen können, als er noch jung war und noch nicht mit dem Trinken angefangen hatte. Doch seit Yu ihren *Shifu* verloren hatte, waren fünf Jahre vergangen. Seither trainierte sie anhand der Erinnerungen an die Bilder aus seinem alten Buch. Doch das war nicht die optimale Methode, um zu einem Meister der Kampfkunst zu werden.

»So sei es«, beschloss Goldener Drache. »Doch ich warne dich, Steuermann: Sollte es dem Mädchen nicht gelingen, diesen Sprung perfekt auszuführen, lasse ich dich von Steinriese mit seiner Kette auspeitschen.«

»Einverstanden«, erwiderte der Steuermann. »Dieses Risiko gehe ich gern ein. Und jetzt lass mich mit dem Mädchen sprechen.«

Goldener Drache zuckte mit den Schultern. Er verließ das Achterdeck und rief seinen Leuten Befehle zu, um das Manöver vorzubereiten.

Regennass und besorgt schlich Yu zu dem riesigen Steuerrad.

Himmlischer Steuermann sprach langsam zu ihr, ohne ihr ins Gesicht zu sehen. »Als ich jung war, habe ich einen Meister deines Kampfstils kennengelernt und mit eigenen Augen gesehen, was ein Schüler der Fluglehre vermag. Ich habe oft beobachtet, wie du dich in der Technik geübt hast, die man *Am Himmel hängende Reiherflügel* nennt. Das stimmt doch, oder?«

In den zwei Jahren, die sie mittlerweile auf dem Schiff lebte, war es Yu noch nie aufgefallen, dass Himmlischer Steuermann sie auch nur eines Blickes gewürdigt hätte. Das einzige Mal, dass sie miteinander gesprochen hatten, war am allerersten Tag gewesen, als Scharlachroter Tiger sie zu Goldener Drache gebracht hatte, damit der Kapitän über ihr Schicksal entschied.

»Ich kenne diese Bewegung und habe sie schon öfters geübt«, gab Yu zu. »Aber noch nie über eine derartige Entfernung.«

»Dann musst du dich heute eben selbst übertreffen.« Himmlischer Steuermann lächelte. »Hör mir gut zu: Achte sorgfältig auf deine Atmung, konzentriere im Augenblick des Absprungs dein *Chi* in deine Beine, damit du genügend Schub bekommst, und lasse es sodann in deine Brust aufsteigen und in deine Schultern, als wolltest du dich am Himmel festklammern.«

»Bleibt mir denn eine Wahl?«, fragte Yu.

»Nein. Hast du gehört, was Drache gesagt hat? Wenn du versagst, wird Steinriese mich bestrafen. Du wirst dann schon tot sein, ertrunken oder von den Haien gefressen. Also, versage nicht.«

Dieser Satz hätte auch vom alten Peng kommen können, deshalb beschränkte sich Yu darauf zu nicken.

»Jetzt geh zum Vorderdeck und bereite dich vor. Lass dir ein Seil um die Taille binden. Auf mein Signal, meinen Alarmpfiff hin, springst du. Nimm nichts mit, denn das würde dich nur beschweren. Wenn du auf dem Schiff des Mandarins gelandet bist, schicken wir über das Seil die Goldbarren hinüber. Danach kannst du zurückkommen.«

»Mit einem zweiten Sprung?«

»Der schwieriger sein wird als der erste, weil die Dschunke des Mandarins kleiner ist als unser Schiff und du deshalb von unten nach oben springen musst. Außerdem musst du den Augenblick des Absprungs selbst wählen.«

Yu atmete tief durch. »Sagst du das, um mir Angst zu machen?«

»Ich sage es, damit du darauf gefasst bist. Und jetzt geh.«

Der Wind war noch heftiger geworden, und obwohl die *Rote Todesbotin* ein sehr großes und schweres Schiff war, hüpfte sie wie ein Ball auf den Wellen.

Die gesamte Mannschaft war an Deck gekommen, um das Wagnis mit eigenen Augen zu sehen. Yu ging auf dem Vorderdeck in Position und beobachtete, wie sich das kleine kaiserliche Schiff abmühte, um sich ihnen zu nähern. Offenbar hatte seine Besatzung eine Weile überlegt, ob sie beidrehen und umkehren sollten. Doch das Piratenschiff hatte das Signal zum Näherkommen gegeben und der Steuermann hatte es nicht gewagt, sich dem Befehl des Mandarins zu widersetzen.

»Bald werden sie eine schöne Überraschung erleben«, meinte Überfluss kichernd.

»Glaubst du, ich schaffe es?«

»Wenn du es schaffst, wirst du beträchtlich an Ansehen gewinnen«, erwiderte der Koch. »Wenn nicht, wirst du sterben. Also ist es besser, du schaffst es.«

Yu dachte über die Anweisungen des Steuermanns nach und forderte die Umstehenden auf, ihr ein Seil umzubinden. Dann sah sie weiter zu, wie die *Rote Todesbotin* manövrierte, um sich der kleineren Dschunke längsschiffs zu nähern. Yu schätzte die Entfernung ab. Ein *Li*. Ein halbes *Li*. Hundert *Bu*.

Immer noch viel zu weit.

»Angst macht dich schwerer«, flüsterte Überfluss ihr zu. »Konzentrier dich auf dein *Chi*, atme richtig und bereite dich vor. In Kürze wird Himmlischer Steuermann das Signal geben.«

Yu nickte und schloss die Augen. Sie versuchte, sich an die Bilder zu erinnern, die sie sich so oft in Pengs Buch angeschaut hatte. Sie stellte sich vor, wie es aussehen würde: ein Mädchen, das vom Bug eines Schiffs sprang, einen kurzen Abschnitt Meer überquerte und elegant auf der Brücke des anderen Schiffs landete, ganz so, als besäße es Flügel.

Als sie sich einigermaßen beruhigt hatte, fand sie ihr *Chi* tief unten in ihrem Magen. Sie entzündete es und fühlte es in ihren Füßen, in ihren großen hässlichen Krötenfüßen, die ihr jetzt aber so viel Schub geben würden, dass sie …

Der Wind trug den Pfiff des Steuermanns zu ihr.

Yu öffnete die Augen und sah zu ihrem Ziel hinüber. Sie breitete die Arme aus, wie es die Bewegung *Am Himmel hängende Reiherflügel* vorschrieb.

Und dann sprang sie.

Der Regen peitschte ihr ins Gesicht, während ihr leichter Mädchenkörper immer höher stieg, höher und höher. Sie fühlte, wie die Luft sich teilte, um sie durchzulassen, wie ihre Arme die Luft zerschnitten, als wären sie zu Federn geworden.

Ihr *Chi* strahlte und die kaiserliche Dschunke kam immer näher. Einen furchtbaren Augenblick lang glaubte Yu, dass sie es nicht geschafft hatte, dass die Entfernung trotz allem einfach zu weit gewesen war, und dieses Zögern ließ sie absacken. Dann aber erblickte sie die verblüfften Gesichter der Soldaten, die sie vom Deck der kaiserlichen Dschunke aus anstarrten, und zog die Beine an, wie fliegende Reiher es tun. Sie sank tiefer und ging bei der Landung nur leicht in die Knie. Als ihre Füße auf den glitschigen Planken des Decks aufkamen, fiel einem Soldaten vor Verblüffung das Schwert aus der Hand.

Der kaiserliche Beamte, der sich unter Deck aufgehalten hatte, trat nun auf sie zu. Es war ein sehr junger Mann, er war höchstens sechzehn oder siebzehn Jahre alt und mit einem grauen Baumwoll-*Changshan* bekleidet.

Schon wieder musste Yu an Wei denken.

Sie legte sich bäuchlings auf den Boden und berührte die Planken mit der Stirn. »Ich komme, um Ihnen die Grüße meines Kapitäns Goldener Drache zu überbringen.«

»Willkommen auf meinem Schiff«, erwiderte der junge Beamte sichtlich verlegen.

Yu zog an dem Seil, das um ihren Leib gebunden war, und von dem Piratenschiff wurden drei fest verschlossene Stoffsäckchen herübergeschickt, die an einem Metallring befestigt am Seil hinunterglitten.

»Herr«, sagte Yu und berührte abermals den Schiffsboden mit der Stirn, »mein Kapitän bittet Sie, die Steuern und zwei kleine unbedeutende Geschenke anzunehmen. Das erste ist für den Mandarin, das andere für Sie, um Ihnen dafür zu danken, dass Sie die Freundlichkeit hatten, uns bei diesem schlechten Wetter entgegenzukommen.«

Der junge Mann starrte Yu weiterhin an. Er schien viel zu verblüfft, um etwas herauszubringen.

Weil sie nicht wusste, was sie sonst tun sollte, beschloss Yu, auf die *Rote Todesbotin* zurückzukehren. Sie drehte sich um, ging zur Reling und atmete mehrmals tief durch, um sich auf den zweiten Sprung vorzubereiten.

»Entschuldigung … entschuldigen Sie«, hielt der junge Beamte sie auf. »Verraten Sie mir doch bitte wenigstens Ihren Namen, damit ich ihn dem Mandarin sagen kann, falls er danach fragt.«

Kleine Kröte, wollte Yu schon antworten, doch dann besann sie sich und biss sich auf die Lippen. »Ich heiße Fliegende Klinge«, sagte sie schließlich.

Dann drehte sie sich wieder um, kletterte auf die Reling, konzentrierte ihr *Chi* und flog davon.

Himmlischer Steuermann hatte recht gehabt: Der zweite Sprung war schwieriger als der erste. Dennoch gelang er ihr.

21

Zwei Tage später legten sie in Macau an.

»Wie ist Macau?«, fragte Yu.

Sämtliche Piraten schienen sich auf diese Stadt zu freuen. Sie tauschten Namen und Adressen von Lokalen aus, erzählten einander, was sie in Macau schon alles erlebt hatten, wo man unbedingt hingehen müsse.

Yu konnte nichts dazu beitragen und fühlte sich deshalb dumm und ausgeschlossen.

Alles, was sie über Macau wusste, war, dass im Hafen dieser Stadt die Schiffe aus dem Westen einliefen und dass die fremden Teufel jedes Jahr hierherzogen – im April, wenn die Handelssaison beendet war und der Kaiser den Befehl gab, die Dreizehn Häuser von Kanton zu schließen.

»Macau ist eine Stadt der Teufel«, erklärte Überfluss.

»Was bedeutet das?«

»Dass es eine Stadt ist, die sich die Fremden nach und nach gekauft haben, ein Stückchen nach dem anderen. Dadurch ist sie allmählich so geworden wie sie. Ein verfluchter Ort.«

Yu kam die Stadt, auf die sie zusegelten, gar nicht so teuflisch vor. Sie erhob sich auf einer Halbinsel, die durch eine schmale Sandzunge mit dem Festland verbunden war. Yu sah grüne Hügel, weiße Häuser und eine Bucht, in der einige chinesische Dschunken und westliche Schiffe vor Anker lagen.

»Kleine Kröte«, rief ihr Kleiner Zorn zu. »Was meinst du? Sollen wir hier ankern oder springst du rüber auf die Mole und vertäust unser Schiff?«

Alle lachten. Auch Yu.

Ihr kühner Flug durch den Regen hatte nicht nur den jungen kaiserlichen Beamten beeindruckt: Auch die Piraten sahen sie seitdem mit anderen Augen. Yu hatte bewiesen, dass sie mehr war als ein kleines, von Scharlachroter Tiger entführtes Mädchen, mehr als die Küchenhilfe von Überfluss, dem Koch.

Die gesamte Besatzung versammelte sich an Deck, um die Ankunft in Macau mitzuerleben, und an den Masten hingen mehr Piraten als Segel. Die *Rote Todesbotin* wendete und der Steuermann warf in der Mitte der Bucht den Anker.

Danach versammelte Goldener Drache seine Leute auf dem Achterdeck.

»Es ist schon fast zwei Jahre her, dass wir eine richtige Stadt betreten haben«, sagte er. »Ich weiß, dass ihr alle darauf brennt, an Land zu gehen, und jeder von euch hat dafür meine Erlaubnis und darf sich einen Tag und eine Nacht lang austoben. Doch weil wir das Schiff nicht unbewacht lassen dürfen, müssen wir uns abwechseln.«

Ein Murren war zu hören, auf das Goldener Drache reagierte, indem er so heftig auf die Planken trat, dass es laut krachte. Dann zeigte er auf eine große, viermastige Handelsdschunke mit einem grün und golden bemalten Kiel, die auf der gegenüberliegenden Seite der Bucht vor Anker lag.

»Muss ich euch daran erinnern, wem dieses Schiff dort gehört? Ich gehe lieber kein Risiko ein.« Ein Murmeln stieg von der Mannschaft auf, doch Goldener Drache brüllte: »Als Erster gehe ich an Land, ich habe dringende Angelegenheiten zu erledigen. Scharlachroter Tiger und Blauer Tiger, Steinriese und Wandelnder Berg kommen mit mir. Auch die Insassen eines zweiten Beiboots können einen Landgang machen. Mit ihnen fahren Durchgefallener und Überfluss, die sich darum kümmern werden, Vorräte für alle einzukaufen. Wer will mit ihnen mitfahren? Es sind vier weitere Plätze frei.«

Eine Weile stritt sich die Mannschaft herum, bis sich alle darauf einigen konnten, die Landgänge auszulosen. Es gewannen die drei Krallen-Cousins und Muräne.

Überfluss hob die Hand. »Darf ich Kleine Kröte mitnehmen?

Sie nimmt im Boot nicht viel Platz weg und kann mir auf dem Markt helfen.«

Goldener Drache schaute Yu an. »Aber ja, geht in Ordnung.«

Eilig wurden die Beiboote fertig gemacht und zu Wasser gelassen.

In Yus Boot setzten sich die Krallen-Cousins an die Ruder. Alle drei waren kleine, magere Männer aus der Region Zhejiang. Ihre Kriegsnamen lauteten Eisenkralle, Bronzekralle und Silberkralle, weil ihre Waffen an Seile gebundene große Enterhaken waren, die sie im Kampf gegen den Feind schleuderten. Ansonsten trugen sie die Seile wie Gürtel um die Taille gebunden, mit dem Enterhaken als Verschluss.

Muräne war eine ungefähr vierzigjährige, große und gelenkige Frau, die ihr graues Haar zu einem strengen Knoten aufgesteckt hatte. Sie sprach mit niemandem und Yu hatte sie noch nie eine Waffe benutzen sehen, aber es hieß, dass sie die beste Schwimmerin von ganz Südchina sei und eine halbe Stunde unter Wasser bleiben könne, ohne Luft zu holen.

Kaum dass das Beiboot den Strand erreicht hatte, waren Goldener Drache und die ihn begleitenden Helden bereits in den Gassen des Hafenviertels verschwunden. Die Passagiere des zweiten Beiboots zerstreuten sich ebenfalls schnell: Die drei Cousins suchten die nächstgelegene Gastwirtschaft auf, Muräne wollte am Strand Muscheln sammeln und Durchgefallener hatte vor, Nägel, Seile und Wetzsteine zu besorgen.

Überfluss und Yu waren plötzlich allein.

»Wohin gehen wir?«, fragte das Mädchen.

»Zum Markt«, antwortete Überfluss. »Ich habe dir ja schon erzählt, dass das hier die Stadt der Teufel ist, und sie haben sehr eigenartige Essgewohnheiten. Sie essen Rinder und stellen aus deren Milch Käse her, der wie ein in der Sonne faulender Leichnam stinkt.«

»Wie ekelhaft!«, rief Yu.

»Abgesehen von seinem Geruch schmeckt dieser Käse allerdings gar nicht mal so schlecht. Außerdem finden wir auf dem Markt viele Zutaten, die aus Amerika kommen.«

»Amerika?«

»Ein Land auf der anderen Seite der Erde. Die Teufel haben es erobert und fanden dort viele Pflanzen: Knollen, die sie ›Kartoffeln‹ nennen, und goldene Körner, die ›Mais‹ heißen. Und dann gibt es da noch schmale leuchtend rote Früchte, die Chilischoten …«

Während sie Überfluss zuhörte, schaute Yu sich um. Macau war die seltsamste Stadt, die sie je gesehen hatte. Die Häuser hatten spitze Dächer und die Tempel besaßen Türme, von denen zu jeder vollen Stunde laute Gongschläge erklangen. Yu erblickte Frauen, die seltsam angeschwollene, ballonartige Röcke trugen, und Männer mit extravaganten Bärten.

»Was ist mit der grünen und goldenen Dschunke, auf die unser Kapitän vorhin in der Bucht gezeigt hat?«, fragte Yu den Koch.

»Das ist das Schiff von Gebrochener Knochen, dem Todfeind von Goldener Drache.«

»Ist er auch ein Pirat?«

»Ja, und einer der gefährlichsten. Er und Goldener Drache waren einst wie Brüder und standen beide unter dem Oberkommando des großen Piratenanführers Chen Tinbao. Hast du jemals von ihm gehört?«

Yu schüttelte den Kopf.

»Na ja, solltest du vielleicht, denn Tinbao war ein sehr berühmter Pirat. Allerdings hatte er keine Kinder, deshalb beschloss er, einen seiner beiden Schüler zum Nachfolger zu bestimmen. Bald eskalierte die Situation jedoch derart, dass Gebrochener Knochen die Frau von Goldener Drache tötete. Leuchtendes Auge hieß sie und war wunderschön.«

Tatsächlich war Yu schon aufgefallen, dass Goldener Drache weder Frau noch Kinder hatte, was bei einem großen Anführer wie ihm verwunderlich war.

»Und was tat Goldener Drache?«, fragte Yu.

»Er schwor Rache und brachte den Vater und die drei Brüder von Gebrochener Knochen um. Seit dieser Zeit ist der Hass zwischen den beiden immer stärker angewachsen. Wir können nur hoffen, dass sie einander nie wieder begegnen, denn das würde Krieg bedeuten.«

Inzwischen waren sie beim Markt angelangt, und obwohl es schon ziemlich spät war, liefen dort noch viele Leute herum und das Warenangebot war reichlich.

Yu sah Holzkisten voller fangfrischer Fische, Muscheln und Meeresschnecken, gehäutete Schlangen und klein geschnittene Affen. Es gab auch wesentlich exotischere Sachen, wie etwa die pikanten Früchte, von denen Überfluss ihr erzählt hatte, Rinder- und Pferdefleisch-Stücke oder ekelerregend riechende Käselaibe.

Von den ungewohnten Gerüchen wurde Yu leicht übel. Der Koch hingegen schien von allem kosten zu wollen, biss in etwas, roch an etwas anderem und feilschte um jeden Preis.

Schließlich kaufte Überfluss ein Fass voller seltsamer, steinhart getrockneter Fische, die *Stockfisch* genannt wurden, und zwei Fässer mit einer gelblichen Flüssigkeit, die der Händler als *Bier* bezeichnet hatte. Dazu kamen noch ein kleines Fass von zu Pulver zerstoßenen Chilischoten, mehrere Kisten mit Obst und Gemüse und die typischen Muscheln der Gegend. Weil das insgesamt ziemlich viel zu transportieren war, besorgte sich Überfluss außerdem noch einen Handkarren, den er gemeinsam mit Yu zum Hafen schob.

Als sie in Sichtweite der Kais gekommen waren, blieb der Koch plötzlich stehen.

»Verdammt!«, sagte er.

Yu hob den Kopf. In der Nähe ihres Beiboots standen die drei Krallen-Cousins, Blauer Tiger und Wandelnder Berg und diskutierten mit Männern, die Yu noch nie gesehen hatte.

»Wer sind denn die?«, fragte sie.

»Piraten aus der Mannschaft von Gebrochener Knochen«, erwiderte Überfluss und machte ein besorgtes Gesicht. »Bleib hier und pass auf unsere Einkäufe auf. Ich schaue mal nach, wie die Lage ist. Wenn alles in Ordnung ist, gebe ich dir ein Zeichen. Schaffst du es, den Karren allein weiterzuschieben?«

Yu nickte.

»Sehr gut, dann schiebe ihn in die Gasse dort drüben und halte dich bereit. Ich befürchte, dass unser Ausflug nach Macau ein böses Ende nehmen könnte.«

22

Yu schob den Karren in die Gasse, versteckte sich hinter einer Biegung und beobachtete, wie sich Überfluss der Gruppe am Kai näherte. Die drei Krallen-Cousins unterhielten sich lebhaft mit einem Mann, der den *Changshan* eines Mandarins trug. Hinter ihm standen ein Mann und eine Frau in grauen Kitteln, ein äußerst muskulöser Mann mit nacktem, von dunklen Haaren bedecktem Oberkörper und ein ungefähr zwanzigjähriger Mann, der als einziges Kleidungsstück einen Lendenschurz aus Stoff trug.

Überfluss ging mit leicht ausgebreiteten Armen auf die Gruppe zu. Die Handflächen hatte er nach außen gedreht, wie um zu zeigen, dass er ohne Waffen kam und in der Absicht, die Anwesenden zu beruhigen.

Doch er schien damit keinen Erfolg zu haben, denn die Stimmen wurden lauter, so laut, dass Yu sie in ihrem Versteck gut hören konnte. Der Mann im Mandarin-Gewand behauptete, einer der drei Cousins hätte ihn beraubt und ihm einen Silberbarren gestohlen. Der betreffende Krallen-Cousin dagegen beharrte darauf, den Silberbarren am Boden gefunden zu haben.

»Wie können Sie beweisen, dass es Ihr Silberbarren ist?«, fragte Überfluss. »Ihr Name ist nicht eingraviert.«

»Ich erkenne ihn wieder, es ist meiner.«

»Bronzekralle, willst du unserem Freund den Silberbarren zurückgeben?«

»Nicht mal im Traum! Ich habe ihn gefunden und jetzt gehört er mir.«

Überfluss seufzte. Es war ein sehr tiefer und dramatischer Seufzer, durch den sich seine Schultern deutlich hoben.

Als sie sich wieder senkten, hatte er auf einmal einen kurzen Säbel in der Hand, den er mit einer gedankenschnellen Bewegung in die Brust des Mannes im Mandaringewand rammte. Das Blut spritzte in alle Richtungen. Sämtliche Anwesende zogen ihre Waffen und stürzten sich aufeinander.

Am Kai war eine Schlacht ausgebrochen: Überfluss wurde von dem haarigen Muskelberg angegriffen, Wandelnder Berg musste sich gegen das grau gekleidete Paar verteidigen. Diese schwenkten kurze Dreispitze und ihre Bewegungen waren so schnell, dass Yu sie nur unscharf sah.

Die Frau vollführte einen unglaublichen Salto, sprang Wandelnder Berg an und hielt ihm ihren Dreizack vors Gesicht. Sie hätte ihn gleich darauf getötet, wenn einer der drei Krallen-Cousins nicht seinen Enterhaken dazwischengeschleudert hätte. Der Enterhaken hakte sich in dem Dreizack fest und mit einem Ruck am Seil brachte der Cousin die Frau aus dem Gleichgewicht, sodass sie zu Boden stürzte.

Die Passanten zogen es vor, einen weiten Bogen um das Kampfgeschehen zu machen, und so leerte sich allmählich dieser Teil des Hafens. Eine Gruppe von Leuten dagegen lief genau auf die Kämpfenden zu. An ihren seltsamen Bekleidungen und Frisuren erkannte Yu, dass es sich um Piraten handeln musste. Es war die Mannschaft von Gebrochener Knochen.

Die Neuankömmlinge stürzten sich ins Gemenge und Yu fragte sich, was sie tun sollte: mitkämpfen oder weiter auf die neuen Vorräte aufpassen?

Überfluss hatte ihr einen eindeutigen Befehl erteilt, und wenn sie ihm zuwiderhandelte, würde der Koch sehr böse auf sie sein. Aber lieber böse als tot, beschloss Yu, ließ den Karren stehen und rannte aus ihrer Deckung. Sie hatte keine Waffen, doch sie hoffte, dass ihre Kampfkunst gut genug war, um ihren Kameraden eine Hilfe zu sein.

Der Erste, den sie vor sich hatte, war der junge Mann mit dem Lendenschurz. Er kämpfte mit einem Dreistock, einer Waffe aus drei durch kurze Ketten miteinander verbundenen Stockteilen. Diese ließ er abwechselnd über seinem Kopf und zu beiden Seiten seines Körpers herumwirbeln, so schnell, dass der Anblick seine Gegner geradezu hypnotisierte.

Er ging einen Schritt auf Yu zu und schleuderte ihr ein Stockende entgegen. Yu bückte sich, um dem Schlag auszuweichen, sprang neben ihren Angreifer und trat ihm heftig in die Kniekehlen. Mit einem Aufschrei fiel er zu Boden. Yu grinste, aber gleich darauf musste sie sich selbst zu Boden fallen lassen, um einem ihr entgegengeworfenen Dreizack zu entgehen. Er gehörte der grau gekleideten Frau, die Yu nun mit einer Sequenz blitzschneller Bewegungen angriff.

Die Frau holte mit ihrem Dreizack zu einem Schlag aus und Yu versuchte, ihn zu parieren, doch als ihr Handgelenk gegen den Griff der Waffe stieß, entfuhr ihr ein Schmerzensschrei. Um ihr Gleichgewicht wiederzufinden, wich sie einen Schritt zurück. Die Frau setzte ihr sofort nach und dieses Mal traf ihr Dreizack Yu an der Schulter, ganz knapp unter dem Schlüsselbein.

Yu schwankte und wäre von der Frau wohl im nächsten Augenblick getötet worden, wenn Scharlachroter Tiger nicht dazugekommen wäre.

Auf einmal war er bei ihr, mit seinen *Lu jiao dao*, seinen Hirschgeweihsäbeln, und brüllte wie ein wildes Tier. Er griff die grau gekleidete Frau an und diese wich zurück. Yu stolperte rückwärts. Es kam ihr vor, als müsse sie sich durch watteartigen Nebel kämpfen.

Goldener Drache und seine Begleiter waren aus der Stadt zurückgekehrt und hatten sich ins Kampfgeschehen eingeschaltet. Der Kapitän kämpfte gegen einen Mann, der ebenso wie Goldener Drache am ganzen Körper tätowiert war, und zwar mit dem Bild eines riesigen Baums. Der linke Arm wurde von Zweigen und Blättern bedeckt, während die Tätowierung am rechten Arm hinter dem Ellbogen abrupt endete, sodass es aussah, als sei ein Ast des Baums abgebrochen. Ob dieser Mann der Pirat namens Gebrochener Knochen war?

Mit der Anmut eines Tänzers wirbelte Blauer Tiger an ihre Seite, wich einem Schlag aus und schleuderte seine tödlichen Stahlnadeln.

»Was hast du hier zu suchen?«, rief Überfluss irgendwo hinter Yu. Er kämpfte gegen einen Piraten, der doppelt so groß und so breit wie er war. »Ich hatte gesagt, du sollst auf die Vorräte aufpassen. Kehr sofort zum Karren zurück und bewache ihn!«

Weil das wie ein richtiger Befehl klang, zog sich Yu aus der Schlacht zurück und rannte zu der Gasse, in der sie den Karren mit den Fässern und Kisten gelassen hatte. Zu ihrer großen Erleichterung war noch alles da.

Als sie das Ausmaß ihrer Verletzung erkannte, erschrak sie. Ihre Bluse war mit Blut getränkt und bei dem Versuch, den klebrigen feuchten Stoff von der Haut zu lösen, durchfuhr sie ein derart heftiger Schmerz, dass sie beinahe in Ohnmacht gefallen wäre.

Überfluss könnte ihre Wunde wahrscheinlich versorgen, er besaß verschiedene Mittel. Doch dazu musste sie erst einmal zum Schiff zurück. Wie lange würde der Kampf noch andauern, und vor allem, wer würde als Sieger daraus hervorgehen?

Als Yu sich vorbeugte, um zum Hafen hinüberzuspähen, stand auf einmal ein riesiger Mann vor ihr. Er hielt eine zweischneidige Streitaxt in der Hand, die er irgendwo aufgelesen haben musste.

Er grinste breit. »Na, Kleine«, sagte er, »wenn ich mich nicht irre, haben wir beide noch eine Rechnung offen …«

23

Die Gasse war eine Sackgasse zwischen zwei Häuserreihen und so eng, dass der Handkarren gerade hindurchpasste. Mit seiner Streitaxt in der Hand blockierte Wandelnder Berg Yus einzigen Fluchtweg.

Seine kleinen Augen blitzten inmitten der Speckwülste seines dicken Mondgesichts. »Das hat dir damals richtig Spaß gemacht, was? Das flinke Mädchen, das den Mann mit dem schweren Knochenbau besiegt. Vielleicht hast du ja gedacht, du kommst damit durch. Doch Wandelnder Berg vergisst nicht. Vor zwei Jahren habe ich versprochen, dich umzubringen, und heute werde ich mein Versprechen einlösen.«

Mit einem Kampfschrei hob der Pirat die Streitaxt und schlug damit nach Yus Kopf, doch sie ließ sich zu Boden fallen und rollte unter den Karren. Die Klinge traf auf den Karrenrand und spaltete ihn.

Yu kam hinter dem Karren wieder zum Vorschein.

»Warte«, sagte sie. »Lass uns reden.«

»Das tun wir, nachdem ich dich getötet habe.«

Wandelnder Berg machte sich daran, mit seiner Streitaxt den Karren zu zerhacken. Mit drei Hieben hatte er ihn zerteilt. Er stieg über die Trümmer hinweg und baute sich mitten in der Gasse auf.

»Zum Glück hast du die Fässer ganz gelassen«, stellte Yu fest. »Sonst wäre Überfluss ganz schön verärgert.«

»Den kann ich auch umbringen.«

Yu wich zurück, doch der Riese kam unaufhaltsam näher.

»Hör mal, Wandelnder Berg, du machst einen großen Fehler …«

»Ach ja? Was du nicht sagst …«

Der Pirat nahm Anlauf, um sich auf Yu zu stürzen.

Sie schaute sich um, sprang gegen die Mauer des Hauses links von ihr, stieß sich von dort ab und sprang gegen die Wand des rechten Hauses. Sie stieß sich noch einmal ab, dann stand sie oben auf dem Dach.

»Komm sofort zurück, du unverschämte Göre! Nimm deinen Tod würdevoll entgegen!«

Yu keuchte vor Erschöpfung, und ihre Verletzung schmerzte höllisch.

»Sei doch vernünftig«, rief sie vom Dach herunter. »Lass uns mal zusammen überlegen. Was hast du davon, wenn du mich umbringst?«

»Meine Rache!«, erwiderte der Riese.

»Ja, klar. Der große Wandelnde Berg hat einem Mädchen eine Lektion erteilt, das ihn zwei Jahre zuvor beleidigt hatte. Erzähl das ruhig deinen Freunden. Weißt du, was sie dann machen? Ich verrate es dir: Sie lachen dich aus. Sie werden sagen: ›Was ist das für ein Krieger, der zwei Jahre braucht, um sich an einem Kind zu rächen?‹ Du wirst dein Gesicht verlieren, Wandelnder Berg.«

»Mein Gesicht habe ich bereits verloren, und daran bist du schuld.«

»Vielleicht«, gab Yu zu. »Doch danach hast du in tausend Schlachten neues Ansehen gewonnen, auch heute wieder. Ich habe gesehen, wie tapfer du gegen die Piraten von Gebrochener Knochen gekämpft hast.«

Wandelnder Berg zögerte. »Haben das alle gesehen?«

»Klar. Es ging zwei gegen einen, und du hast standgehalten. Eine sagenhafte Leistung. Aber dann bist du weggelaufen, um mit mir abzurechnen, und das war alles andere als ehrenhaft. Dadurch hast du alles kaputt gemacht.«

Der Riese war verblüfft. »Tatsächlich?«

Yu nickte. »Aber wir können das noch geradebiegen«, meinte sie.

»Wirklich?«

»Sicher. Denn du bist ja gar nicht weggelaufen. Du bist zu mir gekommen, um mich dazuzuholen. Mich, die berühmte Fliegende

Klinge, die sogar auf stürmischer See von einem Schiff zum anderen springen kann. Weil du mir inzwischen heldenhaft verziehen hast. Dadurch sind wir beide Freunde geworden und gemeinsam haben wir uns einen Plan ausgedacht, um diese Schlacht zu gewinnen.«

Yu verstand selbst nicht, worauf sie hinauswollte. Sie hatte einfach zu reden angefangen und nun überschlugen sich in ihrem Kopf die Ideen. Nicht nur das: Sie fing schon an, selbst an das zu glauben, was sie da erzählte.

»Wir haben uns einen Plan ausgedacht?«, murmelte Wandelnder Berg perplex. »Also, ja, klar, wir haben einen Plan, aber wie geht der?«

»Wenn du mir versprichst, mich nicht mit dieser Axt anzugreifen, erkläre ich ihn dir.«

Wandelnder Berg nickte, und lächelnd sprang Yu vom Dach hinunter. Sie landete genau vor dem Piraten, bedeutete ihm, sich zu ihr hinunterzubeugen, und erzählte ihm haarklein, was sie sich soeben ausgedacht hatte.

Ein paar Minuten später verließ Yu allein die Gasse und lief auf den Hafen zu. Die Streitaxt, mit der Wandelnder Berg vorhin den Karren zerlegt hatte, steckte in ihrem Gürtel.

Vor den Kais wurde noch immer erbittert gekämpft. Ein Trupp kaiserlicher Soldaten war hinzugekommen und der Hafen hallte von Schreien und Waffengeklirr wider.

Yu drehte sich kurz um. Wandelnder Berg folgte ihr im Laufschritt. Er kam nur langsam voran, weil er sich zwei Fässer auf den Rücken gebunden und zwei unter die Arme geklemmt hatte. Yu hoffte, dass er nicht vergaß, welches er werfen sollte. Das rechte, dachte sie. Denk ja daran, Berg: das rechte. Auf jeden Fall hatte sie getan, was sie konnte, ab jetzt entschied das Schicksal.

Sie legte Tempo zu, steckte zwei Finger in den Mund und stieß jenen Pfiff aus, der auf dem Schiff vor drohender Gefahr warnte. Gleich darauf konzentrierte sie ihr *Chi* und vollführte mittels der Technik *Am Himmel hängende Reiherflügel* einen Sprung.

Die Streitaxt war im Verhältnis zu ihrem eigenen Gewicht sehr schwer und die verletzte Schulter behinderte sie. Trotzdem wurde es ein sehr schöner, hoher und weiter Sprung, und für einen Bruchteil von Sekunden schwebte Yu über die Köpfe der Kämpfenden hinweg.

Wandelnder Berg sah sie abspringen und schleuderte ein Fass. Das rechte.

Ausgezeichnet!

Das Fass flog mit der Geschwindigkeit einer Kanonenkugel direkt auf sie zu. Yu schlug auf der Mitte ihrer Flugbahn einen Salto, zog mit dem gesunden Arm die Axt aus dem Gürtel und spaltete damit das Fass.

Wie ein reifer Granatapfel platzte das Fass auseinander, und auf die Kämpfenden stürzte feinster roter Sand. Ein sehr pikanter Sand. Zu Pulver zerstoßene Chilischoten.

Durch Yus Pfiff gewarnt, hatten die Piraten von Goldener Drache den Kampf eingestellt und waren in letzter Sekunde zurückgewichen. Jetzt konnten sie in aller Ruhe zuschauen, wie ihre Gegner sich hustend und schreiend wanden und sich die brennenden Lippen und Nasen rieben, während ihnen die Tränen in Strömen über das Gesicht liefen.

Yu ließ die Streitaxt fallen und landete neben Goldener Drache.

»Sehr gut, Mädchen«, lobte sie der Kapitän.

»Das haben wir gemeinsam gemacht«, erwiderte sie grinsend und schaute zu Wandelnder Berg hinüber. »Ein ausgezeichneter Wurf. Du bist ein Held!«

»Und ein ausgezeichneter Sprung«, erwiderte der Riese.

Nur Überfluss war nicht zufrieden. »Das Chilipulver war von hervorragender Qualität, ich musste unverschämt viel dafür zahlen …«

Goldener Drache lachte. »Mach dir mal keine Sorgen, ich werde dir deine Unkosten persönlich ersetzen. Was ist denn in den anderen Fässern drin?«

»Größtenteils Trockenfisch«, antwortete Yu. »Und Bier, ein Getränk der fremden Teufel. Hinten in der Gasse stehen noch drei Kisten, aber vielleicht sollten wir die lieber stehen lassen und zusehen, dass wir fortkommen …«

Goldener Drache nickte. »Ja, ich habe langsam genug von Macau. Wir stechen wieder in See.«

Alle waren einverstanden.

Blauer Tiger und die Krallen-Cousins banden die Beiboote los und setzten sich an die Ruder, doch Goldener Drache blieb eine Weile auf dem Kai stehen und betrachtete die feindlichen Piraten, die immer noch mit dem Chilipulver zu kämpfen hatten.

Schließlich bückte er sich nach einem Dolch, hob ihn auf und wischte ihn an seiner Hose ab.

»Das ist die Waffe von Gebrochener Knochen«, sagte er. »Ich glaube, die habe ich mir redlich verdient. Los, alle Mann zurück auf die *Rote Todesbotin*.«

Schnell ruderten die Piraten zu dem in der Bucht vor Anker liegenden Schiff zurück.

24

Als Goldener Drache den Befehl zum Ablegen gab, brach auf der *Roten Todesbotin* beinahe eine Meuterei aus. Die Mannschaft hatte schon lange keine Gelegenheit zum Landgang mehr gehabt und dass er ihnen nun versagt blieb, erzürnte die Piraten. Doch als Goldener Drache erklärte, was passiert war, lachten die Leute, klatschten und verlangten, die spannende Geschichte nochmals zu hören.

In der Zwischenzeit hatten Überfluss und Yu das Kochfeuer angezündet und angefangen, Schälchen zuzubereiten, wie die alte Jia sie in Bai Bais Lokal gekocht hatte. Bald duftete es an Deck nach Fischsuppe, gedämpften Schnecken, Wan Tan und *Reis-Congee*.

Die köstlichen Speisen beruhigten die Gemüter, und als Überfluss die beiden Bierfässer anstach, herrschte nur noch gute Laune. Es war ein seltsames Getränk, wesentlich leichter als Reiswein und voller Luftbläschen, wegen der man rülpsen musste. Bald waren die Piraten betrunken. Sie fingen an zu singen und zu tanzen, führten Scheingefechte durch und wetteiferten darin, sich füreinander die schlimmsten Schimpfwörter auszudenken. (Wie immer bei solchen Gelegenheiten siegte auch dieses Mal Überfluss.)

Als die Sonne den Horizont berührte, segelte die *Rote Todesbotin* auf dem offenen Meer und die Mannschaft schlief und schnarchte. Nur Himmlischer Steuermann war wach geblieben und stand an seinem Platz am Steuerrad, den Blick in die Ferne gerichtet.

Plötzlich drehte er sich nach hinten um.

»Bist du noch wach, Kleine Kröte? Oder sollte ich dich ab jetzt Fliegende Klinge nennen?«

Yu kletterte über den schlafenden Steinriesen hinweg und ging zum Steuermann.

»Setz dich zu mir«, lud der sie ein. »Mach es dir bequem.«

Sie setzte sich auf die Planken, zu Füßen des Steuermanns. Die Luft war kühl und feucht. Überfluss hatte Yus Wunde mit einer Salbe behandelt, die wie heißes Wachs brannte.

»Ich muss dir gratulieren«, sagte der Steuermann. »Heute hast du eine wahre Heldentat vollbracht.«

»Das war nicht mein Verdienst. Wandelnder Berg …«

»Sei still. Lüg nicht. Wenn du im Leben etwas falsch machst, dann nimm die Schuld auf dich. Aber wenn du etwas Gutes vollbringst, dann nimm auch das Lob an.« Der Steuermann lächelte ihr zu. »Muräne hat alles gesehen und es mir erzählt: Wandelnder Berg hat sich eine Waffe geschnappt und ist zu der Gasse gerannt, in die du dich zurückgezogen hattest. Es war nicht schwer zu erraten, was er vorhatte. Trotzdem bist du kurz darauf lebend aus der Gasse gekommen, mit der Streitaxt im Gürtel. Wie hast du das geschafft?«

»Ich habe mit ihm gesprochen«, gestand Yu. »Er hat sich Sorgen um seine Ehre gemacht und ich habe ihn davon überzeugt, dass es ihm mehr Ansehen verschaffen würde, sich mit mir zu verbünden. *Wer begriffen hat, wann es angebracht ist zu kämpfen und wann nicht, wird siegreich sein.*«

»Das stammt von Sun Tzu«, stellte Himmlischer Steuermann fest. »Ein sehr weiser Mann. Ein anderer weiser Mann hat mal gesagt: *Töte mit einem ausgeliehenen Schwert.* Das soll heißen, die beste Methode, eine Schlacht zu gewinnen, besteht oft darin, dass man den Feind dazu bringt, auf der eigenen Seite zu kämpfen. Das ist eines der sechsunddreißig Stratageme, auf denen die alten Feldherren ihre Kriegsstrategien aufbauten … und du hast es heute in die Tat umgesetzt. Das hast du sehr gut gemacht. Strategie ist eines der Talente eines Befehlshabers.«

»Ich bin keine Befehlshaberin«, widersprach Yu leise.

»Eines Tages könntest du eine sein. Oder auch nicht. Aber denke daran, dass es ein Leben voller Verantwortung und Schmerzen ist. Wer eine Mannschaft befehligt, hat keine Freunde. Und mitunter sieht er sich dazu gezwungen, geliebte Menschen zu opfern.«

Yu verstand nicht, warum der Steuermann ihr das erzählte. Als heute in der Gasse plötzlich Wandelnder Berg vor ihr gestanden hatte, hatte sie einfach improvisiert. Aber ihr Plan hatte funktioniert und sie hatte gewonnen.

So etwas war ihr noch nicht sehr oft passiert, besser gesagt: noch nie. Sie war immer nur Bai Bais kleine Küchenmagd gewesen, ein Kind, das im Alter von wenigen Tagen von einer unbekannten Mutter ausgesetzt worden war. Zur Sklavin geboren. Es war nicht vorgesehen gewesen, dass sie *gewann*. Aber es hatte ihr gefallen.

Es hatte bewirkt, dass sie sich gut gefühlt hatte. Triumph empfunden hatte. Sie war auf das Dach der Welt geklettert, wenn auch nur einige wenige Augenblicke lang.

Zu Füßen des Steuermanns sitzend, die Arme um die angezogenen Knie geschlungen, dachte Yu lange über diese Dinge nach. Auf einmal fiel ihr etwas ein, das sie den Steuermann schon lange hatte fragen wollen, genauer gesagt seit er ihr befohlen hatte, von einem Boot zum anderen zu springen.

»Du kennst meinen Kampfstil«, stellte sie fest.

Zuerst zögerte der Steuermann und die Sterntätowierung auf seinem Hals erbebte. »Der *Wushu der Luft und des Wassers* ist sagenumwoben«, sagte er schließlich leise. »Es heißt, dass er vor vielen Hundert Jahren genau hier entstanden ist, in diesem Meeresdreieck zwischen Macau, Hongkong und der Mündung des Perlflusses. Er wurde von den ersten Piraten erfunden, die in diesen Gewässern segelten. Er ermöglichte ihnen, sich sehr schnell zu bewegen und beim Entern sogar von einem Schiff zum anderen zu fliegen. Doch ich habe noch nie jemanden erlebt, der ihn tatsächlich beherrschte. Wer hat dich ihn gelehrt?«

»Mein Lehrer hieß Li Peng. Er wurde vor fünf Jahren von einem Mann getötet, der denselben Stil praktizierte und sich Nachtfalter nannte. Innen auf der Spitze seines rechten Zeigefingers war ein kleiner Nachtfalter eintätowiert.«

Yu erinnerte sich so gut an die winzige Tätowierung, als hätte sie sie immer noch vor Augen.

Der Steuermann zuckte zusammen. »Ich bin Nachtfalter schon mal begegnet«, sagte er.

»Wann? Wo?«

»Vor langer Zeit, noch bevor ich Pirat wurde. Schon damals war Nachtfalter ein berühmter Meister der Kampfkunst. Er behauptete, seine Macht einem magischen Buch zu verdanken, das seinen Besitzer zu einem unbesiegbaren Kämpfer machte.«

»Ein magisches Buch?«, wiederholte Yu.

»Ein Buch mit einem Einband aus feinster Seide, in dem sämtliche Bewegungen des *Wushu der Luft und des Wassers* abgebildet sind«, erklärte Himmlischer Steuermann. »Warum fragst du? Hast du jemals ein derartiges Buch gesehen?«

Yu schüttelte den Kopf und hoffte, dass der Steuermann nicht merkte, dass sie log. Denn dieses Buch gab es wirklich. Peng hatte es jahrelang im Schrank seiner Wohnung in der Straße des Leuchtenden Steins aufbewahrt, und jetzt versteckte Wei es unter seiner Matratze im *Yamen* seines Adoptivvaters. Ein magisches Buch war es eigentlich nicht, doch es enthielt tatsächlich alle Geheimnisse des *Wushu der Luft und des Wassers*.

Ob Peng es Nachtfalter gestohlen hatte? Und ob ihn dieser deshalb umgebracht hatte?

Wenn die Dinge so lagen, dachte Yu, dann war auch Wei in Gefahr. Ohne es zu ahnen, befand er sich im Besitz eines sehr kostbaren Gegenstands, so kostbar, dass jemand bereit war, dafür ein Verbrechen zu begehen. Vielleicht ist es sogar schon zu spät, überlegte Yu. Vielleicht hat Nachtfalter in den Jahren, in denen ich eine Piratin geworden bin, Wei gefunden, hat ihn ermordet und sich des Buchs bemächtigt. Aber vielleicht auch nicht, und in diesem Fall musste sie etwas unternehmen.

»Woran denkst du?«, fragte Himmlischer Steuermann und schaute zu ihr hinunter.

»An nichts«, log Yu. »Ich bin nur ein bisschen müde. Es wird Zeit für mich, schlafen zu gehen.«

Sie stand auf und ging auf das Hauptdeck hinunter, vorsichtig darauf bedacht, nicht auf die schlafenden Piraten zu treten. Neben einer Taurolle legte sie sich auf die Planken, lehnte den Kopf gegen die Taue, blickte zum Himmel hinauf und dachte nach.

In ihrem Kopf schwirrten so viele Gedanken herum. Am liebsten hätte sie ihre Fragen den Sternen gestellt: wie es Wei ging und was die Zukunft für sie bereithielt. Aber wie üblich würde von den Sternen keine Antwort kommen.

Die *Rote Todesbotin* fuhr immer weiter durch die Nacht.

SECHZEHN JAHRE

十六歲

25

Die Insel Nanpeng ragte wie ein Haifischzahn aus dem Meer. Sie war bergig, voller Felsen und Bäume, doch gab es dort auch eine geschützte Bucht. Die Fischer des einzigen Dorfs waren den Umgang mit Piraten gewöhnt, die gelegentlich in der Taifun-Saison herkamen, um Schutz vor dem tosenden Meer zu suchen.

Die *Rote Todesbotin* benötigte Reparaturen, aber nicht wegen eines Taifuns: Seit Goldener Drache den Dolch von Gebrochener Knochen an sich genommen hatte, war zwischen den beiden ein Krieg ausgebrochen und beim letzten Zusammenstoß ihrer beider Schiffe hatte die Lorcha einen Riss unterhalb der Wasserlinie davongetragen.

»Gar nicht so schlimm«, murmelte Yu.

Sie saß im Sand und sah Durchgefallener und anderen Piraten zu, die sich am Rumpf des an Land gezogenen Schiffs zu schaffen machten. Ein Stück von ihnen entfernt spielten Kinder laut kreischend Fangen.

»Wo hast du gesteckt, Kleine Kröte?«

Überfluss kam auf sie zu gewankt. Wie viele andere Seeleute schien er Schwierigkeiten zu haben, auf festem Boden zu gehen.

»Inzwischen bist du der Einzige, der mich noch Kleine Kröte nennt«, meinte Yu lachend.

»Sicher, sicher. Ich wollte sagen: Fliegende Klinge. Dir ist dein Ruhm doch hoffentlich nicht zu Kopf gestiegen, Mädchen?«

Der Koch spuckte in den Sand und setzte sich dann neben sie. Er hielt den Saum seines Hemds hoch, um nicht die ansehnliche Menge leuchtend grün gestreifter Miesmuscheln zu verlieren, die er gesammelt hatte. Mit seinem Messer öffnete er eine davon und reichte sie Yu. Anschließend machte er eine für sich auf.

»Wie findest du sie?«, fragte er Yu.

»Köstlich.«

»Grüne Miesmuscheln ... Sie sind ausgezeichnet. Nur schade, dass sie giftig sind. Schon viele Piraten sind unter großen Qualen gestorben, nachdem sie sich den Bauch mit diesen Muscheln vollgeschlagen haben.«

Yu sah ihn entsetzt an. »Ist das dein Ernst?«

»Ich glaube, das hat mit dem Meer zu tun ... Manchmal ist es böse und dann werden auch die Miesmuscheln gefährlich. Doch diese hier scheinen mir in Ordnung zu sein. Wenn du und ich überleben, mache ich für alle eine Suppe daraus. Möchtest du noch eine?«

Yu zuckte mit den Schultern. »Warum nicht?«

Überfluss reichte ihr eine Muschel und das Messer und sie aßen schweigend weiter.

Yu zeigte auf die Lorcha. »Wie lange wird es dauern, bis wir wieder in See stechen können? Was meinst du?«

»Sie reden von zehn Tagen. Bist du denn nicht gern zur Abwechslung mal an Land?«

Doch, es gefiel Yu auf der Insel. Der Ort war ebenso angenehm wie seine Bewohner und sie hatte unendlich viel Zeit, um zu trainieren und sich um ihre eigenen Angelegenheiten zu kümmern. Was unterm Strich darauf hinauslief, mit offenen Augen von Blauer Tiger zu träumen. Jedes Mal, wenn er sie ansah, schmolz irgendetwas tief in ihr drin.

Sie hätte gern ihren Mut zusammengenommen und etwas zu ihm gesagt, zum Beispiel: »Willst du mich heiraten?«

Mit sechzehn Jahren war sie alt genug, um sich zu verheiraten, und Blauer Tiger hatte weder Ehefrau noch Konkubinen. Doch immer wenn sie in seine Nähe kam, fühlte sich Yu unfähig, etwas Vernünftiges zu tun oder zu sagen. Es gelang ihr gerade mal, zu lächeln und dann schnell den Blick zu senken.

Sie öffnete eine weitere Muschel und aß den Inhalt. »Hier auf der Insel gefällt es mir ganz gut, aber mir fehlt die Aufregung auf dem Meer, das Entern ... Schau mal da rüber, wäre das nicht eine herrliche Beute?« Sie zeigte auf einen fernen kleinen Punkt draußen auf dem Meer.

»Was ist das?«, fragte der Koch. »Eine Dschunke?«

»Ein Fischerboot aus Hongkong.«

»Bist du dir sicher?«

»Zwei Masten, ein Rumpf, der am Heck niedrig und vorn am Bug breit ist. Aber seltsam, dass es kein einziges Segel gesetzt hat. Es sieht aus, als würde es treiben …«

Yu war nicht die Einzige, die das Schiff gesichtet hatte. Am Strand waren einige Piraten zusammengelaufen. Himmlischer Steuermann holte ein Fernglas hervor und richtete es lange auf das Schiff.

»Die Segel sind zusammengerollt und niemand steuert es«, stellte er fest. »Ein Wrack, das seinem Schicksal überlassen wurde.«

»Ich finde, es sieht noch gut erhalten aus«, meinte Goldener Drache. »Warum wurde es verlassen? Das ergibt keinen Sinn.«

»Vielleicht ist der Rumpf undicht. Oder alle sind tot und unter Deck liegen ihre Leichen und faulen vor sich hin …«

»Es führt schwere Ladung mit«, fuhr Goldener Drache fort. »Schaut nur, wie tief es im Wasser liegt … So eine Dschunke könnten wir gut gebrauchen.«

Fischerboote aus Hongkong eigneten sich hervorragend als Piratenschiffe: Sie waren klein, aber sehr schnell und leicht zu manövrieren.

»Was willst du tun?«

»Ich werde die Dschunke mal in Augenschein nehmen«, beschloss der Kapitän.

Kleiner Zorn, Blauer Tiger und Verrückte Äffin boten sich an, mit ihm hinauszufahren. Sie holten ihre Waffen und ließen ein kleines Segelboot zu Wasser.

Gemeinsam mit der übrigen Mannschaft sah Yu zu, wie das Boot auf die führerlos dahintreibende Dschunke zusegelte.

»Himmlischer Steuermann, borgst du mir mal dein Fernrohr?«, fragte das Mädchen.

»Warum?«

»Weil ich neugierig bin.«

In Wahrheit wollte Yu damit Blauer Tiger beobachten. Sie stellte sich vor, wie verwegen er an Bord der Dschunke springen würde.

Himmlischer Steuermann reichte ihr das Fernrohr. Es war aus Messing und sehr elegant gestaltet. Der Steuermann hatte es irgendeinem Fremden abgenommen.

»Wie benutzt man es?«

»Halte die kleinere Linse ans Auge und schau hindurch.«

Yu zuckte zusammen, weil das Boot mit Goldener Drache und den anderen auf einmal sehr groß und klar zu sehen war, so als hätte es noch gar nicht abgelegt, obwohl es in Wirklichkeit schon sehr weit entfernt war. Der Kapitän hatte die Ruderpinne in der Hand und seine Goldzähne blitzten in der Morgensonne. Verrückte Äffin saß neben ihm, während Blauer Tiger und Kleiner Zorn vorn im Bug standen und zu ihrem Ziel hinüberschauten.

Jetzt richtete Yu das Fernrohr auf die verlassene Dschunke. Auf der Brücke war niemand zu sehen, der Anker hing hinten am Heck herunter. Der lange Balken der Ruderpinne war mit einem roten Stoffstreifen festgebunden. Yu blinzelte und richtete das Fernrohr wieder auf das kleine Segelboot und auf Blauer Tiger. Doch dann fiel ihr etwas ein und sie schaute sich die Ruderpinne der Dschunke nochmals an.

Es kam ihr vor, als habe sie genau denselben roten Stoff erst kürzlich gesehen. Aber wo?

»Was passiert?«, wollte Himmlischer Steuermann wissen.

»Noch gar nichts«, antwortete Yu.

Sie gab ihm das Fernrohr zurück. Inzwischen hatten sich am Strand auch einige Fischer eingefunden, die den segelnden Piraten mit Blicken folgten. Es waren einfache Menschen mit wettergegerbter Haut. Einer stand mit nacktem Oberkörper da. Ein anderer trug eine Hose aus rotem Stoff. Roter Stoff mit eingestickten silbernen Blüten.

Yu rannte ihm entgegen. »He, du!«

Der Mann schaute sie ängstlich an. Zwar war Yu nur ein junges Mädchen, doch sie gehörte der Piratenmannschaft an. Er schwenkte die Hände, um ihr zu bedeuten, dass er sie nicht verstand oder jedenfalls nicht mit ihr sprechen wollte.

Yu hatte noch immer das Messer bei sich, mit dem Überfluss und sie die Muscheln geöffnet hatten. Nun richtete sie es auf die Brust des Mannes.

»Antworte sofort!«, befahl sie ihm. »Woher hast du diese Hose?«

Die anderen Fischer wechselten erschrockene Blicke. Der Mann wich vor Yus Messer zurück.

»Rede!«, sagte Yu drohend. »Sonst löse ich dir damit die Zunge!«

»Langsam, langsam«, schaltete sich ein auffallend magerer junger Mann ein. »Dafür gibt es eine ganz einfache Erklärung. Letztes Jahr hat unser Dorfvorstand in Macau einen Ballen von diesem Stoff gekauft und die Frauen haben daraus Kleidung für ihre Familien genäht. Schau mal da rüber!« Er zeigte auf ein Mädchen, das in einem roten und silbernen Kleid zwischen den Bäumen herumlief. »Fast alle in unserem Dorf tragen etwas aus diesem Stoff.«

»Was ist denn los?«, fragte Himmlischer Steuermann, der das Gespräch mitbekommen hatte.

Yus Stimme zitterte, als sie antwortete: »Wir haben ein Problem.«

»Welches denn?«

»Ich befürchte, Goldener Drache läuft in eine Falle.«

26

Himmlischer Steuermann setzte das Fernglas wieder ab.

»Es ist zweifellos derselbe Stoff«, stellte er fest. »Rot mit silbernen Blüten.«

»Ist es nicht ein bisschen seltsam, dass daraus nicht nur die Kleider des halben Dorfs gemacht sind, sondern auch der Stoffstreifen, der die Ruderpinne eines dahintreibenden Schiffs fixiert?«

Sie schauten zu dem kleinen Segelboot hinüber, das mittlerweile zwei Drittel der Strecke zurückgelegt hatte. Bald würde es die Dschunke erreicht haben.

»Wir müssen sie aufhalten«, sagte Yu. »Vielleicht hören sie uns, wenn wir rufen.«

»Dazu sind sie schon zu weit weg.« Himmlischer Steuermann überlegte. Dann rief er: »Steinriese!«

Der Koloss, der vorn am Wasser bei den anderen stand, drehte sich um und kam mit langsamen, schweren Schritten zu ihnen.

»Wir haben einen Notfall«, erklärte der Steuermann. »Auf der Dschunke könnte eine unbekannte Gefahr lauern. Wir müssen Goldener Drache warnen. Schafft du es, sie mit einem Ruderboot einzuholen, bevor sie an Bord gehen?«

Steinriese betrachtete das Segelboot und die Dschunke, dachte kurz nach und nickte.

»Dann tu es. Und zwar sofort!«

Yu begriff nicht, warum Himmlischer Steuermann ausgerechnet Steinriese ausgewählt hatte. Zweifellos verfügte dieser über übermenschliche Kräfte, man merkte es schon daran, dass die schwere Kette, die er anstelle eines Kleidungsstücks um den Körper gewickelt trug, für ihn federleicht zu sein schien. Aber wie ein Meister der Schnelligkeit kam er Yu nicht gerade vor.

»Fahr mit ihm mit«, befahl der Steuermann dem Mädchen. »Und beeilt euch.«

Weiter landeinwärts lagen kleine Ruderboote der Fischer aufgereiht. Steinriese wählte eines aus, nahm es mit einer Hand, als wäre es nicht schwerer als ein Eimer, und trug es ins Wasser. Anschließend begann er, die um seinen Körper gewickelte Kette abzurollen. Er befreite einen Arm, Hals und Brust, den zweiten Arm, den Bauch und schließlich die Beine. Jetzt war er vollkommen nackt und seine bleiche Haut sichtbar, die aufgrund der Kette von roten Druckstellen übersät war. Der auf dem Sand liegende Metallhaufen war beeindruckend. Die Kette war so schwer, dass es Yu nicht einmal gelang, ein Ende davon anzuheben.

Steinriese schnappte sich zwei Ruder, stieg in das Boot und schaute Yu abwartend an.

»Entschuldige bitte«, sagte sie, »ich komme.«

Sie sprang ins Boot und ließ sich vorn im Bug nieder. Steinriese tauchte die Ruder ein. Das Boot sprang buchstäblich aus dem Wasser, wie ein übermütiger Delfin.

Yu schluckte Salzwasser. Weil sie nicht mit dem harten Stoß gerechnet hatte, mit dem das Boot wieder auf dem Wasser aufkam, wäre sie beinahe über Bord gegangen. Sie hielt sich am Bootsrand fest, und abermals ließ ein gewaltiger Ruderstoß das Boot über die Wellen fliegen.

Mit atemberaubendem Tempo kamen sie voran. Von der Last der Kette befreit, entfalteten die Muskeln des Riesen unglaubliche Kräfte.

Hoffentlich holen wir sie rechtzeitig ein, dachte Yu. Hoffentlich schaffen wir es …

Das Segelboot der Piraten hatte die Dschunke beinahe erreicht. Yu sah, wie Blauer Tiger das einzige Segel einholte, während Kleiner Zorn schon den Enterhaken in der Hand hielt, den er gleich werfen wollte.

Yu legte ihre Handflächen um den Mund, um so laut wie möglich zu schreien, als Verrückte Äffin sie bemerkte. Die Frau sagte etwas und alle vier Piraten drehten sich um. Nun sahen sie ihre Kameraden, die am Strand die Arme schwenkten.

Goldener Drache wendete das Segelboot, damit es nicht mit dem Ruderboot zusammenstieß.

»Was soll das?«, fragte er.

Yu rang nach Luft, wie nach einem Dauerlauf. Ihr war, als würde der erstaunte Blick von Blauer Tiger ein Loch in ihre Haut brennen.

»Mit der Dschunke stimmt etwas nicht«, erklärte sie. »Ich habe durch das Fernrohr etwas gesehen … Die Ruderpinne ist mit einem roten, silbern bestickten Stoffstreifen festgebunden.«

Kleiner Zorn kratzte sich am Kinn. »Komisch«, meinte er nachdenklich. »Wenn ich mich nicht irre, tragen viele Fischer im Dorf Kleidung aus solch einem Stoff.«

»Genau … Deswegen ist diese Dschunke kein verlassenes Wrack … Jemand aus dem Dorf hat die Ruderpinne fixiert … Ich fürchte, das ist …«

»Eine Falle.« Goldener Drache hatte verstanden. »Gebrochener Knochen muss einen der Fischer bestochen haben.«

Kleiner Zorn verneigte sich knapp. »Lass mich es auskundschaften. Ich werde die Augen offen halten.«

»Hältst du das für eine gute Idee? Unter Deck könnten sich Krieger versteckt halten.«

»Vertrau mir. Ich bin in wenigen Augenblicken zurück. Falls nicht, solltet ihr euch sicherheitshalber von der Dschunke entfernen.«

Kleiner Zorn warf den Enterhaken und kletterte an dessen Seil flink die Bordwand der Dschunke hinauf. Oben angekommen, winkte er kurz den anderen zu, dann war er verschwunden.

Die Zeit verging quälend langsam. Yu starrte Blauer Tiger an, als besäße er auf sie dieselbe Anziehungskraft wie eine Kerze auf eine Motte.

Ihr Herzschlag, der ihr dumpf in den Ohren dröhnte, schien die Zeit messen zu wollen.

Ein Schlag. Zwei. Drei …

Auf dem Deck der Dschunke erklang ein heiserer Schrei, gleich darauf flog ein großes Fass über die Reling, aus dem ein feiner Rauchfaden stieg. Nur ein paar *Bu* vom Segelboot entfernt schlug es auf dem Wasser auf.

»Was ist da los?«, schrie Goldener Drache.

Kleiner Zorn kam hinter der Reling zum Vorschein. »Jemand hat uns eine hübsche Überraschung bereitet«, verkündete er. »Der Laderaum ist voller Schießpulverfässer, die alle an derselben Zündschnur hingen. Natürlich war das Fass, das zuerst explodieren sollte, das hinterste … Wenn ich nicht gewarnt worden wäre, hätte ich es niemals entdeckt. Dann wäre von uns allen nur ein Häufchen Hackfleisch übrig.«

Goldener Drache seufzte. Er wandte sich Yu zu und murmelte: »Danke.«

Sie errötete. Noch nie hatte sie erlebt, dass sich der Kapitän bei jemandem bedankte.

Jetzt, da die Gefahr gebannt war, gingen sie alle an Bord der geheimnisvollen Dschunke. Sie war schon ziemlich alt, und weil es ihre Bestimmung gewesen war, in die Luft zu fliegen, war alles, was brauchbar und beweglich war, entfernt worden: Segel, Kanonen, Haken und Taue. Doch ihr Rumpf war dicht und ließ kein Wasser ein. Sie vertäuten die Dschunke an dem Ruderboot, und Steinriese schleppte sie bis zum Strand ab.

Nachdem alle an Land zurückgekehrt waren, versammelte Goldener Drache die Dorfbewohner und schwor, dass er sie einen nach dem anderen töten würde, bis sie ihm den Schuldigen nannten.

Aus der Reihe verängstigter Menschen trat ein ungefähr zwanzigjähriger Mann vor, der sich vor dem Piratenkapitän bäuchlings in den Sand legte. Er gestand, dass er wenige Tage zuvor in Macau gewesen war, wo ihm einige Männer fünf Silberbarren dafür gezahlt hatten, dass er sich an der Dschunke zu schaffen machte. Er war mit ihr auf die andere Seite der Insel gesegelt und an diesem Morgen aufs offene Meer hinausgefahren. Dort hatte er das

Steuerruder blockiert und das Ende der Zündschnur präpariert, und war dann zum Dorf zurückgeschwommen.

Alles in allem ein leicht durchführbarer Plan, doch in der Aufregung hatte er am Morgen vergessen, ein Seil mitzunehmen, und hatte die Ruderpinne deshalb mit seinem roten Hemd festbinden müssen. Eine kleine Nachlässigkeit, die ihn nun teuer zu stehen kam.

»Ich wusste nicht, dass sie Menschen töten wollten«, wimmerte der junge Mann. »Sie hatten mir gesagt, das Schiff würde auf hoher See explodieren, es sollte nur eine Warnung sein.«

Goldener Drache drehte sich zu Durchgefallener um. »Schnapp dir den Halunken«, befahl er, »und hacke ihn in Stücke.«

Entsetzt wichen die Dorfbewohner zurück, doch keiner versuchte, den jungen Mann zu retten oder stellte sich Durchgefallener auch nur in den Weg, der nun seine Streitaxt schwenkend auf den Verurteilten zukam.

Yu begriff, dass sie das, was gleich geschehen würde, nicht sehen wollte, und ging zum Strand, wo Steinriese gerade die Kette um seinen massigen Körper wickelte.

»Danke«, sagte sie zu ihm.

Steinriese lächelte.

Überfluss kam mit wedelnden Armen angerannt. »He, he, Kleine Kröte«, rief er. »Sie haben mir erzählt, was du getan hast. Einfach unglaublich!«

»Es war vor allem Glück, mehr nicht.«

»Dir ist nicht klar, was das bedeutet. Du hast Goldener Drache das Leben gerettet! Jetzt steht er in deiner Schuld.«

»Ich habe es nicht getan, um eine Belohnung zu bekommen«, widersprach Yu.

»Das spielt keine Rolle. Du musst dich bereithalten.«

Das Mädchen verstand kein Wort. Überfluss kam ihr sehr aufgeregt vor.

»Goldener Drache wird dich fragen, was du dir wünschst. Vielleicht sogar schon heute Abend. Du musst dir genau überlegen, was du verlangst, denn du kannst jeden beliebigen Wunsch äußern. *Jeden beliebigen Wunsch.* Es ist sehr wichtig, dass du das begreifst.«

Auf einmal fühlte Yu sich erschöpft und ausgelaugt. Die Hinrichtung des jungen Fischers hatte ihr die Freude an der gelungenen Rettungsaktion verdorben. Der Mann war ein Verräter und der Tod war die einzige dafür angemessene Strafe. Warum war sie jetzt so traurig?

»Kleine Kröte …«

»Ich denke darüber nach«, versprach sie.

In Gedanken versunken verließ sie das Dorf und folgte einem Pfad durch den Wald und den Berg hinauf. Sie dachte darüber nach, wer sie war, wer sie gewesen war und was sie werden wollte.

Als sie zum Dorf zurückkehrte, war es Nacht.

Überfluss hatte auf dem Strand einen Grill aufgebaut und briet Fische. Einige Helden hatten sich um das Feuer versammelt und warteten darauf, dass das Abendessen gar war.

Goldener Drache saß bei ihnen. Als er Yu erblickte, stand er auf.

»Also, Mädchen«, sagte er. »Ich muss mich bei dir bedanken, denn heute hast du mein Leben und das meiner Leute gerettet. Die Piratengesetze schreiben vor, dass ich meine Schuld bei dir begleichen muss. Sage mir, was du von mir haben willst.«

Yu verbeugte sich tief. »Ich habe es nicht getan, um eine Belohnung zu erhalten«, sagte sie. »Aber wenn du mir etwas geben willst, werde ich mich nicht weigern, es anzunehmen.«

»Hast du dir schon überlegt, was du dir wünschst?«

Yu holte tief Luft und richtete sich kerzengerade auf. Sie trat aus dem Kreis der Piraten nach vorn, in den Lichtschein des Feuers, und verkündete: »Goldener Drache, ich will die Dschunke, die wir heute geborgen haben, und auch eine Mannschaft, um mit ihr in See zu stechen.«

Eine derartige Forderung hatte niemand erwartet. Überfluss fiel das Messer aus der Hand, mit dem er gerade die Fische wendete. Alle starrten Yu an.

Die Zähne von Goldener Drache blitzten auf, als er das Mädchen anknurrte: »Eine Dschunke und eine Mannschaft! Habe ich richtig gehört? Du, ein kleines Mädchen, willst das Kommando über ein Schiff?«

»So ist es«, erwiderte Yu. »Ich will Piratenkapitän werden.«

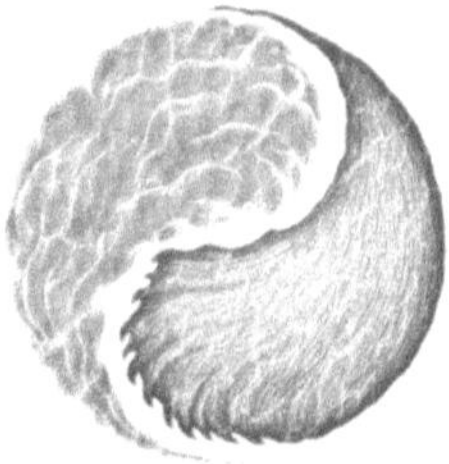

27

Yu hatte befürchtet, ausgelacht zu werden. Doch niemand lachte. Schweigend und mit todernster Miene schauten die anderen sie an.

Es war zu spät, um einen Rückzieher zu machen. Yu hatte den ganzen Nachmittag darüber nachgedacht, hatte ihre Entscheidung gefällt und musste auf dem eingeschlagenen Weg weitergehen, bis zum Ende. Um jeden Preis.

Der Piratenkapitän breitete die Arme aus. Im flackernden roten Widerschein des Feuers schien sein tätowierter Drache bereit, sich auf Yu zu stürzen und sie zu verschlingen.

»Du willst das alte Wrack haben?«, fragte er. »Dann nimm es dir. Ich habe keine Ahnung, wohin es dich bringen wird, bevor es absäuft, aber das ist mir auch egal. Das mit der Mannschaft dagegen kannst du vergessen. Es gibt nur eine Mannschaft, und das ist die der *Roten Todesbotin*.«

Yu hatte sich auch dazu schon etwas überlegt. »Erlaube mir, mit den Leuten zu sprechen. Sie sind es müde, auf dieser Insel herumzuhocken. Wenn jemand mit mir fahren will, gib ihm deinen Segen.«

»Pffff«, machte Goldener Drache unwirsch.

»Wir werden Verbündete sein«, versprach Yu. »Du kannst in der Schlacht auf uns zählen, wir werden wie deine Geschwister sein und Gebrochener Knochen als unseren Todfeind betrachten.«

Goldener Drache schwieg lange. Er ballte die Hände zu Fäusten und löste sie dann wieder.

»So sei es«, sagte er schließlich. »Die Gesetze der Piraten wollen es so, und ich achte diese Gesetze. Du kannst alle Leute nehmen, die mit dir mitkommen wollen.« Er wandte sich an die um das Feuer versammelten Helden. »Los, bildet eine Mannschaft. Wir werden diese Angelegenheit hier und jetzt erledigen.«

Yu ging das viel zu schnell. Sie hatte nicht damit gerechnet, dass Goldener Drache seinen Entschluss so rasch fassen würde. Sie hatte erwartet, dass er sich erst einmal alles über Nacht überlegen würde. Diese Zeit hatte sie nutzen wollen, um mit Überfluss zu reden und ihn zu bitten, ihr die Namen von Piraten zu nennen, die sie für sich gewinnen könnte.

Sie war nicht darauf vorbereitet, sofort handeln zu müssen.

Sie war nicht darauf vorbereitet.

»Willst du nicht … äh … noch ein bisschen darüber nachdenken?«, sagte sie und ärgerte sich, dass ihre Stimme so dünn klang.

»Ich habe gesagt: *jetzt*. Holt die Mannschaft her. Es sollen alle kommen!«

Die Helden standen auf, um dem Befehl zu gehorchen. Überfluss holte die Fische vom Feuer, damit sie nicht verbrannten, und warf Yu einen vielsagenden Blick zu, der in etwa bedeutete: »Jetzt hast du dich ganz schön in Schwierigkeiten gebracht«, und »Goldener Drache hat dich ausgetrickst«.

Yu wäre gerne zu ihm gegangen, um ihm zu erklären, *warum* sie ein eigenes Schiff haben wollte, doch das war jetzt nicht mehr möglich. Zu ihm zu gehen, wäre ein Zeichen von Schwäche gewesen, und ein Befehlshaber durfte niemals Schwäche zeigen. Diese Lektion hatte sie schon vor langer Zeit gelernt.

Sie wartete, bis sich sämtliche Piraten in dichten Reihen um das Feuer versammelt hatten. Inmitten des Kreises stand Goldener Drache wie eine Bronzestatue.

»MÄNNER!«, rief er. »Ihr wisst alle, dass Shi Yu, genannt Fliegende Klinge, mir heute das Leben gerettet hat. Gemäß der Gesetze der Piraten steht ihr dafür eine Belohnung zu. Sie hat um ein Schiff und eine Mannschaft gebeten, um sofort von dieser Insel aus in See zu stechen.«

Goldener Drache legte eine Pause ein, wie um seine Worte sacken zu lassen. »Ich habe ihr meine Erlaubnis dazu gegeben. Das Schiff ist die Dschunke, die sie selbst heute vor der Zerstörung bewahrt hat, und somit steht ihr diese Dschunke auch zu. Was die

Mannschaft betrifft: Piraten sind freie Menschen. Wenn jemand mit dem Mädchen fahren will, soll er vortreten und mit ihm ziehen.«

Hier und da war Gekicher zu hören, aber auch Seufzer und Gemurmel.

Yu schaute Blauer Tiger an. Sein mit blauen Tätowierungen bedecktes Gesicht war in der Nacht so gut wie unsichtbar, aber seine glitzernden Augen waren auf sie gerichtet. Es war vielleicht das erste Mal, dass er ihre Existenz überhaupt wahrnahm. Doch diese Erkenntnis hauchte Yu nicht etwa Kraft ein, sondern bewirkte, dass sie sich schwächer fühlte.

Überfluss, der sich mitten in den Reihen der Piraten befand, hüstelte. Yu sah, dass der Koch seine Lippen lautlos bewegte.

Stimmt, dachte Yu. Wenn sie nicht mit ihrem Schiff allein dastehen wollte, sollte sie sich schleunigst etwas überlegen.

»Piraten!«, rief sie.

Ihre Stimme klang etwas zu hoch und zu schrill, aber wenigstens laut genug. So weit, so gut. Nur leider hatte sie nicht die leiseste Idee, wie sie fortfahren sollte.

»Seit vier Jahren kämpfe ich gemeinsam mit euch und oft habe ich für euch Essen zubereitet. Ich bin eine Tochter der *Roten Todesbotin*, aufgewachsen zwischen dem Achterdeck und dem Laderaum. Ihr kennt mich besser als jeder andere auf der Welt.«

Als Anfang nicht schlecht, aber ein bisschen langweilig. Das musste besser werden.

»Ich bin noch jung, das ist wahr, dennoch habe ich mir eure Achtung verdient. Ich habe als Einzige bemerkt, dass die Dschunke eine Falle war. Ohne mich könnte Goldener Drache heute nicht hier bei uns sein und zu uns sprechen. Und auch viele andere Helden hätten keinen weiteren Sonnenaufgang mehr erlebt.«

Ein paar Leute murrten, einige spuckten auf den Boden. Bis jetzt hatte Yu nur geredet, um Zeit zu gewinnen und sich etwas auszudenken, mit dem sie die Piraten *überraschen* konnte. Und nun fiel ihr etwas ein.

»Ich habe gesagt, dass ihr mich besser kennt als alle anderen

Menschen, doch gibt es etwas, das ihr noch nicht über mich wisst«, verkündete sie. »Der Kampfstil, der mir seit meiner frühen Kindheit beigebracht wurde, ist der *Wushu der Luft und des Wassers*. Himmlischer Steuermann kannte einen der Meister dieser sagenumwobenen Kunst. Es heißt, sie wurde von den ersten Piraten erfunden und dass derjenige, der sie beherrscht, weder an Land noch auf dem Meer ebenbürtige Gegner findet. Himmlischer Steuermann, sprich: Lüge ich etwa?«

Der Angesprochene warf ihr einen zornigen Blick zu, konnte sich jedoch nicht weigern, ihr zu antworten. »Nein«, sagte er. »Das ist die Wahrheit.«

Yu lächelte. »Was ihr auch nicht wisst: Die Anhänger des *Wushu der Luft und des Wassers* hüten einen Schatz. Ein Buch, das so viel Weisheit enthält, dass es als magisch gilt. Ein Buch von unschätzbarem Wert, so kostbar, dass schon viele Menschen ihr Leben aufs Spiel setzten, um sich seiner zu bemächtigen – und verloren. Mein Lehrmeister, mein *Shifu*, war der letzte Hüter dieses Buchs.«

»Zu mir hast du gesagt, dass du dieses Buch noch nie gesehen hast«, warf Himmlischer Steuermann ein. »Angeblich wusstest du nicht einmal, dass es existiert.«

»Ich habe dich angelogen«, gab Yu zu. »Ich habe es gesehen und ich weiß, wo es sich befindet. Das ist auch der Grund, weshalb ich von Goldener Drache ein Schiff und eine Mannschaft verlangt habe: Ich will mir dieses Buch holen.«

Yu merkte, dass Goldener Drache vor Wut schäumte, und befürchtete einen Moment lang, er würde sie töten. Doch wenn er das tat, verlor er sein Gesicht.

»Ich komme mit dir«, sagte eine Stimme.

Aus den Reihen der Piraten trat Kleiner Zorn vor, der Mann mit den beiden Hämmern auf dem Rücken. Er blieb vor Goldener Drache stehen, warf seine Waffen auf den Boden und legte sich bäuchlings vor seinen Kapitän, sodass auch seine Stirn den feuchten Sand berührte.

»Goldener Drache, du weißt, dass mich Schätze nicht interessieren«, sagte er. »Doch dieses Mädchen hat heute auch mein Leben gerettet, deshalb werde ich mit ihm gehen.«

Scharlachroter Tiger hechtete an seine Seite und auch er legte sich vor Goldener Drache in den Sand.

»Ich bin derjenige, der Fliegende Klinge entführt hat, als sie noch ein Kind war. Jetzt glaube ich, dass … Also, ich kann mich nicht so gut ausdrücken … Ich fahre mit ihr.«

»Und wir auch«, riefen zwei schrille Jungenstimmen und die Zwillinge Jianguo und Jianzhou traten vor.

Yu erschrak. »Ihr … ihr könnt nicht mit uns kommen«, stammelte sie. »Ihr seid noch zu klein.«

»Wir sind neuneinhalb Jahre alt«, widersprach Jianguo stolz.

»Also beinahe zehn«, ergänzte Jianzhou, »und wir können mit Segeln und Kanonen gut umgehen.«

Gischt, die Mutter der Zwillinge, war vor einigen Monaten bei einem Entermanöver ums Leben gekommen. Deshalb wusste Yu, dass niemand die beiden Jungen daran hindern würde, mit ihr zu gehen.

Somit hatte sie zwei Helden und zwei Kinder angeheuert.

Sie sah zu Blauer Tiger hinüber, doch dieses Mal wich der junge Mann ihrem Blick aus. Yu war es, als ziehe sich ihr Herz zusammen. Hatte sie, um Piratenkapitän zu werden, auf ihre große Liebe verzichtet? War das Schicksal nicht furchtbar ungerecht zu ihr?

Schwere Schritte erklangen und Steinriese trat vor. Er schaute Goldener Drache ins Gesicht und ließ sich dann neben Kleiner Zorn nieder. Auch im Sitzen ragte der Riese über den klein gewachsenen Mann hinaus, der aufrecht neben ihm stand.

Nach ihm traten weitere Leute vor. Eine Piratin namens Seebeben. Ein Matrose namens Seeotter.

»In mondhellen Nächten habe ich dir Märchen und Sagen erzählt«, erhob Himmlischer Steuermann verärgert das Wort. »Du hast gesagt, du hättest mich angelogen, aber vielleicht war ich es, der dich an der Nase herumgeführt hat. Hast du darüber schon mal nachgedacht?«

»Komm mit mir und wir werden es gemeinsam herausfinden«, forderte Yu ihn heraus.

Grinsend schüttelte der Steuermann den Kopf.

»So, sind das jetzt alle?«, fragte Goldener Drache.

Yu sah Überfluss an. Sie war sich sicher gewesen, dass der Koch mit ihr mitkommen würde. Er war jedoch in den Reihen der Unentschlossenen stehen geblieben.

Schließlich seufzte er vernehmlich. »Ich schließe mich ihr an, Drache. Kleine Kröte war mein Lehrling und mir scheint, das Schicksal will, dass sie jetzt mein Kapitän wird.«

Am liebsten hätte Yu ihn umarmt, doch sie beschränkte sich darauf, ihm kurz zuzunicken.

In einer der vergangenen Nächte hatte Himmlischer Steuermann genau das zu ihr gesagt: *Wer eine Mannschaft befehligt, hat keine Freunde.*

Diese Worte kamen ihr jetzt wie eine Prophezeiung vor.

28

Jetzt, da die Entscheidung gefallen war, machte es keinen Sinn, weiter auf der Insel herumzusitzen. Überfluss briet die Fische fertig und sie wurden zur ersten gemeinsamen Mahlzeit von Yu und ihrer sehr überschaubaren Mannschaft.

Kleiner Zorn machte eine Liste der Dinge, die sie von Goldener Drache erbitten mussten, um überhaupt in See stechen zu können.

»Die Dschunke ist vollkommen nackt«, erklärte er. »Wir brauchen einfach *alles*. Als Erstes Segel, dann natürlich noch Proviant, Fässer für Trinkwasser, Stroh für die Nachtlager, Taue, Kanonen und Munition ...«

»Der Laderaum ist voller Schwarzpulverfässer«, erinnerte ihn Yu. »Sie waren auf dem Schiff, deshalb gehören sie uns. Wir könnten ein paar davon für das eintauschen, was wir benötigen.«

»Das ist eine gute Idee. Und beim ersten Entern stehlen wir uns alles zusammen, was wir noch brauchen.« Kleiner Zorn aß den Rest seines Fischs auf. »Kapitän, wenn du es mir gestattest, werde ich mit Goldener Drache verhandeln.«

Es war das erste Mal, dass jemand Yu mit »Kapitän« ansprach. Im ersten Moment wollte sie darauf mit einem Lächeln reagieren und sagen, dass das nicht nötig war. Doch Kleiner Zorn war wesentlich älter und sicher auch weiser als sie. Er bot ihr Ansehen an und sie durfte sein Angebot nicht ablehnen.

Deshalb antwortete sie: »Ausgezeichnet. Steinriese, Seebeben, ihr geht mit ihm mit und helft ihm, alles Notwendige an Bord zu tragen. Seeotter, du kümmerst dich gemeinsam mit den Zwillingen um das Schiff. Ich will, dass es morgen vor Sonnenaufgang zum Ablegen bereit ist. Scharlachroter Tiger, du gehst auf das Hauptdeck und bewachst die Dschunke. Abgesehen von uns, der Mannschaft, darf niemand ohne meine Erlaubnis an Bord gehen.«

»Ja, Kapitän«, antwortete Scharlachroter Tiger.

Wieder dieses Wort, zum zweiten Mal schon. »Kapitän«. Dadurch, dass auch eine zweite Person es ausgesprochen hatte, wurde es plötzlich wahr. Yu musste dieser ehrenvollen Anrede nun auch gerecht werden.

Alle gingen, um ihre Aufgaben zu erledigen. Schließlich standen nur noch Yu und Überfluss beim Feuer. Der Koch löschte es, indem er Sand darüberschaufelte.

»Verzeih mir«, sagte Yu leise. »Ich hätte vorher mit dir über meine Entscheidung sprechen sollen.«

Der Koch wandte ihr sein Gesicht zu. »Ein Kapitän bespricht seine Vorhaben nicht mit dem Koch«, sagte er. »Und ein Kapitän entschuldigt sich niemals.«

»Ich bin froh darüber, dass du dich dafür entschieden hast, mit mir zu kommen. Ich weiß nicht, was ich ohne dich getan hätte.«

»Und ich weiß nicht, ob es eine gute Idee war. Ich werde für das Piratenleben allmählich zu alt und du bist ein sehr unruhiges Mädchen. Deshalb muss ich dich um etwas bitten: Wenn ich nicht mehr weitermachen will, dann lass mich gehen. Lass mich an einer Insel wie dieser an Land gehen oder wo auch immer du willst, aber lass mich frei. Einverstanden?«

Yu nickte. »Einverstanden.«

»So, und jetzt zeig mir mal mein neues Schiff.«

Sie gingen gemeinsam an Bord der Dschunke und inspizierten sie sorgfältig. Die Schiffe der fremden Teufel liefen vorn und hinten spitz zu, wie Fische. Die chinesischen Dschunken hingegen hatten die Form einer Ente: vorn breit und hinten spitz zulaufend. Das war auch wesentlich logischer, denn Schiffe bewegen sich an der Wasseroberfläche und nicht unter Wasser.

Aus diesem Grund befanden sich die Quartiere für die Mannschaft unter dem breiten, erhöhten Vorderdeck. Als Kapitän stand Yu eine eigene private Kabine mit einer abschließbaren Tür zu.

Dieser Raum war schmucklos. Es gab eine Nische mit einem einfachen Bett und eine auf dem Boden festgenagelte Truhe, die als Sitzgelegenheit oder Tisch diente. Es war ziemlich stickig, aber Yu war sich sicher, dass sie mit der Kabine zurechtkommen würde.

Sie gingen zurück an Deck und anschließend nach hinten zum Heck. Yu prüfte Ruderpinne, Anker und Taue und kletterte die Masten hinauf. Im Laderaum stank es nach fauligem Bilgewasser, doch das Holz war stabil und wies keine Risse auf.

Als Yu an den Strand zurückkehrte, wartete dort eine Gruppe von Leuten auf sie. Es waren zwei Fischer mit ihren Frauen sowie eine sechsköpfige Familie. Alles Dorfbewohner, die es satthatten, auf der kargen Insel in ständiger Armut zu leben, und beschlossen hatten, Piraten zu werden. Da Yu dringend mehr Matrosen brauchte, heuerte sie alle sofort an.

Als sie die neuen Besatzungsmitglieder zur Dschunke begleitete, kam ihr Kleiner Zorn entgegen. Goldener Drache war nicht bereit, ihnen auch nur eine einzige Kanone abzugeben. Das stellte Yu vor ein Problem, das sie so schnell wie möglich lösen musste. Zumindest aber hatte sie nun all die anderen Dinge beisammen, die sie dringend benötigten: Segel, Taue und Proviant.

»Bringt alles an Bord«, befahl Yu. »Wir legen noch vor der fünften Wache ab.«

»Wir kümmern uns darum. Du solltest jetzt zu Goldener Drache gehen«, riet ihr Kleiner Zorn. »Er will mit dir sprechen. Vielleicht nimmst du zur Unterstützung Steinriese mit …«

Yu schüttelte den Kopf. »Danke, aber ich glaube, ich werde das auch allein schaffen.«

Der Kapitän der *Roten Todesbotin* wartete am Strand zusammen mit Himmlischer Steuermann auf sie. Er hat einen Zeugen dabei, dachte Yu. Damit das, was sie besprachen, festgehalten werden konnte.

»Fliegende Klinge«, begrüßte Goldener Drache sie. »Heute Nacht hast du mir einen schönen Streich gespielt. Mir geht es gar nicht so sehr um das Schiff. Das ist mir egal, ich hätte dir zehn solche Schiffe schenken können. Aber du nimmst mir drei bemerkenswerte Helden weg. Und meinen Koch.«

»Sie sind es, die entschieden haben, mit mir zu kommen.«

»Weil du sie mit diesen Fantasiegeschichten über den Schatz angelockt hast. Ich wusste, dass du gut reden kannst, Mädchen, aber dass du darin so gut bist, hätte ich nie gedacht.«

»Das sind keine Fantasiegeschichten. Himmlischer Steuermann kann das bestätigen.«

Der Steuermann zuckte mit den Schultern. »Vor einiger Zeit habe ich dir erklärt, wie schwierig die Rolle des Befehlshabers ist, weil ich glaubte, du hättest das Zeug dazu. Das sollte keine Aufforderung sein, dir gleich ein eigenes Schiff zuzulegen! Was das magische Buch betrifft … Wenn du mir früher davon erzählt hättest, hätte ich dich warnen können, dass das bloß ein Märchen ist.«

»Das Buch gibt es wirklich. Ebenso wie den *Wushu der Luft und des Wassers*.«

»Wenn das stimmt, dann ist die Jagd nach diesem Buch vermutlich eher gefährlich als sinnvoll.«

Goldener Drache grinste. »Auf jeden Fall kannst du zu mir kommen, wenn du es gefunden hast und nichts damit anzufangen weißt. Wie du schon selbst gesagt hast: Ab jetzt sind wir Verbündete.«

Yu begriff, dass sie nun zum eigentlichen Grund für dieses Gespräch kamen. Jetzt, da seine Wut verraucht war, wollte Goldener Drache sichergehen, dass zwischen ihnen ein Bündnis bestand.

»Du bist ein guter Befehlshaber, Goldener Drache, und du warst mir gegenüber immer fair. Du kannst auf mich und meine Piraten zählen.«

Meine Piraten. Wie seltsam das in Yus Ohren klang!

»Ich erwarte, dass das auf Gegenseitigkeit beruht«, fuhr sie fort. »Das Bündnis, meine ich. Ich werde dir helfen, wenn du schwörst, dasselbe für mich zu tun.«

Goldener Drache nickte. »Sicher, das ist ausgemacht.«

Yu war froh über den Ausgang der Unterredung. Sie verbeugte sich und schickte sich an, wieder zu gehen.

»Warte«, hielt Goldener Drache sie auf. »Bevor du die *Rote*

Todesbotin verlässt, erhältst du deinen Anteil an der Beute – in Silberbarren, wie es unter Piraten üblich ist. Und da ist noch etwas: Du hast für dich den Namen Fliegende Klinge gewählt, doch ich sehe keine Klinge in deinem Gürtel.«

Goldener Drache löste die Schwertscheide von seinem Gürtel und reichte sie ihr mitsamt dem Schwert.

»Der Weise sagt: *Um das Kämpfen mit bloßen Händen zu erlernen, braucht es hundert Tage. Um das Kämpfen mit der Lanze zu erlernen, braucht es tausend Tage. Für die Kunst des Kämpfens mit dem Schwert reichen zehntausend Tage nicht.* Doch er sagt auch: *Der Säbel ist wie ein wilder Tiger. Das Schwert ist ein fliegender Phönix.* Ich glaube, diese Waffe eignet sich für dich, sofern du die Geduld hast, sie richtig kennenzulernen.«

Wollte ihr Goldener Drache tatsächlich sein Schwert schenken?

Yu legte sich bäuchlings vor ihn auf den Boden und schlug sich dabei die Stirn an einem Stein an. Dann stand sie auf und nahm Schwert und Silberbarren entgegen.

»Danke«, sagte sie. »Leider habe ich keine Geschenke für dich.«

»Heute hast du mir das Leben gerettet, das soll einstweilen reichen. Aber denke immer an unser Bündnis.«

Als Yu zum Schiff zurückging, kam ihr Kleiner Zorn entgegen.

»Kapitän«, sagte er. »Ich habe dich gesucht … Wir haben alles Wichtige an Bord verstaut, die Segel gesetzt und geprüft, ob sie dem Wind standhalten. Wir sind für die Abfahrt bereit.«

Yu atmete tief durch. »In Ordnung. Wir brechen auf.«

Bevor sie an Bord kletterte, betrachtete Yu eine Weile ihre Dschunke. Sie wirkte elegant und bedrohlich zugleich. Die traditionell links und rechts vom Bug aufgemalten Augen ließen sie wie einen Seedrachen aussehen.

»Ein schönes Schiff, nicht wahr?«, fragte sie mit einer Prise Stolz in der Stimme.

»Ja, das ist es«, erwiderte Kleiner Zorn. »Doch bevor wir in See stechen, braucht es noch etwas. Einen Namen.«

Yu schaute zum Himmel auf, in der Hoffnung, dort irgendeine Anregung zu finden. In diesem Moment entzündete sich über ihren Köpfen ein langer Streifen Licht und zog blitzschnell über den Himmel.

»*Sternschnuppe*«, sagte Yu leise.

»Das ist kein guter Name für ein Piratenschiff«, meinte Kleiner Zorn. »Er sollte gefährlicher klingen, so wie *Blutstern* oder *Todeskomet*.«

Yu lächelte. »Nein, nein. *Sternschnuppe* passt sehr gut. Vertrau mir. Es ist ein Name, der Glück bringt.«

Sie stiegen die Leiter hoch. An Bord reichte Überfluss ihr ein dickes Bündel Zeremonialgeld. Sie verbrannte die Scheine am Bug und am Heck und verbeugte sich dabei dreimal, um sich die Göttin Mazu gewogen zu machen, die Beschützerin aller Seefahrer.

Die gesamte Mannschaft nahm schweigend an der Zeremonie teil.

»Kapitän«, sagte Seeotter, der an der Ruderpinne stand. »Wir sind bereit.«

Yu ging zu ihm. »Sehr gut. Löst die Taue und setzt alle Segel. Wir legen ab.«

Im ersten Lichtschein des Sonnenaufgangs segelte die *Sternschnuppe* ihrem Schicksal entgegen.

29

Sie segelten nach Osten, zum Chuanshan-Archipel, umrundeten die Halbinsel Macau und nahmen Kurs auf das offene Meer, um durch den Humen zu fahren. Dieses Mal wurden sie nicht von Beamten empfangen, die ihnen entgegenfuhren, damit sie die Steuern auf hoher See entrichten konnten. Sie mussten dafür an Land gehen.

Es war Yu, die diese Aufgabe übernahm und die Steuer aus eigener Tasche zahlte.

»Pass auf«, warnte Kleiner Zorn sie. »Seeleute sind einfache Menschen, ihre Einstellung ändert sich so oft, wie der Wind dreht. Du hast von einem Schatz gesprochen und sie haben ihr früheres Leben hinter sich gelassen, um mit dir zu fahren. Jetzt aber sitzen sie auf einem kleinen alten Schiff mit leerem Laderaum und haben nicht einmal eine einzige Kanone, um an Beute zu kommen.«

»Ich weiß«, beruhigte ihn Yu. »Wenn wir erst mal in Kanton sind, wird alles gut.«

»Ich kenne in der Stadt gewisse Leute. Geschäftsleute aus der Kaufmannsgilde Hong, die mit den Dreizehn Häusern Handel treiben. Sie handeln mit allen möglichen Dingen.«

Yu war klar, was Kleiner Zorn ihr da vorschlug: Sollte es ihnen wirklich gelingen, Pengs Buch in ihren Besitz zu bringen, würden sie einen Hehler brauchen, der es ihnen für gutes Geld abkaufte. Was Kleiner Zorn allerdings nicht wusste, war, dass Yu nicht im Entferntesten daran dachte, Li Wei das Buch zu stehlen. Sie wollte lediglich ihren Freund wiedersehen und ihn vor Nachtfalter warnen, der möglicherweise immer noch hinter ihm her war.

Ich werde zu ihm gehen und mit ihm sprechen, dachte sie. Danach erzähle ich der Mannschaft, dass der Schatz verloren gegangen ist, und überzeuge sie, mit mir auf einen Raubzug zu gehen.

Ihnen wird gar nichts anderes übrig bleiben. Und wenn sie dann echte Beute in den Händen halten, werden sie die Sache mit dem magischen Buch vergessen.

Das war zwar kein großartiger Plan, aber bisher war ihr noch kein besserer eingefallen.

Nach dem durch die Steuerzahlung verursachten Aufenthalt nahmen sie wieder Kurs nach Norden, ließen das Meer hinter sich und fuhren den Perlfluss hinauf. Während es auf der *Roten Todesbotin* vor Seeleuten nur so gewimmelt hatte, waren es nun gerade mal genug, um das Schiff zu segeln. Deshalb mussten bei schwierigeren Manövern alle mit anpacken, auch die Helden.

Yu entdeckte, dass sie am liebsten auf dem Ausguck war, und kletterte häufig den Hauptmast hoch, so wie man es auf den Schiffen der Fremden machte. Von dort aus konnte sie die grünen Ufer des Flusses betrachten und die von dichten Wäldern bedeckten Hügel.

Auch Steinriese schien gern Matrose zu spielen. Kleiner Zorn und Scharlachroter Tiger dagegen hassten diese Arbeit, und besonders Scharlachroter Tiger schien ständig schlechter Laune zu sein.

Am fünften Tag erreichten sie Kanton. Ein eigenartiger Schauer lief Yus Rücken hinunter, als sie die Reisfelder wiedersah, die Pfahlhäuser an den Flussufern, die hohen grauen Verteidigungsmauern.

Ihr war nie bewusst gewesen, wie sehr ihr diese Stadt gefehlt hatte. Kanton war ein Ort, an dem sie auf tausenderlei Art ausgenutzt und misshandelt worden war. Aber es war auch die Stadt ihrer Kindheit. Unerwartet liebevoll dachte Yu an das kleine Mädchen, das sie gewesen war, das sich immer wieder aus der Gastwirtschaft geschlichen hatte, um in der Kampfkunst ausgebildet zu werden.

Wer weiß, was die Kleine gesagt hätte, wenn sie Yu jetzt hätte sehen können: eine schlanke, aber kräftige Sechzehnjährige, bekannt als Fliegende Klinge, Anführerin von Piraten.

»Wir gehen im Hafen vor Anker«, entschied Yu.

»Ich kann es kaum erwarten, mir Kanton anzuschauen«, sagte

einer der Matrosen. »Ich war noch nie da und ich will meiner Frau ein Kleid kaufen.«

»Es tut mir leid«, sagte Yu, »aber ihr bekommt nicht die Erlaubnis, an Land zu gehen.«

Der Matrose schaute sie verblüfft an. Dann spuckte er auf die Deckplanken. »Ich denke doch, dass ich ein freier Mann bin.«

»Aber du stehst unter meinem Befehl. Es kann sein, dass wir in größter Eile ablegen müssen, deshalb bleibt die Mannschaft an Bord der *Sternschnuppe*. Du auch, Steinriese. Ich, Kleiner Zorn und Scharlachroter Tiger sind die Einzigen, die von Bord gehen. Überfluss, du kannst auch an Land und Vorräte einkaufen, aber beeil dich und kehr danach sofort aufs Schiff zurück.«

Der Koch verzog das Gesicht. »Wie du willst.«

Yu schaute sich um: Ihre Befehle hatte nur Unzufriedenheit bewirkt. Die einen mochten sich über sie ärgern, die anderen hassten sie vielleicht sogar.

Du musst sie herumkommandieren, dachte sie, aber du hast dir deine Autorität in ihren Augen noch nicht verdient. Ihr Vertrauen auch nicht. Du musst schleunigst etwas unternehmen.

Yu kannte Geschichten über meuternde Besatzungen. Für den jeweiligen Kapitän waren sie immer tödlich ausgegangen. Sie musste aufpassen.

Die *Sternschnuppe* bahnte sich ihren Weg durch die vor Anker liegenden Schiffe und legte an einem der äußeren Kais an. Es war mehr oder weniger die Stelle, an der Yu und Wei vor vielen Jahren die Soldaten angetroffen hatten, die Pengs Leiche weggetragen hatten.

Sie ließen einen Landungssteg herunter und gingen an Land. Yu trug eine knöchellange Hose, die ihre darunter hervorschauenden nackten Füße noch größer aussehen ließen, als sie waren. Die lange Tunika aus festem Stoff wurde von einem Gürtel zusammengehalten, an dem das Schwert in seiner Scheide hing. Scharlachroter Tiger trug ein Hemd, das vor langer Zeit rot gewesen sein mochte, und auf seinem sonnengebräunten Gesicht fielen die Narben auf den Wangen besonders auf. Bei Kleiner Zorn war es gleichgültig, was er anzog: Ein kleinwüchsiger Mann mit zwei Hämmern auf dem Rücken fiel überall und sofort auf.

»Wo gehen wir hin?«, fragte er.

Yu antwortete spontan: »Zu Bai Bais Gastwirtschaft.«

Kleiner Zorn verzog das Gesicht. »Warum? Hat das was mit dem Schatz zu tun?«

»Ja«, log Yu.

Scharlachroter Tiger spuckte auf den Boden. Auch diese beiden waren unzufrieden, und zu Recht. Es gab überhaupt keinen Grund, das Lokal aufzusuchen. Doch Yu war vier Jahre lang weg gewesen und fragte sich, was aus der alten Jia geworden sein mochte. Ob Bai Bai sie wohl verjagt hatte? Wenn ja, würde sie ihr Schwert an ihm ausprobieren.

»Es ist wichtig«, behauptete sie. »Vertraut mir.«

Die beiden schauten sie ausdruckslos an und Yu fragte sich, ob es nicht blanker Wahnsinn gewesen war, sich ein Schiff schenken zu lassen.

Je weiter sie in dem Gassengewirr vordrangen, desto gelassener wurde Yu jedoch. Sie erkannte die Gebäude und viele Gesichter: Der Wan-Tan-Verkäufer war zwar nicht mehr da, dafür aber die alte Frau mit ihren Gemüsekisten.

Sie erreichten Bai Bais Lokal zur Stunde des Pferds, kurz bevor das Mittagessen serviert wurde. Aus der Tür drang der Geruch von Haifischflossensuppe.

»Wir gehen da mal rein und essen etwas«, sagte Yu.

Die beiden Piraten waren zwar nicht einverstanden, folgten ihr aber trotzdem. Im Lokal saßen keine Gäste und Yu entschied sich für den Tisch, der dem Ausgang am nächsten war. Nachdem sie Platz genommen hatten, klopfte Yu auf die Tischplatte, um die Bedienung auf sich aufmerksam zu machen.

Aus der Küche kam Bai Bai. Er war dicker und älter geworden. Seine Augen verschwanden beinahe in den Speckfalten seines Gesichts, sein Zopf war ergraut.

»Guten Tag, die Herrschaften«, begrüßte er Scharlachroter Tiger und Kleiner Zorn. »Was kann ich euch bringen?«

»Wein und Suppe«, antwortete Yu.

Bai Bai verbeugte sich leicht vor ihr. »Wie die junge Dame wünscht.«

Er hatte sie nicht wiedererkannt. Hatte sie sich so stark verändert? Lag es vielleicht an den kurzen Haaren?

Der Wirt verschwand in der Küche.

Scharlachroter Tiger zog die Nase hoch. »Bist du jetzt zufrieden, Fliegende Klinge? Ich dachte, du hasst diesen Laden?«

»Das tue ich auch. Aber ich muss hier mit jemandem reden.«

Bai Bai brachte alles, was sie bestellt hatten. Yu nahm aus ihrer Suppenschale einen kräftigen Schluck. Sie war heiß und salzig, hatte aber keinerlei Aroma.

»Die Suppe war hier früher besser«, stellte sie fest.

»Sind Sie denn schon einmal in meiner Gastwirtschaft gewesen, junge Dame?«

»Ja, vor vielen Jahren.«

»Da müssen Sie ja noch sehr jung gewesen sein. Vielleicht war damals noch Jia da, die alte Köchin.«

Yu hob eine Augenbraue. »Arbeitet sie denn nicht mehr hier?«

»Oh nein«, erwiderte Bai Bai. »Sie ist gestorben. Vor zwei oder drei Jahren. Von einem Tag auf den anderen stand ich plötzlich ohne Hilfe da. Wenn ich vorher geahnt hätte, dass sie es nicht mehr lange machen würde …«

»Die alte Jia besaß Ersparnisse«, unterbrach Yu den Wirt. »Sie waren für ihre Beerdigung bestimmt. Ich hoffe, dass du ihr eine würdevolle Beisetzung ausgerichtet hast, Wirt.«

»Ersparnisse? Junge Dame, die alte Schachtel besaß keinen einzigen *Wen*. Wir haben sie in eines der Massengräber für die Armen geworfen und das war schon zu viel Aufwand für die dumme Ziege.«

Yu sprang auf, zog ihr Schwert und richtete dessen Spitze auf Bai Bais Brust. »Elender Halunke!«

Zitternd fiel der Wirt vor ihr auf die Knie. In Yus Blick lag unendlich viel Verachtung. Sie konnte nicht mehr nachvollziehen, dass sie jahrelang vor diesem erbärmlichen Mistkerl Angst gehabt hatte. Aber heute war der Tag der Vergeltung gekommen.

»Tiger«, befahl sie. »Geh durch den Gastraum bis ganz hinten. Links befindet sich die Tür zur Küche, rechts ein Gang. Geh durch den Gang und in das Zimmer dieses Schweins. Tritt mit der Ferse auf den Dielenbrettern herum, bis du eine Stelle gefunden hast, die hohl klingt. Darunter wirst du auf eine ordentliche Anzahl von Silberbarren stoßen.«

Bai Bai erbleichte. »Woher weißt du das?«

»Hast du mich immer noch nicht wiedererkannt? Ich bin Shi Yu.«

Der Wirt fing an zu weinen. »Yu … kleine Yu … Wie groß und schön du geworden bist! Du kannst mich doch nicht ausrauben, ich war immer gut zu dir, wie ein Vater. Ich habe dich aufgezogen …«

»Wenn du noch ein einziges Wort sagst, verliere ich die Beherrschung und peitsche dich aus. Weißt du noch? Genauso wie du es mit mir gemacht hast, als ich klein war.«

Kurz darauf kam Scharlachroter Tiger mit einem schweren Stoffsack zurück.

»He«, sagte er, »dieser schmierige Kerl hat in seinem Zimmer ein kleines Vermögen versteckt. Mindestens hundert Silber-*Tael*.«

»Das sind all meine Ersparnisse!«, flehte der Wirt.

»Du sollst still sein, habe ich gesagt!«, herrschte Yu ihn an. »Ich raube dich nicht aus: Das ist der Lohn, den ich nie bekommen habe, und das Geld, das du der alten Jia gestohlen hast. Damit kann ich im Tempel ein Opfer für sie darbringen, damit ihre Seele Ruhe findet.« Yu wandte sich an ihre Begleiter. »Gehen wir, ich ertrage den Anblick dieses Feiglings nicht mehr.«

Sie verließen das Lokal. Yu atmete heftig und hatte trotzdem das Gefühl zu ersticken.

»Es tut mir leid wegen deiner Freundin«, sagte Kleiner Zorn.

»Andererseits haben wir jetzt ein bisschen Geld, und das können wir sehr gut gebrauchen.«

»Wenn du willst«, schlug Scharlachroter Tiger vor, »kann ich zurückgehen und diesen Wurm für dich umbringen.«

Yu schüttelte den Kopf. »Danke. Lasst uns einfach verschwinden.«

Im selben Augenblick hörte sie hinter sich eine Stimme.

»Entschuldige, Mädchen, aber wir kennen uns, stimmt's? Ach, ich kann es gar nicht glauben … Du bist wirklich Shi Yu. Erinnerst du dich an mich?«

Es war Tanzende Lotosblüte.

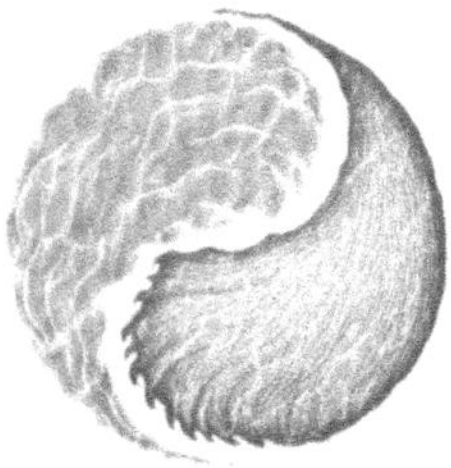

30

Die Tänzerin hatte einen Porzellanteint und Lippen wie reife rote Erdbeeren. Ihr Haar war zu einer komplizierten, von goldenen Nadeln zusammengehaltenen Frisur aufgesteckt, an ihren Ohren hingen Jadeohrringe.

»Ich kann es nicht glauben«, wiederholte sie. »Die kleine Yu. Aus dir ist eine Frau geworden.«

»Und du bist wunderschön«, erwiderte Yu lächelnd.

Kleiner Zorn ließ ein höfliches Hüsteln hören und Yu stellte alle einander vor.

»Das hier sind meine …« Piraten? Freunde? »Sie heißen Kleiner Zorn und Scharlachroter Tiger.«

Beide Helden verbeugten sich tief.

Tanzende Lotosblüte zog einen Fächer aus dem Ärmel und versteckte dahinter schamhaft ihr Gesicht. Gleichzeitig lugte ein winziges Schühchen unter dem Saum ihres *Cheongsam* hervor.

»Macht es euch etwas aus, wenn Yu einer alten Freundin ein paar Minuten ihrer Zeit schenkt? Wir könnten hier reingehen und zusammen Tee trinken.«

»Warum nicht!«, stimmte Kleiner Zorn sofort zu. »Ich bin sicher, der Wirt freut sich, uns wiederzusehen.«

Als Bai Bai sie erblickte, wollte er weglaufen, doch Scharlachroter Tiger sprang ihn förmlich an und hielt ihn fest.

»Jetzt hör mir mal gut zu, du nichtswürdiger Wurm. Du bringst uns sofort Tee, Schälchen und lauwarmen Wein. Und dass ja alles vom Feinsten ist! Falls du vorhaben solltest, uns zu vergiften, kannst du das gleich vergessen, denn du wirst alles hier vor unseren Augen vorkosten. Habe ich mich klar ausgedrückt?«

Sie nahmen an einem der Tische Platz und innerhalb kürzester Zeit standen Speisen und Getränke vor ihnen. Tanzende Lotosblüte wollte ganz genau wissen, was Yu seit ihrer Entführung erlebt hatte, und war erstaunt zu hören, dass sich das Mädchen einer Piratenmannschaft angeschlossen hatte. Noch verblüffter war sie, als sie erfuhr, dass Yu Piratenkapitän geworden war, wenn auch nur auf einem kleinen Schiff.

»Ich habe immer gewusst, dass du ein ganz besonderes Mädchen bist«, sagte sie und wedelte sich mit ihrem Fächer energisch Luft zu. »Ach, entschuldigt, aber mir ist vor Schreck beinahe die Luft weggeblieben. Hör mal, Yu, würde es dir etwas ausmachen, kurz mal mit mir vor die Tür zu gehen? Das war zu viel Aufregung für mich, ich muss an die frische Luft.«

»Geht nur«, sagte Kleiner Zorn galant. »Mein Kamerad hier und ich trinken noch in Ruhe den Wein aus.«

Die beiden Frauen verließen das Lokal. Yu fühlte sich unbehaglich. Ihr war klar, dass Tanzende Lotosblüte unter vier Augen mit ihr sprechen wollte. Aber warum?

»Es freut mich, dass es dir gut geht. Und du bist so hübsch geworden. Was mich betrifft, gilt leider das Sprichwort, dass die Kirschblüten mit jedem Tag, der vergeht, etwas weniger süß duften.«

»Mir kommt das nicht so vor«, entgegnete Yu. »Du siehst aus, als wäre seit unserer letzten Begegnung kein einziger Tag vergangen.«

»Das sagst du nur, weil du freundlich bist und noch nie von einer erwachsenen Frau in die Kunst der Verführung eingeweiht wurdest. Du kannst von einem Schiff zum nächsten springen und mit bloßen Händen kämpfen, aber ich wette, du hast keine Ahnung, wie du einen Mann ansehen musst, damit er vor dir auf die Knie fällt.«

Yu blickte auf ihre großen Füße, die sie so sehr hasste, und schüttelte den Kopf.

Mit einem verschmitzten Lächeln fragte Tanzende Lotosblüte: »Entschuldige bitte die indiskrete Frage, aber bist du bereits auf den Pfaden der himmlischen Gärten gewandelt?«

»Ich verstehe nicht, was du meinst.«

»Also, du bist ja schon eine ganze Weile im heiratsfähigen Alter ...«

Errötend schüttelte Yu den Kopf.

»Aber ich wette, es gibt jemanden, der einen Platz in deinem Herzen gefunden hat?«

»Es gab ihn«, antwortete Yu. »Aber jetzt nicht mehr.«

»Ich bin mir sicher, dass ich dir da helfen könnte«, meinte die Tänzerin. »Ich weiß, wie man den Tiger aus den Bergen lockt.«

Erst jetzt begriff Yu, worauf ihre alte Freundin hinauswollte. »Soll das heißen, du willst mit mir mitkommen? Du willst eine Piratin werden?«

Tanzende Lotosblüte lächelte. »Du warst schon immer so direkt …«

»Ich verstehe das nicht. Warum willst du das?«

»Ein acht Monate alter Kürbis schmeckt immer noch süß, auch wenn er außen verschrumpelt ist.«

»Du bist genauso wunderschön wie früher, Tanzende Lotosblüte.«

»Jeden Tag brauche ich mehr Puder für mein Gesicht, mehr Schminke, um dahinter die Falten zu verstecken. Weißt du noch, als wir uns kennenlernten und du ein kleines Mädchen warst, das sich aus der Gastwirtschaft schleichen wollte? Damals war ich neunzehn Jahre alt und stand in der Blüte meiner Jugend. Doch allmählich verwelkt diese Blüte, und ihre Blütenblätter fallen … Bald wird sich kein Mann mehr wünschen, dass Tanzende Lotosblüte für ihn tanzt. Und was mache ich dann?«

Die Tänzerin drückte sich immer etwas kompliziert aus, doch ihre Anspielung auf die Zeit, als Yu ein Kind gewesen war, das Bai Bais Lokal heimlich verlassen hatte, war nur allzu deutlich. Yu hatte Tanzende Lotosblüte damals etwas versprochen und sie würde dieses Versprechen niemals brechen.

»Wenn du das wünschst«, antwortete Yu, »wird die *Sternschnuppe* zu deinem neuen Zuhause. Und falls du gewillt bist, eine Waffe in die Hand zu nehmen und ein Segel zu setzen, wirst du meine Schwester sein.«

Tanzende Lotosblüte fächelte dreimal mit ihrem Fächer, bevor sie antwortete: »Ich danke dir, ehrenwerte Piratin, ich werde mein Bestes tun, um mich deiner Großzügigkeit würdig zu erweisen. Du sprichst mit der Direktheit eines Mannes, deshalb werde ich dir auf dieselbe Weise antworten: Ich nehme deine Einladung an. Begleite mich nach Hause, damit ich meine Kleider und meinen Schmuck zusammenpacken kann, dann komme ich mit auf dein Schiff.«

»Ich werde die anderen bitten, dich zum Schiff zu bringen. Leider kann ich dich nicht begleiten. Ich muss Li Wei einen Besuch abstatten.«

»Ah!« Tanzende Lotosblüte lächelte triumphierend. »Ich habe es gewusst! Die Taube kehrt stets zu ihrem Schlag zurück.«

»Es ist nicht so, wie du denkst. Dabei handelt es sich um eine wichtige Angelegenheit, es geht um Leben und Tod. Hast du ihn denn seither noch mal gesehen? Wohnt er immer noch im *Yamen* des Herrn Zhang?«

»Ich weiß, dass dein Freund seine Prüfungen bestanden hat. Heute ist er ein junger Beamter, den man in der Stadt sehr schätzt. Sein Adoptivvater hat ihn unter seine Fittiche genommen und, ja, Li Wei wohnt immer noch in dessen *Yamen*. Aber, wenn ich wagen darf, etwas dazu zu sagen …« Tanzende Lotosblüte klappte ihren Fächer zu. »Du hast dich in diesen Jahren sehr verändert, Yu. Du bist nicht nur gewachsen, du bewegst dich auch anders. Und da ist ein Leuchten in deinen Augen … Du erteilst Befehle und erwartest, dass sie ausgeführt werden. Bai Bai, der dir früher Angst eingejagt hat, hat nun selbst Angst vor dir.«

»Was versuchst du mir zu sagen?«

»Auch Wei wird sich verändert haben. Wenn man von jemandem für lange Zeit Abschied nimmt, läuft man Gefahr, ihn später nicht mehr wiederzuerkennen.«

Lächelnd dachte Yu, dass Tanzende Lotosblüte damit im Allgemeinen vielleicht recht hatte, in diesem speziellen Fall aber sicherlich nicht. Für Wei galt das, was die Tänzerin gesagt hatte, nicht.

Sie kehrten in das Lokal zurück und Yu teilte den beiden Männern mit, dass die Tänzerin ab sofort zur Mannschaft gehörte.

Kleiner Zorn warf Yu einen seltsamen Blick zu und sie verstand nicht, ob er darüber froh oder besorgt war.

»Wir gehen jetzt, aber wir lassen dem Wirt einen Silber-*Tael* da«, entschied Yu. »Wir haben hier gegessen und getrunken, ich will diesem Schurken nichts schuldig bleiben.«

Bai Bai ließ sich nicht blicken und Yu war das im Grunde auch lieber so. Sie würde dieses Lokal nie wieder betreten.

Kleiner Zorn war einverstanden, Tanzende Lotosblüte zu begleiten, bestand aber darauf, dass Scharlachroter Tiger bei Yu blieb. Yu kam es vor, als zweifle ihr Freund an ihrem Urteilsvermögen.

Sie verabschiedeten sich voneinander und Yu und Scharlachroter Tiger gingen mit schnellen Schritten Richtung Stadt. Sie passierten das Öltor und das Zentraltor und gelangten in das Mandschurenviertel. Indem sie sich an der Blumenpagode orientierte, fand Yu zum richtigen *Yamen*. Weis Zuhause. Allein schon der Anblick dieses Gebäudes ließ ihr Herz bis zum Hals schlagen.

»Was machen wir hier?«, fragte Scharlachroter Tiger, der sich in dem vornehmen Viertel nicht wohlzufühlen schien.

»Ich muss mit einem alten Freund reden. Wenn du magst, kannst du hier auf mich warten.«

»Ich komme lieber mit.«

»Wie du willst.«

Yu nahm Anlauf und sprang auf das Dach des *Yamen*. Scharlachroter Tiger schaute ihr dabei zu. Dann nahm er ebenfalls Anlauf, machte zwei Sprünge, hing an der Dachziegelkante und hievte sich mit einem Purzelbaum zu Yu auf das Dach.

»Und jetzt?«

Yu grinste. »Und jetzt folgst du mir einfach.«

31

Seit Yu das letzte Mal auf diesem Dach gestanden hatte, waren vier Jahre vergangen. Dennoch konnte sie sich an jedes Detail erinnern: Im Nordflügel lagen die Gemächer des Herrn Zhang, während Weis Zimmer im Ostflügel untergebracht war.

»Bei allen Teufeln«, sagte Scharlachroter Tiger. »Dein Freund muss ein Cousin des Kaisers sein.«

Yu schaute in den Innenhof. Eine Dienerin kümmerte sich um die Blumen, ein Mann kam aus einer Tür und trat durch eine andere.

Wei war nirgends zu sehen.

Die Rosskastanie, an der Yu das letzte Mal hinuntergeklettert war, war gefällt worden.

»Sie dürfen uns nicht sehen«, ermahnte sie ihren Begleiter. »Und du darfst niemanden töten, hast du verstanden?«

Scharlachroter Tiger knirschte mit den Zähnen.

Sie sprangen hinunter und versteckten sich hinter einem Kreppmyrtenstrauch voller violetter Blüten. Nachdem sie sich überzeugt hatten, dass die über die Blumenbeete gebeugte Dienerin nichts mitbekommen hatte, flitzte Yu, von Scharlachroter Tiger gefolgt, zur nächstgelegenen Tür.

Sie konnte sich gut an die langen Flure, die Statuen, die hängenden Stoffbahnen und die mit mattem Papier bespannten Fenster erinnern, aber sie wusste nicht mehr, wie man zu Weis Zimmer gelangte. Vorsichtig schlich sie die Flure entlang, öffnete leise Türen und warf einen Blick in kleine Salons, Musikzimmer und Schlafräume.

Es war kurz nach Mittag. In dem Haus war es sehr still, vermutlich schliefen alle. Nur ein paar wenige Male mussten Yu und ihr Begleiter sich verstecken, weil ein Diener den Flur entlangging.

Sie kamen zu einem Saal, dessen Decke von Säulen gestützt wurde. Am Ende des Raums befand sich ein Podium, auf dem ein breiter vergoldeter Sessel, ein Hocker und ein Schreibtisch standen.

»Was ist das für ein Zimmer?«, flüsterte Yu.

»Der Audienzsaal des *Yamen*«, antwortete Scharlachroter Tiger. »Dort sitzt der Beamte über Leute wie uns zu Gericht, um uns zum Tode zu verurteilen. Ist dein Freund ein Beamter?«

»Nein«, antwortete Yu hastig. »Das heißt, ja, ich meine …«

Scharlachroter Tiger stieß sie abrupt zu Boden und landete mit einem halben Salto neben ihr. Als er sich wieder aufrichtete, hielt er seine beiden halbmondförmigen Säbel in den Händen, seine *Lu jiao dao*.

Es dauerte einen Augenblick, bis Yu begriff, warum er das getan hatte: Ein Mann hatte den Raum betreten. Er war in schwarze Seide gekleidet und hatte einen Säbel in der Hand.

Der Mann griff die Eindringlinge mit einer Serie gedankenschneller Bewegungen an. Schon nach den ersten Augenblicken sah Yu, dass Scharlachroter Tiger keine Chance hatte: Zwar besaß er die Kraft eines wilden Tiers, doch sein Gegner war eindeutig ein Meister der Kampfkunst. Geschickt durchbrach er die Verteidigung des Piraten und beförderte ihn mit einem Fußtritt ans andere Ende des Raums. Gleich darauf stürzte er sich mit gezücktem Säbel auf ihn, um sein Leben zu beenden.

Yu sprang dazwischen und zog ihr Schwert, doch sie war im Fechten noch nicht geübt und der Unbekannte schlug ihr das Schwert mit einer einzigen Bewegung aus der Hand. Mit seinem Säbel stieß er nach Yu. Sie glitt jedoch zur Seite und packte den Angreifer am Handgelenk. Dieser wich einen Schritt zurück.

»Shi Yu? Bist du es wirklich? Ich bin es, Li Wei.«

Yu sah sich den vor ihr stehenden jungen Mann genauer an. Er war groß und kräftig, mit einem feinen, beinahe kinnlangen Schnurrbart. Nichts an ihm erinnerte an den mageren, einfühlsamen Jungen, mit dem sie aufgewachsen war.

»Ich habe dich nicht gleich erkannt«, sagte Wei. »Anfangs hielt ich euch für Diebe, deshalb habe ich euch angegriffen. Du … du hast dich sehr verändert und … Aber die Bewegung, mit der du meinen Stoß pariert hast, ist unverwechselbar: *Fels, der die Welle aufhält.* Mein Großvater hat sie uns beigebracht, erinnerst du dich?«

Yu bekam kein Wort heraus. Wei. Wei? Vor ihr stand ein Mann und sein Kampfstil war hart und eckig. Mit Li Pengs *Wushu* hatte er nichts gemeinsam.

Der junge Mann drehte sich zu Scharlachroter Tiger um und verbeugte sich tief vor ihm. »Verzeihen Sie meine Heftigkeit. Ich hätte Sie nicht auf diese Weise und ohne Vorwarnung angreifen dürfen. Lasst mich Diener herbeirufen, ich möchte euch Tee und ein paar Häppchen anbieten …«

Scharlachroter Tiger knurrte wie ein Hund, der mit einem Stock bedroht wurde.

Yu schüttelte den Kopf. »Es ist besser, wenn niemand weiß, dass wir hier sind, Wei. Dein Adoptivvater, Herr Zhang, könnte etwas gegen uns haben.«

»Wie meinst du das?«

»Gibt es hier einen Ort, an dem wir uns ungestört unterhalten können? Zum Beispiel in deinem Zimmer? Ich konnte es vorhin nicht finden.«

»Weil ich nicht mehr in diesem Teil des Palasts wohne. Kommt mit.«

Sie folgten Wei andere Flure entlang, bis zu einer Schiebetür, hinter der eine sehr große und helle Wohnung lag: ein Wohnzimmer mit niedrigen Sofas und Lacktischchen und kunstvoll gestalteten Porzellanvasen.

»Scharlachroter Tiger«, sagte Yu, »könntest du bitte vor der Tür auf mich warten? Und aufpassen, dass niemand hereinkommt?«

Der Pirat nickte.

Yu schloss hinter ihm die Wohnungstür und war endlich mit Wei allein.

»Dein Freund ist ein bisschen seltsam«, meinte der. »Er ist … wie ein Wilder.«

»In gewisser Weise ist er das auch.«

»Warum gehorcht er dir aufs Wort? Ist er dein Diener?«

»Wenn er dich das sagen hörte, würde er sofort seine Säbel herausziehen«, meinte Yu grinsend, »und ich könnte nichts tun, um ihn aufzuhalten.«

»Ich wüsste mich zu wehren.«

Yu nickte. »Ich habe gesehen, dass du in der Kampfkunst große Fortschritte gemacht hast. Aber dein Stil ist nicht der von Li Peng.«

»Es ist der *Wushu* der Familie Zhang«, erwiderte Wei. »Herr Zhang ist mein neuer *Shifu*. Er wendet eine sehr hoch entwickelte Kampftechnik an.«

Er sagte es sehr leise, so als ob er sich deshalb schämen würde. Als sie sich das letzte Mal gesehen hatten, hatten sie wegen seines Adoptivvaters gestritten.

Yu wollte nicht, dass es auch dieses Mal dazu kam. Doch vielleicht ließ sich das nicht verhindern, denn sie war ja genau aus diesem Grund hergekommen: um mit Wei über Li Peng zu sprechen.

»Hast du das Buch deines Großvaters noch?«, fragte sie.

»Yu …«

»Hol es bitte. Es ist wichtig.«

Wei kam ihrer Bitte nach. Er stand auf und ging zu einer Löwenstatue aus Jade. Ihr Sockel war eigentlich eine Schatulle, und die Statue deren Deckel. In der Schatulle lag das Buch.

»Hier ist es«, sagte Wei.

»Zum Glück ist es noch da«, seufzte Yu erleichtert. »Weiß jemand, dass es sich in deinem Besitz befindet? Hast du mit jemandem darüber gesprochen? Vielleicht mit …«

»Nein, nein«, unterbrach sie Wei. »Meinem Adoptivvater würde das nicht gefallen. Ich habe niemandem davon erzählt und das Geheimnis bewahrt.«

»Bewahre es auch weiterhin«, sagte Yu dringlich. »Das ist sehr wichtig. Ich habe herausgefunden, dass Nachtfalter …«

Weis Gesicht wurde sehr ernst. »Bist du nur deshalb hergekommen, um wieder von dieser alten Geschichte anzufangen? Yu, wir haben uns ganze vier Jahre lang nicht gesehen. Bei unserer letzten Begegnung waren wir noch Kinder. Wir haben uns gestritten, und dann bist du verschwunden. Ich bin zu der Gastwirtschaft gegangen und habe nach dir gesucht. Sie haben mir erzählt, du seist von Banditen getötet worden. Ich habe wochenlang um dich geweint und im Tempel Zeremonialgeld für dich verbrannt. Und jetzt bist du auf einmal hier, du lebst! Und anstatt mir zu erzählen, wie es dir geht, willst du wieder über den armen alten Peng reden?«

Yu sprang auf. »Wenn du mir nicht zuhören willst, kann ich gleich wieder gehen.«

Wei ergriff ihr Handgelenk. Auch seine Hände hatten sich verändert, sie waren groß und kräftig geworden. Sie hatten sie nicht so fest gepackt, dass es wehgetan hätte, doch strahlten sie eine seltsame Wärme aus, die sich über Yus ganzen Arm und schließlich auch über ihr Gesicht ausbreitete.

»Ich lasse dich nicht gehen, Yu. Dieses Mal nicht. Bitte …«

Seine Augen hatten die Farbe von Holz in einer Winternacht. Es waren Weis Augen und in ihnen erkannte Yu ihren Kindheitsfreund wieder.

Sie erinnerte sich an ihre erste Begegnung: sie am Boden inmitten einer großen Suppenpfütze und er auf einem Bein balancierend, um ein Schälchen aufzufangen, das ihr vom Tablett gefallen war. Dann hatte Yu auf ihn eingedroschen, bis er versprochen hatte, sie seinem Großvater vorzustellen. Und bei den Teichen am Nordosttor hatte sie gedacht, Peng mache sich lustig über sie, und wollte davonlaufen und Wei hatte sie aufgehalten. Und dann das gemeinsame Training, die Scheinkämpfe und die vielen Stunden, die sie damit verbracht hatten, in Li Pengs Buch zu blättern.

Wei hatte ihr gefehlt. Ihr war die ganze Zeit über nicht klar gewesen, wie sehr. Es fühlte sich an, als sei ihr *Chi* von einem Schatten verdunkelt gewesen und könnte erst jetzt wieder leuchten.

Wei machte einen Schritt auf sie zu und ergriff auch ihre andere

Hand, aber ganz zart. Er war größer als sie. Yu lächelte, sein Gesicht näherte sich ihrem.

Yu schloss die Augen.

Noch bevor sie seine Lippen spürte, fühlte sie Weis Energie, seine Wärme. Wie ein Peitschenschlag raste sie durch ihren Körper und Yu schmiegte sich an Wei, hielt sich an seinem Hals fest, an seiner muskulösen Brust. Es war, wie vom Gipfel eines hohen Bergs zu springen und in einen türkisblauen See zu fallen. Yu versank in der Tiefe dieses Kusses, aber plötzlich …

»Entschuldigt, ihr Turteltäubchen«, sagte Scharlachroter Tiger, den Kopf durch einen Türspalt gesteckt, »aber da kommt jemand.«

Wei und Yu konnten sich nur mühsam voneinander lösen, so als ob ihre Körper von einer geheimnisvollen Kraft geeint wären.

»Nach nebenan«, raunte Wei mit rauer Stimme. »Schnell, versteckt euch im Schlafzimmer.«

Yu nickte, nahm das Buch, das auf dem Tisch gelegen hatte, und huschte, gefolgt von Scharlachroter Tiger, hinter einen Seidenvorhang, der das Wohnzimmer von einem kleineren, beinahe vollständig von einem großen Bett ausgefüllten Schlafzimmer trennte.

Scharlachroter Tiger sah Yu mit einem schiefen Lächeln an, das ihr ganz und gar nicht gefiel. Sie hatte immer noch Herzklopfen und beschloss, den Piraten zu ignorieren und sich stattdessen auf das zu konzentrieren, was in dem anderen Zimmer vor sich ging.

Ein Diener mit einem langen Zopf trat ein und verbeugte sich tief vor Wei.

»Beamter Li«, sagte er. »Verzeihen Sie die Störung.«

»Was ist?«, fragte Wei in einem hoheitsvollen Ton, den Yu nicht von ihm kannte.

»Ihre Gattin möchte Sie sprechen«, antwortete der Diener. »Sie ist im Garten, beim Seerosenteich. Sie erwartet Sie.«

32

Wei hatte geheiratet.

Vielleicht hatte er sogar Kinder oder würde bald welche haben.

Und er hatte es ihr nicht gesagt.

Andererseits hatte Yu ihm nicht gestanden, dass sie Piratenkapitän geworden war. Und dass sie bisher geglaubt hatte, Blauer Tiger zu lieben. Sie wusste selbst nicht, wie sie ihre Gefühle für ihn mit Worten beschreiben sollte. Seit zwei Jahren füllte der blau tätowierte Pirat ihre Wachträume. Doch kaum hatte sie Wei wiedergesehen, war sie in dessen Armen gelandet. Sie hatten sich geküsst. Sie hatte *etwas Bestimmtes* gespürt. Und er war verheiratet.

Was sollte das alles bedeuten?

Dass du eine Idiotin bist, dachte Yu.

Sie hatte sich von ihren Gefühlen mitreißen lassen, von ihrem Herzen. So etwas durfte sie sich nicht mehr erlauben. Sie war jetzt Befehlshaberin eines Schiffs und musste vorausschauend denken.

»Was sollen wir tun?«, wollte Scharlachroter Tiger wissen.

»Wir verschwinden von hier«, flüsterte Yu und zögerte kurz, bevor sie fortfuhr: »Wir haben das, weshalb wir hergekommen sind.«

Sie steckte sich Pengs Buch unter die Tunika. Das Schuldgefühl, das sie dabei verspürte, war nur ganz leicht, ähnlich dem Seitenstechen, das sie manchmal bekam, wenn sie lange lief. Sie stahl dem Freund von einst den einzigen Gegenstand, der ihn noch mit seinem Großvater verband. In gewisser Weise hatte sich Wei jedoch schon vor Jahren von seinem Großvater verabschiedet und das Buch war bei Yu besser aufgehoben. Zumindest wäre sie in der Lage, die darin enthaltenen Lehren umzusetzen.

Weis Schlafzimmer hatte keine Türen, aber ein großes Fenster. Scharlachroter Tiger zog seine Säbel und schnitt damit das matte Fensterpapier auf. Er stieg hindurch und Yu folgte seinem Beispiel.

So gelangten sie in einen Flur und von dort aus in den als Garten genutzten Innenhof.

Yu sah inmitten von Rosen eine junge Frau sitzen. Sie trug ein Kleid aus himmelblauer Seide und hatte sich ein Musikinstrument auf die Knie gelegt, ein *Guquin*. Ihre Füße waren winzig klein, ihre Haut wirkte so frisch wie eine soeben erblühte Blume.

»Ich denke mal, das ist das Frauchen deines Freunds«, meinte Scharlachroter Tiger.

»Danke, darauf bin ich schon selbst gekommen.«

»Soll ich sie umbringen?«

Der Pirat zog wieder seine Säbel, doch Yu hielt ihn mit einer Handbewegung auf. Nach den geltenden Gesetzen konnte ein Mann neben seiner Ehefrau zahlreiche Konkubinen haben. Hatte Wei sich Yu als in Seide gekleidete Dame vorgestellt, mit einem Zupfinstrument auf den Knien und Blumen im Haar?

Natürlich nicht. Er hatte nur seinen Spaß haben wollen.

Und sie war auf ihn reingefallen.

»Los, weg hier, bevor sie uns entdecken.«

Yu sprang gegen den schmalen Stamm eines Kirschbaums und nutzte dessen Elastizität, um auf das Dach der Gartenumfriedung zu gelangen.

Ungeschickt machte Scharlachroter Tiger es ihr nach.

Während sie über das Dach liefen, hörte Yu, wie die Musik unterbrochen wurde und aufgeregtes Stimmgewirr erklang. Hatte Wei den Diebstahl bereits bemerkt?

Es interessierte sie nicht. Er war ein Beamter geworden, ein Mandarin. Er und sie hatten nichts mehr gemeinsam.

Yu und Scharlachroter Tiger sprangen hinunter auf die Straße. Yu drückte das Buch gegen ihre Brust.

»Es ist besser, wenn wir das Zentraltor meiden«, keuchte sie. »Wei könnte uns verfolgen lassen … Die Wachen würden sehen, wie wir in Richtung Hafen laufen.«

»Was dann?«, fragte Scharlachroter Tiger.

»Wir nehmen die entgegengesetzte Richtung.«

Sie liefen nach Norden bis zu dem großen Platz, auf dem an Festtagen die Soldaten der Acht Mandschu-Clane zu Ehren des Kaisers Aufstellung nahmen. Endlich erreichten sie die Stadtmauer, die an dieser Stelle dicht von Kletterpflanzen überwachsen war. Yu und Tiger folgten der Mauer bis zum ersten nördlichen Tor, passierten es und rannten dann außen an der Mauer entlang zum Hafen.

Als sie bei der *Sternschnuppe* anlangten, war es schon spät am Nachmittag.

»Hast du Hunger?«, erkundigte sich Überfluss. »Ich habe eingekauft und Reis, Flusskrebse und getrocknete Quallen bekommen.«

»Nein, danke«, antwortete Yu.

»Dann geh zu Kleiner Zorn. Er ist vor einer Stunde in Gesellschaft einer Tänzerin und eines seltsamen taoistischen Mönchs hier angekommen. Die Tänzerin behauptet, deine Freundin zu sein. Stimmt das?«

Yu nickte.

»Dann lass dir mal eines gesagt sein, jetzt, wo wir beide allein sind und niemand uns hört. Du hast Goldener Drache das Leben gerettet und bist an ein Schiff und den Kapitänstitel gekommen. Aber es ist eine Sache, einen Titel zu tragen, und eine andere, seiner würdig zu sein. Du musst lernen, die Interessen der Mannschaft vor deine eigenen zu stellen, oder aber die Leute wenden sich gegen dich.«

Yu hätte ihn am liebsten zum Teufel geschickt. Stattdessen blieb sie ganz ruhig und zog das Buch unter ihrer Tunika hervor.

»Ich habe den Schatz gefunden«, sagte sie.

»Das magische Buch? Und weißt du schon, wem du es verkaufen willst? Kleiner Zorn sagt, dass er einige Kaufleute kennt, die …«

»Ich verkaufe es nicht«, unterbrach ihn Yu. »Es enthält die Geheimnisse des *Wushu der Luft und des Wassers*. Es ist für mich kostbarer als meine eigenen Hände.«

»Das mag ja sein, aber es macht uns nicht reich. Die Piraten sind mit dir gekommen, um einen Schatz zu finden, und wenn du ihnen nicht bald einen besorgst, wird es für dich böse ausgehen.«

Yu ließ ihn einfach stehen.

Vom Bug der Dschunke aus bot sich ein herrlicher Ausblick über den Hafen von Kanton: Bei Sonnenuntergang schimmerte das Wasser des Perlflusses wie mit Goldfäden durchzogen.

Kleiner Zorn stand an die Reling gelehnt und unterhielt sich mit einem taoistischen Mönch, der eine lange schwarze Tunika und einen schwarzen Hut trug. Als sich der Mönch zu Yu umdrehte, sah sie, dass er nur ein Auge hatte. Quer über die leere Augenhöhle verlief eine lange dunkle Narbe.

Kleiner Zorn sagte freundlich: »Das hier ist Fliegende Klinge, der Kapitän dieses Schiffs.«

»Es freut mich, dich kennenzulernen«, erwiderte der Mönch mit einer Verbeugung. Er sprach Kantonesisch mit dem starken Akzent der Leute des Nordens.

»Ich glaube, wir sind uns schon einmal begegnet«, sagte Yu. »Es war … Es ist ungefähr zehn Jahre her. Ich war noch ein Kind, ich hatte mich verirrt und du hast mir den Weg erklärt.«

Der Mönch lächelte. »Was für ein außerordentlich gutes Gedächtnis du hast. Wenn ich dir damals helfen konnte, hoffe ich, dass du mir meine heutige Bitte erfüllst.«

»Er möchte der Mannschaft beitreten«, erklärte Kleiner Zorn.

Der Mönch nickte. »Ich bin in den magischen taoistischen Ritualen des günstigen und des ungünstigen Wetters bewandert. Außerdem war ich als Junge Matrose auf dem Gelben Fluss und ich bin ein guter Steuermann. Deshalb nennt man mich auch: Riecht am Wind.«

Yu legte den Kopf schief. »Du lebst schon sehr lange in Kanton, Mönch. Warum willst du ausgerechnet jetzt Pirat werden?«

»Die Wege des Tao sind nicht leicht zu verstehen. Bis jetzt war es noch nicht an der Zeit. Jetzt ist es das.«

»Dieser gute fromme Mann«, schaltete Kleiner Zorn sich ein, »hat beschlossen, uns ein Begrüßungsgeschenk zu machen.«

»Was denn?«

Mit einer Kopfbewegung wies der Mönch zu einer Handelsdschunke, die auf der gegenüberliegenden Seite des Hafens lag, ein großes Schiff mit rot und himmelblau gestrichenem Rumpf.

»Diese Dschunke ist nach Kanton gekommen, um eine Ladung Opium aufzunehmen«, erklärte er. »Aber es gab ein Problem und die Ware ist noch nicht hier eingetroffen.«

»Also?«, fragte Yu.

»Also ist ihr Laderaum noch voller Silberbarren. Es sind über tausend *Tael*, die nur darauf warten, den Besitzer zu wechseln.«

33

Die Nacht blieb so ruhig, wie es eine Nacht im kantonesischen Hafen in der Handelssaison nur sein konnte: Die verhältnismäßige Stille wurde immer wieder von den Schreien und Pöbeleien Betrunkener unterbrochen. Im Morgengrauen lichtete die *Sternschnuppe* den Anker und segelte Richtung Osten davon.

Etwas später, um die Stunde des Hasen, tauchte aus einer Gasse eine von zwei Dienern getragene und von einem Pagen begleitete Sänfte auf, deren Ziel die große Frachtdschunke am Kai mit dem rot und himmelblau bemalten Rumpf war.

»Halt!«, befahl der Soldat, der das Schiff bewachte.

Die Diener stellten die Sänfte ab. Obwohl sie die gleichen Livreen trugen, schienen die beiden schlecht zusammenzupassen: Der eine war ein kräftiger Mann mit einem von Narben durchzogenen Gesicht, der zweite war mager, knochig und hatte eine ungesunde Hautfarbe. Der sie begleitende Page war ein bartloser Junge.

»Melden Sie uns bitte beim Kapitän dieses Schiffes«, sagte der Page mit einer Verbeugung. »Unser Herr muss unverzüglich mit ihm sprechen.«

Der Vorhang der Sänfte wurde zurückgezogen und eine Hand mit langen, kunstvoll gearbeiteten Fingernagelhülsen kam zum Vorschein.

Der Soldat rief etwas zur Dschunke hinüber, von deren Reling daraufhin ein Landungssteg hinuntergelassen wurde. Auf diesem stieg ein weiterer Soldat auf das Kai herab und beriet sich mit dem ersten. Dann gingen beide zu der Sänfte.

»Entschuldigen Sie bitte …«, sagte einer der Soldaten, »aber der Kapitän frühstückt gerade.«

Der Page ging ganz nah an die Soldaten heran und erwiderte: »Er wird sein Frühstück auf später verschieben müssen, sonst gerät er in große Schwierigkeiten. Mein Herr besitzt wenig Geduld. Und eurer ebenso.«

»Du meinst Herrn Guo?«

»Natürlich, wen sonst? Herr Guo hatte uns gesagt, wir sollten um diese Stunde herkommen. Wir haben schon sehr viel Zeit vertrödelt.«

Die Soldaten besprachen sich kurz miteinander, bevor sie sich verbeugten. »Bitte deinen Herrn, uns zu verzeihen.«

Die Diener in Livree hoben die Sänfte an und liefen schwankend damit den Landungssteg hinauf. An Deck der Dschunke kam ihnen der Kapitän im Laufschritt entgegen, ein eher kleiner, dicklicher und erst halb angezogener Mann.

»Entschuldigen Sie vielmals, Exzellenz. Ich war von Ihrer bevorstehenden Ankunft nicht unterrichtet worden.«

»Mein Herr hat es sehr eilig«, betonte der Page. »Gibt es hier einen Ort, der sich für eine private Unterredung eignet?«

»Bitte folgen Sie mir in meine Kabine …«

Der Page ging zum Kapitän und flüsterte ihm ins Ohr: »Ich ersuche Sie, nicht über das Aussehen meines Herrn zu lachen. Er ist einer der reichsten Kaufleute von Kanton und ihn zu verärgern könnte unabsehbare Folgen haben.«

Gleich darauf öffnete sich die Tür der Sänfte und deren seltsamer Insasse betrat das Deck. Es war ein kleinwüchsiger Mann mit einem langen dunklen Bart, der ihm bis zu den Füßen reichte. Er trug einen überhohen Hut und ein prunkvolles, mit Goldfäden durchwirktes Seidengewand. Mit ernster Miene schaute er sich um. Der Kapitän fiel auf die Knie und legte sich dreimal bäuchlings vor ihn auf die Deckplanken. Seine Soldaten folgten seinem Beispiel.

Scharlachroter Tiger und Überfluss, die beiden angeblichen Diener, blieben an Deck, um die Sänfte zu bewachen, während Yu, der Page, und Kleiner Zorn, der reiche Kaufmann, dem Kapitän in dessen Kabine folgten.

Darin gab es nur eine einzige Sitzgelegenheit und Kleiner Zorn ließ sich feierlich darauf nieder. Dann machte er eine Handbewegung, als wolle er bedeuten, dass er eine viel zu wichtige Persönlichkeit sei, um mit einem Schiffskapitän zu sprechen.

Yu stellte sich in Positur und sagte: »Verzeihen Sie die Unterbrechung Ihres Frühstücks, aber diese Angelegenheit ist von höchster Dringlichkeit. Mein Herr und Herr Guo haben eine Abmachung getroffen.«

»Was für eine Abmachung?«, fragte der Kapitän.

»Herr Guo ist sehr verärgert darüber, dass die erwartete Opiumladung nicht mehr verfügbar ist. Zum Glück hat mein Herr große Mengen dieser Ware auf Lager. In der vergangenen Nacht haben sich die beiden auf einen Preis und auf die Bedingungen des Transports geeinigt, der unverzüglich stattfinden muss.«

»Heißt das, wir sollen die Ladung aufnehmen? Jetzt gleich?«, erkundigte sich der Kapitän.

»Angesichts des Werts der Ware ist selbstverständlich keine Zeit zu verlieren. Können Sie uns bestätigen, dass dieses Schiff gut geschützt wird? Haben Sie Soldaten und Kanonen an Bord?«

»Zwei Kanonen und zwanzig bewaffnete Soldaten«, antwortete der Kapitän stolz. »Zehn der Männer verstecken sich im Laderaum.«

»Um das Silber zu bewachen?«

»Genau.«

Kleiner Zorn murmelte irgendetwas in seinen Bart, Yu zuckte mit den Schultern. »Mein Herr hatte gehofft, dieses Schiff sei besser bewacht.«

»Die Soldaten haben uns bis jetzt ausgezeichnet geschützt!«, protestierte der Kapitän.

»Dann soll es auch uns genügen«, sagte Yu. »Das Wichtigste ist, dass sofort abgelegt wird.«

»Ablegen? Aber wo fahren wir hin?«

»Die Lagerhallen meines Herrn befinden sich bei den Dreizehn Häusern. Dort gibt es einen Kai für Frachtschiffe. Ihr könnt dort anlegen und wir laden sofort um.«

»Aber ich … Sie müssen verstehen, Exzellenz …«, stammelte

der Kapitän und sah dabei Kleiner Zorn, den vermeintlich hohen Herrn, direkt an. »Ich darf nur ablegen, wenn mir ein schriftlicher Befehl des Herrn Guo vorliegt.«

»Herr Guo wird bei den Lagerhallen zu uns stoßen«, erklärte Yu. »Selbstverständlich wird die Bezahlung und Umladung der Ware in seiner Gegenwart stattfinden. Doch wir müssen uns jetzt beeilen, mein Herr will das Geschäft unverzüglich abschließen.«

Der Kapitän nickte feierlich. »Sicher. Ich werde sofort die entsprechenden Befehle geben.«

Sobald sie allein waren, strich sich Kleiner Zorn über den falschen Bart und sagte leise: »Bis jetzt ist alles gut gegangen. Hast du gesehen? Es hat sich gelohnt, in die feinen Kleider und die Sänfte etwas Silber zu investieren.«

»Wo sind die anderen?«, fragte Yu.

»In Position.«

In der vergangenen Nacht hatten Seeotter, Seebeben und Riecht am Wind so getan, als wären sie betrunken. Sie hatten sich zum Schein geprügelt, waren ins Wasser gesprungen und anschließend – falls alles nach Plan gelaufen war – heimlich auf die Handelsdschunke geklettert.

Der Kapitän kehrte in seine Kabine zurück.

»Hier bin ich wieder«, sagte er. »Ich habe Befehl gegeben abzulegen. In wenigen Augenblicken werden wir den Anker lichten. Darf ich derweil nach dem Namen Seiner Exzellenz fragen? Nur, damit wir wissen, vor welcher Lagerhalle wir anlegen müssen.«

Es war klar, dass der Kapitän nun, nach der ersten Aufregung, allmählich Zweifel bekam. Wer war dieser eigenartige Kaufmann? Warum hatte Herr Guo ihn nicht begleitet?

Yu wechselte mit Kleiner Zorn einen Blick. Dieser warf sich auf den Kapitän und setzte seine Fingernagelhülsen wie Dolche ein. Der Kapitän schrie auf und wich einen Schritt zurück, doch im selben Augenblick war Yu neben ihm und brachte ihn mit einem gezielten Schlag aus dem Gleichgewicht. Gleich darauf setzte Kleiner Zorn ihn außer Gefecht.

»Such ein Seil und fessle ihn sorgfältig«, befahl Yu. »Ich gehe wieder auf die Brücke.«

Oben sah sie, dass die Matrosen die Segel gesetzt hatten, doch die Dschunke war noch durch Taue mit den Pollern des Kais verbunden.

»Warum haben wir noch nicht abgelegt?«, rief Yu dem Steuermann der Dschunke zu. »Habt ihr nicht verstanden, dass wir in Eile sind?«

»Der Kapitän hat gesagt, wir sollen auf seinen endgültigen Befehl warten«, erwiderte der Mann.

»Und den überbringe ich dir hiermit«, sagte Yu. »Wenn du mir nicht glaubst, dann geh doch zu ihm in die Kabine und lass dir das bestätigen. Gib aber nicht mir die Schuld, wenn mein Herr sich darüber ärgert und deine Bestrafung verlangt.«

Der Steuermann begriff, dass es so oder so übel für ihn ausgehen könnte. Deshalb zuckte er mit den Schultern und begann, Befehle zu erteilen. Die Matrosen zogen den Landungssteg hoch und lösten die Anlegetaue. Gemächlich fand die große Dschunke in den Wind und entfernte sich vom Kai.

»Kennst du schon das Ziel?«, erkundigte sich Yu.

»Der Kapitän hat gesagt, dass es bei den Dreizehn Häusern liegt.«

»Genau, aber auf der anderen Seite des Flusses, bei der Insel Shamian.«

»Ich wusste gar nicht, dass es dort Lagerhäuser gibt …«

»Ich kann nichts dafür, wenn du keine Augen im Kopf hast«, erwiderte Yu.

Die Dschunke schloss das Ablegemanöver ab, drehte den Bug nach Westen und segelte auf das genannte Ziel zu.

»Was macht denn das Fischerboot da?«, schimpfte auf einmal der Steuermann. »Es liegt genau auf unserem Kurs … Jemand muss ihnen sagen, dass sie da wegsollen.«

Yu schaute über die Reling: Es war die *Sternschnuppe*. Sie winkte den Zwillingen und Steinriese, die vom Deck aus zu ihnen hinüberschauten.

Steinriese hielt einen Enterhaken in der Hand, der mit einem langen Seil verbunden war. Auf Yus Signal hin warf er den Enterhaken, der am Relingrand der Dschunke hängen blieb. Mit einem unglaublich starken Ruck zog er das Fischerboot an die Dschunke heran, so fest und plötzlich, dass das Holz krachte.

»Was war das?«, rief der Steuermann.

Der Zusammenstoß der beiden Schiffe war für die Piraten das Zeichen, in Aktion zu treten.

Scharlachroter Tiger sprang einen der Soldaten an, mähte ihn mit einem Hieb seiner *Lu jiao dao* nieder, griff einen zweiten an und schleuderte ihn mit einem Fußtritt in den Fluss. Inzwischen war Überfluss in die Sänfte gekrochen, die mit Waffen vollgestopft war. Er ergriff Yus Schwert und warf es ihr zu. Yu fing es aus der Luft auf, wirbelte zum Steuermann herum und betäubte ihn mit einem Schlag des Schwerthefts gegen die Schläfe.

Steinriese war an Deck gekommen und rannte zwei Soldaten entgegen. Er ergriff die auf ihn gerichteten Lanzen und warf sie mitsamt der daran geklammerten Soldaten ins Wasser. Yu schnappte sich die beiden Hämmer von Kleiner Zorn und eilte unter Deck, wo Riecht am Wind, Seeotter und Seebeben bereits gegen Soldaten kämpften. Seebeben, eine kräftig gebaute Frau, durchbrach wie eine Kanonenkugel die Reihen der Soldaten und trat die Tür zum Laderaum ein. Die zehn Soldaten, die dort die Ladung bewachen sollten, hatten Domino gespielt. Der Angriff kam für sie völlig überraschend, und weil sie sofort begriffen, dass sie nur noch die Wahl zwischen Tod und Kapitulation hatten, ergaben sie sich kampflos.

Nach wenigen Minuten war die Dschunke erobert.

Riecht am Wind öffnete eine der Truhen: Sie war bis an den Rand mit Silberbarren gefüllt.

»Nicht schlecht«, meinte Kleiner Zorn.

»Armer Herr Guo, wer er auch sein mag«, sagte Überfluss kichernd. »Wir haben ihm sein Silber unter der Nase weggeschnappt.«

Sie segelten mit der Dschunke hinter die Insel Shamian. In deren Sichtschutz luden sie alles, was sie brauchen konnten, auf die *Sternschnuppe* um, auch die Kanonen und die Munition. Dann fuhren sie davon und ließen die Handelsdschunke mitsamt ihrer gefesselten und geknebelten Mannschaft zurück.

»Welchen Kurs nehmen wir, Kapitän?«, fragte Riecht am Wind, der sich soeben zum Steuermann der *Sternschnuppe* ernannt hatte.

Yu überlegte. »Wir kehren aufs offene Meer zurück«, entschied sie. »Wir müssen einen Ort finden, wo wir all das Silber verstecken können.«

»Und danach?«

»Genau, was ist danach?«, fragte Kleiner Zorn. »Was machen wir mit dem magischen Buch?«

»Wir machen es uns zunutze«, antwortete Yu. »Ich bin die letzte Schülerin des *Wushu der Luft und des Wassers*, der sagenumwobenen Kampfkunst der Piraten. Habt ihr gesehen, wie viel Beute wir gemacht haben? Aber das ist erst der Anfang. Vertraut mir: Bald wird die *Sternschnuppe* das meistgefürchtete Schiff des Südchinesischen Meers sein. Darauf gebe ich euch mein Wort!«

NEUNZEHN JAHRE

十九歲

34

Yu schob den Vorhang zur Seite.

»Was für schlechte Manieren«, tadelte Tanzende Lotosblüte sie. »Du hättest um Erlaubnis bitten sollen.«

Yu trat trotzdem ein.

Die Kabine der Tänzerin sah vollkommen anders aus als das übrige Piratenschiff. Auf den Dielenbrettern lag eine große, mit einer bunten Decke überzogene Matratze, während die Wandnische (in der eigentlich das Bett hätte stehen sollen) mit Brettern bestückt und zu einem Regal für hübsche nutzlose Dinge umfunktioniert worden war. Es gab hier sogar eine Porzellanvase und Yu fragte sich, wie sie drei Jahre voller Unwetter und Entermanöver unbeschadet überstanden hatte. An den Wänden hingen zahlreiche Wandteppiche. Eine Reihe roter Lampions spendete Licht und ein Räucherstäbchen kämpfte gegen den schiffstypischen Geruch von abgestandenem Wasser an.

»Hast du kurz mal Zeit?«, fragte Yu und kniete sich, ohne die Antwort abzuwarten, auf eine Ecke der Matratze. Weil das Schwert an ihrem Gürtel sie dabei behinderte, legte sie es sich in den Schoß.

»Wenn du dich vorher angekündigt hättest, hätte ich Tee vorbereiten können«, schimpfte Tanzende Lotosblüte.

»Ich bin der Kapitän dieses Schiffs, ich muss mich an Bord nirgendwo ankündigen. Und du hast kein Recht dazu, unter Deck Lampions anzuzünden. Du könntest das ganze Schiff in Brand stecken.«

»Deine Kanonen und all das Schießpulver im Frachtraum dagegen sind ja überhaupt nicht gefährlich, nicht wahr?«, konterte die Tänzerin. Dann grinste sie und goss aus einem Krug Wasser in einen kleinen Topf. Sie stellte ihn auf einen Ölkocher, den sie mit einem Streichholz entzündete.

»Du hast soeben meinem Befehl zuwidergehandelt«, bemerkte Yu. »Ich habe Matrosen schon für wesentlich leichtere Vergehen bestraft.«

»Befehle, Bestrafungen … puh«, machte Tanzende Lotosblüte. »Inzwischen bist du neunzehn, wie willst du einen Ehemann finden, wenn du dich so benimmst?«

»Ich brauche keinen Ehemann.«

»Oh doch. Oder eine Ehefrau – im Fall, dass du den Phönix dem Drachen vorziehst.« Sie schaute Yu neugierig ins Gesicht und diese errötete.

»Nein, ich ziehe den Drachen vor. Aber ich habe noch nicht den richtigen gefunden.«

»Weil es ihn gar nicht gibt. Ein Drache ist ein Drache. Glaube jemandem, der sie durch und durch kennt: Du wirst in jedem Fall enttäuscht sein. Deshalb kann man auch einfach gleich den Erstbesten nehmen.«

Tanzende Lotosblüte wusch in einer kleinen Wanne zwei Tassen und eine Teekanne in heißem Wasser aus und trocknete sie mit einem Tuch ab. Dann gab sie Teeblätter in die Kanne, goss heißes Wasser darüber und schüttete es gleich darauf wieder aus.

»Apropos Drachen«, sagte Yu. »Es kommt mir vor, als gäbe es auf diesem Schiff sehr viele davon. Zu viele.«

»In der Tat«, entgegnete Tanzende Lotosblüte.

»Ein hübscher Phönix inmitten einer Herde von Drachen kann viel Unruhe schaffen. Seeotter und Huang Choling haben sich ein Messerduell geliefert. Zum Glück hat Steinriese das mitbekommen und sie getrennt, bevor sie einander ernsthaft verletzen konnten. Ich habe sie verhört und herausgefunden, dass beide in dich verliebt sind.«

Nachdem sie die Teeblätter gewaschen hatte, füllte Tanzende Lotosblüte die Kanne mit kochendem Wasser.

»Ich dachte, du und Kleiner Zorn wolltet heiraten«, fuhr Yu fort.

Tanzende Lotosblüte nickte. »Ja, das stimmt.«

»Und was ist mit den anderen beiden?«

»Das Gesetz erlaubt einem Mann, viele Frauen zu haben, doch umgekehrt würde es mehr Sinn ergeben. Es tut mir leid, dass Seeotter und Choling meinetwegen miteinander gekämpft haben.«

Yu hatte den Verdacht, dass es ihrer Freundin überhaupt nicht leidtat. »Ich konnte verhindern, dass Kleiner Zorn davon erfährt«, sagte sie. »Und das ist ein großes Glück, denn sonst hätte er die beiden mit seinen Hämmern erschlagen. Aber diese Geschichten müssen aufhören. Ich kann nicht zulassen, dass ich meine Leute auf diese Weise verliere.«

Tanzende Lotosblüte goss den Tee in zwei Tassen und reichte Yu eine davon, doch diese lehnte ab.

»Ich werde mit ihnen reden«, versprach Tanzende Lotosblüte. »Mit allen drei.«

Yu stand auf und befestigte ihr Schwert wieder an ihrem Gürtel. »Das wäre besser, denn sonst muss ich eingreifen.«

Sie schloss die Tür der Kabine hinter sich und seufzte. Ob sich Goldener Drache auch um derartige lächerliche Dinge kümmern musste? Manchmal war es ziemlich anstrengend, Piratenkapitän zu sein.

Yu kehrte an Deck zurück und die würzige Meeresluft vertrieb die düsteren Gedanken aus ihrem Kopf. Es war ein sonniger, warmer Tag und die *Sternschnuppe* glitt mit hoher Geschwindigkeit über das Wasser.

»Land in Sicht, Kapitän«, meldete Riecht am Wind, der an der Ruderpinne stand.

»Ist es die Insel Hebao?«, fragte Yu.

Der Mönch grinste. »Ja, und soweit ich weiß, ist das ja auch unser Ziel.«

Hebao war eine südwestlich von Macao gelegene Insel. Sie maß von einem Ende zum anderen lediglich zehn *Li* und es gab dort nicht einmal ein Fischerdorf, nur üppig bewachsene Berge. Wegen ihrer Form nannte man sie auch »Insel des kleinen Stiers«, denn ihr Umriss erinnerte an einen Stierkopf. Für die Besatzung der *Sternschnuppe* war sie zu einem wichtigen Unterschlupf geworden.

Hier konnten sie sich mit Süßwasser und Früchten versorgen und in Ruhe Reparaturen durchführen.

Nur Yu, Kleiner Zorn und Riecht am Wind wussten, dass sich auf der Insel auch das geheime Schatzlager der gemeinsamen Beute befand.

Seit Yu ihre Männer in der Kunst des *Wushu der Luft und des Wassers* aus Pengs Buch unterwies, war der Name Fliegende Klinge im Chinesischen Meer zu einem Begriff geworden. Wenn nur ihre Arbeit als Kapitän leichter gewesen wäre! Oder sie weniger allein!

»Kapitän«, rief Riecht am Wind. »Probleme in Sicht!«

»Und zwar?«

»Schau mal geradeaus, zur Bucht von Hebao. Da liegt ein Schiff vor dem Strand.«

Es war sehr weit von ihnen entfernt. Obwohl der Steuermann nur noch ein Auge besaß, sah er schärfer als alle anderen an Bord.

»Auf mich wirkt es wie ein Fischerboot«, meinte Yu.

»Ja. Und es ist nur ein einziger Mann darauf … Aber er sieht seltsam aus. Ich weiß, du wirst es mir nicht glauben, aber … für mich sieht er aus, als wäre er aus Himmel gemacht.«

Yus Herz setzte einen Schlag aus. Sofort darauf schlug es weiter, kräftiger als je zuvor, und Yu wurde es am ganzen Körper warm, viel zu warm.

Sie rannte in ihre Kabine, um ihr Fernglas zu holen, und stürzte dann zum Bug. Inzwischen nahm die Insel den Großteil des Horizonts ein, mit all ihren wunderschönen Stränden und Wäldern. Yu richtete ihr Fernrohr auf das Boot, das wenige *Bu* vor dem Ufer ankerte. Und wieder setzte ihr Herz einen Schlag aus.

Riecht am Wind hatte recht. Der Mann im Boot hatte einen vollkommen kahl rasierten Kopf, bedeckt von Tätowierungen, die blau wie die Nacht waren.

»Seebeben!«, rief Yu.

Die Frau, die gerade dabei gewesen war, ein Fass in den Laderaum zu tragen, blieb stehen.

»Lade sofort die Bugkanone.«

»Worauf soll ich schießen?«

»Auf nichts. Feuere nur eine Rakete ab, als Zeichen des Grußes.«

Die Frau gehorchte, und eine Minute später stieg vom Deck der *Sternschnuppe* ein feuriges Projektil auf, das mit seinem leuchtenden Schweif einen Bogen an den Nachthimmel malte. Ein lauter Knall ertönte und die gesamte Besatzung der *Sternschnuppe* eilte an Deck.

»Was ist los?«, fragte Kleiner Zorn.

»Wir haben Gäste«, antwortete Yu und warf ihm das Fernrohr zu. »Blauer Tiger kommt uns besuchen.«

Kleiner Zorn schaute durch das Fernrohr. »Bei allen Teufeln! Er grüßt uns, indem er die Fahne von Goldener Drache hisst. Es ist wirklich Blauer Tiger!«

»Was mag er hier wollen?«, fragte Seeotter.

Genau, dachte Yu. Nach der ersten Freude über das bevorstehende Wiedersehen fragte sie sich dasselbe. Warum war Blauer Tiger hierhergekommen?

Es sah aus, als warte er auf sie. Und das bedeutete vermutlich nichts Gutes.

35

Als Yu ihre Kabine betrat, war diese mit Stoffen dekoriert und wurde von einer Reihe von Lampions erleuchtet. Tanzende Lotosblüte hatte Kissen auf dem Fußboden verteilt und war gerade dabei, Blumen zu arrangieren, die sie wer weiß wo besorgt hatte.

»Was machst du da?«, fragte Yu, eher verblüfft als verärgert.

»Mich hier an Bord zu haben, ist für dich ein großes Glück. Es wird Zeit, dass ich dir das klarmache. Ich habe Überfluss gebeten, ein fürstliches Mahl zu bereiten: gedünstete Krebse mit Ginseng-Soße, Reis und eine Suppe aus *Reishi*-Pilzen. Die Gerichte habe ich ausgewählt: Sie wirken immer.«

»Sie wirken immer … wobei?«

»Wenn man aufs Gras schlagen will, um die Schlange zu vertreiben.«

»Das hört sich wie eine Schlachtstrategie an«, meinte Yu.

»Das ist die Liebe auch, nur dass dort mit anderen Waffen gekämpft wird. Nimm jetzt bitte dein Schwert ab. Danach ziehst du dich aus und setzt dich hier hin, es gibt noch viel zu tun.«

Yu schaute die Tänzerin an und seufzte. »Tanzende Lotosblüte, könntest du mir bitte erklären, was los ist?«

»Hast du heute Abend etwa keinen Besuch? Musst du dich nicht bereit machen? Also, tu, was ich dir sage: Ein Lehrer kann dir die Tür öffnen, doch eintreten musst du selbst.«

Offensichtlich hatte Tanzende Lotosblüte von der Ankunft von Blauer Tiger erfahren. Kleiner Zorn und die anderen hatten ihn bereits an Bord willkommen geheißen und Yu hatte ausrichten lassen, sie würde ihn später empfangen. Dies war eine der schwierigsten Entscheidungen ihres bisherigen Lebens gewesen, denn noch nie zuvor war sie mit dem jungen Piraten allein gewesen, und gesprochen hatte sie auch noch nie mit ihm.

Seit dem Augenblick, als er mit katzenhafter Eleganz an Bord der *Sternschnuppe* geklettert war, klopfte ihr Herz wie verrückt, ihre Hände waren feucht und ihr Hals fühlte sich so eng an wie vor einem Entermanöver.

Trotz alledem …

»Tanzende Lotosblüte, du hast nicht verstanden«, sagte sie. »Ich muss mit Blauer Tiger sprechen, weil ich der Kapitän dieses Schiffs bin.«

»Aber du bist auch Shi Yu, das Mädchen, das ihn liebt«, erwiderte die Freundin. »Es wird Zeit, Schild und Lanze gegen Jade und Seide einzutauschen.«

Yu kapitulierte. Sie löste den Gürtel, an dem das Schwert in seiner Scheide hing, und entkleidete sich. Tanzende Lotosblüte goss warmes Wasser in eine Wanne und wusch Yu mit einem Stofflappen. Sie rieb ihr die Haut mit Öl ein und die Hände mit einer duftenden Creme.

Danach musste Yu einen roten *Cheongsam* und zierliche schwarze Stoffschuhe anziehen. (»Damit nicht so auffällt, wie groß deine Füße sind.«) Anschließend wurde Yus Gesicht geschminkt und ihre Haare wurden aufgesteckt. (»Sie sind zu kurz, wir müssen sie mit einem Schleier und Schmuck garnieren.«)

Erst als Tanzende Lotosblüte mit allem fertig war, durfte Yu sich in einem silbernen Spiegel bewundern. Sie konnte nicht glauben, dass das, was sie sah, tatsächlich ihr eigenes Spiegelbild war. Ihre Haut war so blass, ihre Unterlippe war durch rote Farbe hervorgehoben, ihre Augen glänzten wie Perlen.

»Auch der niedlichste Vogel landet früher oder später im Käfig«, meinte Tanzende Lotosblüte kichernd. »Also, lass dich einfangen, Yu, hast du mich verstanden? Aber nicht allzu schnell. Die Jagd ist der halbe Spaß.«

Die Tänzerin stand auf und bewegte sich schwankend durch die Kabine. Mit ihren winzigen Füßen fiel es ihr schwer, das Schaukeln des Schiffs auf See auszugleichen. All die Vorbereitungen zu treffen musste für sie sehr anstrengend gewesen sein.

»Ich werde Blauer Tiger sagen, dass er herkommen soll. Ich lasse euch einige Zeit allein, damit ihr reden könnt, und dann serviere ich euch das Essen.«

»Danke«, erwiderte Yu.

Tanzende Lotosblüte verließ die Kabine und kurz darauf trat Blauer Tiger ein. Er trug eine Hose und ein Hemd aus hellem Leinenstoff. In seinem Ledergürtel steckten eine Pistole und, fischgrätartig aufgereiht, seine tödlichen Stahlnadeln. Im Licht der Lampions wirkte sein tätowiertes Gesicht dunkel, beinahe schwarz. Seine Augen strahlten.

Er verbeugte sich und Yu dachte, dass sie einander zum ersten Mal so nahe waren.

»Es ist viel Zeit vergangen, Fliegende Klinge.«

Das waren seine ersten Worte.

»Setz dich«, entgegnete Yu. »Ich habe angeordnet, dass uns etwas zu essen gebracht wird. Zuerst aber will ich die Gründe für deinen Besuch erfahren.«

Sie gab sich Mühe, so mit ihm zu sprechen, wie sie es mit Riecht am Wind oder Scharlachroter Tiger getan hätte, doch ihre eigene Stimme klang in ihren Ohren komisch.

Tanzende Lotosblüte hatte einen Krug mit lauwarmem Wein zurückgelassen und Yu filterte ihn und goss ihnen beiden ein. Dabei musste sie daran denken, wie oft sie dies in Bai Bais Lokal gemacht hatte. Blauer Tiger setzte sich im Schneidersitz auf die Kissen.

Die Stille war so intensiv, dass sie Yu wie etwas Lebendiges vorkam.

»Es ist eine Überraschung, dich hier zu sehen«, sagte Yu, um diese Stille zu durchbrechen. »Umso mehr, als du allein gekommen bist.«

»Ich habe die *Rote Todesbotin* vor knapp einem Monat verlassen«, erklärte er. Er hatte eine angenehme, warme Stimme. Die Hände, die seine Tasse hielten, waren stark, mit Venen, die wie Seile hervortraten.

»Willst du damit sagen, dass du nicht mehr zur Mannschaft gehörst?«

»Nein, nein. Ich bin auf Befehl von Goldener Drache aufgebrochen. Ich bin nicht der Einzige. Viele Kameraden haben sein Schiff verlassen.«

Eigenartig, dass ein Piratenkapitän seine Helden ziehen ließ. Es musste dafür einen triftigen Grund geben.

»Wohin sind sie gegangen?«

»Jedem wurde der Name eines Befehlshabers anvertraut, den er zu suchen hat. Ich habe mich dafür entschieden, dich zu suchen.«

Er schaute Yu an und sie meinte, wie Kerzenwachs dahinzuschmelzen.

»Allerdings war es nicht leicht. Ich folgte einigen Hinweisen, die mich hinauf in den Norden bis in die Stadt Xiamen führten, doch dort hatte niemand die *Sternschnuppe* gesehen. Deshalb bin ich zurückgekehrt. In Macau erfuhr ich dann, dass du nach Süden gesegelt bist, in die Gegend der Insel Hainan. Nachdem ich vertrauenswürdige Informationen erhalten hatte, dass hier auf Hebao eine deiner Basen ist, habe ich beschlossen, herzukommen und auf dich zu warten.«

»Wartest du schon lange?«, fragte Yu.

»Seit sieben Tagen«, antwortete Blauer Tiger.

Yu überlegte. Wenn er von Hebao wusste, waren möglicherweise auch andere Piraten auf der Insel. Sie sollte eine kleine Festung erbauen und sie mit Kanonen und Wächtern bestücken.

»Wichtig ist nur, dass du jetzt hier bist«, sagte Blauer Tiger.

»Das bin ich«, erwiderte sie. *Und wenn du noch ein bisschen näher an mich heranrückst, falle ich dir gleich ohnmächtig in die Arme.*

Yu riss sich zusammen und räusperte sich. »Also«, begann sie. »Goldener Drache schickt seine Helden aus, um andere Kapitäne zusammenzurufen.«

»Im Lauf der letzten Jahre hat sich der Krieg zwischen ihm und Gebrochener Knochen verschärft. Jetzt aber hat sein Feind wichtige Verbündete gefunden: Er steht im Schutz des Mandarins des Humen und die Kaufleute von Kanton stellen ihm Schiffe und Geld zur Verfügung, damit Gebrochener Knochen eine Flotte aufstellen kann. Im Gegenzug muss er diese Flotte einsetzen, um die Meere von allen anderen Piraten zu befreien. Wenn wir überleben wollen, müssen wir kämpfen. Und zwar alle auf derselben Seite.«

»Ich habe bisher von alldem noch nichts gehört.«

»Weil du weit weg warst. Aber du musst mir glauben. Aus welchem anderen Grund hätte Goldener Drache seine Helden vom Schiff gehen lassen sollen?« Blauer Tiger fuhr fort: »Er ruft all seine Freunde zu sich, damit sie sich auf der Insel Hongkong einfinden. Dort wird in wenigen Tagen ein Kriegsrat abgehalten. Goldener Drache bittet dich, daran teilzunehmen. Du hast dir in diesen Gewässern einen Namen gemacht, dein Schiff und deine Piraten gelten als unbesiegbar. Jetzt will Goldener Drache wissen, ob ihr wirklich so gut wie euer Ruf seid.«

Yu wusste, dass sie das, was sie jetzt gleich sagte, teuer zu stehen kommen würde. Ein Krieg war nichts, was man auf die leichte Schulter nahm. Viele Menschen würden sterben. Doch wenn Gebrochener Knochen tatsächlich so mächtige Verbündete hatte, blieb ihr keine andere Wahl.

»Die Lage scheint schlimm zu sein«, erwiderte sie. »Deshalb werde ich nach Hongkong kommen und mit Goldener Drache sprechen. Aber erst nachdem ich ihn angehört habe, werde ich mein weiteres Vorgehen entscheiden.«

Blauer Tiger lächelte. »Ich danke dir. Goldener Drache wird froh darüber sein.«

Im diesem Augenblick betrat Tanzende Lotosblüte mit einem Tablett voll dampfender Schüsselchen die Kabine. Die Speisen dufteten köstlich, doch Yu konnte sich nicht vorstellen, auch nur einen Bissen herunterzubekommen. Die schlechten Nachrichten hatten ihr den Appetit verdorben.

Tanzende Lotosblüte warf ihr einen strengen Blick zu und Yu verstand. Ihre Freundin hatte recht. Es würde der Zeitpunkt kommen, sich mit Goldener Drache zu beschäftigen und mit dem Krieg. Aber auch Yu hatte ein Recht darauf, ein paar schöne Stunden zu verbringen.

»Entschuldige, Blauer Tiger, dass wir nur mit diesen wenigen schlichten Gerichten aufwarten können«, sagte Yu. »Vielleicht vermag der Wein diesen kleinen Imbiss etwas schmackhafter zu machen.«

Tanzende Lotosblüte goss den Wein in zwei Becher ein und schlug vor: »Wenn ihr erlaubt, werde ich euch beim Essen mit einem Lied unterhalten.«

Sie ließ sich auf einem Kissen nieder, verschränkte die Arme so, dass ihre Hände in den weiten Ärmeln verschwanden, und begann zu singen. Sie hatte eine weiche und klangvolle Stimme. Ihr Lied erzählte davon, wie der Schnee des vergehenden Winters dem Frühling Platz machte.

Yu hatte noch nie Schnee gesehen, doch sie wusste, dass er weiß und kalt war, ein bisschen also so, wie sie sich gerade fühlte. Doch die Stimme der Freundin vermochte ihr etwas Wärme einzuhauchen.

Auch Blauer Tiger hörte mit geschlossenen Augen zu und wirkte ruhig und entspannt. Als er die Augen wieder öffnete, schaute er Yu an. Er lächelte.

Sie lächelte ebenfalls.

Tanzende Lotosblüte verließ die Kabine, doch keiner der beiden merkte es.

36

Sie blieben fünf Tage lang auf der Insel Hebao und die ganze Zeit über sah Yu weder Blauer Tiger wieder, noch fragte sie, wo er sei.

Ihr genügte die Erinnerung an jenen gemeinsam verbrachten Abend. Sie hatten nicht viele Worte gewechselt: Sie hatten bedächtig gegessen und Wein getrunken, dann hatte Blauer Tiger sich verabschiedet. Doch mit ihren Blicken hatten sie mehr gesagt, als in einer stundenlangen Unterhaltung hätte gesprochen werden können. Yu hatte sich im dunklen Abgrund seiner Augen verloren, und als der Pirat ihre Kabine verlassen hatte, hatte sie sich wie betrunken gefühlt, obwohl sie von dem Wein nur wenig gekostet hatte.

Am folgenden Morgen war sie wieder ein Kapitän, der an vieles denken musste. Als Erstes rief sie die Mannschaft zusammen und erklärte, was geschehen war. Die Nachricht vom Bündnis von Gebrochener Knochen mit dem Mandarin und den reichen Kaufleuten beunruhigte alle, und Yus Entscheidung, nach Hongkong zu segeln, wurde mit Begeisterungsrufen aufgenommen.

Sofort machten sich alle an die Vorbereitungen. Die *Sternschnuppe* war vor dieser Rast lange unterwegs gewesen und benötigte dringend einige Reparaturen: Segel mussten ausgebessert und Taue ersetzt werden, sie mussten die Trinkwasservorräte auffüllen und Proviant besorgen.

Gemeinsam mit einem Trupp Matrosen ging Überfluss auf die Jagd nach Vögeln und anderem Wild. Yu kümmerte sich um den Inhalt des Laderaums. Sie und Kleiner Zorn verbrachten einen ganzen Tag damit, Inventur der Beute zu machen: Silberbarren, Schmuck, Seidenstoffe, Porzellan, Schnitzereien aus Elfenbein und Jade.

Yu hatte nie lesen gelernt, doch mit Zahlen kam sie gut zurecht und Kleiner Zorn konnte mit dem Schreibpinsel genauso geschickt umgehen wie mit seinen Hämmern.

Eines Nachts, zur vierten Wache, kamen Yu, Kleiner Zorn und Riecht am Wind unter Deck zusammen. Auf dem Schiff war alles still: Yu hatte der gesamten Besatzung erlaubt, von Bord zu gehen, und ihre Leute schliefen am Strand oder zwischen den Bäumen anstatt auf den harten Deckplanken.

Yu, Kleiner Zorn und Riecht am Wind luden die Truhen von der *Sternschnuppe* auf ein kleines Segelboot und fuhren damit um die Insel herum. Der äußere, felsige Hang des westlichsten Bergs auf Hebao bildete eine hohe steile Felsküste. Genau an der Wasserlinie befand sich eine kleine Höhle, die nur bei Ebbe zugänglich war. Yu hatte sie zufällig bei einem Nachtspaziergang nach ihrer ersten Landung auf der Insel entdeckt.

Sie holten das Segel ein, bauten den Mast ab und ruderten in die Höhle hinein. Vorsichtig tasteten sie sich im Dunkeln durch ein Labyrinth aus scharfen Felsvorsprüngen. Als sie den Eingang der Höhle nicht mehr sehen konnten, zündete Yu eine Laterne an. Der Felstunnel verzweigte sich vor ihnen mehrmals, doch kleine Kratzer an den Wänden wiesen den drei Piraten den Weg.

Schließlich gelangten sie in eine große unterirdische Felskammer. Ihr Boden lag unter dem Meeresspiegel, aber auf halber Höhe einer der Wände befand sich eine Felsplattform, hoch genug, dass das Wasser sie auch bei Flut und Unwetter nicht überspülte.

Kleiner Zorn und Yu sprangen mit ihrer *Wushu*-Technik auf die Plattform und ließen ein Seil herunter. Riecht am Wind befestigte eine Truhe nach der anderen daran, und die beiden anderen zogen sie nacheinander hoch.

Erst kurz vor Sonnenaufgang kehrten sie zur *Sternschnuppe* zurück.

Zwei Tage später waren sämtliche Vorbereitungen abgeschlossen und Yu gab Befehl, in See zu stechen und Kurs auf die Insel Hongkong zu nehmen.

Riecht am Wind rechnete aus, dass sie ungefähr einen Tag lang unterwegs sein würden, und Yu wollte die Zeit für ihr Training nutzen.

Sie kletterte auf den Hauptmast und balancierte auf dessen Spitze, in luftiger Höhe zwischen Himmel und Meer. Sie ging eine Sequenz von Bewegungen durch und landete zwischendurch immer wieder auf einem Fuß oder einer Hand. Schneller und schneller wirbelte sie auf der Mastspitze herum, bis sie vollkommen durchgeschwitzt war.

Sie wollte gerade wieder herunterklettern, als ihr am Horizont ein Schiff auffiel.

Es sah wie eine große Handelsdschunke aus, jener Schiffstyp, den die Kaufleute mit kostbaren Seidenstoffen beluden, um diese an die fremden Teufel zu verkaufen, und der dann mit Truhen voller Silberbarren zurückkehrte.

Yu klammerte sich an ein Tau und glitt daran aufs Deck hinunter.

»Riecht am Wind!«, rief sie. »Hast du das Schiff da nicht gesichtet? Du enttäuschst mich aber!«

Der Steuermann wandte ihr sein einziges Auge zu. »Kapitän, ich sehe sie schon seit einiger Zeit, aber ich dachte, wir wollen so schnell wie möglich nach Hongkong segeln.«

»Sagt der Weise denn nicht: *Wenn dir eine Ziege begegnet, nutze die Gelegenheit und nimm sie mit?*«

Riecht am Wind grinste. »Ein Piratenweiser vielleicht. Aber ich denke, ich habe die Botschaft verstanden. Das ist so ein schöner fetter Brocken, es wäre schade, ihn uns entgehen zu lassen.«

»Außerdem ist der Rumpf rot und himmelblau angestrichen, genau wie bei der ersten Dschunke, die wir vor drei Jahren in Kanton gemeinsam ausgeraubt haben. Erinnerst du dich noch? Das hier könnte ein weiteres Schiff des Herrn Guo sein. Ich bin mir sicher, dass er sich über ein Wiedersehen freut.«

Der ehemalige taoistische Mönch bekam einen Lachanfall und begann, den Matrosen Befehle für ein Wendemanöver zuzurufen.

Yu ging zu dem am Hauptmast hängenden Gong und schlug dreimal fest darauf. Das war das Zeichen für allerhöchsten Alarm, und die gesamte Besatzung versammelte sich an Deck.

Blauer Tiger hockte sich auf ein Schießpulverfass. Sein Oberkörper war nackt und sein Blick blieb fest auf Yu geheftet.

»Piraten!«, rief Yu. »Uns bietet sich eine Gelegenheit, leichte Beute zu machen. Deshalb gehen jetzt alle auf Position. Seebeben, lade die Bugkanone und bereite einen Warnschuss vor. Zwillinge, ihr hisst die Fahne. Alle anderen machen sich fürs Entern bereit!«

Die Besatzung stürzte davon. Die Helden holten ihre Waffen und legten Rüstungen an, die Matrosen ergriffen die Enden der Taue, mit denen die Segel bei Manövern gesteuert wurden. Yu kontrollierte, ob die Zwillinge die blaue Fahne mit dem achtzackigen Stern tatsächlich hissten, und stellte sich dann neben die schwenkbare Kanone in den Bug.

»Ich wette, dass sie sich kampflos ergeben«, meinte Seebeben grinsend.

Yu beschränkte sich darauf, die Handelsdschunke zu beobachten. Auf deren Deck schien große Unruhe zu herrschen und das gefiel ihr nicht.

»Riecht am Wind«, rief sie, »Kurs nach Backbord.«

Der Steuermann gehorchte, ohne Fragen zu stellen. Die *Sternschnuppe* warf sich geradezu herum und Segel, Masten und Tagelage knarzten unter dem Druck des Windes.

Sie hörten ein lautes Krachen und knapp rechts neben dem Schiffsrumpf stieg eine Fontäne aus Wasser und Gischt empor.

»Ein Kanonenschuss!«, rief Seebeben. »Sie greifen uns an!«

»Erwidere das Feuer!«, befahl Yu. »Verbrenne ihre Segel mit Brandraketen! Alle Mann bereit zum Entern!«

Die kleine Kanone der *Sternschnuppe* feuerte eine Brandrakete ab, die jedoch kein Segel traf, sondern auf dem Deck der feindlichen Dschunke aufschlug.

Yu sah das Chaos, das daraufhin ausbrach, und die Männer, die versuchten, die Flammen zu löschen.

»Vorwärts!«, rief sie. »Steinriese!«

Der Koloss lief mit einer Taurolle und zwei ankergroßen Enterhaken zu ihr. Er ließ erst den einen, dann den anderen an Tauen befestigten Haken über seinem Kopf kreisen und schleuderte sie auf das gegnerische Schiff.

Die Haken zerschlugen die Reling der Dschunke und blieben fest in den Deckplanken stecken. Steinriese begann, am Tau zu ziehen, um die beiden Dschunken einander anzunähern, und die Piraten bereiteten sich aufs Entern vor.

»Wir greifen mit der Bewegung an, die *Sprung des Delfins* heißt«, verkündete Yu. »Konzentriert euer *Chi* und springt auf mein Kommando.«

Nicht alle Piraten hatten Talent für das *Wushu der Luft und des Wassers*, etliche waren dafür einfach zu schwer und daran gewöhnt, im Kampf ihre schiere Körperkraft einzusetzen, wie Steinriese. Dennoch hatten viele die Kunst des Fliegens erlernt.

Yu zog ihr Schwert, ließ ihr *Chi* erglühen und sprang mit einem Schrei vom Deck der *Sternschnuppe* auf das feindliche Schiff hinüber. Die Piraten folgten ihr einer nach dem anderen.

Yu wusste, dass dies bei der angegriffenen Mannschaft Panik auslösen würde, und so geschah es auch. Als sie auf dem gegnerischen Deck landete, warf ein Matrose seinen Säbel weg, ein anderer floh. Ein dritter, mutigerer lief ihr mit einer Lanze entgegen. Yu wich seinem Angriff aus, wirbelte um ihn herum und schlug ihm das Heft des Schwerts gegen den Hinterkopf, sodass er sofort bewusstlos zusammenbrach.

Scharlachroter Tiger und Kleiner Zorn landeten neben ihr.

»Vorwärts!«, schrie Yu.

Sie sprang, wich aus und bahnte sich mit Schwerthieben einen Weg zur Kabine des Kapitäns, die sich auf einem Schiff wie diesem vorn am Bug befinden musste.

»Fliegende Klinge!«, rief eine Stimme.

Yu ging in die Knie und dort, wo eben noch ihr Kopf gewesen war, flog ein Wurfmesser durch die Luft. Um herauszufinden, wer sie beinahe getötet hätte, drehte sie sich um. Ein magerer Mann mit langem Schnurrbart richtete einen Finger auf sie, doch Yu musste nicht die Tätowierung sehen, um ihn wiederzuerkennen. In allzu vielen Nächten hatte dieses Gesicht sie in ihren Albträumen verfolgt.

Der Mann, der sie beinahe getötet hätte, war Nachtfalter.

37

Seit Yu ihrem Freund Li Wei das Buch seines Großvaters gestohlen hatte, waren sechs Monate vergangen, in denen sie die Illustrationen sorgfältig studiert und die Bewegungen nachgeahmt hatte. Nun war der Moment gekommen, um ihre neuen Kenntnisse einzusetzen.

Nachtfalter machte einen Schritt auf sie zu und Yu griff ihn mit einer Bewegung an, die *Regen auf dem See* hieß und darin bestand, auf den Gegner einen Hagel aus Schwerthieben niederregnen zu lassen. Mit hinter dem Rücken verschränkten Händen wich Nachtfalter sämtlichen Hieben durch kleine Bewegungen von Kopf und Oberkörper aus.

»Es stimmt also«, sagte er zu Yu. »Du hast das magische Buch gefunden.«

Mit der Bewegung *Sommerwindhauch* stürzte Yu sich auf ihn, doch Nachtfalter wich ihr abermals aus und Yu prallte mit einer solchen Wucht auf die Deckplanken, dass Holz splitterte.

»Und du hast es auch studiert«, fügte Nachtfalter hinzu.

Die Hände immer noch hinter dem Rücken sprang er mit geschlossenen Beinen senkrecht in die Höhe und landete auf der Rah des Hauptmastsegels. Noch nie hatte Yu ein derart mächtiges *Chi* erlebt. Sie jagte Nachtfalter hinterher, indem sie im geraden Winkel am Hauptmast hinauflief. Oben angekommen, wandte sie sämtliche Schwertkampftechniken an, die sie gelernt hatte.

»Aber es gibt da ein Problem …«, setzte Nachtfalter seinen Gedankengang fort, bevor er abermals sprang, in der Luft einen Salto schlug und hinter Yu landete. »Man kann Kampfkunst nicht aus einem Buch lernen.«

Mit einem Finger drückte er auf einen der Vitalpunkte an ihrem Hals. Augenblicklich wurde Yus Körper weich wie der einer Qualle, das Schwert fiel ihr aus der Hand und sie stürzte kopfüber in die Tiefe. Nachtfalter sprang, fing in der Luft Mädchen und Schwert auf, stieß sich von einer der in das Segel eingenähten Bambusstangen ab und kehrte mit Yu im Arm auf die Rah zurück. Er legte sie auf der Rah ab, als wäre sie eine Stoffpuppe, den Kopf gegen den Hauptmast gelehnt.

Yu konnte sich nicht bewegen, so als ob ihr Körper nicht mehr ihr gehörte. Doch es gelang ihr, den Blick nach unten zu richten, und sie sah, dass auf dem Deck der Dschunke immer noch eine Schlacht tobte. Wie würde sie ausgehen, wenn sie, Yu, ihre Leute nicht zum Sieg führen konnte?

Nachtfalter ergriff ihr Kinn und zwang sie, ihn anzuschauen. »Das Buch, das du gestohlen hat, Mädchen, enthält die ganze Weisheit der alten Piratenmeister. Es kann nur von jemandem verstanden werden, der von einem *Shifu* ausgebildet wurde. Du hast zu viele Jahre verschwendet ohne Unterricht bei einem Lehrmeister. Und das ist sehr schade, denn dein Potenzial ist groß. Zum Glück ist es noch nicht zu spät, um das wettzumachen.«

Ich werde dich umbringen, dachte Yu, doch aus ihrem Mund drang nur ein Wimmern.

»Ich spüre deinen Hass«, fuhr Nachtfalter fort. »Deshalb habe ich bei dir den Griff *Blatt im Strom* angewandt. Ich wette, du hast dir die Seite, auf der er beschrieben wird, schon oft angeschaut, ohne zu verstehen, worum es eigentlich geht. Aber das ist nicht deine Schuld. Ganz im Gegenteil, es ist erstaunlich, was du alles gelernt hast.«

Befreie mich, dachte Yu, und ich werde dich töten. Oder sterben bei dem Versuch, es zu tun.

»Du besitzt einen sehr starken Kampfgeist. Jetzt verstehe ich, warum mein Freund Peng dich auserwählt hat.«

Nenn ihn nicht deinen Freund.

»Doch, er war mein Freund. Mehr als das. Wir beide waren so etwas wie Blutsbrüder. Ich war der Lehrer seiner einzigen Tochter Mei.«

Und trotzdem hast du ihn verraten.

Nachtfalter schüttelte den Kopf, als könne er Yus Gedanken lesen.

»Vor zehn Jahren, als wir beide einander das erste Mal begegneten, war ich nach Kanton gekommen, um …«

… ihn zu töten.

»Um ihn vor drohender Gefahr zu warnen. Unser gemeinsamer Feind hatte nach ihm gesucht und ihn gefunden. Ich wusste, dass er sich des Buchs bemächtigen wollte und vor nichts haltmachen würde. Nicht einmal ein Meister wie Peng wäre in der Lage gewesen, allein mit ihm fertigzuwerden. Leider aber beging ich einen schweren Fehler: Ich schickte dich, ihn zu holen, damit er zu mir in die Gastwirtschaft käme. Stattdessen hätte ich mit dir gehen sollen. Wenn ich das getan hätte, würde dein *Shifu* vielleicht heute noch leben.«

Yu begriff nicht, was er ihr eigentlich zu sagen versuchte.

»Als Peng und ich in dem Lokal saßen, drangen die Leute unseres Widersachers ein, um uns gefangen zu nehmen. Es kam zu einem blutigen Kampf. Peng und ich kämpften Seite an Seite und uns gelang die Flucht. Wir versteckten uns, doch gegen Abend entdeckten sie uns. Am Hafen fand ein weiteres schreckliches Gefecht statt. Wir waren in der Minderzahl, zwei gegen zweihundert. Wir setzten unsere ganze Geschicklichkeit ein, doch schließlich wurden wir geschlagen. Peng wurde getötet, während ich schwer verletzt ins Wasser fiel. Unser *Wushu* lehrt auch viele erstaunliche Schwimmtechniken und dank ihrer konnte ich mich in Sicherheit bringen.«

Die schmale Rah war unter Yus Gewicht in Schwingungen geraten, doch Nachtfalter hielt sich im Gleichgewicht, als schwebe er über der Bambusstange. Seine Kleider flatterten im warmen Mittagswind.

»Was wollte unser Widersacher, wirst du dich sicher fragen? Es ist ganz einfach: den *Wushu der Luft und des Wassers* für alle Zeiten vernichten, dessen letzte Schüler töten und das Buch zerstören, das dessen Weisheit enthält. In jener Nacht erreichte er sein Ziel. Nachdem er Peng und mich aus dem Weg geräumt hatte, blieb nur noch ein Mensch, der ihm im Weg stehen konnte, und das war Li Pengs Enkel Li Wei. Der Widersacher hätte ihn ermorden müssen, doch einer seiner Männer, der Mandarin Zhang, hatte Mitleid mit dem Jungen. Er verhörte ihn, und Wei schwor, das fragliche Buch noch nie gesehen zu haben. Zhang glaubte ihm. Er beschloss, den Jungen zu adoptieren und ihn im Kampfstil der eigenen Familie zu unterweisen, um in ihm jegliche Erinnerung an den *Wushu der Luft und des Wassers* auszulöschen. Normalerweise hätte unser Widersacher so etwas niemals zugelassen, denn er ist ein sehr vorsichtiger Mensch. Aber er schuldete Herrn Zhang einen Gefallen und musste dessen Bitte erfüllen. Ohnehin schien sein Plan geglückt und der *Wushu* für immer verloren zu sein. Und doch wurden damals zwei Fehler begangen. Der erste bestand darin, sich nicht zu vergewissern, ob ich, Nachtfalter, Zweiter Bruder der Geheimgesellschaft der Piraten, tatsächlich tot war. Der zweite war, zu übersehen, dass es dich gab, Shi Yu.«

Der Mann hatte diesen letzten Satz lächelnd gesagt, doch Yu war erschüttert. Ihr war, als würde ihr Blut gleich zu kochen beginnen. Sagte dieser Mann die Wahrheit oder versuchte er, sie hinters Licht zu führen?

»Warum in aller Welt sollte ich dich anlügen?«, fragte Nachtfalter. »Du kennst meine Macht. Ich hätte dich in jedem beliebigen Moment töten können. Du bist wehrlos. Vielleicht denkst du, dass ich das Buch haben will, aber das könnte ich mir auch ohne deine Hilfe holen. Ich hätte dich heute also trotzdem umbringen können. Ich könnte auf Hebao nach dem Buch suchen oder auf der *Sternschnuppe,* in deiner Kabine. Ich könnte dich natürlich auch foltern und dazu zwingen, mir sein Versteck zu verraten. Schau mir ins Gesicht: Glaubst du meinen Worten oder nicht?«

Yu richtete ihren Blick auf ihn. Immer noch waren die Augen das Einzige, was sie zu bewegen vermochte. Und ihr wurde klar, dass sie ihm glaubte. Denn es stimmte: Nachtfalter hätte sie jederzeit töten oder schwer verletzen können. Yu hatte außerdem gemerkt, dass Nachtfalters Stimme jedes Mal, wenn er Pengs Namen nannte, ein wenig zitterte.

»Ich muss mich bei dir entschuldigen, Mädchen«, sprach er weiter. »Ebenso wie unser Widersacher habe auch ich dich unterschätzt. Damals in der Gastwirtschaft hatte ich dich für eine gewöhnliche Dienstmagd gehalten. Und nach Pengs Tod dachte ich, alles sei verloren. Das Buch war verschwunden und vielleicht vernichtet, und Li Wei war inzwischen auf die Seite des Widersachers übergewechselt. Ich gab auf. Ich verließ Kanton und streifte ziellos umher, auf der Suche nach einem Lebenssinn, den ich nicht fand. Bis mich eines Tages vor drei Jahren einer meiner alten Informanten benachrichtigte, dass es im Haus des Herrn Zhang einen Diebstahl gegeben hatte und dass Zhangs Adoptivsohn versucht hatte, den Vorfall zu vertuschen, anstatt sich auf die Suche nach den Dieben zu machen. Die Angelegenheit erschien mir sehr verdächtig, deshalb kehrte ich nach Kanton zurück, um Nachforschungen anzustellen. Ich fand heraus, dass die Diebe zwei Piraten gewesen waren, besser gesagt ein Pirat und eine junge Piratin. Ich befürchtete, einen fatalen Fehler begangen zu haben, und machte mich auf die Suche nach Shi Yu, aus der mittlerweile der Piratenkapitän Fliegende Klinge geworden war. Deshalb ging ich zu Guo Huiliang.«

Yu kam es vor, als habe sie diesen Namen schon einmal gehört, doch es dauerte eine Weile, bis ihr wieder einfiel, wo das gewesen war: in Kanton, als sie zum allerersten Mal auf dem Weg zu Li Peng gewesen war und sich ihr fünf Jungen in den Weg gestellt und sie in den Fluss geworfen hatten. Guo Huiliang war der Name ihres Anführers gewesen.

»Herr Guo ist ein sehr reicher Kaufmann. Vor einiger Zeit hast du ihm die wertvolle Ladung einer seiner Dschunken gestohlen und seitdem nährt er einen tödlichen Hass gegen dich.«

Die Handelsdschunke mit dem Frachtraum voller Silberbarren, auf die Riecht am Wind sie hingewiesen hatte, dachte Yu. Hatte sie also diesem Mann gehört? Gut, denn dann tat es ihr überhaupt nicht leid, sie geplündert zu haben.

»Ich versprach Herrn Guo, Jagd auf dich zu machen, und er hat mich dafür mit Geld und einem Schiff ausgerüstet. Jetzt habe ich dich endlich gefunden. Nicht um dich zu töten, sondern um dein neuer *Shifu* zu werden.«

Warum?, wollte Yu fragen, doch noch immer konnte sie nicht sprechen.

Lächelnd beugte sich Nachtfalter über sie und berührte einen anderen ihrer Vitalpunkte. Die blockierte Energie konnte wieder frei fließen, das Blut pulsierte in Yus Adern, ihre Muskeln hatten ihre Kraft zurück.

Mühsam kam Yu auf der vibrierenden Rah auf die Beine. Unter ihr, an Deck, hatten die Piraten die Schlacht gewonnen. Gerade schaute Kleiner Zorn zu ihr hoch. Offenbar fragte er sich, ob er eingreifen sollte, und wenn ja, wie. Mit einer Handbewegung bedeutete Yu ihm zu warten.

»Jetzt kannst du dich wieder bewegen und sprechen«, erklärte Nachtfalter. »Was wolltest du mir sagen?«

»Ich wollte sagen: Warum? Warum hast du all diesen Ärger auf dich genommen und bist zu mir gekommen, einer gewöhnlichen Dienstmagd, die die Kampfkunst von Bildern erlernen wollte, ohne diese wirklich zu verstehen?«

Nachtfalter grinste. »Ich habe dir doch erzählt, dass ich mich geirrt habe, und ein Weiser gesteht sich die eigenen Fehler ein. In den Gewässern rings um China kennen bereits heute alle den Namen Fliegende Klinge. Wenn du mir erlaubst, mein Wissen an dich weiterzugeben, wird dies hier erst der Anfang sein. Oh ja, Mädchen. Ich sehe für dich eine Zukunft voller großer Taten … Sobald du dazu bereit sein wirst, fordern wir gemeinsam den Widersacher heraus und rächen den Tod deines geliebten Meisters Peng.«

38

Yu und Nachtfalter sprangen vom Hauptmast auf das Deck hinunter. Sogleich umringten die Piraten den Mann und richteten ihre Messer, Pistolen, Pfeile und Säbel auf ihn.

»Was sollen wir tun, Kapitän?«, fragte Scharlachroter Tiger.

Eine gute Frage, dachte Yu. Sie musste erst einmal über das nachdenken, was sie soeben gehört hatte. Was das Übrige anging, so hatte sie ihre Entscheidung bereits getroffen.

»Ich möchte euch Nachtfalter vorstellen«, verkündete sie. »Er ist ein großer Meister der Kampfkunst und hat das Meer auf dieser Dschunke nur deshalb befahren, weil er mich treffen wollte.«

In Wirklichkeit hatte er sich von Guo eine Dschunke geben lassen, um sie zu fangen, aber es war wohl besser, das nicht zu erwähnen.

»Heißt ihn willkommen, denn ab heute wird dieser edle Held Teil unserer Mannschaft sein. Überfluss, finde für ihn auf der *Sternschnuppe* eine bequeme Unterkunft und hilf ihm, sich einzurichten.«

Während sich Nachtfalter und der Koch entfernten, fragte Kleiner Zorn leise: »Bist du dir da sicher?«

»Er hätte mich hundertmal töten können und hat es nicht getan. Deshalb neige ich dazu, ihm zu glauben. Doch es wäre mir lieber, wenn Scharlachroter Tiger in den nächsten Nächten vor der Tür meiner Kabine schläft.«

Kleiner Zorn nickte. »Ich werde auch da sein. Vorsicht schadet nie.«

Yu ließ sich von der Schlacht berichten: Nachtfalter hätte seine Männer im Kampf anführen müssen. Doch er hatte ihnen keinerlei Anweisungen gegeben und sie hatten sich beinahe kampflos ergeben.

Einer der Zwillinge hatte eine Verletzung im Gesicht und würde davon sicherlich eine hässliche Narbe zurückbehalten.

»Jetzt wird es leichter, sie zu unterscheiden«, kicherte Seebeben.

Insgesamt war es für Yus Mannschaft eine leichte Schlacht ohne Verluste gewesen. Allerdings war der Frachtraum der Dschunke leer, sodass keine große Beute zu machen war. Doch sie fanden auf dem Schiff einige Kanonen und andere Waffen, Ersatzsegel und verschiedenes nützliches Material. Yu befahl, alles auf die *Sternschnuppe* hinüberzubringen, den Männern auf der Dschunke jedoch ihr Schiff sowie Trinkwasser und Lebensmittel für zwei Tage zu lassen.

Nachdem alles geklärt war, kehrte Yu in ihre Kabine zurück. Nachtfalters Griff *Blatt im Strom* hatte Nachwirkungen: Ihr ganzer Körper schmerzte und in Armen und Beinen kribbelte es, als wäre sie in einen Ameisenhaufen gefallen.

Doch vor allem tat es in der Seele weh.

Nachtfalter hatte ihr verraten, dass ein Großteil ihrer Vergangenheit von einer Lüge verdunkelt worden war. Jahrelang hatte Yu sich vorgeworfen, Li Peng in eine Falle gelockt zu haben, und sich dafür gehasst, dass sie ihren Meister nicht hatte beschützen können. Das hatte dazu geführt, dass sie sich aus Scham von Wei distanziert hatte, und zu dem wurde, was sie heute war.

Doch alles, was sie für wahr gehalten hatte, war falsch gewesen. Peng und Nachtfalter waren Freunde und Waffenbrüder gewesen. Als Bai Bai ihr erzählt hatte, die beiden Männer hätten sein Lokal zerstört, hatte er zu erwähnen vergessen, dass die zwei Seite an Seite gekämpft hatten, gegen gemeinsame Feinde.

Aber wer waren diese Feinde? Männer, die unter dem Befehl eines Mannes standen, der so mächtig war, dass er sogar einen hohen Beamten wie Herrn Zhang unter sich hatte.

Yu dachte an jene Nacht zurück, als sie und ihr Freund Wei die Soldaten gesehen hatten, die Pengs Leiche abtransportierten. Hatten die ihn getötet? Falls das stimmte, lebte Wei ahnungslos im Haus eines der Mörder seines Großvaters.

Sollte Yu ihn warnen? Doch ihr Kindheitsfreund würde nicht

auf sie hören. Er war *auf die Seite des Widersachers übergewechselt,* wie Nachtfalter es ausgedrückt hatte. Er kämpfte im Stil der Zhang-Familie, er war zu einem Mandarin geworden und er hatte geheiratet. Der Kuss, der Yu öfter in den Sinn kam, als ihr lieb war, hatte ihren Abschied besiegelt. Sie musste an die Gegenwart denken, um sich der Ehre würdig zu erweisen, die letzte Schülerin des *Wushu* zu sein. Und sie musste Pengs Tod rächen.

Tanzende Lotosblüte öffnete Yus Kabinentür und steckte den Kopf durch den Spalt.

»Guten Abend, Kapitän. Darf ich reinkommen?«

Am liebsten hätte Yu mit Nein geantwortet, die ehemalige Tänzerin war der letzte Mensch, den sie jetzt sehen wollte, doch wie immer legte Tanzende Lotosblüte wenig Einfühlungsvermögen an den Tag und trat ein. Sie kniete sich auf den Fußboden und begann, Tee zuzubereiten.

»Was machst du da?«, fragte Yu.

»Tee«, antwortete ihre Freundin fröhlich. »Weißt du, ich habe mich mit den Jungs unterhalten. Sie haben versprochen, nie wieder meinetwegen mit dem Messer aufeinander loszugehen. Und ich werde Kleiner Zorn heiraten. Der Weise sagt: *Wenn du eine Stunde lang glücklich sein willst, kauf dir Wein. Wenn du ein Jahr lang glücklich sein willst, heirate. Wenn du für immer glücklich sein willst, lege einen Garten an.* Aber hier auf dem Meer kann ich keinen Garten anlegen …« Tanzende Lotosblüte kicherte.

»Wann ist denn der große Tag?«, fragte Yu, die sich trotz allem über diese Nachricht freute.

»So bald wie möglich. Natürlich wäre ich an diesem Tag nicht allein.«

»Wie meinst du das?«

Tanzende Lotosblüte war mit den Vorbereitungen fertig, goss Tee in eine Tasse und stellte sie vor Yu.

»Er ist sehr schön«, sagte sie plötzlich.

»Wer?«, fragte Yu, die nicht auf diesen Themenwechsel gefasst gewesen war.

»Blauer Tiger. Ich kann nachvollziehen, dass er dir den Kopf verdreht hat. Er ist stark wie ein Büffel und geschmeidig wie ein Tänzer. Seine Bewegungen sind fließend wie klares Wasser. Aber was tatsächlich bezaubert, sind seine Augen: Er sieht dich an, als könne er dir ins Herz schauen.«

»Er gehört mir«, sagte Yu und wunderte sich selbst darüber, wie entschlossen das klang.

Tanzende Lotosblüte platzte lachend heraus: »Ich werde mich nie daran gewöhnen, wie direkt du deine Gedanken aussprichst. Vielleicht ist das der Grund dafür, dass du hier auf dem Schiff der Kapitän bist und ich eine einfache Matrosin.«

»In den drei Jahren, die du auf dem Schiff verbracht hast, hast du noch nie ein Segel gesetzt oder an einem Tau gezogen«, stellte Yu trocken fest. »Aber wechsle nicht schon wieder das Thema. Ich habe gesagt, er gehört mir.«

»Du liebst ihn also?«

Auf diese Frage zu antworten, fiel Yu schwer. »Woher soll ich das wissen, Tanzende Lotosblüte?«

»Es gibt kein Gold ohne Unreinheiten und es gibt keinen Mann ohne Fehler. Wenn Blauer Tiger dir gehören soll, dann nimm ihn dir.«

Yu seufzte. Ein einziges Mal hatte sie mit ihm allein zu Abend gegessen und danach, in der Nacht, hatte sie kein Auge zubekommen. Ihr ganzer Körper hatte geglüht, so als habe sie hohes Fieber.

War das Liebe?

»Ich weiß nicht, wie man einen Mann einfängt«, gab sie zu.

»Dann lass mich machen«, sagte Tanzende Lotosblüte. »Ich werde mich sehr diskret mit ihm unterhalten und herausfinden, ob er deine Gefühle erwidert. Er ist nicht verheiratet und es wartet auch nirgends eine Verlobte oder Geliebte auf ihn. Bei einem jungen Mann seines Alters ist das seltsam. Möglicherweise ist er sehr romantisch veranlagt, einer dieser stillen Helden, mit einem Körper wie aus Stahl, aber einer Seele, die zart wie eine Seerose ist …«

»So ist er!«, rief Yu aus. »Genau so ist Blauer Tiger.«

»Also wird er sich an die überlieferten Bräuche halten wollen. Er wird nicht direkt auf dich zugehen, denn das fände er weder angebracht noch höflich. Stattdessen wird er nach einem Paten suchen, der für ihn das Terrain sondiert und herausfindet, ob seine Absichten mit Wohlwollen angehört werden.«

Spontan sprang Yu auf. »Oh ja«, sagte sie. »Das werden sie.«

Tanzende Lotosblüte hob eine Augenbraue. »Im Ernst? Auch falls er dich bittet, seine Frau zu werden?«

Yu zögerte. Sie hatte aus einem Impuls heraus gesprochen, auch um die Erinnerung an Wei aus ihrem Kopf zu verjagen. Bis zu diesem Augenblick hatte sie noch nie daran gedacht zu heiraten, wohl auch weil in ihrer Umgebung niemand gewesen war, der dafür infrage kam. Mit wem hätte sie denn eine Familie gründen sollen? Mit Scharlachroter Tiger oder Steinriese? Unmöglich.

Doch sie war bereits neunzehn. Wei war ein verlorener Traum, jemand, der einer anderen Welt angehörte. Blauer Tiger dagegen war da. Ein Held, nur wenige Jahre älter als sie selbst. Und so schön, dass sie jedes Mal, wenn sie ihn sah, den Drang verspürte, ihn zu umarmen.

Zwar wusste sie überhaupt nichts über ihn. Aber, wie Tanzende Lotosblüte gesagt hatte: Ein Drache ist ein Drache.

»Ich werde Blauer Tiger noch in dieser Nacht heiraten«, verkündete sie.

Ihre Freundin stand auf und deutete eine Verbeugung an.

»Ausgezeichnet«, sagte sie. »Denn er ist heute zu mir gekommen, sofort nach der Schlacht. Er hat mich gebeten, seine Patin zu sein und mit dir zu reden, um zu erfahren, welche Gefühle du in deinem Herzen verbirgst. Dieser tapfere und verdienstvolle junge Mann ist schon seit Langem in dich verliebt. Und jetzt, wo er dich gefunden hat, möchte er dich bitten, seine Braut zu werden.«

39

Die Ehefrau von Blauer Tiger sein.

Seine.

Frau.

Sein.

Am liebsten wäre Yu auf Deck gerannt und hätte sich in die Arme von Blauer Tiger geworfen. Schon seit Jahren träumte sie davon. Als sie sich das Haar kurz geschnitten hatte, hatte sie diese unmögliche Liebe betrauert. Aber jetzt … Jetzt würde sie ihn für ihre Tränen teuer bezahlen lassen. Und ihm gleich darauf verzeihen, ihn mit Küssen bedecken. Und dann …

»Langsam, Mädchen, langsam«, ermahnte Tanzende Lotosblüte sie. »Die Bräuche verlangen, dass es der Mann ist, der vortritt, während deine Aufgabe darin besteht zu warten.«

Die Freundin hatte recht. In dieser Nacht konnte Yu jedoch nicht schlafen. Jeden Moment erwartete sie, dass Blauer Tiger durch die Tür ihrer Kabine trat.

Doch der erste Tiger, den Yu am nächsten Morgen erblickte, war der Scharlachrote.

»Hier ist jemand für dich …«

»Lass ihn reinkommen!«, erwiderte Yu aufgeregt.

Doch wieder hatte sie sich geirrt, denn der Mann, der nun ihre Kabine betrat, war Nachtfalter. Er trug ein Tablett mit zwei hohen, schmalen Porzellanvasen und einem prall gefüllten Stoffbeutel.

Nachdem er sein Tablett auf dem Deckel der Truhe abgestellt hatte, schaute er Yu an. »Warum hast du solche Ringe unter den Augen?«

»Ich habe letzte Nacht nicht viel geschlafen«, antwortete sie. »Ich glaube, ich habe mich verlobt.«

Nachtfalter verzog das Gesicht. »Das ist eine schlechte Idee.

Genauso schlecht wie die, deiner Mannschaft den *Wushu* beizubringen. Ich habe einige Matrosen gesehen, die sich am *Sprung des Delfins* versucht haben. Ihr Stil war grauenhaft, sie hätten sich dabei das Genick brechen können. Wenn du selbst es schon nicht richtig gelernt hast, wie kannst du es dann anderen beibringen?«

Yu zog die Nase hoch. »Ich finde eigentlich, dass ich es bisher ganz gut hinbekommen habe …«

»Das ist einzig und allein das Verdienst des vorzüglichen Peng. Zum Glück werde ich jetzt an seine Stelle treten.«

Nachtfalter bedeutete ihr, sich neben die beiden Vasen zu stellen. Sie waren bis zum Rand mit Wasser gefüllt, dennoch hatte der Kampfkunstmeister beim Tragen keinen einzigen Tropfen verschüttet.

Der Stoffbeutel enthielt schwarze und weiße Steine für das Brettspiel *Go*. Nachtfalter nahm einen davon zwischen Daumen und Ringfinger und legte ihn über die Öffnung einer der beiden Vasen.

»Die erste heutige Übung ist sehr einfach, aber von grundlegender Bedeutung, wenn man lernen will, das eigene *Chi* zu kontrollieren. Du musst tief durchatmen und deine Vitalenergie in der Fingerbeere deines Zeigefingers konzentrieren. Dann schlägst du zu.«

Nachtfalters Finger streifte leicht den Spielstein und dieser schnellte in die Vase hinein, schoss mit der Kraft eines Projektils zum Boden hinunter und schlug innen auf dem Vasenboden auf. Das Porzellan zersprang in tausend Teile und eiskalte Wassertropfen und glitzernde Scherben flogen in alle Richtungen.

»Vorsicht!«, schrie Yu und fing eine davon in der Luft auf.

»Hast du das gesehen?«, fragte Nachtfalter. »Es ist kinderleicht. Jetzt versuche, die andere Vase kaputt zu machen.«

Yu nahm sich einen Spielstein und schlug mit dem Zeigefinger darauf. Der Spielstein fiel in die Vase, wurde vom Wasser aufgefangen und schwebte gemächlich auf den Vasenboden hinunter.

Nachtfalter lachte laut. »Ich dachte, du würdest das hinbekommen.«

Yu knurrte wie ein verletzter Tiger.

Eine Stunde lang versuchte sie es immer wieder, bis alle Spielsteine aus dem Beutel aufgebraucht waren, doch es glückte ihr kein einziges Mal.

Zu ihrer großen Erleichterung steckte irgendwann Scharlachroter Tiger seinen Kopf durch den Türspalt.

»Fliegende Klinge, wir haben Hongkong gesichtet.«

»Das Training wird unterbrochen«, beschloss Yu. »Wir gehen an Deck.«

Hongkong lag einige Fahrstunden vom Humen entfernt, eine üppig bewaldete Insel mit Hügeln und felsigen Bergen. An ihrer Südostseite gab es eine breite natürliche, von zwei bergigen Halbinseln eingerahmte Bucht, die sich perfekt als Ankerplatz eignete.

Die *Sternschnuppe* segelte langsam in die Bucht hinein. Am linken Ufer thronte auf einem Hügel ein großer Palast mit einem roten Dach. In der Bucht ankerten bereits die *Rote Todesbotin* und sechs weitere, in bunten Farben angestrichene Dschunken.

»Offenbar waren die anderen vor mir zurück«, meinte Blauer Tiger, der an diesem Tag noch kein einziges Wort mit Yu gesprochen hatte. »Nur das Schiff von Seeteufel fehlt noch.«

Yu nickte. »Ich nehme an, dass du uns zu Goldener Drache begleiten möchtest.«

»So ist es. Er wird auf dem Roten Hügel auf uns warten«, sagte Blauer Tiger und zeigte auf den Palast mit dem roten Dach, der Yu bereits aufgefallen war.

Yu befahl, ein Beiboot zu Wasser zu lassen, und wählte Kleiner Zorn und Scharlachroter Tiger als Eskorte. Nach einem kurzen Moment des Zögerns rief sie auch Nachtfalter dazu: Ihr war wohler, wenn er nicht allein auf dem Schiff zurückblieb.

Sie erreichten den Strand, und eine Gruppe von Piraten von der *Roten Todesbotin* kam ihnen entgegen. Sie waren Waffengefährten gewesen und hatten einander lange Zeit nicht gesehen, deshalb war die Freude groß.

Blauer Tiger ging auf dem Weg zum Roten Hügel vor. Im Gänsemarsch stiegen sie einen steilen Pfad am Rand der Steilküste hinauf, bis zu einer breiteren Stelle, an der einige Piraten Wache standen.

Yu erkannte nur einen einzigen wieder, ein Mann mit einem über und über tätowierten Körper und unglaublich breiten und kräftigen Schultern. Es war Tätowierter Büffel: derjenige, der als Gefangener der kaiserlichen Soldaten vor Yus erstaunten Augen die um seinen Hals gelegte hölzerne *Canga* zerbrochen hatte.

»Fliegende Klinge ist hier«, verkündete Blauer Tiger.

»Tretet ein«, erwiderte Tätowierter Büffel. »Der Kriegsrat hat gerade erst zu tagen begonnen.«

Er führte sie ins Innere des Palasts und zu einem großzügig angelegten hellen Audienzsaal, dessen Außenwand aus großen Schiebefenstern bestand, die beiseitegeschoben waren, um einen ungehinderten Blick auf die Bucht zu ermöglichen.

Sitzbänke nahmen beinahe die gesamte Fläche des Saals ein, und auf allen saßen Piraten, einer abenteuerlicher ausstaffiert als der andere. Yu sah ein Meer aus tätowierten Gesichtern, eigenartigen Frisuren, Ohr- und Halsringen und Narben. An der Kopfseite des Saals standen neun Throne, sieben davon besetzt und zwei noch leer. Auf dem mittleren und imposantesten hatte Goldener Drache Platz genommen.

»Willkommen, Fliegende Klinge«, rief er ihr zu. »Es ist lange her, seit wir uns das letzte Mal gesehen haben.«

Den voll besetzten Saal zu durchqueren wäre Yu zu mühsam gewesen. Deshalb konzentrierte sie ihr *Chi* und sprang in die Luft. Sie schlug über den Köpfen der Piraten einen Salto und landete knieend vor dem mittleren Thron.

»Wie du siehst, habe ich mein Wort gehalten«, sagte sie.

Auf solch eine Weise auf sich aufmerksam zu machen, war gefährlich und Goldener Drache hätte es Yu übel nehmen können, doch er ignorierte ihre Kühnheit.

»Ich stelle dich den anderen Kapitänen vor, die meinem Ruf gefolgt sind«, erklärte er. »Er hier ist Doppelpfeil, neben ihm sitzt

Drei-Finger-Kang. Dort drüben: Donnerschlange, Meister der Täuschung, Abtrünniger Mönch und Flussritter.«

Yu hatte den Piraten mit dem Aussehen eines melancholischen Adeligen sofort wiedererkannt.

»Seeteufel fehlt noch«, stellte Yu fest und wiederholte den Namen, den sie von Blauer Tiger gehört hatte.

Goldener Drache zuckte mit den Schultern. »Er wird nicht kommen. Ich hatte Verrückte Äffin nach ihm ausgeschickt und sie ist bis Vietnam vorgedrungen, doch der alte Bastard ist entweder von uns gegangen oder er zieht es vor, unauffindbar zu bleiben. Aber wir können nicht länger auf ihn warten: Wir haben keine Zeit zu verlieren.«

Yu nahm auf einem der beiden freien Throne Platz, neben Flussritter, und fragte: »Ist die Situation wirklich so schlimm?«

»Meine Informanten berichten, dass Gebrochener Knochen eine Flotte zusammengestellt hat und sich darauf vorbereitet, den Humen zu überqueren. Bald werden sie uns aufspüren und angreifen. Gebrochener Knochen ist nicht nur für mich zu einer Gefahr geworden, sondern für uns alle: Es ist ihm gelungen, sich die Unterstützung der Mandarine und das Geld der Kaufleute von Kanton zu sichern. Im Gegenzug hat er versprochen, dass er die Handelsrouten sicher macht und uns Piraten vom Angesicht der Erde wischt.«

»Wann wird er hier sein?«, fragte Yu.

»Vielleicht in zwanzig Tagen, vielleicht erst in einem Mond. Auf jeden Fall bleibt uns nicht mehr viel Zeit. Wir müssen beschließen, wer unsere Flotte befehligt, wir müssen über eine Strategie abstimmen und uns auf die Schlacht vorbereiten.«

Die Piraten begannen, durcheinanderzureden, zu schreien und mit den Füßen zu trampeln, wodurch wiederum ein lautes Donnern entstand, das die Wände erbeben ließ.

Goldener Drache erhob sich und der auf seine Haut tätowierte Drache breitete die Vorderbeine aus.

»Gebrochener Knochen hat beschlossen, uns zu vernichten«,

rief er. »Er hat mächtige Verbündete gefunden und will seinen Krieg hierher tragen. Doch er ahnt nicht, mit wem er sich anlegt. Unsere Kanonen werden Masten zum Einstürzen bringen, unsere Säbel werden Herzen aufspießen. Auf seine unverschämte Herausforderung werden wir mit Feuer und Zerstörung antworten. Und am Ende, meine Herren, werden wir die Sieger sein. Darauf gebe ich euch mein Wort!«

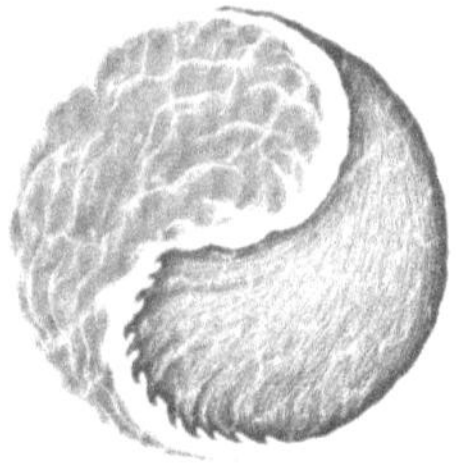

40

In den auf der *Roten Todesbotin* verbrachten Jahren und als Kapitän der *Sternschnuppe* war Yu bei Hunderten von Diskussionen zwischen Piraten dabei gewesen, auch bei solchen, die blutig endeten – zugegebenermaßen die meisten davon. Schon lange hatte sie begriffen, dass Macht wie ein sehr scharfes Messer war. Man konnte es dazu benutzen, eine Statue zu schnitzen, oder aber dazu, sie zu zerstören: Es kam nur darauf an, wo man die Spitze ansetzte und mit wie viel Kraft.

Weil sie eben erst dazugestoßen war, beschloss Yu, erst einmal zuzuhören, um herauszufinden, wie die Fronten verliefen, welche Parteien sich zusammengefunden hatten. Es war ein bisschen so wie bei einer *Go*-Partie, nur dass hier Menschen die Spielsteine waren.

Die eine Partei scharte sich um Goldener Drache. Er war derjenige, der die Versammlung einberufen hatte, und auch derjenige, für den am meisten auf dem Spiel stand. Alle wussten, wie sehr Gebrochener Knochen ihn hasste. Deshalb war Goldener Drache darauf aus, zum Admiral der zukünftigen Piratenflotte ernannt zu werden, mit Flussritter und Abtrünniger Mönch als Vizeadmirale.

Drei-Finger-Kang und Donnerschlange hatten nichts gegen die Bildung einer Flotte einzuwenden, doch jeder der beiden sah sich als deren oberster Befehlshaber (wobei Donnerschlange von Doppelpfeil unterstützt wurde).

Blieb noch Meister der Täuschung, der noch nicht vor dem Kriegsrat gesprochen hatte, wohl in der Hoffnung, mit seiner Stimme den Ausschlag zu geben und so eine Partei zu unterstützen, die infolgedessen in seiner Schuld stand.

Und dann war da noch Yu.

Der Kriegsrat tagte während des gesamten Vormittags und des Mittagessens. Weil keinerlei Fortschritte erkennbar waren, heizte sich die Stimmung am Nachmittag stark auf und Drei-Finger-Kang und Donnerschlange steigerten sich in einen Zweikampf mit bloßen Händen hinein. Nach einer knappen Stunde gab es immer noch keinen Sieger und der Kampf verebbte.

Gegen Abend wurde die Versammlung aufgelöst und Goldener Drache ging zu Yu.

»Die Piraten der *Roten Todesbotin* und die der *Sternschnuppe* sind Brüder«, sagte er zu ihr. »Lange Zeit waren sie getrennt. Lassen wir heute Abend zu, dass sie sich wieder vereinen. Wir wollen gemeinsam zu Abend essen, hier in meinem Palast. In Kanton habe ich mir eine außerordentlich gute Köchin gekauft: Sie heißt Strahlender Reis.«

Yu begriff, dass Goldener Drache mit ihr unter vier Augen reden und sich ihre Unterstützung sichern wollte.

»Überfluss wird deine Köchin gern kennenlernen«, antwortete sie.

Eine Stunde später kamen die Piraten der beiden Schiffe in einem Saal im ersten Stock des Palasts zusammen, der mit langen Tischen ausgestattet worden war. Goldener Drache setzte sich auf den Ehrenplatz und bedeutete Yu, sich auf den zweiten Platz zu setzen. Der dritte Sitz hätte eigentlich Himmlischer Steuermann zugestanden, doch dieser hatte Nachtfalter wiedererkannt, sich bäuchlings vor ihn auf den Boden gelegt und gesagt, dass dem Kampfkunstmeister der drittwichtigste Platz an der Tafel gebühre. Der Steuermann setzte sich dann an den vierten. Auf dem fünften Sitz ließ sich Kleiner Zorn nieder, auf dem sechsten Blauer Tiger.

Nun wurden die Speisen hereingetragen: Huhn, Schweinefleisch und Tauben mit verschiedenen Soßen, aber auch Kugelfisch, eine seltene und hochgeschätzte Delikatesse. Bald herrschte an den Tischen eine ausgelassene Stimmung, die Piraten lachten viel und stießen oft miteinander an.

»Also, Fliegende Klinge«, sagte Goldener Drache, »seit du mein Schiff verlassen hast, lacht dir das Glück.«

»Es war mehr Mut als Glück«, erwiderte Yu. »Ich habe das getan, was ich versprochen hatte: Ich bin nach Kanton zurückgekehrt und habe das magische Buch an mich genommen. Heute befindet sich unter meinen Leuten auch der letzte Lehrmeister des *Wushu der Luft und des Wassers*.«

Nachtfalter aß weiter, ohne den Blick von seinen Schälchen zu heben.

»Man erzählt sich, deine Piraten hätten Flügel«, fuhr Goldener Drache fort. »Angeblich fliegen sie von einem Schiff zum nächsten und brauchen nicht einmal Enterhaken. Diese Gerüchte haben dich berühmt gemacht, doch Ruhm ist gefährlich, Fliegende Klinge. Er trägt einem sehr viele Feinde ein.«

»Für einen Piraten ist es schwer, keine Feinde zu haben«, meinte Yu lächelnd.

»Ich habe erfahren, dass in Kanton ein neuer *Hoppo* ernannt wurde. Er heißt Guo Huiliang. Kennst du ihn? Es scheint, dass er dich ganz besonders hasst und bereit ist, für deine Verfolgung und Vernichtung ein Vermögen auszugeben.«

»Vor einem Kaufmann habe ich keine Angst«, entgegnete Yu.

»Aber sich den *Hoppo* zum Feind zu machen, kann böse Folgen haben. Und für Gebrochener Knochen bist du immer noch eine Piratin der *Roten Todesbotin*, deshalb richtet sich sein Hass auch gegen dich.«

Yu wusste, worauf Goldener Drache hinauswollte: Er wollte sie davon überzeugen, dass der bevorstehende Krieg auch ihrer war. Und er wollte ihren Schwachpunkt herausfinden, doch Yu hatte nicht die Absicht, ihm ihre geheimsten Gedanken zu verraten.

»In diesen Jahren«, sagte sie, »hat Gebrochener Knochen niemals versucht, mich anzugreifen. Deshalb glaube ich, dass sein Hass mir gegenüber nicht sehr ausgeprägt ist.«

Goldener Drache schlug mit der Faust auf den Tisch. »Du hast es geschworen!«, donnerte er. »Als ich dir das Schiff geschenkt habe …«

»Ich dachte, die *Sternschnuppe* sei die Belohnung dafür gewesen, dir das Leben gerettet zu haben.«

»Wie dem auch sei: Du hast geschworen, mir im Kampf zur Seite zu stehen.«

Ringsherum hatten alle aufgehört zu essen und starrten den berühmten Piratenkapitän und die junge Frau an.

Nun war Yu an der Reihe, nach geheimen Absichten zu forschen.

»Ich habe es geschworen und ich bin gekommen. Aber ich habe nie gesagt, dass ich unter deinem Befehl kämpfen würde.«

Goldener Drache lachte. »Ich erkenne dich nicht mehr wieder, Fliegende Klinge. Dein Ruhm ist dir zu Kopf gestiegen. Du, ein kleines Mädchen, willst Flottenadmiral werden?«

»Das habe ich nicht gesagt. Aber Donnerschlange könnte der Admiral sein. Doppelpfeil steht schon auf seiner Seite, mit meiner Stimme wären drei dafür. Ich glaube, du hast ebenfalls drei Stimmen, und damit stündet ihr gleich.«

»In dieser Situation würde Meister der Täuschung den Ausschlag geben. Eine gefährliche Entscheidung.«

»Eher für dich als für mich.« Yu leerte ihren Weinbecher und knallte ihn auf den Tisch. »Schluss mit den Spielchen«, sagte sie. »Du warst mein Kapitän, ich weiß, wer du bist, und ich werde dir loyal meine Stimme geben. Damit steht das Oberkommando dir zu.«

Goldener Drache nickte. »Aber im Gegenzug für diese Unterstützung verlangst du etwas von mir.«

»Sobald du Admiral bist, erklärst du, dass ich, Fliegende Klinge, dein Vizeadmiral und deine rechte Hand bin. Die *Sternschnuppe* wird in der Kampfformation an zweiter Stelle neben der *Roten Todesbotin* segeln und mir steht der zweite Teil der Beute zu.«

Goldener Drache schaute sie lange an. Dann fällte er seine Entscheidung.

Mit dem Weinbecher in der Hand erhob er sich. »Hört mir gut zu, Leute, ich habe euch etwas zu sagen, das ich auch vor dem Piratenrat wiederholen werde: Von dieser Nacht an ist Fliegende Klinge meine rechte Hand. Ihr steht in der Schlacht die zweite Position zu und danach der zweite Teil der Beute.«

Die Piraten reagierten mit Freudenrufen und alle hoben ihre Becher.

»Ein vortrefflicher Schritt«, raunte Nachtfalter Yu zu. »Ich denke, dass du die an dich gestellten Erwartungen erfüllen wirst, Mädchen.«

Jetzt, da diese Angelegenheit erledigt war, konnte Yu sich entspannen und das Festmahl genießen. Ein paar junge Piratinnen spielten Flöte und ein Krug Wein nach dem anderen wurde in den Saal getragen. Irgendwann waren die Piraten so betrunken, dass sie sich auf dem Fußboden zwischen den Bänken schlafen legten.

Der vollkommen nackte Scharlachrote Tiger wetteiferte mit Wandelnder Berg darin, wer einen Tisch durch Kopfstöße zerbrechen konnte.

»Vielleicht solltest du ihn davon abbringen«, flüsterte Yu Kleiner Zorn zu.

»Es ist schwierig, Scharlachroter Tiger von etwas abzubringen, wenn er betrunken ist«, erwiderte Kleiner Zorn. »Aber möglicherweise wird er durch die Kopfschmerzen wieder nüchtern.«

Yu grinste, doch sie hatte von der Zecherei genug. Mit einer Verbeugung verabschiedete sie sich von Goldener Drache und lief nach draußen. Anstatt sofort zum Strand hinunterzugehen, schlenderte sie um den Palast herum und kletterte auf einen silbergrauen Felsen. Nach dem Lärm im Saal klang die Stille wie eine Melodie in ihr wider.

Goldener Drache hatte sich für seinen Palast einen guten Platz ausgesucht, denn er thronte über dem Hügel und der Bucht mit den vor Anker liegenden Schiffen. Ein leuchtender Stern spiegelte sich im Meer, sodass es aussah, als schwebe er darin.

»Wie schön das ist«, sagte Blauer Tiger leise.

Yu hatte seine Anwesenheit gar nicht bemerkt, dabei saß er neben ihr, in einem leichten Hemd, das der Nachtwind bewegte.

»Ja«, antwortete Yu. »Es ist wunderschön.«

Sie schwiegen eine Weile, bis der Pirat kopfschüttelnd meinte: »Ich verstehe immer noch nicht, was für eine Frau du bist. Heute Abend hast du Goldener Drache die Stirn geboten und jetzt kommst du mir einfach nur wie ein romantisches Mädchen vor.«

»Kann ich denn nicht beides sein?«

»Vielleicht.« Blauer Tiger zuckte mit den Schultern. »Warum hast du von Goldener Drache verlangt, seine rechte Hand zu werden? Er wird deshalb mit anderen Kapitänen Schwierigkeiten bekommen.«

Yu fand, dass Blauer Tiger es verdiente, von ihr die Wahrheit zu erfahren.

»So läuft es eben in der Welt«, erklärte sie. »Das habe ich schon als kleines Kind gelernt, als ich Dienstmagd in einer Gastwirtschaft war. Wenn du überleben willst, darfst du dich nicht zerquetschen lassen. Du musst dir den Respekt der anderen verdienen. Das Gesicht wahren, wie Überfluss es nennt. Und das gelingt einem nur, wenn man stark ist.«

Sie schaute Blauer Tiger an und er bedeutete ihr, weiterzureden.

»Goldener Drache hat erwartet, dass ich im Gegenzug etwas von ihm verlange«, fuhr Yu fort. »Ein geringer Wunsch hätte mir nur geringen Respekt eingetragen. Es ist ein bisschen so wie damals, als ich ihm das Leben gerettet und ein Schiff von ihm verlangt habe: Er wurde sehr wütend, aber ab da sah er mich mit anderen Augen.«

»Ich erinnere mich an jene Nacht«, sagte Blauer Tiger. »Als du am Strand gefragt hast, wer mit dir kommen will. Ich dachte damals, dass ich noch nie ein mutigeres Mädchen gesehen habe. Oder ein schöneres.«

Jetzt waren sie sich sehr nah. So nah, dass Yu die Wärme spürte, die von seinem Körper ausging.

»Warum bist du dann nicht mit mir gekommen?«

»Ich wollte nicht einer deiner Piraten sein.« Blauer Tiger schwieg wieder eine Weile. »Ich weiß, dass du mit Tanzende Lotosblüte gesprochen hast.«

»Ja.«

Weil Blauer Tiger unsicher wirkte, ergriff Yu die Initiative. Sie beugte sich vor und berührte leicht seine Schultern, den Hals. Sie verschränkte die Hände hinter seinem Kopf, um ihn nach unten zu ziehen. Sie stellte sich auf die Zehenspitzen. Schloss die Augen. Und legte ihre Lippen auf seine.

Wei zu küssen war wie ein Sprung in einen grenzenlosen Ozean gewesen. Blauer Tiger zu küssen war dagegen wie der Kampf gegen ein wildes Tier.

Blauer Tiger hob sie hoch, sie presste sich an ihn und gemeinsam entfachten sie ein Feuer, das die Nacht mit Licht erfüllte.

Als sie sich voneinander lösten, sagte Yu: »Komm mit.«

Sie nahm ihn an der Hand und führte ihn in den Dschungel.

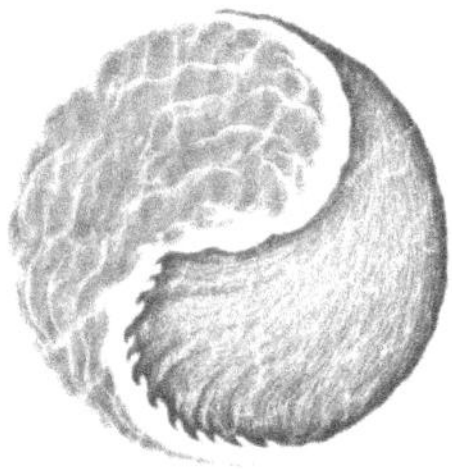

41

Drei Tage später heirateten Yu und Blauer Tiger.

Weshalb hätten sie auch warten sollen? Bis zum vermuteten Eintreffen von Gebrochener Knochen blieb noch etwas Zeit. Außerdem besitzt Krieg die Macht, Familien zu zerstören. Deshalb schien es ratsam, seine Familie vor dem Krieg zu gründen. Gemeinsam mit ihnen entschieden sich noch fünf weitere Paare zu heiraten, darunter auch Tanzende Lotosblüte und Kleiner Zorn.

Das Fest begann bei Sonnenaufgang, als sich sämtliche Piratinnen auf dem Roten Hügel versammelten, um den Bräuten die Haare zu traditionellen Hochzeitsfrisuren aufzustecken. Während die Frauen Klämmerchen, Nadeln, Perlen und Jadeketten anbrachten, scherzten sie über die zukünftigen Ehemänner und deren Vorzüge im Kampf und in der Liebe.

Tanzende Lotosblüte, die über einen reichen Schatz an Erfahrungen verfügte, erzählte lustige Geschichten über Kleiner Zorn.

»Als er mich das erste Mal küssen wollte, musste er auf ein Fass klettern und selbst da waren unsere Gesichter noch nicht auf einer Höhe. Andererseits aber …«

Yu beneidete die Freundin um ihre Fröhlichkeit. Ohne sich erklären zu können, warum, fühlte sie sich bedrückt. Vielleicht lag es an all dem, was in den vergangenen Tagen geschehen war. Nachtfalter, den sie für ihren Todfeind gehalten hatte, hatte sich als Verbündeter erwiesen. Sie hatte Goldener Drache die Stirn geboten und am gestrigen Tag, im großen Kriegsrat, war Goldener Drache zum Admiral der Piratenflotte ernannt worden und Yu zum Vizeadmiral.

Abgesehen davon war ein bevorstehender Krieg Grund genug, bedrückt zu sein.

Aber du brauchst dir jetzt noch keine Gedanken darüber zu machen.

Der Kapitän in dir muss heute schweigen, denn dieser Tag gehört dem sanften, nachdenklichen Mädchen. Gönn ihm diesen Tag, lass zu, dass es ihn in vollen Zügen genießt.

Sie dachte an die Nacht mit Blauer Tiger im Dschungel zurück und musste lächeln.

»Mit den Haaren sind wir fertig«, verkündetet Muräne, die eine Stunde lang an Yus Frisur gearbeitet hatte. »Jetzt kommen wir zu den Kleidern.«

Aus den Frachträumen der Schiffe hatten die Frauen fünf rote *Cheongsam* hervorgeholt. Rot, die Farbe des Glücks. Ein paar Frauen halfen Yu, das Seidenkleid anzuziehen. Der Stoff war so leicht wie die Flügel einer Libelle. Sie brachten ihr einen Spiegel, und die festlich gekleidete, geschminkte Yu sah sich darin so schön wie noch nie zuvor in ihrem Leben.

»Unsere Befehlshaberin ist so glücklich, dass sie ihren Namen von Fliegende Klinge in Verliebte Klinge umändern wird«, scherzte Seebeben.

Die anderen Frauen lachten, doch Yu griff zu ihrem Schwert und drohte damit der Kanonierin.

»Hier wird nicht gekämpft«, schimpfte Muräne, »sonst muss ich mit deiner Frisur von vorn anfangen.«

Zur Stunde des Pferds stießen die Familien zu ihnen, eine Menge von Piraten mit Frauen, Kindern und sogar Großeltern. Unter ihnen war auch die Hälfte der Besatzung der *Sternschnuppe*.

Mittags servierte Überfluss ein leichtes Gericht aus Reis, Gemüse und Haifischflossensuppe (das sich Yu von ihm gewünscht hatte). Danach kam Himmlischer Steuermann und sagte, dass die Bräute am Strand erwartet wurden, wo die Zeremonie stattfinden sollte.

Yu befestigte die Schwertscheide am Gürtel ihres *Cheongsam* und stellte sich an die Spitze des Zugs der zukünftigen Ehefrauen. Von den Familien begleitet liefen sie vom Roten Hügel hinunter zum Strand.

An der ersten Wegbiegung kamen sie in einen Hinterhalt: Hinter einem Sandelholzbaum sprangen Steinriese und Seeotter hervor.

Mit Keulen bewaffnet stürzten sie mit wilden Gesten und theatralischen Schreien den Bräuten entgegen. Lachend entwich Yu ihnen mit zwei Sprüngen. Dann blieb sie stehen und sah zu, wie die beiden Angreifer mit den Begleitern des Brautzugs kämpften, während die jungen Frauen kreischend und kichernd in alle Richtungen flohen.

Auf dem Weg zum Strand erfolgten noch drei weitere gespielte Überfälle. Der dritte davon wurde von Drei-Finger-Kang und seiner mit Lanzen, Ketten und Gewehren bewaffneten Mannschaft inszeniert. Yu musste gegen Drei-Finger-Kang kämpfen. Zwanzig Mal wirbelte sie durch die Luft und glitt seitwärts, während Kang seine spektakulärsten Techniken und Kniffe zur Schau stellte. Schließlich erklärte sich Kang, wie die Tradition es verlangte, für besiegt. Alle jubelten und ließen die Bräute durch.

Auch der Strand war voller Piraten. Die feierlich gekleideten zukünftigen Ehemänner standen in einer Reihe vorn am Meer, nur wenige Schritte von der Wasserlinie entfernt.

Kleiner Zorn war derartig rot im Gesicht, dass es aussah, als wäre er betrunken oder stünde kurz vor einem Herzinfarkt. Blauer Tiger dagegen war schön wie ein Gott, und als sein Blick auf Yu fiel, setzte ihr Herz einen Schlag aus.

Du hast Glück, dachte sie. Du bekommst, was du dir schon immer gewünscht hast. Den Mann deiner Träume. Einen großen Krieger. Und er liebt dich.

Für einen kurzen Moment musste sie an Wei denken und sie fragte sich, wie es wäre, wenn er hier an diesem Strand auf sie warten würde.

Was für ein Unsinn!

Wei war ein kaiserlicher Beamter, noch dazu bereits verheiratet. Nein, nein. Hier vor ihr stand Blauer Tiger und niemand anderer, und das war auch richtig so. Natürlich kannte sie seine Vergangenheit nicht und er sprach wenig. Doch die Weisen lehrten, dass dies ein Zeichen von Intelligenz sei. Außerdem war er bereit, eine Frau zu heiraten, die anders als alle anderen Frauen war: eine

Braut mit einem Schwert, die beim Entern von einem Schiff zum anderen sprang. Wer sonst hätte sich in ein Mädchen wie sie verlieben können?

Du musst zufrieden sein. Du hast Glück gehabt.

Über einen roten Teppich gelangten die Bräute zu den Bräutigamen. Dann gingen sie gemeinsam zu einem auf dem Strand aufgeschlagenen Zelt, in dem die Teezeremonie stattfinden sollte.

Goldener Drache hielt eine Rede, aber Yu hörte nicht hin. Anschließend servierten die Paare den im Zelt versammelten Kapitänen und Ältesten Tee und tranken ihn auch selbst, wobei Braut und Bräutigam ihre Schalen tauschten.

Riecht am Wind schnitt mit einem Dolch jedem Bräutigam und jeder Braut eine Haarsträhne ab und verknotete jeweils die beiden Strähnen miteinander. Doch bei Blauer Tiger gab es nichts abzuschneiden, sein Kopf war kahl rasiert. Yu kam dies wie ein schlechtes Vorzeichen vor. Panik ergriff sie und sie spürte einen dicken Kloß im Hals.

Hör auf, ermahnte sie sich. Es ist ganz normal, am Tag seiner Hochzeit Angst zu haben. Aber du liebst Blauer Tiger, also lächle.

Sie lächelte.

»Auch auf dem Kopf eines kahlen Mannes findet man immer ein bisschen Flaum«, meinte Himmlischer Steuermann. »Dann kratzen wir eben den weg. Ich bin mir sicher, dass die Götter eure Verbindung trotzdem segnen werden.«

Mit einer entschlossenen Geste schnitt er Yu eine Strähne ab, fuhr mit der Klinge über den Schädel von Blauer Tiger, tat das wenige, das er abschabte, in einen Seidenbeutel und überreichte diesen dem Paar. Er rief den Jadekaiser an, die Paare hinfort zu beschützen, und diese verneigten sich dreimal.

Wir haben es getan, dachte Yu, und fühlte sich plötzlich erleichtert. Sie musste an ein Schiff denken, das nach allzu langer Liegezeit im Hafen endlich den Anker lichtet.

Beim Hochzeitsbankett tischten Überfluss und Strahlender Reis eine derartige Menge köstlicher Speisen auf, dass die gesamte kaiserliche Armee davon satt geworden wäre. Musiker spielten, alle tranken so viel Wein, wie sie wollten, und nach Anbruch der Dunkelheit schossen die Kanonen Signalraketen als Feuerwerk ab. Danach stiegen die neu vermählten Paare in Beiboote, die sie zu den Schiffen fuhren, auf denen sie die Hochzeitsnacht verbringen würden.

Steinriese setzte sich ans Ruder, um Yu und Blauer Tiger sowie Tanzende Lotosblüte und Kleiner Zorn auf die *Sternschnuppe* zurückzubringen. Yu kam es vor, als könne sie sich nicht mehr an die Ereignisse der vergangenen Stunden erinnern.

Hatte sie tatsächlich geheiratet oder war alles nur ein Traum gewesen? Würde sie wirklich bis an ihr Lebensende mit Blauer Tiger zusammenbleiben? Sie war aufgeregt und glücklich.

Anstatt zu warten, dass ihr von der *Sternschnuppe* eine Strickleiter hinuntergeworfen wurde, sprang sie vom Beiboot auf das von Dutzenden roter Lampions beleuchtete Deck. Kleiner Zorn und Tanzende Lotosblüte rannten wie Kinder über das Schiff und verschwanden sofort in ihrer Kabine, während Yu und Blauer Tiger an Deck stehen blieben, um den Anblick der von Feuern erhellten Bucht von Hongkong zu genießen.

»Die *Sternschnuppe* ist ein schönes Schiff«, sagte Blauer Tiger.

»Von jetzt an gehört sie auch dir«, sagte Yu leise.

»Ihr gehört mir beide.«

Er umarmte sie, und als er sacht auf ihr Ohr blies, musste sie lachen. Doch dann wanderte ein Schauer ihren Körper hinunter, bis in die Zehenspitzen. Yu küsste ihn, als wäre sie außer Atem und als wäre er reine Luft. Blauer Tiger hob sie hoch und sie drückte sich lachend an ihn und vergrub ihr Gesicht an seiner Schulter.

Sie schlossen sich in Yus Kabine ein und blieben die ganze Nacht über mit ihrer Liebe allein.

Am nächsten Morgen erklang kurz vor Sonnenaufgang der Gong, der am Hauptmast hing.

Yu begriff nicht sofort, was los war. Dann stürzte sie halb nackt an Deck, ihr Brautkleid notdürftig um den Körper geschlungen. Sie fand ein einziges Chaos vor: Die Piraten lagen verschlafen und noch immer betrunken auf den Planken und Riecht am Wind lief zwischen ihnen herum, teilte Fußtritte aus und brüllte Befehle.

»Was ist passiert?«, fragte Yu.

»Wir sind verloren!«, schrie der Steuermann.

»Was?«

Riecht am Wind zeigte nach Süden. Die Einmündung zur Bucht wurde von einer langen Reihe bewaffneter Dschunken versperrt.

Die Flotte von Gebrochener Knochen hatte sie gefunden und sie saßen in der Falle.

42

Yu zählte fünfzehn Schiffe. Es waren Schiffe vom Lorcha-Typ und Handelsdschunken, und sie lagen Bug an Heck im Wasser, sodass ihre Kanonen auf das Innere der Bucht gerichtet waren und ihnen den Fluchtweg versperrten.

Die Schiffe der Flotte von Goldener Drache dagegen waren alles andere als kampfbereit. Die Piraten hatten bis spät in die Nacht hinein gefeiert, viele von ihnen lagen am Strand herum und etliche waren immer noch so betrunken, dass sie nicht aufstehen konnten.

Das kann kein Zufall sein, dachte Yu. Ein Spion hat Gebrochener Knochen den günstigsten Zeitpunkt für den Angriff verraten. Doch wie hatte der Spion die Feinde benachrichtigen können? Möglicherweise durch Rauchsignale oder eine Brieftaube.

Goldener Drache war davon ausgegangen, dass dieser Krieg erst in einigen Wochen beginnen würde, doch offensichtlich war er falsch informiert.

Und jetzt?

»Schlimme Sache«, brummte Nachtfalter.

Der alte *Shifu* war auf einmal neben Yu aufgetaucht.

»Wir schweben in Lebensgefahr«, japste Yu.

»Genau. Aber für einen intelligenten Befehlshaber stellt eine solche Situation eine große Chance dar. Welches Problem muss als Erstes gelöst werden?«

Sicherlich nicht die Frage, wer der Spion ist, dachte Yu. Dafür war später noch Zeit.

»Die Besatzungen müssen schleunigst auf ihre Schiffe und sich gefechtsklar machen«, sagte Yu.

»Und dann?«

»Wir haben keinen Schlachtplan«, meinte sie nachdenklich.

»Und wir haben keine Zeit, uns einen zu überlegen. Goldener Drache ist auf der *Roten Todesbotin*, die anderen Kapitäne sind auf ihren Dschunken oder noch an Land. Die Zeit reicht nicht, um über eine Strategie zu diskutieren.«

Der Kampfkunstmeister lächelte zufrieden. »Li Peng hat mit dir die richtige Wahl getroffen. Auch wenn du manchmal dumme Sachen tust, wie zum Beispiel zu heiraten, kann man dir nicht absprechen, dass du Talent besitzt. Jetzt, wo du das Problem erkannt hast, kennst du auch die Lösung.«

»Der *Wushu der Luft und des Wassers!*«

»Wer anders als Fliegende Klinge und ihre Piraten könnte von Schiff zu Schiff springen und rasch eine Verteidigungsstrategie organisieren?«

Während sie sich unterhielten, hatten sich um Yu ihre Piraten versammelt: Steinriese, die Zwillinge, Kleiner Zorn mit Tanzende Lotosblüte und Scharlachroter Tiger. Verstört schauten sie ihren Kapitän an und warteten auf Befehle.

»Wer von den unseren ist noch an Land?«, fragte Yu.

»Seebeben, Seeotter und viele Matrosen.«

»Steinriese, nimm deine Kette ab, damit du schneller rudern kannst. Du holst sie mit einem Beiboot und kehrst sofort hierher zurück. Wenn andere Seeleute zu ihren Schiffen gebracht werden müssen, hilfst du auch ihnen. Die Betrunkenen wirfst du ins Wasser, das wird sie ausnüchtern.«

Steinriese nickte.

»Kleiner Zorn, Scharlachroter Tiger und die Zwillinge: Ihr seid die geschicktesten in der Kunst des Fliegens. Ihr folgt mir auf die *Rote Todesbotin*. Wir müssen mit Goldener Drache reden und seine Befehle den anderen Dschunken überbringen.«

»In Ordnung, Kapitän.«

»Riecht am Wind, dir übertrage ich das Kommando über die *Sternschnuppe*. Sobald Seebeben kommt, soll sie die Kanonen mit Kugeln, Nägeln und Brandraketen laden und sie so vorbereiten, dass sie jederzeit abgefeuert werden können. Du wendest die *Stern-*

schnuppe und lässt die Segel setzen, damit sie jederzeit losfahren kann.«

»Ja, Kapitän.«

Yu sah Blauer Tiger aus der Kabine kommen, doch sie hatte jetzt keine Zeit für ihn. So also sieht mein erster Tag als Ehefrau aus, dachte sie.

Sie schätzte den Abstand zwischen der *Sternschnuppe* und der *Roten Todesbotin* ab, konzentrierte ihr *Chi* und sprang mit der Technik *Am Himmel hängende Reiherflügel* hoch in die Luft, um nur Augenblicke später auf dem Achterdeck der Admiralsdschunke zu landen.

Die anderen, darunter auch Nachtfalter, folgten sekundenschnell.

Himmlischer Steuermann stand an Deck auf seinem Posten und kommandierte die verwirrten Matrosen herum. Goldener Drache betrachtete durch ein Fernglas die feindlichen Schiffe.

Als er Yu erblickte, knurrte er: »Jemand hat uns verraten.«

»Und er wird dafür bezahlen«, erwiderte sie. »Zuerst aber müssen wir diese Schlacht gewinnen.«

Goldener Drache verzog das Gesicht zu einer erzürnten Grimasse, seine Goldzähne blitzten auf. »Gewinnen? Gebrochener Knochen ist hier und blockiert die Bucht, und wir haben nicht einmal einen Angriffsplan.«

»Entwirf jetzt einen. Meine Männer werden von einem Schiff zum anderen springen, um ihn an die anderen Kapitäne zu übermitteln.«

Goldener Drache zeigte auf die Dschunke in der Mitte der feindlichen Formation. Es war ein beeindruckendes Kriegsschiff mit zahlreichen Kanonen und einem grün und golden gestrichenen Rumpf.

»Das ist das Schiff von Gebrochener Knochen«, sagte er. »Er ist Herz und Kopf dieser Flotte. Wenn wir ihn besiegt haben, werden die übrigen fliehen.«

»Das wird nicht leicht sein«, stellte Yu fest. »Wie du gesagt hast, sitzen wir hier in der Bucht in der Falle, während sie freien Spielraum haben.«

»Manchmal muss man Wei belagern, um Zhao zu retten«, sagte Nachtfalter leise.

Goldener Drache wandte sich zu dem alten Meister um. »Was bedeutet das?«

»Vor langer Zeit, als es in China noch viele einander bekämpfende Reiche gab, wurde der kleine Staat Zhao vom Heer des Königs Wei angegriffen. Daraufhin bat der Herrscher von Zhao seinen alten Freund, den König von Qi, um Hilfe. Doch von vornherein war klar, dass die Schlacht furchtbar werden würde, mit zahlreichen Toten auf beiden Seiten, und ihr Ausgang ungewiss. Da hatte der König von Qi eine Idee.« Nachtfalter legte eine Kunstpause ein und fuhr dann fort: »Er beschloss, Wei anzugreifen, um Zhao zu retten. Anstatt seinem alten Freund direkt zu Hilfe zu kommen, griff er mit seinem Heer das Reich von Wei an, aus dem alle Soldaten abgezogen worden waren. Als König Wei erfuhr, dass sein Reich in großer Gefahr schwebte, musste er nach Hause zurückkehren und folglich die Belagerung aufheben. Und so war Zhao gerettet.«

»Vielen Dank für das hübsche Märchen«, fauchte Goldener Drache ihn an. »Aber wie hilft uns das jetzt weiter?«

Yu dagegen hatte sofort verstanden, worauf Nachtfalter hinauswollte. »Gebrochener Knochen kennt dich gut«, sagte sie. »Ihr seid seit vielen Jahren verfeindet. Er erwartet, dass du versuchen wirst, ihn anzugreifen und zu töten, und wird die Formation deshalb so lenken, dass sie den Kampf beginnt. Doch wir werden das ignorieren und eines der Schiffe an den Rändern der Formation angreifen …«

Goldener Drache schaute wieder durch sein Fernglas. »Ich kenne das östlichste Schiff. Es ist die *Blaue Meerjungfrau*. Sie wird von Brüllender Flut befehligt, der dritten Gattin von Gebrochener Knochen, seiner Lieblingsfrau. Wenn wir unseren Angriff auf sie konzentrieren, wird ihr Gebrochener Knochen zu Hilfe eilen.«

»Und infolgedessen muss sich die Formation nach Osten hinüberbewegen und wird im Westen den Eingang zur Bucht freigeben«, sagte Yu. »Mit der *Sternschnuppe* und zwei weiteren Schiffen könnte ich durch die Lücke segeln und aufs offene Meer gelangen, um sie von hinten anzugreifen.«

»Sie sind in der Überzahl, aber es könnte funktionieren«, stimmte ihr Goldener Drache zu. »Du nimmst die Dschunken von Flussritter und Abtrünniger Mönch mit, denn das sind meine treuesten Verbündeten.«

Yu drehte sich zu ihren Männern um. »Habt ihr alles mitbekommen? Fliegt auf die anderen Schiffe, um die Befehle zu übermitteln. Es gilt, keine Zeit zu verlieren.«

Alle verbeugten sich und sprangen ihren Zielen entgegen.

Auch Yu verbeugte sich vor Goldener Drache. »Ich hoffe, dich nach der Schlacht wiederzusehen.« Mit einem Sprung kehrte sie auf das Deck der *Sternschnuppe* zurück.

Zufrieden stellte sie fest, dass sich die Atmosphäre an Bord inzwischen vollkommen verändert hatte. Steinriese war mit allen, die am Strand gewesen waren, zurückgekehrt und abgesehen von ein paar noch nicht einsatzfähigen Matrosen war die Besatzung eifrig mit Vorbereitungen beschäftigt. Die Segel waren gesetzt und Riecht am Wind hatte das Wendemanöver abgeschlossen, Seebeben hatte die Kanonen einsatzbereit gemacht und die Munition bereitgelegt.

»Fertigmachen zum Ablegen«, befahl Yu.

Nachdem er wie ein Falke von einem Schiff zum anderen geflogen war, landete Nachtfalter neben ihr.

»Abtrünniger Mönch und Flussritter werden dir folgen«, meldete er.

»Sehr gut«, antwortete Yu.

Mit einem Fernglas betrachtete sie die feindliche Flotte. Die Schiffe hatten sich nicht von der Stelle gerührt. Sie warteten offenbar ab.

»Sie hätten uns auch gleich angreifen können, aber dann wäre die Bucht für sie zur Falle geworden«, stellte Yu fest. »Sie hoffen, dass wir uns ergeben … Oder zumindest, dass wir auf sie zufahren, dorthin, wo sie sich frei bewegen können und wir nicht.«

Einer der Matrosen kam mit Yus Schwert angelaufen.

»Blauer Tiger hat gesagt, ich soll es dir bringen«, erklärte er.

»Wo ist er?«

»Er ist mit einem Beiboot auf die *Rote Todesbotin* zurückgekehrt.«

Yu hatte ihm nicht einmal einen Guten Morgen gewünscht, sie hatten keinen Blick miteinander gewechselt. Wenn sie an diesem Tag starben, hatte es keinen Abschied gegeben.

»Das ist richtig so«, fand Nachtfalter. »Er ist einer der Piraten von Goldener Drache.«

»Er ist auch mein Mann!«

»Genau. Wenn er auf die *Sternschnuppe* hinüberkäme, müsstest du ihm Befehle erteilen. Doch unsere Gesetze und Bräuche verlangen, dass es die Frau ist, die dem Mann gehorcht, und zwar immer und in allem.«

»Wir sind Piraten, wir halten uns nicht an die Gesetze«, protestierte Yu.

»An einige schon, Mädchen. Du hättest dich ja auch mit Blauer Tiger amüsieren können, ohne ihn gleich heiraten zu müssen. Und jetzt hältst du die Augen offen, verstanden? In einer Schlacht musst du dich vor deinen Freunden mehr vorsehen als vor deinen Feinden. In der Befehlshierarchie bist du die Zweite. Goldener Drache fürchtet dich, denn du könntest ihn austricksen. Alle anderen beneiden dich. Du befindest dich in einer schwierigen Situation.«

Yu betrachtete abermals die feindlichen Schiffe durch das Fernrohr. Ihr dringlichstes Ziel bestand darin, zu überleben.

Scharlachroter Tiger, Kleiner Zorn und die Zwillinge landeten an Deck und bestätigten Yu, dass die Befehle überbracht, die Mannschaften versammelt und alle bereit zum Ablegen waren. Auch die Dschunke von Goldener Drache hatte ihr Manöver abgeschlossen und ihre Fahne gehisst.

Die *Rote Todesbotin* fuhr als Erste dem Feind entgegen. Die *Sternschnuppe* folgte und segelte auf ihre rechte Seite, ihrerseits gefolgt von den Schiffen von Flussritter, Abtrünniger Mönch und den anderen.

»Piraten!«, rief Yu. »Die Schlacht, der wir entgegensegeln, wird grausam, unsere Feinde glauben, uns bereits besiegt zu haben. Zeigt ihnen, was diejenigen erwartet, die unsere *Sternschnuppe* herausfordern. Macht, dass ich auf euch stolz sein kann!«

Laute Kriegsschreie waren die Antwort.

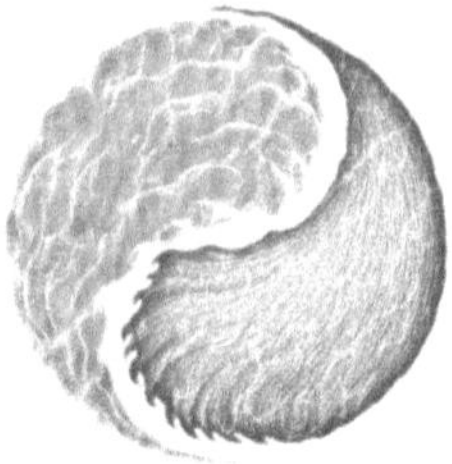

43

Die Flotte von Goldener Drache segelte in Keilformation dem Feind entgegen. Der Wind stand für die Dschunken von Gebrochener Knochen günstig, während die *Sternschnuppe* nur langsam vorankam, weil die Hügel der Insel die Bucht vom Wind abschirmten.

»Wir kommen bald in Schussweite, Kapitän«, kündigte Seebeben an. »Auf wen soll ich die Kanone richten? Auf das Schiff von Gebrochener Knochen?«

»Nein«, antwortete Yu. »Ziel auf die Dschunke ganz links. Die mit dem blauen Rumpf und den Mädchenaugen.«

Seebeben verzog das Gesicht. »Die *Blaue Meerjungfrau?* Das ist aber keine gute Beute. Bist du dir sicher?«

Yu antwortete mit einem vernichtenden Blick. »Seit wann muss ich meine Befehle rechtfertigen? Tu, was ich dir sage. Schieß mit Brandraketen auf die Segel und dann nimmst du das Deck unter Beschuss. Riecht am Wind, bereite dich darauf vor, Kurs auf unser Zielobjekt zu nehmen. Auf mein Kommando!«

Die *Sternschnuppe* war kleiner und leichter als die *Rote Todesbotin* und nahm unter den herrschenden schwierigen Bedingungen den Wind besser auf. Yu ließ Segel reffen, um das Admiralsschiff nicht zu überholen. Sie mussten hinter ihm bleiben, damit die Formation intakt blieb.

»Wir sind in Schussweite«, meldete Seebeben.

Yu wollte ihr antworten, als der Donner von Kanonenschüssen die Luft zerriss. Sämtliche Schiffe der feindlichen Flotte eröffneten gleichzeitig das Feuer. Kanonenkugeln und Brandraketen flogen durch die Luft und einen Augenblick lang verdeckte der dichte Pulverrauch die Sicht. Riecht am Wind drehte bei, um die feindlichen Kanoniere zu verwirren.

»Pass auf!«, schrie Yu. »Bleib ja immer rechts von der *Roten Todesbotin!* Seebeben: Feuer frei!«

Die Kanonierin hielt bereits eine Fackel in der Hand. Sie entzündete die Bugkanone, ein Knall ertönte und die Kanone glitt auf ihren Schienen rückwärts und stieß gegen die Taue, die als Stopper dienten. Riecht am Wind führte ein weiteres Wendemanöver aus, damit die Kanonen an Steuerbord abgefeuert werden konnten, und wendete dann wieder für die Backbordkanonen.

»Fliegende Klinge, willst du auf die *Blaue Meerjungfrau* springen?«

»Wir entern nicht«, befahl Yu. »Wir versuchen nur, ihre Segel anzuzünden.«

Sie hob den Kopf und sah Nachtfalter, der auf der Hauptmastrah balancierte. Mit drei Sprüngen war sie bei ihm, während die *Sternschnuppe* mit einem weiteren Manöver dem feindlichen Beschuss auswich.

Yu stand neben dem Kampfkunstmeister und schaute sich um. Über der Bucht lag grauer Nebel und immer wieder stiegen hohe Wasserfontänen auf, wenn Geschosse im Meer landeten. Eine Rakete hatte das Besansegel des Schiffs von Abtrünniger Mönch in Brand gesetzt und seine Leute versuchten, das Feuer zu löschen, während die Dschunke die Formation verließ und Kurs auf die Küste nahm. Auch Meister der Täuschung schien in Schwierigkeiten geraten zu sein, denn seine Kanonen feuerten keine Schüsse ab und das Schiff schlingerte nach links, so als ließe es sich nicht mehr manövrieren.

Die *Rote Todesbotin* dagegen hielt sich gut: Sie wendete immer wieder, um auf die *Blaue Meerjungfrau* ihre vollen Breitseiten abfeuern zu können. Bald würde sie nah genug sein, um die gegnerische Dschunke zu entern.

»Funktioniert unser Plan?«, fragte Yu.

Das Schiff von Gebrochener Knochen, das immer noch die Mitte der Reihe bildete, beschoss unaufhörlich die Lorcha von Goldener Drache. Yu konnte sich lebhaft den Zorn von Gebrochener

Knochen vorstellen, der einen direkten Angriff erwartet hatte und jetzt von seinem alten Todfeind ignoriert wurde.

Eine Kanonenkugel flog pfeifend ganz nah an ihr vorbei, schlug auf das Deck der *Sternschnuppe* auf und hinterließ ein großes Loch. Das Schiff erbebte, während Riecht am Wind erneut wendete. Ein Matrose schrie auf und fiel ins Wasser. Yu musste sich am Hauptmast festhalten, um nicht abzustürzen.

Nachtfalter schüttelte den Kopf. »Wir müssen an deinem Gleichgewicht arbeiten«, meinte er. »Aber schau nur: Ja, der Plan funktioniert.«

Die große Dschunke von Gebrochener Knochen begann ein Wendemanöver, um der *Roten Todesbotin* entgegenzusegeln, und signalisierte ihren Verbündeten, ihr zu folgen. Da sich die gesamte Formation von Goldener Drache nach Osten verschob, hofften sie, dessen Schiff einkreisen zu können.

Der Moment war gekommen.

Yu sprang hinunter aufs Deck und stürzte zur Ruderpinne.

»Hart Steuerbord!«, befahl sie. »Jetzt! Kleiner Zorn, signalisiere Flussritter und Abtrünniger Mönch, dass sie uns folgen.«

»Das Schiff von Abtrünniger Mönch verbrennt …«

»Dann Drei-Finger-Kang, er ist am nächsten. Seebeben, wähl du deine Ziele, aber hör keinen Augenblick auf zu schießen. Wir brauchen Feuerdeckung.«

»Wie ist der Plan, Kapitän?«, fragte Riecht am Wind.

»Gebrochener Knochen wird versuchen, unsere Flotte gegen das Ostufer abzuriegeln. Dadurch entsteht eine Lücke, die wir nutzen, um im Westen an ihnen vorbeizusegeln und ihnen in den Rücken zu fallen.«

Der Steuermann grinste. »Das ist wirklich schlau.«

Yu hoffte vor allem, dass ihr Plan aufging.

Eine weitere Kanonenkugel traf die *Sternschnuppe* und sprengte die Backbordreling. Dadurch verlor eine Kanone ihren Halt und fiel ins Meer.

Die *Rote Todesbotin* war von einer undurchsichtigen Mauer aus

Rauch und Flammen umgeben. Yu dachte an Blauer Tiger und ein Schauer lief durch ihren Körper.

Ich hoffe, dich bei Sonnenuntergang wiederzusehen, dachte sie. Ich will nicht heute Witwe werden, ich trage noch mein Hochzeitskleid.

»Du hattest recht«, rief ihr Riecht am Wind zu. »Im Westen hat sich eine Bresche geöffnet. Ich versuche durchzukommen.«

Eines der Schiffe von Gebrochener Knochen, eine kleine Lorcha, hatte das Manöver gesehen und drehte bei, um ihnen den Weg zu verstellen.

»Seebeben!«, rief Yu. »Beseitige sie!«

Die Kanonierin war eine nicht mehr junge Frau mit einem Körperbau wie eine Buddhastatue. Sie war niemand, der von einem Schiff zum anderen hätte springen können. Doch sie wusste, wie man mit einem Kanonenschuss ins Ziel trifft.

Die *Sternschnuppe* schoss sich ihren Weg frei, Riecht am Wind vollendete die Wendung und endlich zeigte der Bug der Dschunke auf das offene Meer. Links von ihnen tobte die Schlacht, doch sie waren ihr entkommen. Sie waren frei.

Ein heftiger Wind rauschte in die Segel der *Sternschnuppe* und sie hüpfte in den Wellen. Flussritter folgte ihnen mit kurzem Abstand. Etwas weiter hinten kam Kang.

»Riecht am Wind, bring uns weiter weg von hier, dann änderst du den Kurs und wir greifen sie von hinten an.«

»In Ordnung, Fliegende Klinge. Auf wen soll ich dann halten?«

Yu grinste. »Ich will Gebrochener Knochen haben. Aber anfangs begnügen wir uns mit jedem, der sich uns in den Weg stellt.«

Die *Sternschnuppe* beschrieb auf dem offenen Meer einen weiten Bogen, fing dann endlich einen günstigen Wind ein und nahm Kurs auf das Zentrum der Seeschlacht. Sämtliche feindlichen Schiffe drehten ihr das Heck zu. Sie lagen dicht an dicht und schon jetzt war zu erkennen, dass Goldener Drache verlieren würde. Seine Schiffe standen unter schwerem Beschuss und würden sich bald ergeben müssen.

»Seebeben, ziele auf die Decks und mach uns den Weg frei. Vorbereiten zum Entern!«

Die *Sternschnuppe* feuerte ihre Kanonen Schuss um Schuss auf die feindlichen Hecks ab. Der Wind roch nach Blut und Feuer.

Yu betrachtete diese Hölle aus dicht verkeilten Schiffen, Kanonen, Tauen, Enterhaken und kämpfenden oder flüchtenden Menschen.

Gleich würde sie es wieder tun: sich in die Schlacht stürzen. Zu Dutzenden würden sie sie umzingeln, um sie zu töten. Doch sie würde es ihnen nicht gestatten. Sie würde sich ihnen entgegenstellen, einem nach dem anderen, bis sie gesiegt hatte.

Yu hob ihr Schwert. »Folgt mir«, sagte sie.

Sie ging in die Knie und sprang, flog über das strahlend türkisblaue Meer. Einen Augenblick lang sah sie ihr im Wasser glitzerndes Spiegelbild. Immer noch trug sie ihr rotes Brautkleid. Sie landete auf dem Deck einer lichterloh brennenden Lorcha.

Ein Pfeil flog auf ihr Gesicht zu und mit einem Schwerthieb schleuderte sie ihn aus seiner Flugbahn. Yu kämpfte gegen einen Mann mit ungewöhnlich langen Armen, der mit einer hakenbewehrten Peitsche bewaffnet war. Sie sprang hinter ihn, kickte ihn in die Kniekehlen, um ihn zu Fall zu bringen, und trat ihm gegen den Kopf. Dann kam eine Frau mit zwei identischen Schwertern. Sie war wesentlich schneller als Yu, doch diese parierte den Angriff mit der Bewegung *Fels, der die Welle aufhält* und rammte ihrer Gegnerin das Schwert in die Schulter.

Yu zerschnitt Seile, die eine Kanone fixierten. Der Rückstoß des letzten Schusses ließ die Kanone rückwärts über das Deck rasen. Sie riss alle mit, die ihr im Weg waren, durchbrach die Reling und stürzte ins Meer.

Yu sprang auf das Deck des nächsten Schiffes hinüber, kämpfte gegen einen hochgewachsenen und kräftigen Piratenkapitän und danach gegen einen Matrosen, der nur mit einer Pistole bewaffnet war. Wieder sprang sie – und landete auf der *Roten Todesbotin*.

Das Schiff von Goldener Drache wurde von mindestens drei

feindlichen Schiffen belagert und der Kampf tobte immer heftiger. Yu schaute sich nach Blauer Tiger um, konnte ihn aber nirgends entdecken. Auf dem Achterdeck kämpften Goldener Drache und Gebrochener Knochen mit Lanzen gegeneinander. Beide waren blutüberströmt, sodass ihre Tätowierungen nicht mehr sichtbar waren. Die beiden Piratenkapitäne waren bewährte Kampfkunstmeister und so schnell, dass ihre Bewegungen für das menschliche Auge nicht immer erfassbar waren.

Auf einmal schrie Goldener Drache laut auf und vollführte mit der über den Kopf gereckten Lanze einen unglaublich hohen Sprung. Es war die Bewegung *Geflügelter Drache*, mit der er schon Hunderte von Zweikämpfen beendet hatte. Gebrochener Knochen strauchelte und fiel zu Boden und die Lanze glitt ihm aus der Hand. Yu bemerkte den triumphierenden Blick ihres ehemaligen Kapitäns, der sich nun auf seinen Gegner stürzte. Doch plötzlich hielt Gebrochener Knochen ein Wurfmesser in der Hand und schleuderte es aufwärts.

Zischend zerschnitt die Waffe die Luft, erreichte Goldener Drache noch im Flug und drang in seinen Brustkorb ein. Erschlafft fiel er auf die Deckplanken. Gebrochener Knochen stand wieder auf, nahm seine Lanze und richtete ihre Spitze auf das Herz seines Gegners. Er rammte sie tief in dessen Brust.

Goldener Drache war tot.

44

Vom Deck aus sprang Yu auf den Hauptmast, trat auf halber Höhe mit ihren Füßen gegen dessen Holz und schnellte weiter. Auf diese Weise flog sie längs über das Schiff, das Schwert am vorgestreckten Arm auf Gebrochener Knochen gerichtet. Dieser bemerkte sie erst in letzter Sekunde. Er parierte ihren Schwerthieb mit dem Schaft seiner Lanze. »Verschwinde, kleines Mädchen. Ich habe jetzt was anderes zu tun.«

»Ich bin kein kleines Mädchen«, erwiderte Yu. »Ich bin Fliegende Klinge und diejenige, die dich töten wird.«

Denn darauf würde es hinauslaufen. Einer von ihnen beiden würde neben Goldener Drache aufs Deck fallen und nie wieder aufstehen.

Bist du sicher, dass du es tun willst?, fragte sich Yu. Aber es war ohnehin zu spät, einen Rückzieher zu machen.

Goldener Drache war ein guter Kapitän gewesen, mitunter grausam, aber immer gerecht. Er hatte sie nicht töten lassen, als sie mit zwölf Jahren auf sein Schiff verschleppt worden war, und hatte ihr, als sie sechzehn war, die *Sternschnuppe* geschenkt. Und das Schwert, mit dem sie ihn jetzt rächen würde. Sie war ihm etwas schuldig.

Sie umkreiste Gebrochener Knochen und studierte dessen Bewegungen. Er war ein kräftiger Mann, aber wesentlich schlanker als Goldener Drache, ein schneller Kämpfer mit kompakten Muskeln. Flink und skrupellos wie ein Skorpion.

Jetzt beobachtete Gebrochener Knochen sie. Er griff am Lanzenstiel um und attackierte Yu mit einer Bewegung, die *Hieb der Trauerweide* hieß.

Yu glitt seitwärts, wartete, bis die Lanzenspitze in die Deckplanken eingedrungen war, und sprang auf den Lanzenschaft.

Dessen Rückschlag gab ihr genügend Schwung, um mit einem *Gischtregenbogen* genannten Salto über den Kopf von Gebrochener Knochen zu fliegen. Sofort nach ihrer Landung versetzte sie ihm einen Stoß in die Nierengegend, den dieser aber mit dem Lanzenschaft parierte. Er griff Yu nun mit der Bewegung *Große Eiche* an, doch diese parierte mit *Acht Hände des Oktopus* und attackierte ihn mit *Biss des Grauhais*.

Das Tempo von Angriffen und Paraden steigerte sich. Das Duell wurde so atemberaubend schnell, dass Yu aufhörte, Yu zu sein, und nur noch ein Körper in Bewegung war, Augen, Ohren, Hände, Füße, Schwert. Bald wusste sie nicht mehr, wie lange dieser Zweikampf schon dauerte und was um sie herum geschah. Ihre Welt bestand nur noch aus Gebrochener Knochen.

Der Piratenkapitän versuchte, ihr mit dem Lanzenschaft die Beine unter dem Leib wegzureißen, doch Yu sprang hoch und trat ihm ins Gesicht. Er parierte den Tritt, taumelte dabei jedoch rückwärts und ließ die Lanze fallen. Yu nutzte diese Chance, konzentrierte ihr *Chi* und sprang sehr hoch, um ihn aus der Luft mit vorgestrecktem Schwert und der Bewegung *Regen auf dem See* anzugreifen. Doch als sie schon auf ihn niederstieß, fiel ihr ein, dass er Goldener Drache bei genau diesem Angriff mit einem Wurfmesser getötet hatte.

Spontan veränderte sie ihre Stoßrichtung, bemüht, sich die Flugbahn des Wurfmessers vorzustellen. Sie traf es mit ihrem Schwert. Klirrend traf Metall auf Metall. Wieder veränderte Yu die Stoßrichtung ihres Schwerts und versenkte dessen Klinge in der Brust von Gebrochener Knochen.

Überrascht und beinahe bedauernd blickte er sie an und fiel auf die Knie. Er presste beide Hände vor die Brust, und als er sie wieder wegnahm, waren sie rot von Blut.

»Eine … tödliche … Wunde«, stammelte er. »Goldener Drache … habe ich einen Gnadenstoß gegönnt … habe seine Qualen beendet. Dich bitte ich … um … dieselbe … freundliche Geste.«

Entsetzt wich Yu einen Schritt zurück.

Gebrochener Knochen lächelte. »Man hat mir von dir erzählt,

Fliegende Klinge … du verdienst deinen Ruhm. Aber du … du bist noch … zu zart. Ein Kapitän muss … muss tun, was er tun muss. Um … um jeden Preis.«

»Der Spion«, erwiderte Yu. »Ich will den Namen des Spions erfahren, der uns verraten hat.«

»Es … waren … die Krallen-Cousins. Alle drei.« Gebrochener Knochen seufzte. »Goldener Drache und ich … waren wie Brüder. Ich liebte ihn … und ich hasste ihn. Es ist schön … dass wir … dass wir jetzt gemeinsam … gehen. Töte mich!«

Yu nickte und rammte ihm abermals das Schwert in die Brust.

Ich habe es getan, dachte sie. Sie wusste, dass sie in einer grausamen Welt lebte. Zu töten, bis er selbst starb, das war das Schicksal des Piraten. Aber so wie jetzt hatte sie es noch nie getan.

Sie betrachtete den Mann, der neben Goldener Drache lag, und merkte erst jetzt, dass es rings um sie herum still und alles wie erstarrt war. Die Piraten beider Seiten hatten mitten im Kampf innegehalten, um bei dem Duell zuzusehen.

Da reckte Yu ihr Schwert zum Himmel empor und stieß einen wilden Schrei aus, einen Schrei der Wut und der Freude, des Schmerzes und der Reue. Der Schrei des Mädchens, das sie einst gewesen war und nie mehr sein würde.

Ihre Piraten hoben die Waffen und schrien mit ihr.

Die Schlacht ging weiter. Sie dauerte noch viele Stunden und war eher mühsam als ruhmreich. Nachdem Gebrochener Knochen tot war, ergaben sich viele seiner Leute, andere kämpften weiter, bis sie ihre Unterlegenheit einsahen und die Waffen streckten oder aber starben.

Gegen Sonnenuntergang befahl Yu, sämtliche Schiffe ans Ufer zu fahren. Während die siegreichen Piraten am Strand ausgelassen feierten und sich betranken, blieb Yu auf der *Sternschnuppe* und lud die anderen Kapitäne zu sich auf ihr Schiff ein. Mehrere wichtige Entscheidungen standen an: Sie mussten die Beute in Sicherheit bringen, überlegen, was mit den Gefangenen geschehen sollte, und Wachen aufstellen.

Um die dritte Wache brachte ihnen Überfluss etwas zu essen und Flussritter sagte: »Wir müssen besprechen, was wir mit den Spionen machen.«

Kurz darauf brachte ein Beiboot Eisenkralle, Bronzekralle und Silberkralle zur *Sternschnuppe*. Wandelnder Berg bewachte sie.

Man hatte den drei Cousins ihre tödlichen Enterhaken abgenommen und sie sahen schlimm aus: Eisenkralle hatte keine Zähne mehr und sein Mund war so geschwollen, dass er nicht mehr sprechen konnte.

»Haben sie gestanden?«, fragte Yu.

Wandelnder Berg grinste. »Aber sicher. Alles. Wenn man die richtigen Methoden anwendet, gestehen sie immer.«

Yu zwang sich, kein angewidertes Gesicht zu machen.

Meister der Täuschung dagegen sagte erwartungsvoll: »Erzähl uns alles.«

»Diese drei Klumpen Mäusekot haben sich mit Gebrochener Knochen verbündet, um Goldener Drache und uns alle zu verraten«, begann Wandelnder Berg. »Sie haben behauptet, auf dem Festland zuverlässige Informanten zu haben, und konnten unseren Kapitän dadurch überzeugen, dass der Feind weit entfernt war und es noch genug Zeit gab für die Vorbereitungen. Gestern Abend dann, als die Hochzeiten gefeiert wurden, haben sie Leuchtraketen in bestimmten Farben abgefeuert. Das war das Signal, auf das Gebrochener Knochen und die Seinen gewartet hatten, die sich ganz in der Nähe in einigen kleinen Buchten versteckt hielten. In den frühen Morgenstunden sind sie hergesegelt und haben unsere Bucht blockiert.«

Es ist während meiner Hochzeit passiert, dachte Yu. Sie trug immer noch ihr Brautkleid, das jetzt völlig zerfetzt und mit Blut und Schießpulver beschmutzt war.

»Was hat ihnen Gebrochener Knochen für ihre Dienste bezahlt?«, wollte Meister der Täuschung wissen.

»Das Kommando über ein Schiff und fünfhundert Silber-*Tael* für jeden.«

Die anderen Kapitäne sahen alle Yu an. Jetzt, da Goldener Drache tot war, fiel ihr die Aufgabe zu, das Urteil zu sprechen. Sie wusste, dass die anderen sie auf diese Weise auf die Probe stellten.

Yu dachte an eine Nacht vor vielen Jahren zurück, in der Goldener Drache über den jungen Fischer hatte richten müssen, der ihn verraten hatte. Damals hatte Yu sich gefragt, ob sie den Mut haben würde, einen ähnlichen Befehl zu geben wie damals ihr Kapitän. Lange Zeit hatte sie über die Antwort nicht nachdenken wollen.

»Was sollen wir mit ihnen machen?«, fragte Meister der Täuschung sie jetzt ganz direkt.

Yu seufzte. Sie schloss die Augen.

Aber du hast die Antwort darauf doch schon immer gewusst.

»Das Gesetz der Piraten«, schaltete Drei-Finger-Kang sich ein, »verlangt, dass Verräter in Stücke gerissen werden. Sprich dein Urteil, Fliegende Klinge.«

Yu zählte drei Atemzüge ab. Dann sagte sie: »Das Gesetz der Piraten soll befolgt werden. Wandelnder Berg, du wirst das Urteil noch in dieser Nacht vollstrecken.«

Die drei Cousins gaben keinen Laut von sich, sie baten nicht um Gnade, denn sie kannten ihr Schicksal. Sie wurden auf das Beiboot zurückgebracht, und als sie sich im Dunkeln entfernten, konzentrierte sich Yu darauf, wessen sie sich schuldig gemacht hatten. Sie waren Spione und durch ihren Verrat waren Goldener Drache und Dutzende anderer Menschen ums Leben gekommen. Dennoch wog diese Entscheidung schwer auf ihr. Sie war diejenige, die diese drei Männer verurteilt hatte. Es war *ihre eigene* Verantwortung.

Sie war todmüde, und um die fünfte Wache bat sie Steinriese, die Kapitäne auf ihre Schiffe zurückzubringen.

Yu zog sich in ihre Kabine zurück. Von Tanzende Lotosblüte ließ sie sich eine Wanne mit Wasser bringen. Sie riss sich die Überreste ihres Brautkleids vom Leib, wusch sich den Schmutz der Schlacht von der Haut, ließ sich auf ihr Bett fallen und schlief sofort ein.

Als sie aufwachte, sah sie das Gesicht von Nachtfalter über sich.

»Fliegende Klinge«, sagte er.

Sie zuckte zusammen und zog die Decke bis zum Kinn.

»Was ist passiert?«

»Der Kriegsrat tagt gleich, du bist spät dran.«

Yu setzte sich auf. Ihr tat alles weh. Sie hatte am ganzen Körper Schnitte und Prellungen davongetragen.

»Hast du gehört, was ich gesagt habe? Du bist spät dran, der …«

»Der Kriegsrat tagt gleich«, unterbrach Yu ihn. »Aber das kann nicht sein, ich habe ihn gar nicht einberufen.«

»Das hat dein Mann gemacht«, sagte Nachtfalter.

»Blauer Tiger?«

Der alte Kampfkunstmeister nickte.

Yu verstand immer noch nicht.

»Aber warum hat er das getan, ohne mir Bescheid zu sagen … Oh!« Die Wut darüber ballte sich wie ein Feuerball in ihrem Bauch zusammen und stieg in ihre Kehle auf.

»Ich hatte dir gesagt, dass Heiraten eine ganz schlechte Idee ist«, entgegnete Nachtfalter. »Die Bräuche verlangen, dass die Ehefrau dem Ehemann gehorcht. Da Goldener Drache tot ist, steht der erste Teil der Beute dir zu … beziehungsweise ihm.«

Zornig und halb nackt sprang Yu auf. »A… Aber ich bin doch diejenige, die unseren Sieg herbeigeführt hat«, stammelte sie. »Ich … ich habe Gebrochener Knochen getötet …«

»Sicher.«

»Ja und?«

»Da Blauer Tiger dein Ehemann ist, steht es ihm zu, dieses Verdienst für sich zu beanspruchen. Die Kapitäne haben sich gerade im Palast auf dem Roten Hügel versammelt. Und Blauer Tiger sitzt auf deinem Thron.«

45

Wie kann er es wagen?

Den ganzen gestrigen Tag hatte Yu mit ihrem Mann kein einziges Wort gewechselt. Sie hatte ihn nur kurz im Morgengrauen gesehen, als die gesamte Flotte von Gebrochener Knochen den Ausgang der Bucht versperrt hatte, und dann nicht mehr. Sie hatte sich darauf beschränkt, nach der Schlacht nach ihm zu fragen, und man hatte ihr geantwortet, dass er am Leben sei und dass es ihm gut gehe. Am Abend war sie so müde gewesen, dass sie ihn praktisch vergessen hatte.

Hatte er sich vielleicht vernachlässigt gefühlt? Eine gute Ehefrau musste die Bedürfnisse ihres Mannes erfüllen, sich schweigend seine Ansichten anhören, ihm gehorchen.

Aber gestern habe ich in einem Krieg gekämpft und gewonnen. Wie hätte ich mich da um Blauer Tiger kümmern können? Eher hätte ich gehofft, dass er sich um mich kümmert. Ich dachte, er sei anders als andere Männer. Ich dachte, ihm seien Konventionen nicht wichtig.

»Fliegende Klinge?«, rief Nachtfalter sie in die Wirklichkeit zurück.

Yu zog sich rasch ein Hemd, eine Hose und Stoffstiefel an.

»Glaubst du …« Sie zögerte. »Glaubst du, dass er das von Anfang an so geplant hat? Dass er mich nur geheiratet hat, um an mein Schiff zu kommen?«

Nachtfalter seufzte. »Ich habe keine Ahnung. Es ist anzunehmen, dass Blauer Tiger deine Gefühle schon seit geraumer Zeit kannte und dass er sich deshalb als Freiwilliger gemeldet hat, um dich zu benachrichtigen. Sicherlich hat Goldener Drache dich zu seinem Vizeadmiral ernannt, weil er fest mit eurer Heirat gerechnet hat. Vermutlich hat er die Hochzeit deshalb vor der Schlacht feiern lassen.«

»Goldener Drache dachte, dass mich Blauer Tiger unter Kontrolle hält«, überlegte Yu laut, »und dass er an meiner Stelle Kapitän der *Sternschnuppe* wird.«

»Zweifellos. Aber wenn du mich fragst, ob Blauer Tiger den letzten Schritt im Voraus geplant hat … Nein, das glaube ich eher nicht. Sei mir nicht böse, aber für so intelligent halte ich deinen Mann nicht. Wahrscheinlicher scheint mir, dass sich seine Freunde gestern über ihn lustig gemacht haben. ›Wo ist denn dein kleines Frauchen?‹, ›Sie verbringt den Abend mit sehr vielen Männern, aber du bist nicht dabei‹, ›Stell dich schon mal darauf ein, dass du ihr dein ganzes Leben lang gehorchen musst‹ … So etwas in der Art. Und daraufhin hat er beschlossen, sich zu rächen.«

»Das war ein großer Fehler«, sagte Yu. »Denn jetzt bekommt er es mit mir zu tun.« Sie befestigte das Schwert an ihrem Gürtel und ging hinauf an Deck.

Ihre Piraten warteten dort schon auf sie und schauten sie unsicher an.

»Fliegende Klinge«, sagte einer der Zwillinge. »Es sieht ganz so aus, als ob Blauer Tiger …«

»Ich weiß«, entgegnete sie.

Vom Vorderdeck aus betrachtete sie den roten Palast auf dem Hügel, die Bucht, die in Strandnähe ankernden Schiffe und die Beiboote, die träge in den Wellen schaukelten.

»Was willst du tun?«, fragte Nachtfalter.

Romantisches Mädchen oder Befehlshaber, dachte Yu. Jetzt gerade brauche ich den Befehlshaber. Ihr wurde bewusst, dass ihr Kopf das Problem bereits verstanden und eine Lösung gefunden hatte.

Sie rief Steinriese, Scharlachroter Tiger und Kleiner Zorn und erteilte ihnen die notwendigen Befehle. Anschließend sprang sie von der *Sternschnuppe* auf das leere, verlassene Schiff von Flussritter. Von dort aus ging es weiter auf eine der Dschunken von Gebrochener Knochen, auf ein kleines Beiboot und schließlich auf die *Rote Todesbotin*. Zum Schluss landete sie auf dem Strand.

Eine Gruppe von Piraten kam Yu entgegen, doch sie beachtete sie nicht, sondern lief immer schneller den Hügel hinauf. Jemand rief ihr etwas zu, aber sie hörte nicht hin. Ein Pirat stellte sich ihr in den Weg, doch sie sprang einfach über ihn hinweg. Anstatt ihren Zorn zu besänftigen, stachelte das schnelle Laufen ihn noch an. Sie hatte Blauer Tiger geheiratet, weil seine leuchtenden Augen ihr eine Liebesgeschichte erzählt hatten, eine Geschichte von Leidenschaft und gegenseitigem Respekt. Stattdessen lauerten hinter seinem Blick Gier und Feigheit.

Wie dumm sie gewesen war.

Dumm, dumm, dumm.

Aber noch war Zeit, den Fehler wiedergutzumachen.

Als Yu bei dem Palast mit dem roten Dach anlangte, traf sie auf Durchgefallener und Wandelnder Berg, die vor dem Eingang Wache standen.

»Fliegende Klinge«, sagten sie zu ihr. »Dein Mann hat uns befohlen …«

Yu legte die Hand auf das Schwertheft. »Entweder ihr lasst mich durch oder ihr sterbt. Eure Entscheidung.«

Die beiden Piraten zögerten kurz, bevor sie beiseitetraten. Mit langen Schritten stürmte Yu in den Palast. Als sie den Audienzsaal betrat, stellte sie fest, dass er voller Piraten war. Alle Throne waren besetzt und Blauer Tiger saß rechts vom mittleren Thron, der aus Respekt vor Goldener Drache leer geblieben war.

Gut, dachte Yu.

Ihr Anblick bewirkte sofortiges Schweigen und die Piraten machten ihr Platz. Unter seinen Tätowierungen schien Blauer Tiger zu erbleichen.

Am liebsten würde ich dich gleich hier zum Duell herausfordern und dich vor aller Augen beschämen, dachte Yu. Doch ich habe nun mal den Fehler gemacht, dich zu heiraten. Deshalb kann ich nicht zulassen, dass du dein Gesicht verlierst. Es würde einen Gesichtsverlust für mich zur Folge haben. Ich werde dir einen ehrenhaften Ausweg anbieten.

Nun ging sie mit langsamen Schritten. Sie schaute Blauer Tiger an. Sie erreichte den Thron von Goldener Drache. Und nahm darauf Platz.

Wütendes Gemurmel kam auf, doch Yu ignorierte es. Sie wandte sich zu den Piratenkapitänen auf den anderen Thronen um und schaute einem nach dem anderen ins Gesicht, wie um sie herauszufordern, ihr das Recht auf diesen Platz streitig zu machen.

Niemand gab auch nur einen Laut von sich.

»Guten Morgen euch allen«, begann Yu. »Ich danke euch, dass ihr zu diesem Kriegsrat gekommen seid, den mein Gatte Blauer Tiger *auf meinen Befehl hin* einberufen hat.«

Blauer Tiger sprang auf. Yus Behauptung, ihr Ehemann habe ihr gehorcht, war eine Provokation, auf die er reagieren musste. Es sei denn, er kapitulierte.

Du hast nur zwei Möglichkeiten, dachte Yu. Entweder du lernst, wer von uns beiden das Sagen hat, oder aber du gibst vor allen hier Versammelten zu, dass du versucht hast, mich zu hintergehen. Im letzten Fall wäre Yu gezwungen, ihn zu einem Duell herauszufordern und ihn zu töten. Mir wäre es lieber, das nicht machen zu müssen, dachte sie. Aber die Entscheidung ist deine.

»Frau …«, sagte Blauer Tiger leise.

Yu fühlte sich nun vollkommen ruhig. Sie schaute nicht mehr in die Augen ihres Mannes, diese Augen, die sie so furchtbar getäuscht hatten, sondern auf seine Hände. Wenn er seine Finger auch nur in die Nähe der tödlichen Stahlnadeln brachte, die in seinem Gürtel steckten, würde sie keine Sekunde zögern, zum Schwert zu greifen.

»Ja, Mann?«

Blauer Tiger musste die Entschlossenheit gesehen haben, die aus ihrem Blick sprach, denn er entgegnete mit gepresster Stimme: »Ich habe getan, was du gesagt hast.«

Weil ihm klar wurde, dass dies noch nicht Unterwerfung genug war, legte er sich bäuchlings hin und berührte mit der Stirn dreimal den Fußboden.

Yu bedeutete ihm, sich wieder neben sie zu setzen. Erst danach sah sie, dass Nachtfalter den Saal betreten hatte und ihr hinten aus der Ecke zulächelte. Yu musste an die weißen und schwarzen *Go*-Steine denken. Der Moment, diese lange Partie zu gewinnen, war gekommen.

»Ehrenwerte Herren«, sagte Yu. »Ich habe viel über das nachgedacht, was in letzter Zeit geschehen ist, und begriffen, dass Gebrochener Knochen weiser war als wir alle hier zusammen.«

Die Piraten schrien entrüstet auf, erhoben sich und griffen zu den Waffen.

Doch Yu lächelte nur und wartete, bis sich alle wieder beruhigt hatten, bevor sie fortfuhr. »Ein Essstäbchen zu zerbrechen ist leicht«, erklärte sie. »Doch ein Bündel aus hundert zusammengebundenen Essstäbchen ist unzerstörbar. Gebrochener Knochen hatte das begriffen. Ein Piratenschiff kann auf gute Beute hoffen, eine Flotte dagegen ist in der Lage, ganze Städte zu erobern. Allein auf uns gestellt sind wir ein Spielball des Schicksals und unvorhersehbarer Ereignisse. Zusammen aber sind wir möglicherweise unbesiegbar.«

Das letzte Wort sprach sie betont langsam und eindringlich aus.

»In der Bucht von Hongkong liegen zum gegenwärtigen Zeitpunkt dreiundzwanzig Kriegsschiffe. Einige davon benötigen ein paar Reparaturen, doch alle sind seetüchtig. Nach dem Tod von Goldener Drache steht es mir, seiner rechten Hand, zu, in seiner Nachfolge das Kommando zu übernehmen, und heute trete ich vor euch, um euch um eure Stimmen und euer Vertrauen zu bitten. Gemeinsam werden wir Ziele erreichen, von denen ihr nie zu träumen wagtet. Gemeinsam werden wir die Meere Chinas erobern!«

Yu schaute die zu ihren beiden Seiten sitzenden Piratenkapitäne an.

Donnerschlange antwortete ihr als Erster: »Wir haben eine Flotte gebildet, weil Gebrochener Knochen eine Gefahr für uns alle darstellte. Wir waren uns darüber einig, dass wir uns nach der Vernichtung unseres gemeinsamen Feindes unsere Freiheit zurücknehmen würden. Warum sollten wir einwilligen, dir für immer zu gehorchen?«

»Weil ich euch dafür reicher belohnen werde, als ihr es euch vorstellen könnt«, erwiderte Yu. »Ihr fahrt weiterhin auf euren Schiffen. Doch die Beute der gesamten Flotte wird zusammengelegt und entsprechend der Verdienste jedes Einzelnen aufgeteilt. Denkt doch einmal daran, welche Vorteile das für euch hätte! Ein Unwetter zerstört eure Dschunke? Sofort wird euch eine andere zugeteilt. Ihr erleidet eine Niederlage? Ihr erhaltet trotzdem Nahrung und Waffen, damit ihr euch rächen könnt. Wenn wir zusammenbleiben, gibt es für uns keine Grenzen mehr.«

Meister der Täuschung stand auf. »Wir danken dir für deinen Vorschlag, Fliegende Klinge. Es ist eine sehr kluge Idee, aber ich fürchte, ich bin nicht daran interessiert.«

Yu hatte auch damit gerechnet und entgegnete lächelnd: »Kein Problem. Wenn ihr mir nicht eure Stimmen geben wollt, teilen wir die Kriegsbeute auf und jeder geht seiner Wege. In meiner Eigenschaft als Admiral steht mir der erste Teil der Beute zu. Ich werde mir die sechs Schiffe von Gebrochener Knochen nehmen. Zusammen mit der *Sternschnuppe* sind es dann sieben.«

»Sieben Schiffe!«, schrie ein weit hinten im Saal sitzender Pirat. »Und wer soll die segeln?«

»Diejenigen, die sie bisher gesegelt haben«, antwortete Yu. »Nämlich die Matrosen von Gebrochener Knochen, die zwischen dem Tod und einem Treueschwur wählen durften. Während wir hier versammelt sind, um uns zu beraten, haben meine Leute sämtliche Gefangenen befreit und sie auf ihre jeweiligen Dschunken zurückgeleitet.«

Wieder brach lautes Gemurmel aus, doch dieses Mal klang es erschrocken.

Yu redete lauter, um das Stimmengewirr zu übertönen. »Ehrenwerte Herren, der Moment ist gekommen, eine Entscheidung zu treffen. Ihr könnt die übrig gebliebenen, leeren und unbemannten Schiffe unter euch aufteilen und euch darauf vorbereiten, gegen mich zu kämpfen, um die Bucht verlassen zu können. Oder aber ihr nehmt meinen Vorschlag an.«

Wieder kehrte Schweigen ein. Vorsichtige Blicke richteten sich auf die geschlossenen Fenster, durch deren Papierbespannung man das Meer nicht sehen konnte.

Endlich erhob sich Flussritter, stellte sich vor Yus Thron und sagte: »Fliegende Klinge, gestern hast du dir einen Plan ausgedacht, der uns zum Sieg geführt hat. Du hast deine Dschunke mit großem Mut gelenkt und Gebrochener Knochen besiegt. Noch nie habe ich einen Menschen, Mann oder Frau, so tapfer kämpfen sehen. Ich weiß nicht, ob das, was du gesagt hast, stimmt und deine Schiffe wirklich kampfbereit sind. Das spielt für mich auch keine Rolle. Du hast jetzt schon meine Treue und mein Schiff.«

Er legte sich vor Yu hin und berührte mit der Stirn den Boden.

»Auch meine«, sagte Blauer Tiger sofort, weil ihm bewusst geworden war, was hier geschah.

»Ich danke dir, Kapitän der *Roten Todesbotin*«, erwiderte Yu. Auf diese Weise hatte sie ihn befördert und ihn vor einem Gesichtsverlust bewahrt.

Als Dritter unterwarf sich Abtrünniger Mönch. Es folgten Donnerschlange, Doppelpfeil und Drei-Finger-Kang. Nun war noch Meister der Täuschung übrig. Er stand als Letzter auf, lächelte Yu zu, zuckte mit den Schultern und kniete vor ihr nieder. Daraufhin erhoben sich sämtliche Piraten im Saal und einer nach dem anderen kniete vor Yu.

Yu blieb unbeweglich auf ihrem Thron sitzen und ließ den Blick über dieses Meer aus gebeugten Rücken wandern. Jetzt erst begriff sie die Ungeheuerlichkeit dessen, was sie gewagt hatte. Und dass von nun an alles anders sein würde.

VIERUNDZWANZIG JAHRE

二十四歲

46

Durch das offene Fenster drang der Geruch des Meeres herein. Yu stellte sich davor und betrachtete die Bucht von Hongkong.

Seit sie das erste Mal hierhergekommen war, damals zu Zeiten des Kriegs gegen Gebrochener Knochen, hatte sich auf der Insel viel verändert. Inzwischen verliefen an den Hängen von Hügeln und Bergen Serpentinenstraßen und verbanden die von Yu überall errichteten Artillerieposten miteinander. In der Nähe des Strands war ein Piratendorf entstanden, mit Häusern aus Holz und sogar einigen Häusern aus Ziegeln.

In der Bucht lagen zahlreiche Kriegsdschunken vor Anker – ein kleiner Teil der Roten Flotte, der mittlerweile achtundvierzig Schiffe und knapp fünftausend Menschen angehörten.

»Yu, du musst stolz auf dich sein«, sagte sie leise zu sich selbst.

Im Grunde war dies alles durch sie entstanden, nach und nach, im Laufe der letzten fünf Jahre. Dennoch verspürte sie manchmal den Drang wegzulaufen. Sie stellte sich vor, wie es wäre, wenn sie durch das Fenster springen und hinunter zur Bucht laufen, an Bord eines Schiffs gehen, die Segel setzen würde und dann … weg, weg, weg …

Es war einfach so, dass ihr die *Sternschnuppe* fehlte, ebenso wie das Meer und das Abenteuer. Als die Kapitäne Yu nach dem Sieg über Gebrochener Knochen ihre Treue geschworen hatten, hatte sie gedacht, dass sie von nun an immer tun konnte, was sie wollte. Doch das war ein Irrtum gewesen. Eine Flotte zu verwalten war kompliziert, es mussten ständig Nachrichten empfangen und gesendet, Entscheidungen gefällt, Probleme gelöst werden.

Ein Kapitän versuchte, eine Beute zu unterschlagen? Er musste bestraft werden. Eine Dschunke hatte reiche Kaufleute gefangen genommen? Die Lösegeldforderungen mussten organisiert werden.

Für all das brauchte man einen festen Sitz mit Befestigungsanlagen, Archiven und Lagerräumen. Auf der *Sternschnuppe* wäre Yu unerreichbar, deshalb hatte sie sich angewöhnt, immer längere Zeiträume im Palast zu verbringen. Schließlich hatte sie sich dazu durchgerungen, ihr Schiff Kleiner Zorn anzuvertrauen. Nun saß sie im Palast fest und anstatt zu entern und zu kämpfen, kümmerte sie sich um den Papierkram.

Yu wandte sich dem großen Haufen Papierrollen auf dem Tisch hinter ihr zu. Es waren alles Reiseberichte und lange Listen geraubter Waren. Yu hatte sogar lesen lernen müssen, um sich mit diesen langweiligen Listen befassen zu können. Sie musste gut aufpassen, denn manchmal versuchte jemand, sein Einkommen aufzubessern, indem er sich auf Geschäfte mit Opium oder Sklaven verlegte. Yu hatte klare Verbote erlassen: keine Drogen, kein Menschenhandel. Doch ab und zu taten ihre Piraten, als wäre ihnen das entfallen …

Seufzend machte sie sich wieder an die Arbeit. Kaum hatte sie den Schreibpinsel in die Hand genommen, als ein dreijähriger Junge in ihr Arbeitszimmer gelaufen kam. Er war mager, dunkel wie ein Seeigel und stapfte mit gesenktem Kopf und zu Fäusten geballten Händchen auf sie zu.

Es war ihr Sohn Wen.

»Was ist denn?«, fragte Yu.

Der kleine Junge antwortete nicht.

»Ist alles in Ordnung?«

Sie stand auf, um ihm entgegenzugehen, als Tanzende Lotosblüte das Zimmer betrat. Im Laufe der letzten Jahre hatte sie zugenommen und sah inzwischen, wie Yu fand, einer bauchigen Teekanne ähnlicher als der zerbrechlichen Tänzerin, die sie einmal gewesen war. Auch sie hatte einen Sohn, Xin, den sie jetzt auf dem Arm trug. Xin war genauso alt wie Wen, er war rundlich wie ein kleiner Buddha und weinte gerade verzweifelt.

»Darf man erfahren, was passiert ist?«, fragte Yu.

Tanzende Lotosblüte grinste. »Offenbar haben diese beiden

jungen Männer Piraten gespielt und Wen hat Xin ins Gesicht geboxt.«

»Genau hierhin!«, sagte Xin und zeigte auf seine Nase.

Yu schaute ihren Sohn streng an. »Stimmt das, Wen? Hast du Xin einen Faustschlag versetzt?«

»Ja, Mama«, antwortete der Junge, den Kopf jetzt noch tiefer gesenkt.

Wen und Xin waren mit wenigen Monaten Abstand auf die Welt gekommen und die besten Freunde – was in diesem Alter bedeutete, dass sie beinahe ständig stritten.

»Warum hast du das gemacht?«

»Aber, Mama …«, erwiderte ihr Sohn. »Chi boxt doch auch immer und niemand schimpft mit ihr.«

Chi war Yus älteste Tochter. Sie war soeben fünf geworden und Nachtfalter zufolge damit alt genug, um mit dem Kampfkunsttraining zu beginnen. Das kleine Mädchen hatte sich darüber sehr gefreut … und ihr jüngerer Bruder war furchtbar neidisch geworden.

»Für deine Schwester ist das doch kein Spiel, sondern etwas, das sie lernen muss. Wenn du so alt bist wie sie, wird Nachtfalter auch dir das richtige Kämpfen beibringen. Aber bis dahin musst du dich noch gedulden.«

»Ja, Mama, entschuldige bitte. Ich wollte Xin nicht wehtun.«

»Aber du hast es getan. Man boxt jemanden nur dann, wenn man ihm wirklich wehtun will.«

»Und du«, sagte Tanzende Lotosblüte zu Xin, »versuchst nächstes Mal, dich selbst zu verteidigen. Wenn Wen dich angreift, boxt du eben zurück. Ihr wollt Piraten sein? Dann löst eure Probleme selbst, ohne zu den Erwachsenen zu laufen. Habt ihr mich verstanden, alle beide?«

»Ja, Mama.«

»Ja, Tanzende Lotosblüte.«

Nachdem nun alles geklärt war, nahmen die Kinder einander an die Hand und liefen aus dem Zimmer, um weiterzuspielen. Die beiden Frauen schauten sich an und prusteten los.

»Was glaubst du: Wer von den beiden schifft sich als Erster ein?«, fragte Tanzende Lotosblüte.

»Ich hoffe, dass sie es gemeinsam tun. Und es wird nicht mehr allzu lange dauern. Als die Zwillinge das letzte Mal hier waren, wollten sie Chi mit auf die *Sternschnuppe* nehmen. Ich habe gesagt, dass sie erst lernen muss, sich selbst zu verteidigen, bevor ich sie an Bord eines Schiffs gehen lasse. Also erst nachdem Nachtfalter sie ausreichend ausgebildet hat.«

»Apropos Chi«, sagte Tanzende Lotosblüte und schaute Yu dabei aufmerksam an, »wie geht es eigentlich Blauer Tiger? Es ist lange her, seit er seine Tochter das letzte Mal besucht hat.«

Weil das eine etwas heikle Frage war, ließ sich Yu mit der Antwort Zeit.

»Ich weiß nicht, wie es ihm geht, und eigentlich will ich das auch gar nicht wissen«, meinte sie schließlich. »Wir haben folgende Abmachung getroffen: Ich frage ihn nicht, was er treibt und mit wem er seine Zeit verbringt, und er hält es bei mir genauso. Mir genügt, dass er die *Rote Todesbotin* gut befehligt, alles andere ist mir egal.«

»Wohin hast du ihn denn dieses Mal geschickt?«

»Nach Schanghai«, antwortete Yu.

Tanzende Lotosblüte musste lachen. »Eine Expedition, die viele Monate in Anspruch nehmen wird.«

»Genau das hoffe ich.«

»Und wenn der Tiger fern ist, hebt das Äffchen den Kopf«, sagte Tanzende Lotosblüte kichernd. »Mit all den hübschen Piraten, die in diesem Palast ein und aus gehen …«

»Du musst gerade reden«, entgegnete Yu. »Aber entschuldige mich bitte, wie du siehst, habe ich viel zu tun.«

Tanzende Lotosblüte verzog ihr immer noch schönes Gesicht. »Ja, ja, wie du willst. Ich muss dir ja auch nicht unbedingt erzählen, warum ich hergekommen bin.«

»Ich dachte, es sei wegen Wen und Xin gewesen …«

»Ach was. Ich bin gekommen, weil ich einen Brief für dich habe.«

»Einen Brief?«

Tanzende Lotosblüte lächelte sie an. »Brüllende Flut hat ihn mitgebracht. Ein Brief aus Macau.«

Brüllende Flut war die Witwe von Gebrochener Knochen. Die Beziehung zwischen ihr und Yu war ziemlich kompliziert, was daran liegen mochte, dass Yu ihren Gatten getötet hatte. Doch dies reichte als Grund nicht aus, warum sie den Brief Tanzende Lotosblüte gegeben hatte. Die Piratin hätte ihn Yu persönlich überbringen müssen.

Yu nahm sich vor, später darüber nachzudenken, ob eine Bestrafung angebracht war.

»Also, wo ist dieser Brief?«

Tanzende Lotosblüte zog einen versiegelten Umschlag aus ihrem weiten Ärmel, tat, als wolle sie ihn Yu reichen, und hielt dann in der Bewegung inne.

»Willst du nicht erst einmal wissen, woher er kommt?«

»Das hast du mir doch schon gesagt: aus Macau.«

»Brüllende Flut ist aus Macau zurückgekehrt. Aber der Brief stammt aus Kanton.«

Yu erschien das nicht gerade wie eine sensationelle Information.

»Um genauer zu sein«, fuhr Tanzende Lotosblüte fort, »stammt er aus einem *Yamen* der Neuen Stadt. Und der Absender ist ein kaiserlicher Beamter.«

»Woher weißt du das?«

»Das wurde Brüllende Flut bei der Übergabe des Briefs gesagt.«

Langsam wurde Yu richtig wütend. Diese Piratin verdiente *zweifellos* eine Bestrafung.

»Damit du endlich begreifst, worum es geht, verrate ich dir noch etwas«, sagte Tanzende Lotosblüte grinsend. »Die Anweisung an die Überbringerin lautete, bei der Übergabe einen Namen zu nennen.«

»Welchen?«

»Li Wei.«

Yu konzentrierte ihr *Chi* in ihre Finger und führte die Bewegung

Sog der Ebbe aus: Ihre Hand schnellte vor und zog sich sofort mitsamt dem Brief zurück, so schnell, dass Tanzende Lotosblüte keine Zeit blieb zu reagieren.

Yu eilte mit dem Brief zu ihrem Schreibtisch und betrachtete prüfend das Siegel: Es war unbeschädigt und gehörte zweifelsohne zu einem kaiserlichen Beamten. Das Papier war hochwertig, ein bisschen feucht und an den Ecken, wohl durch den Transport, etwas angeraut.

Yu hob den Kopf und sah, dass Tanzende Lotosblüte noch immer in ihrem Zimmer stand und sie beobachtete.

»Was ist?«, fragte Yu. »Lass mich allein!«

Beleidigt verzog ihre Freundin das Gesicht, machte auf dem Absatz kehrt und verließ, auf ihren kleinen Füßen schwankend, den Raum.

Yu zerriss das Siegel und holte tief Luft. Der Brief kam tatsächlich von Wei. Mit zitternden Fingern entfaltete sie ihn und begann zu lesen.

47

Liebe Freundin,

ich hoffe, Du erinnerst Dich noch an mich, den Freund Deiner Kindheit, und daran, wie wir uns dank eines umgekippten Tabletts voller Suppenschalen kennengelernt haben.

In den vergangenen Jahren habe ich Dich überall gesucht, an Land und auf dem Meer, ohne auch nur im Entferntesten zu ahnen, dass ausgerechnet Du die berühmte Piratin Fliegende Klinge *geworden bist, Admiral der gefürchtetsten Flotte Chinas.*

Meine Freundin, ich muss Dich warnen, denn Du schwebst in großer Gefahr. Nicht einmal Deine Piraten und Deine Kanonen können Dich schützen. Möglicherweise aber kann ich Dich davor bewahren, doch dafür muss ich Dich persönlich treffen. Komm also mit einem Deiner Schiffe sofort nach Macau. Sobald Du dort an Land gegangen bist, lässt Du Dir den Weg zur Gastwirtschaft von Madame Jing zeigen. Übergib ihr eine rote Blume und sie wird Dir sagen, wie Du mich treffen kannst.

Vertraue niemand anderem, treffe alle notwendigen Vorsichtsmaßnahmen und lass Dich stets von einer Eskorte begleiten.

In Zuneigung,
Dein alter Freund Li Wei

Yu las den Brief dreimal sorgfältig durch und überlegte, ob er echt sein konnte.

Wei hatte von den Suppenschalen geschrieben. Wer sonst wüsste von diesem Zwischenfall und würde sich nach so vielen Jahren noch daran erinnern?

Doch die Erwähnung der Suppenschalen genügte ihr nicht als Beweis. Auch die Schrift ihres alten Freundes half Yu nicht weiter, denn als sie Wei das letzte Mal getroffen hatte, hatte sie weder Lesen noch Schreiben können.

Sie ließ Brüllende Flut holen, die Witwe von Gebrochener Knochen. Sie war eine noch junge, hochgewachsene, schlanke Frau und trug eine leichte Rüstung. Brüllende Flut legte sich bäuchlings vor Yu auf den Boden.

»Wer hat dir diesen Brief gegeben?«, fragte Yu.

»Der Beamte des Humen«, antwortete die Frau. »Als wir die Enge passierten, kam er uns mit einer Dschunke entgegen. Er hat gesagt, er hätte eine Nachricht für Fliegende Klinge, und wollte wissen, ob ich eine ihrer Damen sei. Er hat genau dieses Wort benutzt. Dann hat er mir befohlen, dir zu sagen, dass der Absender des Briefs ein gewisser Li Wei sei. Das war alles.«

»Ist dir irgendetwas seltsam vorgekommen? Eine Kleinigkeit, die dennoch wichtig sein könnte?«

»Nein … Der Beamte wirkte gelangweilt. Er hat ja nur eine Steuer eingefordert, was er täglich viele Male macht.«

»Hat er dir gesagt, wie lange der Brief schon bei ihm lag?«

»Nein.«

»Und du hast ihn nicht danach gefragt?«

Brüllende Flut errötete beschämt. »Nein.«

Yu schüttelte den Kopf. »Wenn dir das nächste Mal jemand eine Nachricht für mich übergibt, erwarte ich, dass du sie mir persönlich und so schnell wie möglich bringst. Falls du das nicht tust, sehe ich mich gezwungen, dich zu bestrafen.«

»Ich bitte um Verzeihung, Admiral.«

»Du kannst gehen.«

Yu dachte nach. Sie war sich nicht sicher, aber sie neigte dazu zu glauben, dass der Brief echt war.

Wei war ein Beamter. Da war es naheliegend, eine Botschaft einem anderen Beamten anzuvertrauen. Und der Bewacher des Humen war dafür wohl der geeignetste, da alle Schiffe früher oder später durch diese Enge fahren mussten. Das alles ergab Sinn. Nun blieb nur noch herauszufinden, vor welcher Gefahr Wei sie warnen wollte.

Natürlich mangelte es Yu nicht an Feinden: In den letzten Jahren hatten die Piraten der Roten Flotte unzählige Schiffe angegriffen, geentert, ausgeraubt oder sogar versenkt. Die britische und die portugiesische Regierung hatten ein Kopfgeld auf Yu ausgesetzt und das Kaiserreich hatte sie bisher nur deshalb ungeschoren davonkommen lassen, weil sie die Mandarine großzügig bestach.

Dann gab es da noch einen weiteren Feind, den gefährlichsten: jener Widersacher, der vor über zehn Jahren Peng hatte suchen und töten lassen. Unzählige Male hatte Yu Nachtfalter gefragt, wer dieser geheimnisvolle Widersacher sei und wann sie ihren früheren Meister endlich würde rächen können.

»Der richtige Zeitpunkt ist noch nicht gekommen«, hatte Nachtfalter jedes Mal geantwortet. »Unser Widersacher ist mächtig. Um ihn anzugreifen, brauchst du wesentlich mehr Schiffe. Du musst noch viel stärker werden.«

Yu erinnerte Nachtfalter dann immer daran, dass sie inzwischen sämtliche in Pengs Buch beschriebenen Techniken gelernt hatte.

»Du kennst sie vielleicht, aber du hast sie noch nicht erlernt«, erwiderte Nachtfalter in tadelndem Ton. »Der *Wushu der Luft und des Wassers* setzt sich aus zwei Teilen zusammen: Du beherrschst die Luft, aber hast du gelernt, das Wasser zu beherrschen? Eines Tages wirst du es können und die Rote Flotte wird groß genug sein. Dann werden wir gegen den Widersacher kämpfen und Peng rächen.«

Ein allzu vager Plan. Nachtfalter war bereits ziemlich betagt und Yu inzwischen eine erwachsene Frau. Wie alt musste sie noch werden, um für diesen Kampf bereit zu sein? Und was, wenn der Widersacher sie vorher aufspürte, so wie er es bei Peng getan hatte?

Vielleicht hat *er* mir ja diesen Brief geschrieben, dachte Yu. Um mich in eine Falle zu locken.

In diesem Fall aber wäre es seltsam, dass der Briefschreiber nicht von ihr verlangte, das magische Buch mit nach Macau zu bringen. Ein Buch, das stattdessen in Hongkong bleiben würde, in Sicherheit. Es lag in einem Loch unter dem silbernen Felsbrocken, auf dem Yu zum ersten Mal Blauer Tiger geküsst hatte. Ein guter Ort, den sie vom Fenster ihres Arbeitszimmers aus im Auge behalten konnte. Ein sicherer Ort.

Seit wann hast du so große Angst, kleine Yu? Hast du vergessen, dass du Fliegende Klinge bist?

Es war alles in Ordnung und eine Begegnung mit Wei war Yu ein gewisses Risiko wert. Seit dem letzten Mal waren zu viele Jahre vergangen. Zu viele Worte, die darauf warteten, gesagt zu werden.

Yu traf ihren Entschluss. Sie ließ nach Nachtfalter schicken.

Als der Meister in ihr Arbeitszimmer trat, trug er auf den Schultern die kleine Chi.

»Hallo Mama«, begrüßte das Mädchen sie.

Chi war ein hübsches, gesundes und kräftiges Kind. Alle sagten, sie sei Yu wie aus dem Gesicht geschnitten, mit Ausnahme der großen, leuchtenden Augen, die sie zweifellos von ihrem Vater Blauer Tiger geerbt hatte.

»Hallo Chi«, sagte Yu. »Hast du heute viel gelernt?«

»Ja! Bald werde ich fliegen und kann dann alles ebenso gut wie du«, erwiderte die Kleine stolz.

Yu lachte. »Das glaube ich auch. Aber jetzt geh spielen … Ich muss mit dem Meister reden.«

Chi zog ein Gesicht, doch Nachtfalter setzte sie ab und bedeutete ihr mit einer Handbewegung, den Raum zu verlassen. Yu dachte, dass der alte *Shifu* wesentlich mehr Autorität über ihre Tochter hatte als sie selbst.

»Du wolltest mich sprechen?«, fragte er, sobald das Kind gegangen war.

Yu erklärte, dass sie noch in dieser Nacht nach Macau fahren würde, in einer wichtigen Mission.

»Worum geht es?«

»Das kann ich dir nicht sagen.«

Nachtfalter runzelte die Stirn. »Ich weiß, dass dir das Meer fehlt«, sagte er, »und das Kommando über ein Schiff, die Schlacht. Aber auf dir ruht die Verantwortung für die gesamte Flotte. Ohne dich wissen all die Dschunken nicht, was sie tun, wohin sie fahren sollen. Jemand könnte rebellieren, Beute unterschlagen …«

»Ich verspreche dir, dass ich nur wenige Tage wegbleiben werde, höchstens zehn. Es ist sehr wichtig.«

»So wichtig, dass du mir nicht verraten willst, worum es geht?«

Yu überlegte, ob sie ihm ihre Zweifel anvertrauen sollte, aber sie wusste, was er ihr darauf antworten würde: Das ist viel zu gefährlich, fahr nicht hin.

»Du musst mir einfach vertrauen.«

Nachtfalter seufzte. »Wen nimmst du mit?«

»Als die *Sternschnuppe* das letzte Mal hier abgelegt hat, sind Steinriese und Scharlachroter Tiger an Land geblieben. Sie müssten noch in Hongkong sein, deshalb nehme ich sie mit. Und mindestens eine Frau. Sie sollte in etwa mein Alter haben und kämpfen können.«

»Neulich habe ich im Dorf Hagelwolke gesehen«, erinnerte sich der Kampfkunstmeister. »Sie ist eine Piratin aus der Mannschaft der *Grauen Angst* und praktiziert einen Kampfkunststil aus dem Norden, den man *Die acht Trigramme* nennt. Sie ist eine kampferfahrene Kriegerin.«

»Ähnelt sie mir?«

»Sie ist ungefähr so groß wie du und hat auch deine Figur. Aber sie hat ein paar graue Haare und ihr Gesicht ist runder als deines.«

»Wenn Größe und Figur übereinstimmen, genügt das.«

Nachtfalter verbeugte sich. Yu wusste, dass er regelrecht danach fieberte, weitere Einzelheiten zu erfahren, aber sie wollte nichts mehr preisgeben.

»Meister«, sagte sie, »ich weiß, dass dies unter deiner Würde ist, aber ich bitte dich dennoch, alles für mich vorzubereiten. Wähle ein Schiff für mich aus, ein kleines, schlichtes, und eine Mannschaft von nicht mehr als zehn vertrauenswürdigen Leuten. Sorge dafür, dass sie sich schon heute Nacht bereithalten.«

»Hast du vor zu kämpfen?«

»Eine Kanone wäre nicht schlecht, aber sie muss gut versteckt sein. Niemand darf den Verdacht schöpfen, dass unser Schiff ein Piratenschiff sein könnte.«

»In Ordnung.«

Yu ging zu ihrem Schreibtisch, nahm sich ein Stück Papier und beschrieb es mit raschen Pinselstrichen. Als sie fertig war, rollte sie es zusammen und versah es mit ihrem Siegel, bevor sie es Nachtfalter reichte.

»Dieses Schreiben macht dich in meiner Abwesenheit zum obersten Kommandanten über die Rote Flotte. Hab bitte ein Auge auf den kleinen Wen, er ist ein sehr lebhaftes Kind. Und fahre mit Chis Ausbildung fort.«

»Das hätte ich ohnehin getan. Versprich mir, dass du gut auf dich aufpasst.«

Yu lächelte. Vor langer Zeit hatte sie Nachtfalter für einen Verräter gehalten, doch inzwischen war er Teil ihrer Familie – in gewisser Weise viel mehr als Blauer Tiger.

Nachdem der Kampfkunstmeister gegangen war, begann sie, Vorbereitungen für ihre Reise zu treffen. Wenn keine Arbeitsessen anstanden, speiste sie gewöhnlich gemeinsam mit Tanzende Lotosblüte und den Kindern im Frauenflügel des Palasts. Überfluss hatte an diesem Abend eine Suppe aus Meeresfrüchten und Glasnudeln mit Gemüse gekocht. Yu dankte dem Koch und beglückwünschte ihn zu seinem Talent, was mit schiefen Blicken erwidert wurde. Überfluss war zwar alt, aber keineswegs altersmilde geworden.

Nach dem Abendessen schaute Yu eine Weile Wen und Chi

beim Spielen zu. Sie hatte zwei schöne, mutige und gesunde Kinder. Sie würden ihr in den nächsten Tagen fehlen und sie hätte ihnen gern gesagt, dass sie wegfahren musste. Doch sie wollte nicht, dass die Kinder sich Sorgen machten oder es den Dienern weitererzählten. Und so schwieg sie.

»Bis morgen, Yu«, verabschiedete sich Tanzende Lotosblüte, bevor sie sich für die Nacht zurückzog.

Yu lächelte, ohne etwas zu sagen.

In ihrem Zimmer zog sie das Seidenkleid aus und holte aus ihrer Truhe die alte Kampfkleidung hervor: Hose und Hemd aus Leinen, Stoffstiefel und ein lederner Brustpanzer. In dem einen Stiefel versteckte sie ein Wurfmesser und in den Gürtel steckte sie einen kurzen Dolch. Ein Säckchen voll kleiner Silberbarren verbarg sie an ihrer Brust. Schließlich nahm sie ihr Schwert von der Wand. Sie benutzte es täglich beim Training, aber sein letzter Einsatz im Gefecht war lange her. Yu hoffte, dass sie es auf dieser Reise nicht brauchen würde.

Nun war sie bereit, und weil sie sich im Palast nicht in Piratenkleidung sehen lassen wollte, setzte sie einen Fuß auf den Sims des weit geöffneten Fensters, stieß sich ab und landete unten im Garten, genau neben dem silbrigen Felsbrocken, bei dem Pengs Buch versteckt war. Yu hoffte, dass dies ein gutes Omen war. Ein paar Sekunden lang kauerte sie reglos am Boden und hielt die Luft an, um herauszufinden, ob jemand sie beobachtet hatte. Doch nichts rührte sich. Sie sprang auf.

Lächelnd lief sie zum Strand hinunter.

48

Das Schiff war ein kleines Fischerboot mit einem einzigen Segel und einem Kabinenaufbau aus Bambus. Alltäglich genug, um in einem Hafen nicht aufzufallen, aber doch schnell und leicht zu manövrieren.

Erfreut stellte Yu fest, dass Nachtfalter an Bord eine Kolubrine versteckt hatte, eine kleinkalibrige Kanone, und die entsprechende Munition, sowie Proviant für eine Woche, eine Kiste Silberbarren und eine große Truhe voller Waffen und Kleidungsstücke. Auch die Mannschaft war bereits an Bord: fünf Matrosen sowie Scharlachroter Tiger, Steinriese und die Piratin Hagelwolke. Wie Nachtfalter gesagt hatte, war sie ungefähr so alt wie Yu und hatte auch ungefähr ihre Größe und Figur.

Als Hagelwolke Yu erblickte, warf sie sich ihr zu Füßen. »Es ist mir eine Ehre, Ihnen zu dienen, Admiral.«

Yu befahl ihr aufzustehen. »Lass die Förmlichkeiten, Schwesterchen, wir stechen zusammen in See.«

Zu dieser späten Stunde war niemand mehr unterwegs, mit Ausnahme eines Pärchens, das hinten am Strand herumschmuste. Das Boot legte ab und fuhr parallel zur Küste aus der Bucht. Ein Matrose gab mit einer Laterne das Signal, das als Passwort diente, und Lichtzeichen vom Ufer her zeigten an, dass sie die Bucht verlassen konnten. Nach der Schlacht gegen Gebrochener Knochen hatte Yu an der Einmündung zur Bucht mit Kanonen ausgestattete Wachtposten aufstellen lassen.

»Es ist lange her, dass du das letzte Mal an Bord eines Schiffs warst, Fliegende Klinge«, bemerkte Scharlachroter Tiger. »Was ist unser Ziel?«

»Macau.«

»Eine kurze Reise.«

»Ich muss dort mit jemandem sprechen.«

Das narbige Gesicht des Piraten verzog sich zu einem Grinsen. »Als du das letzte Mal diesen Satz zu mir gesagt hast, sind wir, wenn ich mich nicht irre, mit einem magischen Buch und einer Ladung Silber zu unserem Stützpunkt zurückgekehrt.«

Yu musste lachen. »Ich fürchte, dieses Mal werden wir uns nicht so gut amüsieren. Aber ich danke dir, dass du mitkommst.«

Scharlachroter Tiger war ein gefährlicher Mann, denn er handelte, ohne vorher lange nachzudenken, und er tat immer das, was ihm gerade einfiel. Aber er wäre auch jederzeit bereit, Yu sein Leben zu opfern.

Das Fischerboot war viel zu klein, um damit nachts auf offener See zu segeln. Deshalb fuhren sie parallel zur Küste der Insel Hongkong und warfen in einer kleinen Bucht den Anker, um noch ein paar Stunden zu schlafen.

Bei Sonnenaufgang nahmen sie Kurs auf Macau, das nur knapp 150 *Li* entfernt war. Sie erreichten die Stadt noch vor Mittag. Als sie in den Hafen einfuhren, rief Yu Scharlachroter Tiger zu sich in die Kabine.

»Lass das Boot an einem der abgelegeneren Kais anlegen, so weit wie möglich von den anderen Schiffen entfernt. Dann gehst du mit Steinriese an Land. Ihr lasst euch erklären, wo sich die Gastwirtschaft von Madame Jing befindet, und kommt anschließend wieder zurück und sagt es mir.«

Yu hatte Steinriese ausgewählt, weil er überall auffiel. Falls jemand in Macau auf ihre Ankunft wartete, würde er den massigen Piraten sicher bemerken.

Nach weniger als einer Stunde waren die beiden Männer wieder zurück.

»Die Gastwirtschaft befindet sich auf dem Hügel, in der Nähe der Kathedrale«, erklärte Scharlachroter Tiger.

»Was ist eine Kathedrale?«, wollte Yu wissen.

»Ein Tempel für die Götter der Fremden.«

»Wart ihr bei der Gastwirtschaft, habt ihr sie euch angeschaut?«

Scharlachroter Tiger nickte. »Wir sind nicht reingegangen, aber wir konnten sehen, dass sie sehr klein ist. Eines dieser Lokale, in denen man ungestört wichtige Angelegenheiten besprechen kann.«

Yu war erleichtert. »Jetzt kommt mein nächster Auftrag«, sagte sie. »Du gehst wieder dorthin, Scharlachroter Tiger, aber anstelle von Steinriese nimmst du Hagelwolke mit. Sie wird mein Schwert am Gürtel tragen und du sprichst sie als Fliegende Klinge an und benimmst dich, als wäre sie dein Kapitän.«

Hagelwolke grinste, als sie von ihrem Auftrag erfuhr. »Jetzt verstehe ich, warum du mich mitgenommen hast. Ich soll so tun, als wäre ich du.«

»Eine kleine Vorsichtsmaßnahme. Aber keine Angst: Falls irgendetwas passiert, komme ich euch sofort zu Hilfe.«

»Natürlich habe ich keine Angst«, wandte Scharlachroter Tiger ein, »aber müssen wir damit rechnen, dass es eine Falle ist?«

»Vielleicht«, gestand Yu.

Sie wies Hagelwolke und Scharlachroter Tiger an, eine rote Blume zu besorgen, und ging mit ihnen die Anweisungen aus dem Brief durch.

Die Piratin steckte ihr Haar zu der Frisur auf, die auch Yu trug, und befestigte deren Schwert an ihrem Gürtel. Dann gingen die beiden an Land.

Einige Zeit verging. Die an Bord verbliebenen Piraten aßen zu Mittag. Danach versuchte Steinriese, in der Bambuskabine ein Nickerchen zu machen, doch sie war viel zu eng für ihn. Daraufhin ging er auf den Kai hinunter, um von dort aus das Schiff zu bewachen.

Erst am Nachmittag kehrten Hagelwolke und Scharlachroter Tiger zurück.

»Was ist geschehen?«, fragte Yu.

»Wir haben Madame Jing getroffen und ihr die rote Blume übergeben«, erzählte Scharlachroter Tiger. »Sie hat uns in einen Nebenraum geführt und uns Tee und Schälchen bringen lassen.

Dann ging sie und wir haben gegessen. Nach einer Weile erkundigte sie sich, ob uns alles gut schmeckt, und wir haben genickt.«

Hagelwolke setzte den Bericht fort. »Daraufhin sagte Madame Jing, dass ich nicht die richtige Fliegende Klinge sei und sie uns deshalb leider nicht weiterhelfen könne. Sie wollte keine Bezahlung für das Essen, bat uns aber zu gehen.«

Wie seltsam, dachte Yu.

»Was genau hat sie dich gefragt, bevor sie darauf hinwies, dass du die Falsche bist?«

»Sie hat mich nur gefragt, ob mir die Suppe geschmeckt hat.«

»Hat sie genau diese Worte verwendet?«

»Es war eine Haifischflossensuppe. Sie hat sich entschuldigt und meinte, dass sie wohl nicht besonders gut sei und dass es in Kanton ein Lokal gebe, wo eine absolut göttliche Haifischflossensuppe serviert werde. Sie wollte wissen, ob wir dieses Lokal kennen, und wir haben das verneint, aber betont, dass ihre Küche hervorragend sei.«

Yu begriff, dass die Wirtin von Wei genaue Anweisungen erhalten haben musste und gewusst hatte, dass sich die echte Fliegende Klinge an die alte Jia in Bai Bais Lokal erinnern würde.

»Wer war sonst noch da?«, fragte Yu. »Soldaten? Verdächtige Männer?«

»Niemand außer uns«, antwortete Scharlachroter Tiger. »Bevor wir eingetreten sind, bin ich zweimal um den Häuserblock herumgelaufen, konnte aber nichts Auffälliges feststellen.«

Yu atmete dreimal tief durch. Dann beschloss sie, das Risiko einzugehen.

Sie ließ sich von Hagelwolke ihr Schwert zurückgeben und befestigte es an ihrem Gürtel.

»Scharlachroter Tiger, hast du Lust, einen weiteren Spaziergang zu dem Lokal zu machen?«

»Ich stehe dir zur Verfügung.«

»Ich nehme Scharlachroter Tiger und Steinriese mit«, sagte Yu zu Hagelwolke. »Du bleibst hier und wartest bis Sonnenuntergang.

Wenn wir bis dahin nicht zurück sind, gehst du uns nicht suchen, sondern fährst so schnell wie möglich nach Hongkong zurück, um Verstärkung zu holen.«

Yu verließ die Kabine, sprang hinunter auf das Kai und zog mit ihren beiden Begleitern los.

Es war ein warmer Tag und der Himmel kam ihr blauer vor als sonst und die Farben leuchtender. In den Straßen wimmelte es von chinesischen Kaufleuten und Fremden mit bleicher Haut und eigenartigen weizengelben Haaren. Yu fragte sich, warum sie sich so seltsam zurechtmachten und ob sie zu Hause keine Spiegel hatten.

Überrascht stellte sie fest, dass sie glücklich war. Allzu lange war sie auf dem Roten Hügel geblieben. Der Aufstieg zum Flottenadmiral hatte sie ihre Freiheit gekostet und sie musste Wege finden, sie sich zurückzuerobern.

Sie stiegen einen steilen Weg hinauf, der zu einer langen Treppe führte. Über der Treppe thronte ein gewaltiges Gebäude mit fremdartig spitzem Dach und einer mit Säulen geschmückten Fassade.

»Ist das die Kathedrale?«, fragte Yu. »Ich würde gern mal hineingehen.«

Scharlachroter Tiger schüttelte den Kopf. »Da drin sind jede Menge Soldaten. Ich habe gehört, dass die Priester, die dort wohnten, verjagt worden sind. Der Tempel wurde in eine Kaserne umgewandelt. Außerdem haben wir unser Ziel beinahe erreicht.«

Er führte sie in ein Labyrinth von Gässchen, inmitten derer die Gastwirtschaft lag. Sie sah genauso aus, wie er gesagt hatte: ein Ort, an dem man ungestört war.

Das Gebäude war zweistöckig, aber klein und Yu überlegte, welche Fluchtmöglichkeiten es gab. Sie sah den Vordereingang, vermutlich befand sich auf der anderen Seite eine Hintertür und im ersten Stock waren Fenster. Der Hauptraum war leer, doch gleich nachdem sie eingetreten waren, kam eine Frau durch eine Tür herein. Sie war schon älter und trug ein mit Blumen besticktes Kleid.

»Das ist Madame Jing«, flüsterte Scharlachroter Tiger.

Die Wirtin verneigte sich vor Yu. »Mit wem habe ich die Ehre?«

»Ich bin Fliegende Klinge«, erwiderte Yu. »Ich habe keine roten Blumen mitgebracht, doch ich weiß, dass die Suppe, die Jia in Bai Bais Lokal kochte, im ganzen Kaiserreich ihresgleichen suchte.«

Die Frau verbeugte sich erneut. »Verzeihen Sie mir, dass ich wage, Ihnen eine weitere Frage zu stellen. Erinnern Sie sich, wie viele Zimmer es im Haus Ihres Freundes in Kanton gab, in der Straße des Heißen Steins?«

Lächelnd antwortete Yu: »Es gab nur ein einziges Zimmer, doch das Haus stand in der Straße des Leuchtenden Steins.«

Die Wirtin verbeugte sich ein drittes Mal. »Dann kann ich Sie in meiner Gastwirtschaft willkommen heißen, Fliegende Klinge. Sie werden überrascht sein zu hören, dass Herr Li Wei sich hier befindet. Er erwartet Sie.«

Damit hatte Yu nicht gerechnet.

»Was?«, fragte sie. »Er ist … hier? Aber … Wie lange denn schon?«

»Seit knapp zwei Monaten. Allmählich verlor er die Hoffnung, Sie wiederzufinden. Ich führe Sie sofort zu ihm.«

Madame Jing ging ihnen voraus die Treppe hinauf und einen langen Flur entlang, der vor einer Schiebetür endete.

»Hier hinein«, sagte die Wirtin.

Yu drehte sich zu Steinriese um. »Du bleibst draußen stehen und hältst Wache. Wenn dir etwas verdächtig erscheint, trittst du die Tür ein und kommst rein.«

Der Koloss nickte.

Yu und Scharlachroter Tiger folgten der Wirtin in einen winzigen Salon. Darin gab es keine Fenster, nur eine Tür an der gegenüberliegenden Wand. Die Einrichtung bestand aus hübschen Sitzbänken aus dunklem Holz und einem dazu passenden Tischchen. Eine Reihe an der Wand aufgehängter Lampions tauchte den Raum in weiches, gedämpftes Licht.

»Ich hole schnell Herrn Li«, sagte Madame Jing und schritt auf die zweite Tür zu. »Inzwischen …« Sie zeigte auf den Weinkrug und die beiden Becher, die auf dem Tischchen standen, deutete eine weitere Verbeugung an und verließ den Raum.

Scharlachroter Tiger goss sich einen Becher voll und trank ihn in einem Zug aus.

Yu dagegen rührte den Wein nicht an. Sie nahm auf einer der Bänke Platz und schaute sich wachsam um.

War Wei wirklich hier? Wenn er zwei Monate lang in Macau auf sie gewartet hatte, musste es sich um eine sehr ernste Gefahr handeln. Ob sie mit dem Widersacher zusammenhing? Oder aber mit jemand anderem?

Sie war zu nervös, um ruhig dazusitzen und zu warten. Sie zwang sich durchzuatmen, um ihr schnell schlagendes Herz zu beruhigen. Trotzdem wurde sie das bedrückende, beängstigende Gefühl nicht los.

Scharlachroter Tiger schimpfte: »Hier drin bekommt man keine Luft!«

Tatsächlich hing ein süßlicher, beinahe schon widerlicher Geruch in der Luft. Von irgendwoher drang Rauch in den Raum und breitete sich aus. Es war dringend notwendig zu lüften.

Der Pirat stand auf und Yu sah, dass er schwankte. Äußerst seltsam, denn ein Becher Wein genügte normalerweise keineswegs, um ihn betrunken zu machen.

Yu versuchte ebenfalls aufzustehen, doch ihr Körper gehorchte ihr nicht. Sie stellte fest, dass sie gelähmt war, als ob ein unsichtbarer Feind mit gekonnten Kampfbewegungen ihre Vitalpunkte blockiert hätte.

Der Rauch im Raum wurde immer dichter.

Die Lampions, begriff Yu. Sie erzeugten den Nebel. Und den Geruch …

»Gift«, wollte sie sagen, doch aus ihrem Mund kam kein Laut.

Scharlachroter Tiger taumelte auf die Tür zu und fiel kurz davor auf die Knie.

Wir müssen hier raus, dachte Yu.

Sie versuchte, gegen diese unheimliche Kraft anzukämpfen, die sie daran hinderte, sich zu bewegen, doch der Rauch nahm ihr die Luft. Irgendetwas hatte ihren Körper all seiner Kraft beraubt. Sie sah zu Scharlachroter Tiger hinüber, dem es im Fallen gelungen war, die Tür ein Stück weit zu öffnen.

Yu wollte sich in seine Richtung bewegen, um aus diesem verdammten Zimmer zu fliehen, doch sie verlor das Gleichgewicht und stürzte zu Boden.

Gleich darauf löschte der Nebel alles aus.

49

Yu konnte sich nicht bewegen.

Vielleicht lag es an dem Gift, das sie immer noch lähmte. Oder aber an der Kette, mit der sie vom Hals bis zu den Füßen umwickelt war.

So also fühlt sich Steinriese jeden Tag seines Lebens, dachte sie. Beim Gedanken an Steinriese krampfte sich ihr das Herz zusammen. Was war mit ihm passiert und mit Scharlachroter Tiger? Und sie selbst, wo befand sie sich?

Obwohl ihre Augen offen waren, konnte sie nichts sehen. Es war sehr dunkel. Ein abgedunkeltes Zimmer. Oder vielleicht (weil ihr jetzt erst das Schaukeln bewusst wurde) eine Sänfte.

Wenn sie in einer Sänfte lag, waren sie nicht mehr in Madame Jings Lokal.

Wohin wurde sie gebracht? Wer hatte sie entführt?

Im Kopf ging sie die Liste ihrer Feinde durch: andere Piraten, Guo Huiliang und die Kaufleute von Kanton, die fremden Teufel. Doch die Falle, die ihr gestellt worden war, war für all diese Leute viel zu raffiniert, zu kompliziert. Sie hatte aus vielen, perfekt aufeinander abgestimmten Einzelteilen bestanden: der Brief, den ein kaiserlicher Beamter einer ihrer Piratinnen übergeben hatte, die Fragen, mit denen Madame Jing ihr Vertrauen gewonnen hatte, das Gift. Vor allem aber: Li Weis Name.

Er war der Einzige, der Yus Vergangenheit kannte, und musste deshalb irgendwie in diese Angelegenheit verwickelt sein. Aber wer könnte Wei dazu gebracht haben, sich an einer derartigen Intrige zu beteiligen?

Da kam nur ein Einziger infrage, dachte Yu.

Der geheimnisvolle Widersacher, der die Kampfkunstlehre der Luft und des Wassers auslöschen wollte. Ein einflussreicher Mann, dem nahezu unbegrenzte Mittel zur Verfügung standen. So mächtig, dass er einen Meister wie Peng töten lassen konnte.

Wie oft habe ich Nachtfalter angefleht, Peng rächen zu dürfen, dachte Yu. Jedes Mal hat er mir geantwortet, dass ich noch nicht bereit, dass der richtige Moment noch nicht gekommen sei.

Während sie gewartet und gewartet hatten, hatte der Widersacher als Erster einen Zug gemacht. Und nun schwebte sie in höchster Gefahr.

Hinter ihr war ein schmaler Streifen Licht zu sehen, der die gegenüberliegende Wand der Sänfte beleuchtete.

Eine Stimme meldete: »Sie ist aufgewacht, Herr.«

»So bald?«, erwiderte eine zweite Stimme, die so unnatürlich hoch war, dass sie wie eine Kinderstimme klang. »Sie muss über eine erstaunliche Widerstandskraft verfügen. Aber das hier wird sie erneut einschlafen lassen.«

Eine Hand drückte ihr ein Taschentuch ins Gesicht. Es war feucht und stank genauso wie die einnebelnden Lampions. Yu versuchte sich zu wehren, doch die Kette hinderte sie daran. Einige wenige Atemzüge, und Yu schlief wieder ein.

Als sie das nächste Mal die Augen öffnete, fand sie sich in einer Zelle wieder. Fußboden, Wände und Decke waren aus Stein. Es gab keine Fenster, nur eine Tür, durch deren Rahmen etwas Licht eindrang. Sie war jetzt nicht mehr mit einer Kette gefesselt, sondern trug um den Hals eine *Canga* aus Eisen, so schwer, dass Yu ihr Gewicht auf dreißig *Jin* schätzte. Sie bestand aus zwei von Scharnieren und Schlössern zusammengehaltenen Teilen. Yu versuchte, sie zu betasten, doch die *Canga* war so breit wie die Spannweite ihrer Arme: Sie konnte mit ihren Händen die Ränder berühren, weiter kam sie nicht. Das bedeutete, dass sie beim Essen Hilfe brauchen würde, denn sie konnte keine Nahrung zum Mund führen.

Yu versuchte aufzustehen, doch es gelang ihr nicht. Ihre Beine waren schlaff und wie eingeschlafen, in ihren Armen kribbelte es. Wegen der *Canga* tat ihr der Nacken weh. Sie tastete ihren Körper ab: Sie hatten ihr den ledernen Brustpanzer ausgezogen, den

Gürtel mit Dolch und Schwert weggenommen, ebenso ihre Stiefel und das Wurfmesser, das sie darin versteckt hatte. Sie hatten sie gründlich durchsucht und entwaffnet.

Von der Tür kam ein knirschendes Geräusch. Zwei Augen betrachteten sie durch ein kleines Fenster.

»Endlich bist du wach. Vielleicht habe ich mit der letzten Dosis ein wenig übertrieben.«

Es war die hohe Kinderstimme, die Yu bereits in der Sänfte vernommen hatte. Sie gehörte zu einem ungefähr fünfzigjährigen Mann mit einem dicken, schlaffen und bartlosen Gesicht. Das Gesicht eines Eunuchen.

»Ich habe Durst«, sagte Yu.

»Hör mir gut zu«, erwiderte der Eunuch. »Ich komme jetzt zu dir herein. Das Gift, das ich dir gegeben habe, hat deinen Körper schwach und langsam gemacht. Jeder Widerstand wäre also zwecklos. Außerdem würdest du für jeden Fluchtversuch auf furchtbare Weise bestraft.«

»Noch furchtbarer als das, was bereits geschehen ist?«

Das Eunuchengesicht grinste. »Darauf kannst du dich verlassen. Wir haben noch gar nicht angefangen.«

Draußen waren schwere Schritte zu hören und ein mit einer Lanze bewaffneter Soldat betrat die Zelle. Er richtete die Lanzenspitze auf Yus Gesicht und zwang sie dadurch, bis an die Wand zurückzukriechen.

Ein zweiter Soldat trug einen Stuhl herein und stellte ihn neben der Tür ab. Schließlich trat der Eunuch ein und ließ sich auf dem Stuhl nieder.

Er war tatsächlich sehr dick. In seinem Schoß lag eine Peitsche mit einem kurzen Griff und einer langen, dicken, zusammengerollten Schnur. Die Soldaten stellten sich zu seinen beiden Seiten auf.

»Guten Tag, Fliegende Klinge«, begrüßte sie der Eunuch.

Yu antwortete nicht.

»Ich spreche mit dir und du bist meine Gefangene. Eigentlich solltest du jetzt aufstehen, um mir deinen Respekt zu bezeugen. Also, steh auf!«

Yu blieb auf dem Fußboden der Zelle hocken.

Der Eunuch schüttelte den Kopf. »Das fängt nicht gut an, Fliegende Klinge. Ich weiß, dass du eher daran gewöhnt bist, Befehle zu erteilen, als Befehle zu befolgen, aber inzwischen ist alles anders geworden. Du musst lernen, gehorsam zu sein, sonst könnten die kommenden Jahre sehr unangenehm für dich werden.«

Yu konnte nicht anders, sie musste lachen.

»Jahre?«, rief sie. »Ich habe nicht die Absicht, so lange hierzubleiben.«

»Ach ja? Aber das hast nicht du zu entscheiden.«

»Meine Leute werden kommen und mich befreien. Was habt ihr mit Steinriese und Scharlachroter Tiger gemacht?«

»Sie waren für uns nicht wichtig, wir haben sie gehen lassen.«

»Wie viele haben sie getötet, bevor ihr beschlossen habt, sie *gehen zu lassen?*«, fragte Yu und zwang sich zu grinsen.

Der Eunuch verzog das Gesicht. »Dreizehn Soldaten. Aber freu dich nicht zu früh. Dreißig Soldaten haben nur darauf gewartet, sie zu ersetzen. Wir haben sie tatsächlich *gehen lassen*. Sie haben uns nichts bedeutet. Wir wollten nur dich.«

»Ja, ihr habt große Mühen auf euch genommen, um mich zu fangen. Wer seid ihr? Was wollt ihr?«

Blitzschnell schlug der Eunuch mit der Peitsche zu. Das Schnurende traf Yus Finger, und furchtbare Schmerzen schossen von der Hand den Arm hinauf, bis hoch zum Hals. Verblüfft zuckte Yu zurück. Durch die Bewegung knallte die *Canga* gegen die Wand und hätte ihr beinahe das Genick gebrochen.

Ich habe das nicht kommen sehen, dachte sie erschrocken. Ich habe es nicht einmal kommen sehen. Ihre Reflexe waren immer noch betäubt. Ihr Körper reagierte nicht, wie er sollte. Was geschah mit ihr? Kam das immer noch von dem Gift?

Sie versuchte aufzustehen. Es gelang ihr, doch ihr zitterten die Knie.

»Nun bist du endlich doch aufgestanden!«, stellte der Eunuch fest. »Der Moment ist gekommen, um die Regeln aufzustellen, auf der unsere Freundschaft gründet. Von nun an wirst du mir nie wieder Fragen stellen. Wenn ich dich etwas frage, antwortest du mir höflich oder du schweigst.«

»Das kannst du vergessen«, entgegnete Yu.

Wieder traf die Peitsche sie, dieses Mal am Bauch und so heftig, dass Yu auf die Knie fiel und unwillkürlich aufschrie.

»Dann stimmt die Information, die ich erhielt«, bemerkte der Eunuch. »Du fürchtest die Peitsche, Fliegende Klinge.«

»Wer hat dir das gesagt?«, stieß Yu hervor. »War es Li W…?«

Schmerzhafte Peitschenschläge unterbrachen sie. Vier, fünf, zehn.

Obwohl der Eunuch dick und schwerfällig wirkte, musste er ein hervorragender Kampfkunstmeister sein, denn er ging äußerst geschickt mit seiner Waffe um, ohne seine Position auf dem Stuhl im Geringsten zu verändern. Dies konnte ihm nur gelingen, wenn er sein gesamtes *Chi* in die peitschende Hand konzentrierte. Yu konnte nichts anderes tun, als die Hiebe hinzunehmen, ganz so, als wäre sie wieder ein kleines Mädchen, das nie kämpfen gelernt hatte.

Als der Eunuch fand, sie genügend bestraft zu haben, schenkte er ihr ein Lächeln.

»Nachdem wir uns etwas amüsiert haben, Fliegende Klinge, möchte ich mich dir vorstellen. Man nennt mich den Foltermeister und ich habe dir gerade eine kleine Kostprobe meines Könnens gegeben. Ich werde mich in der unmittelbaren Zukunft leider gezwungen sehen, dir sehr wehzutun. Doch können die Schmerzen, die ich dir zufüge, erträglich oder aber grenzenlos sein. Teilweise wirst du wählen dürfen. Habe ich mich klar ausgedrückt?«

Yu antwortete nicht.

Drohend hob der Eunuch die Peitsche. »Ich habe dich gefragt, ob ich mich klar ausgedrückt habe.«

Yu spuckte ihn an.

Erneut gingen Peitschenhiebe auf sie nieder, wieder und wieder, bis ihr Hemd in Fetzen hing und ihr Körper nur noch eine einzige Wunde war.

»Du solltest mich ernst nehmen, Fliegende Klinge, das würde für dich alles leichter machen. Aber jetzt bleibt uns kaum noch Zeit, wir müssen uns beeilen.«

»Wozu beeilen?«, hätte Yu am liebsten gefragt, doch sie hielt sich zurück. Sie hatte nicht die Absicht, den Befehlen dieses grausamen Mannes zu gehorchen, aber es war dumm, sich grundlos Peitschenhiebe einzuhandeln.

Der Eunuch quittierte ihr Schweigen mit einem Kopfnicken. »Du wirst gleich wegen deiner Verbrechen gerichtet. Das Urteil wird einer der hochrangigsten Beamten von Kanton sprechen. Das ist eine große Ehre, über die du dich freuen solltest. Abgesehen davon nehme ich an, dass du ihn gut kennst. Sein Name ist Li Wei.«

50

Die Soldaten stachen Yu mit den Spitzen ihrer Lanzen, bis sie sich bäuchlings auf den Boden gelegt hatte. Die *Canga* zwang sie, den Rücken zum Katzenbuckel aufzuwölben.

Einer von ihnen näherte sich ihr, um ihr Handschellen anzulegen. Sobald er sich über Yu beugte, versuchte sie, mit einer Kampfkunstbewegung zu reagieren, doch der Soldat wich diesem schwachen Angriff mit Leichtigkeit aus. Er presste ihr das Knie in den Rücken, ergriff ihre Arme und schloss die Handschellen um ihre Gelenke.

»Es ist alles ganz anders gekommen, als du gedacht hattest, nicht wahr?«, meinte der Eunuch grinsend. »Dein Körper bewegt sich nicht mehr wie früher. Ich habe dein *Chi* eingeschläfert. Vergiss nie, dass du deine Kampfkunst gegen mich nicht anwenden kannst. Jetzt kommt der Knebel, denn während der Gerichtsverhandlung ist es den Angeklagten verboten zu sprechen.«

Er band Yu ein Tuch vor den Mund und strich sodann wieder und wieder mit den Händen über ihr Gesicht. Seine Finger waren mit einer öligen Salbe bestrichen, die auf Yus Haut brannte. Sie versuchte, sich seinen Händen zu entziehen, doch die *Canga*, der Knebel und die Handschellen nahmen ihr jegliche Bewegungsfreiheit.

»Bleib still liegen«, befahl der Foltermeister. »Ich werde dich auf jeden Fall damit einreiben, ob dir das gefällt oder nicht.«

Als er endlich damit fertig war, wurde Yu aufgerichtet und aus der Zelle geführt. Sie gingen einen langen Flur entlang, dann einen zweiten. Yu war so schwach, dass einer der Soldaten sie unterhaken und stützen musste.

Sie erreichten einen Audienzsaal mit einer von Säulen gestützten Decke. Yu erkannte den Saal wieder. Er befand sich in Kanton, im *Yamen* des Herrn Zhang. Links von ihr hockten Beamte eines vermutlich niedrigeren Ranges in einer langen Reihe am Boden, mit Schreibpulten auf dem Schoß. Auf einem kleinen Podium am gegenüberliegenden Ende des Saals saß auf einem geschnitzten und vergoldeten Thron der höchste anwesende Beamte. Es war Li Wei.

Seit sie einander das letzte Mal gesehen hatten, waren acht Jahre vergangen. Er war kräftiger geworden, sein Gesicht hatte alles Kindliche verloren und seine Züge wirkten maskuliner und gleichzeitig feiner. Er trug ein langes Gewand aus blauer Seide und einen runden Hut derselben Farbe, unter dem sein Zopf hervorschaute.

Yus Herz setzte einen Schlag aus. Bis zu dem Augenblick, als sie den Saal betrat, hatte sie gehofft, dass der Eunuch sie angelogen hatte und dass ihr Kindheitsfreund mit dieser Geschichte nichts zu tun hatte. Sie war davon überzeugt gewesen, dass ihre Freundschaft mit Wei unzerstörbar war. Nachdem sie seinen Brief erhalten hatte, hatte sie alles aufs Spiel gesetzt, um seinem Ruf zu folgen. Doch er hatte sie verraten.

Als Wei sie anschaute, zerbrach etwas tief in ihr drin. Sein Blick war kalt, als ob sie nicht Yu wäre, sondern eine Fremde.

»Ich bringe die Angeklagte«, verkündete der Foltermeister mit seiner Kinderstimme. »Es ist die Frau, die Fliegende Klinge genannt wird.«

»Fliegende Klinge!«, sprach Wei sie streng an. »Es war nicht leicht, dich dem Gericht vorzuführen.«

Yu hätte ihm gern geantwortet, doch der Knebel hinderte sie daran. Sie gab sich alle Mühe, nicht in Tränen auszubrechen. Sie gönnte Wei nicht, sie weinen zu sehen.

Der Prozess begann. Der erste der am Boden aufgereihten Beamten verlas die lange Liste der Anklagepunkte.

»Fliegende Klinge«, las er vor, »hat sich einer Vielzahl von Akten der Piraterie schuldig gemacht, die in den Amtsbereich der Provinz Kanton und anderer Provinzen fallen. Sie hat sie persönlich begangen oder aber Personen damit beauftragt, die Mitglieder ihrer sogenannten Roten Flotte sind. Sie hat den Schrecken auf unsere Flüsse und ins offene Meer getragen, indem sie Schiffe chinesischer und fremder Kaufleute angegriffen hat, sowie Schiffe aus dem Besitz seiner Majestät des Sohns des Himmels, dem Kaiser von China. Sie ist angeklagt, Städte und Inseln überfallen und geplündert, Gold, Silber und andere Kostbarkeiten gestohlen zu haben. Sie ist angeklagt, Männer und Frauen, Alte und Kinder entführt, gefoltert und ermordet zu haben. Sie ist der Hexerei beschuldigt, weil sie wehrlosen Reisenden die Haare abgeschnitten und ihnen dadurch die Seele geraubt hat. Diese Seelen wurden sodann für Rituale der Schwarzen Magie missbraucht, die nicht nur unmoralisch, sondern ganz und gar unmenschlich sind und die es ihr ermöglichten, Unwetter auszulösen, die auf ihren Befehl auf die Küsten niedergingen und an Häfen und Feldern unvorstellbar hohe Schäden anrichteten …«

So ging es immer weiter. Die Verbrechen, deren Yu angeklagt wurde, klangen immer fantastischer und absurder. Als der Beamte fertig gelesen hatte, schwieg er, und der Beamte neben ihm las eine zweite Liste vor. Sie enthielt Zeugenaussagen, die brave Bürger unter Eid gemacht hatten und die alle Anklagepunkte bestätigten.

Wäre Yu nicht vom Gift geschwächt gewesen und wäre es ihr nicht so schlecht gegangen, hätte sie wohl darüber gelacht.

Ein gewisser Shao Mengyau aus der Stadt Qingdao hatte zum Beispiel ausgesagt, dass Yu eines Nachts seine Frau Shao Baozhai überfallen habe, um ihr eine Haarsträhne abzuschneiden. Die Folge davon sei gewesen, dass seine Frau jegliche Lebensfreude verloren habe, aufgehört habe zu essen und zu trinken und nach zwei Tagen gestorben sei. Danach habe Fliegende Klinge die Seele der Toten auf einem ihrer Piratenschiffe eingesperrt, sodass dieses Schiff unbesiegbar geworden sei.

Die Anklage war lächerlich, ganz abgesehen davon, dass Yu gar nicht wusste, dass es eine Stadt namens Qingdao gab. Dort gewesen war sie mit Sicherheit niemals. Li Wei aber schien diese

Geschichte ganz und gar nicht absurd zu finden und hörte mit unbewegtem Gesicht weiter zu.

Nachdem der zweite Beamte seine Liste abgearbeitet hatte, verkündete Wei, dass es Zeit für die Mittagspause sei und die Verhandlung danach wieder aufgenommen werde.

Sämtliche Beamte verließen hinter Wei den Raum. Yu blieb mit dem Foltermeister und seinen Soldaten zurück. Ein Diener brachte Tee und Schälchen, doch Yu bekam nicht einmal einen Schluck Wasser. Sie hatte Durst, einen brennenden, alles andere in den Hintergrund drängenden Durst, was aber niemanden zu interessieren schien.

Nach einer längeren Pause kehrten die Beamten in den Saal zurück.

Wei ergriff das Wort. »Der Anklage zufolge hat die Gefangene sehr viele Verbrechen begangen. Die Zeugenaussagen bestätigen das. Liegt auch ein Geständnis vor?«

Der Eunuch legte sich vor Wei bäuchlings auf den Boden und reichte ihm einen Stapel beschriebener Blätter. »Selbstverständlich, Herr. Von mir persönlich aufgeschrieben und von der Angeklagten unterzeichnet.«

Dieses Mal konnte sich Yu nicht beherrschen und stieß trotz des Knebels einen Laut hervor. Das war gelogen, sie hatte überhaupt nichts unterzeichnet. Sie war nicht einmal dazu aufgefordert worden, irgendetwas zu gestehen!

Einer der Soldaten versetzte ihr mit dem Schaft seiner Lanze einen Schlag, um sie daran zu erinnern, dass sie still zu sein hatte.

»Folglich«, fuhr Wei fort, »ist der Fall dank der vorliegenden Zeugenaussagen und des Geständnisses leicht zu entscheiden. In meiner Eigenschaft als Magistrat der Präfektur Kanton verurteile ich, Li Wei, die unter dem Namen Fliegende Klinge bekannte Piratin zum Tode durch Erdrosselung.«

Wieder stöhnte Yu laut, doch niemand beachtete sie.

»Die Hinrichtung erfolgt am ersten vom Kalender dafür als günstig ausgewiesenen Datum, mit anderen Worten in drei Tagen.

Um die Fluchtgefahr zu mindern, werden der Verurteilten auf der Stirn die Straftätowierungen zugefügt. Aufgrund der Tatsache, dass sie eine geschickte Kampfkunstmeisterin ist, wird sie die *Canga* bis zur ihrer Hinrichtung tragen.«

Der Mann, der einst Yus Freund gewesen war, der ihr den allerersten Kuss gegeben hatte und der einzige Mensch war, dem sie bis zu diesem Tag bedingungslos vertraut hatte, warf ihr einen letzten Blick zu.

»Die Verhandlung ist geschlossen«, sagte er.

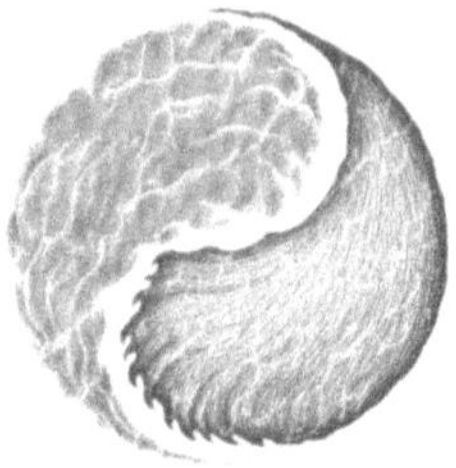

51

Während der langen Stunden der Gerichtsverhandlung hatte Yu sich gezwungen, über diese absurde Situation nachzudenken, und auch über einen Satz des Foltermeisters: *Ich habe dein* Chi *eingeschläfert. Vergiss nie, dass du deine Kampfkunst gegen mich nicht anwenden kannst.*

Die *Canga* und die Handschellen waren lästig, doch Yu war davon überzeugt, dass sie beides irgendwie loswerden könnte. Das wahre Problem war ihr geschwächtes *Chi*.

Sie dachte an ihre erste Trainingseinheit mit Nachtfalter zurück: *Go*-Spielsteine, die mit so viel Kraft in eine mit Wasser gefüllte Vase geschleudert werden sollten, dass das Gefäß zerbrach. Yu hatte sich viele Monate lang an dieser Übung versucht und erinnerte sich gut an den Morgen, an dem sie ihr endlich gelungen war.

Das war auf dem Roten Hügel gewesen. Sie hatte sich auf die Dachterrasse des Palasts geflüchtet, um die frische Brise zu genießen und vor Tanzende Lotosblüte sicher zu sein, die Yu nicht mehr in Ruhe gelassen hatte, seitdem diese festgestellt hatte, dass sie schwanger war. Dort oben auf der Dachterrasse waren nur sie selbst, die noch ungeborene Tochter, eine Vase voller Wasser und der Spielstein gewesen.

Plötzlich war Yus Zeigefinger glühend heiß geworden und sie hatte die Energie gespürt, die sich auf dessen Fingerspitze zubewegt hatte. Sie hatte nicht mit Kraft auf den Spielstein eingewirkt, zumindest nicht im herkömmlichen Sinne dieses Wortes. Sie hatte ihre gesamte Energie auf den *Go*-Stein übertragen. Und dieser war in die Vase geglitten und hatte durch seine Wärme das Wasser darin erhitzt, bis es Blasen bildete. Die Vase war zersprungen und das heiße Wasser war auf Yus Kleid gespritzt.

Yu hatte laut gelacht und ihre Tochter hatte ihr im Bauch Fußtritte verpasst. Das war der Augenblick gewesen, in dem Yu den Namen für ihr Kind ausgewählt hatte. *Chi*. Energie.

Dieselbe Energie, die jetzt in ihrem Körper eingeschlossen war. Das Gift und vielleicht auch die eigenartige Salbe, die ihr der Foltermeister ins Gesicht gerieben hatte, behinderten ihre Atmung und bewirkten, dass ihre Energie nicht frei durch ihren Körper strömen konnte.

Yu fühlte sich benommen und derart erschöpft, dass sie kaum Kraft genug hatte, um zu knien, geschweige denn für einen Sprung oder dafür, ihre Wächter niederzuschlagen. Sie konnte ihre Kampfkunst nicht einsetzen.

Und was machst du dann, Shi Yu?

Sie beschloss zu warten. Bis zur Hinrichtung hatte sie noch drei Tage Zeit. Drei Tage, in denen der Foltermeister oder einer seiner Soldaten einen Fehler machen konnte, den sie ausnutzen würde. Sie musste ruhig bleiben und wachsam.

Wenn sie nur nicht so furchtbaren Durst hätte …

Wei und die übrigen Beamten hatten den Audienzsaal verlassen. Mit ihren Lanzenspitzen zwangen die Soldaten Yu aufzustehen und führten sie über die Flure. In diesem Flügel des *Yamen* war Yu noch nie gewesen. Sie gelangten in einen Saal, dessen einzige Möbel ein Stuhl und ein Tischchen waren, auf dem mehrere Instrumente lagen.

»Setz dich!«, befahl der Foltermeister.

Dieses Mal gehorchte Yu sofort, vor allem deshalb, weil sie sich kaum noch auf den Beinen halten konnte. Der Eunuch suchte auf dem Tischchen herum. Kleine Tintenfässer standen darauf, daneben lagen spitze Holzstäbchen.

»Du hast gehört, was der Magistrat verfügt hat: Ich muss auf deiner Stirn die Straftätowierungen anbringen. Wenn du stillhältst und keine Schwierigkeiten machst, ist es gleich vorbei. Andernfalls könnte es passieren, dass ich dein Gesicht schlimm verunstalte oder dass du bei der Prozedur ein Auge verlierst. Hast du mich verstanden?«

Yu hatte nicht die Absicht, sich als Verbrecherin brandmarken zu lassen, doch hatte sie eine Wahl?

Der Foltermeister befeuchtete einen Lappen und rieb damit Yus Stirn ab. Dann nahm er eines der Stäbchen, tauchte es in Tinte ein und begann mit dem Tätowieren.

Der Vorgang dauerte weder lange, noch war er sehr schmerzhaft, dennoch war er für Yu sehr schlimm. Sie fühlte sich gedemütigt. Seitdem sie an jenem denkwürdigen Tag Bai Bai daran gehindert hatte, sie ein weiteres Mal auszupeitschen, hatte es niemand mehr gewagt, ihr zu nahe zu treten. Und jetzt hatte der Eunuch sie für immer gezeichnet. In diesem Moment schwor Yu sich, dass sie den Foltermeister töten würde. Früher oder später, was bis dahin auch immer geschehen mochte.

Als er fertig war, wischte der Foltermeister seinem Opfer die Stirn mit einem weiteren Lappen ab. Danach entfernte er den Knebel, steckte ihr ein Glasfläschchen zwischen die Lippen und zwang sie, dessen Inhalt zu trinken. Zweifellos handelte es sich um ein weiteres seiner Gifte, aber immerhin war es eine Flüssigkeit. Yu trank das Fläschchen so gierig aus, dass sie sich beinahe verschluckte.

»Gehen wir«, befahl der Eunuch.

Die Soldaten versuchten, Yu zum Aufstehen zu bewegen, doch sie war so schwach, dass die Männer sie hochziehen mussten. Yu nahm an, dass sie in ihre Zelle zurückgeführt würde. Stattdessen zerrten die Soldaten sie einige Flure entlang und schließlich hinaus auf die Straße.

Es war früher Nachmittag, am blauen Himmel schien die Sonne und die Luft roch frisch und rein. Normalerweise wäre Yu in die Luft gesprungen, um auf dem Dach des *Yamen* zu landen, und wäre dann davongerannt, in die Freiheit. Doch ihre Beine fühlten sich so schwer wie Felsbrocken an. Sie schaffte es kaum, die Füße zu heben.

Sofort wurde sie von einem Trupp berittener Soldaten umringt. Sie ließen einen schmalen Gang frei, der zu einer von vier schwarzen Pferden gezogenen Kutsche führte. Eigentlich war es keine richtige Kutsche, eher ein stabiler Käfig auf Rädern. Die Abstände zwischen den Gitterstäben waren so schmal, dass man von außen nicht hineinsehen konnte. Die Soldaten schoben Yu mitsamt ihrer *Canga* und den Handschellen hinein und sperrten die Käfigtür hinter ihr zu.

Dann stieg der Foltermeister in eine zweite bereitstehende Kutsche und befahl: »Losfahren! Wir haben einen weiten Weg vor uns.«

Die berittenen Soldaten trieben ihre Pferde an und der Käfig auf Rädern holperte über Kantons gepflasterte Straßen. Sie verließen die Stadt durch das Nordtor und setzten ihre Reise in dieser Richtung fort.

Bei Sonnenuntergang hielten sie an einem Gasthaus an. Vier Soldaten schlugen ihr Lager bei Yus Käfig auf, um ihn die Nacht über zu bewachen, während alle anderen, einschließlich des Eunuchen und der Kutscher, in dem Gasthaus verschwanden.

Niemand fragte Yu, ob sie Hunger oder Durst hatte oder sich erleichtern musste. Sie hatte keine andere Möglichkeit gesehen, als ihr Bedürfnis in ihrem Käfig zu verrichten, eine weitere Demütigung, die sie dem Foltermeister niemals verzeihen würde.

Als der Mond hoch am Himmel stand, ging die Tür ihres Käfigs auf und der Eunuch schaute hinein. Er hatte ein weiteres Glasfläschchen dabei sowie einen Krug mit Wasser, auf den sich Yus Blick sofort richtete. Kurz überlegte sie, den Eunuchen anzugreifen, doch sie war nach wie vor mit Handschellen gefesselt und immer noch sehr schwach. Und sie wollte das Wasser haben. Deshalb ließ sie zu, dass der Mann mit seinen dicken Fingern, in die sie nur allzu gern hineingebissen hätte, ihre Lippen auseinanderschob und das Fläschchen dazwischensteckte. Die Flüssigkeit war ölig und so bitter, dass ihr davon schlecht wurde. Anschließend durfte sie das Wasser trinken und Yu gab sich Mühe, nicht einen einzigen Tropfen davon zu verschwenden.

»Gute Nacht, Fliegende Klinge.«

Der Eunuch schloss den Käfig ab und kehrte in das Gasthaus

zurück. Die Wachsoldaten hatten ein Feuer gemacht und spielten in dessen Schein mit Dominosteinen *Pai Gow*, ohne Yu weiter zu beachten.

Eigentlich war dies der perfekte Moment für eine Flucht: Yu bräuchte ihr *Chi* nur in ihre Finger zu konzentrieren, um die Handschellen auseinanderzubrechen. Anschließend könnte sie sich von der *Canga* befreien und den Käfig öffnen … Aber was dann? Diese Anstrengung würde ihre Energiereserven erschöpfen, sie wäre danach nicht einmal in der Lage, sich zu Fuß zu entfernen.

Das Gift des Eunuchen beginnt zu wirken, dachte sie.

Yu schlief ein und hatte einen Albtraum nach dem anderen: Sie träumte, dass der Foltermeister ihre Kinder mit den Straftätowierungen markierte. Sie träumte, dass Scharlachroter Tiger mit einem Dolch in der Brust auf dem Tisch einer Gastwirtschaft starb. Sie träumte, dass Wei sie küsste und sie sofort danach erstach.

Fiebernd wachte sie auf. Es war hell geworden. Der Eunuch flößte ihr eine weitere Dosis Gift ein und sie setzten ihre Reise fort. Yu bekam weder etwas zu essen noch zu trinken. Erst am Abend kam der Foltermeister mit einem weiteren Glasfläschchen und einem Krug Wasser zu ihr.

Der dritte Tag brach an, jener Tag, der zum letzten in Yus Leben werden sollte. Alles verlief wie bisher. Inzwischen waren sie von einer offenen Landschaft mit Feldern, Wäldern und niedrigen Hügeln umgeben. Yu wurde bewusst, dass sie noch nie zuvor so viel *Land* gesehen hatte. Diese Umgebung ohne Wasser kam ihr fremd und feindselig vor.

Bei jedem Halt des Karrens erwartete Yu, dass sie sie aus dem Käfig herausholen und töten würden, tatsächlich aber achtete niemand auf sie.

In dieser Nacht hielten sie abermals vor einem Gasthaus und wieder blieben vier Soldaten bei Yus Käfig, während der Eunuch und die anderen ins Haus traten, um sich bewirten zu lassen.

Mitten in der Nacht kam der Eunuch erneut mit dem Gift und dem Wasser.

Yu war mit ihrer Selbstbeherrschung am Ende. »Warum töten Sie mich nicht einfach?«, wollte sie fragen, doch ihr Mund und Rachen waren so trocken, dass nur undeutliche Laute über ihre Lippen kamen.

Der Foltermeister ohrfeigte sie. »Vergiss nie die erste Regel. Du darfst mir keine Fragen stellen.«

Er verabreichte ihr das Gift, gab ihr Wasser zu trinken und ging wieder.

Yu blieb die ganze Nacht über wach oder versuchte es zumindest, denn sie nickte mehrmals ein und wachte jedes Mal vor Kälte zitternd auf.

Als die Sonne aufging, war sie noch am Leben.

Doch sie freute sich nicht wirklich darüber.

52

Am folgenden Tag wurde Yu nicht umgebracht, und auch nicht an dem danach. Die Reise ging immer weiter, und noch immer bekam Yu nichts zu essen und nur Giftmischungen und Wasser zu trinken.

Am sechsten Tag beklagte sich einer der Soldaten darüber, dass von Yus Käfig ein unerträglicher Gestank ausgehe, und so wurde sie am Abend dieses Tages mit zwei Eimervoll eiskaltem Wasser übergossen.

Mittlerweile war Yu derart geschwächt, dass sie nicht dagegen aufbegehrte. Ihr Fieber stieg. Der Foltermeister musste die Zusammensetzung seiner Gifttränke ändern, um sie am Leben zu erhalten.

Die Landschaft veränderte sich abermals: Am Horizont zeichneten sich Berge ab, die so hoch waren, dass ihre Gipfel in den Wolken verschwanden. Yu hatte so etwas noch nie gesehen. Gerne hätte sie gefragt, wie diese Berge hießen, doch sie wusste, dass sie auf ihre Fragen keine Antworten bekommen würde.

Sie dachte viel nach. Seit der Gerichtsverhandlung waren sechs Tage vergangen. Da sich Herrn Zhangs *Yamen* in Kanton befand, sie aber in Macau gefangen genommen worden war, waren sie wohl schon seit acht oder neun Tagen unterwegs.

Der Eunuch hatte ihr gegenüber behauptet, Scharlachroter Tiger und Steinriese seien noch am Leben. In der Gastwirtschaft war Scharlachroter Tiger so gestürzt, dass sein Gesicht in Türnähe zu liegen gekommen war. Yu vermutete, dass die durch den Türspalt einströmende frische Luft und seine kräftige Konstitution dafür gesorgt hatten, dass er den betäubenden Dünsten besser widerstanden hatte als sie. Möglicherweise hatte ihm auch Steinriese helfen können.

Durch den Eunuch wusste sie auch, dass es zu einem Kampf gekommen war. Den beiden Piraten war die Flucht gelungen und sicherlich hatten sie gleich darauf alles getan, um Yu zu finden und zu retten.

Ganz offensichtlich war ihnen das jedoch nicht gelungen. Blieb noch Hagelwolke, die Yu wie eine vernünftige Frau erschienen war. Vermutlich hatte sie Yus Befehl befolgt und war nach Hongkong zurückgesegelt, um Nachtfalter zu benachrichtigen. Der alte Kampfkunstmeister würde die gesamte Rote Flotte mobilisieren.

Und dann?, fragte sich Yu. Wie können sie mich finden, wenn ich so weit weg verschleppt werde?

Hinzu kam, dass sie offiziell als tot galt. Sie war zum Tode verurteilt worden und konnte davon ausgehen, dass in Kanton inzwischen die Hinrichtung der berühmten Fliegenden Klinge bekannt gegeben worden war. Nachtfalter und die loyalsten ihrer Piratenkapitäne (Kleiner Zorn, Flussritter und Abtrünniger Mönch) würden der kaiserlichen Verlautbarung vermutlich keinen Glauben geschenkt haben, alle anderen aber wohl schon. Oder aber sie würden so tun, als ob, um aus dieser Situation Nutzen zu ziehen.

Wie lange konnte die Rote Flotte ohne sie weiter bestehen? Vielleicht hatte der Kampf um ihre Nachfolge bereits begonnen.

Drei-Finger-Kang, Geist des Südens oder Silberhai würden an ihrer statt Admiral werden, falls die Flotte nicht vorher schon infolge von Rivalenkämpfen zerfiel.

Ihr Reich in Scherben.

Was brauchst du ein Reich, wenn du nur noch in Käfigen und Zellen sitzt?

Wenn sie nicht über ihre Flotte nachdachte, war Yu in Gedanken bei ihren Kindern, bei Chi und dem kleinen Wen, und fragte sich, wie sehr sie ihnen wohl fehlte.

Wegen Chi machte sie sich weniger Sorgen: Sie war ein robustes und unbeschwertes Kind und außerdem die Tochter von Blauer Tiger, der sie vielleicht unter seine Fittiche nehmen würde. Wen dagegen war launisch, impulsiv und jemand, der sich eher vor anderen zurückzog. Yu konnte nur hoffen, dass Tanzende Lotosblüte ihn trösten und sich um ihn kümmern würde.

Irgendwann wurde Yu vom Nachdenken und Grübeln so müde, dass sie einschlief, aber gleich nach dem Aufwachen drehte sich das Gedankenkarussell in ihrem Kopf weiter.

Am dreizehnten Tag ihrer Reise begann der Aufstieg in die Berge, auf schmalen gewundenen Pfaden, die durch dichte Wälder führten. Gelegentlich gaben Lichtungen den Blick auf tiefe Abgründe frei, auf scharfkantige Felsen und auf Flüsse in tief eingegrabenen Schluchten.

An ihrem ersten Abend in den Bergen fanden sie kein Gasthaus und schlugen das Nachtlager im Freien auf, ebenso wie am zweiten Abend und am dritten.

Am sechzehnten Tag der Reise hatten sie ihr Ziel erreicht.

Es war eine kleine viereckige Festung aus schwarzem Stein, die von einer hohen Mauer umgeben war. Yu bemerkte die Bogenschützen oben auf den Wehrgängen und die Kanonen auf den Bastionen. Ein hässliches, gut bewachtes und sehr abgelegenes Gebäude.

Ein Gefängnis.

Der Konvoi hielt vor dem Eingangstor an. Der Eunuch stieg aus seiner Kutsche und klopfte an die Stäbe von Yus Käfig.

»Willkommen in meinem Reich«, sagte er. »Diese Festung wird Höllenhof genannt und bisher hat sie noch kein einziger Gefangener lebend verlassen. Im Gegenteil kann sich jeder, der hierhergebracht wird, nur wünschen, dass er möglichst schnell stirbt, denn das wäre für ihn das Beste. Leider tritt das aber niemals ein.«

Yu hörte kaum hin. Sie fühlte sich dem Tod bereits sehr nahe und wollte eigentlich nur noch schlafen und nie wieder aufwachen.

Das Tor wurde geöffnet und sie gelangten auf einen weitläufigen gepflasterten Hof. Die hier wartenden Soldaten lösten sofort ihre von der Reise ermüdeten Kameraden ab. Zwei von ihnen führten Yu in die Festung und über mehrere Treppen und Flure in einen Raum, in dem eine große mit Wasser gefüllte Wanne stand.

Die Soldaten nahmen ihr die Handschellen ab und befahlen ihr, sich auszuziehen und zu waschen. Yu versuchte zu gehorchen, doch ihre Arme ließen sich nicht bewegen und die *Canga* hinderte sie daran, ihr Unterhemd auszuziehen. Einer der Soldaten durchtrennte es mit seinem Schwert.

Bevor sie ins Wasser stieg, warf Yu einen kurzen Blick auf dessen Oberfläche, doch die Frau, die sich darin spiegelte, erkannte sie nicht wieder. Ihr Gesicht war angeschwollen und von roten, eitrigen Pusteln bedeckt. Vier dunkle Schriftzeichen auf ihrer Stirn bildeten die Worte *Pirat* und *Hexe*.

»Los, mach schon!«, schimpfte einer der Soldaten. »Wir haben nicht den ganzen Tag Zeit.«

Yu musste an den Roten Hügel denken, an die Kapitäne, die sich vor ihr verbeugten. Früher hätte sie niemandem erlaubt, so mit ihr zu sprechen. Schon gar nicht einem nach Knoblauch stinkenden Gefängniswärter.

Das kalte Wasser belebte ihren Kreislauf und endlich merkte sie, dass ihre Arme und Hände ihr wieder gehorchten. Als sie sich fertig gewaschen hatte, stand sie auf und ein Soldat brachte ihr eine Hose aus grobem Leinenstoff und ein sauberes Hemd.

Er hätte die Sachen vor ihr auf den Boden legen können. Stattdessen war er unvorsichtig genug, sie ihr zu reichen. Yu ergriff die Kleidungsstücke mit einer Hand, mit der anderen führte sie den lähmenden Griff *Blatt im Strom* aus und blockierte dadurch einen der Vitalpunkte des Soldaten. Er fiel in sich zusammen, als wären ihm plötzlich alle Knochen aus dem Körper weggezaubert worden, und noch während er zu Boden stürzte, nahm Yu das Messer an sich, das in seinem Gürtel steckte. Mit einer einzigen Bewegung ergriff sie das Messer und schleuderte es auf den zweiten Soldaten, der leblos zu Boden ging.

Gut.

Das Anziehen von Hemd und Hose dauerte länger, als Yu gedacht hatte, denn ihre Hände zitterten und die *Canga* behinderte sie. Sie nahm sich die Lanze des getöteten Soldaten und stützte sich darauf. Während sie den Flur entlangging, strauchelte sie ständig. Sie fühlte sich, als sei sie hundert Jahre alt. Nachdem sie um eine Ecke gebogen war, standen weitere Wachsoldaten vor ihr.

»Eine Gefangene!«

»Alarm!«

Zu sechst stürzten sie sich auf sie. Ihre Panzerungen machten sie ungelenk und sie gingen auch nicht besonders geschickt mit ihren großen Schwertern um. Normalerweise wäre Yu einfach über sie drübergesprungen, doch dazu war sie nicht in der Lage. Nicht mehr.

Sie versuchte, sich trotzdem zu verteidigen, schlug einen nieder und parierte den Angriff eines anderen, doch die Lanze glitt ihr aus der Hand.

Sie trafen sie am Bauch und an den Seiten. Yu stürzte. Die Männer schlugen immer weiter auf sie ein. Sie verlor das Bewusstsein.

Als sie wieder zu sich kam, trug sie nicht mehr die *Canga*. Stattdessen lag sie auf einem großen Holztisch, an dem ihre Hand- und Fußgelenke durch Eisenringe fixiert waren. In dieser Position konnte sie nur die Decke sehen, die von schwachem Kerzenlicht angeleuchtet wurde.

Plötzlich erschien der feist grinsende Foltermeister in ihrem Gesichtsfeld.

»Du hast deinem Namen alle Ehre gemacht, Fliegende Klinge. Kaum hat die Wirkung meiner Giftmischungen nachgelassen, hast du schon einen Mann außer Gefecht gesetzt und zwei weitere getötet. Unter normalen Umständen musst du eine wirklich beeindruckende Kriegerin sein.«

Yu spuckte ihn an.

Ein langer, präzise gezielter Speichelstrahl, der den Eunuchen ins Auge traf. Yu sah, wie sich sein fettes Gesicht vor Wut verzerrte, und erwartete, dass er sie schlug. Sie *wollte*, dass er sie schlug. Sie wollte ihn herausfordern, eine Reaktion auslösen.

Stattdessen zuckte der Eunuch nur mit den Schultern.

»Dieses Mal verzeihe ich dir. Dein Angriff kann meine glänzende Laune nicht zerstören. Fliegende Klinge, du befindest dich hier in einer der zahlreichen Folterkammern des Höllenhofs, ein Raum, in dem du und ich zahlreiche glückliche Stunden verbringen werden. Damit will ich sagen, dass es für mich glückliche Stunden sein werden.«

Yu merkte, dass der Eunuch tatsächlich gut gelaunt zu sein schien. Sie war bereits derartigen Leuten begegnet, Menschen, die sich am Leiden anderer erfreuten. Der erste von ihnen war Bai Bai gewesen. Sie würde nicht zulassen, dass ein derartig veranlagter Mann auf ihre Kosten Spaß hatte. Wenn sich der Eunuch an der Angst anderer berauschte, dann würde sie vor ihm keine Angst zeigen. Niemals.

Der Foltermeister sah sie verächtlich an. »Du glaubst, stark zu sein, nicht wahr? Aber ich wette, dass du innerlich von Zweifeln und Angst zerrissen wirst. Warum bist du hier? Wo befindest du dich überhaupt? Was wollen wir von dir? Das sind die Fragen, die dich gerade beschäftigen. Ist es nicht so?«

Er schaute sie erwartungsvoll an, doch Yu verzog keine Miene.

»Du bist hier, weil du dir vor acht Jahren ein verfluchtes Buch angeeignet hast, das die obskuren Techniken der Kampfkunst der Luft und des Wassers beschreibt. Über diese Techniken bist du Mitglied einer geheimen Sekte geworden, die mein Herr für ausgestorben hielt. Die Bruderschaft des Hais, auch Geheimgesellschaft der Piraten genannt.«

Yu konnte das Zittern nicht unterdrücken, das sie jetzt befiel. Sie hatte diesen Namen zuvor nur ein einziges Mal gehört. Nachtfalter hatte ihn ausgesprochen und ihr gesagt, dass er der Zweite Bruder der Geheimgesellschaft der Piraten war.

»Ah, endlich eine Reaktion!«, freute sich der Eunuch. »Ich hatte schon angefangen, mir Sorgen zu machen. Wie du sehen kannst, Fliegende Klinge, hat mein Herr keine Mühen gescheut, um dich hierherbringen zu lassen. Was er erwartet, sind die Antworten auf drei einfache Fragen. Erstens: Wo befindet sich das verfluchte Buch jetzt? Zweitens: Wer sind die anderen Mitglieder der Geheimgesellschaft? Drittens: Was bedeutet der Satz *Das Meer wird den Himmel herausfordern?*«

Yu kannte die Antwort auf die erste Frage und wäre eher gestorben, als sie dem Eunuchen zu sagen. Die Antwort auf die zweite Frage war komplizierter: Falls es diese Geheimgesellschaft tatsächlich gab, dann war Nachtfalter mit Sicherheit ihr Mitglied, und ohne sich dessen bewusst gewesen zu sein, wohl auch sie selbst. Aber wer sollten die anderen sein? Etwa ihre eigenen Piraten? Erwartete der Eunuch, dass sie ihm deren Namen verriet?

Was die dritte Frage betraf … Sie hatte diesen Satz noch nie gehört. Nachtfalter hatte mit ihr nie darüber gesprochen und der Satz stand auch nicht in dem Buch. Selbst wenn sie gewollt hätte, hätte sie diese Frage nicht beantworten können.

Der Eunuch beobachtete Yu aufmerksam, wie um von ihrem Gesicht ihre Gedanken abzulesen.

»Es gelten ganz einfache Spielregeln, Fliegende Klinge. Sobald du alle drei Fragen ehrlich und ausführlich beantwortet hast, lasse ich dich sterben. Bis dahin bleibst du am Leben. Du entscheidest.«

Der Foltermeister entfernte sich von dem Holztisch und Yu wandte den Kopf, um zu sehen, was er machte: Er stand vor einem niedrigen Tischchen und wählte von den Gegenständen, die darauf lagen, einen aus. Als er sich zu ihr umdrehte, hielt er eine Stahlnadel in der Hand.

»Wenn mich nicht alles täuscht«, sagte er, »ist dein Gatte Blauer Tiger sehr geschickt im Umgang mit diesem Waffentyp. Deshalb halte ich das hier für einen passenden Anfang.« Ein widerliches Grinsen breitete sich auf seinem Gesicht aus. »Lass uns beginnen.«

SIEBENUNDZWANZIG JAHRE

二十七歳

53

Im Innersten jedes Menschen gibt es einen sicheren Ort, den nichts beschädigen oder verletzen kann. Ein leuchtender und warmer Kern, in den man sich bei Gefahr zurückziehen und sein Gleichgewicht wiederfinden kann.

Manche nennen diesen Ort Seele.

Yus Seele war ein dreistöckiges Gasthaus an einem Strand. Es hatte eine Tür aus rotem Holz, die vorn auf die Straße hinausging, während vom Hinterausgang ein Weg quer über den Strand zu einem Steg führte, an dem die Boote vertäut waren. Manchmal schien dort die Sonne, manchmal regnete es, doch das Meer war immer ruhig und im Gasthaus gab es köstliches Essen und angenehme Musik.

Vor allem aber wohnten in Yus Seele all ihre Lieben. Chi und Wen, die zwischen den Tischen spielten, und Tanzende Lotosblüte mit Kleiner Zorn und Xin. In der Küche war Überfluss am Werk, der sich tagtäglich über die mangelnde Frische der Zutaten beklagte, während Nachtfalter die meiste Zeit am Strand verbrachte, um in Ruhe zu meditieren. Scharlachroter Tiger und Steinriese spielten an einem Tisch nahe beim Eingang Domino.

Yu dagegen wartete auf die Gäste, die aus irgendwelchen Gründen niemals eintrafen. Doch das machte nichts. Das Gasthaus von Yus Seele war nicht für Gäste gedacht, sondern für sie selbst. Es war ihr *Chi*. Der Kern ihres Wesens, den niemand hatte verletzen können, nicht einmal der Foltermeister in drei langen Jahren voller Verhöre.

Die erste Zeit im Höllenhof war die schlimmste gewesen, ein einziger Albtraum und so furchtbar, dass Yu sich gar nicht mehr daran erinnern konnte. Wenn sie sich sehr anstrengte (was sie aber lieber vermied), blitzten in ihrem Gedächtnis wenige Momente auf, in denen sie, von Wunden bedeckt, auf dem Fußboden ihrer

Zelle lag und darauf wartete, dass sie sie wieder holen kamen, um von Neuem zu beginnen.

Die drei Fragen.

Diese drei verdammten Fragen.

Wieder und immer wieder.

Yu war es damals so schlecht gegangen, dass sie die Zeit aus den Augen verloren hatte. Doch es musste ungefähr nach ihrem ersten Monat in der Festung gewesen sein, als der Foltermeister eines Tages unwillkürlich zugab, dass sie seine schwierigste »Patientin« sei, die zäheste.

Nach ungefähr drei Monaten hatten sie Yu wochenlang in ihrer Zelle gelassen. Vielleicht, hatte sie gedacht, ist der Foltermeister abgereist, um sich von seinem Herrn neue Anweisungen zu holen. Und der wird ihm befehlen, mich noch schlimmer zu foltern.

Tatsächlich waren die Verhöre nach der Rückkehr des Eunuchen noch härter geworden. Die schlimmsten fanden in einem mit eiskaltem Wasser gefüllten Becken statt, in das Yu kopfüber zwei, drei, vier Minuten lang eingetaucht wurde. Jedes Mal wäre sie dabei beinahe ertrunken.

Bei einer dieser Prozeduren hatte sie ihre Seele entdeckt und sich in sie zurückgezogen.

Die erste Person, der sie in ihrem Gasthaus begegnete, war Nachtfalter gewesen. Zwar wusste Yu, dass es nur ein Gespenst oder besser gesagt eine Erinnerung war, doch glich diese Erscheinung genau dem Meister, der sie jahrelang ausgebildet hatte.

»Der *Wushu der Luft und des Wassers* setzt sich aus zwei Teilen zusammen«, hatte er ihr erklärt. »Du beherrschst die Luft und jetzt ist der Moment gekommen, die Kontrolle über das Wasser zu erlernen. Dies hier ist keine Folter, sondern ein Training. Konzentriere dein *Chi*. Kämpfe!«

Und Yu hatte gekämpft. Sie hatte gelernt, ruhig zu bleiben, das Kältegefühl und die Angst zu beherrschen und ihren Herzschlag zu verlangsamen, um durch das angespannte Warten auf den nächsten Atemzug nicht allzu viel Energie zu verschwenden.

Nachdem etwa ein Jahr vergangen war, ließ sich der Foltermeister seltener blicken. Manchmal hatte Yu monatelang Ruhe vor ihm. In dieser Zeit hatte sie entdeckt, was für eine schlimme Form der Folter die komplette Isolierung war. Aber auch da hatte sie im Gasthaus ihrer Seele Zuflucht und Trost gefunden.

»Warum bringen sie mich nicht einfach um?«, hatte sie Scharlachroter Tiger gefragt.

»Frag dich das nicht«, antwortete er. »Sei froh, dass du lebst.«

»Vielleicht sind die Informationen, die sie dir abringen wollen, viel zu wichtig, um dich sterben zu lassen«, meinte Kleiner Zorn.

Steinriese beschränkte sich darauf zu lächeln.

Yu merkte, dass sogar das Gasthaus ihrer Seele seine Tücken hatte. Wenn sie dort allzu lange verweilte, fiel es ihr schwer zurückzukehren. Sie vergaß dann, wer sie war und dass ihr physischer Körper in einer Zelle des Höllenhofs festgehalten wurde. Die Tage verschmolzen miteinander und ihr Traum wurde zur Wirklichkeit.

»Du darfst nicht vergessen«, sagte eines Tages ihre Tochter Chi zu ihr, die in dem Gasthaus immer fünf Jahre alt blieb, aber wie eine Erwachsene zu ihr sprach. »Du bist Fliegende Klinge, die Piratin. Du musst fliehen, die Feinde töten und zu uns zurückkommen. Zu deinen Kindern!«

Sie hatte recht und Yu kehrte in ihre Zelle zurück. Zur Folter. Sie tauchte in die Wirklichkeit ein und begann nachzudenken.

Das erste Problem war das Gift. Wenn sie es nicht löste, würde ihr die Flucht niemals gelingen. Deshalb begann sie zu experimentieren.

Sie versuchte, die Giftmischungen, die ihr eingeflößt wurden, nicht runterzuschlucken. Sie behielt die Flüssigkeit im Mund, um sie später heimlich auszuspucken, doch der Foltermeister merkte es und bestrafte sie. Er gewöhnte sich an, das Gift unter ihr Trinkwasser zu mischen, sodass Yu nun die Wahl hatte, entweder zu trinken oder zu verdursten.

Mit der Zeit fiel ihr auf, dass das Gift an den Innenwänden des Krugs dunkle Krusten hinterließ, und sie überlegte sich eine neue

Strategie: Wenn es ihr nicht gelang, das Gift zu meiden, könnte sie versuchen, sich an das Gift zu gewöhnen, indem sie immer mehr davon zu sich nahm, bis ihr Körper sich daran gewöhnt hatte, es zu ertragen.

Tagtäglich kratzte Yu nun die konzentrierten Giftrückstände aus dem Krug und sammelte sie in einer Lücke zwischen zwei Steinplatten des Zellenbodens. Als eine gewisse Menge zusammengekommen war, rührte sie diese in das vergiftete Trinkwasser ein und trank den ganzen Krug auf einen Zug leer. Yu musste sich erbrechen und starb beinahe.

Doch sie gab nicht auf, und sobald es ihr wieder besser ging, machte sie weiter.

Als sie das zweite Mal den mit gesammeltem Gift angereicherten Krug leer trank, hatte sie die ganze Nacht über Magenkrämpfe und Halluzinationen, doch dieses Mal erholte sie sich wesentlich schneller.

Allmählich lernte ihr *Chi*, gegen das Gift anzukämpfen und es abzukapseln, sodass es sich nicht mehr im Körper ausbreiten konnte.

»Gut gemacht«, lobte Nachtfalter Yu im Gasthaus ihrer Seele. »Das Gift hat immer weniger Wirkung auf dich. Deine Kräfte kehren zurück. Es wird Zeit, mit dem Training zu beginnen.«

Und Yu begann, in ihrer Zelle zu trainieren. Als Erstes ging sie darin einfach nur hin und her. Nach einer Weile machte sie Kniebeugen und Liegestütze. Sie boxte und kickte die Luft. Sie führte Kampfkunstbewegungen aus.

Immer wenn sie ihr die *Canga* anlegten, nutzte Yu dies als Gelegenheit, ihre Schultermuskulatur zu trainieren: Sie konzentrierte ihr *Chi* in die Finger und übertrug es auf das Holz. Dabei achtete sie sorgfältig darauf, die *Canga* nicht zu zerbrechen, denn ihre Wärter hätten es gemerkt und entsprechende Maßnahmen ergriffen. Mittlerweile aber wusste sie, dass sie dazu in der Lage war.

Nun kam die nächste Phase: Yu musste sich einen Fluchtplan ausdenken. Sie verbrachte ganze Tage damit, ihr Gesicht an das winzige Fenster zu pressen, mit dem ihre derzeitige Zelle ausgestattet war, um nach draußen zu schauen und den Himmel, den Hof und die Aktivitäten der Soldaten zu beobachten.

Sie versuchte, die Anzahl der Soldaten einzuschätzen – es mussten ungefähr vierzig sein – und auch die der Gefangenen – an die hundert. Sie fand heraus, wo die Kanonen positioniert waren und wann die Wachwechsel stattfanden. Nächtelang blieb sie wach und achtete auf jedes Geräusch in den Fluren.

Immer wenn Yu genügend Informationen gesammelt hatte, flüchtete sie sich in das Gasthaus ihrer Seele, um sich mit den anderen zu beraten.

Sie kam an einem warmen Sommerabend dort an, betrachtete vom Steg aus den Sonnenuntergang und wurde dann von Nachtfalter ins Speisezimmer gerufen, wo sie Strategien entwickelten. Gemeinsam mit Kleiner Zorn setzten sie sich an einen mit Land- und Seekarten vollgepackten Tisch und diskutierten.

»Wenn sie Kanonen haben, dann haben sie auch Schießpulver«, meinte Kleiner Zorn.

»Du könntest unter den anderen Gefangenen Verbündete finden«, sagte Nachtfalter.

Yu nickte, hörte zu, ruhte sich aus und stopfte sich mit den Leckerbissen voll, die Überfluss für sie zubereitet hatte: Tee und Schälchen, Reis mit Gemüse, Schweinefleisch mit *Hoisin*-Soße, gedämpfte Lotoswurzeln. Haifischflossensuppe dagegen gab es nie. Yu hatte sich geschworen, sie nie mehr zu essen, lieber würde sie verhungern.

Dann, eines Tages, als es draußen regnete, die Piraten im Speisezimmer Wein tranken und Wen und Xin zwischen den Tischen Fangen spielten, kam Yus Tochter Chi dazu.

»Mama«, sagte sie. »Es ist so weit. Du musst zurückkehren.«

»Ich will nicht«, erwiderte Yu. »Ich fühle mich hier so wohl, bei euch.«

»Ich weiß, aber der richtige Moment ist gekommen.«

»Das Mädchen hat recht«, schaltete Nachtfalter sich ein. »Inzwischen bist du stark genug und du hast einen Plan. Es wird Zeit für dich zu fliehen.«

»Seid ihr euch da sicher?«

»Ja.«

Yu seufzte, schlug die Augen auf und fand sich in ihrer schrecklichen Zelle wieder, im Dunkeln allein, wie immer.

Sie konzentrierte ihr *Chi* in die Finger und es kam ihr vor, als würden sie leuchten. Lächelnd musste sie zugeben, dass ihre Tochter und ihr Lehrmeister recht hatten. Sie war bereit für die Flucht. Jetzt musste sie nur noch den richtigen Zeitpunkt abpassen.

Eine Woche später trat er ein.

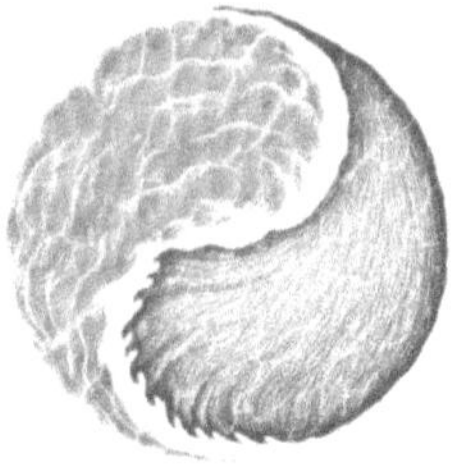

54

Die Gelegenheit zur Flucht bot sich eines Abends, als einer der Wärter ihr das Essen brachte.

Er kam etwas früher als sonst und ging direkt zu Yu, ohne die Rationen an die anderen Zellen auf dem Flur zu verteilen. Das bedeutete, dass der Eunuch sie bald darauf holen lassen würde. An solchen Tagen zwang er Yu, vor dem Verhör zu essen, damit das untergemischte Gift sie schwächte.

Die Sichtklappe an der Tür ging auf. Sie war außen an der Tür mit einem Scharnier befestigt und ließ sich so feststellen, dass der Wärter das Essen auf die Klappe stellen konnte, wie auf ein Tablett.

»Heute bekommst du ein besonderes Abendessen«, verkündete er. »Iss schnell auf.«

Er stellte die Reisschale auf der Klappe ab. Dabei leistete er sich einen grundlegenden Fehler: Er schaute nicht nach, ob sich Yu ausreichend von der Tür entfernt hatte.

Sobald Yu die Reisschale sah, reagierte sie. Sie griff mit beiden Händen durch die kleine Türöffnung und packte den Mann vorn an der Jacke und an seiner Hand. Sie verdrehte ihm den Arm und brach ihn, riss seinen Körper in Richtung Zelle, damit er mit dem Kopf gegen die Tür schlug, und drückte gleichzeitig auf einen seiner Vitalpunkte. Der Wärter fiel in sich zusammen.

Yu hielt immer noch seinen Arm fest, denn wenn er auf den Boden vor der Zelle stürzte, wäre alles verloren. Nun kam der schwierige Teil: Yu musste sich den Schlüsselbund angeln, den der Mann am Gürtel trug.

Sie steckte ihren Arm durch das Fensterchen und zog seine Jacke hoch, in der Hoffnung, mit den Fingern an die Schlüssel zu kommen. Doch das Fensterchen war sehr klein und der Wärter sehr dick und sein Körper wurde von seinem Gewicht nach unten gezogen.

Yu befahl sich, ruhig zu bleiben und gleichmäßig zu atmen. Im Kopf ging sie all die Schritte durch, die sie sich sorgfältig ausgedacht hatte.

Du hast alles vorausgeplant, sagte sie sich. Jetzt musst du deinen Plan nur noch umsetzen.

Nach zahlreichen langwierigen und auch schmerzhaften Verrenkungen hatte sie endlich den Schlüsselbund ertastet und nach weiteren Mühen gelang es ihr, ihn vom Gürtel zu lösen. Endlich konnte sie den schweren Wärter loslassen.

Nachdem Yu ihre Arme ausgeschüttelt und gedehnt hatte, probierte sie einen Schlüssel nach dem anderen aus, bis sie den richtigen gefunden hatte. Sie schloss die Tür auf.

Sie war frei.

Das Glücksgefühl, das sie überkam, war so überwältigend, dass sie am liebsten laut gejubelt hätte, doch sie zwang sich, gelassen zu bleiben.

Konzentrier dich auf deinen Plan. Überlege, was jetzt als Nächstes kommt.

Sie schleifte den bewusstlosen Wärter in die Zelle. Er war mit einem Dolch und zwei *Shuang guai* bewaffnet: zwei kurzen T-förmigen Stöcken, die an ihren Querstreben gehalten wurden. Yu war schon oft mit diesen Waffen geschlagen worden. Sie wusste, wie effizient diese waren.

Nachdem sie die beiden Stöcke an sich genommen hatte, drückte sie auf den Vitalpunkt des Mannes, damit er wieder zu sich kam.

»Wa... was ...?«

Yu packte ihn am gebrochenen Arm, um ihn vollends aufzuwecken, und presste ihm gleichzeitig eine Hand auf den Mund.

»Ein Schrei und du bist tot. Sag mir nur eines und ich lasse dich wieder los: Wo ist der Eunuch jetzt?«

»Bei ... beim Wasserbecken«, stammelte der Wärter.

Yu nickte und erstach ihn mit seinem eigenen Dolch. Sie schlich sich in den Flur hinaus. Er war lang, schmal und niedrig und wurde von Fackeln erhellt, die in Haltern an den Wänden steckten.

Auf der einen Seite lagen die Türen der anderen Zellen. Es waren achtzehn, Yu hatte sie oft gezählt.

Sie öffnete die erste. Ein alter Mann lag auf dem Fußboden, von den Folterungen so geschwächt, dass er nicht einmal den Kopf zu Yu wandte.

Zweite Tür: Diese Zelle war leer.

Dritte Tür: ein hoch gewachsener, kräftiger Mann mit sehr dunkler Haut. Er befand sich erst seit wenigen Monaten in der Festung. Yu wusste es, weil sie ihn nachts oft schreien gehört hatte.

»Wer bist du?«, fragte sie ihn.

Dem Mann gelang es, sofort aufzustehen. Das bedeutete, dass er schon seit einiger Zeit kein Gift mehr erhielt oder es gut vertrug.

»Schwarzer Bär«, antwortete er. »Und du?«

»Ich bin diejenige, die dir die Flucht ermöglicht. Mein Name ist Fliegende Klinge.«

Der Mann riss die Augen weit auf. »Machst du Witze? Du willst die Piratenhexe sein? Die man auch Die Größte nennt?«

»Ich wusste gar nicht, dass ich so viele Namen habe«, erwiderte Yu grinsend und zeigte ihm die *Shang guai*. »Kannst du damit umgehen?«

»Stell mich auf die Probe.«

Yu erklärte ihm ihren Plan.

»Wann hast du dir das alles ausgedacht?«, fragte er.

»Ich hatte viel Zeit zum Nachdenken. Glaubst du, du schaffst es?«

Dieses Mal grinste Schwarzer Bär. »Als sie mich gefangen genommen haben, hatte ich Freunde bei mir. Ich hoffe, dass sie noch am Leben sind.«

Yu übergab ihm den Bund mit den Zellenschlüsseln. »Suche sie und befreie sie. Befreie so viele Gefangene, wie du nur kannst. Danach tust du das, was ich dir gesagt habe. Wir treffen uns in einer Stunde im Haupthof.«

»Und was machst du in der Zwischenzeit?«

»Ich muss mich um einen bestimmten Eunuchen kümmern.«

Das Gesicht von Schwarzer Bär verfinsterte sich. Er zog sein Hemd hoch und Yu sah, dass an seiner Brust zahlreiche offene Wunden klafften.

»Ich will mit dir kommen, Fliegende Klinge. Ich habe mit diesem verdammten Kerl noch eine Rechnung offen.«

»Glaube mir, ich auch, und meine ist wesentlich länger. Wir sehen uns im Hof.«

Yu lief den Flur entlang, öffnete die Tür an dessen Ende und passierte sie, ohne sie hinter sich zu schließen.

In den drei Jahren ihrer Gefangenschaft hatte sie den Weg von ihrer Zelle zum Wasserbecken unzählige Male zurücklegen müssen. Oft war sie so schwach gewesen, dass sie nicht selbst hatte laufen können und die Soldaten sie tragen mussten.

Jetzt war der Moment der Rache gekommen.

Sie bog um eine Ecke, um eine zweite, stieg eine Treppe hinauf. Als sie Schritte hörte, drückte sie sich eng an die Wand und wartete, bis vier Soldaten an ihr vorbeikamen.

Den ersten streckte sie mit einem Faustschlag zu Boden, dem zweiten schlug sie die Handkante gegen den Kehlkopf, den dritten traf sie am Unterbauch, den vierten tötete sie mit einem gut gezielten Wurf des Dolchs. Sie kniete sich hin, zog den Dolch aus der Brust des toten Soldaten und erledigte damit den ersten, der versuchte, wieder aufzustehen. Zitternd kam sie auf die Beine. Sie fühlte sich immer noch schwach und wollte lieber nicht versuchen zu springen.

Sie sah die Waffen der vier Soldaten durch. Ihre Lanzen und Säbel taugten nicht für sie, doch einer, vielleicht der Befehlshaber des Trupps, hatte ein Schwert. Es war nicht so elegant und ausbalanciert wie das, das Goldener Drache ihr einst geschenkt hatte, aber doch eine brauchbare Waffe.

Das Wasserbecken befand sich in den unterirdischen Gemächern der Festung, in einem großen Saal. Im Licht der roten Lampions, die den Saal erhellten, schimmerte das Wasser im Becken rot wie Blut. Ein Effekt, den der Foltermeister besonders schätzte.

Als Yu eintrat, stand der Eunuch mit dem Rücken zur Tür und war mit den Seilen, Ketten und Flaschenzügen beschäftigt, die dazu dienten, Gefangene ins kalte Wasser zu tauchen. Möglicherweise bereitete er sie gerade für Yu vor.

Weil er hinter sich Schritte hörte, fragte der Eunuch mit seiner hohen Kinderstimme: »Was wollt ihr jetzt schon hier? Ich hatte euch doch gesagt, ihr sollt sie erst in einer halben Stunde bringen …«

»Ich wollte dich überraschen«, sagte Yu.

Der Eunuch drehte sich um. Er schaute Yu an und wurde leichenblass.

Im Grunde stimmt es, dachte Yu. Unter bestimmten Umständen kann es tatsächlich Freude bereiten, die Angst im Gesicht eines Menschen zu sehen.

Der Foltermeister sagte kein einziges Wort. Stattdessen sprang er überraschend gelenkig zu einer Wandhalterung, an der Streitäxte, eisenverstärkte Keulen und Dolche hingen. Yu war davon ausgegangen, dass er sich dorthin wenden würde, und versperrte ihm den Weg.

»Wie hast du es geschafft, dich zu befreien?«, fragte er.

Yu schüttelte den Kopf. »Ich glaube, wir beide sollten als Erstes unsere Regeln neu überdenken. Von nun an stellst du mir keine einzige Frage mehr. Du darfst nur noch auf meine Fragen antworten. Oder aber schreien.«

»Du würdest es nie wagen, mich zu töten. Der Höllenhof ist voll mit Soldaten.«

»Mach dir mal keine Sorgen, um die kümmere ich mich noch. Aber du bist der Erste. Auf diesen Moment habe ich lange gewartet.«

Der Eunuch nahm eine Kampfhaltung an. »Ich fürchte, du wirst eine große Enttäuschung erleben. Das Gift in deinem Körper macht dich langsam und schwach. Ich wundere mich, dass es dir gelungen ist, dich zu befreien, aber ich wette, dass du nicht springen kannst. Stimmt's? Und wenn du nicht fliegen kannst, wird dir der *Wushu der Luft und des Wassers* nichts nützen.«

Anstatt darauf etwas zu sagen, griff Yu ihn mit einer Bewegung namens *Meeresstrudel* an. Sie war tatsächlich langsamer als früher und dem Eunuchen gelang es, ihr Schwert mit bloßen Händen zu blockieren.

Yu entriss es ihm, zwang ihn rückwärtszugehen und attackierte ihn mit der Bewegung *Hagel, der die Ernte zerstört.* Wieder parierte der Eunuch ihren Schwerthieb und machte einen Schritt nach hinten. Er versuchte, mit einem Fußtritt zu reagieren, doch Yu wich ihm aus. Der Eunuch wiederholte seinen Angriffsversuch. Insgesamt griffen sich beide Seiten mit einem knappen Dutzend Bewegungen an.

Yu grinste.

»Was ist so lustig?«, fragte der Eunuch. »Du hast mich kein einziges Mal erwischt.«

»Das stimmt«, bestätigte Yu. »Aber ich habe dich dorthin getrieben, wo ich dich haben wollte: an den Beckenrand.«

Yu holte mit dem Schwert aus und stach zu, sodass der Eunuch weiter zurückweichen musste. Er rutschte aus und fiel rücklings in das eisige Wasser. Yu sprang hinterher.

Nachtfalter hatte einmal zu ihr gesagt: *Du beherrschst die Luft, aber hast du gelernt, das Wasser zu kontrollieren?*

Jetzt würde sie es herausfinden.

Das Becken war sehr tief und der Eunuch kam ihr nicht wie ein geübter Schwimmer vor. Er bewegte sich hektisch und die extreme Kälte ließ ihn nach Luft schnappen.

Yu dagegen war so weit. Sie hatte sich lange darauf vorbereitet. Sie konzentrierte ihr *Chi* auf die Schwertspitze und wandte die Bewegung der Muränenhöhle an: Ihr Schwerthieb erzeugte im Wasser eine Strömung, die quer durch das Becken schoss und den Eunuchen erreichte.

Verblüfft öffnete dieser seinen Mund und verschluckte sich am Wasser. Hustend versuchte er, zum Rand zu schwimmen, doch nun griff Yu ihn mit dem *Biss des Grauhais* an. Dieses Mal traf sie ihn in der Magengegend. Durch den Stoß sank der Foltermeister auf den Boden des Beckens hinunter. Unter Wasser vermochte er nicht mehr zu kämpfen und Yu griff ihn wieder und wieder an, drei, vier, fünf Male. Dann sah sie, wie sich seine Augen verdrehten. Er war ohnmächtig geworden.

Oh nein, dachte Yu. Glaube ja nicht, dass ich es dir so leicht mache.

Sie zog den Bewusstlosen an die Oberfläche, kletterte aus dem Becken und befestigte ihn so an dem System aus Seilen, Ketten und Flaschenzügen, dass er mit dem Kopf nach unten hing, in umgekehrter Augenhöhe zu ihr. Sie ohrfeigte ihn kräftig, damit er wieder zu sich kam. Der Eunuch öffnete die Augen, hustete und spuckte Wasser aus.

»Da bist du ja wieder«, sagte Yu. »Ich hatte mir schon Sorgen gemacht …«

Dem Mann liefen Wasser und Schleim aus der Nase.

»Ich bitte dich«, jammerte er. »Hab Erbarmen mit mir. Ich tue nur meine Pflicht, ich gehorche Befehlen. Ich habe nichts weiter damit zu tun …«

Yu verpasste ihm noch ein paar Ohrfeigen.

»Die Spielregeln sind einfach. Das hast du zu mir gesagt, erinnerst du dich noch? Ich stelle dir drei Fragen. Sobald du alle drei Fragen ehrlich und ausführlich beantwortet hast, lasse ich dich sterben.«

Der Eunuch begann zu weinen.

Wieder ohrfeigte Yu ihn.

»Erste Frage: Wer ist dein Herr?«

Der Foltermeister antwortete nicht.

Yu tauchte ihn mit der Hängevorrichtung ins Becken ein.

55

»Du hast länger als eine Stunde gebraucht«, sagte Schwarzer Bär.

»Ich habe mir Zeit gelassen«, erwiderte Yu.

»Und der Eunuch?«

»Ich glaube nicht, dass du ihn wiedersehen wirst.«

Draußen war es dunkel geworden. Auf dem Haupthof hatten sich ungefähr vierzig Gefangene versammelt. Mit Ausnahme von Yu, einer Frau im Alter von Tanzende Lotosblüte und einem ungefähr zwölfjährigen Mädchen waren es alles Männer. Sie sahen elend aus, doch viele von ihnen hatten sich mit den Lanzen, Dolchen und Säbeln bewaffnet, die sie den Wachsoldaten abgenommen hatten.

»Gab es sonst niemanden zu befreien?«, erkundigte sich Yu.

Schwarzer Bär schüttelte den Kopf. »Viele haben wir tot in ihrer Zelle aufgefunden, andere waren in einem so schlimmen Zustand, dass ich sie nur noch töten konnte, um sie von ihren Leiden zu erlösen.«

»Und was ist mit dem Plan? Wie weit seid ihr?«

»Die ist ja gut!«, sagte ein junger Mann verächtlich. »Wer bist du, dass du glaubst, anderen Befehle erteilen zu können?«

Yu maß ihn von Kopf bis Fuß. Er musste an die zwanzig Jahre alt sein, und obwohl er so heruntergekommen, abgemagert und schmutzig wirkte, war er vermutlich der schönste Mensch, den Yu jemals gesehen hatte: Er hatte ein Gesicht mit hohen Wangenknochen, ein kräftiges Kinn und lebhafte dunkle Augen.

»Er heißt Kong Yanlin, aber alle nennen ihn Hübscher Junge«, stellte Schwarzer Bär ihn vor. »Und du hast die Ehre, Fliegende Klinge kennenzulernen, Chinas berühmteste Piratin«, fuhr er fort, an den anderen gewandt. »Ihr verdankst du, dass du jetzt nicht mehr in einer Zelle sitzt.«

»Also, was macht unser Plan?«, erinnerte Yu ihn.

»Fast alle Soldaten haben sich in den Quartieren aufgehalten, oben im obersten Stock. Wir haben sie eingeschlossen.«

»Sie werden versuchen, die Türen aufzubrechen.«

»Wir haben die Türen mit allem blockiert, was wir finden konnten, und anschließend haben wir die Treppen verbarrikadiert. Dadurch haben wir Zeit gewonnen. In den Fluren könnten noch ein paar Soldaten herumstreunen und die Höfe haben wir auch nicht alle abgesucht, deshalb müssen wir weiterhin vorsichtig sein. Auch wenn wir jetzt eigentlich nur noch das große Tor zu öffnen brauchen, um …«

Yu schüttelte den Kopf. »Nein. Diese Festung muss zerstört werden.«

»Sie hat recht«, schaltete sich die andere Frau ein. »Sie haben mir sechs Jahre meines Lebens gestohlen. Sie müssen dafür bezahlen.«

Yu lächelte. »Wie heißt du, ältere Schwester?«

»Früher war ich unter dem Namen Schatten in der Nacht berühmt.«

Schwarzer Bär stieß einen leisen Pfiff aus. »Ich habe von dir gehört. Du bist die Räuberkönigin der Region Hubei. Ich dachte, sie hätten dich umgebracht.«

»So wie alle anderen, die hier versteckt worden sind«, erwiderte die Frau.

Genau darauf hatte Yu gebaut: auf der Annahme, dass der Höllenhof ein Gefängnis für besondere Verbrecher war. Die Besten der Besten. Somit standen vierzig der gefürchtetsten Kriminellen von ganz China vor ihr. Obwohl sie sicherlich alle vom Gift geschwächt waren, stellten sie doch eine bemerkenswerte Truppe dar.

»Ihr seid jetzt freie Menschen«, wandte sich Yu an die Schar. »Falls jemand sofort gehen möchte, bin ich damit einverstanden. Ich aber bleibe, bis meine Arbeit hier abgeschlossen ist. Möchte mir jemand dabei helfen?«

Die Anwesenden nickten mit eisigen Blicken. Selbst das zwölfjährige Mädchen schaute Yu mit einem Gesichtsausdruck an, vor dem ein gestandener Krieger zurückgezuckt wäre.

»Also, wir machen Folgendes …«, begann Yu und erklärte ihren Plan.

Anschließend teilten sie sich die Aufgaben und die Waffen und gingen wieder auseinander. Yu rannte zusammen mit dem Mädchen los, das sich Grüne Heuschrecke nannte, mit Schwarzer Bär, Hübscher Junge und einem alten Mann, der sich weigerte, seinen Namen preiszugeben. Sie liefen quer über den Hof zu einem gemauerten Gebäude, dessen gegenüberliegende Fassade von zwei Soldaten bewacht wurde.

»Um die kümmere ich mich«, sagte Grüne Heuschrecke.

Sie schlich allein los, unbewaffnet, erschreckend mager und zerbrechlich. Sekunden später fielen die beiden Soldaten um wie gefällte Bäume.

»Bemerkenswert«, sagte Schwarzer Bär.

Sie betraten das kleine Gebäude. Es war ein Lager und vollkommen unbeleuchtet.

»Ich besorge uns eine Fackel«, bot Hübscher Junge an.

»Dummkopf«, schimpfte der alte Mann. »Riechst du das denn nicht?«

»Schießpulver«, bestätigte Yu. »Hier drinnen bewahren sie es auf.«

Sie untersuchten die aufeinandergestapelten kleinen Fässer. Schwarzer Bär trug zwei heraus, Yu, der Alte und Hübscher Junge je eines, Grüne Heuschrecke hingegen keines.

»Dafür mache ich euch den Weg frei«, sagte das Mädchen.

Draußen sahen sie, wie eine Fackel geschwenkt wurde: Damit signalisierten ihnen die anderen, dass sie mit den Soldaten der ersten Wache fertiggeworden waren. Zwei befreite Gefangene kamen aus dem Haupteingang des Gefängnisgebäudes und bedeuteten ihnen, sich zu beeilen.

»Probleme?«, fragte Yu.

»Nur ein paar Soldaten, und die haben wir erledigt. Doch die, die wir im ersten Stock eingeschlossen haben, versuchen sich zu befreien, und sie sind um einiges tüchtiger, als wir gedacht hatten … Wir müssen schnell machen.«

»Lauft zu dem Lager dahinten«, befahl Yu. »Es ist voller Pulverfässer. Streut einen Streifen Schießpulver aus, der bis hierher führt: Das wird unsere Zündschnur sein.«

Sie nickten und eilten davon.

»Wo stellen wir die Fässer auf?«, fragte Schwarzer Bär.

»Kommt mit mir mit«, sagte Namenloser. »Sprengungen waren früher meine Spezialität.«

Sie zogen los. Namenloser bestimmte die Richtung und Grüne Heuschrecke lief der Gruppe voraus, um entgegenkommende Soldatenpatrouillen aufzuhalten. Unermüdlich platzierten sie Pulverfässer und holten neue. Yu merkte, wie sie keuchte. Trotz ihres Trainings fühlte sie sich geschwächt und das viele Laufen zehrte stark an ihren Kräften. Auch die anderen schienen Schwierigkeiten zu haben und sie brauchten für die Arbeit länger, als sie vorgesehen hatte.

Um die vierte Wache herum waren jedoch sämtliche befreite Gefangenen wieder im Hof versammelt. Eine Gruppe hatte die Ställe überfallen und brachte gesattelte Pferde mit.

»Alles fertig?«, fragte Yu.

Ja, das war es. Weder auf den Wehrgängen noch sonst irgendwo in der Festung liefen freie Soldaten herum. Wer von der Garnison übrig war, befand sich im Inneren der Festung und versuchte, die verbarrikadierten Treppen zu überwinden. Doch sie würden es nicht rechtzeitig schaffen, sich und die Festung zu retten, denn auch auf den unteren Treppenabsätzen standen jetzt Pulverfässer.

Die Ausbrecher scharten sich um das große Eingangstor, die kräftigeren Männer schoben den Balken hoch, mit dem das Tor verriegelt war, und entfernten das Gitter, das den Weg nach draußen versperrte.

Nachdem sie die Pferde hinausgeführt hatten, zeigte Schatten in der Nacht Yu eine Schachtel Zündhölzer. »Darf ich das Fest beginnen lassen?«

»Bitte, ältere Schwester.«

Die Frau kehrte auf den Hof zurück, hockte sich neben den Schießpulverstreifen, entzündete ein Hölzchen und ließ es auf das Schießpulver fallen. Das Pulver fing Feuer und leuchtete knisternd auf. Zwei Lichtblitze rasten los, einer nach links auf das Munitionslager, der andere nach rechts auf die Festung zu.

Als sie wieder bei den anderen angelangt war, strahlte Schatten in der Nacht über das ganze Gesicht.

Dann kamen die Explosionen. Zuerst flog das Munitionslager mit einem ohrenbetäubenden Knall in die Luft: Das Dach löste sich von den Mauern, erhob sich in den Himmel, schlug gleich darauf auf dem Hof auf und zerdrückte alles, was ihm in die Quere gekommen war. Sofort danach gab es eine zweite, noch lautere Explosion.

Es war, als würde dieses Krachen die gesamte Welt erschüttern. Purpurrotes Licht strahlte aus den Fenstern, wurde zu goldenem Licht und zu himmelhoch lodernden Flammen. Der Wind trug ihnen den dichten Holzfeuerrauch zu. Kleinere Explosionen folgten, Mauern und Dächer stürzten lärmend ein.

Yu hatte die Hand am Heft ihres Schwerts, nur für den Fall, dass einem der Soldaten doch die Flucht gelang. Aber es kam niemand mehr.

Die ganze Nacht lang schauten sie zu, wie die Festung verbrannte. Der Eunuch hatte zu Yu gesagt, dass bisher noch kein einziger Gefangener den Höllenhof verlassen hatte. Aber sie hatten es geschafft. Mehr noch: Ihnen war es zu verdanken, dass es den Höllenhof nicht mehr gab.

Erst gegen Sonnenaufgang, als nur noch Rauch zu sehen und ihr einstiges Gefängnis ein Haufen Schutt und Asche war, ging Yu zu dem Mann, der auf die Pferde aufpasste.

»Es wird Zeit zu gehen«, sagte sie.

»Wohin?«, fragte jemand.

»Ich will zurück nach Hause«, sagte eine Stimme. »Ich habe meine Frau und meine Kinder seit vier Jahren nicht mehr gesehen.«

»Das kannst du tun«, erwiderte Yu laut genug, dass alle sie hören konnten. »Jeder von euch kann nach Hause gehen und weiterleben, wie es ihm gefällt. Doch alle, die nicht wissen, wohin, lade ich ein, mit mir zu kommen.«

»Ich hatte gehofft, dass du das sagst«, rief Schwarzer Bär. »Was hast du vor?«

In den endlosen Nächten in ihrer Zelle hatte Yu lange darüber nachgedacht.

»Ich war mal eine Piratin«, sagte sie. »Ich habe die Rote Flotte befehligt, die aus fünfzig Schiffen und fünftausend Mann bestand und alle Meere Chinas beherrschte. Ich weiß nicht, was in meiner Abwesenheit geschehen ist, aber ich will wieder Admiral dieser Flotte sein. Wer mit mir kommt, wird Arbeit finden und Beute machen.«

»Beute?«, fragte Hübscher Junge. »Die finde ich überall, dazu brauche ich keine Flotte.«

»Das stimmt«, gab Yu zu. »Aber da ist noch mehr. Ihr wisst alle, dass ich letzte Nacht den Eunuchen getötet habe. Davor aber zwang ich ihn dazu, mir den Namen seines Herrn zu verraten.«

»Was für ein Herr?«, wollte Schwarzer Bär wissen.

»Vor drei Jahren«, sagte Yu, »wurde ich in eine Falle gelockt, verhaftet, vor Gericht gebracht und von einem Beamten zum Tode verurteilt. Doch anstatt getötet zu werden, wurde ich unter größter Geheimhaltung hierhergebracht. Ich wette, dass es euch allen ähnlich ergangen ist. Stimmt's?«

Die Gefangenen sahen einander an und nickten.

»Der Höllenhof ist kein normales Gefängnis, sondern ein Ort, an dem eine mächtige Persönlichkeit ihre Feinde versteckt, um ihnen wertvolle Informationen zu entreißen, bevor man sie für immer verschwinden lässt. Der Foltermeister war nur ein Befehlsempfänger. Ich will denjenigen vernichten, der hinter all dem steht.«

Yu legte eine Pause ein und sah nacheinander in die Gesichter vor ihr. »Brüder, Schwestern, ich bitte euch, mir in den kommenden Jahren zur Seite zu stehen. Wenn ihr es tut, kann ich euch außer Wohlstand noch etwas anderes, wesentlich Kostbareres anbieten: Vergeltung. Bald wird der Mann, der mich hier einsperren ließ, von Fliegende Klinge hören und ich schwöre euch, dass er vor Angst zittern wird. Oh ja! Denn ohne es zu wissen, hat dieser Mann einen Krieg entfacht. Und diesen Krieg werde ich gewinnen!«

56

Yu war noch nie auf einem Pferd geritten. Sie verstand es, eine Ruderpinne und ein Steuerrad zu halten oder ein Schiff sicher zu vertäuen, die Vorstellung aber, auf dem Rücken eines Vierbeiners zu reisen, gefiel ihr überhaupt nicht. Das Tier war wesentlich größer als sie und schaute sie an, als hätte es seine eigenen Pläne. Abgesehen davon: Wie stieg man, selbst wenn man es wollte, auf ein derartiges Ungeheuer hinauf?

»Ein Befehlshaber muss stets von einem Pagen begleitet und unterstützt werden«, sagte Schwarzer Bär. »Ausnahmsweise übernehme ich heute diese Aufgabe.«

Er packte Yu an der Taille, hob sie hoch und setzte sie in den Sattel. Danach fädelte er ihre Füße in die Steigbügel ein.

»Diese Soldatenpferde sind es gewohnt zu gehorchen«, flüsterte er Yu ins Ohr. »Halte die Zügel fest in der Hand, aber gehe behutsam damit um. Reiße nie daran, denn sonst tust du dem Pferd weh. Verlagere dein Gewicht nach hinten, wenn es stehen bleiben soll, und zu einer Seite oder zur anderen, wenn du wenden willst. Reite in der Mitte der Gruppe, und das Pferd wird bei seinen Gefährten bleiben. Eigentlich ist es ganz leicht.«

»Ein Befehlshaber sollte an der Spitze reiten«, meinte Yu, »doch ich gestatte dir, uns den Weg zu zeigen. Als Aufklärer.«

Sie brachen auf und schlugen den Bergpfad ein, auf dem sie hergebracht worden waren. Ein trauriges Heer: abgemagerte Körper, Gesichter, die von Schmerzen und Seelenqualen gezeichnet waren. Gleichzeitig aber waren es auch erfahrene Krieger und mit jeder Stunde, die verging, verlor das Gift, das ihnen eingeflößt worden war, an Wirkung.

Ein Mann, den die anderen Unfehlbarer Schütze nannten, hatte sich in der Festung Pfeile und Bogen besorgt und begann schon während des Ritts, vom Sattel aus seine Zielgenauigkeit zu trainieren. Dabei erlegte er zahlreiche Vögel einer Art, die Yu nicht kannte, sowie vier Kaninchen. Um die Mittagszeit rasteten sie an einem Bach, machten Feuer und brieten die Jagdbeute. Es war das erste gute Essen, das sie seit Jahren bekamen, und so köstlich, dass ein grimmig aussehender, von Kopf bis Fuß tätowierter Mann vor Rührung weinen musste.

Als sie weiterritten, fühlten sich alle kräftiger und etliche ahmten das Beispiel von Unfehlbarer Schütze nach und erlegten ebenfalls Wild, sodass das Abendessen wesentlich üppiger ausfiel als das Mittagessen. Alle verschlangen das Fleisch wie ausgehungerte Wölfe, was angesichts der mehr als dürftigen Gefangenenernährung in der Festung auch kein Wunder war.

Am folgenden Morgen fühlte sich Yu bereits kräftig genug, um einen Sprung auszuprobieren, und erreichte den Wipfel eines hohen Laubbaums, von dem aus sie die Umgebung überschauen konnte.

Als sie wieder auf den Boden zurückgekehrt war, starrten die anderen sie verblüfft an.

»Aber … das ist Zauberei«, sagte Hübscher Junge.

»Nein, das ist Kampfkunst«, erwiderte Yu. »Ich werde sie euch beibringen, sobald wir bei mir zu Hause angelangt sind.«

»Und wo ist dieses Zuhause?«

»Auf der Insel Hongkong, die jenseits des Humen liegt«, erklärte Yu. »Um dorthin zu kommen, müssen wir zuerst den Perlfluss erreichen und eine Dschunke stehlen. Wer von euch kann ein Schiff segeln?«

Nur wenige Hände wurden gehoben.

»Das macht nichts, auch das bringe ich euch bei. Wir fahren auf dem Fluss bis zu der Enge hinunter, danach brauchen wir nur noch einen knappen Tag bis zum Ziel. Vor drei Jahren stand dort mein Palast. Was in der Zwischenzeit passiert ist, weiß ich nicht, aber mit eurer Hilfe werde ich es herausfinden.«

»Wir könnten in Kanton eine Pause einlegen«, schlug Namenloser vor. »Da wurde ich verhaftet und es gibt dort viele Leute, die ich gern umbringen würde.«

Yu dachte an Li Wei und an die unbeteiligte Art, in der er sie zum Tode verurteilt hatte. Sie konnte es kaum erwarten, ihm gegenüberzustehen. Nur, dass dieser Moment noch nicht gekommen war.

»Auch ich habe in dieser Stadt Feinde«, sagte sie. »Doch können wir erst dann gegen sie kämpfen, wenn wir dafür bereit sind.«

Sie brauchten sieben Tage, um von den Bergen hinabzureiten. Allerdings ließen sie sich bewusst Zeit und ruhten sich unterwegs immer wieder aus, um zu Kräften zu kommen.

Als sie das Tal erreicht hatten, schlug ein Mann namens Bleicher Riese vor, in einem Gasthaus zu übernachten und dort ordentlich zu feiern.

Unfehlbarer Schütze aber hatte eine bessere Idee. »Wenn wir einen kleinen Umweg machen, treffen wir eine halbe Tagesreise westlich von hier auf den Gutshof des Herrn Long. Er ist ein reicher Adeliger und ein alter Freund von mir, ein Mann, der immer bereit ist, in Schwierigkeiten geratenen Menschen zu helfen.«

»Long, der Eisenwächter?«, fragte Schwarzer Bär, der die meisten großen Kämpfer Chinas zu kennen schien. »Ich habe von ihm gehört, er gilt als ein gerechter Mann.«

Unfehlbarer Schütze grinste. »Wenn wir an seine Tür klopfen, wird er uns mit offenen Armen empfangen, da bin ich mir sicher.«

Yu schaute sich um: Sie waren an die vierzig Leute und alle trugen nur noch Fetzen am Leib. Sie ritten auf Armeepferden und es war deutlich zu erkennen, dass ihre Waffen gestohlen waren. Sie konnten jede Hilfe brauchen.

»In Ordnung«, beschloss sie.

Genau wie Unfehlbarer Schütze vorausgesagt hatte, nahm Herr Long sie mit ungespielter Herzlichkeit auf. Als er erfuhr, dass unter ihnen die berühmte Fliegende Klinge war, befahl er seinen Köchen, die köstlichsten Speisen zuzubereiten, und ließ seine besten Getränke servieren.

»Mein Haus ist nicht würdig, berühmte Helden, wie ihr es seid, aufzunehmen«, sagte er. »Doch bitte ich euch, meine Gastfreundschaft mit derselben Zuneigung anzunehmen, wie ihr sie einem alten Onkel entgegenbringen würdet.«

Endlich konnte Yu ein heißes Bad nehmen und anschließend saubere Sachen anziehen. Eine Dienerin half ihr, das Haar aufzustecken. Hinterher betrachtete Yu sich lange im Spiegel.

Als sie das letzte Mal ihr Gesicht im Spiegel des Wassers gesehen hatte, hatte sie es nicht wiedererkannt. Jetzt aber war sie wieder sie selbst. Doch ihr Kinn war spitzer, der Blick ihrer Augen kälter. Und die schändlichen Tätowierungen hoben sich stark von ihrer bleichen Stirn ab.

Pirat. Hexe.

»Ehrenwerte Dame«, sagte die Dienerin schüchtern, »wenn Sie es wünschen, kann ich Ihnen die Haare so frisieren, dass sie die Stirn verdecken.«

»Nein«, antwortete Yu entschlossen. »Dort steht, was ich ihrer Ansicht nach sein soll. Und das, was ich von nun an sein werde. Meine Tätowierungen sollten den anderen Angst machen, aber nicht mir.«

Das von Herrn Long organisierte Festmahl fiel sehr üppig aus: Es gab die unterschiedlichsten Wildbretsorten, von Wildschwein über Schuppentier, Stachelschwein und Fasan bis hin zu Kiebitz und Hirsch. Der Wein floss in Strömen und in kürzester Zeit waren alle betrunken.

Herr Long, dem aufgefallen war, dass Yu ihren Wein nicht angerührt hatte, setzte sich gegen Ende des Mahls zu ihr.

»Fliegende Klinge«, sprach er sie an. »Es ist eine große Ehre, dich unter meinem Dach zu wissen.«

»Deine Gastfreundschaft zeigt, was für ein gutes Herz du besitzt«, erwiderte Yu. »Im Moment kann ich mich nicht dafür revanchieren, doch ich werde dich nicht vergessen.«

»Auf deine Freundschaft zählen zu können, wärmt mir das Herz. Im Laufe der letzten Jahre ist dein Name, Fliegende Klinge, legendär geworden, man erzählt deine Taten den Kindern. Es heißt, dass du fliegen kannst und dass du einmal über die Humen-Enge gesprungen bist.«

»Es wäre schön, wenn ich das tatsächlich könnte«, meinte Yu lachend. »Aber ich merke, dass du gut informiert bist. Hast du denn auch etwas über die Rote Flotte gehört?«

Herr Long dachte eine Weile nach, bevor er antwortete. »Ich habe mich schon vor längerer Zeit hierher aufs Land zurückgezogen, um die mir verbleibenden Jahre in Ruhe zu verbringen. Doch ein mir nahe stehender Cousin wohnt in Zhaoqing, einem Ort westlich von Kanton, am Perlfluss gelegen.«

»Diese Stadt kenne ich gut«, sagte Yu.

»Mein Cousin war ein erfolgreicher Kaufmann, aber er wurde von Herrn Guo, dem *Hoppo* von Kanton, in den Ruin getrieben. Deshalb wurde mein Cousin Pirat. Was ich dir jetzt erzählen werde, habe ich von ihm erfahren. Als sich die Nachricht von deiner Hinrichtung verbreitet hatte, fiel die Rote Flotte auseinander. Einige Dschunken sind seither auf eigene Rechnung unterwegs. Zehn Schiffe sind verbündet geblieben und haben sich dem Kommando von Flussritter unterstellt. Dir zu Ehren nennen sie sich die Flotte von Fliegende Klinge. Als ich das letzte Mal etwas von meinem Cousin hörte, hoffte er, sich dieser Flotte anschließen zu können. Der Großteil der ehemaligen Roten Flotte aber hat Hongkong als Basis beibehalten und steht unter dem Befehl eines Piraten, der sich Blauer Tiger nennt.«

Yu stockte der Atem. Blauer Tiger also. Endlich hatte ihr Ehemann seinen Traum verwirklichen können, eine Flotte zu befehligen, und jene Piraten, die Yu treu geblieben waren, hatten sich von ihm getrennt.

Es hört nie auf, dachte Yu. Jedes Mal, wenn ich ein Hindernis überwunden habe, steht schon das nächste vor mir.

»Du bist sehr blass«, stellte Herr Long erschrocken fest. »Es tut mir leid, dass dich diese Nachrichten so schwer treffen …«

»Das macht nichts«, antwortete Yu. »Hat dein Cousin jemals einen alten Kampfkunstmeister namens Nachtfalter erwähnt? Oder ein Schiff, das *Sternschnuppe* heißt?«

»Nachtfalter kenne ich nicht«, erwiderte er. »Die *Sternschnuppe* dagegen … Das ist dein Schiff, nicht wahr? Es tut mir leid, wenn ich eine weitere schlechte Nachricht für dich habe, aber dein Schiff gibt es nicht mehr. Es wurde von den Kriegsdschunken des Herrn Guo versenkt. Es hieß, deine Piraten haben Rache gegen ihn geschworen.«

Es war, als stäche jemand eine glühende Klinge in Yus Brust, doch sie zwang sich, diesen inneren Schmerz nicht zu beachten und gelassen zu erwidern: »Das ist nicht wichtig. Ein Schiff ist nichts mehr als ein Gegenstand aus Holz und Leinwand. Ich hoffe nur, dass es Kleiner Zorn und den anderen gut geht.«

»Darüber kann ich dir leider nichts sagen, aber ich wünsche es dir von Herzen.«

Herr Long bestand darauf, dass Yu und ihre seltsame Armee eine ganze Woche lang bei ihm blieben, und Yu nahm das großzügige Angebot dankbar an.

Als der Tag der Abreise anbrach, schenkte der alte Herr ihnen neue Pferde, Kleidung, Silber und Waffen.

»Es ist deiner nicht würdig, mit dem Schwert eines Gefängniswärters zu kämpfen«, sagte er beim Abschied zu Yu. »Deshalb bitte ich dich, von nun an dieses hier zu benutzen. Es ist seit zehn Generationen in unserer Familie.«

Es war eine herrliche Waffe, mit einer Klinge, die scharf genug schien, um Sonnenstrahlen zu durchtrennen.

»Für mich ist das Schwert viel zu schön«, widersprach Yu. »Ich kann dieses Geschenk nicht annehmen.«

»Es abzulehnen, würde einer Beleidigung gleichkommen. Das Schwert heißt *Meeresgischt* und es gehört an Deck eines Schiffs und nicht an die Wand eines alten Hauses. Ich bitte dich, es zu behalten und an mich zu denken, wann immer du es benutzt.«

Yu bedankte sich, indem sie sich ihm zu Füßen legte. Sie versprach dem alten Herrn, ihn zu sich nach Hongkong einzuladen und von einem ihrer Schiffe abholen zu lassen, sobald sie ihre Flotte zurückerobert hatte.

»Ich fürchte, ich bin zu alt für derartige Reisen«, antwortete Herr Long lächelnd. »Aber ich freue mich, wenn du ab und zu an mich denkst.«

Er erklärte ihr noch, wie sie in Zhaoqing Kontakt zu seinem Cousin aufnehmen konnte: Dessen Piratenname lautete Dreizack-Long.

Gut erholt und neu ausgerüstet brachen Yu und ihre Gefährten zu einer Reise auf, die wesentlich angenehmer war als die vorherige Etappe. In nur sechs Tagen erreichten sie die Stadt Zhaoqing. Dort fanden sie heraus, dass sich Herr Longs Cousin tatsächlich der Flotte von Flussritter angeschlossen hatte und seit über einem Monat nicht mehr in der Region gesehen worden war.

»So ein Pech!«, schimpfte Schwarzer Bär. »Ich wäre lieber mit einer schönen bewaffneten Eskorte in Hongkong eingetroffen.«

»Ich wäre schon froh, überhaupt dort einzutreffen«, entgegnete Hübscher Junge. »Wie soll das eigentlich ohne Schiff gehen?«

Yu grinste. »Hört euch mal um, ob im Hafen von Zhaoqing Schiffe liegen, die Herrn Guo Huiliang gehören, dem *Hoppo* von Kanton.«

Es waren sogar zwei: eine große, schwere Frachtdschunke und eine dreimastige Lorcha, die wie dafür geschaffen schien, schnell wie der Wind über die Wellen zu gleiten. Yu erinnerte dieses Schiff sehr an die *Rote Todesbotin*. Ein Schiff, das eines Admirals würdig war.

»Ich werde sie *Rache* nennen«, verkündete sie.

Die Lorcha in Besitz zu nehmen, war beinahe schon zu einfach: Yu sprang vom Kai auf das Deck hinüber, beseitigte den einzigen Wachsoldaten und ließ eine Strickleiter herunter, sodass die anderen an Bord klettern konnten. Schon nach wenigen Minuten hatte die Besatzung von Guos Lorcha begriffen, dass ihnen nur die Wahl zwischen Kapitulation und Tod blieb, und alle Mann legten die Waffen nieder.

»Lauf zu deinem Herrn«, befahl Yu dem Kapitän der Dschunke. »Sag ihm, dass Fliegende Klinge von den Toten zurück ist und dass er von nun an keinen Frieden mehr finden wird.«

Die *Rache* legte ab, und als sie an der Frachtdschunke des Herrn Guo vorbeiglitt, ließ Yu diese unter Beschuss nehmen und versenkte sie mit ein paar Kanonenkugeln. Sie ließen Zhaoqing hinter sich und fuhren mit gesetzten Segeln den Perlfluss hinunter.

57

Zweifellos war dies die ungeschickteste Besatzung, mit der Yu jemals gefahren war. Sie konnten weder selbstständig ein Segel setzen noch einen Knoten knüpfen. Sie hatten keine Ahnung von Winden und Strömungen und besaßen auch keine der Fertigkeiten, die im Alltag an Bord unentbehrlich waren: an Deck kochen oder Fässer so vertäuen, dass sie nicht gleich bei der ersten kleinen Erschütterung davonrollten.

Als ob das alles nicht genug wäre, wurde Schwarzer Bär auch noch seekrank und verbrachte den ersten Tag ihrer Fahrt damit, über der Reling zu hängen und sich immer wieder zu erbrechen. Grüne Heuschrecke dagegen besaß ungeahnte Talente, und auch Hübscher Junge kam ganz gut zurecht, obwohl er seine herablassende Art nicht ablegen konnte.

Verärgert über sein Verhalten, schlich sich Yu in der Morgendämmerung des zweiten Tags auf See von hinten an ihn heran, packte ihn an der Taille und sprang mit ihm auf die Rah des Besanmasts. Der junge Mann war überrascht, sich unvermittelt in so luftiger Höhe wiederzufinden. Verzweifelt klammerte er sich an Yu, und da er, wie sein Namen schon sagte, tatsächlich ein sehr gut aussehender Junge war, fand Yu seine Nähe alles andere als unangenehm.

»Jetzt hör mir mal gut zu«, sagte sie zu ihm. »Auf einem Schiff kann es nur einen einzigen Kapitän geben, und der bin ich. Wenn ich dir also befehle, ins Wasser zu springen, dann will ich hinterher nur hören, wie das Wasser über dir zusammenschlägt, und nichts anderes. Habe ich mich klar ausgedrückt?«

Selbst in dieser Situation, hoch über dem Deck und an Yu geklammert, grinste Hübscher Junge lediglich und entgegnete: »Das kannst du vergessen.«

»Dann lasse ich dich im ersten Hafen, den wir anlaufen, von Bord gehen und wünsche dir viel Glück auf deinen Wegen.«

Der junge Mann umklammerte Yu noch fester. »Was, wenn ich deinen Vorschlag nicht annehme?«

»Stell mich lieber nicht auf die Probe.«

»Du bist eine Frau.«

»Und du bist ein Mann, und wenn ich das richtig sehe, wird sich in nächster Zukunft daran nichts ändern. Vor allem aber bin ich dein Kapitän, vergiss das also nicht.«

Damit sprang Yu auf das Deck hinunter und ließ Hübscher Junge oben. Da er keine Klettererfahrung hatte, blieb er dort eine ganze Weile, bis er sich endlich durchrang und Bleicher Riese bat, ihn hinunterzuholen.

Sie fuhren langsam flussabwärts, ganze drei Tage lang, und Yu nutzte diese Zeit, um die neue Besatzung in die Grundlagen des Segelns einzuweisen. Die Mannschaft musste nur gerade so viel lernen, dass sie das Schiff beim nächsten geplanten Manöver nicht in Gefahr brachte: bei der Durchquerung des Humen.

Yu hatte sich vorgenommen, die Steuer, die dafür erhoben wurde, nicht zu bezahlen. Nicht nachdem der für deren Eintreibung zuständige Beamte damals den Brief übergeben hatte, der Yu in die Falle gelockt hatte. Nicht nach all dem, was der Eunuch ihr erzählt hatte.

Weil sie für eine offene Kriegserklärung noch nicht bereit war, wartete Yu bis zum Einbruch der Dunkelheit. Sie befahl, alle Lichter zu löschen und vollkommen still zu sein. Dann vertraute sie Grüne Heuschrecke die Ruderpinne an.

»Halte sie gerade, was auch geschehen mag. Die Rah des Besanmasts muss immer dem offenen Meer zugewandt sein, verstanden?«

Das Mädchen nickte und Yu ging, um sich um die Segel zu kümmern.

Es lief alles glatt: Zu dieser späten Stunde waren nur noch wenige Wachtposten aufgestellt, und obwohl die *Rache* zweifelsohne gesichtet worden war, war es den Soldaten offenbar zu anstrengend, sie zu verfolgen. Sie beschränkten sich darauf, einen Warnschuss abzugeben, der wohl bedeuten sollte: »Wir haben euch gesehen und werden uns beim nächsten Mal daran erinnern.«

Genau das hatte Yu erwartet.

Einen Augenblick lang verspürte sie die Versuchung, Richtung Westen, nach Macau zu segeln. Die Vorstellung, dort eine bestimmte Gastwirtschaft in der Nähe der Kathedrale aufzusuchen und deren Wirtin einen Besuch abzustatten, gefiel ihr nur zu gut. Doch während ihrer Gefangenschaft hatte sie lange über diese Frage nachgedacht: Falls Scharlachroter Tiger und Steinriese den Hinterhalt überlebt hatten, hatten sie Madame Jing bereits damals eine Lektion erteilt. Vermutlich war die Gastwirtschaft schon seit Jahren nur noch ein Schutthaufen. Außerdem hatte sie jetzt Dringenderes vor.

Nachdem sie wieder die Ruderpinne übernommen hatte, schlug sie einen östlichen Kurs ein, auf die Insel Hongkong zu.

»Mit was für einem Empfang müssen wir rechnen?«, fragte Schwarzer Bär.

»Ich weiß es nicht«, gab Yu zu. »Herr Long hat mir erzählt, dass sich viel verändert hat. Ich weiß, dass auf der Insel immer noch Freunde von mir sind, aber ich weiß nicht, wie viele Feinde ich habe.«

Schwarzer Bär grinste. »Und? Werden wir angreifen?«

Yu schüttelte den Kopf. »Ich möchte mich vorher umschauen. Ich werde alles auskundschaften und dann zurückkehren und berichten.«

»In Ordnung, aber geh nicht allein. Hübscher Junge und ich kommen mit dir. Ich könnte mir vorstellen, dass auch Grüne Heuschrecke gern mit von der Partie wäre.«

Ganz offensichtlich hatten Yus neue Freunde noch nicht begriffen, wie die Befehlskette auf einem Schiff funktionierte. Andererseits fand sie die Idee, bei ihrem Erkundungsgang Gesellschaft zu haben, gar nicht mal so schlecht.

Sie blieben den ganzen Tag über in einer Bucht und ruhten sich aus. Als es dunkel geworden war, segelten sie zur Insel Hongkong hinüber und mit gelöschten Lichtern an der Nordküste entlang, wobei sie um alle Stellen, an denen Yu früher Wachtposten eingerichtet hatte, einen großen Bogen machten.

Wenn alles so geblieben war wie früher, war die Südseite der Bucht gut bewacht. Deshalb hielt Yu sich davon fern und ließ die Lorcha in der Nähe des Kaps Hak Kok Tau vor Anker gehen. Von dort aus konnten sie den Roten Hügel und das Piratendorf zu Fuß erreichen, indem sie eine Strecke von fünfzehn *Li* quer durch die Berge zurücklegten.

Wie Schwarzer Bär vorhergesagt hatte, weigerte sich Grüne Heuschrecke, auf dem Schiff zurückzubleiben. Also gingen sie zu viert an Land. Yu lief voraus, mitten in den üppigen Dschungel hinein, und rutschte immer wieder auf dem feuchten Waldboden aus.

Sie konnte sich sehr genau an alle Wachtposten auf der Insel erinnern, doch als sie den ersten erreichte, stellte sie fest, dass er von Sträuchern überwuchert war. Blauer Tiger wachte nicht sorgfältig genug über die Sicherheit von Hongkong. Für Yu konnte das nur von Vorteil sein.

Sie kamen langsamer voran als vorgesehen, denn im Dschungel herrschte vollkommene Finsternis, und um nicht gesehen zu werden, verwendeten sie keine Fackeln. Sie erreichten das Dorf erst, als der Himmel im Osten heller zu werden begann. Vorsichtig schlichen sie sich zu den ersten Häusern.

Eigentlich wusste Yu nicht so recht, was sie hier zu finden hoffte. Vielleicht einfach nur einen loyalen Menschen. Derjenige, der plötzlich hinter einem der Holzhäuser auftauchte, war vielleicht der loyalste von allen: der Koch Überfluss, der mit einem Fischernetz über der Schulter in Richtung Strand ging.

58

Die Morgenluft war kühl und feucht, und weil die Sonne noch nicht hinter den Hügeln hervorgekommen war, lag die Bucht noch in deren Schatten.

Überfluss kam aus einem der letzten Häuser des Dorfs. Dort, wo der Sand nass war, blieb er stehen, krempelte sich die Hosenbeine bis über die Knie hoch und watete durch das seichte Wasser.

Yu folgte ihm. Gleichzeitig konzentrierte sie ihr *Chi* in die Zehen, um lautlos und ohne zu planschen durchs Wasser zu schleichen.

Als sie nahe genug hinter ihm war, fragte sie: »Was hast du vor? Willst du grüne Miesmuscheln sammeln?«

»Was für eine blöde Frage«, knurrte der Koch, ohne sich umzudrehen. »Hier gibt es doch gar keine Miesmuscheln. Wie kommst du nur auf eine so … so dumme Id…«

Er verstummte mitten im Satz. Und dann passierte etwas, das Yu niemals für möglich gehalten hätte: Überfluss begann zu zittern, wie ein dürrer Zweig im Wind. Er weinte.

»Kleine Kröte«, schluchzte er.

Yu überwand rasch den kurzen Abstand, der sie trennte, und umarmte ihn. Zum ersten Mal im Leben. Wie mager er war! Es fühlte sich an, als würde sie ein Skelett an sich drücken.

»Das … das kann doch gar nicht sein«, stammelte der Koch. »Das ist nicht möglich. Es ist drei Jahre her …«

»Das ist eine lange Geschichte«, erwiderte Yu. »Können wir irgendwo reden?«

»Ja, ja, schnell, du musst in mein Haus kommen. Es ist besser, wenn dich keiner sieht.«

Yu fragte nicht, warum, sondern führte ihn zu der Stelle, wo sie Schwarzer Bär und die anderen zurückgelassen hatte. Der Koch nahm sie alle in sein Holzhaus mit und zog am Eingang den Vorhang hinter sich zu.

»Wir sind hier ein Stück von den anderen Häusern entfernt«, sagte er. »Trotzdem ist es klüger, leise zu reden.«

Wieder fragte Yu nicht nach dem Grund für die Heimlichkeit.

Das Haus verfügte nur über einen einzigen fensterlosen Raum. Es gab auch keinen Fußboden, nur Sand. Wie zum Ausgleich für diese einfache Bauweise war das Haus bis unter die Decke vollgestopft mit den unterschiedlichsten Gegenständen: Waffen, eine Laterne, übereinandergestapelte Truhen, Bratroste, Kisten und Schachteln. An einem unter dem Dach befestigten Seil baumelte eine Reihe von Pfannen. An der Wand hingen Messer. Eigentlich sah es eher wie ein Lagerraum als wie ein Wohnhaus aus. Yu vermutete, dass der Koch meistens draußen auf der Veranda aß und schlief.

Sie setzte sich in den Sand und machte ihre Freunde miteinander bekannt.

»Er heißt Überfluss und ist derjenige, der mir alles beigebracht hat, was ich über die Piraterie weiß. Meinen wirklichen Vater habe ich nie kennengelernt, aber Überfluss ist sein mehr als würdiger Vertreter.«

»Pfff«, machte der Koch.

»Sie hier heißen Schwarzer Bär, Hübscher Junge und Grüne Heuschrecke. Sie waren gemeinsam mit mir in … Also, dort, von wo ich geflohen bin. Es ist so viel passiert.«

»Du hast mir ja schon gesagt, dass es eine lange Geschichte ist.« Der Koch hatte sich weggedreht und suchte Töpfe und Pfannen zusammen, um ihnen in kürzester Zeit ein nahrhaftes Frühstück aus Reis und mariniertem rohen Fisch vorzusetzen. »Erzähl sie lieber erst, wenn auch die anderen da sind.«

Klar, dachte Yu. Die anderen.

»Wer ist hier auf der Insel geblieben?«, erkundigte sie sich.

»Von der alten Mannschaft sind es nicht mehr viele … Aber Chi und Wen wohnen hier, zusammen mit Nachtfalter und Steinriese. Ich nehme an, dass du deine Kinder wiedersehen willst?«

»Du hast Kinder?«, fragte Hübscher Junge. »Und wer ist ihr Vater?«

Schwarzer Bär verpasste ihm einen Stoß mit dem Ellbogen.

Yu antwortete ungerührt: »Er heißt Blauer Tiger. Anscheinend ist er derjenige, der hier das Kommando hat.«

»Ist das denn eine gute Nachricht?«, fragte Hübscher Junge wieder.

Schwarzer Bär verpasste ihm einen zweiten Ellbogenstoß.

»Nein, ich fürchte nicht«, entgegnete Yu. Dann wandte sie sich wieder Überfluss zu. »Warum wohnt Chi nicht bei ihrem Vater, in dem Palast auf dem Roten Hügel?«

Der Koch zuckte mit den Schultern. »Blauer Tiger wollte das eigentlich, aber Chi hat sich geweigert, sich von ihrem Bruder zu trennen … Sie ist Blauer Tiger immer weggelaufen und schließlich hat er aufgegeben.«

»Wichtig ist nur, dass es den Kindern gut geht. Es geht ihnen doch gut, oder? Wen auch?«

Während Yu das sagte, spürte sie einen schmerzhaften Krampf in der Brust, schmerzhafter als jede Folter, die sie im Höllenhof erlitten hatte.

»Ja, es geht ihnen gut«, antwortete Überfluss. »Wir haben uns um sie gekümmert. Wie du dir sicher schon zusammengereimt hast, ist Chi ein furchtbarer Dickkopf. Ein bisschen so wie du damals, als wir uns kennengelernt haben. Sie ähnelt dir. Bei Wen dagegen habe ich keine Ahnung, wem er ähnelt. Seine Haut ist dunkel wie Rauch und er wird schnell wütend. Er ist sechs Jahre alt und kommt mir schon wie ein erwachsener Mann vor.«

»Ich will sie sehen«, sagte Yu.

»Meine bescheidene Hütte ist viel zu klein für ein Familientreffen«, meinte Überfluss grinsend. »Wir sollten uns dafür lieber einen anderen ruhigen Ort suchen. Weißt du noch, wie man zu der Bucht Tai Long Wan kommt?«

Yu nickte. »Ganz in der Nähe liegt meine neue Lorcha vor Anker.«

»Du hast eine Lorcha?«

»Sie wird dir gefallen. Sie ist noch schöner als die *Rote Todesbotin.*«

Sie vereinbarten, dass Yu und ihre Begleiter auf die *Rache* zurückkehrten und mit ihr in die benachbarte Bucht Tai Long Wan segelten, die Überfluss zufolge als Ankerplatz noch sicherer war. In der Zwischenzeit würde er die anderen zusammentrommeln und mit ihnen gegen Mittag in der Bucht eintreffen.

Die Vorstellung, noch mehrere Stunden lang warten zu müssen, bis sie endlich ihre Kinder umarmen konnte, kam Yu unerträglich vor, doch der Koch bestand darauf, dass es keine Alternative gäbe und dass es besser wäre, kein Risiko einzugehen.

»Du hast also zwei Kinder«, meinte Hübscher Junge auf dem Rückweg zur *Rache*.

»Ja, zwei«, erwiderte Yu. »Chi ist jetzt ... acht Jahre alt und der Kleine sechs.«

Ihr wurde bewusst, wie viel Zeit vergangen war, seit sie die beiden zum letzten Mal gesehen hatte. Ob sie ihre Mutter wiedererkannten? Hassten sie sie vielleicht sogar? Sie hatte sich weggestohlen, ohne ihnen etwas zu sagen, ohne Erklärung ... Danach hatte es geheißen, Yu sei tot ...

»Es muss schön sein, eine Mutter wie dich zu haben«, sagte Grüne Heuschrecke. »Glaubst du, deine Kinder könnten sich mit mir anfreunden?«

Yu lächelte sie an. »Sicher. Ihr werdet euch bestimmt gut verstehen.«

Sie erreichten die *Rache*, ohne unterwegs jemandem zu begegnen. Nachdem sie die übrige Besatzung auf den neuesten Stand gebracht hatten, segelten sie zu der von Überfluss vorgeschlagenen Bucht. Sie warfen den Anker und Yu erlaubte allen, an Land zu gehen. Sie selbst aber blieb auf dem Vorderdeck und tigerte darauf hin und her, ohne das Ufer aus den Augen zu lassen. Es kam ihr vor, als sei die Zeit stehen geblieben.

Endlich tauchten sie aus dem Dschungel auf. Der Erste war

Steinriese. Aus der Ferne sah es aus, als trüge er rote Kleidung und hätte sich von seiner Eisenkette getrennt. Doch als er näher kam, erkannte Yu, dass die Kette genau wie früher um seinen Körper gewickelt, jedoch vollkommen rostig war. Steinriese selbst aber war genauso geblieben, wie sie ihn in Erinnerung gehabt hatte: riesengroß und gelassen.

Danach kam Wen. Das heißt, es konnte eigentlich nur Wen sein. Yu hatte Mühe zu glauben, dass er schon so groß war. Ein barfüßiger kleiner Kerl, der nur eine Leinenhose trug, in deren Gürtel ein langer dreizackiger Dolch steckte, ein *Bi jia cha*.

Gleich hinter ihm ging Chi. Auch sie war unglaublich gewachsen, schlank, aber kräftig, mit sonnengebräunter Haut. Sie war wie ein Pirat gekleidet und trug am Gürtel eine Metallflöte.

Bei allen Göttern!, dachte Yu. Konnten sich ihre Kinder in den drei Jahren so sehr verändert haben?

Als Letzter tauchte zwischen den Bäumen Nachtfalter auf. Auch er kam ihr verändert vor, älter, mit zerrauftem Bart und einem von tiefen Falten durchzogenen Gesicht. Sein Schritt aber war derselbe wie immer, flink und elastisch und so leicht, als flöge er über den Sand.

Die kleine Gruppe blieb auf dem Strand stehen, neben Schatten in der Nacht, die sich dort sonnte. Sie begrüßten die Frau und diese zeigte zur Lorcha hinüber.

Vom Vorderdeck aus winkte Yu ihnen zu. Dabei merkte sie, wie sie zitterte. Was sollte sie tun? Auf sie warten? Ihnen entgegenkommen? Was würde sie zu ihnen sagen? Was …

Ihr Körper entschied für sie: Ihre Lebensenergie explodierte geradezu, unwillkürlich ging sie in die Knie und sprang himmelhoch, um auf dem Strand zu landen. Noch in der Luft merkte sie, dass Chi genau dasselbe getan hatte und in einem perfekten *Sprung des Delfins* in Richtung Lorcha geschnellt war. Mutter und Tochter begegneten einander in der Luft und Yu drückte ihr Kind an sich. Lachend landeten sie im Wasser, das hoch aufspritzte.

»Mama«, sagte Chi.

»Kind«, sagte Yu und musste weinen, aber weil ihr Gesicht ohnehin vom hochgespritzten Meerwasser nass war, merkte es keiner. »Komm, wir müssen an den Strand zurück, Wen wartet auf uns.«

Yu nahm Chi an der Hand und sie liefen durch das seichte Wasser zum Ufer. Dort blieb Yu stehen und betrachtete ihren Sohn. Er war dunkel und kraftvoll, wie ein Fels in der Brandung.

»Wen«, sagte sie. Sie kniete sich hin, öffnete die Arme und er lief zu ihr, mit so viel Schwung, dass sie rücklings umkippte.

Chi umarmte beide und ausgelassen rollten sie über den Strand. Keiner der drei sagte etwas, doch die Kraft dieser Umarmung erklärte auch so, wie sehr sie einander gefehlt, wie sehr sie sich nach einander gesehnt hatten. Und dass sie einander nie mehr verlassen würden.

Yu war sich dessen sicher.

Sie würde sich nie wieder von ihren Kindern trennen.

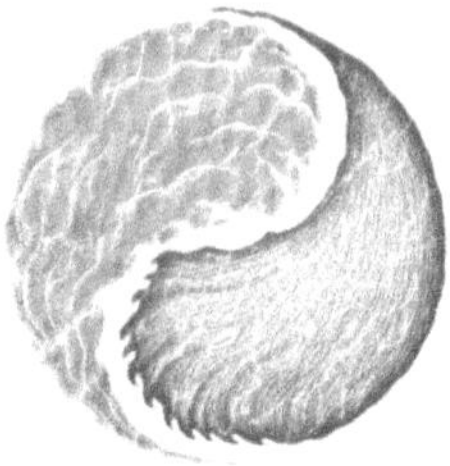

59

Es war spät in der Nacht, und auf dem Deck der *Rache* lagen viele Schlafende: Überfluss und Schwarzer Bär, Hübscher Junge und Schatten in der Nacht. Chi und Wei hatten sich in einer Ecke neben Grüne Heuschrecke gekuschelt.

»Bist du eine Piratin?«, hatte Chi das Mädchen am vergangenen Vormittag gefragt.

»Und hast du viele Leute umgebracht?«, wollte Wen wissen.

Grüne Heuschrecke hatte eine Weile nachgedacht und dann genickt und seither waren die drei unzertrennlich. Die beiden kleinen Kinder brauchten Freunde. Und Grüne Heuschrecke ebenfalls.

Yu betrachtete lächelnd ihre Kinder, bevor sie vom Hauptdeck auf die Rah des Hauptmasts hinaufsprang. Nachtfalter wartete dort schon auf sie.

»Endlich können wir uns unterhalten«, sagte der Kampfmeister. »Seit drei Jahren warte ich auf diesen Augenblick.«

»Ich auch«, gestand Yu.

Sie hatte den Tag damit verbracht, von den Schrecken zu erzählen, die sie im Höllenhof erlebt hatte, und sich wiederum berichten lassen, was in ihrer Abwesenheit in Hongkong passiert war: wie Scharlachroter Tiger und Steinriese der niederträchtigen Madame Jing entkommen und Yus Spur bis nach Kanton gefolgt waren. Wie Hagelwolke zur Insel zurückgekehrt war, um Alarm zu schlagen, und wie die *Sternschnuppe* sofort in See gestochen war, um Yu zu Hilfe zu kommen. Dann war die Nachricht von Yus Tod in Umlauf gebracht worden und es hatte auf dem Perlfluss eine Seeschlacht gegeben zwischen den Piratenschiffen und den vom *Hoppo* ausgesandten Kriegsdschunken.

Gleich danach war in Hongkong der Kampf um Yus Nachfolge ausgebrochen und ihre Flotte war in vier Parteien zerfallen: Die größte unterstellte sich dem Kommando von Blauer Tiger, der sich als Yus Ehemann als deren Erbe ansah. Die zweite Partei, zu der Kleiner Zorn, Tanzende Lotosblüte, Scharlachroter Tiger und der Großteil der alten Besatzung der *Sternschnuppe* zählten, scharte sich hinter Flussritter. Den beiden anderen, kleineren Parteien standen Drei-Finger-Kang und Geist des Südens vor. Überfluss, Steinriese und Nachtfalter dagegen hatten sich dafür entschieden, bei Yus Kindern auf der Insel zu bleiben.

»Ich danke dir, dass du auf sie aufgepasst hast«, sagte Yu nun zu Nachtfalter. »Und dafür, dass du hiergeblieben bist, um den Ort zu bewachen, an dem ich vor vielen Jahren das magische Buch der Piraten versteckt habe.«

Hinter ihren Dankesworten verbarg sich eine Anklage, die dem alten Kampfkunstmeister nicht entging.

»Ich habe es nicht getan, um das Buch in meinen Besitz zu bringen. Ich habe mich dafür entschieden hierzubleiben, weil ich wusste, dass du früher oder später zurückkommen würdest.«

Yu schaute auf den leeren Strand hinunter, auf das Wasser, das wie geschmolzenes Metall schimmerte, auf die zerklüftete Silhouette der Berge.

»Das Meer wird den Himmel herausfordern«, sagte sie leise.

Nachtfalter zuckte zusammen, doch er schwieg.

»Das ist ein Satz, den ich zuvor noch nie gehört hatte«, erklärte Yu. »Ich habe ihn vom Foltermeister, er sagte ihn in seinem Höllenhof zu mir. Doch er kannte seine Bedeutung nicht. Er wollte sie von mir erfahren. Drei Jahre lang hat er versucht, mir ein Geheimnis zu entreißen, das ich gar nicht kannte.« Weil Nachtfalter immer noch schwieg, fügte Yu hinzu: »Der Eunuch wollte auch noch etwas anderes wissen: Wer die Mitglieder der Geheimgesellschaft der Piraten sind. Leider hat mich mein Lehrer niemals für würdig erachtet, in derartige Geheimnisse eingeweiht zu werden.«

Als Nachtfalter endlich zu sprechen begann, war seine Stimme so spröde wie trockener Sand. »Er war also derjenige, der dich verhaften ließ? Unser Widersacher?«

»Ja. Bevor ich den Eunuchen getötet habe, habe ich ihn gezwungen, mir den Namen seines Herrn zu verraten. Es hat lange gedauert, bis er endlich geredet hat. Er hatte mehr Angst vor ihm als vor mir.«

»Also kennst du diesen Namen jetzt.«

Yu nickte. »Seine Exzellenz Cao Feng.«

»Der Eunuchenfürst«, sagte Nachtfalter leise. »Der Oberste Ratgeber des Kaisers von China.«

»Es ist mir gelungen, aus dem Höllenhof mehrere wichtige Dokumente mitzunehmen. Briefe aus der Verbotenen Stadt, dem Herzen von Peking. Einige davon waren mit zinnoberroter Tinte unterschrieben, die nur der Kaiser selbst verwenden darf.«

Nachtfalter winkte ab. »Der Sohn des Himmels weiß immer nur das, was ihn Cao wissen lässt. Er ist unser Widersacher. Er ist der Mann, der Peng zum Tode verurteilt hat.«

»Also wusstest du es«, sagte Yu. »Warum hast du nie mit mir darüber gesprochen?«

»Du hättest leicht Dummheiten begehen können, so wie Peng und ich, als wir noch jung waren und versucht haben, Cao zu bekämpfen.« Nachtfalter seufzte. »Schon damals kam man nicht an die Hofeunuchen heran und heute ist das noch schwieriger geworden. Seine Exzellenz Cao ist vermutlich der am besten beschützte Mann Chinas. Und das nicht nur, weil er am kaiserlichen Hof lebt ... Ihm stehen ganze Armeen zur Verfügung und, als ob das nicht genug wäre, ist er selbst auch noch ein Kampfkunstmeister. Er praktiziert einen üblen, dunklen Stil, den man den *Wushu des Feuers* nennt. Ihn herauszufordern, wäre Wahnsinn. Auch dann, wenn du es tätest.«

Yu dachte nach. »Aber Cao hat Angst«, sagte sie. »Warum sonst hätte er meinen Tod vortäuschen und mich im Höllenhof einsperren lassen sollen? Er war überzeugt davon, dass ich Geheimnisse kenne, die ihn gefährden.«

»Das Meer wird den Himmel herausfordern«, wiederholte Nachtfalter. »Was glaubst du, was es bedeutet?«

Beiden war klar, dass sich in diesem Satz das Geheimnis verbarg.

»Der Kaiser von China wird Sohn des Himmels genannt«, sagte Yu. »Deshalb glaube ich, es bedeutet, dass die Piraten eines Tages den Kaiser angreifen werden. Ist es das, wovor Cao Angst hat?«

Nachtfalter ließ sich mit der Antwort Zeit. »Das ist eine sehr alte Geschichte. Sie ist lang und kompliziert … Im Süden Chinas gibt es Piraten, seit es Menschen gibt. Auf dem Perlfluss waren schon immer Schiffe, und dort, wo Schiffe sind, sind auch Piraten. Vor vielen Hunderten von Jahren entdeckten einige dieser Piraten, dass sie ihren Kameraden überlegen waren. Sie hatten eine Kampfkunst entwickelt, die ausgezeichnet zu einem Leben auf Schiffen und zu Entermanövern passte. Sie konnten von einer Dschunke zur anderen fliegen und in der Luft Unglaubliches vollbringen.«

»Der *Wushu der Luft*«, sagte Yu.

»Sie vermochten aber auch, sich in der Tiefe zu bewegen, die Meeresströmungen zu nutzen und die Wellen als furchtbare Waffen einzusetzen.«

»Der *Wushu des Wassers*.«

Nachtfalter nickte. Dann sprang er, ohne ein weiteres Wort zu sagen.

Dieses Mal richtete er seinen Sprung allerdings nicht nach dem Vorderdeck oder dem Strand aus, sondern flog auf das offene Meer hinaus. Yu sah sein dunkles Hemd flügelgleich flattern, sah seinen Körper die Haltung eines Reihers annehmen, der am Teich auf Beute lauert. Nachtfalter landete auf der Wasseroberfläche, ohne unterzugehen, als wären die Wellen ein fester Boden. Er gab Yu einen Wink, nachzukommen.

Yu sprang in die Luft und folgte ihm.

60

Yu flog vom Mast der *Rache* auf die Wellen zu und konzentrierte im Flug ihr *Chi* auf die Fußspitzen, sodass sie mit der Anmut einer Tänzerin auf dem Meer landete. Unter ihrem Gewicht bog die Wasseroberfläche sich durch, aber sie trug sie.

»Dann stimmt es doch, du hast etwas gelernt«, meinte Nachtfalter lächelnd.

Ohne Vorwarnung griff er sie mit der Bewegung *Sonne, die über dem Fluss untergeht* an, Yu reagierte mit *Acht Hände des Kraken*. Der Meister revanchierte sich mit einem perfekten *Biss des Grauhais*, Yu wich aus, mit *Seerose, die über das Wasser gleitet*. Nachtfalter lief los, über das Wasser hinweg, und Yu setzte ihm nach. Es war schwierig, gleichzeitig zu kämpfen und sein *Chi* zu kontrollieren, um auf dem Wasser zu bleiben. Außerdem war Yus Lehrer wesentlich schneller als sie, er hängte sie einfach ab.

»Beobachte genau meine Beine, Fliegende Klinge.«

Tatsächlich lief Nachtfalter gar nicht, sondern schwebte über der Wasseroberfläche, er nutzte den Schub der Wellen, um sich mit irrsinniger Geschwindigkeit fortzubewegen.

Yu versuchte, ihn nachzuahmen. Indem sie die Intensität ihres *Chi* veränderte, tauchte sie knöcheltief in die Gischt ein und spürte, wie das Meer sie vorwärtsschob, so heftig, dass sie beinahe das Gleichgewicht verlor. Unwillkürlich stieß Yu ein raues, wildes Lachen aus.

Als sie sich schon sehr weit vom Strand entfernt hatten, wurde Yu von einer riesigen Welle erfasst, die sie hoch hinaufhob, bevor sie ihren Kamm über Yu wölbte, sodass ein silbriger Tunnel entstand. Yu glitt hinein und schoss am anderen Ende schnell wie ein Projektil wieder hinaus.

»Nachtfalter, wo bist du?«

Sie konnte ihn nirgends entdecken. Dann schaute sie nach unten und erkannte unter sich einen hellen Fleck im Wasser. Sie begriff, dass ihr Lehrer in die Tiefe hinabgeglitten war und sein *Chi* wie einen Schutzschild einsetzte.

Yu versuchte, es ihm nachzutun. Das Meer umarmte sie wie eine geliebte Schwester, mondhelle Fische flitzten an ihr und Nachtfalter vorbei und hüllten sie in einen Vorhang aus Luftblasen ein. Der Lehrer führte sie tiefer, bis an eine Stelle, an der eine untermeerische Strömung sie mit ungeahnter Geschwindigkeit vorantrieb. Dann schwebten beide wieder empor und schnellten wie Delfine aus dem Wasser, wirbelten in der Luft um die eigene Achse, so schnell, dass um sie herum Strudel aus glitzernden Wassertropfen entstanden.

Sie kehrten zum Strand zurück und setzten sich in den Sand, um zu verschnaufen.

»Das war wunderbar«, sagte Yu.

Nachtfalter lächelte. »Ich glaube, dass man auf der ganzen Welt nichts Schöneres erleben kann. Vielleicht kannst du jetzt besser verstehen, was die alten Meister unseres Kampfstils empfanden, als sie den *Wushu der Luft und des Wassers* schufen. Die Beschäftigung mit der Kampfkunst hatte ihnen eine nie zuvor erlebte Macht erschlossen. Aber was sollten sie damit anfangen?«

Nachtfalter nahm eine Handvoll Sand und ließ ihn zwischen seinen Fingern hindurchrinnen.

»Und wenn du über das Leben von Piraten nachdenkst, was fällt dir auf? Es gründet auf Gewalt und Mord. Wir sind Parasiten, denn wir stehlen den anderen das, was wir haben wollen. Wir führen ein ehrloses Leben.«

So hatte Yu das noch nie betrachtet.

»Ja und?«, fragte sie.

»Die alten Meister kamen zu dem Schluss, dass in einer Welt, in der Korruption herrscht, in der Beamte ihr Leben lang intrigieren, um ihre Macht zu mehren, die Piraten noch die ehrlichsten Absichten haben. Sie stehlen, aber sie tun es ganz offen, ohne

Intrigen oder Winkelzüge. Sie sind unbezwingbar. Und wenn du nun überlegst, ob du jemanden kennst, der wirklich frei ist, was fällt dir dann auf? Die Kaufleute sind Sklaven ihrer Arbeit und leben in der Furcht, ihren Reichtum zu verlieren. Die Ehefrauen müssen ihren Ehemännern gehorchen, die Kinder den Eltern, sogar die Bewohner der Verbotenen Stadt sind im Grunde nichts anderes als Gefangene, die nicht frei über ihr Leben entscheiden dürfen. Alle Menschen leben in Gefängnissen, die sie sich selbst gebaut haben. Aber wir Piraten? Ach!« Nachtfalter grinste. »Wir haben Schiffe, die uns über die Meere tragen, und der Wind treibt uns an, ohne eine Gegenleistung dafür zu erwarten. Tag für Tag entscheiden wir frei, wo wir hinwollen und was wir tun. Bei uns dürfen die Männer viele Ehefrauen haben und die Frauen viele Ehemänner.«

»Piraten müssen trotzdem immer ihrem Kapitän gehorchen«, widersprach Yu. »Und die Kapitäne dem Admiral.«

»Sie entscheiden sich dafür, es so lange zu tun, wie es ihnen gefällt. Wenn ihnen ein Kapitän nicht mehr passt, verjagen sie ihn. Als Blauer Tiger deine Nachfolge antreten wollte, ist die Hälfte der Flotte einfach ihrer Wege gegangen. Denk mal darüber nach: Wenn Überfluss dir morgen sagen würde, dass er von nun an lieber Fischer sein möchte, würdest du ihm dann verbieten zu gehen? Oder nein, besser: *Könntest* du ihm dann verbieten zu gehen?«

Yu dachte an die Nacht zurück, in der sie Piratenkapitän geworden und der Koch ihrer Mannschaft beigetreten war. Damals hatte er zu ihr gesagt: *Wenn ich nicht mehr weitermachen will, dann lass mich gehen. Lass mich an einer Insel wie dieser an Land gehen oder wo auch immer du willst, aber lass mich frei.* Das also hatte er ihr beibringen wollen. Dass Yu ihm auch als Kapitän nicht seine Freiheit nehmen konnte.

»Natürlich weiß ich, dass nicht alles so einfach ist«, fuhr Nachtfalter fort. »Unsere Welt ist grausam, der Starke zwingt dem Schwachen seinen Willen auf, wer sein Gesicht verliert, verliert auch bald darauf sein Leben. Ich will dir keine Märchen erzählen. Aber die alten Meister hatten begriffen, dass der *Wushu der Luft und des Wassers* die Energie des Chaos in sich trägt. Und das Chaos ist Leben, ist Veränderung. Diese Energie trägt zum allgemeinen Gleichgewicht der Dinge bei, denn jeder Hügel hat eine Sonnenseite und eine Schattenseite, und das ist das Tao.«

Yu stützte ihr Kinn auf die angezogenen Knie und betrachtete die in den Wellen schaukelnde *Rache*.

»Du hast mir immer noch nicht von der Geheimgesellschaft der Piraten erzählt«, sagte sie.

»Das stimmt nicht, denn ich tue es schon die ganze Zeit«, entgegnete Nachtfalter. »Als die Meister begriffen, was ich dir gerade eben erklärt habe, beschlossen sie, eine Bruderschaft zu gründen, deren Zweck es sein sollte, die Welt zu verändern, sie auf den Kopf zu stellen und sie lebendig und frei zu machen. Sie sammelten all ihre Erkenntnisse in einem Buch und vertrauten es dem Ersten Bruder an, damit er es hütete, vor allem aber, damit er es neu schrieb.«

»Es neu schrieb?«, fragte Yu verdutzt.

»Ein Buch ist etwas Festes, Unbewegliches. Die Kampfkünste dagegen unterliegen einem ständigen Wandel. Deshalb erbt seit Anbeginn der Zeiten jeder Meister von seinem Vorgänger das Buch. Sodann schreibt dieser es von Anfang bis Ende ab. Dabei verändert er einige Techniken und fügt das hinzu, was er im Laufe seines Lebens gelernt hat. Wenn er sein Werk vollendet hat, verbrennt er das alte Buch und übergibt das neue seinem Nachfolger. Auf diese Weise wird die Geschichte erzählt und wieder erzählt, aber sie verändert sich ständig und bleibt dadurch lebendig. Das Buch, das du unter dem Stein auf dem Roten Hügel verwahrt hast – wie du siehst, kenne ich das Versteck –, nun ja, dieses Buch wurde von Peng geschrieben. Und jetzt gehört es dir. Eines Tages wirst du es abschreiben und gleichzeitig verändern und es jemand anderem übergeben. Denn in dem Augenblick, als du es gestohlen hast, Fliegende Klinge, bist du zur Ersten Schwester der Geheimgesellschaft der Piraten geworden.«

Yu dachte eine Weile über das Gehörte nach. Dann sagte sie: »Erzähl mir von dem Meer, das den Himmel herausfordern wird.«

»Das ist ein jüngerer Teil der Geschichte«, sagte Nachtfalter. »Vor etwas mehr als hundert Jahren, als die Ming-Dynastie unterging, fielen Krieger aus der Mandschurei in China ein und setzten einen neuen Kaiser auf den Thron. Viele Patrioten erhoben sich gegen die Mandschuren und flehten die Bruderschaft der Piraten um Hilfe an. Sie wollten den fremden Kaiser stürzen, doch wie du dir sicher denken kannst, scheiterten sie: Auch heute noch ist der Sohn des Himmels ein Mandschu. Doch es sprach sich eine Prophezeiung herum: Eines Tages würde die Geheimgesellschaft der Piraten das Kaiserreich herausfordern und es zur Kapitulation zwingen. Dann würden die Piraten die oberste Macht besiegt haben.«

»Warum steht diese Prophezeiung nicht in dem Buch? Ich habe nichts darüber gelesen.«

»Wie ich dir schon sagte, verändert sich das Buch, weil es immer wieder geschrieben und neu geschrieben wird. Deshalb kann man den *Wushu* mit dem Buch allein nicht lernen, man braucht unbedingt einen Lehrer, der einen anleitet. Früher stand die Prophezeiung in dem Buch, doch als Peng es erbte, weigerte er sich, sie in seine Abschrift einzufügen.«

»Warum?«, fragte Yu.

»Das weiß ich auch nicht. Ich habe ihn gefragt, aber er wollte es mir nicht erklären.«

Yu verstand immer noch nicht. »Das ist alles? Ich bin wegen einer alten Prophezeiung gefoltert worden, die besagt, dass die Piraten irgendwann einmal den Kaiser angreifen werden?«

»Die Verbotene Stadt wird von den Eunuchen regiert. Sie hecken ständig irgendwelche Komplotte gegeneinander aus und sind Gefangene ihrer eigenen Macht. Sie würden alles tun, um ihre Macht zu schützen.«

»Aber die Prophezeiung … Es ist ja nicht gesagt, dass sie echt ist. Sie steht nicht mal mehr im Buch!«

»Dennoch stellt sie eine Gefahr dar und Fürst Cao will kein

Risiko eingehen. Aus seiner Perspektive ist es wesentlich sicherer, sämtliche Piraten auszurotten, den *Wushu der Luft und des Wassers* zu zerstören und unsere Freiheit für alle Zeiten zunichtezumachen.«

Yu hatte von dieser Geschichte genug.

Sie stand auf. »Die Eunuchen und Beamten der Verbotenen Stadt sind mir egal, und Seine Exzellenz Cao ebenfalls. Doch er hat einen Fehler begangen.«

»Welchen?«

»Er hat mir den Krieg erklärt. Er hat mir drei Jahre meines Lebens gestohlen und die frühen Jahre meiner Kinder.«

Er hatte ihr auch Wei weggenommen, ihren besten Freund, ihren ersten Kuss.

»Außerdem hat er Peng ermorden lassen. All das kann ich ihm nicht verzeihen.«

Ihr Lehrer nickte. »Hast du schon entschieden, was du tun wirst?«

»Sicher«, erwiderte Yu. »Morgen werde ich zu Blauer Tiger gehen und mir meine Flotte zurückholen.«

»Und dann?«

»Dann wird mein Zorn den Himmel erbeben lassen.«

61

Blauer Tiger hatte den Roten Hügel in eine königliche Residenz verwandelt. Die Straße, die vom Strand zum Palast hinaufführte, war breit und komfortabel. Sie wurde von Hecken gesäumt und von Pfosten, an denen hübsche Lampions hingen. Der Palast war um einen neuen Flügel erweitert worden, es gab einen großen Pferdestall und einen weitläufigen gepflasterten Vorhof, für den eine größere Waldfläche geopfert worden war.

Yu fand diese Pracht unangebracht. Sie war nicht nur nutzlos, sondern auch gefährlich, denn durch die gefällten Bäume war Sichtschutz und Deckung eingebüßt worden. Auch zeigte diese Maßnahme – ebenso wie die Tatsache, dass Yus alte Wachtposten auf der Insel unbesetzt geblieben waren –, dass dem neuen Flottenadmiral Prunk und Luxus wichtiger waren als Verteidigung und Sicherheit.

»Willst du wirklich allein gehen?«, fragte Schwarzer Bär, der sie nur zu gern begleitet hätte.

»Wenn ich dich brauchen sollte, lasse ich es dich wissen«, antwortete Yu. »Aber das wird nicht passieren.«

Es war Abend, der Vorplatz war leer und vor dem Eingang des Palasts standen nur zwei Wachsoldaten. Drei weitere waren damit beschäftigt, auf ein großes schwarzes Pferd zu steigen. Sie schienen über kein nennenswertes Reittalent zu verfügen oder waren vielleicht einfach nur betrunken. Jedenfalls fielen sie abwechselnd wieder und wieder vom Rücken des Tiers, das ihre Reitversuche mit Gleichmut zu ertragen schien.

Yu, die sich für das Reiten nicht hatte begeistern können, lag es fern, sich über die armen Kerle lustig zu machen. Sie verließ ihr Versteck hinter den Bäumen und erreichte mit einem Sprung den ersten Stock des Palasts, über den sich ein kleines Pagodendach wölbte, das mit vergoldeten Statuen in Form von Fischen, Drachen und Phönixen verziert war: Dekorationen, die eigentlich den kaiserlichen Residenzen vorbehalten waren.

Yu landete auf dem Dach und lief über die Ziegel zum Fenster des Raums, der früher ihr privates Arbeitszimmer gewesen war. Es war verschlossen, doch indem Yu auf den Rahmen drückte, gelang es ihr, es aufzuschieben, um ins Innere des Raums zu spähen. Offenbar war ihr Arbeitszimmer in einen Lagerraum verwandelt worden, denn es war voller Stoffballen, Truhen und übereinandergestapelter Möbelstücke. Nichts davon interessierte Yu.

Sie sprang hinauf auf das Pagodendach des zweiten Stocks, schob wieder ein Fenster auf und hörte laute Rufe und Gelächter. Sie blickte in ein mit üppigen Sofas eingerichtetes Zimmer, in dem eine Gruppe von jungen Leuten feierte.

»Reich mir den Wein«, sagte gerade ein Mädchen. »Es ist der beste, den ich jemals getrunken habe.«

»Ja, Blauer Tiger lässt es sich gut gehen«, meinte ein junger Mann. »Er hat einen raffinierten Geschmack …«

»Das kann ich bestätigen. Wo steckt er eigentlich? Ich würde mich gern mal unter vier Augen mit ihm unterhalten.«

»Vergiss es, Blauer Tiger ist nichts für dich. Außerdem ist er gerade mit Tautropfen, seiner neuen Gespielin, in der Pagode …«

»Mit der Gespielin der Woche, meinst du wohl«, sagte ein anderes Mädchen und alle lachten.

Yu entfernte sich vom Fenster. Früher hatte es in der Palastanlage keine Pagoden gegeben, doch offenbar hatte Blauer Tiger hier auf dem Hügel sehr viel verändert. Sie sprang vom zweiten Stock zum dritten hinauf, um sich einen Überblick über die Anlage zu verschaffen. Der Palast selbst war quadratisch und umschloss mit seinen vier Flügeln einen großen Garten. In der Mitte dieses Gartens war ein künstlicher Bach angelegt worden, der um eine kleine Insel herumfloss und über den eine Holzbrücke führte. Auf dieser Insel thronte eine aufwendig gestaltete Pagode mit einem vergoldeten Dach.

Yu konnte im Garten keine Wachsoldaten entdecken, doch es war besser, vorsichtig zu sein. Deshalb sprang sie vom Pagodendach auf einen großen Mangobaum, kletterte flink an dessen Stamm hinunter, setzte über den Bach und schlich zum Eingang der Pagode.

Sie hörte Gelächter und die Stimme von Blauer Tiger, der sagte: »Komm her, zier dich nicht so …«

Yu schob die Tür auf und betrat ein großes achteckiges Zimmer. Von der Decke hingen feinste Seidenbahnen, an den Wänden waren Schwerter mit edelsteinbesetzten Griffen und silberne Flöten angebracht. Die Mitte des Zimmers wurde von zwei riesigen Himmelbetten eingenommen. Eine junge Frau, die sich ein Bettlaken um den nackten Körper gewickelt hatte, stieg gerade aus dem einen Bett, während auf dem anderen, nur mit einer Hose bekleidet, Blauer Tiger lag. Seine Augen waren mit einem Seidentuch verbunden.

Er tastete mit beiden Händen ins Leere. »Tautropfen, wo bist du?«

Die junge Frau erschrak, als Yu auf einmal vor ihr stand, und riss den Mund auf, um zu schreien, doch Yu war schneller und betäubte sie mit der Bewegung *Qualle im Sand*. Die ohnmächtige Frau fiel Yu entgegen und sie fing sie auf.

Yu wünschte ihr schöne Träume, denn sie wusste, dass die Frau erst am nächsten Morgen wieder zu sich kommen würde.

»Wo bist du, Schätzchen?«, fragte Blauer Tiger wieder. »Tautropfen …«

»Ich bin hier«, antwortete Yu.

Der Pirat zögerte nur einen Sekundenbruchteil, dann riss er sich das Tuch von den Augen. Er suchte und fand etwas zwischen den Kissen seines Betts und gleich darauf blitzten zwischen den Fingerknöcheln seiner rechten Hand drei Stahlnadeln auf.

Yu musste lachen. »Dann bist du ja nicht völlig aus der Übung.«

Das Kinn von Blauer Tiger zitterte. »Das kann nicht sein. Du bist tot.«

»Genau, lieber Gatte. Ich bin aus der Hölle zurückgekehrt, um mit dir zu sprechen.«

Blauer Tiger umrundete das Bett, ohne seine kampfbereit erhobene Rechte herunterzunehmen.

»Es ist unglaublich, du bist es wirklich. Sie hatten gesagt, dass …«

»Die Leute reden viel. Es ist nicht immer klug, etwas darauf zu geben.«

Yu bewunderte die Schnelligkeit, mit der sich Blauer Tiger von dem Schock erholte. Beinahe war es, als könne sie seine Gedanken lesen: Er fragte sich, was er mit ihr machen sollte. Ob er versuchen sollte, Verstärkung herbeizurufen.

»Ich würde das lassen«, sagte Yu. »Ich nehme an, dass du alle Piraten, die mir treu geblieben sind, vom Palast entfernt hast … Aber auch die anderen haben sicher von deiner Frau gehört, der sagenumwobenen Fliegenden Klinge. Siehst du, was auf meiner Stirn steht? Ich bin eine Hexe geworden. Offenbar stehle ich meinen Feinden die Seelen. Du weißt ja, wie abergläubisch Seeleute sind …«

»Wenn du hergekommen bist, dann sicherlich nicht allein«, meinte Blauer Tiger nachdenklich. »Bestimmt hast du eine ganze Flotte mitgebracht … Aber die kann nicht in die Bucht eingefahren sein, sonst hätten meine Leute Alarm geschlagen. Wo hast du deine Schiffe gelassen? Am Kap Hak Kok Tau?«

»Ich bin mit einem einzigen Schiff gekommen«, erwiderte Yu. »Ich habe es dem *Hoppo* von Kanton gestohlen und es *Rache* genannt. Ein schöner Name, findest du nicht auch?«

»Das glaube ich dir nicht. Schließlich bin ich dein Mann«, sagte Blauer Tiger höhnisch. »Außerdem wäre eine einzige Dschunke nicht genug, um Hongkong zu überfallen.«

»Warum sollte ich das tun?«, fragte Yu. »Hongkong gehört mir doch schon.«

Während dieses Gesprächs hatte sich Blauer Tiger vom Bett entfernt und sich der Wand genähert, um eine günstige Flugbahn für seine Stahlnadeln zu finden.

»An deiner Stelle würde ich das nicht tun«, sagte Yu.

»Warum?«

»Aus vielerlei Gründen, vor allem aber, weil du verlieren würdest.«

»Du warst immer viel zu selbstsicher«, entgegnete Blauer Tiger.

»Ich bin nur ehrlich. Du bist ein großartiger Kämpfer, aber offenbar hast du die letzten Jahre im Luxus verbracht, und der verweichlicht. Für mich dagegen waren diese Jahre ein einziges langes Training. Ich bin in der Kampfkunst noch wesentlich besser geworden.«

»Was sonst! Der sagenumwobene *Wushu der Luft und des Wassers*.«

»Inzwischen beherrsche ich auch seine geheimsten Techniken. Glaub mir, du hast nicht die geringste Chance gegen mich.«

Blauer Tiger hob die Hand mit den Stahlnadeln ein wenig. »In meinem ganzen Leben habe ich noch kein Ziel verfehlt. Und du, Frauchen, gehst mir langsam auf die Nerven.«

»Das wollte ich nicht, ich bin in friedlicher Absicht gekommen. Ich danke dir dafür, dass Chi und Wen während meiner Abwesenheit zusammenbleiben durften. Und ich würde dir gern einen Vorschlag machen.«

Yu setzte sich auf die Kante des Betts und bedeutete Blauer Tiger, neben ihr Platz zu nehmen. Doch er rührte sich nicht.

Yu lächelte. »Sprechen wir offen zwischen Eheleuten«, schlug sie vor. »Ich bin hier, weil ich Hongkong und die Rote Flotte zurückhaben will. Du übergibst mir das Kommando. Daraufhin werde ich Flussritter und die Piraten, die weggegangen sind, zurückholen und weitere rekrutieren. Meine Absicht ist es, die größte Flotte aufzubauen, die China jemals erlebt hat.«

»Das ist ein sehr ehrgeiziger Plan.«

»Es wird seine Zeit dauern, aber ich habe es nicht eilig. Was dich betrifft … Das Fräulein, das da zu deinen Füßen liegt, scheint ein Hinweis darauf zu sein, dass du das Leben genießt. Ich habe damit kein Problem. Ganz im Gegenteil: Was ich dir anbiete, ist ein bequemer Ausweg.«

»Erklär mir das genauer«, forderte Blauer Tiger sie auf.

»Wir sind immer noch verheiratet, und bevor ich verschwand, war ich der Admiral der Flotte. Wir werden verkünden, dass du in all diesen Jahren nie geglaubt hast, dass ich wirklich tot bin, und mich in Erwartung meiner Rückkehr vertreten hast. Auf diese Weise bewahrst du dein Gesicht. Und natürlich werde ich dich entschädigen.«

»Auf welche Weise?«, fragte Blauer Tiger grinsend.

»Mach mir einen Vorschlag: Was willst du dafür, dass du mir zurückgibst, was mir gehört hat?«

Blauer Tiger überlegte, bevor er sagte: »Du bist sehr siegesgewiss. Deshalb ist klar, dass du nicht mit einem einzigen Schiff hergekommen bist. Wie viele sind es wirklich? Zwanzig, fünfzig? Vielleicht hast du dich ja bereits mit Flussritter verbündet und er wartet nur auf dein Signal, um anzugreifen. Habe ich richtig geraten?«

Yu sagte nichts darauf. Schmerzhaft war ihr bewusst geworden, dass dies das längste Gespräch war, das sie jemals mit ihrem Mann geführt hatte. Und dass es in Wirklichkeit ein mit Worten ausgetragenes Gefecht war. Sie hatte nie gewollt, dass ihre Ehe darauf hinauslief, doch jetzt war es zu spät, um noch irgendetwas daran zu ändern.

Blauer Tiger schüttelte den Kopf. »Das habe ich mir schon gedacht. Aber das ist nicht wichtig. Tun wir einmal so, als wäre ich bereit, dir Hongkong und deine Flotte zurückzugeben. Was ich dafür will? Sagen wir mal fünf … nein, zehn Schiffe, komplett mit Besatzung. Und alle Schätze, die ich in diesem Palast gehortet habe. Sie sind die Frucht meiner Arbeit und es ist nur gerecht, wenn ich sie behalte.«

»Die Schiffe brauche ich selbst, die kann ich dir nicht geben.«

»Wenn das so ist, Frauchen, dann fürchte ich, dass du kämpfen musst: eine Flotte gegen die andere. Wir werden sehen, wer gewinnt.«

Yu reagierte leidenschaftslos. »Ich bin genau deshalb hier, weil ich einen Krieg vermeiden will. Ich mache dir einen Gegenvorschlag: Ich leihe dir fünf Schiffe, damit du deinen Schatz an einen Ort deiner Wahl bringen kannst. Danach aber kehren diese Schiffe hierher zurück. Und als Dank für dein Entgegenkommen zahle ich dir aus meiner eigenen Tasche dreißigtausend Silber-*Tael*.«

Blauer Tiger fielen vor Schreck beinahe die Stahlnadeln aus der Hand. »Ma… machst du Witze?«, stammelte er. »Eine derartige Summe besitzt du gar nicht. Wahrscheinlich ist nicht einmal der Kaiser so reich.«

»Es gibt viel, was du über mich nicht weißt, lieber Ehemann«, erwiderte Yu. »An Silber fehlt es mir nicht, aber was ich wirklich brauche, ist meine Flotte.«

Erst jetzt setzte sich Blauer Tiger auf die Bettkante. »Sagst du die Wahrheit? Du würdest zulassen, dass ich alle Schätze aus diesem Palast mitnehme, und mir zusätzlich noch dreißigtausend *Tael* geben? Und danach geht jeder seiner Wege?«

»Sicher.«

»Dann bin ich einverstanden. Die Abmachung gilt, Frau. Wie machen wir es?«

»Morgen, zur Stunde des Pferdes«, sagte Yu, »versammelst du sämtliche Piraten von Hongkong am Strand. Eines meiner Schiffe, eine Lorcha, fährt in die Bucht ein und du wirst sie persönlich empfangen. Daraufhin werde ich die Hälfte des Silbers abladen lassen, das ich dir schulde, und du erklärst vor allen Anwesenden, dass deine geliebte Ehefrau zurückgekehrt ist und dass du ihr das Kommando über die Flotte übergibst. Erst danach erhältst du das übrige Silber. Ich finde, das ist eine gute Abmachung. Was sagst du?«

Blauer Tiger überlegte. Dann nickte er.

62

»Ich verstehe nicht, warum du ihn nicht getötet hast«, murrte Hübscher Junge.

Sie befanden sich in Yus Kabine auf der *Rache*, in der sie ihre Leute versammelt hatte, um sie auf den neuesten Stand zu bringen.

»Ehrlich gesagt verstehe ich es auch nicht«, gestand Schwarzer Bär. »Du hättest ihn ja wirklich in Reichweite gehabt …«

Überfluss gab Yu einen Becher Wein und sagte: »Es geht darum, das Gesicht zu wahren. Fliegende Klinge konnte ihren Mann nicht in dessen Gemächern umbringen, es wäre eine feige Tat gewesen.«

»Ganz abgesehen davon ist sie ja bereits Admiral der Roten Flotte«, fügte Nachtfalter hinzu. »Deshalb kann sie die Flotte nicht durch eine Kampfhandlung erobern. Sie nimmt sich schlicht und einfach etwas zurück, das ihr bereits gehört.«

Sie hatten beide recht, aber in Wahrheit gab es auch noch ein anderes Motiv: Blauer Tiger war und blieb Chis Vater. Auch wenn die Ehe ein Fehler gewesen war, so hatte Blauer Tiger Yu doch eines der schönsten Dinge in ihrem Leben geschenkt. Sie hatte nicht die Absicht, ihre Tochter zur Waisen zu machen.

»Eine Tatsache aber bleibt bestehen«, fuhr Hübscher Junge fort. »Dieser Bastard reißt sich ein beträchtliches Vermögen unter den Nagel. Ganz abgesehen davon, dass wir gar keine dreißigtausend *Tael* haben. Es sei denn, auf dieser Insel ist ein Schatz versteckt …«

»Es wird alles gut gehen«, erklärte Yu. »Ihr werdet schon sehen. Aber heute Nacht will ich doppelte Wachen, sowohl hier an Bord als auch am Strand. Blauer Tiger ist davon überzeugt, dass eine ganze Flotte nur darauf wartet, ihn anzugreifen, und er könnte jemanden beauftragen nachzusehen …«

»Was machen wir, wenn wir einen Spion finden?«, fragte Schwarzer Bär.

»Gefangen nehmen. Es ist nicht nötig, Blut zu vergießen.«

Als Yu am nächsten Morgen aufgestanden war, traf sie an Deck Steinriese an. Er war ganz nackt, denn er hatte sich die verrostete Kette vom Körper gewickelt, um sie mit Sand blank zu reiben. Neben ihm lagen vier Männer, die so fest mit Seilen umwickelt waren, dass sie an Seidenraupen erinnerten. Yu erkannte einen der jungen Leute wieder, die sie gestern durch ein Fenster des Palasts beim Feiern beobachtet hatte.

»Habt keine Angst«, beruhigte sie die Gefangenen. »Ihr müsst nur ein paar Stunden warten. Am Nachmittag befreie ich euch und dann könnt ihr mir die Treue schwören.«

Yu frühstückte mit ihren Kindern und trainierte anschließend gemeinsam mit ihnen auf dem Deck der *Rache*. Sie staunte, wie stark sie geworden waren, alle beide, vor allem aber Chi: Sie war bereits in der Lage, senkrecht am Hauptmast hochzulaufen, und verfügte über einen ausgezeichneten Gleichgewichtssinn. Yu kämpfte gegen Chi und Wei, ließ sich zweimal schlagen und besiegte dann beide mit einer einzigen Bewegung, denn in ihrem Alter war es nicht gut, wenn man sich für allzu stark hielt.

Irgendwann kam Schatten in der Nacht mit einem herrlichen jadegrünen *Cheongsam*. »Ich habe dieses Kleid im Laderaum zwischen den Truhen gefunden«, sagte sie. »Es ist dir wahrscheinlich ein bisschen zu groß, aber es hat die richtige Farbe.«

Die Farbe Grün stand für Frühling und Wiedergeburt.

Die beiden Frauen gingen in Yus Kabine und Schatten in der Nacht half Yu, das Kleid anzuziehen, das ihr tatsächlich zu groß war. Die Piratin passte es mithilfe eines Gürtels und goldener Bänder Yus Figur an. Dann steckte Schatten in der Nacht Yu das Haar mit Jadenadeln hoch und schminkte ihr das Gesicht.

Als die beiden an Deck zurückkehrten, hatte Steinriese bereits das Beiboot der *Rache* zu Wasser gelassen und saß auch schon auf dessen Ruderbank. Er hatte sich die Kette, die jetzt in der Sonne blitzte, wieder um den Körper gewickelt. Auch er hatte sich sozusagen fein gemacht.

»Wir sehen uns später«, verabschiedete sich Yu von ihren auf dem Schiff zurückbleibenden Leuten. Dann sprang sie ins Beiboot und Steinriese ruderte davon. Allerdings, auf Yus Befehl, mit langsamen Schlägen.

Yu genoss diesen kurzen Augenblick der Ruhe, die Sonne, den Duft des Meeres und den Anblick des klaren Meerwassers und des dichten Dschungels, der die Halbinsel zu ihrer Rechten bedeckte. Sie umrundeten das Kap und erreichten die Einmündung zu der tief eingeschnittenen Bucht von Hongkong. Yu stand auf und hob einen Arm, um den Artillerieposten ihre Anwesenheit anzuzeigen. Sie hoffte, dass Blauer Tiger ihnen befohlen hatte, kein Feuer auf seine Frau zu eröffnen, denn in diesem Fall hätte sie auf den Angriff reagieren müssen und sie hoffte immer noch auf eine unblutige Übergabe.

Sie schossen tatsächlich nicht.

Das Beiboot glitt in die Bucht hinein. Yu blieb vorn im Bug stehen, sodass sie einer dieser Galionsfiguren glich, mit denen die fremden Teufel den Bug ihrer Schiffe schmückten. Sie kamen am Roten Hügel vorbei und in Sichtweite des Strandes, der voller Menschen war. Das konnte daran liegen, dass Blauer Tiger Wort gehalten hatte, oder auch an dem Gerücht, das Überfluss und Nachtfalter seit der Morgendämmerung gestreut hatten.

Fliegende Klinge ist zurückgekehrt.

Am Ufer waren sieben schussbereite Kanonen aufgereiht, vielleicht um Salut zu schießen oder aber … um gegen eine große Flotte zu kämpfen.

Wer weiß, was Blauer Tiger dachte, als anstatt der Flotte nur ein einfaches Beiboot in die Bucht gefahren kam.

»Halt hier an«, befahl Yu.

Am Ufer, das jetzt weniger als ein *Li* von ihnen entfernt war, hatte Blauer Tiger ein Podium aus Holz bauen lassen, auf dem er mit seinen treuesten, mit Lanzen bewaffneten Männern auf sie wartete. Er trug ein Seidengewand und einen hohen Hut.

Es war genau, wie Überfluss gesagt hatte: Es ging darum, das

Gesicht zu wahren. Möglicherweise sollten all die Lanzen verhindern, dass Yu ihre besonderen Fähigkeiten unter Beweis stellte, indem sie vom Meer direkt auf das Podium sprang. Allerdings beabsichtigte sie gar nicht zu springen. Sie konzentrierte einfach nur ihr *Chi* und stieg aus dem Beiboot aus.

Sie setzte einen Fuß auf dem Kamm einer Welle auf und vom Strand her erklangen erstaunte Rufe: Das Wasser trug sie, als wäre es eine feste Unterlage. Yu machte einen ersten Schritt über die Meeresoberfläche und blieb dann stehen, damit alle Zuschauer Zeit hatten zu begreifen, was gerade geschah. Am Strand riss sich ein Kind von der Hand seiner Mutter los, rannte zum Wasser, stampfte mit seinen kleinen Füßen darin herum und fiel hinein. Yu lächelte. Sie machte einen Schritt, noch einen und ließ sich von einer Welle tragen, die sie hochhob und sanft dem Strand entgegenschob.

Als Yu auf dem Sand angelangt war, teilte sich die schweigende Menge, sodass eine freie Gasse entstand. Yu schaute jeden Einzelnen an. Viele der Anwesenden waren ihr unbekannt, andere hatten bereits in Hongkong gewohnt, als sie noch die Flotte befehligte: Männer, Frauen, alte Leute, denen sie auf ihren Spaziergängen begegnet war, die sie vielleicht einmal um Hilfe gebeten oder die bei irgendwelchen Gelegenheiten mit ihr am Strand gefeiert hatten. Auch sie erkannten Yu wieder.

»Fliegende Klinge«, raunten sie. »Sie ist es wirklich. Sie lebt. *Sie ist zurückgekommen.*«

Yu grüßte alle, die sie kannte, indem sie sie beim Namen nannte. Sie fragte nach dem Befinden von Ehegatten, nach den Namen der während ihrer Abwesenheit geborenen Kinder. Von seinem Podium aus beobachtete Blauer Tiger das alles und man merkte ihm an, wie wütend er war. Wieder hatte Yu das Gefühl, seine Gedanken lesen zu können. Er fragte sich gerade, ob er bei dieser Inszenierung weiterhin zusehen oder seine Piraten auf sie hetzen sollte.

Yu war allein und unbewaffnet. Und sie war immer noch seine Frau. Alle hatten sie über das Meer schreiten sehen. Was vermochte sie noch zu bewirken? Mit einem Fingerschnippen eine Flutwelle auszulösen, die den gesamten Strand überspülte?

Mit gemessenen Schritten lief Yu über den Strand zu dem Podium, stieg hinauf, schenkte Blauer Tiger ein Lächeln und sagte: »Es ist eine Freude, dich wiederzusehen, mein lieber Mann, genauso wie es eine Freude ist, euch alle zu sehen. Ich bin Fliegende Klinge, die Hexe der Meere, diejenige, die Seelen stiehlt und den gesamten Süden des Kaiserreichs in Angst und Schrecken versetzt. Ich war viel zu lange fort, aber jetzt bin ich wieder zurückgekommen. Nach Hongkong. Wo meine Familie und mein Haus sind.«

Blauer Tiger setzte an, etwas zu sagen, doch sie ließ ihm keine Zeit dazu. »Bewohner der Insel, Piraten, ich möchte euch nun die Helden vorstellen, die von heute an Mitglieder unserer großen Armee sein werden.«

Aus dem Wald hinter dem Dorf kamen die Leute, die Yu aus dem Höllenhof befreit hatte. Alle hatten sich aus dem Lagerraum der *Rache* die besten Kleidungsstücke ausgesucht und machten damit und mit ihren Waffen Eindruck.

»Sie sind die Helden«, fuhr Yu fort, »die gemeinsam mit mir die Tore der Hölle gesprengt haben, um ins Diesseits zurückzukehren. Seither nennt man sie die Vierzig Teufel. Unter ihnen sind Schatten in der Nacht, die Räuberkönigin des Hubei, und Grüne Heuschrecke, das Mördermädchen. Mit Sicherheit habt ihr schon von Schwarzer Bär gehört, der mit einem abgebrochenen Stock fünfzig Wachsoldaten bezwungen hat. Oder von Unfehlbarer Schütze, der auf hundert Schritt Entfernung eine fliegende Libelle trifft. Oder aber vom Namenlosen, der derart entsetzliche Verbrechen begangen hat, dass sein wahrer Name nicht genannt werden kann.«

Während Yu sprach, erreichten ihre neuen Freunde den Strand und stellten sich zu den anderen Piraten. Besser gesagt umzingelten sie sie, ohne auf irgendeine Weise drohend zu wirken, aber doch so unmissverständlich, dass Blauer Tiger begriff. Falls er gehofft hatte, Yu überwältigen zu können, musste ihm klar sein, dass es mittlerweile zu spät dafür war.

»Volk der Piraten!«, rief Yu. »Ich bin Fliegende Klinge, diejenige, die man Die Größte nennt. Wie ihr sehen könnt, hat sogar die Hölle Angst vor mir bekommen und mich in die Welt zurückgeschickt. Jetzt bin ich hier bei euch. Um wieder das Kommando über meine Flotte zu übernehmen. Um gegen unsere Feinde zu kämpfen. Und um den Himmel herauszufordern!«

»Es lebe Fliegende Klinge!«, riefen die Vierzig Teufel.

Nach einem Augenblick des Zögerns stimmten die Piraten mit ein: »Es lebe Fliegende Klinge!«, riefen sie, warfen ihre Kopfbedeckungen in die Luft und reckten ihre Waffen empor.

Yu bat um Ruhe, indem sie eine Hand hob. »Heute«, sagte sie, »ist ein Festtag, deshalb ordne ich an, dass alle Wein trinken und sich hemmungslos vergnügen. Lasst mich davor aber Blauer Tiger danken, meinem geliebten Ehemann. Trotz aller verlogener Gerüchte, die über mich in Umlauf gesetzt wurden, hat dieser treue Mann Hongkong verteidigt und die Insel für mich gehalten. Und heute besteht er darauf, das Kommando über die Rote Flotte an mich zurückzugeben. Nur wenige Menschen wären zu einer derartigen Loyalität fähig, deshalb danke ich ihm von ganzem Herzen.«

Yu klatschte in die Hände und Schwarzer Bär trat vor. Er trug eine große Truhe. Er öffnete sie so, dass alle ihren Inhalt sehen konnten: Sie war bis zum Rand mit Silberbarren, Jadestatuetten, Seidenstoffen, Schmuck und Edelsteinen gefüllt. Schwarzer Bär stellte die Truhe vor Blauer Tiger ab und verbeugte sich vor ihm.

»Selbstverständlich wird mein Mann immer an meiner Seite bleiben und ich werde ihm die Ehre erweisen, ihm in den Schlachten, die wir gemeinsam kämpfen, die Leitung zu überlassen.«

»Du bist schlau«, raunte Blauer Tiger. »Falls ich sterbe, dann im Kampf für dich.«

Er griff mit beiden Händen in die Truhe und merkte, dass unter der obersten Schicht von Kostbarkeiten lauter Steine waren.

»Ich nehme an, du hast gar keine dreißigtausend Silber-*Tael*, stimmt's?«

Yu schenkte ihm ein eisiges Lächeln. »Danke den Göttern, dass ich dich am Leben lasse. Und jetzt verbeuge dich, wenn dir dein Leben lieb ist.«

Blauer Tiger seufzte, legte sich bäuchlings Yu zu Füßen und berührte mit der Stirn den Boden.

Als er wieder aufstand, sah Yu, dass ihn ein Holzsplitter des Podiums an der Stirn verletzt hatte.

Das erschien ihr angemessen.

DREIUNDDREIßIG JAHRE

三十三歲

63

Wie eine Möwe stand Yu auf der Rah des Hauptmasts. Durch ein Fernrohr beobachtete sie die Dschunke, die schräg vor ihr mit voller Besegelung über die Wellen glitt. Es war ein schönes und schnelles Schiff und rot wie Blut. Auch dort stand jemand auf der Hauptmastrah und hielt Ausschau, genau wie Yu. Ein dunkelhäutiger Junge, dessen muskulöser Körper vor Schweiß glänzte, mit langem Haar, das im Wind flatterte.

Plötzlich drehte sich der Junge zu ihr um und winkte ihr zu. Yu erwiderte den Gruß, indem sie lächelnd eine Hand hob.

»Unglaublich, wie Wen gewachsen ist«, sagte sie zu sich selbst.

Es kam ihr vor, als sei gerade mal ein Tag vergangen seit der Zeit, als sie ihn noch in den Arm nehmen konnte. Dabei war er jetzt schon ein Matrose. Ein Pirat der *Purpurroten Seerose*, das Schiff seiner Schwester Chi.

Yu richtete ihr Fernrohr auf das Deck der Dschunke, auf dem ihre Tochter gerade mit Seeotter diskutierte. Auch das Mädchen hatte sich verändert, sie kam Yu beinahe wie eine erwachsene Frau vor. Sie war wesentlich größer als ihre Mutter, mutig und stolz. Die *Purpurrote Seerose* war das erste Schiff, das Chi befehligte. Und seit sie in See gestochen war, schlief Yu nicht mehr ruhig.

Weiter südlich segelte die Dschunke von Flussritter und vervollständigte die kleine Formation. Es war das größte der drei Schiffe und mit einer beträchtlichen Anzahl von Kanonen so schwer bewaffnet, dass es sogar eine kleine Festung angreifen konnte.

Sie befanden sich ungefähr vier Tagesreisen nördlich von Hongkong, vor der östlichen Küste der Insel Taiwan. Yu hatte diese Region bewusst für Chis erste Fahrt als Kapitän ausgesucht, in der Hoffnung, dass sie es hier nicht mit allzu vielen Kriegsschiffen zu tun bekämen. Ihre Anwesenheit und die von Flussritter sollten dazu beitragen, eventuelle Feinde abzuschrecken. Nicht, dass davon noch viele übrig wären.

In den vergangenen sechs Jahren hatte Yu unermüdlich daran gearbeitet, ihre Flotte zu vergrößern und all jene Piraten zurückzuholen, die wegen Blauer Tiger abgesprungen waren. Rasch war die Rote Flotte wieder auf ihre frühere Stärke angewachsen, doch Yu hatte immer weitergemacht, neue Dschunken gekapert und deren Besatzungen dazu gebracht, sich ihr anzuschließen. Mittlerweile konnte sie auf dreihundert Schiffe und nahezu vierzigtausend Mann zählen. Das war zweifellos die größte Piratenflotte, die China jemals erlebt hatte. Sie war so berühmt, dass sich die Handelsschiffe, kaum dass sie eines ihrer Schiffe gesichtet hatten, sofort ergaben. So mächtig, dass die Schiffe der fremden Teufel den Wegzoll für die Durchquerung des Humen an sie entrichteten anstatt an die Mandarine.

In der Verwaltung der Flotte hatte Yu viel verändert: Sie hatte begriffen, dass ein Admiral auf dem Meer bleiben muss, weil er sonst Gefahr läuft, den Kontakt zu seiner Flotte zu verlieren. Deshalb hatte sie das Geschäftliche größtenteils an Hübscher Junge übergeben. Es hatte sich herausgestellt, dass dieser Mann, der inzwischen zu erwachsen war, um weiterhin »Junge« genannt zu werden, mit dem Abakus geschickter umging als mit dem Säbel und ein ausgezeichneter Organisator war. Außerdem leistete er Yu Gesellschaft, wenn sie sich zwischendurch einige Tage in Hongkong aufhielt. Leider ergab sich das nicht allzu oft.

»Kapitän«, rief Riecht am Wind vom Achterdeck zu Yu hinauf.

Yu steckte das Fernglas ein und erreichte mit einem einzigen Sprung den Steuermann, der immer noch die Tunika eines taoistischen Mönchs trug. Er wandte ihr sein einziges Auge zu.

»Was ist?«, fragte Yu.

»Schiff am Horizont«, erwiderte er und zeigte mit dem Finger in die Richtung.

Yu konnte dort kein Schiff entdecken, doch Riecht am Wind hatte sich bei Sichtungen noch nie geirrt.

»Kannst du sehen, was für ein Schiff das ist?«

»Eine Fracht- oder Kriegsdschunke … Sie ist viel zu weit entfernt, als dass ich mehr erkennen könnte. Auf jeden Fall liegt sie schwer im Wasser. Und sie kommt auf uns zu.«

Yus Herz klopfte schneller. »Scharlachroter Tiger!«, rief sie.

Im nächsten Augenblick stand der Pirat vor ihr. Er und Kleiner Zorn waren unter den Ersten gewesen, die nach Yus Übernahme der Flotte nach Hongkong gekommen waren: Eines Abends standen sie plötzlich in ihrem Zimmer vor ihr. Scharlachroter Tiger war auf die Knie gefallen, hatte seine *Lu jiao dao* herausgezogen, seine Hirschgeweihsäbel, und hatte gesagt: »Ich war nicht imstande, dich zu befreien. Ich bitte dich, mich mit deinen eigenen Händen zu töten.«

Denn genau das hatte Scharlachroter Tiger in den drei Jahren, in denen Yu verschwunden gewesen war, unaufhörlich versucht: zu sterben. Und obwohl er sich dabei viel Mühe gegeben und ständig gegen übermächtige Feinde gekämpft hatte, war es ihm nicht gelungen.

»Rede doch nicht solchen Blödsinn«, hatte Yu ihn getadelt. »Ich brauche dich an meiner Seite, wie immer.«

Sie hatte Scharlachroter Tiger gezwungen aufzustehen. Seitdem war er nicht mehr von ihrer Seite gewichen, so als ob er Angst hätte, sie erneut zu verlieren.

»Dort drüben segelt ein Schiff«, erklärte Yu. »Signalisiere der *Purpurroten Seerose*, dass sie sich zurückziehen soll. Beim Angriff werden wir die Formation anführen.«

Auf dem von Narben gezeichneten Gesicht von Scharlachroter Tiger breitete sich ein Grinsen aus. »Kapitän …«

»Ja?«

»Entschuldige, wenn ich mir diese Bemerkung erlaube, aber deine Tochter Chi hat sich das Kommando über ihr Schiff redlich verdient. Sie ist in der Lage, eine Schlacht zu schlagen.«

»Sie ist noch jung …«

»Als du so alt wie Wen warst, hattest du bereits Wandelnder

Berg besiegt, im Alter von Chi lagen hundert Gefechte hinter dir. Außerdem ist deine Tochter gut ausgebildet. Hab Vertrauen in sie.«

»Scharlachroter Tiger hat recht«, unterstützte ihn Riecht am Wind. »Kinder müssen die Möglichkeit erhalten, sich zu beweisen. Sie müssen lernen, ihre Kräfte zu messen und notfalls dabei auf die Nase zu fallen. Nur dadurch lernen sie.«

»Pfff!«, machte Yu. »Seit wann seid ihr Experten für Kindererziehung?«, knurrte sie. Dann atmete sie tief durch. »In Ordnung. Signalisiert ihr nur, dass ein Schiff in Sicht ist. Chi soll sich auf den Angriff vorbereiten, wir bleiben ein Stück hinter ihr und machen uns bereit, bei Bedarf einzugreifen.«

»Jawohl, Kapitän!«

»Aber, Scharlachroter Tiger: Widersprich nie wieder einem meiner Befehle! Sonst komme ich nächstes Mal deiner Bitte nach und schneide dir mit deinen *Lu jiao dao* die Kehle durch.«

Lachend lief der Pirat davon.

Yu dagegen ging zum Bug, um besser beobachten zu können, was nun geschah. Inzwischen konnte auch sie das Schiff sehen: eine dreimastige, schwerfällig wirkende Dschunke. Die *Purpurrote Seerose* segelte ihr mit hoher Geschwindigkeit entgegen und Yu sah, wie sich deren Besatzung auf das Entern vorbereitete.

»Als Erstes die Kanonen, Chi«, murmelte Yu. »Brandraketen gegen die Segel und ständiger Beschuss mit Projektilen, um das Deck abzuräumen. Ich flehe dich an, mach keinen Fehler!«

Die *Purpurrote Seerose* hisste die Flagge mit dem achtstrahligen Stern, dem Symbol der Roten Flotte. Dies war der entscheidende Moment, nämlich der, in dem das andere Schiff Gelegenheit bekam, sich zu ergeben, um ein langes und blutiges Gefecht zu vermeiden.

Yu beobachtete alles durch ihr Fernglas. Auf der feindlichen Dschunke herrschte große Betriebsamkeit. Worauf warteten sie noch, um zu kapitulieren?

Plötzlich stieg von der fremden Dschunke eine schmale Rauchsäule auf, gleich darauf explodierte neben der Backbordseite der

Purpurroten Seerose das Meer und hohe Wasserfontänen stiegen auf.

Ein Kanonenschuss.

Diese Verdammten schossen und sie verstanden zu zielen. Sie hätten das Schiff ihrer Tochter beinahe getroffen …

Chi, Feuer frei!

Doch die Dschunke ihrer Tochter segelte mit hohem Tempo weiter geradeaus, als wolle sie das gegnerische Schiff rammen.

Entsetzt sah Yu, dass Chi die Stahlflöte hob, die sie als Waffe benutzte. Sie versammelte ihre Leute für das Entern.

Oh nein, dachte Yu. Nein, nein, nein. Es ist noch viel zu früh …

Wen, Chi und Grüne Heuschrecke flogen gleichzeitig vom Deck der *Purpurroten Seerose* auf das Vorderdeck des anderen Schiffs zu. Steinriese, den Yu damit beauftragt hatte, über ihre Tochter zu wachen, schleuderte einen riesigen Enterhaken, um die Dschunke heranzuziehen und den Abstand zwischen den beiden Schiffen zu verringern. Sämtliche Piraten der *Purpurroten Seerose* sprangen hinüber, entweder aus eigener Kraft oder mithilfe von Enterhaken. Sofort war eine wilde Schlacht im Gange.

»Verflucht!«, schimpfte Yu. »Sie sind sofort zum Entern übergegangen, ohne vorher auch nur einen einzigen Schuss abzugeben. Warum zum Teufel haben sie das gemacht?«

Die *Purpurrote Seerose* und die feindliche Dschunke lagen Seite an Seite. Mit einem einzigen Kanonenschuss könnte das eine Schiff das andere versenken. Und auf den Decks beider Schiffe wurde gekämpft. Wo waren ihre Kinder? Yu meinte, Wen kurz zu sehen: Er griff einen Mann an, der ungefähr dreimal so alt war wie er, und warf ihn mit einem Fußtritt zu Boden. Gleich darauf aber war der Junge wieder aus ihrem Sichtfeld verschwunden.

Und Chi?

Und warum fuhr die *Rache* so langsam?

Yu drehte sich nach Riecht am Wind um und wäre dabei beinahe mit Schwarzer Bär zusammengestoßen, der mit einem Pulverfass unter dem Arm auf die Bugkanone zulief.

»Sie sind jetzt in Schussweite«, rief er.

»Das ist zu gefährlich, wir riskieren, die *Purpurrote Seerose* zu treffen. Hast du mich gehört, Namenloser? Nicht schießen!«

»Jawohl, Kapitän«, antwortete der Mann.

»Scharlachroter Tiger, ich übergebe dir das Kommando über die *Rache*.«

»Wie meinst du das? Wo willst du denn hin?«

Yu sah ihm ins Gesicht. »Ich werde meinen Kindern helfen.«

Sie konzentrierte ihre Vitalenergie und führte die Bewegung *Am Himmel hängende Reiherflügel* aus. Sie flog über einen breiten Streifen graues Wasser, landete mit einer Fußspitze auf einer Welle und ließ sich vom Meer vorwärtsschieben, mit dem Schwimmtempo eines großen Hais. Inmitten der aufschäumenden Gischt zog Yu ihre Waffe, das sagenumwobene Schwert *Meeresgischt*, das Herr Long ihr geschenkt hatte. Mit einem weiteren Sprung gelangte sie auf das Deck der *Purpurroten Seerose*.

Drei mit langen Säbeln bewaffnete Matrosen liefen ihr entgegen. Sie trugen kaiserliche Uniformen und Panzerungen, sowie Helme, die ihre Gesichter verdeckten. Yu nahm sich nicht die Zeit, sie zu töten, sondern sprang einfach über sie hinweg, ohne sich darum zu kümmern, dass die drei Matrosen ihren schnellen Lauf nicht mehr stoppen konnten und ins Meer fielen. Sie sah, wie Steinriese mit einem Ende seiner Kette drei weitere Soldaten niedermähte.

»Steinriese!«, rief Yu. »Wo sind meine Kinder?«

Der Koloss packte einen Angreifer mit einer Hand, mit der anderen zeigte er auf die feindliche Dschunke. Yu nickte und sprang in jene Richtung. Auf dem feindlichen Schiff tobte der Kampf noch viel erbitterter. Ein Trupp Soldaten mit Gewehren hatte sich auf das Achterdeck geflüchtet und Chi und Grüne Heuschrecke versuchten, sich über die Treppe zu ihnen hinaufzukämpfen.

Dichter grauer Rauch hing in der Luft und verdeckte immer wieder die Sicht auf die beiden Mädchen, die sich so schnell bewegten, dass sie mit Kugeln kaum zu treffen waren. Chi versetzte einem Soldaten mit ihrer Flöte einen so heftigen Schlag gegen die

Brust, dass er auf die Planken stürzte. Grüne Heuschrecke durchbohrte einen anderen mit ihrem *Sheng biao,* einem Wurfspeer, an dessen Ende eine dünne Schnur befestigt war. Yu bahnte sich einen Weg zu ihnen.

»Was macht ihr da?«, rief sie erzürnt.

»Ich will den Kapitän«, erwiderte Chi. »Es ist der ohne Helm.«

Sie zeigte auf einen jungen Mann mit rundem Gesicht, der mit einem Säbel an der Seite seiner Männer kämpfte.

»Wir müssen ihn loswerden«, befand Yu.

»Mama, ich weiß das …«

Chi sprang auf das obere Ende der Treppe, überwand mit einem weiteren Sprung zwei Soldaten und erreichte den Kapitän. Dieser ging in Kampfhaltung und griff sie mit einer Schwerttechnik an, die Yu zuvor noch nie gesehen hatte, die für ihre Tochter jedoch zu langsam war. Chi parierte den Hieb mit der Bewegung *Fels, der die Welle aufhält* und wirbelte mit einer Pirouette hinter ihn. Sie legte ihm die Flöte quer vor die Kehle und riss ihn an sich, um ihn zu erwürgen. Der Mann versuchte, sich zu befreien, doch Chi trat ihn in die Kniekehlen, damit er das Gleichgewicht verlor, und presste die Flöte noch fester gegen seinen Hals. Dem armen Kerl traten die Augen aus den Höhlen, er röchelte und schlug wild um sich.

»Sag deinen Männern, dass sie sich ergeben sollen«, flüsterte Chi ihm ins Ohr. »Tu es sofort oder ich schwöre dir, ich bringe dich um.«

64

Der Kapitän der Dschunke sah sich einer relativ leicht zu fällenden Entscheidung gegenüber. Entweder er wurde getötet und ließ dadurch seine Soldaten ohne Führung zurück, sodass sie bald ebenfalls sterben würden. Oder er ergab sich und rettete sie dadurch alle.

»Ehrenwerte Dame«, sagte er zu Chi. »Nehmen Sie mir ruhig mein Leben, aber verschonen Sie meine Männer. Es sind tüchtige Krieger, sie verdienen dieses Ende nicht.«

Yu nickte und das Mädchen machte einen Schritt zurück und ließ ihn frei. Als die Soldaten sahen, dass ihr Befehlshaber sich ergeben hatte, ließen sie die Waffen fallen und hoben die Hände. Die Piraten sammelten die Waffen der Besiegten ein und stapelten sie am Bug. Dann drängten sie ihre Gefangenen zum Heck und hielten sie mit vorgehaltenen Pistolen und Gewehren in Schach. Yu nutzte das Durcheinander, um ihre Tochter zu sich zu winken.

»Fliegende Klinge«, sagte Chi, die Yu vor den anderen schon lange nicht mehr »Mama« nannte. »Hast du gesehen? Wir haben das Schiff erobert«, sagte sie stolz.

Yu schaute sie mit eisiger Miene an.

»Was passt dir denn nicht?«, fragte Chi.

»Ich habe noch nie eine derart kopflose Taktik erlebt«, zischte Yu. »Sofort entern, ohne vorher auch nur einen Kanonenschuss abzufeuern? Was war denn los, warst du die *Purpurrote Seerose* leid und wolltest sie gleich auf deiner ersten Fahrt versenken?«

»Admiral, ich hatte nicht vor, die *Purpurrote Seerose* zu gefährden«, entgegnete Chi mit kaum verhohlener Wut. »Der Feind war langsamer als wir und hatte keinen Platz zum Manövrieren. Wir waren in vorteilhafter Position. Und wie du sehen kannst, ist es ein schönes Schiff. Ich wollte es nicht durch Kanonenschüsse gefährden. Nun kann Fliegende Klinge diese ausgezeichnete Kriegsdschunke der Flotte einverleiben.«

Yu hätte ihre Tochter am liebsten gleichzeitig umarmt und gewürgt. »Deine Rechtfertigungen interessieren mich nicht, Chi. Die erste Pflicht eines Befehlshabers in der Schlacht besteht darin zu siegen, die zweite, seine Leute zu schützen. Du hast dich darauf eingelassen, beides zu riskieren. Wenn jemand anderer einen derart planlosen Angriff durchgeführt hätte …«

Yu unterbrach sich, weil sie Nachtfalter näher kommen sah, und Chi nutzte die Chance, um sich mit raschen Schritten zu entfernen. Yu spürte den Hass ihrer Tochter wie etwas Körperliches, Stechendes. Warum war es nur so schwer, Mutter zu sein?

»Alles in Ordnung?«, fragte ihr alter Lehrer sie.

»Hast du das denn nicht mitbekommen?«, polterte Yu los. »Meine Tochter hat soeben versucht, sich umzubringen … gemeinsam mit ihrer gesamten Mannschaft!«

»Jetzt übertreib mal nicht! Es war eine gewagte Strategie, das ist wahr, aber …«

»Es war leichtsinnig. Du hättest ihr nicht erlauben dürfen, es zu tun.« Yu seufzte. »Lass die Gefangenen an Deck versammeln und beauftrage jemanden, mir den Piratenkodex zu holen.«

»Willst du, dass sich diese Dschunke der Roten Flotte anschließt?«

»Das ist eine Idee von Chi und es ist eine gute Idee. Sag ihr, dass es eine gute Idee ist. Der Fehler liegt in der Art und Weise, wie sie diese Idee umgesetzt hat.«

Nachtfalter eilte davon und Yu betrachtete die auf dem Achterdeck versammelten Gefangenen. Sie alle trugen Uniformen der kaiserlichen Marine. Dabei war ihr die Dschunke überhaupt nicht wie ein kaiserliches Schiff vorgekommen, es hatte auch keine der Acht Banner der Mandschu-Clane gehisst. Irgendetwas an der Sache war faul.

Yu ging auf das Hauptdeck, wo außer ihr gerade niemand war, und stellte sich so hin, dass alle sie sehen konnten.

»Gefangene!«, rief sie. »Zu euch spricht Fliegende Klinge, die Hexe der Meere. Ihr seid von der Roten Flotte gefangen genommen worden und euer Leben gehört jetzt mir, doch ich lasse euch entscheiden. Ihr könnt auf euer Leben verzichten und noch heute sterben oder aber ihr schließt euch mir und meinen Piraten an.«

Nachtfalter reichte ihr ein zusammengefaltetes Blatt Papier und Yu entfaltete es, um davon abzulesen, obwohl sie den Text auswendig kannte, denn sie hatte ihn selbst geschrieben.

»Um der Roten Flotte beizutreten, müsst ihr unseren Kodex respektieren. Erstens: Fliegende Klinge ist der oberste Befehlshaber der Flotte. Jeder ihrer Befehle ist Gesetz. Zweitens: Die Beute gehört allen und wird immer gerecht aufgeteilt. Drittens: In der Schlacht ist Feigheit verboten. Viertens: Alle Frauen haben das Recht, sich frei für einen Ehemann oder mehrere Ehemänner zu entscheiden.«

Auf diese vier Regeln war Yu stolz. Obwohl sie sehr einfach waren, hatten sie die meisten der zwischen Piraten auftretenden Probleme gelöst.

Sie ließ das Blatt sinken und fuhr fort: »Die Strafe für Ungehorsam gegenüber meinen Befehlen, für das Unterschlagen von Beute, für Feigheit vor dem Feind oder das Vergewaltigen einer Frau ist der Tod. Habt ihr das verstanden? Wenn ihr euch mir also anschließen wollt, dann schwört.«

Der Erste, der vortrat, war der Kapitän. Er stieg die Treppe zum Hauptdeck hinunter, trat vor Yu und sagte: »Fliegende Klinge, ich habe viel über deine Tapferkeit und Größe gehört und heute durften wir auch die deiner Piraten kennenlernen. Du hast mein Leben und das meiner Männer verschont. Von nun an gehört mein Leben dir. Ich schwöre der Roten Flotte meine Treue.« Damit legte er sich Yu zu Füßen.

All seine Leute folgten seinem Beispiel und Yu befahl, dass sie ihre Waffen zurückbekamen. Die neuen Rekruten wurden auf die vier Schiffe verteilt, auch um zu verhindern, dass sie sich untereinander absprachen und ihre Kapitulation widerriefen.

Als sie fertig waren, rief Yu ihre Tochter zu sich.

»Nimm den Kapitän mit und folge mir«, befahl sie. »Ich will ihn sofort verhören.«

Sie hoffte, dass Chi sich geehrt fühlte, wenn sie das erste Mal an einem wichtigen Gespräch unter Befehlshabern teilnehmen durfte, doch ihre Tochter verbeugte sich nur knapp vor ihr, mit einem verächtlichen Ausdruck im Gesicht. Die Kapitänskabine war groß und hell, dank der Fenster auf der hinteren Seite, und auf schlichte, aber funktionale Weise mit einem Bett, drei Truhen und einem Tischchen ausgestattet. Zufrieden registrierte Yu, dass ihre Tochter dem Kapitän noch nicht seine Waffen zurückgegeben hatte.

Gut gemacht, mein Kind.

Der Mann sprach als Erster. Er verbeugte sich vor Chi und sagte: »Ich danke Ihnen, Kapitän, dass Sie meine Männer am Leben gelassen haben. Und ich danke Ihnen, Fliegende Klinge, für unsere Aufnahme in der Roten Flotte.«

Die beiden Frauen nickten.

»Ich nehme an, dass Sie wissen wollen, wer ich bin und warum ich nicht geflohen bin, als ich Ihre Flagge sah. Nun, mein Name ist Yang Bo und bis vor Kurzem war ich ein Kapitän der glorreichen Himmlischen Marine.«

»Ich habe eure Uniformen gesehen«, sagte Yu. »Aber nicht die Banner der Acht Clane.«

»Das liegt daran, dass unsere Dschunke nicht mehr zu ihnen gehört. Sie sollte Teil einer neuen Flotte werden, die auf Befehl des Kaisers gegründet worden ist und eine ganz bestimmte Mission hat.«

»Erklär das besser«, forderte Yu ihn auf. »Worum geht es?«

»Leider ist das sehr schnell erklärt. Die Mission besteht darin, euch alle zu töten.«

Yu sah Kapitän Yang lange an. Er konnte nicht viel älter als zwanzig sein und er erwiderte ihren Blick offen und ohne zu zögern. Er log nicht, da war sie sich sicher.

»Sie haben viele Feinde, Admiral. Soweit ich weiß, heuerten

vor vielen Jahren die Kaufleute von Kanton, angeführt von Herrn Guo Huiliang, einen Krieger namens Gebrochener Knochen an, um der Piraterie im Südchinesischen Meer ein Ende zu bereiten.«

»Das stimmt«, bestätigte Yu. »Ich bin diejenige, die ihn getötet hat.«

»Seitdem wurde eure Flotte immer größer und die chinesischen Kaufleute beklagen sich darüber. Zwischen Schanghai und Vietnam kommt kein Handelsschiff mehr ungeschoren davon, alle werden von Piraten überfallen. Die Engländer und die Portugiesen haben ein Kopfgeld auf Sie ausgesetzt. Außerdem bezahlt die Rote Flotte schon lange nicht mehr für die Durchfahrt des Humen. Und nicht nur das: Die Piraten zwingen alle anderen Schiffe, ihnen Wegegeld zu bezahlen, wenn sie in den Hafen von Kanton einfahren wollen.«

Yu bedeutete ihm weiterzusprechen.

»Sicherlich war Ihnen bewusst, dass die andere Seite früher oder später die Geduld verlieren würde. Die Klagen wurden so laut, dass man sie bis in die Verbotene Stadt hörte und der Sohn des Himmels beschloss, etwas zu unternehmen. Bereits seit einiger Zeit verfolgen die Mandschu einen geheimen Plan, um ihre Marineflotte auszubauen, und in den letzten Jahren sind immer mehr Kriegsschiffe entstanden. Sie nennen sie die Unaufhaltbare Flotte und es heißt, es sei die größte Flotte, die je übers Meer gesegelt sei. In diesem Augenblick versammelt sie sich in Schanghai, wohin auch wir Kurs genommen hatten. Ihr erster Auftrag besteht darin, Hongkong anzugreifen und Ihre Schiffe zu zerstören. Außerdem soll sie den Kopf von Fliegende Klinge in die Verbotene Stadt bringen und dem Kaiser zu Füßen legen.«

Chi war so blass wie eine Porzellantasse geworden. Yu dagegen blieb ungerührt. Nichts von dem, was ihr Kapitän Yang soeben offenbart hatte, überraschte sie. Eigentlich war sie seit dem Moment, als der Höllenhof in die Luft geflogen war, auf eine Vergeltungsaktion gefasst gewesen.

Seit ihrem Gespräch mit Nachtfalter vor einigen Jahren hatte sie darüber nachgedacht, wie sie am besten an Fürst Cao herankommen könnte. Seine Exzellenz schien unerreichbar zu sein, denn er saß in Peking, in der am besten bewachten Palastanlage von ganz China. Ihm bei einem Kampf zu begegnen, wäre nur möglich, wenn er seinen Unterschlupf verließ und hinaus aufs Meer kam. Dorthin, wo die Geheimgesellschaft der Piraten so stark war, dass sie das Kaiserreich herausfordern konnte.

Seither hatte Yu unermüdlich daran gearbeitet, die Rote Flotte zu vergrößern, und dafür gesorgt, dass wahre oder auch erfundene Berichte von deren Taten bis in die hintersten Winkel des Kaiserreichs getragen wurden. Mittlerweile war sie derartig mächtig, dass sie nicht mehr ignoriert werden konnte. Nicht einmal vom Kaiser.

Wie es schien, hatte der Fisch den Köder endlich bemerkt und schwamm nun geradewegs auf ihn zu.

»Was kannst du mir über diese Unaufhaltbare Flotte sagen?«, fragte Yu den jungen Kapitän.

»Nicht viel«, antwortete er. »Ich bekam den Befehl, nach Schanghai zu segeln, wo ich weitere Informationen erhalten würde. Es heißt, die Flotte besteht aus zweihundertfünfzig Kriegsdschunken und fünfundzwanzigtausend Soldaten.«

»Wer befehligt sie?«, wollte Yu wissen. »Seine Exzellenz Cao Feng?«

Verblüfft darüber, dass sie das wusste, riss Yang die Augen auf. »Ja, das stimmt. Der Eunuchenfürst höchstpersönlich hat das Kommando über die Flotte übernommen.«

»Ich sehne mich schon lange danach, ihm im Kampf gegenüberzustehen«, sagte Yu.

»Dann hoffe ich, euer Duell mit eigenen Augen mitansehen zu können«, sagte Yang. »Es heißt, Cao sei ein außergewöhnlicher Krieger. Und das gilt auch für seinen Assistenten. Der ist zwar nur ein einfacher Beamter, wurde aber seit frühester Jugend in den Kampfkünsten ausgebildet und ist darin so gut, dass kein Meister mit ihm mithalten kann.«

Diese Information kam für Yu unerwartet und ihr war, als liefe ihr ein eisiger Schauer den Rücken hinunter.

»Wie heißt dieser Mann?«, fragte sie.

»Sie kennen ihn, denn er ist derjenige, der Sie vor einiger Zeit zum Tode verurteilt hat. Sein Name ist Li Wei.«

65

An diesem Abend berief Yu den Kriegsrat ein.

Sie ließ Nachtfalter kommen, Kleiner Zorn, Schwarzer Bär, Flussritter und Dreizack-Long, den Cousin von Herrn Long, der auf dem Schiff von Flussritter als Steuermann Dienst tat. Nachdem sie gründlich darüber nachgedacht hatte, rief Yu auch ihre Tochter Chi dazu, die bei der Ratssitzung zuhören und dadurch lernen sollte.

Sie kamen zur zweiten Wache in der Kabine von Yangs Kriegsdschunke zusammen. Yu bereitete selbst den Tee zu und servierte ihn den Anwesenden. Anschließend fasste sie die Neuigkeiten zusammen und zeigte den anderen einige Briefe, die sie in den Unterlagen von Kapitän Yang gefunden hatte. Es waren offizielle Berichte und Befehle, allesamt mit dem kaiserlichen Siegel versehen. An einigen Stellen gab es an den Rändern Anmerkungen und Kommentare, in jener roten Tinte geschrieben, die dem Kaiser vorbehalten war.

»Yangs Informationen«, sagte Yu, »entsprechen dem, was in den Briefen steht, und auch dem, was unsere Spione seit einigen Monaten melden. Deshalb glaube ich, dass er die Wahrheit sagt. Wir müssen uns auf einen Krieg vorbereiten. Unter den Kapitänen der Unaufhaltbaren Flotte ist Li Wei, jener Beamte, der mich zum Tode verurteilte und befahl, meine Stirn zu tätowieren.«

Der außerdem mein Kindheitsfreund war und ein Junge, in den ich mal sehr verliebt war.

»Der Admiral«, fuhr Yu fort, »ist ein Eunuch aus der Verbotenen Stadt: Seine Exzellenz Cao Feng, Erster Berater des Kaisers.«

Obwohl die Piraten nicht leicht aus der Fassung zu bringen waren, wirkten sie ziemlich erschüttert. Denn es war eine Sache, Kaufleute und fremde Teufel auszurauben, sich über den *Hoppo* von Kanton lustig zu machen und die Zahlungen für die Durchfahrt des Humen an sich zu nehmen. Doch in einem Krieg mit dem Reich des Himmels zu stehen, war etwas ganz anderes.

»Entschuldige bitte, darf ich mir eine Bemerkung erlauben?«, sagte Dreizack-Long. »Du scheinst überhaupt nicht besorgt zu sein. Es wirkt beinahe so, als hättest du das erwartet. Hat das in irgendeiner Weise mit dem Höllenhof zu tun? Mein Cousin, Eisenwächter Long, erzählte mir, dass die Eunuchen dort ihre gefährlichsten Feinde einsperren lassen.«

»Das stimmt«, bestätigte Yu. »Bevor ich dieses Gefängnis zerstört habe, zwang ich den Foltermeister, mir den Namen seines Herrn zu verraten. Fürst Cao ist der Mann, der mich, Schwarzer Bär, Hübscher Junge, Grüne Heuschrecke und all die anderen Vierzig Teufel einkerkern ließ. Und auch derjenige, der viele Jahre zuvor die Ermordung meines *Shifu* Li Peng veranlasste.«

Nachtfalter nickte ernst. »Als Peng und ich jünger waren, kämpften wir in einer Schlacht gegen den Lehrmeister von Cao und verloren. Nun beabsichtigt sein Schüler offenbar, dessen Werk zu vollenden.«

Schwarzer Bär knallte seine Teetasse so schwungvoll auf den Boden, dass sie in tausend Stücke zerbrach.

»Dieser Bastard!«, brüllte er. »Warum hast du mir das nicht schon früher erzählt?«

»Weil«, erwiderte Yu, »ihr euch in den vergangenen Jahren vor allem der Roten Flotte widmen solltet. Die Stärke des Feindes zu kennen, hätte in euch Zweifel aufkommen lassen können, und das durfte ich nicht zulassen. Aber wenn du dich an die Nacht zurückerinnerst, in der wir geflohen sind, Schwarzer Bär, dann weißt du sicher noch, dass ich damals geschworen habe, mich zu rächen. Diesen Schwur habe ich nie vergessen. Und nun rückt der große Tag näher.«

In der Schiffskabine breitete sich eine bedrückende Stille aus. Der an der Decke hängende Lampion schaukelte leicht und sein Licht ließ die Gesichter der Piraten mal hell, mal dunkel erscheinen.

Yu war überrascht, als ihre Tochter Chi auf einmal das Wort

ergriff. »Kapitän Yang hat gesagt, dass der Feind über zweihundertfünfzig Dschunken und fünfundzwanzigtausend Mann verfügt. Die Rote Flotte ist mit dreihundert Schiffen und fast vierzigtausend Piraten wesentlich größer. Doch der Eunuchenfürst hat seine Flotte an einem Punkt versammelt, während die Schiffe der Roten Flotte über das Südchinesische Meer verstreut sind.«

Sie zögerte und Yu machte ihr Zeichen, fortzufahren.

»Ich denke, als Erstes sollten wir all unsere Schiffe nach Hongkong holen.«

Yu lächelte zufrieden. »Genau. In meinen Flottenbüchern stehen die derzeitigen Zielhäfen aller Schiffe der Flotte. Morgen wirst du, Chi, nach Süden fahren und Flussritter nach Norden, um unsere Piraten zu benachrichtigen.«

»Wie viel Zeit bleibt uns?«, fragte Flussritter.

»Das weiß ich nicht, jedenfalls nicht viel. Ich werde euch die Namen der Dörfer nennen, die ihr aufsuchen solltet, und auch die Namen vertrauenswürdiger Personen. Immer wenn ihr eines unserer Schiffe findet, beauftragt ihr es, nach weiteren Schiffen zu suchen, und so fort. Auf jeden Fall sollten sie alle innerhalb eines Monats hier eintreffen, von heute Nacht an gerechnet.«

Kleiner Zorn kratzte sich am Kinn. »Von Hongkong bis Schanghai fährt man zehn Tage. Die feindliche Flotte wird langsamer vorankommen und sie ist sicherlich noch nicht so weit, um heute Nacht in See zu stechen. Trotzdem fürchte ich, dass wir keinen ganzen Monat Zeit haben.«

Yu nickte. »Das denke ich auch, deshalb möchte ich Schwarzer Bär und Dreizack-Long mit einem besonderen Auftrag betrauen.«

»Und der wäre?«, fragte Dreizack-Long.

»Ich will, dass du den Befehl über diese Dschunke übernimmst. Gemeinsam mit Schwarzer Bär stellst du eine Piratenmannschaft zusammen. Ihr kleidet sie in die kaiserlichen Uniformen, die wir soeben beschlagnahmt haben. Du, Dreizack, behauptest, Yang zu heißen. Ihr gebt euch als Mitglieder der feindlichen Flotte aus und stoßt zu ihr.«

»Das ist schlau«, meinte Kleiner Zorn anerkennend.

»Sobald ihr in Schanghai seid, wird Schwarzer Bär sich ein Bild über die Stärke der feindlichen Flotte machen und dann so schnell wie möglich hierher nach Hongkong zurückkehren, um uns zu informieren. Dreizack-Long dagegen bleibt bei der feindlichen Flotte und führt die Kommandos des Eunuchenfürsten aus. Sobald die Schlacht ihren Höhepunkt erreicht hat, stößt er wieder zu uns und bringt damit die feindlichen Formationen durcheinander. Natürlich«, fuhr Yu fort, »handelt es sich um eine sehr gefährliche Mission, deshalb befehle ich euch nicht, sie zu übernehmen. Wenn ihr befürchtet, das nicht zu schaffen, finde ich jemand anderen, der bereit ist, das hohe Risiko einzugehen.«

»Warum kann ich nicht bei der feindlichen Flotte bleiben?«, fragte Schwarzer Bär. »Mit ein bisschen Glück kommt mir der Eunuchenfürst in die Quere und ich bringe ihn um.«

»Vergiss nicht, dass der Eunuchenfürst derjenige ist, der dich im Höllenhof einsperren ließ«, sagte Yu. »Er könnte dich wiedererkennen und das würde unseren ganzen Plan zunichte machen.«

»Das ist wahr«, stellte Dreizack-Long fest. »Ich fühle mich geehrt, das Kommando über die Dschunke übernehmen zu dürfen.«

»Und ich begleite dich«, versprach Schwarzer Bär.

Yu war erleichtert, dass sie beide eingewilligt hatten. Sie bereitete frischen Tee zu, suchte eine neue Tasse für Schwarzer Bär und goss allen ein.

Es wurde spät, aber es gab in dieser Nacht noch einiges andere zu besprechen.

Nachdem er einen Schluck Tee getrunken hatte, fragte Nachtfalter: »Hast du dir schon eine Strategie für die Schlacht ausgedacht, Fliegende Klinge?«

Yu nickte. »Das, was ich euch jetzt sagen werde, ist streng geheim. Wer mit anderen darüber spricht, auch wenn es nur die Ehefrau oder die Kinder sein sollten, wird mit dem Tod bestraft. Verstanden? Du auch, Chi? Nicht einmal dein Bruder Wen darf es erfahren.«

Chi zuckte mit den Schultern, bevor sie widerwillig nickte. »Ich werde mit niemandem darüber reden.«

»Gut. Die Strategie, die wir anwenden werden, erhielt von den Alten den Namen *Aufs Dach locken und die Leiter wegnehmen*.«

Yu entrollte auf dem Tischchen mehrere Seekarten der Region um Hongkong. Sie hatte sie für teures Geld von einem portugiesischen Kartografen in Macau anfertigen lassen und es waren die genauesten Karten, die es in China gab. Yu nahm den Lampion von der Decke und hielt ihn über das Tischchen, damit alle besser sehen konnten, und zeigte mit dem Finger auf die verschiedenen Inseln, die Hongkong umgaben: die Inselgruppe Po Toi im Südosten, die Insel Lamma im Südwesten und die noch weiter westlich gelegene Insel Lantau. Rings um die Hauptinseln gab es noch unzählige namenlose Inselchen.

»Für alle, die diese Gegend nicht gut kennen, wird sie schnell zu einem Labyrinth«, erklärte Yu. »Man kann sich leicht in all den Buchten verirren – oder verstecken. Denkt immer daran, dass wir von einer wirklich gewaltigen Seeschlacht sprechen: vierhundert oder gar fünfhundert Schiffe in einem Gefecht über Leben und Tod. So viele Schiffe nehmen sehr viel Platz ein und brauchen noch viel mehr Platz, um sich bewegen zu können. Das Manövrieren zwischen den Inseln wird sehr schwierig sein.«

»Außer für uns«, meinte Kleiner Zorn grinsend. »Wir sind ja hier zu Hause.«

»Genau. Außerdem haben wir gegenüber dem Feind einen weiteren großen Vorteil: der *Wushu der Luft und des Wassers*. Unsere Leute können sich sehr schnell von einem Schiff zum anderen bewegen, oder vom Meer aufs Land.« Yu fuhr mit ihrem Finger von der Insel Hongkong zur Inselgruppe Po Toi. »Hier versammelt sich der größte Teil der Roten Flotte. Ungefähr zweihundert eng nebeneinander liegende Schiffe, die eine lange senkrechte Linie von Norden nach Süden bilden. Der Feind wird aus dem Osten kommen, in waagerechter Linie, und feststellen, dass wir schon auf ihn warten.«

Nun grinste Schwarzer Bär. »Sobald er uns angreift, kommen wir ihm entgegen und umzingeln ihn.«

Yu schüttelte den Kopf. »Nein, ganz im Gegenteil: Sobald er angreift, ziehen wir uns zurück.« Sie machte mit dem Finger eine Rückwärtsbewegung auf die Bucht unter dem Roten Hügel und die weiter westlich gelegenen Inseln zu. »Wir verstecken uns in diesem Labyrinth. Wir locken den Feind in die Buchten, die wir so gut kennen.«

»Auf diese Weise haben wir sie *aufs Dach gelockt*«, fasste Nachtfalter zusammen. »Aber wie *nehmen wir ihnen die Leiter weg*, um sie gefangen zu nehmen?«

Yu zog ihren Finger auf der Karte in Richtung Süden, auf die Insel Dangan zu. »Dangan liegt im offenen Meer, ungefähr 500 *Li* von Hongkong entfernt. Das entspricht in etwa zwei Stunden Fahrt. Sie ist also weit weg, aber doch nicht allzu weit. Hier wird sich die Zweite Rote Flotte verstecken, an die hundert Schiffe. Zu Beginn der Schlacht wird sich die Zweite Flotte auf Hongkong zubewegen und sich hinter den Feind schieben, sodass ihm kein Fluchtweg bleibt. Und damit ist uns der Sieg gewiss.«

Alle stimmten darin überein, dass dies ein guter Plan sei. In den folgenden Stunden der Nacht diskutierten sie über Einzelheiten und stellten eine Liste der zu erledigenden Dinge auf.

»Angesichts der Größe der Roten Flotte wäre es naiv zu denken, dass keine Spione unter uns sind«, sagte Yu. »Deshalb dürfen nur die hier Anwesenden den Plan kennen.«

»Und Hübscher Junge«, schlug Schwarzer Bär vor.

»Klar«, erwiderte Yu. »Er wird uns dabei helfen, die Verteidigung zu organisieren. Außer ihm aber darf niemand von der bei Dangan versteckten Zweiten Flotte erfahren. Kleiner Zorn, bereite dich gut vor, denn ich werde dir das Kommando über die Zweite Flotte übertragen.«

Kleiner Zorn verbeugte sich tief.

»Noch eine letzte Bemerkung«, sagte Yu. »Wir werden den mächtigsten Feind angreifen, den es überhaupt gibt: die Himmlische

Marine des Kaisers von China. Schon allzu lange hat Fürst Cao unsere Leute verfolgt, jetzt ist er dazu entschlossen, uns alle zu töten. Wir können unser Leben nur retten, wenn wir ihn besiegen. Ich will, dass ihr euren Leuten erklärt, dass nicht wir diesen Krieg angefangen haben und dass der Sieg unsere einzige Rettung ist. Diesen Sieg können wir nur erringen, wenn wir geeint bleiben. Piraten, steht ihr auf meiner Seite?«

Sie bejahten es einstimmig.

66

Als die Sonne hinter dem Horizont auftauchte, ließ Yu ihr Schiff aus der Formation ausbrechen und Kurs auf Hongkong nehmen. Die *Purpurrote Seerose* ihrerseits verließ die Formation in entgegengesetzter Richtung, und als Yu ihr nachsah, krampfte sich ihr das Herz zusammen. Sie hatte für ihre Kinder diejenige Mission herausgesucht, die sie für die ungefährlichste hielt, und konnte jetzt nur noch hoffen, dass sie die Schlacht unbeschadet überstanden.

In einem Krieg kann jedoch alles Mögliche passieren, dachte sie. Als Admiral habe ich die Pflicht, Chi und Wen wie alle anderen zu behandeln. Wenn gekämpft werden muss, werden sie kämpfen.

In der vorangegangenen Nacht hatte Yu Kapitän Yang und eine Anzahl seiner Männer auf die *Rache* kommen lassen, damit sie ihr gemeinsam mit Kleiner Zorn und Nachtfalter bei den Vorbereitungen behilflich waren.

Sie rief Kleiner Zorn, Nachtfalter und Scharlachroter Tiger zu sich.

»Kapitän Yang erscheint mir vertrauenswürdig«, erklärte sie ihnen. »Dennoch sollten wir vorsichtig sein und ihn im Auge behalten.«

Yu wusste, dass dies der Schwachpunkt ihres Plans war: Bis zur Rückkehr von Schwarzer Bär waren sie in erster Linie auf Yangs Informationen angewiesen, die allerdings auch ungenau oder sogar absichtlich falsch sein konnten. Vielleicht hätte Yu ihn foltern lassen sollen. Doch sie hatte Folter am eigenen Leib erfahren und wusste, dass die Qualen die verborgensten Aspekte einer Person zum Vorschein brachten, aber nicht unbedingt immer die Wahrheit.

Genug, sagte sie sich. Kümmere dich um so viel, wie du kannst, und befasse dich mit allem anderen, sobald der Moment dazu gekommen ist.

Auf der Rückfahrt nach Hongkong trafen sie auf schlechtes Wetter, widrigen Wind und starken Regen. Himmelhohe Wellen warfen sich der *Rache* entgegen.

»Dieses Jahr fängt die Regenzeit früher an als sonst«, stellte Riecht am Wind fest.

»Das ist ein ziemliches Problem«, erwiderte Yu. »Ich bin erst dann beruhigt, wenn wir in Hongkong angelangt sind. Eine Stunde Verspätung kann zwischen Leben und Tod entscheiden.«

»Wenn das so ist, werde ich den Wind ansingen, damit er uns hilft.«

Es hieß, dass taoistische Mönche Kenner der alten Magie waren, mit der sie Einfluss auf das Wetter nehmen konnten, doch in all den Jahren hatte Yu noch nie erlebt, dass Riecht am Wind diese Magie angewandt hatte.

»Mit dem Wind zu spielen, ist gefährlich. Der Vorteil von heute kann sich morgen in einen Nachteil verwandeln. Aber wenn es so wichtig ist, werde ich es tun«, erklärte der Steuermann.

Er begann zu singen. Eigentlich war sein Lied eher ein Murmeln. Leise zwischen den Lippen hervorgebrachte Töne.

Das kann nicht sein, dachte Yu, ein Lied vermag nicht das Meer zu beruhigen. Auch kann es nicht bewirken, dass Strömungen ihre Richtung ändern. Und doch konnte sie buchstäblich dabei zusehen, wie die Wellen aufhörten, gegen den Rumpf der Lorcha zu schlagen, und wie das Schiff über das Meer dahinglitt, anstatt gegen es ankämpfen zu müssen.

Trotzdem dauerte es fast fünf Tage, bis sie Hongkong erreichten.

Seit Yu wieder das Kommando über die Flotte übernommen hatte, hatte sich die Insel sehr verändert. Auf den ersten Blick wirkte sie wesentlich wilder. Die von Blauer Tiger gefällten Bäume waren ersetzt worden und der Dschungel hatte die beiden Halbinseln, zwischen denen die Bucht lag, überwuchert. Doch hinter und unter dem scheinbaren Wildwuchs verbarg sich eine sorgsame Planung. Die Artillerieposten entlang der Küste waren verstärkt, Aussichtsposten waren mit Fernrohren und Signalraketen ausgestattet worden und das Dorf an der Bucht war beträchtlich gewachsen. Unten am Strand gab es einen richtigen Hafen mit Kais und Anlegestellen, der so günstig in der Bucht unterhalb des Roten Hügels lag, dass er vom offenen Meer aus nicht zu sehen war.

Als sie in diesem Hafen anlangten, lagen dort an die zwanzig Schiffe vor Anker. Yu erkannte die Dschunken von Bleicher Riese, Silberhai, Donnerschlange, Hagelwolke und Brüllende Flut, sowie auch die von einigen der jüngeren Kapitäne wie Goldene Qualle, Geschliffener Dolch und Fliegender Wirbelwind.

Bei einer derart dichten Belegung des Hafens würde es Manöverprobleme geben und Yu wurde klar, dass die Bucht unmöglich mehrere Hundert Schiffe aufnehmen konnte. Sie mussten sich auf die benachbarten Buchten verteilen und brauchten daher neue Stege und neue Dschungelpfade.

Sobald sie den Palast betreten hatte, ließ Yu deshalb nach Hübscher Junge schicken. Hübscher Junge war mit den Jahren erwachsener und kräftiger geworden, doch er hatte immer noch den frechen Ausdruck im Gesicht, über den sich Yu früher oft geärgert hatte. Als er vor ihr erschien, trug er die Kleidung eines Mandarins: einen jadegrünen *Changshan* und einen Hut aus mit Goldfäden durchwirktem Stoff, sowie lange edelsteinbesetzte Fingernagelhülsen. Er sah so komisch aus, dass Yu laut lachen musste.

»Was ist los?«, fragte sie. »Bist du Kaiser geworden, während ich fort war?«

»Du warst zu lange weg, Fliegende Klinge. Sonst wüsstest du, dass es mittlerweile Vorschrift ist, mich als Königliche Hoheit von Hongkong anzureden.«

Hübscher Junge verbeugte sich feierlich und kam, seine Hände mit den langen Hülsen bedrohlich schwenkend, auf sie zu. Yu wich dem scherzhaften Angriff mit Leichtigkeit aus und umarmte ihn.

»Habe ich dir gefehlt?«, fragte Hübscher Junge.

»Dummkopf. Wie läuft es hier auf der Insel?«

»Alles in Ordnung, mal abgesehen von Tanzende Lotosblüte. Du weißt ja, dass sie mir einfach nicht widerstehen kann … Wenn

Kleiner Zorn auf dem Meer ist, lässt sie mich keine Sekunde lang in Ruhe.«

Yu musste wieder lachen. »Dann wirst du froh sein zu erfahren, dass Kleiner Zorn zusammen mit mir zurückgekehrt ist. Die nächsten Tage wirst du also von ihr verschont bleiben. Aber wenn du willst, lasse ich dir eine Leibwache zuteilen.«

»Das fehlte noch«, erwiderte er und verzog das Gesicht. »Also, wie verlief die Reise unserer kleinen Chi?«

Yu berichtete es ihm. Hübscher Junge hörte ihr schweigend zu und stellte ihr dann eine Reihe von Fragen. Yu wusste zu schätzen, dass er ihr keinerlei Vorschläge oder gar Vorwürfe machte, sondern sich nur ganz sachlich erkundigte, was wie und wann erledigt werden musste.

Gemeinsam setzten sie sich an einen Tisch und machten sich sofort an die Arbeit. Yu zeigte ihm die Liste, die sie niedergeschrieben hatte, und sie begannen, diese zu vervollständigen

Am folgenden Tag beriefen sie einen Kriegsrat ein. Sämtliche anwesenden Kapitäne erhielten den Befehl, in See zu stechen, um im Norden und im Süden die anderen Schiffe der Flotte herbeizuholen. Yu ordnete an, dass jedes Schiff Signalraketen und Brieftauben mit an Bord nahm, und schärfte den Kapitänen ein, dass sich alle in weniger als einem Monat in Hongkong einzufinden hatten.

Danach konnten sie sich um das Übrige kümmern: All die eintreffenden Schiffe mussten empfangen werden, außerdem benötigten sie ausreichend Vorräte, um vierzigtausend Menschen wochenlang auf der Insel zu verpflegen. Sämtliche Artillerieposten mussten verstärkt, alle Truppen und Kanonen inspiziert werden und es galt, ein Ausbildungsprogramm aufzustellen.

Die Tage vergingen so schnell, dass Yu mit dem Zählen kaum noch hinterherkam. Sie stand im Morgengrauen auf und arbeitete ununterbrochen bis in die späte Nacht hinein. Manchmal schaffte sie es nicht mal mehr bis in ihr Schlafzimmer und schlief am Schreibtisch ein. Ständig musste sie Unterlagen durchsehen, Vorgehensweisen planen und die eintreffenden Kapitäne empfangen.

Eines Morgens kamen die Zwillinge Jianguo und Jianzhou zu ihr. Jeder der beiden befehligte je ein Geschwader, doch die Schiffe waren ständig zusammen unterwegs. Sie waren soeben von Macau zurückgekehrt und bestätigten Yu, dass ein schlimmes Gerücht umging: Der Kaiser beabsichtigte, das Meer von Piraten säubern zu lassen, und stellte deshalb eine große Flotte zusammen. Die Engländer und die Portugiesen hatten einige ihrer Schiffe beigesteuert.

Ein paar Tage später verkündete Tanzende Lotosblüte die Rückkehr von Schwarzer Bär. Er war auf einem kleinen Boot mit einem einzigen Segel eingetroffen und so erschöpft und abgemagert, als ob er wochenlang nichts gegessen hätte.

Yu empfing ihn augenblicklich und erhielt von ihm eine weitere Bestätigung. Die kaiserliche Flotte hatte sich im Hafen von Schanghai versammelt und bereitete sich darauf vor, Kurs auf Hongkong zu nehmen. Schwarzer Bär hatte mit eigenen Augen das Admiralsschiff des Eunuchenfürsten gesehen und beschrieb es als »einfach kolossal«.

»Du siehst schlecht aus«, stellte Yu fest.

»Du auch«, erwiderte Schwarzer Bär.

Sie mussten beide lachten. Yu bat Überfluss, Schwarzer Bär etwas zu essen zu bringen, und stürzte sich dann wieder in ihre Arbeit.

Inzwischen kehrten die Schiffe der Roten Flotte aus allen Windrichtungen zurück, auch aus den Gewässern von Taiwan, Vietnam und den Philippinen. Im Hafen lagen Chis *Purpurrote Seerose* vor Anker, die Dschunke von Flussritter, die *Rote Todesbotin* von Blauer Tiger und all jene Schiffe, die Yu im Laufe der Jahre erobert hatte und deren Mannschaften sich ihr angeschlossen hatten.

Bald konnte die Bucht unter dem Roten Hügel keine weiteren Schiffe mehr aufnehmen und die Neuankömmlinge gingen in benachbarten Buchten vor Anker. Als auch dort kein Platz mehr war, wurden sie in die Buchten der Insel Lamma gelotst.

»Inzwischen sind zweihundertvierzig Schiffe eingetroffen, aber das reicht noch nicht«, sagte Yu nach Durchsicht ihrer Unterlagen.

»Wir sorgen schon dafür, dass sie reichen«, versuchte Hübscher Junge sie zu trösten.

Yu machte sich daran, die Schlachtpläne zu entwerfen. Sie teilte die Flotte in zwei Abteilungen: hundertachtzig Schiffen in Hongkong unter ihrem direkten Befehl und sechzig als Zweite Flotte unter dem Kommando von Kleiner Zorn. Diese Abteilungen wurden in Geschwader zu je fünfzehn Schiffen unterteilt und diese wiederum in Divisionen von je drei Schiffen.

Sie setzte Vieraugengespräche mit Kleiner Zorn an sowie Besprechungen mit den Befehlshabern der Geschwader und denen der Divisionen und erklärte ihnen, was sie in den einzelnen Phasen der Schlacht zu tun hatten.

Inzwischen bekam Yu auch laufend Nachrichten aus dem Norden, von dem Netz aus Kundschaftern und befreundeten Dörfern, das sie im Laufe der Jahre aufgebaut hatte und durch das sie nun Berichte über die feindliche Flotte erhielt. Brieftauben trafen in hellen Scharen ein, andere wurden losgeschickt, und in der Nacht blitzten ständig Lichtsignale auf.

Das, was Yu durch all ihre Informanten erfuhr, war praktisch immer dasselbe: Fürst Cao war in Schanghai in See gestochen und kam langsam näher. Er war bereits in Wenzhou. In Taiwan. In Shantou. In Shanwei.

Eines Abends betrat Nachtfalter kurz nach Sonnenuntergang Yus Arbeitszimmer und verbeugte sich vor ihr.

»Fliegende Klinge«, sagte er, »unsere Aufklärungsschiffe haben soeben das verabredete Signal gegeben.«

Die Unaufhaltbare Flotte des Eunuchenprinzen war bereit, den Hafen von Shanwei zu verlassen, und würde bei Sonnenaufgang des folgenden Tages Hongkong erreichen.

Der Moment war gekommen.

Die letzte Schlacht würde in wenigen Stunden beginnen.

67

Yu stand von ihrem Stuhl auf und schaute Nachtfalter an. »Ist alles bereit?«

»Ja. Kleiner Zorn ist in Dangan. Er hat vor Einbruch der Dunkelheit eine Brieftaube losgeschickt und bestätigt, dass die Zweite Flotte in Aktion tritt, sobald sie unsere Nachricht erhält.«

»Gut«, lobte Yu. »Hat die Flotte hier in Hongkong schon Vorbereitungen getroffen, um abzulegen?«

»Sie fangen in der Stunde des Rindes damit an … Hundertachtzig Schiffe brauchen für ihre Manöver Zeit. Die *Rache* wird den Hafen als Letzte verlassen, doch die Besatzung ist bereits an Bord, sie warten nur noch auf dich.«

»Bevor wir an Bord gehen, sollten wir noch eine letzte Kontrollrunde drehen«, schlug Yu vor.

Gemeinsam mit Nachtfalter besuchte sie den Hauptsaal des Palasts, in dem die nicht kämpfenden Bewohner der Insel untergebracht waren. Unter ihnen war auch Tanzende Lotosblüte, die Yu und Nachtfalter viel Glück wünschte. Yu sprach mit den Piraten, die diese Menschen beschützen würden. Dann ließ sie zwei Pferde satteln, und bald ritten sie und ihr Lehrer im Trab zur Halbinsel Chek Chue hinüber, wo sich der wichtigste Artillerieposten der Insel befand.

»Ich warte seit sechs Jahren auf diesen Moment, seit meiner Flucht aus dem Höllenhof«, sagte Yu.

Die Schlacht gegen den Eunuchenfürst. Der Tag der Rache war gekommen. Sie war ihm persönlich nie begegnet und doch hatte er ihr gesamtes Leben beeinflusst. Er hatte Peng getötet. Er hatte Wei manipuliert. Er hatte Yu einsperren und foltern lassen. Oft hatte Yu davon geträumt, gegen den Widersacher zu kämpfen, und nun sollte dieser Traum wahr werden.

»Endlich werden wir Peng rächen, meinen engsten Freund«, sagte Nachtfalter.

»Meister, du hast mir noch nie erzählt, wie ihr euch kennengelernt habt, Peng und du …«

In all den Jahren hatte Nachtfalter sich in allem, was seine Vergangenheit betraf, sehr bedeckt gehalten. Jetzt aber, wo ein Krieg unmittelbar bevorstand, fand Yu, dass sie ein Recht hatte, mehr über ihn zu erfahren.

Der alte Mann nickte. »Ich war ungefähr sechzehn Jahre alt, ein gebildeter Kaufmannssohn. Eines Tages, als ich einen Transport von Stoffen von Kanton nach Macau begleitete, wurde unsere Dschunke von einem Piratenschiff angegriffen, von der *Unwetter*. Wir wurden besiegt, aber weil ich mich im Kampf hervorgetan hatte, bot mir der Piratenkapitän an, seiner Mannschaft beizutreten. Ich willigte ein. Dieser Kapitän war Peng.«

»Warte mal«, unterbrach ihn Yu. »Erzählst du mir gerade, dass Peng früher Pirat war?«

»Na ja, er war ein Mitglied unserer Geheimgesellschaft. Da ist es doch selbstverständlich, oder?«

Ja, das war es tatsächlich. Nur dass sich Yu niemals hätte vorstellen können, dass ihr alter *Shifu* Schiffe geentert hatte.

»Peng empfand Sympathie für mich und begann, mich in der Kampfkunst der Luft und des Wassers zu unterweisen. Im Gegenzug brachte ich seiner Tochter Mei das Lesen bei. Es waren schöne Jahre. Leider kam es bei einem Gefecht zu einem schlimmen Zwischenfall. Mei war gerade dabei, eine Kanone zu laden, als die Seile, mit der diese gesichert war, rissen. Der kleine, damals zwei Jahre alte Wei war seiner Amme entwischt und lief an Deck … Die Kanone rollte auf ihn zu. Mei flog ihm entgegen und schob ihn beiseite, konnte der Kanone aber selbst nicht mehr ausweichen. Ich sah, was geschah, war aber zu weit weg, um rechtzeitig eingreifen zu können. Von dem Tag an wurde alles anders. Peng fing an zu trinken, gab das Piratenleben auf und ließ sich zusammen mit dem Enkel in Kanton nieder. Ich dagegen blieb auf der *Unwetter* und befehligte das Schiff, obwohl mir die Lust auf das Leben auf See gründlich vergangen war.«

Nachtfalter sah Yu mit traurigen Augen an. »Nach dem Tod seiner Tochter hörte Peng für immer mit dem Kämpfen auf, verstehst du? Er stellte keine Bedrohung mehr dar, für niemanden. Dennoch ließ Cao ihn ermorden. Und dir fällt die Pflicht zu, Gerechtigkeit zu üben.«

»Ich habe es geschworen«, erwiderte Yu ernst.

Sie erreichten den Artillerieposten und überprüften, ob alles in Ordnung war. Sie sprachen den Piraten Mut zu und kehrten dann zum Hafen zurück. Die Bucht war so voll von Schiffen, dass man sie trockenen Fußes hätte überqueren können, indem man von Deck zu Deck sprang.

Die *Rache* lag ganz hinten am letzten Steg vor Anker, mit gerefften Segeln. Auf ihr wimmelte es geradezu von Piraten. *Ihren* Piraten.

In der Schlacht würden Yu alte Freunde wie Scharlachroter Tiger und die Vierzig Teufel zur Seite stehen, aber auch einige junge, in der Kampfkunst der Luft und des Wassers gut ausgebildete Piraten.

Von der alten Mannschaft fehlten beim Appell nur Steinriese, Grüne Heuschrecke und Kleiner Zorn. Sie waren in Dangan, bei Yus Kindern, und somit in Sicherheit.

Yu und Nachtfalter gingen an Bord. Yu redete mit den Leuten und teilte ihnen mit, dass sie zur vierten Wache ablegen würden.

»Versucht, noch ein paar Stunden zu schlafen.«

Kurz nachdem Yu in ihre Kabine gegangen war, klopfte es an der Tür.

Es war Hübscher Junge. Am liebsten hätte sie ihn hereingelassen und in seiner Gesellschaft die übrige Welt vergessen. Doch sie beschloss, dass diese Nacht eine Nacht der Erinnerungen sein sollte.

»Bewahre dir deinen Kampfgeist für morgen auf«, sagte sie zu ihm, bevor sie die Kabinentür wieder verschloss.

Ihre nächste Beschäftigung bestand darin, das Schwert *Meeresgischt* zu schärfen, das sie vom alten Herrn Long geschenkt bekommen hatte.

Während sie im Schein eines Lampions den Schleifstein wieder und wieder über die Klinge zog, dachte Yu an Wei. An all ihre gemeinsamen Erlebnisse als Kinder. An den ersten Kuss. Und daran, wie er sie viele Jahre später zum Tode verurteilt hatte.

Yu hatte sich schon oft nach den Gründen für diesen Verrat gefragt. Warum in aller Welt hatte er den Brief geschrieben, mit dem sie in die Falle gelockt worden war? Vielleicht war Wei unter Drogen gesetzt worden. Vielleicht hatte ihm der Foltermeister heimlich einen Gifttrunk in eine Speise oder ein Getränk mischen lassen. Doch bei all diesen Grübeleien kam Yu immer wieder zu demselben Schluss: Es war nicht möglich. Als Wei das Urteil verkündet hatte, hatte er ihr in die Augen gesehen. Er hatte beim Sprechen nicht gezögert. Hätte er eine Droge eingeflößt bekommen, hätte er benommen gewirkt oder betrunken, aber das war nicht der Fall gewesen.

Nein.

Wei hatte damals gewusst, was er tat, und hatte es getan. Er hatte sich von seinem Stiefvater, Herrn Zhang, dazu bringen lassen oder vom Eunuchenfürst oder aber von irgendwelchen absurden Moralvorstellungen, die er im Laufe der Jahre übernommen hatte.

Yu konnte ihm nicht verzeihen. In den Stunden nach Sonnenaufgang würde sie ihm zum letzten Mal begegnen.

»Hier bin ich«, würde sie zu ihm sagen. »Ich bin hier, um deinen Großvater zu rächen, und auch um für mich selbst Rache zu nehmen.«

Gleich darauf würde sie ihm einen tödlichen Schlag versetzen. Und weinen. Vielleicht. Aber es würden Freudentränen sein.

Wirklich?

Doch das war egal, sie würde es trotzdem tun.

Sie hob das Schwert *Meeresgischt* hoch, das mittlerweile so scharf war, dass es wohl auch Gedanken zerschneiden konnte. Yu sollte jetzt etwas schlafen, aber sie war nicht müde. Sie legte sich auf ihr Bett, schloss die Augen und zwang sich, still liegen zu bleiben.

Überfluss hatte ihr diese Entspannungstechnik beigebracht.

»Wenn du vor einer Schlacht nicht einschlafen kannst, leg dich einfach nur ruhig hin und ermögliche deinem Körper, sich auszuruhen. Am nächsten Tag bist du dann kräftig genug, um zu kämpfen.«

Yu atmete bewusst gleichmäßig. Brachte sich dazu, ihren Kopf von Gedanken zu leeren.

»Fliegende Klinge.«

Eine Stimme vor ihrer Kabinentür.

Nachtfalter.

»Gerade wurde zur fünften Wache geläutet«, sagte ihr Lehrmeister. »Wir müssen ablegen.«

Yu sprang vom Bett auf. »Beginnt mit dem Manöver. Ich komme gleich an Deck.«

Sie ging zu einer Schüssel mit frischem Wasser, wusch sich das Gesicht und zog ihre Kleidung für die Schlacht an: eine Leinenhose und ein Hemd, darüber eine leichte Rüstung, bestehend aus Beinschützern aus Leder, Brust- und Schulterpanzern. In ihre Stoffstiefel steckte sie zwei Wurfmesser und band sich Pfeile mit vergifteter Spitze an die Unterarme. Das Schwert *Meeresgischt* befestigte sie am Gürtel.

Schließlich steckte sie sich die Haare hoch, damit die Tätowierungen auf ihrer Stirn gut sichtbar waren: *Hexe* und *Pirat*. Die Schriftzeichen sollten ihren Feinden eine Warnung sein.

Als sie an Deck kam, standen die Piraten schon an ihren Gefechtspositionen und bebten förmlich vor Ungeduld.

Yu ging zu Riecht am Wind, ihrem Steuermann.

»Alles in Ordnung?«

»Einigermaßen.«

Rings um sie herum manövrierten vereinzelte Dschunken, die noch nicht die Bucht verlassen hatten. Die *Rache* lichtete als Letzte den Anker und schloss sich der langen Reihe von Schiffen an, die aufs offene Meer hinaussegelten.

Im schwachen Licht des Mondes nahmen sie Kurs auf die kleinste der Po-Toi-Inseln und Yu konnte sehen, dass sich die Rote Flotte entsprechend ihren Wünschen formiert hatte: von Norden nach Süden in einer leicht versetzten Reihe, sodass die Breitseiten der Schiffe mit ihren Kanonen nach Osten zeigten, jene Seite, von der die Feinde kommen würden. Eine beeindruckende Barriere aus Holz, Leinwand und Stahl, so lang, dass es aussah, als verdecke sie den gesamten Horizont, von der Insel Hongkong bis ins offene Meer hinaus.

Die *Rache* fuhr an der Reihe entlang, als nehme sie eine Parade ab, signalisierte einigen Schiffen, dass sie sich weiter vorwärts bewegen oder sich ein Stück zurückfallen lassen sollten, und nahm schließlich, als die ersten Strahlen der Sonne den Himmel erhellten, ihre endgültige Position ein: an vorderster Linie, genau in der Mitte der Formation.

Sie waren bereit.

»Schiffe in Sicht?«, fragte Yu.

»Bisher noch nicht«, antwortete der Steuermann. »Kein einziges Segel.«

Obwohl sie wusste, dass es sinnlos war, ließ sich Yu ein Fernrohr reichen.

Sie warteten.

Nach einer Weile kam Scharlachroter Tiger zu ihr.

»Diese Sache gefällt mir nicht«, meinte er. »Schlachten beginnen bei Sonnenaufgang. Eine derartige Verspätung hat etwas zu bedeuten.«

»Vielleicht hat die feindliche Flotte zu spät in Shanwei abgelegt oder es ist etwas Unvorhergesehenes passiert«, mutmaßte Hübscher Junge. »Vielleicht ist sie auch nur sehr langsam. Wir haben ja gesehen, wie zeitaufwendig es ist, wenn so viele Schiffe manövrieren müssen …«

»Oder aber …«, begann Schwarzer Bär, doch Yu hob eine Hand zum Zeichen, dass alle still sein sollten. Sie musste nachdenken, denn auch sie war von dieser Verspätung irritiert.

Sie ließ Goldene Qualle rufen. Goldene Qualle zählte zu den jüngsten Kapitänen und ihr Schiff hatte den Ruf, besonders schnell zu sein. Sie kam unverzüglich und landete mit einem Sprung auf dem Deck der *Rache*.

»Es heißt, deine Dschunke sei schneller als alle anderen«, sagte Yu. »Stimmt das?«

Die Piratin grinste.

»Verlass die Formation und nimm sofort Kurs nach Osten. Falls du den Feind sichtest, greifst du nicht an, sondern schießt eine Signalrakete ab und kehrst sofort hierher zurück. Wenn du in einer Stunde noch nichts bemerkt hast, kehrst du ebenfalls wieder zurück.«

»Zu Befehl.«

Yu machte sich wieder daran, mit ihrem Fernrohr das Meer abzusuchen.

Nichts.

Aus ihrer Irritation war inzwischen eine böse Vorahnung geworden. Sämtliche Kundschafter und Spione hatten dasselbe mitgeteilt. Die Flotte des Eunuchen müsste eigentlich jeden Moment auftauchen … Warum also war von ihr nichts zu sehen?

Um die Stunde des Drachen herum verkündete Riecht am Wind endlich: »Boot in Sicht.«

»Wo?«, fragte Yu lauter, als es nötig gewesen wäre. »Was für ein Boot?«

»Ein gerudertes Beiboot. Aber es kommt aus dem Süden, nicht aus dem Osten. Es ist so schnell, dass es eine hohe Bugwelle vor sich herschiebt.«

Steinriese, dachte Yu.

Plötzlich stieg vom Meer eine schmale schwarze Rauchfahne auf.

»Das kommt von dem Beiboot«, erklärte der Steuermann. »Von ihm wurde eine Signalrakete abgeschossen.«

Also ging es um etwas Dringendes. So dringend, dass es nicht warten konnte, bis das kleine Boot die *Rache* erreicht hatte.

Yus Herz schlug immer schneller.

Meinen Kindern ist etwas passiert.

Yu lief zur Backbordreling und sprang auf das Wasser hinunter. Sie konzentrierte ihr *Chi*, um sich von den Wellen auf das offene Meer hinaustragen zu lassen.

Nach einer Weile konnte sie das Beiboot sehen oder besser gesagt seine Bugwelle. Mit der Geschwindigkeit einer Kanonenkugel glitt es auf die Piratenflotte zu. Auch Yu wurde immer schneller, sie lief über das Wasser und hinterließ eine Bugwelle, die im Sonnenschein glitzerte. Als Steinriese nahe genug war, sprang Yu von der Wasseroberfläche in den Bug des Boots.

Steinriese hatte seine Kette vollständig abgelegt und war nackt, sein narbenübersäter Körper glänzte vor Schweiß.

»Was ist passiert?«, rief Yu. »Sprich!«

Steinriese übergab ihr ein Blatt Papier.

Darauf stand:

Die feindliche Flotte ist aus dem Süden gekommen und hat Dangan angegriffen. Schick Verstärkung. Chi.

68

Die feindliche Flotte ist aus dem Süden gekommen.

»Verdammt!«, zischte Yu.

Sie hat Dangan angegriffen.

Wie hatten sie herausbekommen, was Yu vorhatte? Ein Spion?

Nein, dachte Yu, das konnte nicht sein. Die einzigen Mitglieder der Roten Flotte, denen ihre eigentlichen Ziele bekannt waren, waren Chi, Kleiner Zorn und Flussritter. Alle anderen hatten ihr Ziel erst dann erkannt, als sie es erreicht hatten, und hätten keine Möglichkeit gehabt, den Feind darüber zu informieren.

Wahrscheinlicher war eine andere Erklärung: Der Eunuchenfürst hatte eine Falle gewittert und deshalb beschlossen, Hongkong nicht direkt anzugreifen, sondern sich in Ruhe dessen Umgebung anzuschauen. Nach dem Ablegen in Shanwei hatte seine Flotte einen großen Bogen beschrieben, um weiter nach Süden vorzudringen und sich den Piraten aus einer unerwarteten Richtung zu nähern. Auf diese Weise war sie nach Dangan gekommen. Und waren auf Kleiner Zorn gestoßen, der dort gewartet hatte.

Verdammt!

Schick Verstärkung.

Wenn Chi, das Mädchen, das vor nur einem Monat Befehl zum Entern gegeben hatte, ohne zuvor einen einzigen Schuss abzugeben, jetzt um ihre Hilfe bat, bedeutete das, dass die Lage wirklich verzweifelt sein musste.

Sechzig Schiffe gegen zweihundertfünfzig.

Sie würden sie vernichten.

Ich muss meine Kinder retten, dachte Yu.

Sie drehte sich um und sah die unendlich lange Reihe von Schiffen hinter ihr, mit schussbereiten Kanonen und allen Mann auf Kampfpositionen. In ihrem Innersten spürte sie etwas, das sich wie ein schweres Gewicht anfühlte. Wie ein Knoten. Wie ein Stein, der ihr Herz gegen ihre Rippen presste.

Ich kann nicht.

»Steinriese«, sagte sie. »Ich kann nicht.«

Der Mann sagte nichts, doch der Blick, mit dem er Yu bedachte, war scharf wie ein Dolch. Oder kam es Yu nur so vor, weil sie sich verletzlich fühlte?

Sie nahm sein Gesicht zwischen ihre Hände. »Steinriese, du musst zurückrudern, hast du verstanden? Du musst zurück zu Chi. Sag ihr, dass ich keine Verstärkung schicken kann, dass sie hierherkommen und den Feind zu uns locken müssen.«

Er schüttelte den Kopf.

Yus Augen füllten sich mit Tränen. »Ich bitte dich, beschütze meine Kinder. Tu das, was ich jetzt nicht tun kann. Und sage ihr, der Befehl lautet: Rückzug. Sofort. So schnell wie möglich. Der Feind muss nach Hongkong kommen.«

Wieder schüttelte Steinriese den Kopf. Er griff zu den Rudern.

»Verzeih mir«, bat Yu. »Sag es auch ihnen. Dass sie mir verzeihen sollen.«

Sie stieg aus dem Beiboot und blieb auf der Wasseroberfläche stehen. Steinriese warf ihr einen letzten Blick zu, bevor er das Boot wendete und mit aller Kraft dorthin zurückruderte, wo er hergekommen war. Das Gewicht, das Yu in ihrem Innersten spürte, wurde noch erdrückender. Sie hatte den Drang, dem Piraten zu folgen, in das Beiboot zu springen und mit ihm zu fahren, allein mit ihrem Schwert, und die Rote Flotte ihrem Schicksal zu überlassen.

Doch sie war deren Admiral. Auf ihren Schultern ruhte die Verantwortung für vierzigtausend Piraten. All ihre Leben hingen von ihr ab. Sie konnte sie nicht alle in Gefahr bringen, um nur zwei Leben zu retten. Selbst dann nicht, wenn es die Leben ihrer Kinder waren.

Die erste Pflicht eines Befehlshabers in der Schlacht besteht darin zu siegen, die zweite, seine Leute zu schützen.

Das hatte Yu Chi und Wen beigebracht. Sie wischte sich mit

dem Ärmel ihres Hemds die Tränen aus dem Gesicht. Sie wusste, dass alle Leute auf den Schiffen sie beobachteten und sich fragten, was geschehen sein mochte. Sie musste sich zusammenreißen. Ihren Schmerz verbergen.

Yu starrte auf den Horizont, bis das Beiboot dahinter verschwunden war. Dann kehrte sie mit einem Sprung auf die *Rache* zurück. Ihre alten Freunde Scharlachroter Tiger, Nachtfalter, Schwarzer Bär und Riecht am Wind schauten sie voller Ungeduld an. Erneut spürte Yu den Impuls, sie alle im Stich zu lassen und nach Dangan zu fliegen. Und erneut sagte sie sich, dass sie der Admiral war.

»Bereit zum Manöver«, befahl sie. »Signalisiert den anderen Schiffen, dass sie auf mein Kommando losfahren sollen. Wir müssen die Formation ändern: keine senkrechte Linie mehr von Norden nach Süden, sondern eine waagerechte von Westen nach Osten, von der Insel Lamma bis zur Bucht des Roten Hügels. Ziel ist, die Südküste von Hongkong zu schützen.«

»Was ist denn los?«, wollte Nachtfalter wissen.

»Der Feind rückt näher«, erklärte Yu. »Aber er kommt aus dem Süden.«

»Was? Und Dangan …?«

Yu tat, als hätte sie Nachtfalter nicht gehört. Stattdessen wandte sie sich zu Scharlachroter Tiger um. »Ich will mit allen Befehlshabern der Divisionen sprechen. Und zwar sofort. Sobald der Befehl für das neue Manöver ausgeführt wurde, sollen sie unverzüglich auf die *Rache* kommen.«

»Wie du befiehlst, Fliegende Klinge.«

»Benachrichtigt mich, falls Probleme auftauchen oder ein weiteres Schiff am Horizont gesichtet wird. Ich bin in meiner Kabine.«

»Fliegende Klinge …«, sagte Nachtfalter.

Yu ignorierte ihn. Sie eilte in ihre Kabine und schloss die Tür mit zitternden Händen ab.

Ich habe meine Kinder im Stich gelassen. Vielleicht sehe ich sie nie wieder. Vielleicht habe ich sie zum Tode verurteilt.

Auf dem Deck der *Rache* erklangen die Gongs, mit denen den anderen Schiffen das auszuführende Manöver signalisiert wurde. Yu fasste sich mit beiden Händen an den Kopf. Falls Chi und Wei etwas zustieß, würde sie es sich niemals verzeihen.

Jemand klopfte an der Tür.

»Fliegende Klinge«, sagte Scharlachroter Tiger. »Die Geschwaderkommandeure sind eingetroffen. Aber es sind zu viele, sie passen nicht alle in deine Kabine. Ich habe die Mannschaftsunterkunft räumen lassen. Ist das in Ordnung?«

»Ich komme sofort«, antwortete Yu.

Der in Hongkong stationierte Teil der Roten Flotte bestand aus hundertachtzig Schiffen, aufgeteilt in zwölf Geschwader und sechzig Divisionen. Die Geschwaderkommandeure waren Blauer Tiger, Hagelwolke, Drei-Finger-Kang, Geist des Südens, Abtrünniger Mönch, Fliegender Wirbelwind, Donnerschlange, Doppelpfeil, Brüllende Flut, Meister der Täuschung, Silberhai und Drachenzahn.

Sie versammelten sich in dem Bereich über dem Laderaum, zwischen den unordentlichen Kojen der Matrosen. Yu blieb an einem Ende des Raums stehen, mit Scharlachroter Tiger und Nachtfalter zu ihren beiden Seiten. In der Mannschaftsunterkunft war es dunkel, stickig und viel zu warm und es stank nach ungewaschener Kleidung und Bilgewasser.

»Piraten«, sagte Yu. »Ihr wisst, dass ich vor der Schlacht eine Abteilung unserer Flotte abgetrennt und dem Kommando von Kleiner Zorn unterstellt habe. Auf meinen Befehl haben sich diese Schiffe nach Dangan begeben, um den Feind in einen Hinterhalt zu locken. Leider ist mein Plan nicht aufgegangen. In diesem Augenblick wird dieser Teil unserer Flotte vom Feind angegriffen und hat um Verstärkung gebeten.«

Sogleich erhob sich lautes Stimmengewirr.

Scharlachroter Tiger schlug mit der Faust gegen die Holzwand. Ein dumpfes Krachen erklang und die Ruhe war wiederhergestellt.

»Ich habe ihnen die Nachricht geschickt, dass keine Verstärkung kommen wird«, fuhr Yu fort.

Wieder schrien alle wütend durcheinander.

Scharlachroter Tiger boxte abermals gegen die Wand und Yu rief: »Piraten, seid still!«

Ihr Mann Blauer Tiger stand auf: »Fliegende Klinge, in Dangan befinden sich nicht genug unserer Brüder, um dem Feind standzuhalten.«

»Das weiß ich«, erwiderte Yu. »Es ist anzunehmen, dass die Zweite Flotte schwere Verluste erleiden wird. Ich habe den sofortigen Rückzug angeordnet, damit sie die Kaiserlichen hierher nach Hongkong locken.«

»Aber das bedeutet, dass sie flüchten müssen, während der Feind auf sie schießt«, empörte sich Blauer Tiger. »Das ist eine Selbstmordmission.«

»Auch das weiß ich«, seufzte Yu.

»Warum hast du es dann befohlen?«

»Der Weise sagt: *Wenn ich nicht weiß, dass das Gelände gefährlich ist, sind meine Aussichten auf den Sieg halbiert.* Stellt euch bitte vor, was geschieht, wenn wir alle nach Dangan segeln. Wir würden dort in zwei Stunden ankommen, vielleicht schon zu spät, um unseren Brüdern zu helfen, und würden mitten in die Schlacht hineingeraten. In einer Meeresregion, in der unser Feind frei manövrieren kann und die Möglichkeit hatte, eine Strategie auszuarbeiten, während all unsere Strategien keinen Sinn mehr ergeben würden. Was würde folglich geschehen?«

Drei-Finger-Kang knurrte: »Fliegende Klinge hat recht. Jetzt nach Dangan zu fahren, würde bedeuten, uns sinnlos niedermetzeln zu lassen.«

»Dann sterben sie an unserer Stelle«, wandte Blauer Tiger ein.

Am liebsten hätte Yu ihn geohrfeigt. Doch sie zwang sich, ruhig zu bleiben und zu nicken. »Deshalb muss es uns gelingen, für sie Vergeltung zu üben. Wenn wir uns nicht bewegen, wird uns der Feind früher oder später entgegensegeln müssen. Er wird von dem überstandenen Gefecht müde sein, während wir bereit und auf eigenem Territorium sind. Der ursprüngliche Plan sah vor, dass wir uns zwischen den Inseln verstecken und dann von außen Verstärkung erhalten. Diese Verstärkung wird nicht mehr eintreffen, deshalb müssen wir unsere Strategie ändern.«

»Hast du schon eine Idee?«, fragte Drei-Finger-Kang.

Yu hatte mehr als eine. Der erste Schritt bestand darin, die Verteidigungslinie wiederherzustellen, um die Südküste von Hongkong abzuschirmen.

Die nun folgende Stunde verbrachte Yu damit, ihren Schlachtplan mit den Kommandanten durchzusprechen, um ihn an die neue Situation anzupassen. Sie ordnete an, dass eine Division schneller Dschunken sofort in die Gewässer um die Inselgruppe Po Toi segeln solle, um die Ankunft der Zweiten Flotte anzukündigen. Und die des Feindes.

»Sobald sich die beiden Formationen gegenüberstehen, wird die Rote Flotte als Erste angreifen«, erklärte Yu. »Ich und eine Gruppe von Kriegern der Luft und des Wassers entern bestimmte Dschunken, während die Schiffe die Formation auflösen. Eine Abteilung von ihnen kommt uns hinterher, um uns zu unterstützen, die andere versteckt sich zwischen den Inseln und greift die feindlichen Schiffe dann einzeln an. Wir müssen den Feind komplett verwirren, den Kontakt seiner Schiffe untereinander unterbrechen und ihn zwingen zu improvisieren. Denn das sind alles kaiserliche Soldaten, sie haben nur gelernt, Befehlen zu gehorchen. Wir dagegen sind Piraten und daran gewöhnt, eigene Entscheidungen zu treffen.«

Nachdem sich Yu vergewissert hatte, dass jeder der Anwesenden seine Aufgabe verstanden hatte, löste sie die Versammlung auf. Während die anderen auf ihre Schiffe zurückkehrten, versuchte Nachtfalter nochmals, mit Yu zu reden, doch sie kehrte so schnell auf das Deck zurück, dass ihr Lehrer ihr nur noch bestürzt hinterherschauen konnte. Sie hatte ihre Entscheidung getroffen und wollte sich nicht hineinreden lassen.

Yu lehnte sich an die Backbordreling und nahm ihr Fernrohr, um aufs Meer hinauszuschauen. Sie fragte sich, wie es in diesem Augenblick wohl Chi und Wen erging.

Eunuchenfürst, dachte sie. Li Wei. Ich schwöre, dass ihr für die Schmerzen, die ihr mir zufügt, teuer bezahlen werdet.

Die Mittagszeit brach an und Überfluss servierte der Besatzung ein leichtes Gericht aus Reis und Fisch. Yu hatte keinen Appetit, zwang sich aber, trotzdem etwas zu essen. Sie brauchte ihre Kräfte und wusste auch nicht, wann es für sie die nächste Mahlzeit geben würde.

Am frühen Nachmittag, um die Stunde des Schafs, bemerkte Yu, dass sich etwas am Horizont bewegte. Ein großer roter Drachen, der über dem Meer aufstieg. Das war das vereinbarte Signal der zu den Po-Toi-Inseln entsandten Kundschafter: Ein roter Drachen bedeutete, dass die Zweite Flotte unter Kleiner Zorn näher kam.

»Signalisiert den Schiffen, in der Mitte der Formation eine Gasse zu bilden«, ordnete Yu an. »Lasst die Dschunken durch, die gekämpft haben, damit sie ihre Schäden reparieren können, und bereitet euch vor, euch dem Feind zu stellen.«

Jemand schlug den am Hauptmast befestigten Gong, gleich darauf erklangen Trommelwirbel. Diese von der *Rache* her kommenden Klänge fanden sofort ein Echo. Auch auf den anderen Schiffen wurden die Trommeln geschlagen, bis ihr Rhythmus wie der Schlag eines riesigen Herzens klang.

Endlich sichtete Yu die ersten Dschunken, die dank eines günstigen Winds schnell auf sie zusegelten. Die Geschwader von Jianguo und Jianzhou fuhren Seite an Seite, doch anstatt der erwarteten dreißig Schiffe waren es nur neun.

Kurz darauf traf das Geschwader von Flussritter ein, mit nur sieben Schiffen anstelle von fünfzehn. Bei einem dieser sieben Schiffe brannten die Segel.

Yu blieb mit dem Fernrohr vor dem Auge an der Reling stehen. Sie wartete auf das Geschwader von Kleiner Zorn, dem auch das Schiff ihrer Tochter Chi zugeteilt war.

Doch es kam nicht.

69

Der Horizont verdunkelte sich, wie vor einem Gewitter.

»Das sind keine Wolken«, warnte der Steuermann. »Das ist die feindliche Flotte.«

Wie immer hatte er auch dieses Mal recht. Die Kundschafter der Roten Flotte hatten alle Segel gesetzt, um möglichst schnell zu ihnen zurückzukehren, und ließen weiße Drachen steigen, was »Feind im Anzug« bedeutete.

Yu ging zum Bug, wo sie ein größeres Sichtfeld hatte: Die Geschwader von Drei-Finger-Kang und Blauer Tiger entfernten sich, um eine Gasse für die Schiffe der Zweiten Flotte zu schaffen. Doch Yu begriff sofort, dass das nicht funktionieren würde. Ihre Formation war viel zu groß und die der Feinde ebenso. Außerdem trafen die flüchtenden Schiffe einzeln und aus verschiedenen Richtungen ein, mit unterschiedlichen Geschwindigkeiten und noch dazu wurden viele von ihnen verfolgt und befanden sich mitten im Kampf. Yu musste den Gegenangriff befehlen, bevor alle in Sicherheit waren. Denn sonst würde es keinen Gegenangriff mehr geben.

Cao hat bereits ein Viertel meiner Flotte niedergemacht, schätzte Yu. Er ist im Vorteil und wird kein Erbarmen haben. Wir müssen um unser Leben kämpfen.

Wieder suchte Yu mit ihrem Fernglas den Horizont nach der *Purpurroten Seerose* ab. Sie war nirgends zu sehen, ebenso wie die anderen Schiffe des Geschwaders von Kleiner Zorn.

Das hat nichts zu bedeuten, sagte sie sich. Vielleicht verteidigen sie immer noch Dangan. Oder sie sind einfach nur langsamer. Sie musste an die Gegenwart denken, an das Hier und Jetzt.

»Signalisiert der Flotte, die Kanonen zu laden«, befahl Yu. »Alle Schiffe müssen auf die *Rache* warten. Nach unserem ersten Schuss gilt Feuer frei!«

»Zu Befehl«, erwiderte Namenloser, ihr Erster Artillerist.

»Signalisiert auch den Infanterietruppen: Klar zum Entern.«

»Verstanden«, sagte Scharlachroter Tiger.

Yu hatte das Gefühl, auf dem Gipfel eines hohen Berges zu stehen, auf dem Tausende von losen Steinen nur darauf warteten, den Hang hinunterzurutschen. Sie war diejenige gewesen, die diese Steine dort hinaufgetragen hatte. Einen Stein nach dem anderen, jahrelang. In gewisser Weise sogar seit ihrer Geburt. Und nun konnte diese enorme Steinlawine jede Sekunde ins Rutschen kommen und ihrem Schicksal entgegendonnern. Die Schiffe, die auf ihren Befehl warteten, waren das *Shi*, die Macht, die Yu angesammelt hatte. Und nun wurde diese Macht zum Funken, der den Brand entfachte.

Sie atmete tief durch und versuchte, sich die Formationen der Flotten wie auf einer Karte vorzustellen. Gab es Schwachstellen? Etwas, an das sie nicht gedacht hatte?

»Fliegende Klinge!« Nachtfalter trug seine übliche blaue Tunika ohne Panzerung und hatte auch keine Waffen. »Ich wollte dir nur sagen, dass du es richtig gemacht hast«, sagte er zu Yu. »Du hast die richtigen Entscheidungen getroffen. Es wird mir eine Ehre sein, dich bei deinem ersten Angriff zu begleiten.«

»Danke, Meister.«

»Kannst du das Schiff von Chi und Wen sehen?«

»Nein, noch nicht.«

»Wahrscheinlich befinden sie sich zwischen den feindlichen Linien. Bald werden wir bei ihnen sein.«

»Ja«, stimmte Yu ihm zu.

Durchdringende Gongschläge und Trommelwirbel ließen die Luft erzittern. Die ersten beiden Schiffe, die sich aus dem Gefecht zurückgezogen hatten, diejenigen, die unter dem Kommando von Jianguo und Jianzhou standen, hatten die Formation der Roten Flotte beinahe erreicht. Sie signalisierten, dass sie nicht in der Lage waren, am Gefecht teilzunehmen, und eines zeigte an, dass sein Kapitän tot war.

Yu traf diese Nachricht schwer. Sie kannte die Zwillinge seit ihrem ersten Tag bei den Piraten. Sicherlich war der eine Zwilling nicht das letzte Opfer, das diese Schlacht fordern würde.

»Namenloser, wann werden die Feinde in unsere Schussweite kommen?«

»In wenigen Augenblicken.«

»Achte darauf, nicht unsere flüchtenden Schiffe zu treffen.«

»Zu Befehl!«

»Scharlachroter Tiger, Signal an alle Schiffe: Sobald wir in die Schlacht eintreten, lösen wir die Formation auf und setzen unseren Plan um.«

»Zu Befehl.«

»Riecht am Wind, in meiner Abwesenheit hast du das Kommando über die *Rache*.«

»Zu Befehl.«

Namenloser rief ihr zu: »Jetzt ist der Feind in Schussweite der schweren Geschütze.«

Yu zog ihr Schwert aus seiner Scheide und reckte es zum Himmel empor. Sie spürte ihr *Chi*. Die Energie, die durch eine schlichte Bewegung entfesselt werden konnte.

Yu befahl: »Feuer!«

Die *Rache* erbebte durch die Explosionen, ein höllischer Schwefeldunst erfüllte die Luft. Die Rote Flotte brüllte wie ein riesiges Tier. Hunderte gleichzeitig schießende Kanonen erzeugten einen vibrierenden Lärm, der die Herzen zum Erzittern brachte.

Yu sprang auf den Hauptmast, um die Situation von oben zu überblicken. Flüchtende Divisionen der Roten Flotte und die sie verfolgenden feindlichen Schiffe lösten ihre Formationen auf, um den Schüssen zu entgehen. Yu konnte das rege Treiben auf den Decks der kaiserlichen Schiffe beobachten: Auch sie luden ihre Kanonen. Die Rote Flotte schoss eine zweite Salve Kanonenkugeln ab und der Feind antwortete. Ein Knall folgte auf den anderen, wie bei einem heftigen Gewitter, und Brandraketen durchschnitten die Luft.

Der Moment war gekommen.

»Piraten der Roten Flotte!«, rief Yu.

Sie war so hoch oben, dass niemand an Deck sie hören konnte, doch sie wusste, dass ihre Leute zu ihr hinaufschauten.

»Piraten der Roten Flotte!«, wiederholte sie. »Klar zum Entern!«

Sie sprang von der Rah des Hauptmasts direkt aufs Meer hinunter und landete auf dem Kamm einer Welle, die durch ihr *Chi* anschwoll und höher und stärker wurde und Yu weit emporhob.

Yu stieß einen wilden Schrei aus und die Welle schob sie mit der Geschwindigkeit von tausend galoppierenden Pferden voran. Die Trommeln wurden immer lauter, mehr und mehr Piraten stimmten in Yus Schrei ein: Nachtfalter, Scharlachroter Tiger, Schwarzer Bär, die Vierzig Teufel, Hunderte von Männern und Frauen, die sie in den vergangenen Jahren ausgebildet hatte. Sie waren auf die Wellen gesprungen und eilten nun gemeinsam mit Yu den Feinden entgegen.

Mit der Schwertspitze streifte Yu die Wasseroberfläche und hinter ihr erhob sich eine schäumende weiße Bugwelle. Die feindlichen Schiffe hatten das Schießen eingestellt. Die Augen aller kaiserlichen Matrosen und Soldaten waren auf diese Armee von Piraten geheftet, die über das Meer glitt.

Wir sind die Geheimgesellschaft der Piraten. Wir befahren diese Meere seit dem Anbeginn der Zeit und der, der uns besiegen kann, ist noch nicht geboren.

Die vorderste Reihe der feindlichen Schiffe kam ihnen immer näher. Es waren schöne, große und stabile Dschunken, von denen jede in der Lage war, Dutzende von Kanonen zu tragen. Andererseits waren diese Dschunken aber auch langsam und schwer. Sie würden dem Angriff von Yus Piraten nicht standhalten können.

Von einer dieser Dschunken stieg eine schmale Rauchfahne auf und eine Kanonenkugel raste durch die Luft direkt auf Yu zu. Yu ließ sich ins Wasser sinken, bis sich das Meer über ihrem Kopf schloss, und stieg in einem Strudel aus Luftbläschen und Strömungen in die Tiefe hinunter. Die Kanonenkugel durchdrang die Wasseroberfläche ein Stück hinter ihr, ohne sie zu treffen.

Yu hielt die Augen offen, um unter Wasser nicht die Orientierung zu verlieren. Der Rumpf des feindlichen Schiffs kam immer näher. Unglaublich, wie still es im Meer war! Yu hörte nur noch das Rauschen der Strömung und das Gleiten des Schiffs durch das Wasser.

Überraschung!, dachte Yu, streckte sich und schnellte mit einem kraftvollen Sprung empor. Die Wellen sprangen rings um sie herum auf, wie die Blütenblätter einer Blume, und sie flog mit ausgestrecktem Schwertarm auf das feindliche Schiff zu. Sie landete im Bug auf ihren Knien. Dann stand sie auf.

An die hundert Soldaten starrten sie mit weit aufgerissenen Augen an, als hätten sie gerade einen Dämon gesehen. Und in gewisser Weise war sie genau das: eine Dämonin.

»Ich bin Fliegende Klinge«, stellte Yu sich vor. »Die Frau, die man auch Meerhexe nennt. Und ihr? Na ja, ihr seid praktisch schon tot.«

Ohne weitere Vorwarnung ging Yu zum Angriff über und fiel wie ein Unwetter über die Männer her, um sich auf dem Deck eine blutige Gasse zu bahnen.

Hinter sich hörte sie Scharlachroter Tiger brüllen: »Los, ihr Papiersoldaten, wer will zuerst drankommen?«

Yu musste grinsen. Sie erreichte die Ruderpinne, die auf diesem Schiff so lang war, dass sie von drei Männern bedient werden musste. Yu durchbohrte den ersten mit einem Schwerthieb, räumte den zweiten mit einem gut gezielten Tritt aus dem Weg und den dritten mit einem Handkantenschlag.

»Pass auf!«, rief Scharlachroter Tiger ihr zu.

Yu drehte sich um und sah etwas Glänzendes auf sich zufliegen, einen Pfeil. Sie beugte den Kopf und er flog an ihr vorbei.

»Hilf mir mit der Ruderpinne!«

Scharlachroter Tiger holte sie ein und schob die Ruderpinne zur Seite. Das Schiff stöhnte und knarzte, doch es drehte sich, bis die Segel aus dem Wind waren und schlaff herunterhingen. Infolge dieses Manövers stellte sich die Dschunke der links von ihr segelnden in den Weg. Es kam zur Kollision, Matrosen schrien auf und stürzten scharenweise ins Wasser.

Yu schaute sich um und sah, dass die Hauptmastkanone geladen und schussbereit, der Kanonier aber tot war. Sie lief hin, schnappte sich die bereits brennende Fackel, entzündete damit die Zündschnur und schnitt gleichzeitig mit ihrem Schwert eines der Seile entzwei, die die Kanone fixierten.

Die Kanone schoss ihre Ladung ab und beschrieb durch den Rückstoß einen blitzschnellen und tödlichen Halbkreis. Die Rückseite der Kanone knallte gegen die Reling und durchbrach sie. Die Kugel dagegen traf den Hauptmast. Er brach entzwei und sein oberer Teil stürzte mitsamt den Segeln auf das soeben gerammte Nachbarschiff.

Yu grinste. Plötzlich stand Nachtfalter neben ihr.

»Das erste Schiff hast du schon mal kampfunfähig gemacht«, stellte er fest. »Jetzt noch die zweihundert übrigen, und wir sind fertig.«

Sie sprangen wieder aufs Meer hinunter und ließen sich von den Wellen zur nächsten Dschunke tragen, auf der sich bereits Schwarzer Bär und Schatten in der Nacht mit dem Kapitän duellierten. Also sprangen sie eine Dschunke weiter. Dort waren die Soldaten gut bewaffnet und kampfbereit und erwarteten sie schon.

»Ich nehme die ersten zehn«, rief Scharlachroter Tiger. »Ihr kümmert euch um die anderen.«

Yu legte los. Das konzentrierte Kämpfen bewirkte, dass sie aufhörte zu denken und zuließ, dass sich ihr Körper in reinstes *Chi* verwandelte. Sie sprang, wich aus, griff an und parierte mit Dutzenden von Bewegungen, in Duelle mit unzähligen Gegnern verwickelt.

Bald ging es weiter, auf die nächste Dschunke und immer so fort: Überall wurde erbittert gekämpft, einige Schiffe versuchten, zwischen Inseln Zuflucht zu finden, andere verfolgten und beschossen sie. Soldaten fielen ins Wasser und ertranken, Piraten liefen wie übernatürliche Wesen über das Meer. Nachtfalter und Scharlachroter Tiger eroberten jeder eine eigene feindliche Dschunke. Sie ließen die Schiffe miteinander kollidieren und kentern.

Yu landete auf dem Deck einer großen Kriegsdschunke, auf dem kämpfende Soldaten und Piraten ein unübersichtliches Gewirr bildeten. Gerade wollte sie dem ihr am nächsten stehenden Mann einen tödlichen Hieb versetzen, als sie mitten in der Bewegung innehielt: Sie hatte ihn erkannt, es war Dreizack-Long.

»Fliegende Klinge«, begrüßte er sie. Er wirbelte seinen Dreizack herum und tötete damit einen Soldaten, der auf ihn zugelaufen kam.

»Was ist bei Dangan passiert?«, fragte Yu.

Eine Gruppe Soldaten stürzte sich auf die beiden, und Yu und Dreizack-Long setzten sich zur Wehr, ohne dabei ihr Gespräch zu unterbrechen.

»Ich konnte mich wie vorgesehen unter die feindliche Flotte mischen«, erzählte Dreizack-Long. »Alles verlief nach Plan, bis letzte Nacht Vizeadmiral Li beschloss, Hongkong aus südlicher anstatt aus östlicher Richtung anzufahren und dabei an Dangan vorbeizusegeln. Ich erfuhr es erst in letzter Minute und wusste nicht, wie ich unsere Leute warnen sollte … Sobald ich ihre Schiffe sah, ließ ich einen Schuss in die Luft abfeuern, in der Hoffnung, dass sie so merkten, dass etwas nicht stimmte. Dadurch aber begriffen die anderen, auf welcher Seite ich wirklich stand, und wandten sich gegen mich. Das wiederum fiel Kleiner Zorn auf, er begriff, was los war, und ging zum Angriff über …«

Yu traf mit einem Schlag den Soldaten vor ihr, drehte sich dann wieder zu Dreizack-Long um und fragte: »Und meine Kinder? Chi, Wen? Hast du sie gesehen?«

»Als ich die *Purpurrote Seerose* das letzte Mal sah, kämpfte sie gegen eine kaiserliche Dschunke … Ich glaube, es geht ihnen gut. Jedenfalls hoffe ich es. Kleiner Zorn aber hat es nicht geschafft.«

Yu erstarrte. »Das kann doch gar nicht sein …«

»Damit die anderen Zeit gewinnen, hat er mit seinem Schiff die kaiserliche Flotte angegriffen, obwohl ihm klar sein musste, dass sie keine Chance hatten. Sie waren einfach von zu vielen Feinden umgeben. Die umzingelten das Schiff und beschossen es von allen Seiten mit Brandraketen, es brannte überall. Unsere Leute ergaben sich trotzdem nicht. Auf dem Höhepunkt der Schlacht sah ich Kleiner Zorn in einem hohen Sprung auf den Feind zufliegen, mit seinen beiden Hämmern in den Händen. Seine Kleider brannten, dennoch gelang es ihm, mindestens zwanzig Soldaten niederzustrecken, bevor es ihn erwischte. Ein wahrer Held!«

Kleiner Zorn war tot. Yu konnte es nicht fassen. Und ihre Kinder …

»Du hast gesagt, dass Vizeadmiral Li es war, der den Plan der Unaufhaltbaren Flotte geändert hat.« Yu klang verbittert. »Meinst du damit Li Wei?«

Dreizack-Long nickte. »Ja, genau ihn.«

»Sag mir, woran ich sein Schiff erkenne.«

Mit einem einzigen Hieb beseitigte der Pirat zwei Angreifer, bevor er antwortete: »Es ist eine Kriegsdschunke der Wenzhou-Bauart mit einem mittig eingeschnittenen Bug. Sie hat drei Segel, der Rumpf ist schwarz und golden, mit großen aufgemalten Augen zu beiden Seiten des Bugs.«

»Danke, Dreizack-Long«, sagte Yu. »Ich wünsche dir viel Glück in der Schlacht. Möge es ein Wiedersehen geben!«

»Warte, Fliegende Klinge. Wo willst du hin?«

»Ich muss mich von einem alten Freund verabschieden«, erwiderte sie.

70

Es gibt fünf natürliche Elemente.

Das erste ist das Wasser, das nach unten tendiert und mit dem Norden, dem Mond und der Angst verbunden ist.

Das zweite ist das Feuer, das nach oben strebt, vom Süden und von der Sonne erzählt und mit dem Blut verbunden ist.

Das dritte Element ist das Holz, das biegsam ist, nach Osten schaut und mit dem Wind befreundet ist.

Das vierte ist das Metall, das gehorsam ist und seine Form verändert, den Westen und den Herbst anzeigt und Traurigkeit verbreitet.

Das fünfte Element ist die Erde, die im Mittelpunkt von allem steht und alles ausgleicht.

Rings um Yu wirbelten die Elemente in einem zugleich furchtbaren und wundervollen Strudel durcheinander. Holz krachte gegen Erde, fing Feuer und versank im Wasser, Metall badete in Blut.

Ein Schiff der Roten Flotte floh und zwei feindliche Divisionen folgten ihm. Als diese in die Nähe der Insel Lamma kamen, raste eine Piratenarmee, die sich im Dschungel versteckt hatte, auf den Strand, sprang hoch in die Luft, verdunkelte als schwarzer Menschenschwarm den Himmel und regnete auf die feindlichen Dschunken nieder, um zu töten und zu zerstören.

Yu sah brennende Segel und Soldaten, die auf enternde Piraten schossen, und hörte Kanonendonner. Die beiden Flotten, die Rote und die Unaufhaltbare, waren zu einem glühenden Gebilde aus Schiffen und Leibern verschmolzen. Mit gezücktem Schwert lief Yu über das Wasser, ließ sich von den Wellen tragen und hielt Ausschau nach einer Dschunke mit drei Segeln, einem schwarzen und goldenen Rumpf und großen Augen beiderseits des Bugs. Weis Schiff.

Doch es zu finden war schier unmöglich. Da waren viel zu viele, einander allzu ähnliche Schiffe: Fischerboote aus Hongkong, Lorchas, Dschunken, die von den großen Flüssen des Nordens hinuntergesegelt waren, Schiffe, deren Rümpfe Yu vor lauter Rauch nicht erkennen konnte oder die eingekeilt zwischen anderen Schiffen steckten. Knapp fünfhundert Schiffe auf einer Fläche, die nur ein paar Dutzend *Li* lang war.

Yu konnte die *Rache* nicht mehr sehen und hatte auch die Dschunke ihrer Kinder nicht wiedergefunden. Wie konnte sie da hoffen, das Schiff ihres Feindes zu entdecken? Doch ihre Piraten kämpften und starben, sie durfte keine wertvolle Zeit verlieren.

Sie ließ sich von einer Welle hoch emporheben und blinzelte in der Sonne.

Plötzlich aber schluckte ein riesiger Schatten, der unaufhaltsam wie eine Lawine auf sie zurollte, alles Licht.

Es war eine Dschunke. Die größte, die Yu jemals gesehen hatte. Sie hatte nach Funchuan-Bauart die Form eines auf dem Wasser treibenden Blatts, mit geschwungenen Linien und einem Bug und Heck, die Yu himmelhoch vorkamen. Auf den Bug war mit leuchtend roter und goldener Farbe ein Drache aufgemalt, seine Augen und sein Maul waren Luken für die Mündungen von Kanonen. Bunte Fahnen schmückten das Heck.

Das Admiralsschiff, dachte Yu.

Instinktiv sprang sie von der Meeresoberfläche hinauf auf die Spitze seines Hauptmasts. Die Soldaten waren damit beschäftigt, die Kanonen zu laden, während auf dem Achterdeck ein kleiner Kriegsrat abgehalten wurde: Eine Gruppe von Offizieren hatte sich um ihren obersten Befehlshaber versammelt.

Cao Feng.

Yu hatte ihren Todfeind noch nie zuvor gesehen, doch sie zweifelte keinen Augenblick daran, dass es sich tatsächlich um ihn handelte. Ein Mann in reifen Jahren, um die fünfzig, der in einer glänzenden Rüstung steckte: Brust- und Schulterpanzer bestanden aus Hunderten zusammengefügter Schuppen, sodass Yu bei seinem Anblick an eine Schlange denken musste. Der Helm mit dem hohen vergoldeten Helmschmuck ließ ein Gesicht frei, das glatt wie das einer Frau war. Er stützte sich auf die Scheide eines langen Beidhandschwerts.

Mit Sicherheit, dachte Yu, ist es ein Wink des Schicksals, dass ich plötzlich diesen Mann vor mir, in Reichweite, habe.

Sie reckte ihr Schwert hoch und rief: »Fürst Cao! Ich bin Fliegende Klinge, die Meerhexe. Man nennt mich auch Die Größte. Du hast mich einfangen und in die Hölle sperren lassen, und jetzt bist du aus Peking hierhergekommen, um mich zu töten. Nun, ich bin hier. Komm her und kämpfe!«

Das Schlachtgetümmel war so laut, dass die Leute an Deck Yus Stimme nicht hören konnten, doch die Soldaten spürten ihr *Chi*. Sie sahen die Gestalt oben auf der Rah und scharten sich um ihren Fürsten, um ihn zu beschützen.

Cao sagte etwas und bedeutete ihnen, Platz zu machen. Die Soldaten versuchten, ihn aufzuhalten, doch er schob einen von ihnen mit einer herrischen Geste beiseite. Er zog sein überlanges Schwert aus dessen Scheide und schwang es mit einer Hand. Dann nahm er Anlauf und lief mit vorgestreckter Waffe den Hauptmast hinauf. Mit einem letzten Sprung erreichte er Yu. Unter seinem Gewicht sackte das Ende der Rah ab, sodass er nun unten und Yu oben war, wie auf einer Wippe.

Aus der Nähe sah Cao wesentlich kräftiger aus. Obwohl sich seine niedrige Position nachteilig auswirken konnte, wirkte er gelassen.

»Du bist also Fliegende Klinge«, meinte er lächelnd.

»Und du bist Cao.«

»Ich warte schon lange darauf, dich kennenzulernen.«

»Ich auch. Du hättest mich töten lassen sollen, als ich Gefangene im Höllenhof war. Das wäre besser für dich gewesen.«

»Ach, das hätte ich auch gern getan.« Der Fürst lächelte immer noch. »Aber ich konnte es leider nicht. Von der Geheimgesellschaft der Piraten bist du nur die Blüte. Wenn ich dich abgerissen hätte,

hätte das der Pflanze nicht geschadet. Ich will sie aber mitsamt der Wurzel ausrotten.«

»Vielleicht hast du die Blüte aber auch unterschätzt«, entgegnete Yu.

Sie lief an der Rah hinunter und griff mit der Bewegung *Meeresstrudel* an. Cao sprang hoch, um auszuweichen, und die Rah schwenkte um, sodass Yu nun unten war. Der Fürst lief auf sie zu in einer Bewegung, die *Glühendes Metall* hieß – sein Schwert vorgestreckt, sodass es auf Yus Kopf zielte. Yu machte einen Schritt rückwärts, um auszuweichen, doch als Cao wieder auf der Rah landete, senkte sich deren Ende unter seinem Gewicht blitzschnell ab und der Schwung ließ Yu emporschnellen. Auch der Fürst sprang nun hoch und holte sie im Flug ein. Yu griff ihn mit der Technik *Hagel, der die Ernte zerstört* an und er reagierte mit *Flamme, die den Wald verbrennt*.

Sie landeten gemeinsam auf der Rah und trotz der ruckartigen Bewegungen, die das knatternde Segel unter ihnen auf die Rah übertrug, fielen sie nicht herunter. Sie kämpften mit einem guten Dutzend immer schneller ausgeführter Bewegungen, bis sie auseinandergingen, um zu verschnaufen.

Cao lächelte immer noch. »Vielleicht hast du ja recht, Fliegende Klinge, und ich habe dich in der Vergangenheit unterschätzt. Aber dieses Mal habe ich knapp dreihundert Schiffe mitgebracht, um diesen Fehler auszumerzen. Und jetzt werde ich dir dein Leben nehmen. Das ist angemessen, das musst du zugeben, denn vor vielen Jahren habe ich deinem Lehrer Li Peng das seine genommen. Und heute Morgen habe ich deine Tochter getötet.«

Es war, als zerbräche Yus Herz in tausend Scherben. Wie eine Porzellanvase, die jemand vom Dach eines Palast hinuntergeworfen hatte.

»D… du lügst«, stammelte sie.

»Vielleicht war es ja auch nur eine Piratin, die dir ähnlich sah. Ein hübsches Mädchen, um die vierzehn Jahre alt. Sie war mit dieser Verbrecherin zusammen, die ich schon vor Jahren einsperren ließ … das Mördermädchen nannte man sie, glaube ich. Wo ich schon dabei war, habe ich auch sie gleich kaltgemacht.«

Der Fürst merkte, wie stark er Yu getroffen hatte, und lachte. »Hattest du etwa nicht damit gerechnet? Aber meine liebe Fliegende Klinge, wenn dir deine Tochter so lieb und teuer war, dann hättest du Verstärkung schicken müssen. So war sie ganz allein in Dangan und blieb es … Wahrscheinlich wird sie gedacht haben, dass sie dir nicht besonders wichtig ist.«

Dieser Mann hat Chi getötet, dachte Yu. Das kann nicht sein.

Vor Schmerz wie geblendet griff sie an. Sie sprang auf ihn zu und führte die Bewegung *Hauch des Sommerwinds* aus. Der Fürst streckte das riesige Schwert vor, um Yus Hieb zu parieren. Klinge stieß gegen Klinge. Dann drehte er das Heft seiner Waffe, um Yus Abwehr zu überwinden und ihr das Schwert in den Leib zu rammen.

Er hat Chi umgebracht.

Dieser Gedanke verlangsamte Yu um einen Sekundenbruchteil, sodass sie den Hieb nur im allerletzten Moment parieren konnte und das Schwert ihr den rechten Schulterpanzer abriss. Er fiel hinunter und rollte über das Deck. Es hätte auch ihr Arm sein können.

»Ist das schon alles?«, fragte Cao. »Mein Lehrer hat mich dafür ausgebildet, den *Wushu der Luft und des Wassers* zu bekämpfen. Aber ehrlich gesagt bin ich enttäuscht. Ihr Piraten seid nicht auf der Höhe eines wahren Meisters der Kampfkünste.«

Er ergriff das Heft des Schwerts mit beiden Händen und führte die Bewegung *Klinge, die den Wind durchschneidet* aus. Yu sprang rückwärts. Er führte den Angriff *Feuerbrise* durch, Yu wich weiter zurück.

Er hat Chi umgebracht, und er ging mit dem riesigen Schwert um, als wäre es leicht wie ein Essstäbchen. Verglichen mit dieser gewaltigen Waffe wirkte Yus Schwert *Meeresgischt* wie ein Spielzeug, als sei es viel zu kurz und zu dünn, um den Fürsten tatsächlich zu verletzen.

»Die Bewegung, die ich gleich ausführen werde«, sagte Cao, »nennt man *Lodernder Wirbelsturm*. Es ist eine große Ehre, durch sie zu sterben.«

Aus einem Säckchen, das an seinem Gürtel hing, nahm er eine Prise eines Pulvers. Er streute es auf seinen Säbel und dieser ging sofort in eigenartig bläulichen Flammen auf, die entlang seiner Klinge weiterbrannten. Mit einer einzigen Hand ließ Cao den Säbel über seinem Kopf kreisen. Die Flammen gingen dabei nicht aus, sondern loderten noch stärker.

»Auf Nimmerwiedersehen, Fliegende Klinge!«

Yu parierte den Hieb mit der Bewegung *Fels, der die Welle aufhält* und die Klingen stießen klirrend gegeneinander.

Er hat Chi umgebracht, und sein Hieb schob sie weiter rückwärts. Yus Füße rutschten auf der Rah und plötzlich hatte sie keinen Halt mehr. Sie begriff, dass sie am Ende der Rah angelangt war, und der brennende Säbel drängte sie immer weiter zurück. Die Macht dieses Mannes schien grenzenlos zu sein.

Er hat Chi umgebracht, doch Yu konnte ihm nichts entgegensetzen. Er war viel zu stark. Deshalb bog sie ihren Körper nach hinten und fiel, nein, stürzte, aus der großen Höhe der Hauptmastrah.

Ein unendlich langsamer Flug.

Beinahe ewig.

Dann schlug sie auf.

Schlug auf dem Meer auf.

Die Wellen peitschten ihren Rücken, wie es vor vielen, vielen Jahren Bai Bai getan hatte, wann immer sie eine Schale hatte fallen lassen. Yu hätte reagieren müssen, doch sie rührte sich nicht. Widerstandslos ließ sie sich bis hinunter auf den Meeresboden sinken.

Kleiner Zorn ist tot, dachte sie.

Grüne Heuschrecke ist tot.

Chi ist tot.

Wozu ist das alles überhaupt gut?

Welchen Sinn hat es?

Es gibt keinen Grund zu kämpfen.
Es gibt keinen Grund zu überleben.
Das alles ist mir gleichgültig geworden.
Nichts ist mehr von Bedeutung.
Ich will nur noch einsinken.
Ins Blau.
In das kalte Herz des Meeres.
In den Frieden hinein.

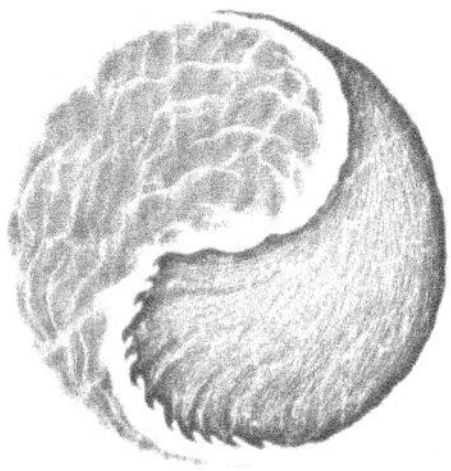

71

Yu war schon seit Langem nicht mehr in das Gasthaus ihrer Seele zurückgekehrt.

Als sie dort anlangte, war es tiefe Nacht. Der Bootssteg glänzte vor Nässe, es goss in Strömen. Der Regen fiel so dicht, dass Yu Schwierigkeiten hatte zu begreifen, wo oben und wo unten war. Sie zog sich am Steg hoch und kletterte aus dem Wasser. Ihre Kleider waren so vollgesogen, dass sie wie Gewichte an ihr hingen, deshalb zog Yu sie aus. Sie ließ den verbliebenen Schulterpanzer auf den Steg fallen, den Brustpanzer, die Beinschützer aus Leder. Sie zog ihre Stiefel aus, das Hemd und die Hose und blieb im Regen stehen. Sie atmete nur ganz flach.

In ihrem Innersten fühlte sie einen großen Schmerz, doch sie konnte sich nicht mehr daran erinnern, warum das so war.

Sie drehte sich um und betrachtete das Gasthaus am Strand. Es war genau so, wie sie es in Erinnerung gehabt hatte: dreistöckig und achteckig, mit einem eleganten Pagodendach. Doch es brannte kein Licht und die Tür war verriegelt.

Seltsam. Dabei müsste es Zeit für das Abendessen sein. Wo steckten nur die Gäste?

Yu lief barfuß über den regennassen, rutschigen Steg. Sie erreichte die Tür und schob den Riegel beiseite. Sie betrat das Esszimmer.

Es war leer.

Erst auf den zweiten Blick sah Yu, dass zwei Menschen darin saßen.

Chi und Grüne Heuschrecke.

Sie saßen allein an dem Tisch ganz hinten, im Dunkeln, und tranken Tee. Als sie Yu sahen, machten sie ihr Zeichen, sich zu ihnen zu setzen.

Yu gehorchte. Nun fiel ihr auf, dass Grüne Heuschrecke verletzt war: Ein tiefer Schnitt verlief quer über ihr Gesicht. Und Chi war bleich wie eine …

Wie. Eine.

Yu hielt sich den Kopf und weinte.

»Es tut mir leid«, sagte sie. »Es tut mir so leid.«

Chi legte ihre Hand auf die ihrer Mutter. Sie war eiskalt.

»Entschuldige«, schluchzte Yu. »Es war alles meine Schuld.«

»Warum sagst du das, Mama? Fürst Cao hat mich umgebracht, nicht du.«

»Aber ich bin diejenige, die dich nach Dangan geschickt hat.«

»Du dachtest, dass ich dort sicherer wäre als in Hongkong.«

»Und das war mein Fehler.«

»Alle machen Fehler«, sagte Chi.

Grüne Heuschrecke nickte. »Das stimmt, man sollte deshalb nicht weinen. Du konntest nicht vorhersehen, was geschehen würde. Niemand kann die Wege des Tao verstehen.«

Der Schmerz stieg von Yus Zwerchfell weiter nach oben, die Lunge hinauf und bis zum Herz, das er zerriss, bis zur Kehle, die er zusammenpresste.

»Du hast mich um Hilfe gebeten!«, schrie Yu. »Du hast mich um Hilfe gebeten und ich habe nichts unternommen. Ich habe dir nicht ein einziges Schiff entgegengeschickt. Wenn ich doch nur mit Steinriese mitgekommen wäre! Dann hätte Cao mich an deiner Stelle getötet, so wäre es richtig gewesen, und stattdessen …«

Yu spürte, wie die Tränen ihr Innerstes ausspülten, wie sie sich leerte. Sie beugte sich über die Tischplatte und zerkratzte sie mit ihren Fingernägeln.

Chi und Grüne Heuschrecke warteten, bis sie sich beruhigt hatte.

Als es endlich so weit war, sagte Chi: »Du hättest uns nicht retten können, Mama. Als Cao Dangan angriff, schickte ich Steinriese los, um Verstärkung zu holen. Das war dumm von mir. Ich wusste ja, dass du nicht die gesamte Flotte gefährden kannst, um uns zu helfen … Aber ich hatte Angst. Ich habe es trotzdem getan. Zum Glück hast du nicht auf meine Nachricht reagiert.«

»Wie meinst du das?«

»Kaum war Steinriese hinter dem Horizont verschwunden, als Admiral Cao über die Zweite Flotte herfiel. Dieser Mensch besitzt die Macht des Feuers und der Flammen. Er hat das Schiff von Kleiner Zorn in Brand gesetzt und anschließend die *Purpurrote Seerose* angegriffen. Wen ist ihm als Erster entgegengetreten, doch Cao wusste nicht, dass er dein Sohn ist. Mit einer einzigen Bewegung hat er meinen Bruder ins Meer geschleudert, und das war Wens Rettung. Er lebt noch. Danach hat Cao Grüne Heuschrecke attackiert.«

»Ich hielt mich für eine fähige Kämpferin«, sagte das Mädchen leise. »Ich wurde von einer Mörderbande aufgezogen und alle sagten, ich besäße ein unvergleichliches Talent. Doch noch nie zuvor bin ich einem Menschen begegnet, dessen *Chi* derart stark und grausam ist. Fürst Cao kennt kein Erbarmen.«

»Er hat erst Grüne Heuschrecke getötet und dann mich«, erzählte Chi. »Ich habe gekämpft, ich habe mein Bestes gegeben. Doch ich war nicht stark genug. Das ist alles. Niemand ist schuld.«

»Das stimmt nicht«, widersprach Grüne Heuschrecke. Sie drehte sich zu Yu um und in dem halbdunklen Raum glänzten ihre Augen wie Jade. »Einen Schuldigen gibt es. Und das ist dieser Eunuch. Cao. Er hat Peng ermordet, er hat dich und Wei zu Feinden gemacht. Er hat dich deiner Familie entrissen und dich drei Jahre lang gefoltert. Er hat dich gejagt und einen Krieg vom Zaun gebrochen. Er hat uns getötet.«

»In Wahrheit hat er auch mich getötet«, sagte Yu leise.

Chi drückte ihr fest die Hand und jetzt, durch diesen Griff, entstand ein wenig Wärme. Von Chis Fingern stieg etwas Leuchtendes auf: ein Glühwürmchen, das vor Yus Gesicht flog, winzig und hell, wie ein leuchtender Punkt in einer Sommernacht.

»Du bist noch nicht tot«, sagte Chi. »Du kannst zurückkehren und die Schlacht beenden.«

»Das schaffe ich nicht.«

Chi lächelte. »Du bist meine Mutter.«

Yus Augen füllten sich mit Tränen.

»Du bist meine Mutter und deshalb schaffst du es. Du kannst Wen retten, deine Piraten, du kannst diese Geschichte beenden.«

»Ohne dich«, widersprach Yu, »werde ich niemals Frieden finden.«

»Dann verbringe dein Leben damit, Frieden zu suchen. Du musst glücklich werden, das hast du dir verdient. Und immer, wenn du den Wunsch verspürst, mit mir zu reden, findest du mich hier.«

Du findest mich hier.

Die Stimme ihrer Tochter klang wie der Schall eines Gongs in ihr nach und verhallte dann allmählich.

Yu schlug die Augen auf.

Sie war vollständig angekleidet und ihre rechte Hand umklammerte das Heft von *Meeresgischt.*

Sie war … Es dauerte einen Augenblick, bis sie begriff, wo sie sich befand.

Unter Wasser.

Das Gewicht der Rüstung zog sie immer weiter in die Tiefe und irisierende Luftblasen wirbelten um sie herum.

Beinahe hätte sie alles losgelassen. Doch das durfte sie nicht. Nicht, bevor sie sich Cao gestellt hatte. Das hatte sie Chi versprochen und sie würde ihr Wort halten.

Du weißt nicht, was du getan hast, Fürst, dachte Yu. Du hast nicht die geringste Ahnung.

Yu sammelte in sich ihr *Chi* und entzündete es, ließ die Energie in ihrem Innersten lodern wie ein Waldbrand im Wind. Das Meer hörte auf, Yu in die Tiefe zu ziehen. Stattdessen stützte es sie, umarmte sie.

Meister Peng, gib mir die Kraft. Grüne Heuschrecke, Kleiner Zorn, gebt mir die Kraft. Chi, ich werde es für dich tun.

Plötzlich erhob sich aus dem Meer eine Wassersäule, wurde

zu einem silbrig-türkisfarbenen Turm, der um die eigene Achse wirbelte und Fische, Holzstücke und Muscheln mit sich empornahm. Und Yu.

Die Welle stieg himmelhoch und brach mit der Wucht eines Wirbelsturms. Als Yu hoch genug war, löste sie sich von ihr und sprang, schnellte in die Luft wie ein Seevogel und landete erneut oben auf der Rah der Dschunke.

Cao war noch immer dort und hielt das brennende Schwert in der Hand.

Für ihn war nur eine Sekunde vergangen. Für Yu ein ganzes Leben.

»Du wirst jetzt sterben«, sagte sie.

72

In der Natur gibt es nur wenige Kräfte, die machtvoller und furchtbarer sind als der Zorn einer Mutter.

Yus Wut war wie ein Meerbeben, wie ein Orkan. Wie die Explosion eines Sterns im Weltall. Sie lief über die Rah und griff mit der Bewegung an, die man *Sonne, die über dem Fluss untergeht* nennt. Fürst Cao parierte mit dem brennenden Schwert, doch der Aufprall war so heftig, dass er ihn zum Zurückweichen zwang. Yu ließ einen Hieb auf den anderen folgen: nach *Biss des Grauhais* kamen *Meeresstrudel* und *Hagel, der die Ernte zerstört*. Der Fürst parierte, parierte wieder und wieder.

Inzwischen hatte Yu seinen Schwachpunkt erkannt: Das Beidhandschwert war wesentlich länger als ihr Schwert *Meeresgischt*, gleichzeitig aber auch schwerer und langsamer. Oder aber der Fürst kam ihr mittlerweile schwerfälliger und langsamer vor.

Cao sprang rückwärts und landete mit einem Fuß auf der Spitze des Hauptmasts. Mit der Linken entnahm er seinem Beutel eine weitere Prise des Pulvers und fuhr mit der Hand über die Klinge. Sein Arm stand in bläulichen Flammen, die über seinen Arm und bis zur Schulter hinaufwanderten.

»Du wirst die Ehre haben«, sagte er, »die Kraft des Vulkans kennenzulernen, der die Welt verschlingt.«

Das Schwert wie einen Speer über dem Kopf schwenkend stürzte er auf Yu zu. Sie hob ihr Schwert, um den Hieb zu parieren, und Cao nutzte diesen Moment und versetzte ihr einen Schlag mit der brennenden Faust.

Yu hatte diesen Schlag vorausgesehen. Sie bog sich rückwärts, wie eine Tänzerin, in der Position der *Umgestürzten Brücke*. Mit der freien Hand klammerte sie sich an die Rah und versetzte Cao einen Tritt gegen das Kinn. Er verlor sein Gleichgewicht und geriet ins Taumeln. Yu richtete sich wieder auf und trat ihm gegen den Bauch. Fürst Cao stürzte von der Rah hinunter, auf das Deck zu. Im Fall zerschnitt er mit seinem Schwert Taue und setzte Segel und die in sie eingenähten Baumbusstangen in Brand. Brennend schlug er auf dem Deck auf.

Yu sprang ihm hinterher und bereitete noch im Flug die Bewegung *Regen auf dem See* vor. Einen Sekundenbruchteil bevor ihr Hieb ihn treffen konnte, wälzte Cao sich herum und parierte ihn, den Heft seiner Waffe mit beiden Händen haltend. Jetzt brannte seine ganze Rüstung. Und auch ringsherum loderten Flammen: am Segel und entlang der Deckplanken. Bläuliche Flammen, die niemals erloschen.

»Schau, was du angerichtet hast«, sagte der Fürst.

Er parierte Yus Angriff mit der Bewegung *Flamme, die den Wald verbrennt.* Mit einem Salto wich Yu rückwärts aus und brachte sich hinter dem Hauptmast in Sicherheit.

Cao versuchte, sie mit dem *Blitz, der die Eiche fällt* zu treffen. Das mit beiden Händen geführte Schwert traf krachend auf den Mast und zerteilte ihn. Alle Soldaten, die sich in der Nähe befanden, rannten schreiend davon. Der obere Teil des Masts neigte sich und fiel auf den Besanmast, setzte dessen Segel in Brand, riss die Takelage durch, knallte auf das Deck und erschlug viele Menschen.

Yu und der Fürst achteten gar nicht darauf.

Für sie war die Zeit stehen geblieben.

Die Dschunke brannte, Soldaten und Piraten versuchten, sich in Sicherheit zu bringen, die Luft war von Schreien und Befehlen erfüllt und stank nach Rauch.

Doch für Yu gab es nur noch Cao. Und für Cao nur noch Yu.

Sie griff als Erste an, mit allen Bewegungen, die sie jemals gelernt hatte, mit sämtlichen Techniken des *Wushu der Luft und des Wassers*. Tritte, Fausthiebe, Saltos, Schwerttechniken. Cao reagierte und erwiderte ihre Angriffe ohne Unterlass, ohne Ermüdungserscheinungen.

Nach etwa fünfzig Bewegungen war Yu blutüberströmt. An der

linken Schulter und am rechten Oberschenkel hatte sie tiefe Wunden, und ein brennendes Holzstück war zwischen ihren Brustpanzer und ihr Hemd gefallen und hatte ihr eine üble Verbrennung zugefügt. Am ganzen Körper hatte sie Schnitte und Platzwunden und unzählige Brandwunden.

Cao ging es nicht besser. Er keuchte, und weil er an einem Fuß schwere Verbrennungen erlitten hatte, hinkte er. Die Hitze seines eigenen Feuers schwächte ihn zusehends und von seinem Körper tropften Schweiß und Blut auf das Deck.

»Wir zwei sind gleich«, sagte Cao. »Wir stammen beide aus einfachen Verhältnissen. Du bist eine Gasthausmagd und ich bin der Sohn eines Bauern. Mein Vater machte mich zum Eunuchen, als ich dreizehn Jahre alt war, damit ich im königlichen Palast arbeiten konnte. Ein hoher Preis, um dem Elend zu entkommen. Ich konnte mir Zutritt zur Verbotenen Stadt verschaffen und von da an strebte ich nach immer größerer Macht. Ich habe bei den besten Lehrern gelernt und sie dann alle übertroffen. Ich habe meine Feinde ausgerottet. Und schau mich jetzt an: Sie nennen mich Fürst, aber ich bin mächtiger als der Kaiser. Ich herrsche über das Land, so wie du über das Meer herrschst. Es war Schicksal, dass wir beide uns begegnen. Wir sind die Größten.«

»Wage nicht, das zu wiederholen«, fauchte Yu ihn an. »Ich bin Die Größte. Du bist nur ein kriechender Wurm.«

Zwischen ihr und Cao lag ein brennendes Stück Holz auf dem Deck. Yu kickte es so in die Luft, dass es den Fürsten im Gesicht traf. Gleichzeitig schleuderte sie den Giftpfeil, den sie am rechten Unterarm trug, auf den Pulverbeutel an seinem Gürtel.

Yu war aufgefallen, dass dies der einzige Bereich am Körper des Eunuchen war, der noch nicht Feuer gefangen hatte, und folgerte, dass der Beutel aus einem nicht entzündbaren Material bestand. Das war logisch, zumal er eine Art Schießpulver enthielt. Yus Pfeil zerschnitt den Beutel und dessen Inhalt fiel auf die von Flammen bedeckten Rüstungsteile. Er explodierte.

Im gleichen Augenblick traf das brennende Holzstück das Gesicht des Eunuchen. Cao schrie auf, sein Helmschmuck fing Feuer. Brüllend riss er sich den Helm vom Kopf und fiel auf die Knie, während sich Yu auf ihren letzten Angriff vorbereitete. Es war eine Bewegung, die sie schon sehr lange trainiert, aber noch nie in einem Kampf eingesetzt hatte.

Die Flutwelle bricht den Damm.

Cao bemerkte den Angriff und konnte noch sein Schwert heben, um sie aufzuhalten. Yu beachtete die ihr entgegengestreckte Klinge nicht. Der Tod hatte für sie keine Bedeutung mehr. Sie vollendete die Bewegung und schnellte über den Körper ihres Feindes hinweg. Sie steckte *Meeresgischt* zurück in die Scheide. Hinter ihr fiel das Schwert aus der Hand des Fürsten und sein Kopf rollte über die Planken.

Er war tot.

Yu gelang es zu grinsen. Dann fiel sie der Länge nach auf das Deck.

Sie merkte, dass sie zitterte. Ihr war kalt, obwohl die Welt um sie herum in Flammen aufging.

Die kaiserliche Dschunke war dem Untergang geweiht: Die beiden wichtigsten Masten waren umgefallen, der Vormast brannte wie eine Fackel, die Segel glühten. Der Rauch war so dicht, dass keine Luft zum Atmen blieb, das Achterdeck war eingestürzt und hatte Matrosen und Kanonen unter sich begraben. In Yus Nähe war niemand mehr am Leben. Das Schiff neigte sich zu einer Seite und würde bald kentern.

Ich muss zur Reling und ins Wasser springen, dachte Yu. Bevor es zu spät ist. Sie versuchte aufzustehen, doch es gelang ihr nicht.

Verdammt. Ich bin wirklich übel zugerichtet.

Sie tastete mit einer Hand ihre Hüfte ab und der von dieser Berührung ausgelöste Schmerz raubte ihr beinahe das Bewusstsein. Ihr Hemd war blutgetränkt. Mit seiner letzten Parade hatte Cao ihr einen tiefen Schnitt zugefügt.

Eine schlimme Verletzung, dachte Yu.

Zum dritten Mal versuchte sie aufzustehen, doch sie vermochte es nicht. Wenigstens schaffte sie es, auf die Knie zu kommen, und sie begann, auf allen vieren auf die Reling zuzukriechen.

Es tat unglaublich weh. Sie biss die Zähne so stark zusammen, dass sie riskierte, sie zu zerbrechen. Vor Schmerz und Erschöpfung fielen ihr immer wieder die Augen zu.

Einen Schritt nach dem anderen, Yu.

Einfach nur einen Schritt nach dem anderen.

Es wurde immer heißer und trotzdem war Yu kalt. Das Feuer breitete sich stärker aus, es verbrannte alles. Es gab keine Luft mehr zum Atmen, nur noch erstickenden Qualm.

Auf den Planken vor Yu lag ein Dolch, den die Hitze zum Glühen gebracht hatte. Yu war so benommen, dass sie ihn nicht bemerkte. Sie setzte ihre Hand auf dem Dolch auf und verbrannte sich die Handfläche.

Sie fiel um.

Nein!

Sie bemühte sich, wieder auf die Knie zu kommen, doch mittlerweile war auch dies zu anstrengend für sie. Es gelang ihr, ein kleines Stück weit zu robben.

Einen Schritt nach dem anderen.

Der glühend heiße Qualm verbrannte ihr den Rachen, die Nase. Ihre wenigen noch verbliebenen Kräfte schwanden. Und warum war ihr so kalt?

»Ich … sterbe«, murmelte sie.

Verdammt. Ausgerechnet jetzt. Das war nicht gerecht.

Zumindest aber hatte sie es geschafft. Sie hatte diesen Bastard getötet und Chi gerächt. Ihre Tochter wäre stolz auf sie.

Sie sah Chi über das brennende Deck auf sich zukommen. Zuerst wie ein Schatten. Dann aber groß und wunderschön, in einer glänzenden Rüstung. Sie streckte ihr die Hand entgegen.

Ein Gespenst? Dann war das Ende wirklich nah.

»Chi … Chi«, stammelte Yu. »Ha… Hast … du gesehen? Ich habe es geschafft. Und … jetzt komme ich zu dir. Wi… Wir werden für immer zu… zusammenbleiben.«

»Nicht sprechen«, sagte ihre Tochter.

Nur dass es nicht ihre Tochter war. Und auch kein Gespenst.

Es war wirklich jemand bei ihr.

Die Gestalt beugte sich zu ihr herab und hob sie auf.

Sie flüsterte ihr zu: »Stirb jetzt nicht, Yu. Ich bitte dich, noch nicht.«

Auch wenn seit ihrer letzten Begegnung so viele Jahre vergangen waren, erkannte Yu ihn jetzt, da er ihr so nah war, sofort.

Der Mann, der sie in seinen Armen hielt, war ihr alter Freund. Und ihre einzige große Liebe.

Li Wei.

73

Als Yu erwachte, befand sie sich nicht mehr an Deck eines brennenden Schiffs. Stattdessen lag sie in ihrem Bett, im Palast auf dem Roten Hügel. Und direkt vor ihren Augen tauchte das Gesicht von Tanzende Lotosblüte auf. Es war bleich wie Porzellan.

»He!«, sagte Tanzende Lotosblüte. »Sie ist aufgewacht.«

In Yus Blickfeld erschien Scharlachroter Tiger. Er hatte einen langen Bart und einen schwarzen Verband über seinem rechten Auge.

»Das wurde aber auch Zeit«, knurrte er.

»Weg da«, befahl Überfluss. »Lasst mich nachschauen, wie es ihr geht.«

Die Gesichter von Scharlachroter Tiger und Tanzende Lotosblüte verschwanden und an ihrer statt tauchte das des alten Kochs auf. Es war gelber und magerer als sonst.

»Ich bin der Arzt«, protestierte Nachtfalter.

»Arzt? Mit deinen Zaubertränken hast du sie beinahe vergiftet. Meine Salben dagegen …«

»Wenn du mich in Ruhe meine Arbeit hättest machen lassen …«

»Von wegen …«

Jetzt kam wieder das Gesicht von Yus alter Freundin in den Vordergrund. »Bedrängt sie doch nicht so! Lasst ihr Luft zum Atmen. Geht mal zur Seite. Du auch, Tiger, hörst du?«

»Ich rühre mich nicht von der Stelle«, entgegnete der Pirat.

Tanzende Lotosblüte zwinkerte Yu zu. »Klar geht er nicht weg. Er wartet schon seit fünf Tagen darauf, dass du endlich aufwachst. Ich habe es nicht geschafft, ihn hier rauszuscheuchen. Und als du endlich die Augen wieder aufgemacht hast, ist alles, was ihm dazu einfällt, nur: *Das wurde aber auch Zeit.* Puh! Männer!«

Fünf Tage?, dachte Yu. War sie so lange bewusstlos gewesen?

Sie versuchte, etwas zu sagen, brachte aber keinen Laut heraus. Sie wollte sich bewegen, sich aufsetzen, war aber wie gelähmt.

»Bleib so liegen«, sagte Tanzende Lotosblüte, »sonst reißen die Verbände. Du bist schwer verletzt, verstehst du? Es sind sehr schlimme Verletzungen, wir hatten wirklich Angst, dich zu verlieren … Und du bist immer noch nicht außer Gefahr. Das ist so ziemlich das Einzige, worüber Überfluss und Nachtfalter sich einig sind.«

Li Wei, wollte Yu sagen. Er hat mich gerettet … Wo ist er? Und die Schlacht? Wie ist sie ausgegangen? Und wie geht es meinem Sohn?

Tanzende Lotosblüte verstand nichts. »Hast du Durst? Das kann ich mir denken. Hier, trink das.«

Behutsam hob sie Yus Kopf an und hielt ihr eine Tasse an die Lippen. Sie war mit einer bitteren Flüssigkeit gefüllt, die Yu nicht schlucken wollte, aber das Zeug war bereits in ihren Mund geflossen. Sie schloss die Augen.

Als sie wieder wach wurde, war es Nacht. Scharlachroter Tiger saß immer noch an ihrem Bett.

»Deine Mutter ist wieder bei uns«, sagte er zu jemandem im Zimmer. »Komm …«

Geräusche, als ob jemand von einem Sofa aufstehen und gleich darauf über einen Teppich stolpern würde. Yu wollte den Kopf in die Richtung dieser Geräusche drehen, konnte es jedoch nicht. Aber es war auch gar nicht nötig, denn einen Augenblick später stand Wen vor ihr. Er trug sein schulterlanges Haar offen und einen *Hanfu* aus weißer Seide. Weiß, die Farbe der Trauer.

»Mama«, sagte er. »Zum Glück geht es dir besser … Ich hatte Angst, auch dich zu verlieren.«

Scharlachroter Tiger legte Wen eine Hand auf die Schulter und bedeutete ihm durch ein Kopfnicken, nicht mehr zu sagen.

Yu fiel Chi wieder ein, und es war, als bohre sich ein Nagel in ihr Herz. Mit enormer Anstrengung gelang es ihr, den Mund zu öffnen und einige Laute hervorzubringen.

»…ie geht ees diir?«

Wen berührte sie und Yu merkte, dass seine Hand verbunden war.

»Mir geht es gut, Mama, mach dir um mich keine Sorgen.«

»…acht?«

Auf dem Gesicht ihres Sohnes breitete sich ein Lächeln aus. »Auch die Schlacht ist gut ausgegangen. Wir haben gesiegt. Der Feind ist endgültig geschlagen.«

»Das war dein Verdienst«, fügte Scharlachroter Tiger hinzu. »Ohne das, was du vollbracht hast, Fliegende Klinge, wäre es für uns böse ausgegangen.«

»Die Zweite Flotte wurde dezimiert …«, begann Wen, doch der ältere Pirat bedeutete ihm zu schweigen.

Yu nickte. »Ich weiß. Chi.«

Wen senkte den Kopf. »Es war Fürst Cao, Mama. Ich konnte ihn nicht aufhalten. Ich habe es versucht, aber er war … Er war viel zu stark. Trotzdem hast du ihn besiegt.«

»Als das Admiralsschiff gekentert ist, herrschte in der kaiserlichen Flotte nur noch Chaos«, fügte Scharlachroter Tiger hinzu. »Dein Freund Li Wei hat den Rückzug angeordnet und ist, so schnell er konnte, in Richtung Osten geflohen. Die Kapitäne der anderen Schiffe haben sich ergeben oder gebeten, sich uns anschließen zu dürfen. Stell dir das mal vor: knapp sechzig Kriegsdschunken, die nur darauf warten, Teil der Roten Flotte zu werden. Wir halten sie derzeit noch gefangen, du sollst dann entscheiden, was wir mit ihnen machen … Wir haben auch mehrere Mandschu-Offiziere gefangen genommen, für sie könnten wir ein ordentliches Lösegeld fordern.«

Yu waren die Rote Flotte und die Beute im Moment vollkommen egal. Ihre Aufgabe war erledigt, aber anstatt erleichtert und glücklich zu sein, fühlte sie sich nur leer, wie ausgehöhlt. Leer wie der Abgrund, der sich nach Chis Tod geöffnet hatte. Vielleicht hätte sie lieber an Deck des brennenden Schiffs bleiben sollen.

Die Tage vergingen quälend langsam. Yu schlief viel, teilweise deshalb, weil sie erschöpft war, teilweise aber auch aufgrund der Mittel, die sie ihr gaben.

»Es war wirklich knapp«, erklärte ihr Nachtfalter, als sie kräftig genug für längere Unterhaltungen war. »Die Wunde an deiner Hüfte war sehr tief und du hast viel Blut verloren. Aber du hattest Glück und wirst dich mit der Zeit erholen.«

Ihr alter Lehrmeister sollte recht behalten. Allmählich gelang es Yu, sich aufzusetzen, wenn ihr Rücken mit genügend Kissen gestützt wurde. Sie brachten ihr einen Spiegel, damit sie darin ihr Gesicht betrachten konnte: Frische Narben zogen sich über ihre Wangen und das Kinn, und am linken Wangenknochen hatte sie eine Brandnarbe. Beinahe hätte sie ihr linkes Auge verloren.

»Ein bisschen ähnele ich dir jetzt, Scharlachroter Tiger, findest du nicht?«

Der Pirat musste lachen. »Aber du hast ja noch beide Augen.«

»Ja, das stimmt. Was ist denn mit deinem Auge passiert?«

»Nichts wirklich Ungewöhnliches. Schwarzer Bär und ich haben eine Dschunke geentert, wir waren zwei gegen fünfzig, und in dem Getümmel habe ich den Pfeil nicht kommen sehen. Du kannst dir gar nicht vorstellen, was für Schmerzen ich hatte.«

Auch Schwarzer Bär war aus der Schlacht nicht unverletzt hervorgegangen. Ihm fehlten jetzt an einem Fuß zwei Zehen und er hinkte auffällig. Hübscher Junge hatte einen Messerstich in den Kiefer abbekommen.

»Aber du bist immer noch hübsch«, stellte Yu lächelnd fest.

Ein paar Tage später schaute auch Blauer Tiger bei Yu vorbei. Sie hatte bereits von Nachtfalter gehört, dass er sich in der Schlacht besonders hervorgetan hatte: Mit seinen Stahlnadeln hatte er Dutzende von Feinden getötet. Auf seine Art hatte auch er Chi gerächt.

Als Yu ihm jetzt in die Augen schaute, sah sie nicht den Mann, mit dem sie verheiratet gewesen war, sondern den, in den sie sich damals verliebt hatte. Sie hielten sich an den Händen und weinten gemeinsam um die Tochter, die sie verloren hatten.

Schließlich bekam Yu Besuch von Steinriese. Als sie einander zuletzt begegnet waren, hatte Yu ihn ohne Verstärkung zurückgeschickt und Steinriese hatte sie dafür mit einem Blick bedacht, den sie ihr Leben lang nicht vergessen würde.

»Ich muss dich um Verzeihung bitten«, sagte sie zu ihm. »Ich habe das getan, was ich für das Beste für die Flotte hielt. Dir gegenüber aber war es grausam. Vergib mir.«

Wie es seine Art war, erwiderte Steinriese nichts darauf. Yu fragte sich, ob er immer noch wütend auf sie war oder ob er ihr durch sein Schweigen bedeuten wollte, dass er ihr verziehen hatte.

»Ich muss dich etwas fragen«, fuhr Yu fort. »Ich muss es unbedingt wissen. War Chi noch am Leben, als du zur Zweiten Flotte zurückgekehrt bist? Wäre ich rechtzeitig gekommen, um sie zu retten, wenn ich mich anders entschieden hätte?«

Der große Pirat schaute sie ein paar Augenblicke lang unverwandt an. Dann schüttelte er den Kopf.

Yu hätte gern noch etwas zu ihm gesagt, ihm gedankt, doch ihr blieben die Worte im Hals stecken und sie schwieg, bis er gegangen war.

Die Zeit verging.

Eines Tages konnte Yu aufstehen. Sobald sie in der Lage war, selbstständig ein paar Schritte zu gehen, ließ sie trotz des Protests des alten Kochs alle Befehlshaber zu sich kommen und hörte sich an, was während der Schlacht auf ihren Schiffen geschehen war.

An jenem Morgen hätte die Unaufhaltbare Flotte eigentlich Kurs auf Hongkong nehmen sollen, doch in letzter Minute hatte Li Wei den Fürsten Cao dazu überredet, seine Strategie zu ändern und aus dem Süden auf den Feind zuzusegeln, um einen Überraschungsangriff durchzuführen. Als die Kaiserlichen vor Dangan die Zweite Flotte sichteten, glaubten sie, das Glück sei auf ihrer Seite. Ihre schiere Übermacht von ungefähr fünf zu eins hatte der Unaufhaltsamen Flotte einen leichten Sieg beschert, obgleich sich die Piraten verzweifelt zur Wehr gesetzt hatten. Kleiner Zorn war einen würdigen Tod gestorben und auch die Besatzung der *Purpurroten Seerose* hatte tapfer bis zum letzten Mann gekämpft.

Als der Oberbefehlshaber der Zweiten Flotte tot und die Flotte selbst offensichtlich geschlagen war, hatte Flussritter keine andere Möglichkeit gesehen, als den Rückzug anzuordnen. Deshalb war Steinriese bei seiner Rückkehr zur Zweiten Flotte gar nicht bis Dangan gekommen, sondern war ihr auf ihrer Flucht nach Hongkong begegnet.

Und dann hatte sich das Blatt gewendet …

Die Kaiserlichen hatten gehofft, eine ahnungslose, in Nord-Süd-Richtung positionierte Rote Flotte anzutreffen. Doch als sie die Piratenschiffe vor Hongkong sichteten, waren diese in West-Ost-Richtung formiert – genau wie die auf sie zusegelnden Feinde – und nicht nur kampfbereit, sondern auch aggressiver als jemals zuvor. Außerdem war da noch der *Wushu der Luft und des Wassers* gewesen: Der Anblick der über die Wasseroberfläche laufenden und quer über den Himmel fliegenden Piraten hatte die Soldaten des Kaisers in Panik versetzt.

Die Rote Flotte hatte sämtliche Befehle akkurat ausgeführt, indem sie sich in die Meeresarme zwischen den Inseln zurückgezogen und einzelne kaiserliche Schiffe in Gefechte verwickelt hatte. Insgesamt war es genauso gewesen wie in allen anderen Schlachten: Es hatte Feiglinge und mutige Kämpfer gegeben, schändliche Fluchtversuche und verwegene Heldentaten.

Das Duell zwischen Yu und Cao hatte die Wende gebracht.

Nachdem er das Admiralsschiff kentern gesehen hatte, hatte Li Wei den Rückzug befohlen, doch zahlreiche kaiserliche Schiffe hatten sich schon davor den Piraten ergeben. Allerdings war das Schießen und Kämpfen auch danach noch eine Weile weitergegangen, weil die Befehlsketten in dem allgemeinen Chaos unterbrochen gewesen waren. Zum Schluss aber hatte die Rote Flotte in jeder Hinsicht gesiegt. Von ihren zweihundert Schiffen hatte sie fünfzig Schiffe verloren, andererseits waren nach dem Sieg sechzig neue Schiffe dazugekommen. Damit war sie nach der Schlacht stärker, als sie davor gewesen war.

Die Unaufhaltbare Flotte dagegen beklagte den Verlust von

hundertzehn Schiffen, die entweder gekentert oder zum Feind übergelaufen waren.

Aus rein militärischer Sicht war die Schlacht für die Piraten ein großer Triumph gewesen.

Yu dankte den Befehlshabern, bestimmte Strafen und Auszeichnungen und besuchte anschließend die gefangenen Soldaten, um ihnen den Piratenkodex vorzulesen und sie den Treueeid auf die Rote Flotte schwören zu lassen. Bei dieser Gelegenheit befragte sie einige von ihnen, um zu erfahren, welche Rolle Wei in der Schlacht gespielt hatte. Alle bestätigten das, was Yu bereits gehört hatte.

Nur ein Punkt blieb noch zu klären: Was war tatsächlich auf dem Deck der Admiralsdschunke geschehen, als Yu glaubte, bereits im Sterben zu liegen?

Der Lösung des Rätsels kam Yu ein paar Monate später näher, an einem Abend, an dem sie und Nachtfalter sich auf der Terrasse ihres Palasts unterhielten. Mit seinen *Lu jiao dao* bewaffnet stand Scharlachroter Tiger neben der Tür. Yu fand es überflüssig, dass er sie ständig bewachte, doch der Pirat war der Ansicht, dass er sie schon viel zu oft im Stich gelassen hatte, mit bedauerlichen Folgen.

»Lass ihn doch«, sagte Nachtfalter. »Jeder von uns versucht eben, seine Fehler wiedergutzumachen.«

Zum ersten Mal kam er ihr alt und müde vor.

»Meine Fehler sind wie eine Wunde, die niemals heilen wird«, erwiderte Yu. »Hat denn auch ein Lehrer wie du Fehler gemacht, die er bereut?«

»Es ist mir nicht gelungen, Chi zu helfen, und ich habe dich den Kampf gegen Cao allein ausfechten lassen. Beides werde ich mir nie verzeihen.«

»Meister …«

Nachtfalter schüttelte den Kopf. »Für diese Schlacht hatte ich einen Plan ausgearbeitet. Während du die Rote Flotte zum Sieg führtest, habe ich mich auf die Suche nach dem Eunuchenfürst gemacht, um ihn zu töten. Ich lief über das Meer und hielt nach seinem Schiff Ausschau, als ich deinen Sohn Wen sah. Er war nicht auf der *Purpurroten Seerose*, sondern auf der Dschunke von Flussritter. Ich flog zu ihm, um ihn zu fragen, was passiert war, und erfuhr, dass Chi tot sei. Und dann …« Seine Stimme brach.

»Du hättest ihr nicht helfen können«, versuchte Yu ihn zu trösten.

»Doch. Ich war ihr Lehrer. Wenn ich sie besser trainiert hätte … Wenn ich sie daran gehindert hätte, dass … Wenn ich doch nur …« Wieder schüttelte er den Kopf. »Während Wen und ich miteinander sprachen, wurde die Dschunke von Flussritter angegriffen. Die Besatzung hatte Mühe, sich gegen den übermächtigen Feind zu behaupten, und ich blieb auf dem Schiff, um sie zu unterstützen. Als ich mich danach wieder auf die Suche nach Cao gemacht habe, war es schon zu spät. Da hattest du das Duell bereits beendet.«

»Meister«, sagte Yu. »Wie kam es, dass ich gerettet wurde? Ich lag auf dem Deck des Admiralsschiffs und war von Flammen umgeben. Ich glaubte, gleich sterben zu müssen. Warum habe ich überlebt? Wer hat mich gerettet? War es Li Wei?«

Schweigend strich sich Nachtfalter eine Weile über den Bart. Schließlich seufzte er. »Ich stand bei Wen und Flussritter. Wir sahen das Admiralsschiff brennen. Wir waren weit entfernt und noch dazu an einer Stelle, die Manöver erschwerte. Deshalb sprang ich auf das Wasser hinunter und ließ mich von den Wellen zu dem Schiff tragen. Ich wusste, dass Cao ein Kampfkunstmeister war, der das Feuer beherrschte. Wenn sein Schiff brannte, konnte das nur bedeuten, dass er tot war, und die Einzige, die in der Lage gewesen wäre, ihn zu töten, warst du. Auf einmal sah ich jemanden von der brennenden Dschunke wegfliegen. Es war Li Wei und er trug dich in seinen Armen.«

Yu nickte. »Dann war es doch genauso wie in meiner Erinnerung. Es war kein Traum.«

»Ich war über die Kraft seines *Chi* verblüfft. Natürlich ist er Pengs Enkel, doch nachdem er viele Jahre lang nicht mehr unseren *Wushu* praktiziert hat, ist es unglaublich, dass er immer noch imstande ist zu fliegen. Tatsache ist, dass er auf seine eigene Dschunke sprang. Ich dachte, er will dich verschleppen, um dich dem Kaiser auszuliefern. Also verfolgte ich ihn. Ich sprang auf sein Schiff und wir kämpften gegeneinander.«

»Du und Wei, ihr habt gekämpft?«

»Er ist tatsächlich so gut, wie man über ihn sagt, aber ich konnte nicht zulassen, dass er dich wegbringt. Wir haben lange gekämpft und dabei ungefähr zwanzig Bewegungen ausgeführt. Schließlich gelang es mir, mit dir in meinen Armen wegzufliegen, bis auf das Deck der *Rache*.«

»Und danach?«, fragte Yu. »Ist er dir gefolgt?«

»Ich hatte damit gerechnet, doch dann hörte ich, wie auf seinem Schiff das Signal zum Rückzug gegeben wurde. Er ist geflohen. Vielleicht wusste er nicht, was er ohne den Eunuchenfürst tun sollte. Aber das spielt jetzt keine Rolle mehr.« Nachtfalter sah Yu an. »Vor vielen Jahren ist es mir nicht gelungen, meine Schülerin Mei zu retten. Auch für Chi konnte ich nichts tun. Aber wenigstens habe ich Yu nach Hause zurückgebracht.«

Aus seinem Blick sprach Stolz. Zwar hatte Yu noch viele Fragen, doch sie fand, dass dies nicht der richtige Moment war, um sie auszusprechen.

Wozu weiter Fragen stellen? Im Grunde waren nur die Tatsachen von Bedeutung.

Sie lebte.

Cao war tot.

Und Li Wei war fort.

FÜNFUNDDREIßIG JAHRE

三十五歲

74

Yu stieg auf das Palastdach. Es war kühl und sie trug nur ein Leinenhemd, doch sie merkte gar nicht, dass sie fror. Sie dachte an Chi.

Nach dem Tod ihrer Tochter und ihrer eigenen Genesung hatte Yu sich angewöhnt, oben auf dem Dach zu trainieren, denn hier, an diesem Ort, war es ihr viele Jahre zuvor gelungen, mit einem *Go*-Spielstein eine Porzellanvase zu durchbrechen, woraufhin ihre noch ungeborene Tochter in ihrem Bauch zu strampeln begonnen hatte. Immer wenn sie oben auf dem Palastdach war, fühlte sich Yu ihr nahe.

Sie schaute zum Himmel empor und sah, dass er wolkenverhangen war. Nebelbänke schlängelten sich über das Meer. Yu hockte sich hin, in der Stellung *Tigerjäger*, und führte verschiedene Bewegungen aus, erst ganz langsam und dann immer schneller. Sie spürte, wie ihre Lebensenergie erstarkte, wie sich ihr Geist von Grübeleien befreite. Sie beschleunigte ihr Tempo, vollführte einen Salto, dann weitere zwei und landete in perfektem Gleichgewicht auf einem Fuß, in der Stellung *Goldener Hahn*. Allerdings fuhr dabei ein stechender Schmerz durch ihr Knie und strahlte bis zum Becken aus.

Eigentlich war es seltsam: Nach ihrem Kampf gegen Fürst Cao war die Wunde an ihrer Hüfte vollständig ausgeheilt, während ihr die eher leichte Verletzung am Knie immer noch Ärger bereitete, besonders bei schlechtem Wetter.

»Ich werde alt«, sagte Yu zu sich selbst.

Im Grunde genommen fühlte sie sich nicht wirklich alt. Das wäre auch seltsam gewesen, wo sie erst fünfunddreißig war. Trotzdem wurden die neu hinzukommenden Piraten immer jünger, während Scharlachroter Tiger und die anderen Veteranen auf den

Schiffen ihrer Flotte nicht mehr so wild darauf waren, in See zu stechen.

Der Gedanke daran rief ihr ein weiteres Problem in Erinnerung: Es hatte mit Xin zu tun, dem Sohn von Tanzende Lotosblüte und Kleiner Zorn.

Mittlerweile war der Junge vierzehn Jahre alt und seine Mutter hatte ihm in den Kopf gesetzt, dass er Kapitän werden sollte. Das Problem dabei war, dass Xin wesentlich stärker seiner Mutter ähnelte als seinem Vater: Er ließ sich leicht ablenken und neigte dazu, impulsiv zu handeln.

Wen dagegen würde einen hervorragenden Kapitän abgeben. Doch Yu konnte unmöglich ihrem Sohn ein Schiff anvertrauen und seinem besten Freund nicht. Tanzende Lotosblüte würde zu einer rasenden Furie, wenn sie das täte.

Hinzu kam, dass Wen sich nicht für eine Piratenkarriere zu interessieren schien: Er stand lieber in der Küche herum und diskutierte mit Überfluss, als Kampfkunst zu trainieren. Zum Glück hatte er sich vor Kurzem in ein sehr energisches Mädchen verliebt, das Zwei Blumen hieß. Yu war sich sicher, dass ihm diese Beziehung guttun würde.

Xin und Tanzende Lotosblüte aber …

Der Wind trug ihr den fernen Klang eines Gongs zu.

Was war da los?

Sie wandte sich nach Süden und sah, dass auf dem Kap Chek Chue Lichter aufblitzten und wieder erloschen. *Fremder*, bedeuteten die Signale. Das hieß, dass sich ihrer Bucht ein Schiff näherte, das nicht der Roten Flotte angehörte.

Noch dreimal blitzten die Lichter auf, begleitet von drei Gongschlägen.

Höchste Alarmstufe.

Gewöhnlich waren bei dieser Alarmstufe schon die ersten Schüsse der Kanonen auf den Artillerieposten zu hören. Jetzt aber fiel kein einziger Schuss. Das war sehr ungewöhnlich.

Im nächsten Augenblick sah Yu eine Staubwolke vom Kap auf

den Roten Hügel zurasen. Ein berittener Bote spurtete im Galopp zum Wachtposten. Bald würde sie erfahren, was sich da unten abspielte. Yu sprang vom Dach direkt auf die Terrasse vor ihrem Zimmer.

Keine Sekunde später suchte Nachtfalter sie dort auf.

»Ein fremdes Schiff fährt in den Hafen ein«, meldete er.

»Ich weiß, ich habe die Signale gesehen«, sagte sie. »Was ist da los?«

»Ich habe keine Ahnung, aber ich glaube, wir sollten vorbereitet sein. Es ist eine kaiserliche Dschunke und sie hat die Unterhändlerflagge gehisst.«

Ein Unterhändler, der hierher nach Hongkong kommt?, fragte sich Yu. Deshalb also hatten sie nicht geschossen. Auf jeden Fall schien es sich offenbar um eine wichtige Angelegenheit zu handeln.

»Möglicherweise ist dieses Schiff nicht allein unterwegs. Deshalb müssen alle Artillerieposten einsatzbereit sein«, ordnete Yu an. »Am Strand sollen etwa hundert Piraten bereitstehen, bis an die Zähne bewaffnet, und sämtliche verfügbare Kanonen werden auf das kaiserliche Schiff gerichtet. Beim ersten Anzeichen dafür, dass etwas nicht stimmt, wird es beschossen und versenkt. Ein zuverlässiger Mann soll alles kontrollieren.«

Nachtfalter grinste. »Scharlachroter Tiger ist bereits zum Hafen hinuntergegangen.«

Yu nickte beifällig. »Was wollen die von uns? Was meinst du?«

»Ich habe nicht die geringste Vorstellung«, erwiderte ihr Lehrmeister. »Wir hatten zwar etliche Mandschu-Offiziere als Gefangene, doch nach Zahlung der Lösegelder konnten sie zu ihren Familien zurückkehren … Ob es um diese alte Sache geht?«

»Wir werden es bald erfahren«, erwiderte Yu. »Sag bitte Tanzende Lotosblüte, dass sie zu mir kommen soll. Ich muss mich auf den Empfang der Gäste vorbereiten, wer auch immer sie sein mögen. Überfluss soll für ein Bankett sorgen, das eines Botschafters würdig ist.«

Nachtfalter verbeugte sich. »Wie viele Gäste sollen an deinem Tisch sitzen?«

»Welche Zahl gilt bei solchen Gelegenheiten als glücksbringend?«, fragte Yu zurück.

»Ich erlaube mir, die einundfünfzig vorzuschlagen. Laut dem *I Ging*, dem *Buch der Wandlungen*, zeigt das einundfünfzigste Symbol die Umwälzung und die sich anbahnende Gefahr an. Sofern unsere Gäste aufmerksam sind, werden sie die Botschaft verstehen.«

»Einverstanden, Meister. Ich danke dir, du kannst jetzt gehen.«

Sobald sie allein war, wusch Yu sich. Bald kam Tanzende Lotosblüte mit zwei Dienerinnen zu ihr, die Kleider, Schals und Schmuck mitbrachten sowie alles, was sie zum Schminken benötigten. Yu entschied sich für einen *Cheongsam* in Schwarz, die Farbe, die mit dem Wasser verbunden war.

Während Tanzende Lotosblüte ihr die Haare so hochsteckte, dass sie Yus versengtes Ohr verdeckten, betrat Scharlachroter Tiger das Zimmer.

»Warst du unten am Hafen?«, fragte Yu.

»Ja, gerade eben.«

»Und?«

»Die Dschunke hat die Banner der Acht Clane gehisst und die Unterhändlerflagge. Ich bin an Bord gegangen, um sie zu inspizieren. Sie haben nur eine einzige Kanone. Sie stand am Bug und ich habe sie entfernen lassen. Wir könnten das Schiff blitzschnell versenken und ich muss dir gestehen, dass ich das nur zu gern tun würde.«

»Wieso?«

»Rate mal, wer der Unterhändler ist, den sie zu uns geschickt haben.«

Lächelnd antwortete Yu: »Li Wei.«

»Hattest du das schon vermutet?«

»Sagen wir so: Ich habe es gespürt.« Yu überlegte kurz. »Schick Nachtfalter zu ihm, er soll ihn so empfangen, wie es sich gehört, mit einer Eskorte und vielen Pferden. Er darf an Land kommen und zwei Begleiter mitbringen, doch sie müssen alle unbewaffnet sein. Durchsuche sie selbst, Tiger.«

»Und dann?«

»Sage Li Wei, dass ich ihn im Palast auf dem Roten Hügel zum Abendessen erwarte.«

75

Etwas, das Yu an Überfluss seit jeher bewunderte, war seine Fähigkeit, auch ohne Vorwarnung in kürzester Zeit ein Festmahl zusammenstellen zu können.

»Wenn man mich allerdings vorwarnen würde, müsste ich bei der Arbeit keine Saltos schlagen.«

Der Koch, der inzwischen über sechzig Jahre alt war, murrte immer noch so gern wie früher.

»Bestimmt wird alles ganz köstlich schmecken«, sagte Yu, um ihn zu besänftigen.

Das Abendessen wurde im Hauptsaal des Palasts serviert. Yu lud dazu alle Helden und Heldinnen ein, die sich gerade in Hongkong befanden: Scharlachroter Tiger, Schwarzer Bär, Hübscher Junge, Steinriese, Riecht am Wind, Goldene Qualle, Hagelwolke und Jianguo. Auch Tanzende Lotosblüte sollte dabei sein, die besser als alle anderen die Kunst der Konversation beherrschte, sowie Wen und Xin. Yu bat auch noch ein paar andere Leute dazu, damit sie einschließlich der drei kaiserlichen Beamten insgesamt einundfünfzig Personen sein würden.

Als Nachtfalter verkündete, die Gäste seien eingetroffen, betrat Wei den Saal allerdings allein.

Im Laufe der vergangenen zwanzig Jahre war ihm Yu nur drei Mal begegnet. Beim ersten Mal hatten sie sich geküsst. Beim zweiten Mal hatte er sie zum Tode verurteilt. Und beim dritten Mal hatte er ihr das Leben gerettet.

Yu ließ sich etwas Zeit, um ihn in Ruhe anzuschauen. Li Wei war einer jener vom Glück begünstigten Männer, die mit zunehmendem Alter immer attraktiver aussehen. Er war mit einem sehr eleganten, jadefarbenen *Changshan* bekleidet, der aus einer Jacke mit vergoldeten Knebelverschlüssen und einem langen Rock mit eingewebten Blumen bestand. Sein Hut war ebenfalls jadefarben und er trug die traditionelle Männerfrisur der Mandschu mit dem langen Zopf, der ihm auf den Rücken hinunterhing.

Yu gefielen seine breiten Schultern, sein athletischer Gang und seine geschmeidigen Bewegungen. Er besaß die Anmut der Kampfkunstmeister der Luft und des Wassers, verbunden mit einer kraftvollen, beinahe wilden Ausstrahlung.

»Fragt unseren Gast«, sagte Yu, »warum er ohne Begleiter gekommen ist.«

Wei verbeugte sich vor ihr und antwortete direkt an sie gewandt: »Der bescheidene Botschafter, der hier vor Ihnen steht, hoffte, mit Ihnen unter vier Augen zu Abend essen zu dürfen. Deshalb bat er seine Männer, auf dem Schiff auf seine Rückkehr zu warten. Er würde sich sehr freuen, wenn Ihnen seine Entscheidung nicht missfällt.«

Yu antwortete nicht, bedeutete den Dienern aber, die zwei überflüssigen Stühle hinauszutragen. Wei nahm auf dem verbliebenen leeren Stuhl Platz.

Anstatt einundfünfzig waren sie jetzt neunundvierzig. Im *I Ging* stand bei dieser Zahl: *Es ist günstig, ein neues Projekt anzufangen und das große Wasser zu überqueren.*

Interessant, dachte Yu.

Ein anderer Mensch hätte sich allein unter feindselig dreinblickenden Piraten unwohl gefühlt, nicht aber Wei. Er unterhielt sich auf liebenswerte Art mit Tanzende Lotosblüte über den neuesten Klatsch aus Kanton, und als das Essen serviert wurde, aß er mit Appetit und lobte immer wieder den Koch.

Es war beinahe so, als würde nur er das Essen genießen, zumal er der Einzige war, der unbeschwert redete, während alle anderen schwiegen.

Als Überfluss Spießchen servierte, nahm ein Pirat eines davon und schleuderte es wie ein Wurfmesser auf Wei zu, der sich gerade zur anderen Seite gewandt hatte.

Trotzdem fing Wei das Spießchen mit zwei Fingern. Lächelnd drehte er sich um.

»Das ist Ihnen wohl gerade aus der Hand gerutscht«, sagte er und gab es höflich dem Piraten zurück.

Nach dem Essen und bevor er sich verabschiedete, verneigte sich Wei abermals vor Yu. »Dieser bescheidene Botschafter wünscht sich sehnlichst, Sie morgen privat sprechen zu dürfen.«

»Ich werde Sie holen lassen, sobald es mir möglich ist«, erwiderte Yu. Es waren die ersten Worte, die sie an diesem Abend an ihn richtete.

Sie befahl Scharlachroter Tiger, den Gast zu seiner Dschunke zu begleiten, und ordnete an, dass das kaiserliche Schiff von bewaffneten Männern bewacht werden sollte.

Die Nacht war ruhig. Am Morgen wurde Yu berichtet, dass niemand von der kaiserlichen Dschunke versucht hatte, an Land zu gehen, und dass Wei die ganze Zeit über in seiner Kabine geblieben sei. Yu fragte sich, ob sie ihn zu sich rufen sollte, fand dann aber, dass es besser sei, ihn weiter warten zu lassen.

Am zweiten Tag kam Scharlachroter Tiger zu ihr. »Dein Freund wird langsam ungeduldig, er lässt fragen, wann du ihn zu dir bittest.«

»Er ist schuld daran, dass ich ebenfalls viele Jahre warten musste«, erwiderte Yu. »Jetzt ist er dran, sich in Geduld zu üben.«

Der dritte und der vierte Tag vergingen ebenso ereignislos wie die ersten beiden.

Am fünften Tag beauftragte Yu endlich Scharlachroter Tiger, Wei in den Palast zu geleiten. Er sollte ohne seine Leute und unbewaffnet kommen. Sie würde ihn in der Pagode im Garten empfangen.

Yu entschied sich dafür, ihr schönstes Kleid anzuziehen, ein seidenes *Hanfu* in der Farbe von Kirschblüten. Zwar würde sie bei der Begegnung keine Waffen am Körper tragen, doch vorsichtshalber versteckte sie ihr Schwert *Meeresgischt* unter den Sofakissen.

Ihr Kindheitsfreund traf zum vereinbarten Zeitpunkt ein, mit Scharlachroter Tiger als Eskorte. Yu gab dem Piraten ein Zeichen, hinauszugehen, woraufhin er ihr einen verärgerten Blick zuwarf.

Als sie allein waren, machte Wei vor Yu eine tiefe Verbeugung und sagte: »Ich weiß nicht, wie ich dich anreden soll. Fliegende Klinge, so wie die Königin heißt, zu der du geworden bist, oder aber Yu?«

Sie sah ihn mit einem unergründlichen Gesichtsausdruck an. »Als du mich zum Tode verurteilt hast, hast du mich Fliegende Klinge genannt. Ich würde sagen, wir machen mit diesem Namen weiter.«

Wei seufzte. »Du hast recht. Aber es ist eine lange Geschichte und wir sollten mit dem Erzählen nicht in der Mitte beginnen.«

»Ich kenne sie schon zur Genüge. In den letzten zehn Jahren habe ich oft an dich gedacht. Und daran, wie ich dich töten würde.«

Wei schenkte ihr ein Lächeln. »Willst du es jetzt tun? Mir wäre es lieber, wenn du damit wartest, bis du mich angehört hast. Ich habe eine lange Reise unternommen, um dir endlich eine Erklärung zu geben.«

Yu bedeutete ihm, auf dem Sofa gegenüber von ihr Platz zu nehmen. Wei schwieg zunächst, angespannt wie die Sehne eines Bogens.

»Und?«, fragte Yu.

»Ich muss dir ein ganzes Leben erzählen und ich weiß nicht, wo ich anfangen soll. Vielleicht am besten bei meinem Großvater, dem von dir verehrten Kampfkunstmeister Li Peng.«

»Dem *Pirat* Li Peng«, verbesserte Yu ihn.

»Genau«, erwiderte Wei. »Inzwischen bin ich im Bilde. Vielleicht erinnerst du dich noch daran, wie wir uns als Kinder das erste Mal begegnet sind. Ich sagte dir damals, er habe die Leibwache des Kaisers ausgebildet. Denn das war das, was er mir erzählt hatte: Er sei ein loyaler, aber in Ungnade gefallener Untertan des Himmlischen Reichs. Die Geheimgesellschaft der Piraten hat er nie erwähnt und mir auch nie gesagt, dass der *Wushu der Luft und des Wassers* verboten ist. Von all diesen Dingen wusste ich nichts. Was die Piraten betraf … Weißt du noch, wie wir einmal Piraten sahen, die mit einer Canga um den Hals durch unsere Nachbarschaft geführt wurden?«

»Es waren Flussritter und Tätowierter Büffel«, erwiderte Yu, »die heute Befehlshaber in meiner Flotte sind.«

»Mein Großvater kannte ihre Namen und ich hatte keine Ahnung, warum. Es ist wichtig, dass du das verstehst. Mein Großvater war kein ehemaliger kaiserlicher Offizier, wie ich damals glaubte. Als er starb, adoptierte mich ein angesehener Beamter, Herr Zhang, und brachte mich dazu, eifrig schreiben und lesen zu lernen und Kampfkunst zu trainieren, damit ich eines Tages in die Fußstapfen meines hoch geschätzten Großvaters treten konnte.«

»Willst du mir damit sagen, dass Zhang dich hereingelegt hat?«

Wei schüttelte den Kopf. »Nicht so, wie du jetzt denkst. Peng war ein schwieriger Mann … Du weißt ja auch, dass er zu viel trank, und oft genug kümmerte ich mich mehr um ihn als er sich um mich. Zhang dagegen war der Vater, den ich nie gehabt hatte. Ich sage ›war‹, denn er starb letztes Jahr an einer schlimmen Krankheit. Ich war bis zu seinem letzten Atemzug an seiner Seite.«

»Mein Beileid«, sagte Yu mit schneidender Stimme. Ihr war Zhang mehr als gleichgültig und im Grunde wollte sie den Rest von Weis Geschichte gar nicht mehr hören.

Wei war von ihrer Reaktion sichtlich verletzt. »Er war ein durch und durch guter Mann. Heute weiß ich, dass er mir das Leben gerettet hat: Er überredete Fürst Cao, mich zu verschonen, in jener Nacht, in der Peng starb.«

»Du meinst die Nacht, in der dein Adoptivvater den Soldaten half, ihn zu ermorden.«

Wei sprang auf. Er bebte vor Wut. »Hör auf! Ich versuche dir, so gut ich kann, meine Geschichte zu erzählen, also sei endlich still!«

Yu gestattete niemandem, so mit ihr zu reden, schon gar nicht Wei. Sie zog ihr Schwert unter den Sofakissen hervor und richtete dessen Spitze auf Weis Brust.

76

Einen Augenblick lang schauten Wei und Yu einander an, mit dem Schwert zwischen sich.

Dann wich Wei einen Schritt zurück, sprang seitwärts und versuchte Yu mit der Bewegung *Letzter Ritter* zu entwaffnen. Sie tänzelte um ihn herum und streckte einen Finger aus, um ihn durch den Griff *Blatt im Strom* zu lähmen. Doch er blockierte ihre Hand und griff sie mit *Schwanzschlag des Skorpions* an. Yu befreite sich und flog mit *Schaumregenbogen* über seinen Kopf hinweg, landete hinter ihm und griff ihn mit *Biss des Grauhais* an. Wei parierte mit *Fels, der die Welle aufhält.*

»Du erinnerst dich doch noch an einige Lektionen deines Großvaters«, zischte Yu.

»Peng war mein ganzes Leben«, entgegnete Wei. »Wie hätte ich ihn jemals vergessen können? Aber du musst begreifen, dass ich auch Herrn Zhang geliebt habe. Er hat mich adoptiert und mir eine Zukunft geschenkt. Er wurde mein Lehrmeister in der Kampfkunst. Ich wollte, dass er stolz auf mich sein konnte.«

Wei fixierte sie. In seinen Augen glänzten Tränen.

Vorsichtig legte Yu das Schwert wieder weg. »Das kann ich verstehen«, sagte sie.

»Um Herrn Zhang stolz auf mich zu machen, gab ich mir große Mühe, die Prüfungen zu bestehen«, erklärte Wei. »So wurde ich mit vierzehn Jahren Beamter. Mein Vater arrangierte für mich die Heirat mit einer Frau, die zwar älter als ich war, aber über eine ausgezeichnete gesellschaftliche Stellung verfügte. Sie kommt aus derselben Familie Guo, aus der auch der *Hoppo* von Kanton stammt.«

Dann war Wei also mit Guo Huiliang verschwägert? Das wird ja immer besser, dachte Yu.

»Als du mich im *Yamen* besucht hast, war ich schon über sechs

Monate verheiratet. Wie alt waren wir da? Sechzehn? Ich muss zugeben, dass ich verblüfft war, denn ich hatte gedacht, die Piraten hätten dich getötet … Und dann … das, was zwischen uns passiert ist … Ich weiß nicht einmal, ob du dich noch daran erinnern kannst, aber …«

Wei verstummte, als befürchtete er, zu viel gesagt zu haben, und auch Yu schwieg. Natürlich erinnerte sie sich an den Kuss. Und auch an das, was danach geschehen war. Sie verspürte den Drang, weiter gegen ihn zu kämpfen, zwang sich jedoch, ruhig zu bleiben.

»Als ich entdeckte, dass du mir das Buch gestohlen hast, war ich dir nicht böse«, fuhr Wei fort. »Ich dachte, dass es meinem Großvater im Grunde so lieber gewesen wäre, und ich wusste, dass du es sehr sorgfältig aufbewahren würdest. Ich wusste auch, dass sich unsere Wege eines Tages wieder kreuzen würden. Ich machte Karriere, wurde zu einem der angesehensten Beamten der Stadt …«

Yu unterbrach ihn: »Wann kommst du endlich zur Sache?«

»Jetzt«, erwiderte Wei. »Eines Tages bekam ich Besuch vom Ersten Berater des Kaisers. Seine Exzellenz Cao Feng. Er war in Kanton auf der Durchreise und ich empfing ihn mit allen gebührenden Ehren. Er sagte, er habe schon von mir gehört und wolle mir eine wichtige Aufgabe übertragen: Ich solle die Meere Chinas ein für alle Male von Piraten befreien, vor allem aber von der grausamsten Piratin von allen. Es handle sich um eine Frau, die Fliegende Klinge genannt wurde.«

Wei schaute Yu ins Gesicht. »Ich wusste nicht, dass du das warst. Ich gab mir alle Mühe, meinen Auftrag zu erfüllen, doch deine Piraten bestachen die Beamten des Humen, damit die nicht so genau hinschauten. Die Korruption hatte alles durchdrungen … Mit anderen Worten, ich erreichte nichts, und Fürst Cao beschloss, mir Unterstützung zukommen zu lassen. Er schickte mir einen Mann, der sein vollstes Vertrauen genoss und ebenfalls ein Eunuch war. Sein Name lautete Hong Xiaotong.«

Der Foltermeister, dachte Yu. Sie hatte noch nie zuvor seinen wahren Namen gehört.

Die Luft in der Pagode kam ihr unerträglich stickig vor, als könne sie nicht mehr atmen. Sie ging zur Tür und öffnete sie, um die frische Frühlingsbrise hereinzulassen. In dieser Jahreszeit war der Garten wunderschön und das Murmeln des Bachs, der durch ihn hindurchfloss, klang ein bisschen wie das Geplapper eines Kleinkinds.

Yu dachte an den Tag zurück, an dem sie den Foltermeister zum ersten Mal gesehen hatte, in der Zelle. Und daran, wie sie ihn in dem Becken unter Wasser gedrückt hatte, bis er tot gewesen war.

»Soll ich eine Pause machen?«, fragte Wei.

»Nein, aber ich würde gern ein Stück gehen.«

Wei nickte und Yu führte ihn hinaus, über die kleine Holzbrücke und weiter, auf den Gartenweg.

»Du hattest von Xiaotong gesprochen.«

»Genau. Dieser Mann kam zu mir und ich merkte bald, dass er grausam, aber auch sehr effektiv war. Er wollte eigene Nachforschungen anstellen, und einige Monate später teilte er mir mit, dass er in Macau Fliegende Klinge gefangen genommen hatte und dass ihr der Prozess gemacht werden sollte.«

»Willst du mir damit sagen, dass es der Eunuch war, der mir den Brief geschrieben hat, und nicht du?«, fragte Yu.

»Was für ein Brief?«, fragte Wei zurück.

Yu erzählte ihm, wie man sie in Madame Jings Gastwirtschaft gelockt hatte und was dort dann passiert war.

Wei schüttelte verwirrt den Kopf. »So einen Brief habe ich niemals geschrieben. Allerdings wusste Xiaotong das mit der Suppenschale, weil ich ihm das einmal erzählt habe, an einem Abend, als ein Diener einen ganzen Kessel Suppe verschüttet hat. Und wenn dich Cao schon seit der Ermordung von Peng beobachten ließ, könnte er gewusst haben, dass Shi Yu und Fliegende Klinge ein und dieselbe Person waren.«

Dieses Mal war Yu diejenige, die überrascht war.

»Ich glaube nicht, dass Cao mich beobachten ließ«, sagte sie.

»Ach nein? Nach dieser Schlacht, die vor zwei Jahren stattfand, habe auch ich Nachforschungen angestellt. Du wurdest im Alter von zwölf Jahren entführt. In jener Nacht, als die Piraten im Lokal von Bai Bai feierten, kamen plötzlich kaiserliche Soldaten, um sie zu verhaften. Ein eigenartiger Zufall, findest du nicht? Cao hatte sie dorthingeschickt, weil er Angst davor hatte, dass ein kleines Mädchen, das Peng gekannt hatte, mit Piraten zusammentreffen könnte und der *Wushu der Luft und des Wassers* dadurch wiederbelebt werden könnte. Man kann dem Eunuchenfürsten vieles vorwerfen, aber sicher nicht, dass er dumm war.«

Yu dämmerte, dass die Geschichte aus Weis Perspektive wesentlich komplizierter war, als sie angenommen hatte.

»Erzähl weiter«, forderte sie ihn auf. »Der Foltermeister, also Xiaotong, hat dich informiert, dass er mich gefangen hat. Und bei dem Prozess hast du mich zum Tode verurteilt.«

»Sie haben diese Frau hereingeführt«, erklärte Wei. »Das warst nicht du. Es war eine Gefangene mit Canga und Knebel, und sie sah einfach furchterregend aus. Ihr Gesicht war derart abschreckend, dass ich mich zusammennehmen musste, um es anzuschauen.«

»Furchterregend? Wie meinst du das?«

»Ihr Gesicht war von einem ekelhaften Ausschlag bedeckt, lauter dicke oder schon aufgeplatzte Eiterblasen. Xiaotong warnte mich davor, der Frau zu nahe zu kommen, denn sie könnte Lepra oder irgendeine andere gefährliche, ansteckende Krankheit haben.«

»Oh!«, rief Yu aus.

Auf einmal fiel ihr wieder ein, wie ihr der Eunuch vor dem Prozess eine fettige Salbe ins Gesicht gestrichen hatte. Sofort darauf hatte ihre Haut gebrannt wie von glühenden Nadeln zerstochen. Auch ein anderes Detail kam ihr wieder ins Gedächtnis: Als sie viele Tage später in den Höllenhof gebracht worden war, hatte sie sich im Wasser einer Wanne gespiegelt und das eigene Gesicht nicht mehr wiedererkannt, weil es von eitrigen Pusteln bedeckt war. Damals hatte sie den Ausschlag für eine Folge ihrer Erschöpfung oder der Gifttränke gehalten und nicht mehr weiter darüber nachgedacht. Aber vielleicht war er ja durch die Salbe des Eunuchen hervorgerufen worden. Nach der langen Reise mussten die Pusteln ziemlich abgeheilt gewesen sein. Wie musste sie erst ausgesehen haben, als sie Wei vorgeführt wurde?

»Ich hatte Mitleid mit dieser entstellten Frau«, gab Wei zu. »Aber ich bin ein Beamter und muss mich an die Gesetze halten. Und die schreiben vor, dass Piraterie mit Erdrosselung bestraft wird und dass die Verurteilten mit Straftätowierungen zu markieren sind.«

Wei beugte sich Yu entgegen und sie sah, dass ihm Tränen über die Wangen liefen.

»Ich weiß nicht, wie Xiaotong dich in jemanden verwandeln konnte, der du nicht warst. Aber ich sehe heute diese Zeichen auf deiner Stirn und weiß, dass ich daran schuld bin, dass du sie tragen musst. Ich bitte dich um Vergebung.«

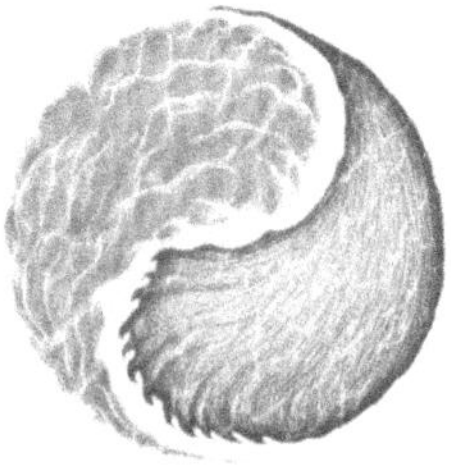

77

Sie gingen schweigend weiter, jeder in Gedanken versunken.

So also war es gewesen. Sowohl Yu als auch Wei waren betrogen worden: Er wusste nicht, dass er seine Kindheitsfreundin zum Tode verurteilt hatte, und sie hatte jahrelang geglaubt, von ihm verraten worden zu sein.

Jetzt, wo die Intrige aufgedeckt worden war, fiel es Yu schwer, ihre Gefühle zu beschreiben. Natürlich war sie erleichtert, aber sie war auch wütend. Darüber, dass sie sich hatte hereinlegen lassen. Und wegen all der vergeudeten Jahre. Und wegen der Narben, die sie nun ihr Leben lang tragen musste.

Inzwischen waren Yu und Wei in jenem Teil des Gartens angelangt, in dem die Kirschbäume standen. In diesem Jahr hatten sie erst spät zu blühen begonnen und die Zweige waren immer noch unter Wolken duftiger rosafarbener Blüten verborgen.

»Dein Kleid«, sagte Wei, »ist wie eine Blüte unter Blüten.«

Yu versuchte zu lächeln, doch es gelang ihr nur zu seufzen.

Sie kehrten in die Pagode zurück und Yu berührte eine an der Tür hängende kleine Silberglocke. Ein paar Minuten später kam Tanzende Lotosblüte mit Tee und einer großen Auswahl an Schälchen.

Schweigend sahen sie zu, wie die ehemalige Tänzerin sie anmutig bediente. Als diese gegangen war, konnten sie einander ihre Geschichte weitererzählen.

»Ich würde gern behaupten, dass ich nach der Verurteilung der Piratin Fliegende Klinge schlaflose Nächte hatte«, nahm Wei den Faden wieder auf, »aber ich will dich nicht belügen. Ich kann mir vorstellen, dass du in deinem Piratenleben auch schwierige Entscheidungen fällen musst. Vielleicht musstest du ja schon mal einen Verräter oder einen Spion töten lassen.«

Yu dachte an die Krallen-Cousins und nickte.

»Die Wahrheit ist, dass man lernt, damit zu leben«, sagte Wei. »Wer ein Beamter ist, hält sich an die Gesetze. Was diese Hexerei-Anklagen betrifft: Ich weiß nicht, ob sie begründet sind und ob du wirklich imstande bist, den Menschen ihre Seelen zu stehlen, indem du ihnen Haarsträhnen abschneidest.«

Yu verzog das Gesicht. »Glaubst du, so etwas ist möglich?«

»Tatsache ist, dass es keine Rolle spielt. Der Kaiser hat festgelegt, dass Hexerei ein Verbrechen ist. Meine Arbeit besteht darin, Zeugenaussagen zu sammeln und dann eine Strafe zu verhängen.«

»Das ist ungerecht«, protestierte Yu.

»Mag sein. Wenn sie mir eine Person vorführen, die der Hexerei angeklagt ist, finde ich manchmal Mittel und Wege, sie zu retten. Aber Fliegende Klinge? Eine Piratin mit einem Verbrechensregister, das hundert *Li* lang ist? Ich weiß, dass Zeugen häufig lügen, aber manche sagen die Wahrheit und man kann jemanden nur ein Mal zum Tode verurteilen. Was ich damit sagen will: Als ich das Urteil sprach, war ich davon überzeugt, das Richtige zu tun, und ich machte mit meinem Leben weiter, ohne noch mal darüber nachzudenken.«

Wei stellte seine Teetasse abrupt auf dem Tisch ab. »Die Verurteilung von Fliegende Klinge wurde zum Wendepunkt in meiner Karriere. Ich verließ Kanton, denn ich wurde nach Peking abberufen, wo ich ein wichtiges Amt bekleide. Ich war derjenige, der China von der größten und schlimmsten Piratin aller Zeiten befreit hatte.«

»Nur dass dein Freund, der Eunuch, mich gar nicht hingerichtet hat.«

»Das habe ich erst viel später erfahren. Immer mal wieder drangen aus dem Süden Gerüchte über die Rückkehr von Fliegende Klinge bis zu uns nach Peking. Aber ich hielt sie für Spinnerei. Bis mir immer mehr Geschichten zu Ohren kamen. Jemand würde die Rote Flotte wieder zusammenbringen und sie vergrößern, hieß es. Eines Tages ließ mich Fürst Cao zu sich kommen. Er sagte,

Xiaotong hätte sowohl mich als auch ihn hinters Licht geführt. Er hätte Fliegende Klinge gar nicht erdrosseln lassen, sondern sie lange Zeit versteckt gehalten und unterstütze sie jetzt in ihrem Kampf gegen uns.«

»Eine interessante Version der Wahrheit«, meinte Yu.

»Cao wollte den Kaiser um eine Flotte bitten, um dich zu bekämpfen. Ich flehte ihn an, mich in seinen Admiralsstab aufzunehmen. Ich weiß gar nicht, warum er mir diesen Wunsch erfüllte, denn ich hatte weder viel Ahnung von Schiffen noch von Seeschlachten. Außerdem wusste er ja, dass ich mit Peng verwandt war. Das hätte ihn eigentlich misstrauisch machen müssen. Vielleicht aber hatte ich ihn davon überzeugt, dass ich ihm gegenüber vollkommen loyal war. Oder aber er wollte mich dabeihaben, weil ich mir in Peking einen Namen als Kampfkunstmeister gemacht hatte.«

Nachdem sie vorhin gegen ihn gekämpft hatte, fand Yu dieses Argument sehr überzeugend.

Draußen dämmerte es. Weis Gesicht lag im Schatten.

»Es kam so weit, dass mich Cao nicht nur in seine neue Flotte aufnahm, sondern mich sogar zu seiner rechten Hand ernannte. Ich freute mich über diese Chance. Weil ich dachte, einen Fehler gemacht zu haben, verstehst du? Und nun bekam ich die Gelegenheit, ihn wiedergutzumachen. Ich vertiefte mich in Marinetaktiken und ließ mich von erfahrenen Admiralen beraten. Während die Flotte zusammengestellt wurde, lernte ich, zu navigieren und Besatzungen zu befehligen. In all der Zeit hätte ich nicht einmal im Traum daran gedacht, dass Fliegende Klinge und meine Freundin Shi Yu dieselbe Person sein könnten.«

»Wann ist es dir klar geworden?«, wollte Yu wissen.

Wei zögerte, bevor er antwortete. »Entschuldige bitte, ich weiß, dass dies ein sehr schmerzhaftes Thema für dich ist. Zum ersten Mal bekam ich den Verdacht, als Cao deine Tochter getötet hat.«

Yu hielt ihre Teetasse in beiden Händen. Als sie Weis Worte hörte, drückte sie die Tasse so fest zusammen, dass sie zerbrach.

»Warst du dabei, als es geschah?«

»Ich war auf meinem Schiff, der Angriff hatte soeben erst begonnen. Ich hatte gesehen, dass das Admiralsschiff und eine Piratendschunke in ein Gefecht verwickelt waren, und gab den Befehl, näher heranzufahren, um das Admiralsschiff zu unterstützen. Ich sah, wie Cao auf dem Deck gegen ein junges Mädchen kämpfte. Ich … Yu, es tut mir leid. Es hat nicht lange gedauert. Der Eunuchenfürst war einfach zu stark für sie.«

»Ich weiß.«

»Doch ihr Kampfstil hat mich an unser gemeinsames Training erinnert. Das Mädchen sah dir ähnlich, sie hatte auch deine Eleganz, deine Geschmeidigkeit und Kraft. Mir blieb das Herz stehen.«

Yus Augen hatten sich mit Tränen gefüllt, aber sie verbot sich zu weinen. Stattdessen stand sie von ihrem Sofa auf, nahm aus einer Schachtel, die auf einem Tischchen gelegen hatte, ein Streichholz und zündete damit einen Lampion an. Dann einen zweiten.

Chi, dachte sie. Und Grüne Heuschrecke.

Wei, der eine Pause gemacht hatte, um Yu Zeit zu geben, sich wieder zu fassen, erzählte nun weiter: »Von Dangan aus nahmen wir Kurs auf Hongkong und da sah ich dich beim Angriff über das Wasser laufen. Meine Zweifel verflogen. Das war jene Technik, von der mein Großvater mir erzählt hatte. Er hatte gesagt, eines Tages würde auch ich sie lernen. Und du … Du warst du. Ich wäre gern bei dir gewesen, doch die Schlacht war in vollem Gange, wir waren beide in Kämpfe verwickelt. Ich verlor dich aus den Augen. Auf einmal kam einer meiner Männer zu mir und sagte, dass sich Cao und Fliegende Klinge auf dem Admiralsschiff duellierten und dass das Schiff in Flammen stand. Ich dachte … Ich wusste, dass du in Lebensgefahr warst. Und ich bin gekommen.«

»Du hast mich gerettet.«

»Was hätte ich sonst tun sollen? Ich habe dich deinem *Shifu* übergeben.«

Yu zwang sich zu lächeln. »Nachtfalter hat das anders in Erinnerung. Er hat gesagt, er musste mit dir um mich kämpfen.«

»Es ist wahr, dass ich dich auf mein Schiff gebracht habe, denn es wäre zu gefährlich gewesen, mitten unter kämpfenden Piraten zu landen. Als Nachtfalter kam, um dich zu holen, ließ er mir keine Zeit für Erklärungen. Ich habe seine Angriffe pariert und zugelassen, dass er mein Schiff unverletzt und mit dir verließ. Nun war Cao tot und ich war zum neuen Admiral der Flotte aufgestiegen. Wir hatten die Schlacht verloren. Ich ließ das Signal zum Rückzug geben, um meine Leute aus diesem Massaker herauszuholen. Ein Befehlshaber trägt Verantwortung und der darf er sich nie entziehen.«

Niemand wusste das besser als Yu.

Sie hatten die Schälchen, die Tanzende Lotosblüte ihnen gebracht hatte, nicht angerührt, der Tee war kalt. Weis Geschichte war beinahe zu Ende erzählt.

»In Peking war ich in Ungnade gefallen«, fuhr Wei fort. »Meine Mission war gescheitert und ich wurde sogar für einige Zeit ins Gefängnis gesperrt. Dort hatte ich viel Zeit zum Nachdenken. Sobald ich wieder frei war, begann ich, Nachforschungen über Fürst Cao anzustellen. Da wurde mir vieles klarer … Ich fand heraus, dass Xiaotong ein privates Gefängnis betrieben hatte. Und wie mich die beiden Eunuchen hintergangen hatten.«

Wei senkte den Kopf und ballte die Hände so fest zu Fäusten, dass seine Knöchel weiß schimmerten.

»Inzwischen war Herr Zhang, mein Vater, sehr krank geworden und lag im Sterben. Ich kehrte zu ihm zurück und bat ihm, mir die Wahrheit zu sagen. Und zum ersten Mal tat er es und erzählte mir alles. Dass Peng ein Pirat gewesen war, dass Cao ihn töten ließ und dass ich eigentlich auch hätte sterben sollen, doch dass er sich eingeschaltet hatte, um mir das Leben zu retten. Er hatte keine Söhne und er hatte Cao lange Zeit davor einen großen Gefallen getan. Cao schuldete ihm etwas und Herr Zhang verlangte von ihm, mich am Leben zu lassen, damit er mich adoptieren konnte.« Wei stand auf. »Als ich die Wahrheit kannte, grübelte ich viele Tage lang darüber nach, wie ich vorgehen sollte. Dann endlich wusste ich, was ich zu tun hatte: Ich reiste nach Peking und bat um eine Audienz beim Kaiser. Sie zu erhalten war nicht leicht, doch schließlich gelang es mir. Mein Gespräch mit ihm ist der Grund, warum ich nach Hongkong gekommen bin. Zu dir.«

»In Ordnung«, sagte Yu. »Willst du mit mir darüber sprechen?«

»Noch nicht, heute sind schon zu viele Worte gesagt worden. Komm morgen früh, wenn du willst, zum Hafen hinunter. Wir machen zusammen einen Spaziergang und ich verrate dir den Grund für meinen Besuch.«

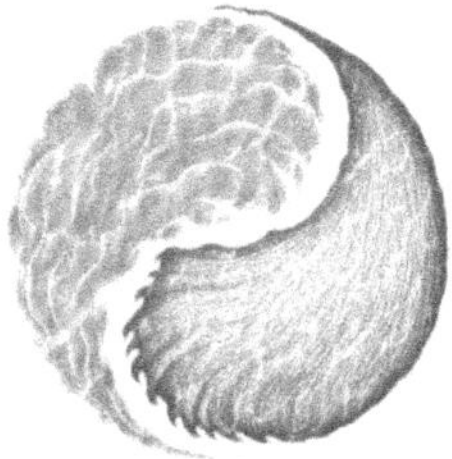

78

In dieser Nacht fand Yu keinen Schlaf.

Sie ging auf die Terrasse hinauf und betrachtete den Mond, die Bucht von Hongkong und den Hafen, in dem Weis Schiff träge in den kleinen Wellen schaukelte.

Am liebsten wäre sie zu ihm gerannt. Hätte ihn umarmt. Geohrfeigt. Geküsst.

Sein langer Bericht ging ihr ständig im Kopf herum. So war es also gewesen. Seit ihrer Kindheit waren Yu und Wei hintereinander hergelaufen, waren aneinander vorbeigerannt, ohne es zu bemerken. Keiner der beiden hatte gewusst, was mit dem anderen geschah. Sie hatten einander aus der Ferne geliebt und gehasst, keiner von ihnen hatte den anderen jemals vergessen können, und jetzt …

Was wollte Wei? Warum war er nach Hongkong gekommen, allein, auf einer kaiserlichen Dschunke?

Yu wollte es sofort wissen, sie hatte Geheimnisse satt.

Warum denn nicht?, sagte sie sich. Warum denn nicht?

Sie zog ihre Piratensachen an, eine Hose und ein Leinenhemd. Dann befestigte sie das Schwert *Meeresgischt* am Gürtel und sprang von der Terrasse in den Garten hinunter. Sie landete genau auf dem silbrigen Felsen, unter dem Pengs Buch versteckt war, und das kam ihr wie ein Wink des Schicksals vor: Schon einmal hatte sie ihren Palast auf diese Weise verlassen, um Wei aufzusuchen. Und danach hatte der düsterste Teil ihres Lebens seinen Anfang genommen.

Dieses Mal würde es anders sein.

Sie lief die Böschung hinunter zum Strand. Dort wurde noch gefeiert, Yu hörte Stimmen und Musik.

Ein Pirat des Wachtpostens erkannte Yu und nahm Habachtstellung ein. »Wir überwachen das kaiserliche Schiff, Fliegende Klinge«, berichtete er. »Es ist niemand von Bord gegangen.«

»Ich weiß«, erwiderte Yu. »Ich wollte euch nur Bescheid geben, dass ich auf das Schiff gehe. Ich muss mit dem Kapitän sprechen.«

Der Pirat schaute sie an, als hielte er dieses Vorhaben für gefährlich, hütete sich aber davor, Yu das ins Gesicht zu sagen.

Yu ging den Landungssteg entlang, und als sie auf der Höhe der kaiserlichen Dschunke war, rief eine Stimme: »Wer ist da?«

»Hol deinen Kapitän«, befahl Yu.

»Was soll ich ihm ausrichten?«

»Dass ich nicht bis morgen warten will.«

Nach ein paar Minuten stand Wei an der Reling. Er trug denselben *Changshan* wie am Nachmittag.

»Hast du nicht geschlafen?«, fragte Yu ihn.

»Nein. Willst du an Bord kommen oder komme ich zu dir?«

Die Nacht war mild und angenehm und Yu hatte keine Lust, sich in geschlossenen Räumen aufzuhalten. Wei verließ sein Schiff und Seite an Seite gingen sie am Strand entlang. Die auslaufenden Wellen umspielten ihre Füße.

Es gab so viel, was Yu gern gesagt hätte, und sie wusste nicht, wo sie anfangen sollte.

Wei sprach als Erster: »Bist du hier, um mich zu töten, wie du es noch vor ein paar Stunden vorhattest?«

Grinsend antwortete Yu: »Das habe ich noch nicht entschieden. Ich muss zuerst wissen, warum du hergekommen bist.«

»Um dir das hier zu übergeben.«

Er zog aus seinem weiten Ärmel eine zylinderförmige Schatulle aus lackiertem Holz, deren Deckel mit einem Siegel verschlossen war. Yu betrachtete es im Licht des Mondes. Sie erkannte das Siegel wieder, trotzdem konnte sie ihren Augen kaum trauen.

»Soll das ein Scherz sein?«, fragte sie.

»Keineswegs.«

Yu brach das Siegel auf und nahm aus der Schatulle eine von winziger Schrift bedeckte Papierrolle.

»Warte«, sagte Wei. »Ich mache dir Licht.«

Er holte ein Streichholz hervor und zündete es an, damit Yu die langen Reihen von Schriftzeichen erkennen konnte. Sie waren mit zinnoberroter Tinte geschrieben. Mit der Tinte des Kaisers.

»Hat wirklich er das geschrieben?«

»Höchstpersönlich«, antwortete Wei. »Vor meinen Augen. Alles, was da steht, ist wahr.«

Yu wollte anfangen zu lesen, doch das Streichholz erlosch und es war einfach zu dunkel. Sie rollte das Papierblatt wieder zusammen und steckte es zurück in die Schatulle.

»Erklär du mir, worum es geht.«

»Es bedeutet, dass du gewonnen hast«, erwiderte Wei lächelnd. »Du hast den Eunuchenfürst besiegt und, was noch wichtiger ist, auch die kaiserliche Flotte. Der Sohn des Himmels ist es müde, gegen dich zu kämpfen. Die Welt verändert sich, Yu: Die Fremden fahren unsere Küsten immer häufiger an, sie drängen darauf, den Handel mit uns auszubauen. Und auch viele Chinesen wollen das. Politisch sind wir an einem sehr komplizierten Punkt angelangt …«

»Was interessiert mich das?«

»Dich vielleicht nicht, den Kaiser dagegen sehr. Manchmal muss man sich entscheiden, welchen Krieg man kämpfen will, und der Krieg gegen dich hat schon viel zu viel Blutvergießen verursacht. Deshalb bietet dir der Sohn des Himmels eine Friedensvereinbarung an.«

»Was für eine Vereinbarung?«, fragte Yu zögernd.

»Eine totale Amnestie. Sämtliche Verbrechen, die du jemals begangen hast, werden dir vergeben. Es ist so, als wären sie niemals geschehen. Du verwandelst dich in eine geachtete Bürgerin und darfst dein gesamtes Vermögen behalten, all die Schätze, die du im Laufe der Jahre angehäuft hast. Die Amnestie erstreckt sich auch auf deine Leute: Sie gelten nicht mehr als Verbrecher, sondern als wohlhabende und anständige Untertanen des Reichs des Himmels.«

Yu grinste. »Da muss es doch irgendeinen Trick geben. Wie würde das überhaupt vor sich gehen: Müssten wir nach Kanton und uns dort den Behörden ausliefern oder so etwas in der Art? Lockst du mich gerade in eine neue Falle, Wei?«

Er zuckte die Schultern. Sie liefen weiter am dunklen Strand entlang.

»Es gibt keine Falle«, sagte er nach einer Weile. »Jeder Pirat, der die Amnestie für sich in Anspruch nehmen will, muss das offiziell vor einem Beamten erklären. Zum Beispiel vor meiner Wenigkeit. Du kannst das gleich hier erledigen. Und du kannst deine Waffen behalten, wenn du das möchtest. Natürlich gibt es Bedingungen ...«

Das war ja klar, dachte Yu.

»Erstens«, zählte Wei auf, »werden dir nur deine vergangenen Verbrechen vergeben. Falls du nach der Amnestie in dein Piratenleben zurückkehrst, werden dir deine Privilegien aberkannt, dein Vermögen wird eingezogen und der Kaiser wird sein Möglichstes tun, um dich zu vernichten.«

»Bis jetzt ist ihm das ja noch nicht so gut gelungen ... Aber diese Bedingung erscheint mir vernünftig.«

»Zweitens«, fuhr Wei fort. »Du musst Hongkong verlassen und die Rote Flotte auflösen. Deine Schiffe dürfen Handel oder Fischfang betreiben ... Es sei denn, du möchtest der kaiserlichen Marine beitreten und eine Militärkarriere beginnen. In diesem Fall würde Seine Majestät dich zum Admiral ernennen und deine Schiffe in die kaiserliche Flotte integrieren. So oder so würde es die Rote Flotte aber nicht mehr geben.«

»Das kann ich nachvollziehen. Aber Hongkong ist mein Zuhause, warum muss ich es verlassen?«

»Für den Kaiser geht es darum, das Gesicht zu wahren. Er hat verloren, das weiß er, und alle anderen in Peking wissen es auch. Was er dir anbietet, ist eine vollständige Kapitulation. Du musst ihm wenigstens ein kleines Zugeständnis machen.«

Auch das konnte Yu verstehen. Schließlich war es für einen Befehlshaber immer das Wichtigste, sein Gesicht zu wahren.

»Was ist, nachdem ich die Rote Flotte aufgelöst und Hongkong verlassen habe?«, fragte Yu. »Könnte ich einige Schiffe behalten, sagen wir mal ein Dutzend, und mein Vermögen? Könnte ich eine reiche Städterin werden? Auf der faulen Haut liegen, bis an mein Lebensende?«

Lächelnd meinte Wei: »Ich kann mir nicht vorstellen, dass du den ganzen Tag herumsitzt und dich langweilst. Aber du könntest die Welt bereisen. Dir einen neuen Palast kaufen. Handel betreiben ... Du hast eine Begabung für Geschäfte, ich bin mir sicher, dass du sehr erfolgreich wärst.«

»Dürfte ich denn weiter die Kampfkünste trainieren?«

»Cao war vom *Wushu der Luft und des Wassers* und Pengs Buch besessen, den Kaiser dagegen interessieren sie nicht. Ihm geht es einzig darum, dass die Meere Chinas sicher werden. Du wirst frei sein, Yu.«

Sie waren am Ende des Strands angelangt, dort wo die Feuer des Dorfes nur noch als kleine leuchtende Punkte sichtbar waren und der Dschungel beinahe bis zum Wasser hinunterwucherte. Sie setzten sich auf einen umgestürzten Baumstamm, so nahe nebeneinander, dass Yu die von Weis Körper ausstrahlende Wärme spürte.

Sie hob das Gesicht, um ihm in die Augen zu schauen.

»Frei?«, sagte sie leise. »Ich bin schon frei. Genau wie meine Piraten. Wir tun, was wir wollen, und niemand darf uns Befehle erteilen.«

»Ach wirklich? Doch sie gehorchen deinen Befehlen ... Wie in einer Armee. Und du kannst nicht durch Macau spazieren, in Kanton in eine Gastwirtschaft gehen oder irgendwo Freunde besuchen, ohne dich von einer bewaffneten Eskorte begleiten zu lassen. Ist das wirklich das Leben, von dem du geträumt hast? Und was ist mit Wen? Bei dem Abendessen kam er mir wie ein intelligenter Junge vor. Warum sollte er nicht einen anderen Beruf ergreifen können als den des Piraten, wenn er das wünscht?« Wei ergriff Yus Hand. »Lass mich dir noch etwas sagen, Yu. Es geht um meinen Großvater Peng. *Das Meer wird den Himmel herausfordern* ist eine Prophezeiung, die für die Geheimgesellschaft der Piraten lange Zeit sehr wichtig war. Sie stand im magischen Buch, doch als mein Großvater an der Reihe war, es abzuschreiben, ließ er sie und auch jeden Hinweis darauf weg. Ich glaube, ich weiß, warum er das getan hat: Jeder Mensch sollte das Recht haben, sich seine eigene Freiheit auszusuchen. Pengs Freiheit bestand nicht mehr aus Seeschlachten. Mein Großvater wollte keinen Krieg zwischen Meer und Himmel. Er wollte nur noch Frieden.«

Yu schwieg.

Sie dachte an ihren ersten Lehrmeister, der ein Pirat gewesen war und eine Tochter verloren hatte, genau wie sie selbst. Er war nach dem Tod seiner Tochter in eine Stadt gezogen, hatte seinen Enkel in Einklang mit dem Gesetz aufgezogen und sich dazu entschlossen, aus dem Buch der Luft und des Wassers den wichtigsten Satz herauszunehmen.

Hatte Wei recht? Konnten Meer und Himmel miteinander in Einklang leben? Wasser und Luft, in Harmonie?

»Ich muss darüber nachdenken«, sagte Yu leise.

»Selbstverständlich«, erwiderte Wei. »Meine Aufgabe besteht nicht darin, dich zu etwas zu überreden. Ich soll dir nur den Vorschlag des Kaisers unterbreiten. Ich weiß, dass es eine schwierige Entscheidung ist. Sprich mit Nachtfalter darüber, mit deinem Sohn, mit wem du willst. Ich werde auf deine Antwort warten. Wenn du dich für den Vorschlag des Kaisers entscheidest, werde ich die Namen der Piraten aufschreiben und mich um alles kümmern. Andernfalls fahre ich wieder weg, so wie ich gekommen bin.«

Yu schüttelte den Kopf. »Du wirst so oder so von hier weggehen, gleichgültig, wie ich mich entscheide. Oder aber ich segle davon, einem neuen Traum hinterher oder einfach nur dorthin, wohin der Wind mich treibt. Wir wissen beide, dass das unser Schicksal ist. Wie viele Ehefrauen warten zu Hause auf dich, Wei?«

»Zwei. Und ich weiß, dass du mindestens zwei Ehemänner hast.«

»Ja, das stimmt«, gab Yu zu. »Die Wahrheit ist, dass wir in verschiedenen Welten leben. Wir sind wie die Luft und das Wasser. Wir sind einander unser ganzes Leben lang hinterhergelaufen. Wir nähern uns einander und bleiben einander doch immer fern.«

Sie lächelte mit abgewandtem Gesicht. Es war ein trauriges Lächeln.

Wei strich ihr sacht über die Wange und zeigte dann auf den Strand. »Schau nur!«

Inzwischen war es tiefe Nacht, eine Wolke verdeckte den Mond. Meer und Himmel waren so schwarz, dass sie am Horizont miteinander verschmolzen waren und nicht mehr zu erkennen war, wo das eine aufhörte und das andere begann.

»Wasser und Luft werden stets voneinander getrennt sein«, sagte Wei. »Doch kommt es nachts mitunter vor, dass sie das vergessen.«

Er hatte recht. Yu stand auf und nahm seine Hand.

»Komm mit mir«, sagte sie. »Am Morgen müssen wir uns voneinander verabschieden. Aber die Nacht ist noch sehr lang.«

SECHSUNDVIERZIG JAHRE

四十六歲

79

Der Meeresgrund war dunkel und öde. Yu schwamm mit langsamen Bewegungen durch das tiefblaue Wasser, nur eine Handbreit über dem mal sandigen, mal felsigen Meeresboden.

Abgesehen von dem Gürtel, an dem ihr Schwert und ein Netz hingen, war sie nackt. In das Netz hatte sie ihre Beute gesteckt: nichts wirklich Bemerkenswertes, nur vier Korallenforellen und fünf Doraden, aber für das Abendessen würde es genügen. Deshalb hätte Yu ihren Fischzug jetzt eigentlich beenden können, doch sie beschloss, es noch mal weiter draußen zu versuchen.

Es kam selten vor, dass sie in so große Tiefe vordrang. Sie spürte das Gewicht der Wassermassen über ihr und sie merkte, dass sie schleunigst auftauchen sollte, um Luft zu holen. Sie hatte schon begonnen, zur Wasseroberfläche hinaufzuschwimmen, als sie die Gefahr spürte. Darauf bedacht, schnelle Bewegungen zu vermeiden, drehte Yu vorsichtig den Kopf. Es dauerte nur einen Augenblick, bis sie das Wesen erkannt hatte, das auf sie zugeschwommen kam.

Ein Tigerhai.

Ein riesiger Fisch, der gut und gerne zweitausend *Jin* wiegen mochte, mit aufgerissenem Maul, in dem die zahlreichen Reihen dolchscharfer Zähne gut zu erkennen waren. Vollkommen lautlos glitt er durch das Wasser. Seine Haut hatte dieselbe Färbung wie der Meeresboden. Yu wusste, dass diese Tiere imstande waren, ihre Lebensenergie zurückzuhalten, um die Beute nicht auf sich aufmerksam zu machen. Es waren extrem erfolgreiche Jäger, und dass sie ihren Verfolger bemerkt hatte, war reiner Zufall.

Jetzt, wo der Hai wusste, dass er entdeckt worden war, zögerte er keinen Augenblick länger. Mit einem Schlag der mächtigen Schwanzflosse schnellte er sich mit unglaublicher Geschwindigkeit vorwärts.

Yu blieb keine Zeit mehr, um auszuweichen. Die zahnbewehrten Kiefer waren unmittelbar vor ihr. Yu trat dem Hai mit aller Kraft gegen die Nase und die Wucht des Aufpralls schleuderte sie gegen den Meeresgrund. Das letzte bisschen Luft entwich aus ihrer Lunge.

Er hat Hunger, dachte Yu. Er hat die Fische gerochen, die ich getötet habe, und hält mich für eine leckere Beute.

Sie riskierte tatsächlich, zu seiner Beute zu werden, wenn sie sich nicht wehrte. Sie zog ihr Schwert aus der Scheide und hielt es vor ihren Körper, bemüht, nicht daran zu denken, dass sie *unbedingt Luft brauchte.*

Der Hai, der sie umkreist hatte, ging abermals zum Angriff über.

Wie kann er nur so schnell sein?

Yu verspürte einen Anflug von Neid.

Sie parierte den Angriff mit der Bewegung *Fels, der die Welle aufhält.* Wieder drückte die Wucht des Zusammenstoßes sie nach hinten weg, während der Hai mit einem Schwanzschlag seine Richtung änderte. Yu glitt mit der Bewegung *Meeresstrudel* seitwärts und verletzte den Hai an der Flanke. Der Hai wand sich vor Schmerz und Yu nutzte das aus, um sich vom Meeresgrund abzustoßen und zur Oberfläche hinaufzuschwimmen, dem Licht entgegen.

Dank ihres *Chi* schnellte sie wie ein Delfin aus dem Wasser und konnte endlich tief Luft holen. Doch die plötzliche Helligkeit blendete sie, deshalb sah sie nicht, wie der Hai mit weit aufgerissenem Maul hinter ihr hersprang.

Zu ihrem Glück schnappte das Maul einen Sekundenbruchteil zu früh zu, und nur deshalb erwischte es ihren Fuß nicht. Yu schlug in der Luft einen Salto und landete mit einem Hechtsprung wieder im Wasser.

Der Hai folgte ihr, und noch während des Eintauchens trat Yu ihm wieder gegen die Schnauze. Sie hatte all ihre Kraft in den Tritt gelegt und der Fisch rollte sich vor Schmerz zusammen.

Jetzt bist du dran, dachte Yu.

Sie umfasste die Schneide ihres Schwerts, um es wie eine Harpune zu schleudern, und zielte auf den Bauch des Hais. Doch dann hielt sie mitten in der Bewegung inne.

Dieser Fisch war einfach *viel zu dick*. Es war ein Weibchen. Und es war trächtig.

Anstatt das Schwert zu schleudern, löste Yu das Netz von ihrem Gürtel und warf es nach rechts, von sich weg. Der Hai roch das Fischblut und änderte die Richtung, um dem Netz hinterherzuschwimmen. Schnell strebte Yu nach oben, schnellte aus dem Wasser und landete auf einer Wellenkrone. Mithilfe der Kraft des Meeres entfernte sie sich rasch von der Stelle.

»Guten Appetit«, sagte sie leise. Trotzdem tat es ihr um die geopferten Fische leid.

Sie lief weiter über die Wellen, bis sie Land sichtete: Hebao, die »Insel des kleinen Stiers«.

Als Yu Hongkong verlassen musste, wusste sie sofort, wo sie von nun an leben wollte: auf dem ersten Stützpunkt, den sie jemals gehabt hatte, auf der Insel, vor deren Küste ihr erstes Schiff, die *Sternschnuppe*, einen sicheren Ankerplatz gehabt hatte.

Am Strand ging sie zu der Stelle, an der sie ihre Kleider gelassen hatte, und legte sich in den Sand, um zu verschnaufen. Das Schwimmen und Tauchen und der Kampf gegen den Hai hatten sie müde gemacht.

Fange ich an, das Alter zu spüren?

Vermutlich sollte sie mehr trainieren, um in Form zu bleiben. Vor allem wegen der Aufgabe, die ihr bevorstand.

Als sie wieder trocken war, zog Yu sich an und ging an der Bucht entlang, in Richtung Dorf. In gewisser Weise gehörte das Dorf ihr: Sie hatte seinen Bewohnern das Geld für deren Häuser und Fischerboote geliehen. Aber sie war reich genug und die Investition hatte gute Früchte getragen, denn all diese Menschen waren mittlerweile zu zuverlässigen Kunden geworden.

Yus Gasthaus stand am Ende des Dorfs, zwischen dem Wald und dem Meer. Ein rot gestrichener achteckiger, dreistöckiger Turm mit Dachvorsprüngen, die mit Lampions und Glöckchen verziert waren. Wenn etwas Wind ging, also praktisch immer, konnte man die Glöckchen klingeln hören.

Das Gasthaus ähnelte stark dem, das Yu in ihrer Seele barg. Im Erdgeschoss gab es ein Restaurant, in dem die Gäste essen und Wein trinken konnten. Im ersten Stock befand sich ein Saal mit Spieltischen für Domino und *Fan Tan*. Im zweiten Stock lagen die Gästezimmer und die Wohnung von Yu und ihrer Familie.

In den letzten Jahren hatte Yu einige Gasthäuser bauen lassen: eines in Kanton, eines in Zhaoqing, am Perlfluss, und zehn weitere in verschiedenen Städten an der Südküste Chinas.

Doch das Gasthaus auf Hebao war das erste und gleichzeitig auch das ihr liebste. Die Insel wurde häufig von ausländischen Schiffen angefahren, die nach Macau unterwegs waren und hier noch eine Pause einlegen, Reiswein oder das Bier der Fremden trinken und sich nach monatelanger Seefahrt ein bisschen amüsieren wollten.

Yu liebte die Insel aber auch noch aus einem anderen Grund: Hier fühlte sie sich zu Hause.

Als sie beim Gasthaus anlangte, stand die Tür offen und Zwei Blumen kehrte gerade den Fußboden des Restaurants. Zwei Blumen, die Ehefrau von Yus Sohn Wen, war eine schöne, fünfundzwanzigjährige Frau, die sehr intelligent und fleißig war.

»Du bist wieder da«, begrüßte sie ihre Schwiegermutter lächelnd.

»Warum machst du hier sauber?«, erkundigte sich Yu. »Wenn mich nicht alles täuscht, ist Wen heute dran und …«

Die junge Frau seufzte. »Das stimmt, aber er und Überfluss stehen wie immer in der Küche und streiten sich. Ich wollte ihnen einfach nur aus dem Weg gehen.«

Um diese Zeit des Vormittags war das Restaurant noch leer: Steinriese wischte die Tische mit einem feuchten Lappen ab, während der alte Eisenwächter-Long auf einer Bank saß und Tee trank. Er hatte Huan auf dem Schoß, den Sohn von Wen und Zwei Blumen, der vor Kurzem ein Jahr alt geworden war.

»Hast du einen guten Fang gemacht?«, fragte Herr Long.

Yu nahm ihren Enkel auf den Arm, der ihr mit seinen kleinen Händen lachend das Gesicht streichelte.

Großmutter, dachte Yu. Wer hätte jemals gedacht, dass ich eines Tages Großmutter sein würde.

»Um ehrlich zu sein hat mir ein Tigerhai alles weggenommen, was ich gefangen hatte.«

»War er groß?«

»Riesig. Beinahe hätte er mich auch verspeist.«

Herr Long musste lachen. »Das wäre eine interessante Geschichte geworden: Fliegende Klinge, die ihre Karriere im Maul eines Hais beendet. Wen wird sich allerdings nicht besonders darüber freuen, dass kein Fisch da ist. Er und Überfluss diskutieren seit heute Morgen …«

Nach dem Krieg und der Amnestie hatte Yus Sohn Wen entdeckt, dass er sich für das Kochen mehr begeistern konnte als für die Piraterie. Er war bei Überfluss in die Lehre gegangen und ein ziemlich guter Koch geworden. Dass das Gasthaus so beliebt war, lag sicher zu einem großen Teil an den Gerichten, die er zubereitete.

Allerdings hatte er sich seit Neuestem in den Kopf gesetzt, das Menü um raffinierte Speisen zu bereichern, während Überfluss allem Neuen mehr als skeptisch gegenüberstand. Das hatte zur Folge, dass sich die beiden ständig stritten, manchmal sogar tagelang.

Anfangs hatte Yu versucht, sie zu beruhigen, doch mit der Zeit war sie zu dem Schluss gekommen, dass es in Ordnung war, wenn sie sich stritten. Überfluss hatte schon immer gern gemurrt und kritisiert, es machte ihm einfach Spaß. Und bei Wen verhielt es sich wohl ähnlich.

»Hör mal«, sagte Yu zu Herrn Long. »Ich habe keine Lust, den beiden zu sagen, dass es heute keinen Fisch gibt. Könntest du das übernehmen, wenn sie aus der Küche kommen?«

»Aber ich …«

Yu gab dem kleinen Huan ein Küsschen und setzte ihn dem alten Mann wieder auf den Schoß. »Bitte, Großvater Long!«

Huan zog ihn am Bart, Herr Long musste erneut lachen und Yu machte, dass sie wegkam. Sie lief durch den Speisesaal und verließ das Haus durch die Tür, die auf die Meerseite hinausging.

Ein langer gewundener Holzsteg, von dem weitere Stege abzweigten, erstreckte sich weit ins Meer hinein. Dieser Steg sah ganz anders aus als der vom Gasthaus in Yus Seele, doch er musste so lang sein, damit die Schiffe der Gäste hier anlegen konnten.

Riecht am Wind hockte auf einem Pfahl am Ende des Hauptstegs.

»Was machst du hier, Steuermann?«, fragte Yu.

»Ich bin schon seit vielen Jahren kein Steuermann mehr und vielleicht war ich es niemals. Es war das Meer, das mich lenkte.« Riecht am Wind schüttelte den Kopf. »Jedenfalls ist da ein Schiff in Sicht.«

Yu schaute in die Richtung, in die er zeigte, und kniff die Augen zusammen, konnte jedoch nichts erkennen. »Was für ein Schiff?«

»Eines dieser kleinen Fischerboote, wie man sie in Hongkong baut. Und der Besegelung nach zu urteilen würde ich sagen … Ich glaube … Es ist die *Grüne Seerose*.«

Yu zuckte zusammen. »Aber die sollte doch erst in zehn Tagen kommen!«

»Anscheinend hatte dein Mann keine Lust mehr, in Kanton zu bleiben.«

Yu starrte auf das Meer hinaus, bis auch sie einen winzigen Punkt zwischen den Wellen erkannte. Es könnte auch irgendetwas anderes sein, doch wenn Riecht am Wind sagte, dass es die *Grüne Seerose* war, dann stimmte das auch.

Yu machte auf dem Absatz kehrt und rannte in die Küche. Wen und Überfluss standen einander gegenüber, jeder mit einer Pfanne in der Hand.

»Stellt die Pfannen weg und macht Feuer«, befahl Yu. »Die *Grüne Seerose* legt bald an. Sie kommt früher als erwartet.«

Ihr Sohn und der alte Koch schauten einander an.

»Um diese Zeit?«, fragte Wen. »Sie werden furchtbar Hunger haben.«

»Wo habe ich nur die Eiertörtchen gelassen? Von gestern Abend waren noch welche übrig …«

Yu kehrte auf den Steg zurück. Die *Grüne Seerose* war vor nur einem Monat von Hebao aus in See gestochen, es war seitdem also gar nicht so viel Zeit vergangen. Dennoch war es ihr wie eine Ewigkeit vorgekommen. Inzwischen konnte man das Fischerboot vom Steg aus gut sehen. Es kam mit geblähten Segeln auf sie zu und vorn am Bug stand jemand und winkte.

Lächelnd winkte Yu zurück.

Ohne es zu merken, lächelte sie die ganze Zeit über weiter, bis die kleine Dschunke die Anlegestelle erreicht hatte und einen Landesteg herunterließ. Ein elfjähriges Mädchen sprang von der Dschunke auf den Steg und Yu musste sich beherrschen, um ihr nicht entgegenzulaufen und sie zu umarmen.

Sie beschränkte sich darauf, »Hallo, Lai« zu sagen.

Und das Mädchen erwiderte gut gelaunt: »Hallo, Mama.«

80

Nach Lai ging auch Hübscher Junge von Bord. Seine Haut war sonnenverbrannt. Er trug eine Matrosenhose aus Leinen und ein leichtes Hemd, dessen Ärmel er hochgekrempelt hatte.

»Warum seid ihr schon so bald zurück?«, fragte Yu. »Hat es dir in Kanton nicht gefallen?«

»Kanton ist sehr schön, aber ich konnte meine Angelegenheiten schneller erledigen … Ich hatte Lust, zurück nach Hause zu kommen.«

Yu warf ihm einen schiefen Blick zu. »Du hast dich nicht zufällig mit Wei gestritten, als du ihn in seinem *Yamen* besucht hast?«

»Puh!«, machte Hübscher Junge. »Ich habe ihn nicht einmal gesehen.«

»Den Weg zu Papas Haus finde ich auch allein«, bemerkte Lai mit einem Schulterzucken.

Um so besser, dachte Yu. Hübscher Junge liebte das Mädchen, als wäre es seine eigene Tochter, und war wohl auch deshalb rasend eifersüchtig auf Wei. Jedes Mal, wenn sich die Wege der beiden Männer kreuzten, befürchtete Yu, dass es zu einem Duell kommen könnte.

»Papa hat gesagt, dass er uns besuchen will, sobald er sich ein paar Tage freinehmen kann«, sagte Lai.

»Puh!«, machte Hübscher Junge wieder.

Yu tat, als habe sie das nicht gehört. »Wirklich? Das ist sehr schön. Geh mal in die Küche, Überfluss hat ein paar Eiertörtchen für dich aufgehoben.«

Das Mädchen holte sein Gepäck von der Dschunke und verschwand im Gasthaus, während Yu auf dem Steg blieb, um die Matrosen beim Ausladen der Waren zu beaufsichtigen.

Hübscher Junge hatte aus der Stadt mehrere Säcke Reis, Zucker und Mehl mitgebracht, außerdem auch einige Ballen Stoff, aus denen Yu Bettwäsche für die Gästezimmer nähen lassen wollte.

»Wie geht es der *Alten Jia?*«, fragte sie. Das war der Name, den Yu ihrem Gasthaus in Kanton gegeben hatte.

Hübscher Junge berichtete, dass die Geschäfte gut gingen, Tanzende Lotosblüte allerdings die Kellner hatte entlassen müssen, weil sie Einnahmen für sich abgezweigt hatten. Auf dem Weg zurück nach Hebao hatte Hübscher Junge bei Schwarzer Bär in Macau Station gemacht, der ihm anvertraut hatte, dass es beim Gasthaus in Shanwei Probleme gab.

»Was für Probleme?«

»Schatten in der Nacht hat sich mit dem lokalen Mandarin zerstritten. Ich fürchte, ich muss da selbst vorbeischauen.« Er schenkte Yu ein Lächeln. »Du könntest mitkommen. Was meinst du?«

»Ich denke darüber nach«, erwiderte Yu. »Aber ich habe in den kommenden Monaten etwas Wichtiges vor.«

»Die Bettwäsche für die Gästezimmer?«

Yu grinste nur. Als sie das Gasthaus betraten, war Lai gerade dabei, Steinriese alles zu erzählen, was sie auf ihrer Reise erlebt hatte. Mittlerweile waren auch Scharlachroter Tiger und Blauer Tiger zurück, die im Wald Wildgänse gejagt hatten.

»Wenigstens haben wir jetzt etwas zum Abendessen«, meinte Wen.

»Wir werden sie braten«, befand Überfluss.

»Das kommt gar nicht infrage«, widersprach Wen und wie üblich gerieten sie sich in die Haare.

»Hat jemand Nachtfalter gesehen?«, erkundigte sich Yu. »Ich suche ihn schon die ganze Zeit.«

Zwei Blumen zeigte zur Treppe.

Yu fand ihren alten Lehrmeister auf der Terrasse des zweiten Stocks. Er saß im Schneidersitz und betrachtete das Meer. Nachtfalter war schon vor einiger Zeit achtzig Jahre alt geworden, doch sein Rücken war noch gerade und Yu wusste, dass er es im Kampf immer noch gut mit Jüngeren aufnehmen konnte.

»Ist Lai wieder da?«, fragte er, ohne sich umzudrehen.

»Ja, ein bisschen früher als erwartet, aber …«

»Aber es wird heute Nacht sein«, sagte Nachtfalter.

»Ja, ich denke schon«, erwiderte Yu. »Ich habe lange darüber nachgedacht und ich finde, dass es sinnlos ist, noch länger zu warten. Der Moment ist gekommen.«

»Das glaube ich auch.«

»Bist du sicher, dass du nicht mitkommen willst?«

Nachtfalter schüttelte den Kopf. »Ich bin zu alt, Yu. In meinem Alter geht man früh zu Bett. Außerdem brauchst du mich gar nicht. Das ist etwas, was du allein tun musst.«

Er hatte recht, doch Yu hätte ihn lieber an ihrer Seite gehabt.

Du lässt nach, dachte sie. Früher hast du Schiffe angegriffen, jetzt machst du dir schon wegen eines Nachtspaziergangs Sorgen.

Doch es war nicht nur deswegen. Es ging um mehr.

Der Rest des Tages verging ohne weitere Überraschungen. Gegen Mittag trafen die ersten Essensgäste ein und am späteren Nachmittag die ersten Glücksspieler.

Überfluss und Wen hatten sich in die Küche verzogen. Scharlachroter Tiger, Blauer Tiger und Steinriese übernahmen ihre Rollen als Rausschmeißer. Zwei Blumen, Lai und Tautropfen (die Konkubine von Blauer Tiger) bedienten die Gäste. Hübscher Junge und Riecht am Wind kümmerten sich um Angelegenheiten des Gasthauses, während Yu das Restaurant beaufsichtigte.

Um die vierte Wache wurde es Zeit, die Lampions zu löschen, und Familie und Freunde setzten sich in den Speisesaal, um gemeinsam zu Abend zu essen. Anschließend gingen die älteren Herren ins Bett, während die anderen noch aufblieben, um aufzuräumen, bevor sie sich ebenfalls zurückzogen.

Im Speisesaal waren jetzt nur noch Hübscher Junge, Lai und Yu.

»Ich bin erledigt«, stöhnte Hübscher Junge. »Gehen wir jetzt auch schlafen?«

»Heute Nacht habe ich etwas sehr Wichtiges vor«, erwiderte Yu. »Ich komme später nach.«

Hübscher Junge zog eine Augenbraue hoch. »Um diese Zeit?«

»Um diese Zeit.« Yu wandte sich an Lai. »Du machst sofort das Licht aus, sobald du im Bett bist. Hast du mich verstanden?«

Yu schaute ihnen nach, als sie die Treppe hinaufgingen. Sie blieb ruhig sitzen und wartete, bis es im Gasthaus ganz still geworden war. Als sie sich sicher war, dass alle schliefen, stand sie auf, nahm sich eine Laterne und ging hinaus auf den Steg.

Sie sprang auf das Wasser, blieb auf der Oberfläche stehen und rief eine Welle herbei, die sie auf die offene See bringen sollte. In einem weiten, dem Küstenverlauf folgenden Bogen glitt Yu auf das Meer hinaus.

Es war eine wunderschöne Nacht. Über das Meer rollten kleine Wellen. Der Mond am Himmel und der im Wasser gespiegelte Mond sahen wie die gelb leuchtenden Augen eines Drachen aus.

Yu musste an das Tigerhaiweibchen denken, dem sie am Morgen begegnet war. Sicherlich schwamm es irgendwo unter ihr umher, auf der Suche nach Nahrung, die auch das Überleben der Jungen in ihrem Bauch sichern würde.

Viel Glück bei der Jagd, dachte Yu.

Weiter westlich wandte sie sich wieder der Küste zu, an einer Stelle, an der ein felsiger Steilhang bis ins Wasser hinunterreichte. Yu lief ein Stück weit über das Wasser, bis sie zum Eingang ihrer geheimen Höhle kam.

In der Höhle blies sie die Laterne aus. Sie brauchte nicht lange zu warten. Nach ein paar Minuten hörte sie ein Plätschern und Atemgeräusche.

Yu sprang aus ihrem Versteck und überfiel den Eindringling mit der Bewegung *Sonne, die über dem Fluss untergeht*.

Der Eindringling reagierte mit einer nahezu perfekten Parade, sagte darauf aber gleich: »Mama, ich bin es.«

Es war Lai.

81

Yu hielt mitten in der Bewegung inne, um nicht ihre Tochter zu treffen.

»Lai!«, zischte sie. »Was machst du denn hier?«

Das Mädchen presste sich gegen die raue Höhlenwand. »Von meinem Fenster aus habe ich gesehen, dass du allein weggegangen bist … Ich dachte, du könntest vielleicht Hilfe brauchen.«

Beinahe hätte Yu laut losgelacht. »Wenn ich Hilfe gebraucht hätte, hätte ich darum gebeten. Wie hast du es geschafft, mir nachzukommen?«

»Ich bin über das Wasser gelaufen, genau wie du.«

Damit hatte Yu nicht gerechnet. War Lai in ihrem jungen Alter bereits in der Lage, sich von den Wellen tragen zu lassen? Das war ja unglaublich! Wenn sie weiter trainierte, würde aus ihr eine außergewöhnlich gute Kämpferin werden.

»Mama, bist du mir böse?«

»Nein. Aber du hattest Glück, dass ich dich gleich am Eingang bemerkt habe. Diese Höhle ist wie ein Labyrinth, du hättest dich hier drinnen verirren können.«

Yu zündete die Laterne mit einem Streichholz wieder an, bevor sie ihre Tochter durch das Gewirr aus halb überfluteten Gängen führte und sie an den Abzweigungen auf die Kerben im Fels aufmerksam machte, die ihr bei der Orientierung halfen.

Als sie die untermeerische Kammer erreichten, blieb Lai vor Staunen die Luft weg. Und tatsächlich bot sich ihr ein einzigartiger Anblick: Der Boden der Grotte war ein stiller dunkler See, während von der Decke glitzernde Stalaktiten hingen.

Yu zeigte zu der Felsplattform auf halber Höhe der Wand. »Kommst du bis da rauf?« Um zu zeigen, was sie meinte, sprang sie als Erste hinauf. Lai folgte ihr.

»A… aber Mama«, stotterte sie. »Das ist ja ein riesiger Schatz!«

Hier oben befand sich alles, was Yu in ihren Piratenjahren an Kostbarkeiten zusammengetragen hatte: Berge von Gold- und Silberbarren, Truhen voller Geld, Kisten voller Schmuck, kostbare Porzellanvasen und Jadestatuetten. Daneben mit Edelsteinen besetzte Zeremonialwaffen, Rüstungen und Seidengewänder, alte Kanonen und ein riesiger Drache aus Gold mit Augen aus Jade.

Lai ging zu der Statue und streichelte ihre Schnauze.

»Der Drache gehörte mal einem reichen Herrn aus Taiwan«, erzählte Yu grinsend. »Er hat mich an einen alten Freund erinnert, deshalb habe ich ihn gestohlen.«

Lai drehte sich zu ihr um. »Sind wir deshalb hier?«

Yu schüttelte den Kopf. »Nein. Ich bin hergekommen, um etwas anderes zu holen. Den wertvollsten Teil meines Schatzes.«

Sie wühlte in den Truhen herum, bis sie endlich gefunden hatte, was sie suchte: eine Schatulle aus lackiertem Holz. Sie wollte sie schon in den mitgebrachten Stoffbeutel stecken, als Lai ihre Hand auf Yus Arm legte.

»Darf ich dich fragen, was da drin ist?«

Yu seufzte und tat so, als ob ihr so viel Neugierde lästig wäre. Sie zog die Schatulle wieder aus dem Beutel und öffnete den Deckel.

»Das magische Buch der Luft und des Wassers!«, rief Lai.

Wieder war Yu überrascht. »Du kennst das Buch? Hat Nachtfalter mit dir darüber gesprochen?«

Das Mädchen nickte. »Ja, er hat mir die ganze Geschichte erzählt. Ich weiß, dass es von meinem Urgroßvater Peng geschrieben wurde. Doch Nachtfalter meinte, es sei längst verloren gegangen oder vernichtet worden …«

Yu grinste wieder. »Ich würde eher sterben, als zuzulassen, dass jemand Hand an dieses Buch legt. Es gibt nur einen einzigen Menschen, der es vernichten darf, und das bin ich.«

Entsetzt starrte Lai sie an. »Wie meinst du das?«

»Ich habe geschworen, es eines Tages zu zerstören, Lai. Deshalb bin ich heute Nacht hierhergekommen.«

Ganz offensichtlich glaubte ihre Tochter ihr das nicht. »Das kann doch gar nicht sein, dieses Buch enthält das gesamte Wissen der alten Piraten … Willst du es zerstören, weil du keine Piratin mehr bist und weil es keine Piraten mehr gibt?«

Yu setzte sich auf eine alte Truhe und legte sich das Buch in den Schoß. Sie bedeutete Lai, neben ihr Platz zu nehmen.

»Seit frühester Zeit gibt es im Chinesischen Meer Piraten. So war es, und so wird es auch immer sein.«

»Nachtfalter hat mir von der Geheimgesellschaft der Piraten erzählt«, sagte Lai. »Aber du bist keine Piratin mehr, und auch mein Bruder und Onkel Steinriese und alle anderen haben aufgehört, Piraten zu sein. Ihr habt die Rote Flotte aufgelöst. Also … wer denn dann …?«

Yu lächelte. »Eine Geheimgesellschaft muss doch geheim bleiben, findest du nicht? Es stimmt, dass ich und meine Leute mit dem Kaiser einen Pakt geschlossen haben und diesen auch einhalten. Der Friede tut uns allen gut. Aber wird er ewig halten? Das weiß ich nicht. Ich habe gelernt, dass das Leben wie eine Partie *Go* ist: Man muss immer eine Strategie für den Notfall im Hinterkopf haben.«

»Wie meinst du das?«, fragte ihre Tochter.

»Meine Gasthäuser. Sie sind entlang der gesamten Südküste Chinas verstreut und werden von Freunden geführt, denen ich vollkommen vertrauen kann. Von Leuten wie Tanzende Lotosblüte, Schwarzer Bär, Schatten in der Nacht, Flussritter, Goldene Qualle. Dank all dieser Menschen existiert die Geheimgesellschaft weiter. Und falls es nötig wird, kann sie auch wieder aktiv werden und wird dann stärker sein als jemals zuvor.«

Lai nahm die Laterne und leuchtete ihrer Mutter damit ins Gesicht, so als wolle sie deren Gesichtsausdruck deuten.

»Wenn das so ist, warum willst du dann Pengs Buch zerstören?«

»Weil ich für meine Zukunft andere Pläne habe. Und der *Wushu der Luft und des Wassers* ist nicht mehr Teil davon.«

»Meinst du das im Ernst?«

»Ja.«

Sie schwiegen und in der Stille war nur noch das Schwappen des Wassers gegen die Felsen zu hören.

Mit der Laterne in der Hand kam Lai ihrer Mutter plötzlich jünger vor.

Doch ihre Stimme klang erwachsen, als sie sagte: »Gib es mir.«

»Was?«, fragte Yu und tat, als habe sie nicht richtig gehört.

»Mama, vertraue mir Urgroßvaters Buch an. Ich werde es studieren, daraus lernen und zur Erbin des *Wushu der Luft und des Wassers* werden.«

»Warum in aller Welt solltest du das tun?«

Lai zögerte, bevor sie antwortete, und das gefiel Yu, denn es war eine viel zu wichtige Frage, als dass man sie auf die leichte Schulter nehmen durfte.

»Ich weiß noch nicht, was ich werden will, wenn ich groß bin«, sagte das Mädchen schließlich. »Aber von Nachtfalter weiß ich, dass Piraten freie Menschen sind, und auch ich will frei sein. Die Kampfkunst ist meine große Leidenschaft und ich bin gut darin: Papa muss sich anstrengen, wenn wir miteinander trainieren, und Nachtfalter hat gesagt, dass er noch nie jemanden erlebt hat, der so viel Talent besitzt wie ich.«

Yu lächelte wieder. Ihre Tochter schwang gern große Reden und ihr Selbstbewusstsein grenzte mitunter geradezu an Arroganz. Aber das war im Grunde gut so – angesichts der Welt, in der sie als Erwachsene leben würde.

»Jeder große Lehrmeister«, erklärte Yu, »hat einen besonderen Schüler, der ihm vom Schicksal vorherbestimmt ist. Und am Ende seiner Laufbahn zerstört der Schüler das Buch seines Lehrers. So ist es, so soll es sein.«

»Nachtfalter hat es mir schon erklärt. Aber bevor du das Buch zerstörst, musst du es abschreiben, Seite für Seite, und jedes einzelne Bild abzeichnen. Anschließend übergibst du es an deine Schülerin. *So wird es gemacht!* Und ich werde eine sehr gute und fleißige Schülerin sein, Mama. Das schwöre ich dir!«

Lai hatte den letzten Satz laut gesprochen. Er hallte wie ein Gongschlag in der Grotte wider.

Yu ließ sich Zeit, denn sie wusste, wie stark sich ihre Antwort auf das Leben ihrer Tochter auswirken würde.

Sie atmete dreimal tief durch, bevor sie sagte: »Dann sei es so.«

»Wirklich?«

»Wirklich. Morgen werde ich mit meiner Arbeit beginnen und du beginnst mit deinem neuen Training. So, und jetzt gehen wir nach Hause.«

Yu legte das Buch in die Schatulle zurück und schob diese in den Stoffbeutel. Mutter und Tochter sprangen von dem Felsvorsprung hinunter aufs Wasser und verließen das Höhlenlabyrinth.

Draußen im Mondlicht fragte Lai: »Mama …?«

»Ja?«

»Sag mir die Wahrheit: Du wolltest, dass ich dir heute Nacht hierher folge, oder?«

Grinsend fragte Yu zurück: »Was glaubst du?«

»Ich glaube, dass Chi deine Schülerin sein sollte.«

Yu erschauerte, denn ihre Tochter hatte in diesem Augenblick denselben Gesichtsausdruck, den Chi gehabt hatte, als sie sich zum Entern einer Dschunke bereit gemacht hatte, ohne diese zuvor von ihren Kanonen beschießen zu lassen.

»Ja«, gab Yu zu. »Nach ihrem Tod habe ich eine Weile überlegt, ob Wen geeignet wäre … Einmal wollte ich sogar mit ihm darüber sprechen. Damals, als ich entscheiden musste, ob ich die Amnestie des Kaisers annehme. Doch Wen kam mir zuvor und sagte, dass er keine Lust mehr auf das Kämpfen hatte und Überfluss fragen würde, ob der ihm die Kochkunst beibringen wolle. Wenige Tage später entdeckte ich, dass du in mein Leben getreten warst.« Yu legte sich eine Hand auf ihren Nabel und dachte an jenen Moment zurück.

Lai schüttelte den Kopf. »Wenn du wolltest, dass ich deine Schülerin werde, warum hast du nicht einfach mit mir darüber gesprochen?«

»Weil der Schüler den Lehrer fragen muss, ob er bei ihm lernen darf, nicht umgekehrt. Und weil Piraten immer die Freiheit haben, selbst zu wählen. Heute Abend konntest du wählen, ob du mir gehorchst und schlafen gehst. Oder ob du mir nicht gehorchst und mir folgst. Es war deine Entscheidung.«

Es gab noch einen weiteren Grund. Der alte Peng pflegte zu sagen, dass ein Krieger schnell, stark und schlau sein musste. Und in dieser Nacht hatte Yus Tochter bewiesen, dass sie all diese drei Eigenschaften besaß.

Yu wollte weitergehen, doch ihre Tochter hielt sie auf.

»Nur noch eines. Vorhin hast du gesagt, dass du für deine Zukunft andere Pläne hast und dass der *Wushu der Luft und des Wassers* nicht mehr Teil davon ist. Meinst du das wirklich so?«

Yu nickte. »Ich werde dich ausbilden, ich werde das Buch kopieren und es dir übergeben. Das ist meine Pflicht. Doch danach werde ich mit der Kampfkunst aufhören.« Sie überlegte, bevor sie weitersprach. »Weißt du, seit ich ein Kind war, musste ich immer ums Überleben kämpfen. Kaum hatte ich einen Feind besiegt, da tauchte schon der nächste, mächtigere Feind auf. Irgendwann haben sie damit angefangen, mich Die Größte zu nennen. Ich war stolz darauf, doch mit der Zeit begriff ich, dass der Preis, den ich dafür bezahlte, viel zu hoch war. Deshalb wird damit eines Tages Schluss sein. Ich will nicht mehr Die Größte sein, sondern jemand anderer werden.«

»Wer denn?«

Yu lächelte. Ihr Haar wehte in der Meeresbrise.

»Die Glücklichste.«

Sie schaute ihre Tochter an und ergriff deren Hand.

Dann rief sie eine Welle, die sie beide nach Hause trug.

DANK

Die erste Version dieses Romans wurde auf der Plattform Wattpad veröffentlicht, und zwar Kapitel für Kapitel, in dem Tempo, in dem ich schrieb, also als Fortsetzungsroman. In diesem Zeitraum war nicht nur Italien, sondern die ganzen Welt wegen dem Coronavirus in Quarantäne, und Yus Hartnäckigkeit spornte mich dazu an, durchzuhalten. Dafür werde ich ihr immer dankbar sein.

Außerdem sind mir in dieser Zeit sehr viele Menschen auf eine Weise beigestanden, die ich nie zuvor erlebt habe, und deshalb ist diese Danksagung länger als üblich.

Mein erstes Dankeschön ergeht an Lorenzo Rulfo und Rosamaria Pavan, die mich immer ermutigt und meine Arbeit so organisiert haben, dass alle Ablenkungen wegfielen. Es ist gut, euch als Leibwache zu haben.

Ich danke Rébecca Dautremer, die seit jeher meine Lieblingsillustratorin ist. Sie darum zu bitten, Yu ein Gesicht zu geben, war sehr aufregend. Das Ergebnis zu sehen war es noch mehr.

Ich danke dem gesamten Team bei Rizzoli: Meiner Lektorin Stefania Di Mella, die mich sorgfältig und kompetent unterstützt hat. Roberta Ferrari, Sarita Segre, Chiara Giusti, Laura Cantarelli, Olga Riva, Claudia Fachinetti, Alessandro Gelso. Ich danke Enrico Racca für den Risotto mit Steinpilzen.

Ich danke Dr. Chiara Bocci, die mich zu chinesischer Kultur und Geschichte beriet (falls sich dennoch Fehler eingeschlichen haben sollten, habe ich sie ganz allein zu verantworten). Ich danke Prof. Dr. Daniela Moro, Prof. Dr. Attilio Andreini und Dr. Maddalena Barenghi.

Ein besonderer Dank ergeht an Sara Wang, an Prof. Dr. Zhang Jianbin und Prof. Dr. Li Xiaodong für ihr Lektorat und ihre Vorschläge.

Ich danke allen Freunden und Mitarbeitern vom Thienemann-Esslinger Verlag für die deutsche Ausgabe meines Buchs: Bettina

Körner-Mohr, Katharina Ebinger und Bärbel Dorweiler. Dank auch an Cornelia Panzacchi für die Übersetzung und an Timo Kümmel für die Innenausstattung.

Ich danke allen Freunden bei *Book on a Tree*, die während der Frühjahrsquarantäne 2020 die Initiative *#BOTtegheaperte* ins Leben riefen, die so vielen Kindern geholfen hat: Pierdomenico Baccalario, Manlio Castagna und Marco Ponti, Christian Hill, Christian Antonini, Andrea Pau, Gisella Laterza, Daniele Nicastro, Guido Sgardoli, Andrea Vico, Tea Orsi, Carlotta Cubeddu, Fiore Manni, Marco Pelliccioli, Veruska Motta, Giada Pavesi, Elena Peduzzi, Eleonora Babbo, Vincenzo Galli, Giuseppe D'Anna, Davide Lamandini und Lucia Vaccarino.

Dank ergeht an Barbara Gozzi und besonderer Dank an Viola Gambarini (hast du gesehen, dass wir es nach so vielen Jahren geschafft haben?).

Ich danke meiner Familie: meinen Eltern und Chiara, meinen Onkeln und Tanten, Luca und Federica.

Ich danke meiner Lebensgefährtin Laura, die für mich immer Die Größte sein wird, und es einmal mehr bewiesen hat.

Ich danke allen Jungen und Mädchen, mit denen ich über dieses Buch gesprochen habe, noch bevor es geschrieben wurde, und ganz besonders den jungen Leuten vom *Festival Bimbi a Bordo* in Guspini, dem Buchladen *Jolly* in Verona und dem Buchladen *Mondadori* in Imperia.

Schließlich danke ich all den Lesern, die mich auf meiner Reise begleitet haben, indem sie über E-Mail, Whatsapp, Facebook, Instagram und Wattpad lasen, teilten und kommentierten.

Ich beginne bei der unaufhaltbaren Eleonora Rizzoni von der *Libreria Scuola e Cultura* in Rom und mache weiter mit Giovanna, Silvia, Giuliana, Alessandra, Francesca C. und Francesca G. und Cristina. Ich danke Antonella, Sara, Elisa, Gabriele, Penelope, Carlotta, Michele, Viola, Alice, Simone und Alessandro B. Ich danke Alessandro C., der mir eine E-Mail pro Tag geschickt hat (seine Vorschläge waren mir eine große Hilfe).

Ich danke Angela Palumbo, die mir das Ende des Romans vorgeschlagen hat.

Ich danke Carlo Carzan, Matteo Corradini, Azzurra D'Agostino, Gianumberto Accinelli, Eduardo Jáuregui und Teresa Porcella. Ich danke Alberto Bertini, Catiana Campolo, Alessandra De Mattia, Donatella Monego, Alessandro Moscetti, Barbara Reghezza und Monica Tappa.

Ich danke (in alphabetischer Reihenfolge): Adamxf, alecorio76, Alex Colombo, Alice Casarini, AliPotter_Weasley07,Alss07, altraprospettiva, Amilove333, Andrea Earendil Camarra, andrea-verde, andresvila2020, Angela Pisciotta, AngyIB, Anita Zuech, AnitaNardonTulli, Anna Ferrari, Annalisa Tortelli, Antonella Veri, Antonella Vurchio, Antonello Stefani, Antonino Favara, Antonio Costantini, Barbara Cavallero, Beatrice Di Pisa, Beppe Reck, BiancaTruffo, Carla Anzile, casagrande817, cassandraloki, cateanna72, Caterina Brusca, Caterina O Catia, Caterina1dibenedetto, Celenia Ciampa, Chiara Perin, Chiara Rrnndd, Cinzia Caledonia Fauci, Cinzia Gubbini, Claudia Merli, climbingforever, Clizia DN, Cristina Servidio, Cristina Soldi, Daniela Monteforte, Daniela Pellacani, Daria Antonucci, Daria Limatola, DariaSoroiu1, davidand8, DeniseCamisassi, DianaComandini, DilettaElle, Edvige Clivati, Eldaantinori, Elena D'Addario, Eli Ottimo, elipavolini, Elisa Ronchetti, Elisa Salamini, elisabetta269, ELISARIPAMONTI4, Enrico Dal Forno, Erika Zini, Eva Cimitan, Fabiana Mercantini, Fabiana Polini, FedeCappe, Flavia Gadda, Francesca Al Nord, FrancescaBadia, Francesca Boschi, Francesca Dodi, Francesco Bosello, Frappa70, Gabriella Ortu, Gaia Ferri, gaiarodio, Giorgia Forzan, Giorgia Oriente, Giovanna Battaglia, GiovannaPegoraro005, Giovanni Lidonnici, giovva07, Giufo86, Giulia Bortot, giulia_2408, Giuliana Giavarra, gmorone, Graziamary Pavone, Graziella Posadino, Graziella21674, Ilaria Fantin, Ilaria Magotti, iulica74, Jennifer Orrico, JudyMorale16, kcanavesi, La Bancarella Libri, La Frà, laschiralli, Laura Silvestrini, Letizia Martelli, letiziatommaso, Ligue Denis Diana, Linda Attrovi, Linda Trevisan, Loredana Musci, Loredana Pippione, Loretta

De Martin, Lucia Pi, LuciaOlivieri7, Lucio Majelli, Luisa Staffieri, Maggie Federico, Maia Raimondi, MaiaToro0, Manuel Perini, Mara Massafra, Marcello Lasio, MarcheseCarabas, Maria Antonietta Fenu, mariaborelli2, Maria Cristina Caputo, Maria Elisa Plotina Bruson, Maria Grazia Giannone, marialigazzolo, Maria Papa, Mariangela Iacono, MariaPericu, marilenacal, Marta Bracciale, MartaForti08, marta0868, matteogas, Matti06mara, Mercede Pagliara, Merj Merjnga Bigazzi, Michael Gregorio, Michela Basati, Michela Della Cagnoletta, Michela Trambaglio, Michele Volpi, michvizz06, MimmiDiPopi, Mirko07, Monica Spinelli, Mupia Maninki, Nelluccias, nicoo2007, norafranchi, Oimmene, omaraldodingi, Paola Cocco e la 1ª D, Paola Macrì, Paola Zanin, PatriziaPalermo4, Patrizia Scardigno, Penofadreamer, perinchia, pietrogrog, Piripich, poniogelso, _Prince_2007, pvl2401, R4ch3l3_, Raffaella D'Errico, raffag17, riccardo_fulgoni07, Riccardo Trenchi, Roberta Lucchesi, Robylan1, Romina Vinci, RomyPinci (Vittoria), Rosalba Troiano, Rosangela Costanzo, Rossana Mor, Sabinacorvi, Sabrina Francesconi, Sandra Sabia, Sara Gallina, Sara Nicastro, Sara Ridolfo, Sergio Rossi, Silvia Barzon, Simona Madf Martini, Sonia_028, spincifrin, StefaniaFumi, Stefania Nigrelli, stefanilis, supergabry24, Tea451, Teuta Meci, Titta Julia, Tiziana Epifani, Tokirokidoki (Aida), Valentina Azzarone, Valentina Di Luca, Valentina Fulgosi, Valentina RR Torchia, Vanja Passerini, verafra12, Veronica Ujcich, Veruska Testarella, violss_, WeirdLittleGirl00, YstrYce, Zap1977.

Und ganz zum Schluss danke ich dir. Ich weiß nicht, wie du heißt, wo du wohnst, in welchem Jahr du lebst. Aber ich finde, wenn du diese Seiten gelesen hast, dann gehörst du zu uns.

GLOSSAR

Acht Banner: die acht Clane der Mandschu

Bi jia cha: Dreizackdolch

Canga: ein dem mittelalterlichen europäischen Pranger oder Block ähnliches Strafinstrument: eine aus zwei Brettern zusammengefügte Platte mit einem Loch in der Mitte für den Kopf. Aufgrund ihrer Breite hinderte diese Platte den Bestraften daran, Nahrung zum Mund zu führen.

Changshan: traditionelle Männerkleidung der Mandschu, bestehend aus einer vorne mit Knöpfen geschlossenen Jacke und einem langen Rock

Cheongsam: traditionelle Frauenkleidung der Mandschu, bestehend aus einem oft bodenlangen weiten Kleid

Chi: die innere Energie oder Lebenskraft, die in jedem Lebewesen steckt

Dim Sun: siehe *Tee und Schälchen*

Dreistock: eine Waffe aus drei kurzen, durch Ketten verbundenen Stöcken

Dreizehn Häuser: große, außerhalb der Stadtmauern von Kanton gelegene Gebäude, in denen ausländische Händler ihre Waren lagern und während der Handelssaison wohnen konnten. Nach Ende der Handelssaison mussten sie sich nach Macau zurückziehen.

Dschunke: Überbegriff für chinesische Schiffe in traditioneller Bauweise. Im Unterschied zu europäischen Schiffen besaßen Dschunken meist einen unten abgeflachten Rumpf, einen sehr hohen und betonten Bug und Segel, die von langen, waagerecht eingearbeiteten Bambusstangen verstärkt wurden.

Fan tan: Glücksspiel, bei dem erraten werden muss, wie viele Gegenstände (z. B. Knöpfe, Münzen oder Bohnen) bei Abschluss der Runde auf dem Tisch liegen werden

Flöte: Musikinstrument aus Metall, das auch als Nahkampfwaffe eingesetzt wurde

Go: strategisches Brettspiel mit einer großen Anzahl weißer und schwarzer Spielsteine

Guquin: Zupfinstrument mit sieben Saiten, das sich der Musiker waagerecht auf den Schoß legt

Hanfu: traditionelles kimonoartiges Kleidungsstück, das in der Qing-Dynastie durch den *Changshan* (für Männer) ersetzt wurde

Hoisin-Soße: eine dickflüssige, dunkle Soße, die vor allem zu Fleischgerichten serviert wird

Hong: Kaufmannsgilde in Kanton, die autorisiert war, mit Ausländern Handel zu betreiben

Hoppo: oberster Beamter der Zollstellen von Kanton, der im Namen des Kaisers für die Abwicklung der Geschäfte mit Ausländern verantwortlich war

Humen: Enge in der Mündung des Perlflusses, auf dem Seeweg einziger Zugang zu Kanton. Ausländer bezeichneten sie als »Bocca Tigris« (Tigertor).

Lorcha: ein für Macau charakteristischer Dschunkentyp mit einem Rumpf in europäischer Bauweise und chinesischer Besegelung aus Leinen und Bambus

Lu jiao dao: auch »Hirschgeweihsäbel« genannt, ein halbmondförmiger Säbel mit Griff, immer paarweise verwendet

Mandschu: aus dem Norden stammendes Volk, das China im 17. Jahrhundert eroberte und die Qing-Dynastie begründete. Diese schrieb allen männlichen Chinesen eine bestimmte Haartracht vor: ausrasierte Stirn und ein langer, auf den Rücken hinabreichender Zopf.

Mandarin: kaiserlicher Beamter. Um Mandarin zu werden, musste ein Kandidat sehr schwierige Prüfungen ablegen.

Pai Gow: chinesisches Glücksspiel mit Dominosteinen

Pidgin: eine Verkehrssprache, die aus einer Vermischung von Chinesisch und ausländischen Sprachen wie Englisch entstand und in der sich Einheimische mit Ausländern verständigten. Ausländer durften nicht Chinesisch lernen.

Pipa: traditionelle chinesische Laute mit vier Saiten und einem sehr kurzen Griff

Reis-Congee: warmer Reisbrei, ein in der kantonesischen Küche sehr beliebtes Gericht

Sheng biao: Wurfspeer, an dessen Ende ein Seil befestigt war

Shi: Kraft oder Macht, die aus einer bestimmten Form oder Aufstellung entsteht, z. B. von Truppen auf einem Schlachtfeld

Shifu: Lehrer, Meister

Shuang guai: T-förmige Schlagstöcke, die stets paarweise eingesetzt werden

Tao oder *Dao:* Der chinesischen Philosophie zufolge ist es das Prinzip, das allen Dingen zugrunde liegt und das Universum in steter Bewegung hält.

Tael: Maßeinheit für Silber

Tee und Schälchen oder *Dim Sun:* eine kantonesische Spezialität:

kleine, auf Tellerchen oder in Schälchen servierte Mengen pikanter oder süßer Speisen

Wein: gemeint ist *Baijiu*, ein stark alkoholhaltiges Getränk, das in Südchina durch das Destillieren von Reis gewonnen wurde

Wen: Geldwährung der Qing-Periode. Es gab dieses Geld in Form von Banknoten und Münzen. Die Münzen hatten in der Mitte ein Loch, sodass man sie zu Ketten auffädeln konnte.

Wushu: chinesisches Wort für »Kampfkunst«

Yamen: Palast eines Mandarins, in dem außer den Privatgemächern auch Verwaltungsbüros, Lagerräume, ein Gerichtssaal und Arrestzellen untergebracht waren

Zeremonialgeld: nachgeahmtes Papiergeld ohne wirtschaftlichen Wert, das bei Bestattungen oder anderen Feierlichkeiten durch Verbrennen geopfert wurde

MAẞEINHEITEN

ENTFERNUNGEN wurden in *Li* gemessen. Ein *Li* entsprach ungefähr 500 Metern und war in 300 *Bu* unterteilt.

GEWICHT wurde in *Jin* gemessen. Ein *Jin* entsprach ungefähr einem halben Kilogramm und war in 16 *Tael* unterteilt.

ZEITMESSUNG

Das Jahr war in zwölf Mondmonate gegliedert. Jeder Monat begann mit dem Neumond.

In Kanton fällt die Regenzeit ungefähr mit unseren Sommermonaten zusammen.

Die Handelssaison, in der die ausländischen Kaufleute in Kanton Handel treiben durften, ging von Oktober bis Januar.

Der Tag war in zwölf Abschnitte gegliedert:
Stunde des Hasen: von 5 bis 7 Uhr
Stunde des Drachen: von 7 bis 9 Uhr
Stunde der Schlange: von 9 bis 11 Uhr
Stunde des Pferds: von 11 bis 13 Uhr
Stunde des Schafs: von 13 bis 15 Uhr
Stunde des Affen: von 15 bis 17 Uhr
Stunde des Hahns: von 17 bis 19 Uhr
Stunde des Hundes (erste Wache): von 19 bis 21 Uhr
Stunde des Schweins (zweite Wache): von 21 bis 23 Uhr
Stunde der Ratte (dritte Wache): von 23 bis 1 Uhr
Stunde des Rindes (vierte Wache): von 1 bis 3 Uhr
Stunde des Tigers (fünfte Wache): von 3 bis 5 Uhr

Ausgezeichnet mit dem »Premio Strega Ragazze e Ragazzi«,
dem bedeutendsten Literaturpreis Italiens.

Morosinotto, Davide:
Shi Yu. Die Unbezwingbare
ISBN 978 3 522 20280 0

Aus dem Italienischen übersetzt von Cornelia Panzacchi

Cover: Illustration by Rébecca Dautremer
Innenausstattung: Timo Kümmel
Einbandtypografie: formlabor
Innentypografie: Tanja Haaf
Reproduktion: DIGIZWO GbR, Stuttgart
Druck und Bindung: GGP Media GmbH, Pößneck

FSC
www.fsc.org
MIX
Papier aus verantwortungsvollen Quellen
FSC® C014496

Wenn der Krieg Familien zerstört …

THIENEMANN

Davide Morosinotto

Verloren in Eis und Schnee
Die unglaubliche Geschichte der Geschwister Danilow

440 Seiten · Gebunden
ISBN 978-3-522-20251-0

Ihr dürft euch nicht verlieren!, hat die Mutter den Zwillingen Nadja und Viktor eingeschärft. Doch im überfüllten Bahnhof werden sie auseinandergerissen. Viktor verschlägt es nach Sibirien. Für ihn wird der Weg zurück zu einem Kampf gegen Hunger und Kälte. Nadja hält sich währenddessen auf einer Festung versteckt, wo sich die Lage ebenfalls zuspitzt. Abgeschnitten von der Außenwelt und ohne Nachricht voneinander versuchen die Geschwister verzweifelt, sich wiederzufinden.

Lieblingsbücher fürs Leben.
www.thienemann-esslinger.de

Eine außergewöhnliche Schatzsuche

THIENEMANN

Davide Morosinotto

Die Mississippi-Bande
Wie wir mit drei Dollar reich wurden

Mit Abenteuer-Handbuch
368 Seiten · Gebunden
ISBN 978-3-522-18585-1

Alles begann mit dem Mord an Mr Darsley. Oder vielleicht auch nicht. Wenn ich es mir recht überlege, begann es eigentlich ein paar Wochen zuvor. An dem Nachmittag, als wir durch die Sümpfe des Bayou paddelten, um ein paar Fische zu fangen. Was wir stattdessen fingen, war eine verbeulte Blechdose, in der drei Dollar lagen. Drei Dollar! Dafür würden wir uns etwas im Katalog bestellen. Noch ahnten wir nicht, dass wir mit dieser Bestellung das größte Abenteuer unseres Lebens auslösen würden ...

Lieblingsbücher fürs Leben.
www.thienemann-esslinger.de